D1757826

AVANT-PROPOS

Ce dictionnaire est né du florilège dressé par Mahtab Ashraf qui s'est plu à relever toutes les expressions idiomatiques qu'elle pouvait lire ou entendre et qui lui paraissaient, en tant qu'étrangère, ne pas relever du français tel qu'on l'enseigne habituellement, mais d'un langage particulièrement imagé et fluctuant. Ce sont ces gallicismes que le lecteur trouvera dans cet ouvrage, qui s'inscrit dans la lignée de celui qu'Antoine Oudin au XVIIᵉ siècle avait intitulé *Curiositez françoises, pour supplément aux Dictionnaires*.

L'esprit humain a toujours cherché à traduire de façon expressive le contenu de son expérience. Certains concepts, difficilement exprimables indépendamment d'une référence, développent diverses formulations chargées d'en signifier les modalités et qui en sont comme des explicitations internes. Ainsi à côté du mot abstrait *jamais* surgissent des dénominations plus singulières : **aux calendes grecques** et **quand les poules auront des dents**, reflets d'un sujet et d'un milieu particuliers.

Essai de définition

Le mot n'est pas une unité de pensée[1]. Employé seul, il est sans valeur, et c'est par groupes de mots que nos idées s'expriment. Nous recevons, en effet, du fonds commun un certain nombre de groupements, pour lesquels le sujet parlant n'a pas à fournir l'effort d'assembler les éléments. Il les trouve déjà formés par un lent et long travail qui les a réunis pour donner à l'ensemble une signification unique.

Forme particulière de la composition, l'expression phraséologique peut se définir comme un groupe de mots dont les éléments, à force d'être employés ensemble, et par suite, bien souvent, de l'intervention d'une image qui en change le sens, se caractérisent par leur incompréhension et leur indisponibilité.

---

1. F. Brunot, *La Pensée et la langue*, Masson, 3ᵉ édition, 1965, p. 3 et 4.

L'incompréhension des éléments

L'incompréhension des éléments, faux constituants qui n'ont de sens que dans leur combinaison, est un des caractères fondamentaux des locutions phraséologiques et le principe même de leur explication. Par exemple, dans le groupe **avoir barre sur quelqu'un** l'idée unique d'«avantage» se trouve exprimée par plusieurs blocs phoniques déguisés en signifiants.

Les éléments peuvent présenter tous les degrés d'obscurcissement, les cas intermédiaires étant les plus fréquents et les plus importants. S'agissant, en effet, historiquement d'une perte progressive de signification, celle-ci peut être incomplète et rapprocher la locution du syntagme libre.

Ainsi si l'expression **prendre une veste**, «échouer», reste relativement analysable et paraît moins bloquée dans ses constituants que **tailler des croupières à quelqu'un**, «l'attaquer victorieusement», où le terme *croupière* relève d'un vocabulaire spécialisé et désigne la partie du harnais qui enserre la croupe d'un cheval (blocage tout relatif puisque l'expression a servi de modèle à la locution **tailler une veste à quelqu'un**), il en va différemment pour **avoir maille à partir avec quelqu'un**, «se disputer avec lui», où *maille* et *partir* sont devenus totalement obscurs. La locution signifie littéralement «avoir une maille (c'est-à-dire la moitié d'un denier) à partager avec quelqu'un», d'où son sens moderne de «se quereller à propos d'un partage impossible», la maille étant sous les Capétiens la plus petite monnaie existante. Elle est aujourd'hui totalement démotivée, mais la confusion née de l'homonymie entre *maille*, «monnaie», et *maille*, «rang d'un tricot», ainsi que celle entre *partir*, «partager», et *partir*, «s'en aller», en a assuré en partie la survie.

Mais jamais, même dans le cas d'une expression ouverte comme **prendre une veste**, le signe discontinu ne participe du caractère fondamental du syntagme libre, dont chaque élément peut être remplacé par n'importe quel autre constituant appartenant à la même catégorie sémantique (*commutation*).

D'autres indications prouvent que les articulations qui relient les éléments ne sont plus comprises et que les éléments eux-mêmes ne sont pas pris en compte. Il en va ainsi des deux expressions **prendre parti pour quelqu'un** et

prendre son parti de quelque chose. La première signifie : « prendre position en faveur de quelqu'un », la seconde équivaut à « se résigner à quelque chose ». Il n'existe aucune relation de sens entre ces locutions. La seule différence qui les sépare, outre la construction du complément, est une différence de forme : la présence dans l'une et l'absence dans l'autre de l'adjectif possessif *son*. Cet élément ne joue aucun rôle pour la signification du groupe où il figure. Il sert tout au plus d'étiquette à la locution. La même remarque peut être faite à propos des expressions suivantes : **faire l'affaire**, « convenir », **faire son affaire à quelqu'un**, « lui infliger un châtiment », **faire des affaires**, « exercer une activité commerciale lucrative ».

L'indisponibilité des éléments

On vient de voir que la combinaison de plusieurs mots pouvait donner naissance à une unité nouvelle dont la signification ne se réduisait pas au produit des significations des unités combinées, mais qui fonctionnait comme une unité simple.

La manifestation linguistique de cette unité de fonctionnement se concrétise dans l'impossibilité de séparer les éléments combinés. **Prendre le mors aux dents** se prête, certes, comme *prendre un couteau*, à l'insertion d'un adverbe : *prendre immédiatement un couteau; prendre immédiatement le mors aux dents*, mais il refuse toute expansion qualificative : on pourra dire *prendre un couteau (à scie)*, on ne saurait adjoindre une quelconque épithète à *mors* ou à *dents*. Le fait qu'on passe à l'inséparabilité constitue un indice de l'unité particulière du groupe dans le second cas.

Et de même qu'il se présentait des degrés dans l'oblitération du sens des éléments d'une locution, il existe toute une gradation entre l'assemblage occasionnel et l'unité du groupe complexe. On a pu parler à ce propos d'un coefficient de cohésion que permettraient d'évaluer des statistiques portant sur les relations qui s'établissent dans les énoncés entre différents termes.

On peut voir ainsi que les unités *taureau*, *corne* et *prendre* donnent lieu dans le discours à des combinaisons multiples et différentes. La disponibilité initiale de chacun de ces éléments est le signe que le groupe **prendre le taureau par les cornes**, «agir avec détermination», constitue bien une unité lexicale nouvelle et non pas la simple association de *prendre, taureau* et *corne*. Ce caractère ne fait que confirmer le sentiment du sujet parlant qu'une totale séparation est réalisée dans la langue entre *prendre, taureau, corne* et **prendre le taureau par les cornes**.

Le cas de **damer le pion à quelqu'un**, «remporter un avantage sur lui», représente une forme limite. Le groupe comporte un élément qui ne donne lieu à aucune autre combinaison que celle qui est réalisée dans ce groupe. *Damer* ne se présente qu'en combinaison avec *pion*. La même remarque peut être faite pour *hocher* qui n'existe plus qu'en co-occurrence avec *tête* : hocher la tête.

Les clichés

Une telle définition pose le problème de ces groupements qu'on appelle des «clichés». Ils touchent à la phraséologie et sont comme un intermédiaire entre l'expression usuelle et la création littéraire.

À côté des cas extrêmes de combinaisons où les vocables en sont réduits à ne plus connaître aucune autonomie, comme **un pauvre hère**, et où ils ne peuvent être extraits de la construction où ils se trouvent et entrer dans d'autres collocations, il existe en effet une importante partie du vocabulaire formée de mots qui n'ont qu'un rayon d'action limité. Ils ne se construisent qu'avec un nombre plus ou moins réduit d'autres éléments, toujours les mêmes, avec lesquels ils forment des structures stéréotypées comme : **perpétrer un crime**.

Le français a de même développé toute une série d'expressions constituées par un verbe associé à un substantif complément, souvent combiné au verbe sans déterminant : **faire connaissance, rendre hommage**, et qui tiennent lieu de dérivés. Simples périphrases décumulatives, substituant une définition à la dénomination, et où le nom ne fait que constituer un apport notionnel par rapport à des verbes très généraux, indicateurs des catégories verbales, il leur manque l'intermédiaire de l'image pour constituer véritablement des locutions phraséologiques.

Reste l'ensemble des expressions littéraires qui ont eu de

la vogue et sont passées dans le domaine commun. Les exemples les plus frappants en sont les associations banalisées de la poésie classique, qui servaient à éviter le mot propre : **l'astre du jour, le flambeau des nuits**... Beaucoup d'entre elles sont des lambeaux de phrases empruntés, comme **j'en passe et des meilleures**, présente chez La Fontaine. Toutes ces expressions reposent sur une contradiction fondamentale. Faisant appel à une activité métalinguistique qui n'est réductible ni à la langue ni au discours, elles ne sauraient être considérées totalement comme des groupements phraséologiques.

Les indices de la locution

Si la frontière entre les locutions et les groupes de mots ordinaires n'est pas toujours facile à placer, il existe néanmoins certains indices permettant de les distinguer avec quelque sûreté.

Indices internes

La présence d'un archaïsme dans une expression est un indice important de sa nature de locution. Cette présence, paradoxalement, est ce qui lui assure une certaine survie. Ainsi en est-il de **en guise de**. Elle est d'un usage constant et pourtant le substantif *guise*, qui signifiait «manière» en ancien français, n'est plus usité en français moderne. La compréhension de **en guise de** est néanmoins immédiate. *Guise* n'est resté vivant que grâce à son entourage, parce qu'il faisait partie d'une locution (voir encore **à ma guise**, «à ma manière», «comme il me plaît»).

Le lexique français comporte ainsi toute une série de mots qui ne sont conservés que dans des locutions : *fur* : «prix» dans **au fur et à mesure** ; *for* : son doublet dans **dans son for intérieur** ; *férir* : «frapper» dans **sans coup férir** ; *noise* : «dispute» dans **chercher noise**.

Certains de ces archaïsmes ont survécu dans des substitutions où ils ne sont plus reconnaissables. **Tomber dans les pommes**, «s'évanouir», remonte par exemple à un ancien **tomber dans les pasmes**, où figurait un déverbal de *se pâmer*. Et quant au *cochon* problématique de **copains comme cochons**, il n'est qu'une altération de l'ancien français *soçon*, signifiant «compagnon».

À côté de ces archaïsmes de mot, il existe aussi des archaïsmes de sens. Dans **il n'y a pas péril en la demeure**, le mot *demeure* est sur le même plan que *guise*, avec cette différence que *demeure* en tant que mot isolé est parfaitement vivant, mais il n'est plus utilisé dans le sens que suppose la locution : «attente». Il y a eu perte de sens et non perte de mot. Citons encore, relevant du même phénomène :

– **trempé comme une soupe**, où *soupe* désigne la tranche de pain taillé et imbibé de bouillon ;

– **tourner autour du pot**, où *pot* représente le trou dans lequel les joueurs doivent placer leurs billes ;

– **nager entre deux eaux**, où *nager* a son sens originel de naviguer ;

– **ne pas être dans son assiette**, où *assiette* est la façon d'être assis du cavalier.

Le passage du domaine de la terminologie professionnelle dans le vocabulaire général s'est de même accompagné pour plus d'une expression de la perte du sens initial ou tout au moins d'une transformation interne. Le verbe *connaître* signifiait, entre autres, au Moyen Âge «instruire un procès» et c'est avec ce sens qu'il apparaît dans l'expression **en connaissance de cause**, «après avoir fait l'instruction d'un procès». Au XVIIᵉ siècle le tour finit par prendre la signification de «connaissant bien ce dont on parle», estompant l'acception juridique de *cause*. Du XIIIᵉ au XVᵉ siècle, le substantif *connaissance* est aussi utilisé avec le sens de «exacte connaissance des lieux», comme en témoigne l'expression **être en pays de connaissance**. Plus tard cette signification topographique du mot a disparu et la locution est devenue incompréhensible. Elle s'est pourtant conservée en s'associant à la signification de «personne que l'on connaît», de sorte que **être en pays de connaissance** a le sens maintenant d'«être en présence de gens ou de choses que l'on connaît». Les mêmes remarques pourraient être faites pour **il n'y a pas péril en la demeure**, devenu une sorte de synonyme de l'expression familière **le feu n'est pas à la maison**.

Indices externes

La fixation de certains groupes provient aussi de la grammaire. Il s'agit alors de constructions figées, qui survivent en marge de la syntaxe vivante et constituent des archaïsmes.

En ancien français, l'absence d'article conférait au substantif une extension très générale, en en faisant une abstraction à valeur métaphorique : **baisser pavillon**; **faire amende honorable**; **tenir parole**...

Cette absence d'article est fréquente dans les proverbes et les sentences (**à bon chat, bon rat**; **bonne renommée vaut mieux que ceinture dorée**; **pierre qui roule n'amasse pas mousse**) où la présence d'un adjectif suffit souvent pour actualiser le substantif.

Le pronom personnel sujet était à l'origine facultatif devant les constructions verbales unipersonnelles : *suffit!*; *n'importe!*; cette absence est la marque de : **peu s'en faut**; **tant s'en faut**.

Le gérondif en ancien français pouvait s'employer sans préposition ou précédé d'autres prépositions que la préposition *en*. Il en est resté des expressions du type : **tambour battant**; **à son corps défendant**, dont les structures régressives dénoncent par ailleurs le caractère archaïque.

Par dérivation impropre, il était possible de faire librement d'un participe présent un simple adjectif ou un substantif, sans qu'intervienne quelque changement morphologique que ce soit. Ce procédé a cessé d'être un processus vivant et beaucoup de ces formes n'ont survécu que dans des locutions comme : **à bout portant**; **à l'avenant**.

L'expression **n'avoir pas un sou vaillant**, qui fait intervenir une forme en -ANT, est, de plusieurs points de vue, intéressante. Le substantif *sou* fait partie en ancien français de toute une série d'auxiliaires qualificatifs de la négation, chargés de marquer la piètre estime en laquelle on tient une chose. Il est concurrencé dans ce rôle par le mot *denier*, le denier représentant une monnaie de valeur moindre que le sou (un sou vaut à l'époque douze deniers). La locution est interprétée comme signifiant aujourd'hui « n'avoir pas un sou qui vaille », selon une analyse qui fait de *vaillant* un simple adjectif verbal, ce qu'il est par ailleurs devenu en français moderne. Elle remonte en réalité à une époque où le participe présent substantivé avait conservé la possibilité

de régir un complément d'objet, à l'instar de certains emplois
de la forme en *-ing* de l'anglais moderne. Elle signifie donc
littéralement « n'avoir pas la valeur d'un sou ». La postposition
du participe *vaillant* en ancien français a entraîné pour lui
un changement de valeur.

Le participe passé pouvait, lui aussi, être substantivé de
façon relativement libre, sous forme de substantif masculin
ou féminin. Seules des locutions ont conservé certains de
ces noms : **à la dérobée** ; **à l'insu de** ; **jeter son dévolu** ; **au
dépourvu**.

Enfin, il était possible de former des noms à partir d'un
verbe par suppression des marques verbales sur le modèle
de *cumul / cumuler*. Beaucoup de ces déverbaux ont disparu
du vocabulaire commun et, là encore, c'est leur emploi
locutionnel qui a permis à ces archaïsmes de forme de
subsister : **par mégarde** ; **pour ta gouverne** ; **à l'envi** (d'un
ancien verbe signifiant « inviter ») ; **aux dépens** ; **à foison**.

La particule QUE qui semble aujourd'hui indispensable
lorsque le subjonctif est employé en propositions non dé-
pendantes est apparue tardivement en ancien français. Il est
resté de l'état antérieur des locutions du type : **vaille que
vaille** ; **advienne que pourra !** ; **à Dieu ne plaise !**

La plupart de ces formes remontent à des structures unipersonnelles, sans sujet déclaré. Le subjonctif s'y identifie
facilement par sa morphologie. Ce n'est pas cependant toujours le cas et ce sont des subjonctifs qu'il faut reconnaître
dans : **coûte que coûte** ; **le diable m'emporte si...**

Le français possède un pronom neutre de troisième personne LE, correspondant à la fonction objet direct et alternant
avec les formes EN et Y pour les fonctions indirectes. Ce
pronom neutre pouvait s'employer de manière absolue, par
simple référence à la situation : **l'emporter de haute lutte** ;
en vouloir à quelqu'un ; **en pincer pour quelqu'un** ; **on ne
m'y reprendra plus**.

L'analogie formelle de ce neutre avec le pronom masculin
LE, représentant, ainsi que la tendance à voir dans ces formes
le rappel d'un substantif qui aurait été sous-entendu, du
type **l'emporter**, « emporter un avantage », a entraîné dans
de multiples expressions la substitution d'une forme de
pronom féminin, en accord avec le substantif prétendument
sous-entendu : **tu me la copieras !**

Cet accord s'est étendu au reste de la locution, en en masquant le véritable fonctionnement : **la trouver amère ; se la couler douce ; la bailler belle ; l'échapper belle ; en avoir de bonnes.**

Dans ces deux dernières expressions, *bonnes* et *belle* semblent avoir été à l'origine des éléments adverbiaux de *bon, beau*, invariables, et assimilés tardivement à des adjectifs.

L'impossibilité de substituer une autre forme de pronom à ce pronom neutre, l'inexistence de formes anciennes de l'expression où figurerait le substantif reconstitué *a posteriori*, ainsi que la multiplicité des synonymes proposés par certains grammairiens pour cette reconstitution (on a vu dans le EN de s'en faire le rappel de ·bile·, de ·mauvais sang· ou de synonymes de ces mots) montrent le caractère artificiel de certaines analyses du genre :

– **en donner à garder**, ·tromper·, remontant à ·donner des balles à garder·, terme du jeu de paume pris métaphoriquement ;

– **en pincer pour quelqu'un**, ·éprouver des sentiments vifs à son égard·, analysé comme provenant de ·pincer de la guitare pour quelqu'un·.

Un certain nombre d'expressions se présentent sous une forme négative, simple ou auxiliée, sans possibilité de correspondant positif : **n'avoir pas un sou vaillant ; ne pas être dans son assiette ; il n'y a pas un chat ; le jeu n'en vaut pas la chandelle ; sans feu ni lieu ; sans rime ni raison.**

L'existence du couple **faire long feu/ne pas faire long feu**, ne constitue qu'une exception apparente. **Ne pas faire long feu**, ·ne pas durer longtemps·, n'est pas la polaire négative de **faire long feu**, ·manquer son but·, les deux expressions n'entretenant aucun rapport de sens.

La locution **à Dieu ne plaise !** constitue un cas particulier. Elle avait à l'origine un correspondant positif, **si Dieu plaist**, où *si*, adverbe, signifiait ·dans ces conditions·. L'analogie formelle de ce *si* adverbe et du *si* conjonction de subordination a eu pour conséquence que, très tôt, l'expression a été comprise comme exprimant une hypothèse et le couple s'est dissocié. Ce n'est que tardivement que la langue a redonné à cette expression un correspondant positif, comme le montre la différence de structure : **plaise à Dieu !**

Inversement nombre de tours, qui se présentent sous une

forme affirmative, ne sont pas suceptibles d'être utilisés de manière négative, tel : **vous me la copierez.**

Dès l'ancien français le pronominal a été utilisé pour traduire une variété de sens par rapport au verbe actif. Le pronom réfléchi y présente divers degrés de lexicalisation : **se désopiler la rate ; s'en mettre plein la lampe ; se la couler douce ; se pousser du col.**

Le complément déterminatif du substantif se construisait souvent en ancien français sans préposition. Cette construction par juxtaposition se retrouve dans : **à la queue leu leu**, où *leu* est une ancienne forme dialectale de *loup* ; **à la diable**, où *la* représente une forme de l'article substantivée, l'expression signifiant primitivement «à la manière du diable».

Cette structure est à l'origine de la locution **dès potron-minet**, «de bonne heure». *Potron* y désigne le derrière d'un animal et l'expression revêt le sens littéral de «dès le derrière du chat», c'est-à-dire dès que le chat en se levant montre son derrière. La même analyse s'impose pour **à cœur joie**, où *cœur* est complément du nom *joie*.

L'ordre des éléments de la proposition n'était pas un ordre rigide en ancien français, où les formes casuelles suffisaient à indiquer la fonction. La postposition du sujet y était de règle chaque fois que la phrase, pour mettre en relief un élément et souligner ainsi sa relation avec le contexte précédent, commençait par un terme complément ou un adverbe. Cette séquence régressive se retrouve dans de nombreux proverbes : **à chaque jour suffit sa peine ; tant va la cruche à l'eau...**

Inversement le complément d'objet, direct ou indirect, précède souvent le verbe : **sans bourse délier ; à Dieu ne plaise !**

Tous ces indices, qu'ils soient internes ou externes, sont susceptibles de se combiner, comme dans **sans coup férir**, proprement «sans frapper un coup», qui allie archaïsme de sens et archaïsme de construction.

Origine des expressions

C'est dans les réalités de la vie quotidienne (naissance, amour, travail, mort...) et de la vie sociale (institutions, techniques, coutumes...), source perpétuelle d'images, que les expressions ont leur origine.

Mais alors que la clarté des premières, fruits d'observations quotidiennes dont l'immédiateté motivait l'emploi et les valeurs, a eu pour effet de les exclure de l'usage commun et de les reléguer dans des parlers régionaux ou professionnels particuliers, le caractère désuet et l'obscurité des secondes ont contribué à leur succès et à leur survie.

Nous nous limiterons pour chaque domaine représenté à quelques exemples.

GUERRE : *Donner l'alarme –, avec armes et bagages –, passer l'arme à gauche –, dans tous les azimuts –, convoquer le ban et l'arrière-ban –, se ranger sous la bannière de quelqu'un –, à bâtons rompus –, dévoiler ses batteries –, être à la botte de –, tirer sur quelqu'un à boulets rouges –, à bout portant –, battre en brèche –, battre la breloque –, battre la chamade –, de but en blanc –, lever le camp –, en rase campagne –, prendre du champ –, tailler des croupières à quelqu'un –, à découvert –, faire long feu –, à brûle-pourpoint...*

CHASSE : *Être aux abois –, être à l'affût –, battre de l'aile –, miroir aux alouettes –, mordre à l'appât –, tomber en arrêt –, bayer aux corneilles –, marcher sur les brisées de quelqu'un –, battre les buissons –, donner le change –, à cor et à cri –, sonner l'hallali –, faire des gorges chaudes...*

ÉQUITATION : *Faire volte-face –, sortir de son amble –, vider les arçons –, avoir de la branche –, à bride abattue –, faire feu des quatre fers –, tirer à hue et à dia –, haut la main –, être aux trousses de quelqu'un...*

MARINE : *Jeter l'ancre –, mener la barque –, mener en bateau –, s'embarquer sans biscuit –, prendre une bonne biture –, virer de bord –, bord à bord –, filer son câble –, à fond de cale –, mettre le cap sur –, de conserve –, corps et biens...*

JEUX : *Grand abatteur de quilles –, faire un accroc –, être plein aux as –, mettre tous les atouts dans son jeu –, courir la bague –, saisir la balle au bond –, se renvoyer la balle –, avoir barre sur quelqu'un –, toucher sa bille –, reprendre ses billes –, pousser le bouchon un peu loin –, se tenir à carreau –, abattre ses cartes –, tirer son épingle du jeu –, amuser le tapis –, être à la coule –, être hoc –, jouer*

*son va-tout –, être sous la coupe de quelqu'un –, le jeu
n'en vaut pas la chandelle –, passer la main –, damer le
pion –, tenir en échec –, faire faux bond...*

ÉGLISE : *Jeter le froc aux orties –, être réduit à la portion
congrue –, avoir voix au chapitre –, sentir le fagot –, être
en odeur de sainteté –, mettre à l'index –, ne plus savoir
à quel saint se vouer –, se faire l'avocat du diable...*

MÉDECINE : *Avoir les foies –, échauffer la bile –, décharger
sa bile –, se faire de la bile –, courir comme un dératé –,
se désopiler la rate –, se saigner à blanc –, se saigner aux
quatre veines –, dorer la pilule –, mentir comme un arracheur de dents...*

Si ces domaines sont bien représentés, il ne reste en
revanche que des traces des autres arts et techniques (musique, danse, orfèvrerie, bâtiment, peinture, tannage des
peaux, exploitation des forêts...) :
*De première bourre –, fin à dorer –, en boucher un
coin –, essuyer les plâtres –, avoir la frite –, changer de
gamme –, appuyer sur la chanterelle –, mesurer à son
aune –, faire la navette –, mettre en coupe réglée –, parler
à la cantonade –, donner le la –, être marqué au coin
de...*
Les expressions issues de la vie quotidienne sont trop
nombreuses et trop diverses pour qu'il soit possible d'en
dresser un inventaire. Aussi se contentera-t-on d'indiquer
quelques chiffres concernant le paradigme très productif des
parties du corps tel qu'il apparaît dans ce dictionnaire : *œil*,
93 occurrences ; *main*, 70 ; *pied*, 59 ; *cœur*, 58 ; *nez*, 54 ;
oreille, 52 ; *bras*, 42 ; *jambe*, 41 ; *cul*, 41 ; *doigt*, 36 ; *tête*, 43 ;
dos, 31 ; *dent*, 30 ; *peau*, 27 ; *bouche*, 26 ; *face*, 22 ; *épaule*,
14 ; *estomac*, 12 ; *genou*, 12 ; *fesse*, 12 ; *couille*, 4.
Il est intéressant de noter que ces chiffres recoupent de
façon très exacte ceux des tests effectués par le Centre du
français élémentaire[1] pour ce qui est de la notion de
vocabulaire disponible. Plus que celle de fréquence, cette
notion de disponibilité a l'avantage de souligner les liens

---

1. René Michéa, *Les Vocabulaires fondamentaux* – Revue des pro-
fesseurs de langues vivantes, Strasbourg, 1964.

du vocabulaire avec notre vie psychique, dans ce qu'elle a d'organique et de stable.

Pour terminer, on signalera le caractère livresque de nombre d'expressions : auteurs anciens, institutions antiques, histoire, Bible, qui témoignent du fonds culturel très complexe de la société française :

De même farine –, levée de boucliers –, être dans les bras de Morphée –, renvoyer aux calendes grecques –, vider son carquois –, fil d'Ariane –, passer sous les fourches caudines –, nettoyer les écuries d'Augias –, se passer le flambeau –, jouer les Cassandre –, tomber de Charybde en Scylla –, vouer aux gémonies –, épée de Damoclès –, aller à Canossa –, coup de Trafalgar –, fier comme Artaban –, être sur des charbons ardents –, baiser de Judas –, bouc émissaire –, porter sa croix –, colosse aux pieds d'argile –, mettre sous le boisseau –, jeter des perles aux pourceaux...

Modalités de la locution

À l'origine d'une locution il y a toujours une image, c'est-à-dire une figure d'analogie, rapprochant ou identifiant deux réalités appartenant à des domaines séparés.

Comparaison et métaphore constituent les véhicules indispensables de cette pensée analogique, sans qu'il soit possible de les séparer totalement, l'une étant souvent la source de l'autre. Un bon exemple est fourni par le fonctionnement de la locution écorcher le renard, «vomir», chez Rabelais[1]. Apparaissant sous la forme d'une simple comparaison au chapitre XVI du *Pantagruel* : «Et tous ces bonnes gens rendoyent là leurs gorges devant tout le monde, comme s'ils eussent escorché un renard», l'expression, au chapitre XI du *Gargantua* fonctionne comme une métaphore : Gargantua «escorchoyt le renard», avec toutes les caractéristiques de la locution.

Comparaison

Les expressions évoquant l'ivresse donnent une vue assez complète du procédé : **plein comme un boudin, une bourrique, une huître, une outre**; **rond comme une barrique**; **soûl comme un âne, une grive, un Polonais**.

---

1. F. Moreau, *L'image littéraire*, S.E.D.E.S., 1982, p. 20.

Les comparants y sont interchangeables, leur équivalence se fondant sur des analogies formelles *(barrique/bourrique)* ou sémantiques *(âne/bourrique)*. Les sèmes de rondeur et de plénitude assurent par ailleurs la cohésion de l'ensemble.

Beaucoup de ces comparaisons, qui ont été l'objet de multiples rencontres paronymiques et d'échanges divers, demeurent obscures. Il en va ainsi pour l'expression **écrire comme un chat**, où la comparaison repose sur la rencontre paronymique entre *griffer* et *grafer* («écrire»).

Métaphore

Répondant au besoin qu'éprouve la langue, populaire ou poétique, de concrétiser l'abstrait, la métaphore, plus immédiate et plus dynamique que la comparaison, est la forme la plus générale que prennent les locutions.

Mais si certaines de ces images continuent d'être parfaitement lisibles comme **n'être pas à prendre avec des pincettes**, il n'en va plus tout à fait de même pour l'expression **tomber en quenouille**, «être laissé à l'abandon», qui ne s'explique que par les valeurs adjointes attachées anciennement au terme *quenouille*, attribut féminin et symbole de faiblesse et de déchéance.

Le propre de la métaphore est en effet de perdre rapidement à l'usage son caractère concret et de se démotiver. Ainsi dans les expressions **prendre son pied, c'est le pied**, le mot *pied*, interprété aujourd'hui comme signifiant «plaisir» (et plus particulièrement «plaisir sexuel»), signifiait à l'origine «profit, part de butin revenant à chacun» et remonte à une époque où le *pied* était une unité de mesure.

Cette perte de motivation explique la refonte orthographique et la modification de sens intervenues dans l'histoire de la locution **tomber dans le lac**. Se présentant à l'origine sous la forme **tomber dans le lacs**, elle avait alors le sens d'«être pris au piège», le *lacs* désignant le lacet destiné à prendre le gibier. Elle est devenue, en raison de l'archaïsme de *lacs* et de son homonymie avec *lac*, «étendue d'eau», **tomber dans le lac** et a pris secondairement le sens d'«échouer», par analogie avec l'expression **tomber à l'eau**. La reconcrétisation de l'image a abouti ici à une modification de son sémantisme originel.

Abréviation et expansion

À propos de l'expression **étonné comme un fondeur de cloches**, Kr. Nyrop[1] montre comment la comparaison s'éclaire si l'on restitue l'ellipse **devant son moule vide** qui justifie la figure d'analogie.

Plusieurs locutions signifiant ·partir, s'enfuir·, totalement démotivées en apparence, doivent leur obscurité à une abréviation : **se faire la paire** s'explique par **se faire la paire de jambes** et **mettre les bouts** par **mettre les bouts de bois**, les *bouts de bois* désignant par métaphore les jambes.

De même **être à la coule** est une abréviation de **être à la couleur**, expression empruntée au jeu de cartes, et où *couleur* a subi une apocope. L'argot a considérablement exploité les potentialités du mot *couleur*, telles qu'elles figurent dans la locution **sous couleur de**, ·sous prétexte de·. Le mot évoquait la notion de surface trompeuse, recouvrant une réalité profondément différente, *couleur* a pris alors le sens de ·mensonge, manière habile de faire quelque chose de malhonnête·, d'où la nécessité d'informer, de **mettre à la couleur** celui dont on veut faire son complice. Étant donné que la locution abrégée a totalement éliminé la locution complète, le mot *coule* apparaît comme un dérivé obscur de *couler*, difficilement rattachable au verbe de base, et a subi une démotivation totale. L'expression **être à la coule** a ainsi d'abord signifié ·être au courant de·, puis a pris le sens de ·se montrer adroit·.

La locution **avoir les foies** combine abréviation et archaïsme. Jusqu'au début du XVIIe siècle on considère que le sang est fourni aux veines par le foie, qui est donc normalement rouge. Si le foie est blanc, il est signe que l'individu ne reçoit qu'un sang appauvri, il est un lâche. Le lâche est alors quelqu'un qui **a le foie blanc**. Le XVIe siècle avait, pour son compte, développé toutes les potentialités de cette structure archétypale dans une série d'expressions aujourd'hui disparues : **chaleur de foie** : ardeur ; **mon petit foie** : terme d'affection ayant servi de modèle à **mon petit cœur** ; **par mon foie** : juron ; **faire grand bien aux foies de quelqu'un** : lui causer un grand plaisir.

---

1. Kr. Nyrop, *Grammaire historique de la langue française*, Gyldendel, 2e édition, 1936.

Avoir les foies est donc bien au départ une abréviation de avoir les foies blancs. Cette structure ancienne a fini par disparaître. Le foie ne représente plus un organe de la peur par opposition au cœur, organe du courage. L'expression s'est retrouvée isolée, le mot *foie* de nos jours excluant par ailleurs toute possibilité de mise au pluriel. L'expression là encore apparaît donc comme totalement arbitraire.

Inversement une image peut être développée par l'ajout d'une expansion qui en souligne le caractère ironique ou affectif en redoublant certains des traits sémantiques propres aux éléments originels. Ainsi **en voir des vertes** devient, par redoublement de l'adjectif, **en voir des vertes et des pas mûres**, de même que **bâti à chaux** devient, par duplication du substantif, **bâti à chaux et à ciment** ou **bâti à chaux et à sable**.

Des indications spatiales viennent postérieurement préciser l'expression **se mettre le doigt dans l'œil** qui apparaît de façon plus expressive sous la forme **se mettre le doigt dans l'œil jusqu'au coude**, donnant lieu à la variante vulgaire **se mettre le doigt dans l'œil jusqu'au cul**, qui sous sa grossièreté ne fait que réactualiser une des significations du mot *œil* qui désignait dans le langage populaire le cul.

Synonymie

Si la locution **se faire des cheveux** relève de l'abréviation (elle remonte à une expression plus claire : **se faire des cheveux blancs**), celle de **se faire du mouron** relève du synonyme expressif. Les cheveux y sont en effet assimilés à une végétation, assimilation par ailleurs très habituelle, comme le suggère la polyvalence du mot *touffe* : *touffe d'herbe, touffe de cheveux*. Pour un locuteur ignorant cette synonymie, l'expression est totalement démotivée.

Ces synonymes expressifs sont souvent engendrés en chaîne par un phénomène de métaphorisation galopante[1], à partir d'un sémantisme de base unitaire. Ainsi le symbole de l'eau, dénotant la compromission et l'embarras, engendre **mettre dans le bain, être dans le bain, laisser mariner**. De même le mouvement des mâchoires peut signifier « manger »

---

1. J. Picoche, *Structure sémantique du lexique français*, Nathan, 1986.

DICTIONNAIRE DES EXPRESSIONS
IDIOMATIQUES FRANÇAISES

Dictionnaire des expressions idiomatiques françaises

par

Mahtab Ashraf

et

Denis Miannay

Maître de conférences à l'Université de Paris-Sorbonne

Le Livre de Poche

Collection dirigée par
Mireille Huchon et Michel Simonin

© Librairie Générale Française, 1995.
ISBN : 978-2-253-16003-8 – 1re publication LGF

et « parler ». Or *parler* est une litote pour « dénoncer ». Il existe
là encore toute une série d'expressions formées à partir de
tours signifiant à l'origine « manger » et devenus des équiva-
lents expressifs d'« avouer » : **se mettre à table, manger le
morceau, casser le morceau**, construites sur le modèle de
locutions n'ayant pas, pour leur compte, subi la même
évolution : **casser la croûte, casser la graine**, ou restées
polysémiques : **se mettre à table**.

Tout verbe signifiant « faire aller » peut prendre le sens de
« tromper », « ridiculiser » ; il en va ainsi de **mener en bateau**,
dont le choix repose sur une collision homonymique entre
bateau et *bastel* (bâton du prestidigitateur). L'expression allie
ici jeu de mots et archaïsme.

Tout objet rond ou arrondi sert à désigner la tête : *boule,
bille, balle, bobine...* Il en va de même pour certains réci-
pients arrondis : *bourrichon* (**se monter le bourrichon**),
cafetière, carafon, fiole, et pour divers fruits et légumes :
cerise (**se refaire la cerise**), *fraise* (**ramener sa fraise**), *chou*
(**rentrer dans le chou**).

Le synonyme expressif constitue une sorte de devinette.
Le but est de limiter la communication à un petit groupe
d'initiés en détournant certaines propriétés sémantiques du
mot de leur finalité informative habituelle. Le sens nouveau
ne peut être en effet intégré dans la polysémie du terme,
et ne s'explique que par son appartenance à un symbolisme
très général, susceptible d'autres équivalences.

Calembour, assonance, allitération, jeu de mots
Le langage populaire n'hésite pas à utiliser intentionnel-
lement certaines particularités de la langue (homonymie,
paronymie, polysémie, synonymie) pour produire des
énoncés susceptibles d'effets comiques. Quelques expressions reposent sur des calembours, formes particulières du
jeu de mots associant mémoriellement deux séquences phoniques proches : **c'est là que les Athéniens s'atteignirent**.

Le pendant sémantique du calembour est le jeu de mots,
résultant lui d'une association discursive : **raisonner (ré-
sonner) comme un tambour**. Pierre Guiraud[1] a montré, par
exemple, à propos du nom *chat*, qu'il était une source

---

1. P. Guiraud, *Les locutions françaises*, P.U.F., 1961, p. 94-95.

inépuisable d'équivoques, désignant tantôt une sécrétion catarrheuse dans **avoir un chat dans la gorge**, à la suite de l'homonymie *matou*, «chat», et *maton*, «grumeau»; une bouillie mal cuite dans **c'est de la bouillie pour les chats**; le sexe féminin dans **laisser aller le chat au fromage**, l'expression s'appliquant à une femme peu vertueuse. Cette équivoque générale justifie la signification de **appeler un chat un chat**, qui récuse tout sous-entendu.

Assonance et allitération se retrouvent aussi dans de nombreuses expressions, dont elles assurent la survie par leur caractère mnémotechnique :

– que ce soit sous forme d'expansions expressives pour certaines locutions : **à la tienne, Étienne**; **tu l'as dit, bouffi**; **tu parles, Charles**; **tout juste, Auguste**; **un peu, mon neveu**; dont les finales ne valent que par leur totale gratuité;

– ou qu'elles fondent le choix de l'image, par ailleurs indifférente : **qui vole un œuf vole un bœuf**.

On peut encore citer, relevant du même type d'assemblage : **qui se ressemble s'assemble**; **qui s'excuse s'accuse**; **tout nouveau, tout beau**; ainsi que les couples formés de deux termes synonymes, le plus souvent allitérés ou assonancés : **au fur et à mesure**; **à tort et à travers**; **sans rime ni raison**.

L'expression **promettre monts et merveilles** est de ce point de vue intéressante. Elle repose sur le croisement de deux locutions synonymiques **promettre monts et vaux** et **promettre merveilles**, dont l'allitération de *mont* et de *merveille* a assuré la jonction.

Enfin il existe toute une série de groupements phraséologiques qui jouent sur la forme de certains noms propres, noms de lieu et noms de personne. Beaucoup d'entre eux ne sont compréhensibles qu'en référence avec des termes d'ancien français ou des éléments argotiques, ce qui explique leur caractère éphémère et leur marginalisation rapide dans la langue. Leur disparition de l'usage nous a amenés bien souvent à ne pas les faire figurer dans le dictionnaire. Néanmoins, pour donner une idée de la vitalité du procédé à certaines époques, nous donnerons ici la liste des expressions de ce type formées à partir du verbe *aller*, devenu simple élément de périphrase et suivi de noms de lieu : **aller à Angoulême**, «avaler»; **aller en Bavière**, «avoir la vérole•, en raison d'une des manifestations de la maladie; **aller à Cachan**, •se cacher•; **aller en Cornouailles**, •être cocu• (*cornu* = cocu); **aller à Cracovie**, •mentir• (*craque* = mensonge); **aller à Crevant**, •mourir•; **aller en Germanie**, •corriger une épreuve d'imprimerie• (*remanier* = corriger); **aller à Montretout**, •se déshabiller•; **aller à Niort**, •nier•; **aller à Pampelune**, •aller très loin•, en raison de la finale *lune*; **aller à Perse**, •séduire une femme•, compte tenu du sens particulier du verbe *percer*; **aller à Rouen**, •être dans une situation difficile•, en raison de l'homonymie *Rouen/ rien*; **aller à Saint-Bezet**, •s'agiter• (ancien français *bezer* = •courir çà et là•); **aller à Turin**, •revenir bredouille•, en raison de l'homonymie *Turin/tue rien*; **aller à Vatan**, •s'en aller•; **aller à Versailles**, •culbuter• (cf. le verbe *verser*).

Aperçus littéraires

L'histoire des locutions se confond souvent avec celle des usages littéraires. Rassemblées dans les recueils de proverbes médiévaux, elles servent de pré-texte à de nombreux fabliaux, tel celui qui développe l'expression **graisser la patte**, où l'on voit une vieille femme graisser littéralement la main de son seigneur avec un morceau de lard. Le *Jeu de Saint Nicolas* met ainsi en scène un aubergiste et son client, dont la dispute lors du règlement du repas illustre concrètement l'expression **avoir maille à partir**.

Chez Villon, les locutions participent, au même titre que certains emplois argotiques, à l'écriture cryptée d'une poésie que l'auteur destine à ses semblables et qu'il paraît vouloir rendre impénétrable à tout lecteur que le message ne concerne pas.

Rabelais exploite constamment, jusqu'à en abuser, la veine comique des locutions : qu'il les combine en créant des amalgames contradictoires, comme dans le portrait de Panurge, **fin à dorer comme une dague de plomb**, pour traduire un mélange inattendu de finesse et de lourdeur d'esprit, suivant en cela le *topos* traditionnel du rusé-naïf, ou qu'il feigne de prendre à la lettre les éléments qui les composent, comme pour **croquer la pie** : •boire•, à partir de laquelle il imagine une guerre entre les pies et les geais, menée par un vieux geai croqueur de pies. De même pour donner du relief à l'expression **avoir la puce à l'oreille**, qui avait à cette époque une nuance nettement érotique, ainsi que le souligne le titre d'un chapitre du *Tiers Livre* qui l'illustre : «Comment Panurge avait la puce en l'oreille et cessa de porter sa magnifique braguette», il fait se présenter Panurge avec une puce enchâssée dans un anneau à son oreille.

La locution **manger son blé en herbe** fait l'objet du même type de réalisation.

Dans les *Commentaires* de Blaise de Monluc, ces expressions se retrouvent constamment dans les propos du soldat comme dans les digressions de l'auteur où elles concourent au naturel et à l'expressivité des conseils de prudence que son expérience lui suggère à l'intention des capitaines futurs : «Un vieux routier est difficile **d'être pris au trébuchet**» (livre V).

Les Contents d'Odet de Turnèbe, dont on sait qu'il a écrit par ailleurs une *Comédie des proverbes*, présentent une variété de discours, à l'image des personnages qu'ils mettent en scène. L'utilisation d'expressions traditionnelles y est la caractéristique du langage ordinaire des valets et des personnages types, comme celui de la vieille entremetteuse Françoise. À la scène 7 de l'acte V, le valet Nivelet juge ainsi de l'habileté rhétorique de Françoise, chargée de persuader Geneviève de recevoir Basile, l'un de ses prétendants : «Je crois que cette vieille sempiternelle **a été à l'école de quelque frère frappant**.» et conclut après son succès :
«C'est à ce coup que **la vache est vendue**.»
Quant à Françoise, au cours de la même scène, elle stigmatise l'attitude craintive de Geneviève en ces termes : «Vous **n'avez pas encore monté sur l'ours**.»

Le XVIIe siècle, au nom d'une esthétique du «bon goût», va accentuer une tendance déjà sensible à la fin du XVIe (D'Aubigné n'admet, par exemple, l'expression **aux abois de**, «proche de», que parce qu'elle relève d'un registre élevé) et rejeter des genres nobles les tournures populaires comme trop marquées par leur origine. Il n'y autorise que les expressions liées à la vie sociale, et rapidement démotivées.

On trouve ainsi chez Malherbe, dans sa *Prière pour le roi allant en Limousin* :
«...s'ils **tiennent la bride** à leur impatience
Nous n'en sommes tenus qu'à sa protection»

où, au-delà du jeu sur l'utilisation du verbe *tenir*, l'emploi de l'expression *tenir la bride* ne se justifie qu'en raison de son emprunt à un vocabulaire noble, celui de l'équitation.

Par réaction contre cet excès, beaucoup d'écrivains vont utiliser l'effet comique que peut produire l'apparition d'une expression vulgaire dans un contexte élevé. C'est un des procédés essentiels du burlesque. Dans le *Virgile travesti* de Scarron, la reine Didon interpelle ainsi Énée :

« Haranguez vivement, beau sire
Sans tant **tourner autour du pot.** »

Elles trouvent aussi refuge chez les poètes satiriques, où, outre leur signification habituelle, elles se chargent souvent de connotations grivoises. Tel est bien le sens de l'aphorisme final prêté par Mathurin Régnier dans la satire XII à la vieille entremetteuse Macette et par lequel il conclut la liste des curieux conseils que ce Tartuffe femelle prodigue à une jeune fille qu'elle se propose de déniaiser :

« ... lorsqu'on a du bien, il n'est si décrépite
Qui ne **trouve,** en donnant, **couvercle à sa marmite** ».

Variante littéraire féminisée de **trouver chaussure à son pied,** « trouver ce qui convient », l'expression **trouver couvercle à sa marmite,** grâce à la relation synecdochique existant entre *couvercle* et *marmite,* prend en contexte galant le sens particulier de « trouver l'homme qui pourra convenir physiquement[1] ». Qu'on songe encore à la valeur, elle aussi très « spécialisée », que peut avoir dans certaines circonstances le tour **c'est dans de vieux pots qu'on fait de bonnes soupes.**

Ces expressions sont l'un des traits du style naturel des correspondances (Mme de Sévigné, Voltaire, Flaubert...). On y voit des expressions changer de registre ; ainsi de la tournure **se faire de la bile,** utilisée par Mme de Sévigné et devenue aujourd'hui très familière.

Mais c'est la comédie et le roman réaliste des XVIIe, XVIIIe, XIXe siècles (Ch. Sorel, Rétif de la Bretonne, Diderot, Zola...) qui vont constituer, grâce à la présence de toute une foule de personnages issus du peuple, le lieu littéraire privilégié

---

1. Cette signification érotique est encore celle de la chanson populaire *La Marmite à Saint Lazare,* que chante la Môme Crevette de Feydeau dans *La Dame de chez Maxim.*

des expressions familières. Elles y sont l'occasion de toute
sorte de jeux sémantiques ou formels :

– entre le sens littéral et le sens figuré, comme dans *Le
Médecin malgré lui* de Molière où Martine s'étant plainte
d'avoir quatre enfants **sur les bras**, Sganarelle lui répond :
« Mets-les à terre » ;

– entre le début du tour et sa finale inattendue, comme
dans l'échange entre Figaro et Bazile, dans *Le Mariage de
Figaro* de Beaumarchais, à propos des trop nombreuses
visites que Chérubin rend à Fanchette :

Bazile – « ... Chérubin ! Chérubin ! vous lui causerez des
chagrins ! **tant va la cruche à l'eau...** ! »

Figaro – « Ah ! voilà notre imbécile avec ses vieux proverbes ! Hé bien ! pédant ! que dit la sagesse des nations ?
tant va la cruche à l'eau, qu'à la fin... »

Bazile – « Elle s'emplit. »

Figaro (en s'en allant) – « Pas si bête, pourtant, pas si
bête. »

Le caractère éminemment dramatique de certains tours
phraséologiques se révèle en outre dans le rôle d'illustration
que jouent nombre d'intrigues théâtrales, chargées, selon
une longue tradition, de mettre en scène telle ou telle
expression-titre, qu'elles soient anciennes ou inventées pour
la circonstance d'après les modèles convenus, et qu'il s'agit
alors de développer.

Citons, chez Musset, *Il ne faut jurer de rien, Il faut qu'une
porte soit ouverte ou fermée*, et chez Feydeau *Chat en poche,
La Puce à l'oreille, Le Fil à la patte*, où le procédé est
poussé jusqu'en ses limites. Toute l'habileté du dramaturge
consiste en effet alors à faire prononcer par les héros de
la mésaventure, et si possible lors de la dernière scène,
l'expression fondatrice de la pièce.

Pacarel – « Mes amis, que vous achetiez des navets, ou
que vous traitiez avec un ténor, exigez toujours de voir la
marchandise ! On ne sait jamais ce qu'on risque d'**acheter
chat en poche** ! Champagne ! » *(Chat en poche)*.

La présence d'expressions populaires est au XIXe siècle la
marque obligatoire de toute prose réaliste. Elles sont chez
Balzac un des éléments principaux de la schématisation à
laquelle l'entraîne sa conception physiologique, les person-

nages portant sur leur aspect extérieur les stigmates de leur passion prédominante :

« Aussi l'imagination de ceux qui (...) ont habité pendant quelque temps une petite ville de province de ce genre, peut-elle entrevoir l'air de satisfaction profonde répandu sur les physionomies de ces gens qui **se croient le plexus solaire** de la France... » *(Les Paysans).*

À la fois regard et voix, elles témoignent d'une vision idéologique d'un monde dramatisé, où tout devient signifiant.

« Plus un homme est médiocre, plus promptement arrive-t-il : il peut **avaler des crapauds vivants**, se résigner à tout, flatter les petites passions basses... » *(Illusions perdues).*

Cette dimension sociologique des expressions familières s'accentue chez Zola. En fonction des principes naturalistes de cet auteur, elles ont pour rôle, chez lui, de donner l'idée la plus exacte possible des milieux qu'il décrit et répondent autant à une préoccupation esthétique qu'à un souci d'authenticité. « Les voisins **en fumaient** », dit Coupeau dans *L'Assommoir*, parlant de l'excitation qui s'est emparée du quartier au spectacle des invités de Gervaise dégustant une oie phénoménale. L'emploi de ces tournures ne se limite pas dans l'œuvre de Zola aux seuls propos de quelques personnages. Elles envahissent aussi description et narration où elles se fondent avec les propres images de l'auteur dans une écriture polyphonique, révélatrice de l'ambiguïté de ses sentiments à l'égard d'une classe sociale qui le fascine et lui fait peur à la fois.

Le rôle de révélateur social est encore celui que joue chez Proust[1], l'utilisation de locutions idiomatiques par certains personnages de *À la recherche du temps perdu*. À côté des stéréotypes de Norpois et de Brichot, des tics d'un Charlus vieillissant, des affectations de prononciation des Guermantes et des « fumisteries » des habitués du salon de Mme Verdurin, il y a les maladresses attendrissantes de Françoise, gouvernante de la grand-mère du narrateur, dont il se plaît à multiplier les propos entendus lors de ses vacances à Combray : « Et vous verrez qu'ils ne les mangeront pas **avec le dos de la cuiller** », dit-elle des asperges qu'elle prépare pour le déjeuner du dimanche des « Parisiens ».

---

1. G. Genette, *Proust et le langage indirect. Figures II*, Seuil, 1969.

Avec Maurice Genevoix, l'histoire littéraire des locutions retourne à ses origines, renouant les fils qui les lient à un groupe particulier, à ses modes de vie, son histoire et ses croyances. Les mots du chasseur, du pêcheur, de l'artisan s'y allient aux termes du langage commun et fixent à jamais les images originelles de la vie et de la mort.

De même que Renard et le grand cerf rouge des Orfosses continuent de vivre, par-delà la mémoire, dans d'accidentelles ressemblances qui assurent la permanence de leur identité, les expressions recomposent un monde pérenne où l'on **rompt les chiens** pour engager la conversation, et où le vin de Vouvray, «fusant» son éclat, **fait la queue du paon**, rendant **rieur à dérider** jusqu'aux prieuses d'enterrement, pendant que **la Sainte Vierge plume ses oies** et que la neige, assourdissant les bruits, contraint à **ne pas faire de train**.

Avant d'en terminer avec ce panorama, on n'aurait garde d'oublier la tentative de L.-F. Céline, s'efforçant de concilier dans le «plurivocalisme» de son écriture[1] la diversité des formes linguistiques du français, telles que les avait distinguées l'esthétique classique. Les modes d'expression populaires en constituent l'élément central, à partir duquel il élabore un discours subversif, dénonçant tout à la fois l'oppression des normes littéraires de son temps et celle des règles sociales en vigueur :

«Je vois le Mauriac, le vieux cancéreux, dans sa nouvelle cape allongée, très *new look* et sans lunettes, véritable régal des familles (...) faribole d'États... ouvrez! **fermez le ban!** tripes plein les sciures (...) le vrai sens de l'Histoire (...) et hop (...) que toute la nation **prenne son pied**.

– Eh là! vous **battez la breloque**!...

– Certainement» *(Rigodon)*.

D. M.

1. H. Godard, *Poétique de Céline*, Gallimard, 1985.

AVERTISSEMENT

Ce dictionnaire se veut essentiellement pratique. Aussi a-t-on choisi, afin d'en faciliter la consultation, de classer les expressions selon un ordre purement alphabétique. Chacune d'elles est relevée sous le mot (verbe, nom, adjectif...) qui nous a semblé en constituer l'élément essentiel. En raison du caractère très relatif de ce critère, nous n'avons pas hésité à souvent faire apparaître une même expression sous des entrées différentes.

À l'intérieur de chaque rubrique les diverses locutions ont été regroupées de manière alphabétique, sans qu'il soit tenu compte de la nature grammaticale ou syntaxique des syntagmes incluant le terme d'entrée. Chaque fois que cela a été possible, nous avons fait figurer ces unités complexes sous leur forme la moins marquée : masculin, singulier pour les noms et les adjectifs, infinitif pour les verbes. Sont également mentionnés les registres de langue auxquels appartiennent les locutions.

Toutes explications historiques et étymologiques ont été volontairement exclues. Le lecteur curieux trouvera les compléments souhaitables dans les ouvrages généraux. Ainsi pour l'étymologie et la date d'apparition de la locution pourra-t-il se référer en priorité au *Trésor de la langue française* (C.N.R.S.). Ces nécessaires indications ne permettent toutefois pas toujours d'expliquer pourquoi tel groupement libre est devenu une locution. Pierre Guiraud (*op. cit.*, p. XXII) a bien montré à propos de **faire des gorges chaudes** comment le figement et l'élargissement de sens de l'expression avaient dépendu de modifications intervenues dans la construction (*faire gorge → faire des gorges*), de l'homonymie du substantif avec un nom signifiant «insulte» et de certaines valeurs connotatives liées à l'adjectif *chaud*.

ABRÉVIATIONS

fam. *familier*   pop. *populaire*

lit. *littéraire*   vx. *vieux*

A

a

De A à Z.
Complètement.
Ne savoir ni A ni B.
Être ignorant.
Prouver par A + B.
Démontrer rigoureusement.

abandon

À l'abandon.
Sans soin.
Parler avec abandon.
Se confier.

abattage

Avoir de l'abattage *fam.*
Être très dynamique.

abatteur

Abatteur de besogne.
Personne qui travaille vite.
Grand abatteur de bois *vx.*
Grand abatteur de quilles *vx.*
Se dit d'une personne qui se vante de nombreuses aventures amoureuses.
Vantard.

abattis

Numéroter ses abattis *pop.*
Se préparer à une épreuve difficile et imminente.

abattre

Abattre de la besogne.
Faire rapidement beaucoup d'ouvrage.
Abattre ses cartes.
Abattre son jeu.
Dévoiler ses intentions.
Abattre une distance.
La parcourir.
En abattre *fam.*
Faire beaucoup de travail.
Homme à abattre.
Personne qui doit être supprimée.
Ne pas se laisser abattre.
Ne pas se laisser décourager.
Petite pluie abat grand vent.
Il suffit de peu de chose pour mettre fin à un différend.

abbé

Face d'abbé *vx.*
Visage replet.
Table d'abbé *vx.*
Très bonne table.

abc

L'ABC du métier.
Les rudiments d'un métier.

abcès

Abcès de fixation.
Élément qui empêche la propagation de troubles.
Crever l'abcès.
Donner une solution radicale à une situation dangereuse.
Faire éclater la vérité.

abîme

Course à l'abîme.
Évolution catastrophique.
L'abîme appelle l'abîme.
Un malheur en entraîne un autre.
Un abîme de science.
Personne très savante.

abois

Être aux abois.
Être dans une situation très difficile.

abomination

L'abomination de la désolation.
Le comble du mal.

abondance

Abondance de biens ne nuit pas.
On n'est jamais trop riche.
Parler d'abondance.
Improviser.
Parler d'abondance de cœur.
Exprimer librement ses sentiments.

abonder

Abonder dans le sens de quelqu'un.
L'approuver totalement.

abord

D'abord.
Aussitôt.

Dans l'abord *lit.*
En premier lieu.
De prime abord.
À première vue.
Dès l'abord.
Dès le premier instant.

abordée
D'abordée *lit.*
Aussitôt.

aboutissant
Les tenants et les aboutissants.
Les causes et les conséquences d'une affaire.

aboyer
Aboyer à la lune *fam.*
Crier inutilement.

abrégé
En abrégé.
Brièvement.
En utilisant des abréviations.

abreuvoir
Abreuvoir à mouches *vx.*
Large plaie.

abri
À l'abri de.
Protégé de.
Mettre quelqu'un à l'abri *pop.*
Le mettre en prison.

abrupto
Ex abrupto.
Brutalement.

absence
Avoir des absences.
Être distrait.
Briller par son absence *fam.*
Se dit de quelqu'un dont l'absence ne passe pas inaperçue.

absent
Les absents ont toujours tort.
On ne peut se défendre qu'en étant présent.

absolument
Absolument parlant.
En soi.
Sans égard aux circonstances.

abstracteur
Abstracteur de quintessence.
Alchimiste vx.
Personne qui analyse à l'excès.

abstraction
Faire abstraction de.
Ne pas tenir compte de.

abus
Il y a de l'abus *fam.*
C'est exagéré.

acabit
De même acabit *fam.*
Identique.

accélérateur
Appuyer sur l'accélérateur *fam.*
Se dépêcher.
Coup d'accélérateur.
Action destinée à accélérer un processus.

accent
Mettre l'accent sur.
Insister.

accès
Avoir accès à.
Avoir la possibilité d'obtenir quelque chose.
Par accès.
De façon irrégulière.

accident
Par accident.
Par hasard.

accolade
Donner l'accolade à *vx.*
Boire le contenu de.

accommoder
Accommoder quelqu'un de toutes pièces *fam.*
Le couvrir de ridicule.

accord
D'accord avec.
Avec l'acquiescement de.
D'un commun accord.
À l'unanimité.
En accord.
De façon harmonieuse.
Tomber d'accord.
Être du même avis.

accordéon
En accordéon *fam.*
Se dit d'un vêtement qui forme de nombreux plis.

Faire l'accordéon *fam.*
Se dit d'une file de personnes ou de véhicules qui s'allonge et se raccourcit.

accorder
Accorder ses violons *fam.*
Se mettre d'accord.

accouchée
Parée comme une accouchée.
Très parée.

accoucher
La montagne qui accouche d'une souris.
Se dit de résultats dérisoires malgré l'importance des moyens mis en œuvre.

accoutrer
Accoutrer quelqu'un de toutes pièces.
S'en moquer.

accoutumée
À l'accoutumée.
Habituellement.

accroc
Faire un accroc.
Déroger sans gravité.

accrocher
Accrochez les wagons ! *pop.*
Expression saluant une éructation.
Avoir le cœur bien accroché *fam.*
N'éprouver aucun dégoût.
Ne pas être émotif.
Se l'accrocher *pop.*
Se passer de.

accroire
En faire accroire à quelqu'un.
Le tromper.

accus
Recharger ses accus *fam.*
Reprendre des forces.

accuser
Accuser le coup *fam.*
Réagir vivement à une attaque.
Être affecté physiquement et moralement.

achoppement
Pierre d'achoppement.
Obstacle.

acide
Tourner à l'acide.
Devenir blessant.

acier
Moral d'acier.
Courage à toute épreuve.

à-coup
Par à-coups.
De façon intermittente.

acquis
Avoir de l'acquis.
Avoir de l'expérience.
C'est un fait acquis.
Cela est certain.

acquit
Par acquit de conscience.
Par obligation.
Pour en être sûr.
Par manière d'acquit *lit.*
Sans conviction.
Pour la forme.

acte
Avaler son acte de naissance *pop.*
Mourir.
Donner acte.
Reconnaître.
Faire acte de.
Montrer.
Passage à l'acte.
Exécution d'un projet.
Prendre acte.
Noter.

actif
Avoir à son actif.
Compter au nombre de ses réussites.

action
Dans le feu de l'action.
Au plus fort de l'action.
Ses actions baissent *fam.*
Son crédit diminue.

actualité
Coller à l'actualité.
Suivre de près les événements.
Être d'actualité.
Convenir au moment présent.

Adam
En costume d'Adam *fam.*
Nu.

Ne connaître ni d'Ève ni d'Adam *fam.*
Ignorer totalement.

adieu

Dire adieu à quelque chose.
Y renoncer.

adresse

Sans laisser d'adresse.
Sans laisser de trace.

advenir

Advienne que pourra!
Il arrivera ce qui doit arriver.

affaire

Affaire classée.
Problème résolu.
Avoir affaire à forte partie.
Affronter quelque chose ou quelqu'un de redoutable.
Avoir affaire à quelqu'un.
Avoir des relations avec lui.
Ce n'est pas une mince, une petite affaire *fam.*
C'est une entreprise importante.
C'est toute une affaire *fam.*
C'est une chose difficile.
En faire une affaire d'État.
En exagérer l'importance.
Être à son affaire.
Exercer une activité qui plaît.
Être hors d'affaire.
Être hors de danger.
Être l'affaire de peu de temps.
Être résolu en peu de temps.
Faire affaire.
Conclure un accord.
Faire des affaires.
Exercer une activité commerciale lucrative.
Faire l'affaire.
Convenir.
Faire son affaire à quelqu'un *fam.*
Lui infliger un châtiment.
Faire son affaire de quelque chose.
S'en charger.
L'affaire est dans la poche, dans le sac *fam.*
L'échec est improbable.

La belle affaire! *fam.*
Exclamation ironique signifiant que la chose n'a pas d'importance.
Mêlez-vous de vos affaires! *fam.*
Invite à ne pas s'occuper des problèmes d'autrui.
Se tirer d'affaire.
Échapper à un danger.
Toutes affaires cessantes.
Immédiatement.

affiche

Être à l'affiche.
Se dit d'un spectacle qui se donne.
Faire, jeter l'affiche *pop.*
Affecter des attitudes d'homme affranchi.
Tenir l'affiche.
Se dit d'un spectacle joué durant une longue période.

affinité

Affinités électives.
Harmonie des goûts qui rapproche deux êtres.

affoler

Il faudrait vous affoler *fam.*
Il faudrait vous dépêcher.

affront

Dévorer un affront.
Le subir patiemment.
En avoir l'affront.
Ne pas réussir.

affût

Être à l'affût.
Guetter.

âge

Avoir passé l'âge.
Être trop âgé.
C(e n)'est (pas) de son âge.
Cela (ne) lui convient (pas).
Entre deux âges.
Ni jeune ni vieux.
Être dans la fleur de l'âge.
Être en pleine jeunesse.
Être sur l'âge.
Être près de la vieillesse.
Il y a bel âge que *litt.*
Il y a longtemps que.

L'âge bête *fam.*
L'âge ingrat.
L'adolescence.
Le quatrième âge.
L'extrême vieillesse.
Le troisième âge.
L'âge de la retraite.

agneau

Doux comme un agneau.
Très doux.
Innocent comme l'agneau qui vient de naître *fam.*
Totalement innocent.

agrafer

Agrafer quelqu'un *fam.*
L'aborder à l'improviste.
L'arrêter.

aguets

Être aux aguets.
Surveiller avec beaucoup d'attention.

aide

Dieu vous soit en aide! *vx.*
À vos souhaits!

aider

Aide-toi, le ciel t'aidera.
Il convient d'agir par soi-même, avant d'espérer une aide extérieure.

aigle

Avoir un regard d'aigle.
Avoir une vue perçante.
Être perspicace.
Ce n'est pas un aigle *fam.*
Il est très médiocre.

aiguille

Chercher une aiguille dans une botte, une meule de foin.
Chercher quelque chose de pratiquement introuvable.
De fil en aiguille.
Par une progression naturelle.
Discuter, raisonner sur des pointes d'aiguille *vx.*
Parler de choses exagérément subtiles.
Faire passer quelqu'un par le trou d'une aiguille *fam.*
L'intimider.

Passer par le trou d'une aiguille.
Accomplir une action presque impossible.
Sur la pointe d'une aiguille *lit.*
Sur des points de détail.

aiguillette

Dénouer, lâcher l'aiguillette *vx.*
Satisfaire un besoin naturel.
Nouer l'aiguillette.
Jeter un sort qui rendrait impuissant.

aile

À tire-d'aile.
Rapidement.
Avoir du plomb dans l'aile *fam.*
Être gravement atteint.
Avoir un coup dans l'aile *fam.*
Être ivre.
Battre de l'aile *fam.*
Péricliter.
Couper les ailes à quelqu'un.
Rogner les ailes à quelqu'un.
Lui retirer une partie de ses moyens.
Donner des ailes.
Faire aller plus vite.
En avoir dans l'aile *fam.*
Être affaibli.
Être amoureux.
Être sous l'aile de quelqu'un.
Être sous sa protection.
Se brûler les ailes.
Échouer dans une entreprise séduisante mais risquée.
Voler de ses propres ailes.
Agir sans l'aide d'autrui.

ailleurs

Être ailleurs.
Être distrait.

aimable

Aimable comme une porte de prison *fam.*
Très désagréable.

aimer

Aimer à croire que.
Espérer.
Aimer autant *vx.*
Aimer mieux.
Préférer.

Qui aime bien châtie bien.
*La sévérité est une preuve d'af-
fection.*

Qui m'aime me suive.
*Que celui qui m'aime fasse ce
que je ferai.*

air

Agir en l'air *fam.*
Agir à la légère.

Avoir toujours un pied en l'air.
S'agiter constamment.

Bâtir en l'air.
Se faire des illusions.

Changer d'air.
Partir.

Cracher en l'air *fam.*
Être inefficace.

Donner air.
Donner libre cours à.

En l'air.
Sans fondement.

Être en l'air.
Être en désordre.
Être agité.

Être libre comme l'air.
N'avoir aucune obligation.

Ficher en l'air *fam.*

Foutre en l'air *pop.*

Jeter, mettre en l'air *fam.*
Renvoyer, se débarrasser.
Détruire, mettre en désordre.

Il y a quelque chose dans l'air.
Quelque chose se prépare.

Jouer la fille de l'air *pop.*
S'enfuir.

Libre comme l'air.
Totalement libre.

Ne pas manquer d'air *fam.*
*Faire preuve d'audace ou de
suffisance.*

Pomper l'air *fam.*
Exaspérer.

Prendre l'air.
*Sortir pour respirer un air plus
pur.*

Prendre l'air de.
*S'informer à propos de quelque
chose.*

S'envoyer en l'air *pop.*
Avoir des relations sexuelles.

Se déguiser en courant d'air *pop.*
Disparaître.

Se donner de l'air.
Partir.
Se libérer des contraintes.

Tête en l'air *fam.*
Personne étourdie.

Vivre de l'air du temps.
Être sans ressources.

air

Avoir de l'air de *lit.*
Ressembler à.

Avoir des airs penchés *fam.*
*Avoir une attitude affectée pour
séduire ou se faire plaindre.*

Avoir grand air.
Faire preuve de distinction.

Avoir l'air.
Paraître.

Avoir l'air à la danse.
Avoir des dispositions pour.

Avoir l'air de deux airs *fam.*

Avoir l'air d'en avoir deux *fam.*
Être bizarre.
Être hypocrite.

Avoir l'air en dessous.
Avoir une attitude dissimulée.

Avoir l'air fin, idiot *fam.*
Être ridicule.

Avoir l'air mauvais.
Paraître méchant.

Avoir un faux air de.
Ressembler vaguement à.

Ça m'en a tout l'air *fam.*
Cela y ressemble vraiment.

Cela n'a l'air de rien.
C'est très important.

Les gens du bel air *lit.*
Les gens de la haute société.

Ne pas avoir l'air d'y toucher.
*Cacher ses sentiments sous des
apparences anodines.*

Prendre, se donner de grands airs
fam.
Avoir une attitude hautaine.

Sans en avoir l'air.
Sans le montrer.

air

En jouer un air *pop.*
S'enfuir.

L'air et la chanson.
L'apparence et la réalité.
Sur l'air des lampions.
En scandant les syllabes sur la même note.

airain
Ciel d'airain.
Ciel sans nuages.
D'airain.
Sonore.
Infranchissable.
Un cœur d'airain.
Personne impitoyable.

aise
À l'aise.
Sans éprouver aucune gêne.
À l'aise, Blaise ! *fam.*
Cela ne présente aucune difficulté.
À votre aise !
Comme vous le voudrez.
Combler d'aise.
Satisfaire.
En parler à son aise.
En parler sans y être directement impliqué.
En prendre à son aise.
Ne faire que ce qui plaît.
Mal à l'aise.
Qui éprouve de la gêne.
Ne pas se sentir d'aise.
Être rempli de joie.
Prendre ses aises.
Ne pas se gêner.

aise
Être bien aise de.
Être très heureux de.

ajuster
Ajustez vos flûtes *fam.*
Cessez de vous disputer.

alambic
Passer par l'alambic *vx.*
Examiner avec soin.

alambiquer
S'alambiquer le cerveau.
S'efforcer à la subtilité.

alarme
Donner l'alarme.
Annoncer un danger.

alcôve
Tenir alcôve *vx.*
Recevoir.

algèbre
C'est de l'algèbre.
C'est difficile à comprendre.

aligner
Les aligner *pop.*
Payer.
Pouvoir toujours s'aligner *pop.*
Ne pas pouvoir soutenir la comparaison.

allemand
C'est de l'allemand *vx.*
C'est incompréhensible.
Querelle d'Allemand *vx.*
Querelle sans motif valable.

aller
À Dieu vat !
Que la Providence nous vienne en aide.
Aller à bien *lit.*
Réussir.
Aller à Canossa.
Se soumettre.
Aller à vau-l'eau.
Aller à sa perte.
Aller au fond des choses.
Approfondir une question.
Aller de droit chemin.
Mener une vie honnête.
Aller de pair.
Être à un même niveau.
Aller de soi.
Être évident.
Aller fort *fam.*
Aller trop loin.
Exagérer.
Aller loin.
Avoir des prolongements.
Aller vite en besogne.
Conclure trop rapidement.
Allez au diable !
Expression marquant l'impatience.
Allez vous promener ! *fam.*
Exclamation marquant l'impatience.
À tout va *fam.*
À toute vitesse.

8

Ça va, ça vient.
Rien n'est sûr.
Ça y va (à la manœuvre) *fam.*
Tout marche bien.
Comme tu y vas! *fam.*
Tu exagères.
Et allez donc! *fam.*
Exclamation qui marque l'incrédulité.
Faire aller quelqu'un *vx.*
Lui en faire accroire.
Laisser tout aller.
Se décourager
Ne pas y aller avec le dos de la cuiller *fam.*
Agir brutalement.
Ne pas y aller de main morte *fam.*
Faire preuve de rudesse.
Ne pas y aller par quatre chemins *fam.*
Faire preuve d'une franchise brutale.
Va comme je te pousse *pop.*
De n'importe quelle façon.
Va pour! *fam.*
Exclamation marquant l'acceptation.
Y aller *fam.*
Agir franchement.
Y aller de bon cœur.
Agir avec énergie.

aller

Au pis aller.
Dans le pire des cas.
Donner un aller et retour à quelqu'un *fam.*
Le gifler.

allongé

Le boulevard des allongés *pop.*
Le cimetière.

allonger

Allonger la mine, le nez, le visage de quelqu'un.
Le décevoir.
Allonger la sauce *fam.*
Développer.
Allonger le pas.
Se dépêcher.

Allonger une somme *pop.*
Les allonger *pop*
Payer.

allumage

Avance, retard à l'allumage *fam.*
Rapidité, lenteur de réaction.

allumer

Allumer les sens de quelqu'un.
Allumer quelqu'un *pop.*
Exciter ses désirs sensuels.

allure

À toute allure *fam.*
Très rapidement.
Avoir fière allure.
Avoir une grande allure.
En imposer par sa prestance.

almanach

Faiseur d'almanachs *lit.*
Astrologue.
Rêveur.

aloi

De bas aloi *vx.*
Méprisable.
De bon, mauvais aloi.
De bonne, mauvaise qualité.

alors

Alors quoi! *pop.*
Expression marquant l'indignation.
Non, mais alors! *pop.*
Il ne faut pas exagérer.

alouette

Attendre que les alouettes tombent toutes rôties (dans le bec) *fam.*
Ne rien faire pour obtenir quelque chose.
Miroir aux alouettes.
Piège qui attire par fascination.

alpha

L'alpha et l'oméga.
Le commencement et la fin.
La totalité.

alphabet

Renvoyer quelqu'un à l'alphabet.
Le renvoyer apprendre les rudiments de son métier.

amadou

Avoir un cœur d'amadou.
S'amouracher facilement.

aman

Demander l'aman.
Faire sa soumission.

amande

En amande.
Ovale.

ambassade

Faire une belle ambassade.
Échouer.

ambassadeur

Pas d'ambassadeur *vx.*
Allure grave et lente.

amble

Mettre à l'amble *vx.*
Calmer.
Sortir de son amble *vx.*
Changer.

ambre

Être fin comme l'ambre.
Être subtil.

ambulance

Tirer sur l'ambulance *fam.*
Accabler quelqu'un qui est dans une situation difficile.

âme

Âme damnée.
Mauvais inspirateur.
Âme sœur.
Personne très proche sentimentalement.
Avoir de l'âme.
Être sensible.
Avoir des états d'âme.
Avoir des scrupules.
Avoir du vague à l'âme.
Être triste.
Avoir l'âme chevillée au corps.
Résister avec énergie.
Avoir l'âme sur les lèvres *lit.*
Être près de mourir.
Bonne âme.
Personne pleine de bonté.
Dans l'âme.
Entièrement.
De toute son âme.
De toutes ses forces.

En mon âme et conscience.
Sincèrement.
Être comme un corps sans âme.
Être désemparé.
Être comme une âme en peine.
Être seul et triste.
Fendre l'âme.
Causer une vive douleur morale.
La mort dans l'âme.
À contrecœur.
Recommander son âme à Dieu.
Se préparer à la mort.
Rendre l'âme.
Mourir.
Se donner corps et âme à quelque chose.
S'y consacrer totalement.
Sur mon âme.
Je vous en donne l'assurance.
Vendre son âme au diable.
Pactiser avec les forces du mal.

amen

De pater à amen *vx.*
Du commencement à la fin.
Dire amen *fam.*
Approuver.

amende

Faire amende honorable.
Reconnaître ses fautes.
Mettre à l'amende.
Infliger une punition légère.

amener

Amener son pavillon.
Céder.

amer

La trouver amère *fam.*
Trouver la pilule amère *fam.*
Être mécontent d'avoir à subir une épreuve désagréable.

américain

Avoir l'œil américain *fam.*
Être perspicace.

amertume

Calice d'amertume *lit.*
Succession de chagrins.

ami

Amis comme cochons *fam.*
Très amis.

Être ami de.
Avoir du goût pour.
Faire ami-ami *fam.*
Manifester son amitié.

amiable

À l'amiable.
De gré à gré.

amorcer

Amorcer la pompe à finances *fam.*
Débloquer des crédits.

amour

Ce n'est pas de l'amour, c'est de la rage.
Cette passion est excessive.
Faire l'amour *lit.*
Courtiser.
Faire l'amour *fam.*
Accomplir l'acte sexuel.
Filer le parfait amour avec quelqu'un.
Jouir d'un amour réciproque.
Froides mains, chaudes amours.
La froideur des mains est signe d'ordinaire d'un grand tempérament.
On ne badine pas avec l'amour.
L'amour est une chose très sérieuse.
Pour l'amour de Dieu.
Gratuitement.
Vivre d'amour et d'eau fraîche.
Mépriser les contingences matérielles.
Y a plus d'amour *pop.*
On ne peut rien en tirer.

amoureux

Amoureux d'une chèvre coiffée *fam.*
Amoureux d'une chienne *fam.*
Amoureux des onze mille vierges *fam.*
Homme qui s'éprend de toutes les femmes qu'il rencontre.

ampoule

Ne pas se faire d'ampoules aux mains *fam.*
Travailler mollement.

amusement

Être l'amusement de quelqu'un.
Être l'objet de ses railleries.

amuser

Amuser la galerie *fam.*
Amuser le tapis *fam.*
Divertir les assistants.
Donner le change.

amygdale

Se caler les amygdales *pop.*
Manger abondamment.

an

Bon an, mal an.
En moyenne.
Durant cent sept ans *fam.*
Pendant un temps très long.
S'en moquer comme de l'an quarante *fam.*
S'en désintéresser totalement.

anathème

Jeter l'anathème.
Condamner.

ancre

Ancre de salut.
Dernière ressource.
Jeter l'ancre.
S'arrêter.
Lever l'ancre.
Partir.

andouille

Dépendeur d'andouilles *fam.*
Personne grande et dégingandée.
Imbécile.
Quand les andouilles voleront, tu seras chef d'escadrille *fam.*
Tu es le roi des imbéciles.

âne

Âne bâté *fam.*
Parfait imbécile.
Brider l'âne par la queue *vx.*
Agir avec maladresse.
Faire le contraire de ce qui devrait être fait.
Cela ne se trouve pas sous le pas d'un âne *fam.*
La chose est très difficile à trouver.
Comme un âne dans un moulin.
De façon incongrue.

Coup de pied de l'âne.
Coup porté par un lâche, alors qu'il n'a plus rien à craindre.
Être sérieux comme un âne qu'on étrille *fam.*
Se montrer sérieux sans raison.
Faire l'âne pour avoir du son *fam.*
Faire des façons pour obtenir une faveur.
Gueuler comme un âne *pop.*
Protester furieusement.
Il y a plus d'un âne à la foire qui s'appelle Martin *fam.*
Se dit à propos d'une chose très répandue.
Je vous ferai voir que votre âne est une bête.
Vous vous trompez totalement.
L'âne de Buridan.
Personne indécise.
Méchant comme un âne rouge *fam.*
Très méchant.
Pont aux ânes.
Évidence qui n'échappe qu'aux ignorants.
Pour un point, Martin perdit son âne *fam.*
Il ne faut pas grand-chose pour se retrouver vaincu.
Soûl comme un âne *fam.*
Ivre mort.
Tirer un pet d'un âne mort *vx.*
Obtenir une chose impossible.

ange

Ange gardien.
Personne assurant la protection de quelqu'un d'autre.
Comme un ange.
De façon parfaite.
Discuter sur le sexe des anges.
Parler de choses compliquées et inutiles.
Être aux anges.
Être très heureux.
Faiseuse d'anges *fam.*
Avorteuse.
Mauvais ange.
Personne qui pousse à mal faire.

Patience d'ange.
Patience très grande.
Petit ange.
Enfant.
Rire aux anges.
Rire niaisement.
Un ange passe.
Se dit en cas de silence prolongé au cours d'une conversation.

anglaise

Filer à l'anglaise *fam.*
Partir subrepticement.

angle

Adoucir, arrondir les angles *fam.*
Apaiser les dissensions.
Aplanir les difficultés.
Sous un certain angle.
D'un certain point de vue.

angoisse

C'est l'angoisse *fam.*
Cela est préoccupant.

anguille

Échapper comme une anguille.
Être insaisissable.
Écorcher l'anguille par la queue *vx.*
Faire le contraire de ce qui devrait être fait.
Il y a anguille sous roche.
Il y a quelque chose de caché.
Souple comme une anguille.
Très souple.

annoncer

Annoncer la couleur *fam.*
Parler franchement.

anse

Faire danser, sauter l'anse du panier *fam.*
Se dit des profits illicites d'un domestique sur les achats qu'il effectue pour ses maîtres.
Dépenser sans compter.
Faire le panier à deux anses *fam.*
Avoir une femme à chaque bras.

antenne

Avoir des antennes.
Soupçonner.
Avoir de l'intuition.

antichambre

Courir les antichambres.
Solliciter.
Faire antichambre.
Attendre avant d'être reçu.

antipode

Être aux antipodes de.
Être tout à fait différent de.

antiquité

De toute antiquité.
De tout temps.

août

Faire son août *lit.*
Faire de gros profits.

apanage

Être l'apanage de.
Appartenir exclusivement à.
Ne pas avoir l'apanage de.
Ne pas avoir l'exclusivité de.

aparté

En aparté.
À part soi.

aplatir

S'aplatir devant quelqu'un *pop.*
Faire preuve de servilité à son égard.

aplomb

Avoir l'aplomb de.
Avoir l'audace de.
Garder son aplomb.
Avoir une confiance en soi absolue.

Apocalypse

Cheval de l'Apocalypse *vx.*
Cheval très maigre.
Style d'Apocalypse *vx.*
Style très obscur.

apogée

Être à son apogée.
Être à son plus haut degré.

apothicaire

Compte d'apothicaire *fam.*
Facture excessive et invérifiable.

apôtre

Faire le bon apôtre.
Agir de manière hypocrite.

appareil

Dans le plus simple appareil.
Nu.
L'appareil des lois.
L'ensemble de leurs dispositions.

apparence

En apparence.
D'après un examen superficiel.
Sauver les apparences.
Ne rien laisser paraître de contraire à sa réputation ou aux convenances.

apparition

Ne faire qu'une apparition.
Faire une courte visite.

appât

Mordre à l'appât.
Être dupe.

appel

Appel au peuple.
Demande d'argent.
Faire appel à.
Demander l'aide de.
Faire un appel du pied *fam.*
Faire en sorte d'attirer l'attention de quelqu'un sur soi.
Sans appel.
Irrévocable.

appelé

Beaucoup d'appelés et peu d'élus.
Se dit pour souligner le grand nombre de candidats et le petit nombre de personnes retenues.

appeler

Appeler un chat un chat *fam.*
Appeler les choses par leur nom.
Parler franchement.
Cela s'appelle reviens *fam.*
Il ne faudra pas oublier de le rendre.
En appeler à.
S'en remettre à.
En appeler de quelque chose.
En mettre en cause le bien-fondé.
Se faire appeler Arthur, Jules *fam.*
Subir de vifs reproches.

appétit

Appétit de femme grosse.
Envie inattendue et exagérée.

Appétit de loup, d'oiseau.
Très grand, très petit appétit.

Couper l'appétit.
Dégoûter.

Demeurer sur son appétit.

Rester sur son appétit.
Être insatisfait.

L'appétit vient en mangeant.
Plus on acquiert de biens, plus on en désire.

Mettre en appétit.
Exciter l'envie.

applaudir

Applaudir des deux mains.
Approuver totalement.

apprendre

Apprendre à vivre à quelqu'un *fam.*
Le châtier sévèrement.

Apprendre ce qu'il en coûte.
En faire l'expérience désagréable.

N'avoir rien appris, rien oublié.
Refuser de changer d'idée en dépit des événements.

apprenti

Apprenti sorcier.
Personne qui provoque des événements qu'elle ne peut contrôler.

apprêter

Apprêter à rire *lit.*
Fournir une occasion de rire.

approche

Travaux d'approche.
Ensemble de procédés convergeant vers un but déterminé.

approcher

Ne pas pouvoir s'approcher de quelque chose *fam.*
Ne pas pouvoir l'acheter.

appui

À l'appui de.
Pour soutenir.

Avoir des appuis.
Avoir des soutiens.

appuyer

Appuyer sur la chanterelle *fam.*
Insister sur une chose jugée essentielle.

S'appuyer quelque chose *pop.*
Le faire par obligation.

après

Après coup.
Trop tard.

Après tout.
Quoi qu'il en soit.

Être après à faire quelque chose *vx.*
Être en train de le faire.

Être après quelque chose *fam.*
S'en occuper.

Être après quelqu'un *fam.*
Le suivre constamment.
L'attaquer.

araignée

Avoir une araignée dans le plafond *fam.*
Être fou.

Toile d'araignée.
Ensemble de pièges dont il est difficile de se dégager.

arbitre

Arbitre des élégances.
Personne qui fait autorité en matière d'élégance.

arbitre

Libre arbitre.
Liberté de décision.

arborer

Arborer le drapeau, l'étendard de quelque chose.
S'en déclarer ouvertement partisan.

arbre

C'est au fruit qu'on connaît l'arbre.
C'est au résultat que l'on juge.

Couper l'arbre pour en avoir le fruit.
Sacrifier une source de profits pour un avantage immédiat.

Faire l'arbre fourchu.
Se tenir sur les mains la tête en bas.

Il ne faut pas juger l'arbre sur l'écorce.
Il ne faut pas se fier aux apparences.
Les arbres cachent la forêt.
L'attention aux détails ne permet pas de voir l'ensemble.
Mettre le doigt entre l'arbre et l'écorce.
Intervenir dans les affaires de deux personnes habituellement unies ou opposées.
Monter à l'arbre *fam.*
Être dupe.

arc

Avoir plus d'une corde à son arc.
Avoir de nombreuses aptitudes.

arche

Arche d'alliance.
Chose sacrée.
Arche de Noé *fam.*
Lieu où sont réunis des choses et des gens de toute espèce.
Sceller l'arche d'alliance.
Se montrer en parfait accord.

architecte

Le grand architecte.
Dieu.

arçon

Être ferme sur ses arçons *vx.*
Ne pas se laisser démonter.
Vider les arçons *vx.*
Échouer.

ardillon

Il ne manque pas un ardillon à l'équipage *vx.*
Il ne manque rien.

ardoise

Avoir une ardoise *pop.*
Avoir un compte de crédit.
Laisser une ardoise *pop.*
Laisser des dettes.

arène

Descendre dans l'arène.
S'engager dans un combat politique, moral...

argent

D'argent.
Se dit d'une couleur lumineuse ou d'un son pur.
En avoir pour son argent.
Obtenir des avantages proportionnés à sa dépense ou à son effort.
Faire argent de.
Tirer profit de.
Faire de l'argent *fam.*
S'enrichir.
Jeter l'argent par les fenêtres *fam.*
Dépenser sans compter.
L'argent n'a pas d'odeur.
L'argent mal acquis ne garde pas trace de sa provenance.
L'argent ne fait pas le bonheur.
Il ne suffit pas d'être riche pour être heureux.
La parole est d'argent et le silence est d'or.
Il vaut mieux dans certaines occasions se taire que parler.
Manger de l'argent *fam.*
Perdre de l'argent dans une affaire.
Payer argent comptant.
Payer en espèces.
Plaie d'argent n'est pas mortelle.
Les difficultés financières ne sont pas sans issue.
Plaindre son argent.
Être avare.
Point d'argent, point de Suisse.
On n'obtient rien sans argent.
Prendre pour argent comptant.
Être crédule.

argentier

Le grand argentier *fam.*
Le ministre des Finances.

argile

Colosse aux pieds d'argile.
Personne dont la force n'est qu'apparente.

argument

Tirer argument de quelque chose.
S'en servir comme preuve.

Utiliser des arguments frappants.
Recourir aux coups pour convaincre.

arlequin

Batte, latte, sabre d'arlequin.
Arme inoffensive.
Habit d'arlequin.
Ensemble d'éléments disparates.
Manteau d'arlequin.
Rideau de scène.

arlésien

Jouer les Arlésiennes *fam.*
Être constamment absent.

armada

Toute une armada de *fam.*
Une grande quantité de.

arme

Arme à double tranchant.
Moyen d'action susceptible de se retourner contre son utilisateur.
Arme blanche.
Arme tranchante.
Avec armes et bagages *fam.*
En emportant tout avec soi.
Déposer les armes.
Rendre les armes.
Renoncer.
Être sous les armes.
Être prêt à agir.
Faire arme de tout *vx.*
Utiliser tous moyens à sa disposition.
Faire ses premières armes.
Débuter.
Faire tomber les armes des mains de quelqu'un.
L'apaiser.
Fournir des armes à quelqu'un.
Lui donner prise.
Passe d'armes.
Échange de répliques vives.
Passer l'arme à gauche *fam.*
Mourir.
Passer par les armes.
Fusiller.
Prendre les armes.
S'apprêter au combat.
Tourner ses armes contre quelqu'un.
Changer d'adversaire.

armer

S'armer de patience.
S'efforcer à la patience.

armes

Armes parlantes.
Emblèmes héraldiques rappelant le nom de la famille.

armoire

Armoire à glace *pop.*
Homme grand et fort.
Fonds d'armoire *pop.*
Vêtements usagés.

arquer

Ne plus pouvoir arquer *pop.*
Ne plus pouvoir marcher.

arraché

À l'arraché *fam.*
Grâce à un effort extrême.

arracher

Arracher une épine du pied de quelqu'un.
Le tirer d'embarras.
S'arracher *pop.*
Se montrer excellent.
Partir.
S'arracher les cheveux *fam.*
Être désespéré.
S'arracher quelqu'un *fam.*
Se disputer sa présence.

arracheur

Mentir comme un arracheur de dents *fam.*
Mentir effrontément.

arranger

Arranger quelqu'un *fam.*
Le mettre en mauvais état.
En dire du mal.

arrêt

Tomber en arrêt.
S'arrêter sous l'effet de la surprise.

arrêter

Arrêter les frais *fam.*
Renoncer.
Arrête ton char (Ben-Hur)! *fam.*
Cela suffit!
Cesse de bluffer, de mentir.

arrière

S'arrêter en chemin.
Renoncer avant d'avoir atteint son but.

arrière

Faire machine arrière.
Faire marche arrière.
Renoncer à une entreprise.

arrière-garde

D'arrière-garde.
Qui arrive après coup.

arrière-plan

À l'arrière-plan.
Dans une position de second ordre.

arriver

Arriver à bon port.
Parvenir à son but sans accident.
Arriver après la bataille.
Arriver quand tout est terminé.
Arriver comme les carabiniers *fam.*
Arriver en retard.
Croire que c'est arrivé *fam.*
Faire preuve d'outrecuidance.
Que cela ne vous arrive plus!
Ne recommencez pas.
Tous les nœuds arrivent au peigne.
On ne peut pas échapper éternellement aux difficultés.

arroi

Être en bon, mauvais arroi *vx.*
Être dans une bonne, mauvaise situation.

arrondir

Arrondir les angles *fam.*
Apaiser les dissensions.
Aplanir les difficultés.
Arrondir ses fins de mois *fam.*
Assurer l'équilibre de son budget par un travail supplémentaire.

arrondissement

Se marier au treizième, au vingt et unième arrondissement *fam.*
Vivre en concubinage.

arrosage

Faire un arrosage *fam.*
Offrir à boire pour fêter un événement.

arroser

Arroser de larmes *lit.*
Accompagner de larmes abondantes.
Ça s'arrose! *fam.*
Cet événement mérite qu'on le fête en offrant à boire.
Café arrosé *fam.*
Café dans lequel on a versé de l'alcool.
Se faire arroser *fam.*
Se faire mouiller par la pluie.

arroseur

L'arroseur arrosé.
Se dit d'une personne contre qui sa propre méchanceté se retourne.

arrosoir

Coup d'arrosoir *fam.*
Coup à boire.

art

Avoir l'art et la manière.
Être habile.
Dans les règles de l'art.
Selon les règles établies par les spécialistes.
Homme de l'art.
Spécialiste en certaines matières.
Médecin.
Le grand art.
L'alchimie.
Le septième art.
Le cinéma.
Pour l'amour de l'art.
Gratuitement.

Artaban

Fier comme Artaban *fam.*
Très orgueilleux et vain.

Arthur

Se faire appeler Arthur *pop.*
Subir de vifs reproches.

artichaut

Avoir un cœur d'artichaut *fam.*
Être inconstant en amour.

article

Article de foi.
Point indiscutable.
Article par article.
Successivement.
Être à l'article de la mort.
Être sur le point de mourir.
Faire l'article *fam.*
Présenter de façon élogieuse.
Sur cet article.
Sur ce sujet.

artisan

À l'œuvre on connaît l'artisan.
On est jugé sur ses actes.

as

As de pique *fam.*
Personne ou chose de peu de valeur.
Avoir plusieurs as dans son jeu.
Disposer de nombreux moyens pour réussir.
Être fichu comme l'as de pique *pop.*
Être mal habillé.
Être plein aux as *fam.*
Être très riche.
Faire passer à l'as *fam.*
Dissimuler.
L'as des as.
Personne très remarquable.

ascendant

Prendre de l'ascendant.
Faire preuve d'autorité.

ascenseur

Renvoyer l'ascenseur *fam.*
Faire preuve de reconnaissance.

asile

Donner asile.
Protéger.

aspect

Avoir de l'aspect *fam.*
Être original.
En aspect *lit.*
Devant les yeux.

asperge

Aller aux asperges *pop.*
Se prostituer.
Asperge du pauvre *fam.*
Poireau.

Asperge montée *fam.*
Personne grande et maigre.

asphalte

Faire l'asphalte *pop.*
Se prostituer.

aspirine

Blanc, bronzé comme un cachet d'aspirine *fam.*
Se dit de quelqu'un qui a la peau très blanche.

assaisonner

Se faire assaisonner *pop.*
Se faire malmener en paroles ou en actes.

assassin

Le temps des assassins *lit.*
Période actuelle où domine la violence.

assassiner

Avoir assassiné père et mère.
Être sans scrupule.
Se faire assassiner *fam.*
Subir de violents reproches.
Payer une somme exagérée.

assaut

Faire assaut de.
Rivaliser en quelque chose.
Prendre d'assaut.
Entrer par force dans un lieu.

asseoir

S'asseoir dessus *fam.*
Se moquer de.
S'asseoir sur *fam.*
Mépriser.

assez

En avoir assez de *fam.*
Être excédé.

assiéger

Assiéger la porte de quelqu'un.
L'importuner.

assiette

Ne pas être dans son assiette *fam.*
Être dans un état anormal.

assiette

Assiette au beurre *fam.*
Source de profits parfois illicites qu'assure le pouvoir.
Casser les assiettes *fam.*
Laisser libre cours à sa colère.

18

Casseur d'assiettes *fam.*
Fanfaron.
Piquer les assiettes *vx.*
Vivre aux crochets de quelqu'un.

assise
Tenir ses assises.
Se réunir en assemblée.

assurance
En toute assurance.
Dans une sécurité complète.

assurer
Assurer ses arrières.
Prendre des précautions.
Je t'assure !
Expression renforçant une affirmation.

astre
Beau comme un astre.
Très beau.
Être né sous un bon, un mauvais astre.
Avoir de la chance, de la malchance.
Jusqu'aux astres.
À un degré élevé.
Lire dans les astres.
Deviner.

athénien
C'est là que les Athéniens s'atteignirent *fam.*
C'est là où les choses deviennent le plus difficile.

atmosphère
Changer d'atmosphère *fam.*
Aller vivre ailleurs.
Être dans l'atmosphère *fam.*
Disparaître.

atome
Avoir des atomes crochus avec quelqu'un *fam.*
Avoir des éléments d'entente avec lui.

atout
Mettre tous les atouts dans son jeu.
Se donner toutes les chances de réussir.

attache
Être à l'attache.
Être tenu à une occupation.
Point d'attache.
Port d'attache.
Endroit où l'on retourne habituellement.

attacher
Attachez vos ceintures ! *fam.*
Se dit par manière d'avertissement devant un danger.

attaque
D'attaque.
Sans hésitation.
Être d'attaque *fam.*
Être prêt à l'action.

atteinte
Porter atteinte à.
Endommager.

attelage
Changer d'attelage au milieu du gué *fam.*
Changer de responsable au cours d'un travail.

atteler
S'atteler à.
Entreprendre un travail.

attendre
Attendre quelqu'un au passage, au tournant *fam.*
Se venger de lui à la première occasion.
Attendre quelqu'un comme le Messie.
L'attendre avec impatience.
Attendre son heure.
Patienter jusqu'au moment favorable.
Charles attend *pop.*
Calembour pour signifier que l'on attend.
J'ai failli attendre ! *fam.*
Il était temps !
Ne rien perdre pour attendre.
Être appelé à subir une punition inévitable.
Tout vient à point à qui sait attendre.
Avec de la patience tout finit par arriver.

attente

Contre toute attente.
Contrairement à ce qui était prévu.

attention

Attention les yeux! *fam.*
Se dit à propos de quelque chose d'inattendu et de surprenant.
Retenir l'attention de quelqu'un.
En être remarqué.

attraction

Pôle d'attraction.
Ce qui attire.

attraper

Ça vaut mieux que d'attraper la scarlatine *fam.*
Il y a des choses plus graves que cela.
Se faire attraper *fam.*
Se faire réprimander.

aube

Être à l'aube de.
Être au commencement de.

auberge

Auberge espagnole.
Lieu où on ne trouve que ce qu'on y apporte.
On n'est pas sorti de l'auberge *fam.*
Le plus difficile reste à faire.
Prendre une maison pour une auberge.
S'y faire recevoir sans y être invité.
Tenir auberge.
Recevoir.

audace

Payer d'audace.
Se tirer d'une difficulté par un acte de courage.

audacieux

La fortune sourit aux audacieux.
La chance favorise les gens entreprenants.

augure

En accepter l'augure.
Espérer dans le succès annoncé d'une entreprise.

Oiseau de mauvais augure *fam.*
Personne annonçant de mauvaises nouvelles.

augurer

Bien, mal augurer de quelque chose.
Avoir un pressentiment favorable ou défavorable.

Auguste

Tout juste, Auguste! *fam.*
Exclamation approbatrice.

aujourd'hui

Au jour d'aujourd'hui *fam.*
Au moment présent.
C'est pour aujourd'hui ou pour demain? *fam.*
Dépêchez-vous!

aune

Au bout de l'aune faut le drap *vx.*
Tout a une fin.
D'une aune *vx.*
Très long.
Faire une mine d'une aune.
Être dépité.
Les gens ne se mesurent pas à l'aune.
On ne juge pas les gens à leur apparence.
Mesurer quelqu'un à son aune *vx.*
Le juger d'après soi-même.
Savoir ce qu'en vaut l'aune *vx.*
Connaître les qualités ou les défauts d'une chose.
Tout du long de l'aune *vx.*
Très longuement.

auspice

Sous d'heureux, de fâcheux auspices.
Dans des conditions favorables ou défavorables.
Sous les auspices de quelqu'un.
Avec son appui.

autant

Autant comme autant.
En même quantité.
Autant dire.
Pour ainsi dire.
Autant en emporte le vent.
Se dit de propos sans effet.

Autant vaut.
Cela est pareil.
C'est autant de gagné *fam.*
C'est toujours cela de gagné.
D'autant.
À proportion.
Pour autant.
Pour cette raison.

autel

Ami jusqu'à l'autel *vx.*
Ami tant que la religion ne s'y oppose pas.
Conduire à l'autel.
Épouser.
Dresser des autels à quelqu'un *vx.*
Lui rendre des honneurs exceptionnels.
Élever autel contre autel.
Rivaliser.
Mourir sur l'autel de la patrie.
Mourir pour le salut de son pays.

auteur

L'auteur de mes jours *lit.*
Mon père.

autorité

D'autorité.
De façon impérative.
De pleine autorité.
En usant de toute son influence.
De sa propre autorité.
Sans en avoir le droit.
Faire autorité.
S'imposer comme règle.

autre

À d'autres! *fam.*
Vous vous moquez!
Autres temps, autres mœurs.
Les mœurs changent avec le temps.
Causer de choses et d'autres.
Parler sans sujet précis.
C'est tout l'un ou tout l'autre.
Il n'y a pas de moyen terme.
C'est une autre paire de manches *fam.*
C'est une chose beaucoup plus difficile.

Comme dit l'autre *fam.*
Souligne ironiquement une déclaration sentencieuse.
D'autre part.
D'un autre point de vue.
D'une manière ou d'une autre.
De toute façon.
De temps à autre.
De temps en temps.
En avoir vu d'autres *fam.*
Avoir subi des malheurs plus graves que les malheurs présents.
Entre autres.
Plus particulièrement.
L'un dans l'autre.
L'un portant l'autre.
En faisant la moyenne.
L'un vaut l'autre.
Ses paroles ne valent pas mieux que ses actes.
N'en faire jamais d'autres.
Faire souvent des bêtises.
Prendre quelqu'un pour un autre.
Se tromper sur son compte.
Qui voit l'un voit l'autre.
Ils se ressemblent beaucoup.
Ils se suivent de près.
Un jour ou l'autre.
Dans un avenir indéterminé.
Vous en êtes un autre *fam.*
J'en ai autant à votre service.

autrement

Autrement plus *fam.*
Beaucoup plus.

autruche

Avoir un estomac d'autruche *fam.*
Digérer n'importe quoi.
Pratiquer la politique de l'autruche *fam.*
Refuser de croire à la réalité du danger.

aval

Donner son aval.
Cautionner.

avaler

Avaler des couleuvres *fam.*
Subir sans protester des affronts.
Avaler la pilule *fam.*
Supporter un désagrément.

Avaler le morceau *fam.*
Supporter un désagrément.
Avouer.

Avaler quelqu'un tout cru, tout rond *fam.*
Le menacer du regard.

Avaler sa langue *fam.*
S'imposer le silence.

Avaler son acte, son extrait de naissance *pop.*
Mourir.

Avoir avalé sa canne, son parapluie *fam.*
Être très raide.

Dur à avaler *fam.*
Incroyable.
Insupportable.

Je pourrais avaler la mer et les poissons *fam.*
J'ai une grande soif.

Vouloir avaler quelqu'un.
Le regarder avec hostilité.

Vouloir tout avaler *fam.*
Avoir des ambitions exagérées.

avaleur

Avaleur de charrettes ferrées *vx.*
Fanfaron.

Avaleur de pois gris *vx.*
Glouton.

avance

La belle avance!
Cela ne sert à rien.

Par avance.
Avant le moment prévu.

avancer

Être bien avancé! *fam.*
Avoir agi en vain.

avant

Aller de l'avant.
Être entreprenant.

Mettre quelque chose en avant.
L'alléguer.

Se mettre en avant.
Attirer l'attention sur soi.

avantage

À l'avantage! *fam.*
Au plaisir de vous revoir.

À son avantage.
De façon flatteuse, seyante.

Prendre avantage de.
Se prévaloir de.

Prendre quelqu'un à son avantage *lit.*

Tenir quelqu'un à son avantage *lit.*
L'attaquer dans des conditions favorables.

avant-garde

Être à l'avant-garde.
Être en avance sur son temps.

avare

À père avare, fils prodigue.
Les fils ont souvent une attitude inverse de celle de leurs parents.

Être avare de louanges.
Louer avec parcimonie.

Être avare de son temps.
Ne s'occuper que de choses utiles.

avec

Avec cela *fam.*
En outre.

Avec le temps.
En laissant agir le temps.

Faire avec *fam.*
Se contenter de ce qu'on a.

avenant

À l'avenant.
Comme cela se présente.
En proportion.

aventure

À l'aventure.
Au hasard.

Avoir une aventure.
Avoir une intrigue amoureuse.

C'est grande aventure si *vx.*
C'est un hasard si.

Chercher, courir l'aventure.
Chercher à accomplir des actions exceptionnelles.

Dire la bonne aventure.
Prédire l'avenir.

Tenter l'aventure.
Entreprendre des choses dont la réalisation est douteuse.

avenu

Nul et non avenu.
Considéré comme inexistant.

averse

De la dernière averse *fam.*
Très récent.

Laisser passer l'averse *fam.*
Supporter patiemment la colère de quelqu'un.

averti

Un homme averti en vaut deux.
Une personne informée est deux fois plus prudente.

aveu

De son propre aveu.
Ainsi qu'il le reconnaît lui-même.

Sans aveu.
Malhonnête.

aveugle

À l'aveugle *vx.*
Aveuglément.

Au royaume des aveugles les borgnes sont rois.
Une personne médiocre brille aisément parmi des gens sans valeur.

Changer son cheval borgne pour un aveugle *fam.*
Faire un marché de dupes.

En aveugle.
De manière irréfléchie.

Il n'est pire aveugle que celui qui ne veut pas voir.
On ne peut convaincre quelqu'un de parti pris.

Juger de quelque chose comme un aveugle des couleurs.
En juger sans expérience.

N'être pas aveugle *fam.*
Être clairvoyant.

aveuglette

À l'aveuglette.
Au hasard.
À tâtons.

avis

Autant de têtes, autant d'avis.
L'unanimité est impossible.

Changer d'avis comme de chemise *fam.*
Être versatile.

Deux avis valent mieux qu'un.
Il ne faut jamais se contenter de l'opinion d'une seule personne.

Donner son avis à quelqu'un.
Le conseiller.

Être d'avis que *fam.*
Penser que.

M'est avis *fam.*
Il me semble.

avocat

Faire l'avocat *vx.*
Tromper.

Se faire l'avocat du diable.
Présenter tous les arguments possibles en faveur d'une cause jugée mauvaise.

avoine

Cheval d'avoine, cheval de peine.
Qui est bien rétribué doit travailler convenablement.

Donner, filer, passer une avoine *pop.*
Battre.

Gagner son avoine *fam.*
Gagner par son travail de quoi vivre.

Manger son avoine dans un sac *fam.*
Être avare.

avoir

Avoir de quoi *fam.*
Avoir suffisamment d'argent.

Avoir quelqu'un *fam.*
Le tromper.

En avoir *pop.*

En avoir deux *pop.*
Se dit d'un homme très viril.

En avoir assez *fam.*
Ne plus pouvoir supporter quelque chose.

En avoir contre.
Détester.

Il n'y en a que pour lui.
Il monopolise tout.

L'avoir dans le baba, dans le cul, dans l'os *pop.*
Perdre.

N'avoir qu'à.
Suffire.

N'en avoir que faire.
Ne pas s'en soucier.
Quand il n'y en a plus, il y en a encore.
Cela est inépuisable.
Quoi qu'il en ait.
Contrairement à ce qu'il pense.
Se faire avoir.
Être trompé.

avouer

Faute avouée est à demi pardonnée.
Le mal est moindre si la faute est avouée.

avril

En avril ne te découvre pas d'un fil.
Par prudence, il faut continuer à s'habiller chaudement.
Poisson d'avril.
Plaisanterie faite traditionnellement le 1er avril.

azimut

Dans tous les azimuts *fam.*
Dans toutes les directions.

Azor

Appeler Azor *pop.*
Siffler un acteur.

B

b

En être au B-A, BA *fam.*
En être au début d'une chose.
Marqué au B *vx.*
*Se dit d'une personne bigle,
borgne, boiteuse ou bossue.*
Ne parler que par B et F *vx.*
Être très grossier.

B. A.

Faire sa B. A.
Faire preuve de dévouement.

baba

En être baba *fam.*
En rester baba *fam.*
Être très étonné.

baba

L'avoir dans le baba *pop.*
Perdre.

babines

S'en donner par les babines *pop.*
Manger.
S'en lécher les babines *fam.*
Trouver une chose savoureuse.

bagage

Avec armes et bagages.
En emportant tout avec soi.
Plier bagage *fam.*
Partir.

bagatelle

Être porté sur la bagatelle *fam.*
*S'intéresser aux aventures ga-
lantes.*
La bagatelle de.
*La somme, minime ou impor-
tante, de.*

bague

Courir la bague.
Poursuivre un avantage.

bagues

Bagues sauves *vx.*
Sain et sauf.

baguette

Coup de baguette.
*Transformation rapide surve-
nant comme par enchantement.*

D'un coup de baguette (magi-
que).
Comme par enchantement.
Des cheveux en baguettes de
tambour *fam.*
Des cheveux raides.
Mener à la baguette.
Diriger sans ménagement.
Passer par les baguettes *vx.*
Punir sévèrement.

baie

Donner des baies à quelqu'un *vx.*
Le mystifier.

baigner

Baigner dans le beurre, dans
l'huile *fam.*
Ne présenter aucune difficulté.
Ça baigne *pop.*
Tout va bien.
Se baigner dans le sang.
Prendre plaisir à tuer.

baigneur

Claquer le baigneur à quelqu'un
pop.
Le gifler.

bail

Ça fait un bail *pop.*
Cela fait très longtemps.
Passer bail *fam.*
Faire un accord amoureux.

bailler

La bailler belle, bonne *fam.*
*Faire accroire quelque chose
d'extraordinaire.*

bâiller

Bâiller à s'en décrocher la mâ-
choire *fam.*
*Bâiller en ouvrant la bouche
très largement.*
Bâiller au soleil.
Paresser.

bain

Envoyer au bain *fam.*
Éconduire.
Être dans le bain *fam.*
Être engagé dans une affaire.

Être dans le bain *pop.*
Être compromis.
Jeter le bébé avec l'eau du bain
fam.
Supprimer l'essentiel en même temps que l'accessoire.
Mettre dans le bain *fam.*
Impliquer.
Un bain qui chauffe *fam.*
Le beau temps se met à la pluie.

baiser
Baiser Fanny *fam.*
Perdre.
Baiser les pieds de quelqu'un.
Le flatter bassement.
Se faire baiser (la gueule) *pop.*
Être trompé.

baiser
Baiser de Judas.
Témoignage hypocrite d'affection.
Baiser Lamourette.
Réconciliation de courte durée.

baisse
Avoir ses actions en baisse.
Avoir perdu son crédit.

baisser
Baisser l'oreille.
Être honteux.
Baisser sa culotte, son pantalon
pop.
Céder, s'abaisser.
Baisser la tête, les yeux.
Faire preuve d'humilité.
Baisser le nez.
Être confus.
Baisser les bras.
Renoncer.
Baisser pavillon.
Céder.
Il n'y a qu'à se baisser *fam.*
Il y en a beaucoup.
C'est très facile.
Tête baissée.
Par étourderie.
Sans craindre le danger.

bal
Ouvrir le bal.
Commencer.

Reine du bal.
Personne en l'honneur de qui un bal est donné.

balader
Envoyer balader *pop.*
Éconduire.

balai
Con comme un balai *pop.*
Très bête.
Donner un coup de balai.
Remettre de l'ordre quelque part.
Du balai! *fam.*
Dehors!
Faire balai neuf *vx.*
Faire preuve de bonne volonté.
Manche à balai *fam.*
Personne grande et maigre.
Peau de balle et balai de crin *pop.*
Expression marquant le refus.
Rôtir le balai *vx.*
Mener une vie désordonnée.
Être dans une condition subalterne.

balance
Emporter la balance *lit.*
Provoquer une décision.
Être en balance *lit.*
Hésiter.
Faire pencher la balance.
Emporter la décision.
Jeter dans la balance.
Apporter des éléments susceptibles d'emporter la décision.
Mettre dans la balance.
Prendre en considération.
Mettre en balance.
Comparer le pour et le contre.
Tenir la balance égale *vx.*
Se montrer impartial.

balancé
Bien balancé *pop.*
Harmonieusement et solidement bâti.

balancer
Entre les deux, mon cœur balance.
J'hésite entre deux choses.
S'en balancer *pop.*
S'en moquer.

balançoire

Envoyer quelqu'un à la balançoire *fam.*
L'envoyer promener.

balayer

Balayer devant sa porte *fam.*
Corriger ses propres erreurs avant de critiquer celles des autres.

balayette

Dans le cul la balayette *pop.*
Se dit par dérision de l'humiliation de son adversaire.

balcon

Il y a du monde au balcon *pop.*
Se dit d'une femme à la poitrine opulente.

baleine

C'est gros comme une baleine *fam.*
Cela se voit tout de suite.
Rire comme une baleine *fam.*
Rire en ouvrant une large bouche.

balle

À vous (lui...) la balle.
À vous (lui...) d'agir.
Avoir la balle.
Commencer le premier.
Balle perdue.
Effort inutile.
Ça fait ma balle *pop.*
Cela m'arrange.
Enfant de la balle.
Personne née et élevée dans le milieu des artistes.
Faire balle.
Atteindre.
Peau de balle *pop.*
Rien.
Prendre, saisir la balle au bond.
Tirer profit d'une circonstance favorable.
Raide comme balle *fam.*
De manières très rudes.
Renvoyer la balle.
Répliquer.
Rond comme une balle *pop.*
Très ivre.

Se renvoyer la balle.
Se rejeter la responsabilité de quelque chose.
Se donner la réplique.

balle

De balle.
De pacotille.

baller

Envoyer baller *pop.*
Renvoyer sans ménagement.

ballet

Faire une entrée de ballet *vx.*
Arriver de façon cavalière.

ballon

Avoir le ballon *pop.*
Être enceinte.
Ballon d'essai.
Expérience permettant d'observer les réactions.
Ballon d'oxygène.
Mesure destinée à soutenir une entreprise ou une personne en difficulté.
Crever, dégonfler des ballons *fam.*
Dénoncer des exagérations.
Enflé, gonflé comme un ballon *fam.*
Très vaniteux.
Faire ballon *pop.*
Se passer de quelque chose.
Se remplir le ballon *pop.*
Manger abondamment.

ballot

Au bout du quai les ballots! *pop.*
Se dit pour renvoyer un importun.
Voilà votre vrai ballot.
Voilà ce qui vous est propre.

balluchon

Faire son balluchon *fam.*
Partir.

balpeau

Faire balpeau *pop.*
Échouer.

Balthazar

Au hasard, Balthazar *fam.*
Sans idée préconçue.

bambou
Avoir le coup de bambou *fam.*
Avoir un étourdissement.
Être atteint de folie.

bamboula
Faire la bamboula *pop.*
S'amuser bruyamment.

ban
Convoquer le ban et l'arrière-ban.
Faire appel à tous ses amis.
Être en rupture de ban.
Refuser toute contrainte sociale.
Mettre au ban de la société.
Condamner devant l'opinion.
Un ban pour.
Expression invitant les assistants à applaudir.

banane
Glisser une peau de banane à quelqu'un *fam.*
Provoquer l'échec de quelqu'un en lui suscitant des difficultés.
Se prendre une banane *pop.*
Échouer.

banc
Banc d'essai.
Épreuve permettant de juger d'une personne ou d'une chose.

bande
Donner de la bande.
Pencher d'un côté.
Régresser.

bande
Par la bande.
Indirectement.

bande
Faire bande à part.
S'isoler.

bandeau
Arracher le bandeau.
Révéler la vérité.
Avoir un bandeau sur les yeux.
Être peu clairvoyant.

bander
Bander mou *pop.*
Avoir peu d'intérêt pour quelque chose.

Ne bander que d'une *pop.*
Hésiter.

banderille
Planter des banderilles.
Exciter la colère de quelqu'un.

bandit
Être fait comme un bandit.
Être sale et mal babillé.

bandoulière
En bandoulière.
En écharpe.

bannière
En bannière *fam.*
En chemise.
C'est la croix et la bannière *fam.*
La chose est difficile à accomplir.
Porter la bannière.
Se mettre au premier rang.
Se ranger sous la bannière de quelqu'un.
Prendre son parti.

banque
Faire sauter la banque.
Gagner tout l'argent mis en jeu.

banqueroute
Faire banqueroute *lit.*
Manquer à une promesse.

banquet
Banquet de diables *vx.*
Repas sans sel.

banquette
Faire banquette.
Rester sans danser lors d'un bal.
Jouer devant, jouer pour les banquettes.
Jouer devant une salle vide.

baptême
Recevoir le baptême du feu.
Affronter quelque chose pour la première fois.

baptiser
Baptiser son vin *fam.*
Y mettre de l'eau.
Voilà un enfant bien difficile à baptiser *fam.*
Se dit d'une affaire qui rencontre sans cesse de nouveaux obstacles.

Baptiste
Tranquille comme Baptiste *fam.*
Sans être en rien inquiet.

baraka
Avoir la baraka *fam.*
Avoir une chance exceptionnelle.

baraque
Casser la baraque *fam.*
Réussir.
Casser la baraque à quelqu'un *pop.*
Le faire échouer dans ses entreprises.

baraqué
Bien baraqué *pop.*
Solide et fort.

baratin
Faire du baratin *pop.*
Essayer de convaincre ou de duper par un flot de paroles.

barbe
À la barbe de quelqu'un *fam.*
À sa vue et malgré lui.
Avoir de la barbe au menton *fam.*
Être devenu un homme.
Faire la barbe à quelqu'un *vx.*
Se moquer de lui.
La barbe! *pop.*
Expression marquant l'ennui.
Rire dans sa barbe *fam.*
Dissimuler sa satisfaction.
Vieille barbe *fam.*
Personne âgée aux idées rétrogrades.

barbet
Crotté comme un barbet *fam.*
Couvert de boue.

barbette
À barbette.
À découvert.

barboter
Barboter les poches *pop.*
Les fouiller.
Barboter quelque chose *pop.*
Voler.

barbouillée
Se moquer de la barbouillée *vx.*
Dire ou faire des choses absurdes.

barbouiller
Avoir l'estomac barbouillé *fam.*
Avoir le cœur barbouillé *fam.*
Avoir la nausée.

barbu
Croire au barbu *pop.*
Être naïf.

barder
Ça va barder *pop.*
Cela va aller très mal.

barder
Être bardé contre quelque chose.
Être à même d'y résister.

barguigner
Sans barguigner.
Sans hésiter.

barouf
Faire du barouf *pop.*
Faire du bruit.
Protester avec violence.

barque
Mener bien, mal sa barque.
Diriger bien, mal ses affaires.
Mener la barque.
Commander.
Mener quelqu'un en barque *fam.*
Le tromper.

barrage
Faire barrage.
S'opposer.

barre
Avoir barre sur quelqu'un.
Avoir l'avantage sur lui.
Barre de fer *vx.*
Personne inflexible.
Coup de barre.
Changement d'orientation.
Coup de barre *fam.*
Étourdissement.
Prix très élevé.
De l'or en barre.
De grande valeur.
Donner barre.
Renoncer.

Faire barre à.
S'opposer.

Être au-dessous de la barre *lit.*
Avoir perdu de ses qualités.

Prendre la barre.
Prendre la direction d'une entreprise.

Tenir la barre.
Diriger.

Toucher barre *vx.*
Passer dans un lieu sans s'y arrêter.

barrer

Barrer la route à quelqu'un.
Le contrecarrer.

Se barrer *pop.*
S'en aller.

barrette

Parler à la barrette de quelqu'un *fam.*
Lui adresser des reproches.

barricade

Être de l'autre côté de la barricade.
Être dans le parti adverse.

barricader

Barricader sa porte.
Interdire toute visite.

barrière

Être de l'autre côté de la barrière.
Être dans l'autre camp.

Ouvrir la barrière.
Donner toutes possibilités.

barrique

Plein, rond comme une barrique *fam.*
Se dit de quelqu'un qui a trop mangé ou trop bu.

bas

À bas!
Expression marquant l'hostilité.

À basse note.
À voix basse.

Au bas mot.
En faisant une évaluation basse.

Avec sa vue basse (et ses pieds plats) *fam.*
Avec sa bêtise.

Avoir l'oreille, la tête basse.

Avoir la queue basse *fam.*
Être honteux.

Bas du cul *pop.*
Aux jambes courtes.

Bas les mains! *fam.*

Bas les pattes! *fam.*
Ne touchez pas à cela.

Chapeau bas!
Expression marquant l'admiration.

Coup bas.
Traîtrise.

Être bien bas.
Être sur le point de mourir.

Être parti d'en bas.
Avoir eu des débuts modestes.

Être tombé bien bas *fam.*
Avoir une vie misérable.
Avoir une conduite immorale.

Faire des messes basses *fam.*
Faire des confidences à quelqu'un à voix basse.

Faire main basse.
S'emparer de quelqu'un ou de quelque chose.

Mettre à bas.
Renverser.

Mettre bas.
Déposer.
Renoncer à.

Mettre bas les armes.
Renoncer.

Mettre quelqu'un plus bas que terre.
Le traiter avec un mépris extrême.

Tout bas.
Secrètement.

Voler bas *fam.*
Être très médiocre.

bas

Bas de laine.
Économies.

basane

Tailler une basane à quelqu'un *pop.*
Le défier grossièrement.

bascule

Jeu de bascule.
Système consistant à donner alternativement satisfaction à chacun.

base

Carré de base *fam.*
Franc.
Carré sur sa base *fam.*
Bien stable sur ses jambes.

basket

Être bien dans ses baskets *pop.*
Être bien à l'aise.
Lâcher les baskets à quelqu'un *pop.*
Le laisser tranquille.

basque

Être pendu aux basques de quelqu'un *fam.*
L'importuner pour en obtenir quelque chose.

basque

Courir comme un Basque.
Courir très vite.
Tour de Basque.
Tromperie.

basse

Doucement les basses! *fam.*
Du calme!

bassinet

Cracher au bassinet *fam.*
Donner de l'argent.

bât

Savoir où le bât blesse *fam.*
Connaître ce qui chez quelqu'un cause embarras et souffrance.

bataclan

Et tout le bataclan *fam.*
Et tout le reste.

bataille

Bataille rangée.
Rixe générale.
Chapeau en bataille.
Chapeau incliné d'un côté.
Cheval de bataille.
Sujet favori de quelqu'un.
En bataille.
En désordre.
Plan de bataille.
Plan conçu par quelqu'un pour arriver à ses fins.
Ranger en bataille.
Ranger en ligne.

bataillon

Inconnu au bataillon *fam.*
Totalement inconnu.

bâté

Âne bâté *fam.*
Parfait imbécile.

bateau

Arriver en quatre bateaux *vx.*
Faire preuve d'orgueil.
Être arrivé par le dernier bateau *fam.*
Se dit de quelqu'un qui ignore les habitudes d'un lieu.
Mener quelqu'un en bateau *fam.*
Le tromper.
Monter un bateau à quelqu'un *fam.*
L'abuser.

bateau-lavoir

Capitaine de bateau-lavoir *fam.*
Individu vantard.

batelée

Une batelée de *fam.*
Une grande quantité de.

bâti

Bâti à chaux et à ciment.
Bâti à chaux et à sable.
Robuste.

bâtiment

Être du bâtiment *fam.*
S'y connaître parfaitement en quelque chose.

bâtir

Bâtir à chaux et à ciment.
Construire solidement.
Bâtir des châteaux en Espagne.
Former des projets illusoires.
Bâtir en l'air.
Se faire des illusions.
Bâtir sur le sable.
Former des projets peu assurés.

bâton

À bâtons rompus.
D'une manière décousue.
Bâton de maréchal.
Poste le plus élevé que puisse obtenir quelqu'un.
Bâton de vieillesse.
Soutien d'une personne âgée.

Bâton épineux *fam.*
Bâton merdeux *pop.*
   Chose ou personne désagréable.
Bâton flottant.
   Illusion.
Battre l'eau avec un bâton.
   Perdre son temps à des choses
   inutiles.
Mener une vie de bâton de chaise *fam.*
   Mener une vie désordonnée.
Mettre des bâtons dans les roues.
   Susciter des difficultés.
Retour de bâton.
   Réaction imprévue.
S'amuser comme un bâton de chaise *vx.*
   Mener une vie triste.
Sauter le bâton *vx.*
   Subir une contrainte.
Tour de bâton.
   Mystification.
   Profit illicite.

battant

À l'heure battante *fam.*
   À l'heure précise.
Battant neuf.
   Qui a l'éclat du neuf.
Tambour battant.
   Rapidement.

batterie

Changer ses batteries.
   Changer ses projets.
Dévoiler ses batteries.
   Dévoiler ses plans d'action.
En batterie.
   En position.
Recharger ses batteries *fam.*
   Reprendre des forces.

batteur

Batteur d'estrade *vx.*
   Aventurier.
Batteur de fer *vx.*
   Spadassin.
Batteur de pavé.
   Vagabond.

battre

Battre à plate couture *fam.*
   Vaincre totalement.

Battre aux champs.
   Annoncer le début ou la fin
   d'une cérémonie.
Battre comme plâtre *fam.*
   Frapper violemment quelqu'un.
Battre de l'aile *fam.*
   Péricliter.
Battre des mains.
   Applaudir.
   Exprimer sa joie.
Battre en brèche.
   Attaquer.
Battre en retraite.
   Céder provisoirement.
Battre froid à quelqu'un.
   Le traiter avec froideur.
Battre la breloque *fam.*
   Fonctionner mal.
   Être fou.
Battre la caisse.
   Faire une publicité bruyante.
Battre la campagne.
   Divaguer.
Battre la chamade.
   Se dit des battements du cœur
   sous l'effet d'une émotion vio-
   lente.
Battre la dèche *pop.*
   Mener une vie misérable.
Battre la semelle.
   Attendre avec impatience.
   Se réchauffer en frappant des
   pieds.
Battre le fer quand il est chaud.
   Agir sans tarder.
Battre le pays.
   L'explorer.
Battre le rappel.
   Réunir les moyens disponibles.
Battre les oreilles de quelqu'un.
   L'importuner par ses propos.
Battre monnaie.
   S'enrichir en abusant de ses
   fonctions politiques.
Battre sa coulpe.
   Se repentir.
Battre son plein.
   Atteindre son plus haut point
   d'animation.
Faire battre des montagnes.
   Provoquer la discorde.

S'en battre l'œil *fam.*
Se moquer totalement de quelque chose.

Se battre comme des chiffonniers *fam.*
Se battre sans aucune retenue.

Se battre contre des moulins à vents.
Se battre contre des adversaires imaginaires.

Se battre en duel *fam.*
Être en petit nombre.

Se battre les flancs *fam.*
Faire des efforts inutiles.

battu

Avoir l'air d'un chien battu.
Avoir un air craintif.

Cocu, battu et content *fam.*
Se dit d'une personne qui s'accommode trop facilement des torts qui lui sont faits.

Ne pas se tenir pour battu.
Ne pas s'avouer vaincu.

Sortir des sentiers battus.
Se montrer original.

baudet

Crier haro sur le baudet *fam.*
Désigner quelqu'un à la vindicte publique.

Être chargé comme un baudet *fam.*
Être très chargé.

baume

Mettre du baume au cœur.
Réconforter.

bave

La bave du crapaud n'atteint pas la blanche colombe *fam.*
Je suis au-dessus de ces injures.

baver

En baver *pop.*
Souffrir durement.

En baver des ronds de chapeau *pop.*
Être étonné.
Souffrir durement.

bavette

Tailler une bavette *fam.*
Bavarder.

bavoir

Être au bavoir.
Être trop jeune pour faire une telle chose.

bavure

Sans bavures *fam.*
Parfaitement.

bayer

Bayer aux corneilles *fam.*
Rêvasser.

bazar

De bazar.
De fabrication sommaire.

Et tout le bazar *fam.*
Et tout le reste.

béatitude

Avoir un air de béatitude.
Avoir un air niais.

beau

À belles dents.
Avec appétit.
Férocement.

A beau mentir qui vient de loin.
Il est aisé d'être cru quand les propos ne sont pas vérifiables.

Avoir beau faire.
Agir inutilement.

Avoir un beau, un joli coup de fourchette *fam.*
Avoir bon appétit.

Beau comme un ange, un astre, un cœur, un dieu.
Très beau.

C'est trop beau pour être vrai.
C'est très inattendu.

De belles paroles.
Propos sans effet.

De plus belle.
Encore davantage.

En beau.
Sous un jour favorable.

En dire, en faire de belles.
Dire, faire des sottises.

En faire voir de belles à quelqu'un.
Lui causer des ennuis.

Être beau joueur.
Perdre avec élégance.

Être dans de beaux draps *fam.*
Être dans une situation embarrassante.

Faire la pluie et le beau temps.
Être seul à décider.

Faire une belle jambe à quelqu'un *fam.*
Lui être inutile.

Il fera beau quand.
Jamais.

Il ferait beau voir.
Il n'en est pas question.

Il y a beau temps.

Il y a belle lurette *fam.*
Il y a très longtemps.

L'avoir belle *vx.*
Être dans une situation favorable.

L'échapper belle.
Échapper de justesse à un danger.

La bailler belle à quelqu'un *fam.*
Lui en faire accroire.

La belle affaire! *fam.*
Exclamation ironique signifiant que la chose n'a pas d'importance.

Le beau sexe.
Les femmes.

Ne voir que le beau côté des choses.
En ignorer les inconvénients.

Parler de la pluie et du beau temps.
Parler de choses insignifiantes.

Porter beau.
Avoir de la prestance.

Se démener comme un beau diable.
S'agiter vivement.

Se faire beau *fam.*
S'habiller soigneusement.

Sous un beau jour.
En n'insistant que sur les aspects favorables.

Tout beau!
Doucement!

Tout cela est bel et bon, mais...
Cela est peu croyable.

Tout nouveau, tout beau.
La nouveauté est toujours séduisante.

Traiter quelqu'un de la belle manière.
Le traiter avec rudesse.

Un beau jour.
Un jour quelconque.

Une belle âme.
Se dit ironiquement de personnes qui font étalage de nobles desseins.

beau

Au beau fixe.
Dans un calme harmonieux.

Au plus beau.
Au moment le plus important.

C'est du beau!
C'est honteux.

Courir les belles.
Rechercher les femmes.

Être dans son beau *vx.*
Paraître à son avantage.

Faire le beau.
Parader.
Se dresser sur ses pattes de derrière (pour un chien).

Le beau de l'affaire.
Le côté plaisant d'une chose.

Vieux beau *fam.*
Vieux galant.

beaucoup

À beaucoup près.
Il s'en faut de beaucoup.

C'est beaucoup dire.
Cela est exagéré.

C'est dire beaucoup *lit.*
C'est dire quelque chose de profond.

Compter beaucoup sur.
Accorder une grande importance à quelque chose.

beauté

Avoir la beauté du diable.
Avoir l'éclat de la jeunesse.

De toute beauté.
Suprêmement beau.

En beauté.
De façon admirable.

Être en beauté.
Avoir un éclat particulier.
Se faire une beauté *fam.*
Se farder.

bébé
Jeter le bébé avec l'eau du bain *fam.*
Supprimer l'essentiel en même temps que l'accessoire.
Refiler le bébé à quelqu'un *fam.*
Se décharger d'une difficulté sur quelqu'un d'autre.

bec
Avoir bec et ongles.
Pouvoir se défendre.
Avoir bon bec *vx.*
Être bavard.
Bec à bec *lit.*
Tête à tête.
Bec fin.
Gourmet.
Bec-jaune.
Jeune homme sot.
Blanc-bec.
Jeune homme prétentieux.
Caquet bon bec *vx.*
Personne bavarde.
Claquer du bec *fam.*
Avoir faim.
Clore, clouer, fermer, river le bec à quelqu'un *fam.*
Le faire taire.
Donner un coup de bec.
Parler méchamment de quelqu'un.
Faire le petit bec.
Se montrer difficile.
Faire voir son bec jaune à quelqu'un *vx.*
Lui faire voir son erreur.
Passer sous le bec de quelqu'un *fam.*
Lui échapper.
Prise de bec *fam.*
Querelle.
Rester le bec dans l'eau *fam.*
Être frustré.
S'escrimer de l'aile et du bec *vx.*
Se défendre par tous les moyens.

Se mettre quelque chose dans le bec *fam.*
Manger.
Se prendre de bec *fam.*
Se quereller.
Tenir le bec dans l'eau *lit.*
Faire attendre.
Tomber sur un bec (de gaz) *pop.*
Rencontrer un obstacle.

bécarre
Par bécarre et par bémol *vx.*
De toutes les façons.

bécasse
Brider la bécasse *vx.*
Tromper quelqu'un.

bécassine
Tirer la bécassine *fam.*
Tromper en cachant son adresse.

bée
Être bouche bée.
Être étonné.

béer
Béer après les richesses *vx.*
Les désirer fortement.
Béer aux corneilles *vx.*
Rêvasser.

bégonia
Charrier dans les bégonias *pop.*
Exagérer.

béguin
Avoir le béguin.
Éprouver une passion passagère.
Laver le béguin à quelqu'un *vx.*
Lui adresser des reproches.

beigne
Recevoir une beigne *pop.*
Recevoir un coup.

béjaune
Promener son béjaune *lit.*
Montrer sa sottise.

bel
Bel et bien.
Véritablement.

bélier
Coup de bélier.
Effort violent.

bémol
Mettre un bémol (à la clé).
Baisser le ton.
Se radoucir.

bénédictin
Travail de bénédictin.
Travail minutieux et long.

bénédiction
C'est une bénédiction *fam.*
Se dit, souvent ironiquement, de ce qui surpasse l'attente.
Être en bénédiction *vx.*
Avoir la faveur de quelqu'un.

bénéfice
Au bénéfice de.
Grâce à.
Courir le bénéfice *vx.*
Fréquenter les mauvais lieux.
Sous bénéfice de.
Sous réserve de.
Sous bénéfice d'inventaire.
Sous réserve de vérification.

bénit
C'est pain bénit.
C'est bien mérité.
Donneur d'eau bénite.
Flatteur.
Eau bénite de cour *vx.*
Flatterie trompeuse.

bénitier
Grenouille de bénitier *fam.*
Personne dévote.
Pisser au bénitier *pop.*
Exagérer.
Se démener comme un diable dans un bénitier *fam.*
S'efforcer par tous les moyens de sortir d'une situation difficile.

ber
Ce qu'on apprend au ber, on le retient jusqu'au ver *fam.*
Ce qu'on apprend très jeune, on le retient toute sa vie.

bercail
Ramener au bercail (une brebis égarée).
Ramener dans le droit chemin.
Rentrer au bercail *fam.*
Rentrer chez soi.

berceau
Dès le berceau.
Dès le plus jeune âge.
Être encore au berceau.
Être à ses débuts.

berger
À la bergère
De façon négligée.
L'heure du berger.
Le moment propice à l'amour.
La réponse du berger à la bergère.
L'expression qui met un terme à toute discussion.

bergerie
Enfermer le loup dans la bergerie *fam.*
Faire entrer dans un lieu une personne qui peut y nuire.

berlue
Avoir la berlue *fam.*
Avoir des visions.
Se faire des illusions.

berniquet
Être au berniquet *vx.*
Être ruiné.

berzingue
À toute berzingue *fam.*
À toute vitesse.

besace
Être à la besace *lit.*
Être pauvre.

besogne
Abattre de la besogne.
Faire rapidement beaucoup d'ouvrage.
Aimer la besogne faite *vx.*
Être paresseux.
Aller vite en besogne.
Conclure trop rapidement.
Donner de la besogne *lit.*
Tailler de la besogne *lit.*
Donner du souci.
Faire plus de bruit que de besogne.
Parler beaucoup et travailler peu.
Mâcher la besogne à quelqu'un.
Lui préparer le travail.

S'endormir sur la besogne.
Paresser.
Se mettre à la besogne.
Se mettre au travail.

besoin
Au besoin.
S'il est nécessaire.
Avoir besoin *vx.*
Avoir affaire.
Avoir bien besoin de *fam.*
Avoir tort de.
En un besoin *lit.*
Dans une situation critique.
Être dans le besoin.
Être dans le dénuement.
Faire besoin *lit.*
Être nécessaire.
Faire ses besoins *fam.*
Satisfaire ses fonctions naturelles.
Pour les besoins de la cause.
En raison des circonstances.

bête
Au temps où les bêtes parlaient.
À une époque fabuleuse.
Chercher la petite bête *fam.*
Chercher la moindre erreur.
Comme une bête *fam.*
Excessivement.
Être la bête d'aversion de quelqu'un.
Être la bête noire de quelqu'un.
Être un objet de détestation pour quelqu'un.
Être une vraie bête *fam.*
Être borné.
Faire la bête.
Feindre de ne pas comprendre.
Morte la bête, mort le venin.
Le danger disparaît avec la disparition de l'ennemi.
Remonter sur la bête *pop.*
Retrouver une situation.
Reprendre du poil de la bête *fam.*
Reprendre des forces.
Une bête curieuse.
Personne étrange.
Une brave bête *fam.*
Personne gentille mais peu intelligente.

Une sale bête *fam.*
Personne nuisible.

bête
Bête à manger du foin *fam.*
Bête à payer patente *fam.*
Très bête.
Bête comme chou *fam.*
Facile.
Bête comme une cruche, comme une oie, comme ses pieds *fam.*
Très bête.
D'un bête *fam.*
Très bête.
Pas si bête! *fam.*
Vous n'arriverez pas à me tromper aussi facilement.

bêtement
Tout bêtement *fam.*
Tout simplement.

bêtise
Être bon jusqu'à la bêtise.
Montrer une bonté excessive.
Faire des bêtises.
Se conduire mal.

béton
C'est du béton *fam.*
C'est très solide.
En béton *fam.*
Très solide.
Faire le béton *fam.*
Résister.
Laisse béton! *pop.*
Ne t'occupe pas de cela!

beuglante
Pousser une beuglante *pop.*
Crier.

beurre
Assiette au beurre *fam.*
Source de profits parfois illicites qu'assure le pouvoir.
Avoir les mains en beurre *fam.*
Être maladroit.
Avoir un œil au beurre noir *fam.*
Avoir l'œil cerné à la suite d'un coup.
Baigner dans le beurre *fam.*
Ne présenter aucune difficulté.

Compter pour du beurre *fam.*
Être considéré comme négligeable.

Couleur beurre frais.
Blond.

Entrer comme dans du beurre *fam.*
Pénétrer facilement.

Faire son beurre *fam.*
Tirer de grands profits d'une activité.

Le beurre et l'argent du beurre.
Tout à la fois.

Mettre du beurre dans les épinards *fam.*
Améliorer sa situation.

Ne pas avoir inventé le fil à couper le beurre *fam.*
Être sot.

Pas plus que de beurre en branche, en broche *fam.*
Pas du tout.

Promettre plus de beurre que de pain *fam.*
Faire des promesses inconsidérées.

beurré

Beurré comme un petit-beurre *pop.*
Très ivre.

beurrée

Avoir sa beurrée *pop.*
Être ivre.

biais

De biais.
D'une façon détournée.

Trouver un biais.
Trouver le moyen de résoudre une difficulté.

biberon

Prendre quelqu'un au biberon *fam.*
S'en occuper dès son plus jeune âge.

bibliothèque

Bibliothèque ambulante *fam.*
Personne érudite.

biceps

Avoir du biceps *fam.*
Être très fort.

bide

Faire, ramasser un bide *pop.*
Échouer.

bidon

Arranger les bidons de quelqu'un *pop.*
Lui venir en aide.

C'est du bidon *pop.*
C'est faux.

bien

Bien faire et laisser dire.
Ne pas se soucier de l'opinion d'autrui.

C'est bien fait! *fam.*
Cela est mérité.

Être bien dans ses baskets *pop.*

Être bien dans sa peau *fam.*
Être à l'aise.

Être bien en cour.
Avoir de l'influence auprès d'autorités supérieures.

Faire bien *fam.*
Faire bon effet.

Faire bien de.
Avoir raison de.

N'avoir qu'à bien se tenir.
Devoir se montrer prudent.

Nous voilà bien! *fam.*
La situation est inquiétante.

Que bien que mal *lit.*

Tant bien que mal.
Avec difficulté.

S'en trouver bien.
En profiter.

Tomber bien.
Arriver opportunément.

Vous êtes pas bien? *fam.*
Vous êtes fou.

bien

Avoir du bien au soleil *fam.*
Posséder des biens immobiliers.

Avoir le bien de *lit.*
Avoir le plaisir de.

Corps et biens.
Totalement.

En tout bien, tout honneur.
Sans arrière-pensée.

Être du dernier bien avec quelqu'un *fam.*
Avoir de très bonnes relations avec lui.
Grand bien vous fasse!
Cela ne présente aucun intérêt pour moi.
Le mieux est l'ennemi du bien *fam.*
À vouloir trop bien faire, on risque de faire échouer une entreprise.
Prendre son bien où on le trouve.
Emprunter à autrui les éléments de son originalité.
Tourner quelque chose à bien *vx.*
L'améliorer.

bien-dire

Être sur son bien-dire *lit.*
S'efforcer à l'éloquence.

bienfait

Rien ne vieillit plus vite qu'un bienfait.
Un bienfait est vite oublié.
Un bienfait n'est jamais perdu.
Une bonne action entraîne toujours la reconnaissance.

bienheureux

Dormir comme un bienheureux.
Dormir très profondément.

bientôt

C'est bientôt dit.
C'est plus facile à dire qu'à faire.

bienvenir

Se faire bienvenir de quelqu'un *vx.*
Rechercher sa faveur.

bienvenue

Payer sa bienvenue.
Offrir un repas de remerciement.

bière

C'est de la petite bière *fam.*
C'est de peu d'importance.

bifteck

Défendre son bifteck *fam.*
Faire preuve de détermination.
Gagner son bifteck *fam.*
Acquérir par son travail ce qui est nécessaire pour vivre.

bigorne

Rouscailler bigorne *pop.*
Parler argot.

bijou

Bijoux de famille *pop.*
Sexe masculin.

bilan

Déposer son bilan.
Faire faillite.
Faire le bilan de.
Examiner les résultats.

bilboquet

C'est un bilboquet *vx.*
Se dit d'une personne faible.
Être toujours sur ses pieds comme un bilboquet *vx.*
Se sortir d'une difficulté à son avantage.

bile

Décharger, épancher sa bile.
Laisser libre cours à sa colère.
Échauffer, remuer la bile de quelqu'un.
Provoquer sa colère.
Se faire, se tourner de la bile *fam.*
Se faire, du souci.

billard

C'est du billard *fam.*
Cela ne pose aucun problème.
Décoller, dévisser son billard *pop.*
Mourir.

bille

Bille de billard *pop.*
Crâne chauve.
Bille de clown *fam.*
Se dit d'une personne ridicule ou ayant un visage comique.
Billes pareilles *vx.*
Sans avantage décisif.
Jouer bille en tête *fam.*
Agir avec audace.
Reprendre ses billes *fam.*
Cesser de participer.
Toucher sa bille *fam.*
Se montrer compétent en quelque chose.

billet

Billet de faveur.
Billet à prix réduit ou gratuit.
Billet doux.
Lettre d'amour.
En faire son billet à quelqu'un *vx.*
En ficher, en foutre son billet à quelqu'un *pop.*
L'assurer de quelque chose.
Prendre un billet de parterre *fam.*
Tomber.
Tirer au billet *vx.*
Tirer au sort.

billon

Mettre au billon *vx.*
Mettre au rebut.

billot

En mettre sa tête sur le billot *fam.*
Assurer avec force.

binet

Faire binet *lit.*
Économiser.

bique

Bique et bouc *pop.*
Homosexuel ou bisexuel.
Grande bique *fam.*
Femme grande et maigre.
Vieille bique *fam.*
Vieille femme.

birbe

Vieux birbe *pop.*
Vieillard ennuyeux.

bisbille

Être en bisbille avec quelqu'un *fam.*
Être en désaccord avec lui.

biscuit

S'embarquer sans biscuit.
Être imprévoyant.
Tremper son biscuit *fam.*
Faire l'amour.

bise

À toute bise.
À toute vitesse.

biseau

En biseau.
En oblique.

bisque

Prendre sa bisque *vx.*
Avoir l'avantage.

bisquer

Bisque! bisque! rage! *fam.*
Expression marquant la dérision.

bissac

Être au bissac *vx.*
Être pauvre.

bitte

Con comme une bitte *pop.*
Très bête.

bitter

Se faire bitter *pop.*
Être puni.

biture

À toute biture *fam.*
Très vite.
Prendre une bonne biture *pop.*
S'enivrer.

black-out

Faire le black-out sur quelque chose.
Le passer sous silence.

blague

À la blague *fam.*
En plaisantant.
Avoir de la blague *fam.*
Être bavard.
Blague à part *fam.*
Blague dans le coin *fam.*
Expression servant à renforcer une affirmation.
C'est de la blague! *fam.*
Ce n'est pas sérieux.
Pas de blagues! *fam.*
Expression servant à renforcer un ordre.
Sans blague! *fam.*
Expression marquant l'étonnement.

blairer

Ne pas pouvoir blairer quelqu'un *pop.*
N'avoir aucune sympathie à son égard.

blanc

Blanc comme un cachet d'aspirine.
Se dit de quelqu'un qui a la peau très blanche.

Blanc comme un linge.
Très pâle.

C'est bonnet blanc et blanc bonnet *fam.*
C'est la même chose.

Connu comme le merle, le loup blanc *fam.*
Très connu.

Donner carte blanche à quelqu'un.
Lui laisser toute liberté d'action.

Faire chou blanc *fam.*
Échouer.

Manger son pain blanc le premier.
Commencer par le plus agréable.

Marquer d'une pierre blanche.
Noter un événement digne de rester dans la mémoire des gens.

Montrer patte blanche.
Présenter toutes les garanties nécessaires.

N'être pas blanc *fam.*
Avoir quelque chose à se reprocher.

Nuit blanche.
Nuit sans sommeil.

Se faire blanc de son épée *lit.*
Se justifier.
Se prévaloir de ses mérites.

Voix blanche.
Voix sans timbre.

blanc

Amener blanc.
Échouer dans une entreprise.

Blanc comme neige.
Innocent.

Chauffer à blanc.
Préparer quelqu'un de façon intensive.

Couper à blanc.
Exploiter totalement.

De but en blanc.
À l'improviste.

Dire blanc, dire noir.
Avoir des avis opposés.

Mettre noir sur blanc.
Fixer de façon irréfutable.

Passer du blanc au noir.
Passer d'un extrême à l'autre.

Regarder quelqu'un dans le blanc de l'œil.
Le regarder bien en face.

Rougir jusqu'au blanc des yeux.
Éprouver une confusion extrême.

Saigner à blanc.
Épuiser les ressources de quelqu'un.

blanchir

Blanchir sous le harnais.
Vieillir dans un emploi.

blanchisseur

Porter le deuil de sa blanchisseuse *pop.*
Porter du linge sale.

blanque

À la blanque *vx.*
Au hasard.

Trouver blanque *vx.*
Échouer.

blason

Redorer son blason *fam.*
Rétablir sa situation, généralement par un riche mariage.

Ternir son blason *fam.*
Perdre sa réputation.

blé

Blond comme les blés.
Très blond.

Crier famine sur un tas de blé *vx.*
Se plaindre sans raison.

Être pris comme dans un blé *vx.*
Être pris sans pouvoir s'échapper.

Fauché comme les blés *pop.*
Sans argent.

Manger son blé en herbe.
Dilapider à l'avance sa fortune.

blesser

Blesser la vue de quelqu'un.
L'importuner.

C'est là que le bât blesse *fam.*
C'est le point sensible.

bleu

Bas-bleu.
Femme à prétentions littéraires.
Colère bleue.
Violente colère.
Contes bleus.
Histoires imaginaires.
Cordon bleu *fam.*
Fine cuisinière.
En être, en rester bleu *fam.*
Être stupéfait.
En voir de bleues *fam.*
Connaître des expériences difficiles.
Être fleur bleue.
Être sentimental.
Peur bleue *fam.*
Terreur.

bleu

Avoir du bleu à l'âme.
Être triste.
Gros bleu *pop.*
Vin rouge très ordinaire.
La grande bleue.
La mer.
N'y voir que du bleu *fam.*
Ne rien comprendre à une situation.
Nager dans le bleu.
S'illusionner.
Passer quelque chose au bleu *fam.*
Le faire disparaître.

blinde

À toute blinde *pop.*
Rapidement.

bloc

À bloc.
À fond.
En bloc.
En totalité.
Être gonflé à bloc *fam.*
Être très décidé.
Faire bloc.
S'unir.
Tout d'un bloc.
Se dit d'une personne dont le caractère est entier.

blot

C'est mon blot *pop.*
Cela me convient.

Ça fait mon blot *pop.*
Je suis d'accord.
Du même blot *pop.*
Identique.

blouse

Être dans la blouse *fam.*
Être trompé.

blouson

Blouson doré.
Jeune délinquant, issu d'un milieu aisé.
Blouson noir.
Jeune délinquant, vêtu d'un blouson de cuir noir.

blues

Avoir le blues *fam.*
Être triste.

bluff

La faire au bluff *fam.*
Chercher à abuser quelqu'un par son assurance.

bobéchon

Se monter le bobéchon *fam.*
Se faire des illusions.

bobo

Pas de bobo! *fam.*
Il n'y a pas de mal.

bocal

Se garnir le bocal *pop.*
Manger.

bœuf

Avoir un bœuf sur la langue *fam.*
Refuser de parler.
Donner un œuf pour avoir un bœuf *fam.*
Rendre de petits services dans l'espoir de grands avantages.
Être un bœuf de travail *fam.*
Travailler avec obstination.
Faire un effet bœuf *fam.*
Produire une forte impression.
Fort comme un bœuf *fam.*
Très vigoureux.
Lourd comme un bœuf *fam.*
Peu intelligent.
Mettre la charrue devant les bœufs *fam.*
Agir de façon désordonnée.

On n'est pas des bœufs! *fam.*
Il ne faut pas en demander trop.

Qui vole un œuf vole un bœuf.
Il n'y a pas de degré dans le crime.
Un petit vol en entraîne de plus importants.

Saigner comme un bœuf *fam.*
Saigner abondamment.

Souffler comme un bœuf *fam.*
Respirer bruyamment.

Un vent à décorner les bœufs *fam.*
Vent très violent.

boire

Boire comme une éponge, comme un trou.

Boire comme un Polonais, un Suisse, un templier *fam.*
Boire avec excès.

Boire des yeux.
Regarder avec avidité.

Boire du petit-lait *fam.*
Prendre un plaisir extrême aux flatteries qu'on vous adresse.

Boire l'obstacle.
Le surmonter facilement.

Boire la tasse *fam.*
Avaler de l'eau involontairement en se baignant.
Échouer dans une entreprise.

Boire le calice jusqu'à la lie.
Subir jusqu'au bout les pires humiliations.

Boire les paroles de quelqu'un.
L'écouter attentivement.

Boire un bouillon *fam.*
Avaler de l'eau en nageant.
Subir de grosses pertes financières.

Ce n'est pas la mer à boire *fam.*
C'est une chose facile.

Compte là-dessus et bois de l'eau! *fam.*
Il n'en est absolument pas question.

Être bu *pop.*
Être ivre.

Il y a à boire et à manger *fam.*
Il y a du bon et du mauvais.

On ne saurait faire boire un âne s'il n'a soif.
Il ne sert à rien de vouloir contraindre quelqu'un.

Quand le vin est tiré, il faut le boire.
Quand une affaire est engagée, il faut la mener jusqu'à son terme.

Qui a bu boira.
On ne se défait jamais d'une habitude.

boire

En oublier, en perdre le boire et le manger.
Être très inquiet.

bois

Aller au bois sans cognée *vx.*
Entreprendre une tâche sans en avoir les moyens.

Au coin d'un bois.
Dans un endroit désert.

Avoir l'œil au bois *vx.*
Être prudent.

Avoir la gueule de bois *pop.*
Avoir la bouche pâteuse après un excès de boisson.

Casser du bois *fam.*
Avoir un accident.

Casser du bois sur le dos de quelqu'un *fam.*
Le frapper.
En dire du mal.

Déménager à la cloche de bois *fam.*
Déménager sans prévenir.

Être du bois dont on fait les... *fam.*
Avoir toutes les aptitudes pour devenir un...

Être du bois dont on fait les flûtes *fam.*
Se dit de quelqu'un qui dit et fait tout ce qu'on veut.

Être volé comme dans un bois.
Être volé audacieusement.

Faire feu, flèche de tout bois *fam.*
Utiliser tous les moyens dont on dispose pour réussir dans son entreprise.

Faire porter du bois *vx.*
Tromper son mari.
Homme des bois.
Se dit d'une personne sauvage.
La faim chasse le loup du bois.
La nécessité contraint souvent à faire ce dont on n'a pas envie.
Langue de bois *fam.*
Langage convenu de la propagande politique.
Ne pas être de bois *fam.*
Être sensible.
On va voir de quel bois je me chauffe *fam.*
On va voir ce dont je suis capable.
Porter bien son bois *vx.*
Avoir belle apparence.
Toucher du bois *fam.*
Conjurer le mauvais sort.
Trouver visage de bois *vx.*
Trouver porte fermée.
Visage de bois *vx.*
Apparence pleine de froideur.

boisseau
Boisseau de puces *fam.*
Importun.
Personne remuante.
Cacher, mettre (la lumière) sous le boisseau.
Cacher la vérité.

boîte
Boîte à malice.
Ensemble de ruses.
Boîte de Pandore.
Se dit de ce qui risque de provoquer de grands malheurs.
Dans les petites boîtes, les bons onguents.
La qualité de quelque chose n'a rien à voir avec sa taille.
Fermer sa boîte *pop.*
Se taire.
Mettre en boîte quelqu'un *fam.*
Se moquer de lui.
Sembler sortir d'une boîte.
Être très soigneux de sa personne.

boiter
Sans boiter *fam.*
Rapidement.

boiteux
Attendre le boiteux *vx.*
Faire preuve de prudence.
Canard boiteux *fam.*
Personne peu capable.
Entreprise peu rentable.

bol
Avoir du bol *pop.*
Avoir de la chance.
En avoir ras le bol *pop.*
Être excédé par quelque chose.
Manque de bol *pop.*
Malchance.
Ne pas se casser le bol *pop.*
Ne pas s'inquiéter.
Prendre un bol d'air.
Aller respirer l'air frais.

bolide
Comme un bolide.
Très vite.

bombance
Faire bombance *fam.*
Festoyer.

bombe
À toute bombe *fam.*
Très rapidement.
Comme une bombe.
À l'improviste.
Faire l'effet d'une bombe.
Stupéfier.
Se foutre en bombe *pop.*
Se mettre en colère.

bombe
Faire la bombe *pop.*
Festoyer.

bomber
Bomber le torse.
Prendre un air avantageux.
Se bomber de quelque chose *pop.*
S'en passer.

bon
À quelque chose malheur est bon.
Un événement malheureux peut avoir des conséquences heureuses.

bon

À quoi bon?
Expression marquant le découragement.

Bon à rien.
Incapable.

Bon comme du bon pain.
Très bon.

Bon comme la romaine *pop.*
Bon jusqu'à la faiblesse.

Coûter bon *lit.*
Coûter cher.

Elle est bien bonne! *fam.*
C'est une plaisanterie.

Être bon *pop.*
Être attrapé.

Être bon pour *fam.*
Ne pas pouvoir échapper à.

Faire bonne mesure.
Être généreux.

La bailler bonne *fam.*
Faire accroire quelque chose d'extraordinaire.

N'être pas bon à jeter aux chiens.
Être tenu pour rien.

N'être pas bon pour.
Refuser de.

Pour de bon.
Tout de bon.

Tout de bon.
Réellement.

Tenir bon.
Résister.

Un bon vivant.
Une personne qui prend la vie du bon côté.

Une bonne fois (pour toutes).
Définitivement.

bon

À la bonne *pop.*
Du bon côté.

Avoir quelqu'un à la bonne *pop.*
Avoir de la sympathie pour lui.

En avoir de bonnes *fam.*
Plaisanter.

En raconter de bonnes *fam.*
Tenir des propos peu croyables.

Être dans ses bonnes *vx.*
Être de bonne humeur.

Il y a du bon *pop.*
Il y a des points positifs.

bonbon

Coûter bonbon *fam.*
Coûter cher.

bond

De second bond.
Médiocre.

D'un (seul) bond.
Aisément.

Du premier bond.
Immédiatement.

Entre bond et volée *vx.*
Rapidement.

Faire faux bond à quelqu'un.
Ne pas faire ce qu'il attendait.

Ne faire qu'un bond.
Agir rapidement.

Saisir au bond.
Saisir une occasion.

bonde

Lâcher la bonde à quelque chose *lit.*
Lui laisser libre cours.

bondir

Faire bondir le cœur *vx.*
Donner des nausées.

Faire bondir quelqu'un.
Provoquer son indignation.

bonheur

Au petit bonheur la chance *fam.*
Au hasard.

Avoir du bonheur *vx.*
Réussir.

Jouer de bonheur.
Avoir de la chance.

L'argent ne fait pas le bonheur.
Il ne suffit pas d'être riche pour être heureux.

Le bonheur des uns fait le malheur des autres.
Le succès de certains exige l'échec des autres.

Ne pas connaître son bonheur.
Ne pas se rendre compte de la chance que l'on a.

Par bonheur.
Par chance.

Porter bonheur.
Attirer la chance.

Porter bonheur à quelqu'un.
Le favoriser.

Trouver son bonheur *fam.*
Trouver ce qu'on cherche.

bonhomme

Aller, continuer son petit bonhomme de chemin *fam.*
Poursuivre tranquillement son entreprise.

Nom d'un petit bonhomme! *fam.*
Juron.

boniment

Boniments à la graisse d'oie *fam.*
Inventions mensongères.

bonjour

Simple comme bonjour *fam.*
Facile à faire.

T'as le bonjour d'Alfred! *pop.*
Se dit pour se débarrasser d'un importun.

bonnement

Tout bonnement.
Tout simplement.

bonnet

Avoir la tête près du bonnet.
Être coléreux.

Avoir toujours la main au bonnet *vx.*
Avoir des manières très polies.

C'est bonnet blanc et blanc bonnet *fam.*
C'est la même chose.

Chausser son bonnet de travers *vx.*
Se tromper.

Deux têtes sous un même bonnet.
Se dit de deux personnes liées par l'amitié.

Jeter son bonnet par-dessus les moulins *fam.*
Se laisser aller à une vie dissolue.

Opiner du bonnet *fam.*
Approuver.

Prendre sous son bonnet.
Accepter la responsabilité de quelque chose.

Se monter le bonnet.
Se faire des illusions.

Triste comme un bonnet de nuit *fam.*
Très triste.

Un gros bonnet *fam.*
Une personne influente.

bonsoir

Ni bonjour ni bonsoir *fam.*
Se dit à propos d'une personne impolie.

bonze

Un vieux bonze *pop.*
Personne âgée et ennuyeuse.

bord

À pleins, à ras bords.
À rouges bords *lit.*
Entièrement.

À pleins bords *lit.*
Abondamment.

Au bord de.
Sur le point de.

Bord à bord.
Tout près.

Être du même bord.
Avoir des opinions identiques.

Jeter par-dessus bord.
Se débarrasser.

Journal de bord.
Compte rendu quotidien.

Seul maître à bord.
Maître absolu.

Sur les bords *fam.*
Un peu.
Beaucoup.

Virer de bord.
Changer totalement de direction.
Changer d'opinion.

bordée

Tirer une bordée *fam.*
Courir les lieux de plaisir.

Une bordée de.
Une grande quantité de.

bordel

Foutre le bordel *pop.*
Mettre le désordre.

borgne

Au royaume des aveugles, les borgnes sont rois.
Une personne médiocre brille aisément parmi des gens sans valeur.

Bien visé pour un borgne *fam.*
Il a mieux réussi qu'on ne pouvait le croire.

Changer son cheval borgne pour un aveugle *fam.*
Faire un marché de dupes.

borne

À la borne *lit.*
À la rue.

Dépasser les bornes.
Exagérer.

Rester planté comme une borne *fam.*
Rester totalement immobile.

Sans bornes.
Sans limites.

bosse

Avoir la bosse de *fam.*
Avoir des dispositions pour.

Ne rêver que plaies et bosses *fam.*
Avoir l'esprit batailleur.

Rouler sa bosse *fam.*
Avoir une existence aventureuse.

S'en donner une bosse *vx.*
S'amuser.

Se donner, se flanquer une bosse de rire *pop.*
Rire bruyamment.

bossu

Rendre les cimetières bossus *vx.*
Causer la mort de beaucoup de gens.

Rire comme un bossu *fam.*
Rire aux éclats.

botte

Botte secrète.
Riposte imparable.

Porter une botte à quelqu'un *vx.*
L'attaquer.

Proposer la botte *pop.*
Faire des propositions galantes à une femme.

botte

À propos de bottes *fam.*
Sans motif sérieux.

Aller à la botte *lit.*
Se montrer agressif.

Avoir du foin dans ses bottes *fam.*
Être riche.

Bruits de bottes.
Préparatifs de guerre.

Ça fait ma botte *pop.*
Cela me convient.

Cirer, lécher les bottes à quelqu'un *pop.*
Le flatter servilement.

En avoir plein les bottes *pop.*
Être très fatigué.

Être à la botte de quelqu'un *fam.*
Lui obéir bassement.

Être botte à botte *fam.*
Être très près l'un de l'autre.

Faire dans les bottes de quelqu'un *pop.*
S'en faire un ennemi.

Graisser ses bottes *fam.*
Se préparer au départ.

Haut comme ma botte *fam.*
De petite taille.

Tomber sur les bottes.
Être fatigué.

Y laisser ses bottes *fam.*
Mourir.

botte

Ne pas y en avoir des bottes *fam.*
Y en avoir très peu.

botté

C'est un singe botté *fam.*
Se dit d'une personne accoutrée de façon ridicule.

botter

Botter le cul, les fesses *pop.*
Donner un coup de pied dans le derrière de quelqu'un.

Botter quelqu'un *fam.*
Lui convenir parfaitement.

bottine

Avoir les yeux en boutons de bottine *fam.*
Avoir des yeux très petits.

bouc

Bouc émissaire.
Personne à qui l'on fait endosser les torts des autres.

boucan

Faire du boucan *fam.*
Faire du bruit.

bouche

À bouche que veux-tu *fam.*
Avec abondance.

À cheval donné on ne regarde pas la bouche.
On ne critique pas un cadeau.

Avoir de la bouillie dans la bouche *fam.*
Parler de façon indistincte.

Avoir l'eau à la bouche.
Désirer.

Avoir plein la bouche de *fam.*
Parler de quelque chose fréquemment et de façon admirative.

Avoir quelque chose à la bouche.
En parler.

Bouche en cul de poule *pop.*
Bouche arrondie et pincée par minauderie.

Bouche inutile.
Personne vivant aux dépens d'autrui.

Ce n'est pas pour ta bouche! *fam.*
Ce n'est pas pour toi.

De bouche *lit.*
De vive voix.

De bouche à oreille.
Secrètement.

De bouche en bouche *vx.*
Très rapidement.

Demeurer bouche cousue *fam.*
Rester sans parler.

Être bouche bée.
Être étonné.

Être fine bouche.
Être gourmet.

Être sur toutes les bouches.
Être l'objet de toutes les conversations.

Faire la fine bouche.
Faire la petite bouche.
Se montrer difficile.

Garder quelque chose pour la bonne bouche.
Garder le meilleur pour la fin.

La bouche en cœur *fam.*
Se dit de quelqu'un qui minaude.

La vérité parle par sa bouche.
Il dit vrai.

Ouvrir la bouche.
Commencer à parler.

Par la bouche de.
Par l'intermédiaire de.

Rester sur la bonne bouche.
S'arrêter sur quelque chose d'agréable par peur d'être déçu.

Saint Jean Bouche d'or.
Se dit d'une personne éloquente.

Ta bouche! *pop.*
Expression employée pour faire taire quelqu'un.

bouché

Bouché à l'émeri *fam.*
Peu intelligent.

bouchée

Mettre les bouchées doubles *fam.*
Exécuter rapidement quelque chose.

Ne faire qu'une bouchée de *fam.*
Avaler gloutonnement.
Vaincre sans difficulté.

Pour une bouchée de pain.
Pour un prix minime.

boucher

Boucher la vue.
Faire écran.

Boucher un coin *pop.*
Rassasier.

Boucher un trou *fam.*
S'acquitter d'une dette.

En boucher un coin, une surface *pop.*
Étonner.

Se boucher les yeux.
Refuser de voir.

bouchon

À bon vin il ne faut point de bouchon.
Les bonnes choses n'ont pas besoin de publicité.

Bouchon de carafe *pop.*
Gros diamant.

C'est plus fort que de jouer au bouchon *fam.*
C'est étonnant.
C'est insupportable.

Pousser le bouchon un peu loin *fam.*
Exagérer.

boucler

Prendre du bouchon *fam.*
Vieillir.
Y mettre un bouchon *pop.*
Se taire.

boucler

Boucler la boucle.
Revenir à son propos initial.
Boucler ses malles, ses valises *fam.*
Partir.
Mourir.
Boucler son budget *fam.*
Équilibrer dépenses et recettes.
La boucler *pop.*
Se taire.

bouclier

Faire un bouclier de son corps.
Protéger.
Levée de boucliers.
Opposition violente et générale.

bouder

Bouder contre son ventre *fam.*
Refuser par dépit nourriture ou plaisir.

boudin

Être à quelqu'un tripes et boudins *fam.*
Lui être tout dévoué.
Faire du boudin *fam.*
Bouder.
Faire un boudin *vx.*
Faire une mésalliance.
Plein comme un boudin *pop.*
Ivre.
S'en aller en eau de boudin *fam.*
Tourner en eau de boudin *fam.*
Échouer, péricliter.

boudoir

Avoir des succès de boudoir.
Réussir auprès des femmes.

boue

Couvrir quelqu'un de boue.
Le déshonorer.
N'en faire pas plus de cas (ou d'état) que de la boue de ses souliers *vx.*
Le mépriser.
Traîner quelqu'un dans la boue.
Médire de lui.

bouée

Bouée de sauvetage.
Secours propre à sauver quelqu'un dans une situation difficile.

bouffer

Bouffer des briques *pop.*
N'avoir rien à manger.
Se bouffer le nez *pop.*
Se quereller violemment.
Vouloir tout bouffer *pop.*
Avoir des ambitions excessives.

bouffeur

Bouffeur de curé *pop.*
Anticlérical.

bouffi

Tu l'as dit, bouffi! *pop.*
C'est bien vrai.

bougeotte

Avoir la bougeotte *fam.*
Ne pas pouvoir tenir en place.

bouger

Ne pas bouger le petit doigt *fam.*
Ne pas intervenir.

bouillie

Bouillie pour les chats *fam.*
Travail mal fait.
Mettre en bouillie *fam.*
Tuméfier.
Écraser.
Réduire en bouillie *fam.*
Vaincre totalement.

bouillir

Faire bouillir la marmite *fam.*
Assurer la subsistance quotidienne.

bouillon

Boire un bouillon *fam.*
Avaler de l'eau en nageant.
Subir de grosses pertes financières.
Bouillon d'onze heures *fam.*
Breuvage empoisonné.
Bouillon de culture.
Conditions favorables au développement d'un phénomène.
Jeter quelqu'un au bouillon *fam.*
Le jeter à l'eau.

boule

À boule vue *vx.*
Au hasard.
Avec peu d'attention.
Avoir la boule à zéro *pop.*
Avoir les cheveux coupés ras.
Avoir les boules *pop.*
Être inquiet.
Avoir les nerfs en boule *fam.*
Être très irrité.
Boule de suif *vx.*
Personne grasse.
Faire boule de neige.
Croître progressivement.
Perdre la boule *fam.*
Devenir fou.
Se mettre en boule *fam.*
Se mettre en colère.
Yeux en boules de loto *fam.*
Yeux ronds.

bouler

Envoyer bouler *pop.*
Repousser brutalement.

boulet

Comme un boulet *fam.*
Très rapidement.
Être sur les boulets *fam.*
Être très fatigué.
Tirer sur quelqu'un à boulets rouges.
Le critiquer violemment.
Traîner son boulet.
Supporter une obligation pénible.

boulette

Faire une boulette *fam.*
Commettre une grave maladresse.

boulevard

Le boulevard des allongés *pop.*
Le cimetière.

boulon

Paumer ses boulons *pop.*
Devenir fou.
Resserrer les boulons *fam.*
Réorganiser.

boulot

Être boulot boulot *pop.*
Être exigeant dans le travail.

boulotter

Ça boulotte *pop.*
Cela va à peu près bien.

boum

En plein boum *pop.*
En pleine activité.
Faire un boum *pop.*
Prendre des proportions considérables.

boumer

Ça boume! *pop.*
Cela va bien.

bouquer

Faire bouquer quelqu'un *lit.*
Le contraindre.

bouquet

Avoir le bouquet sur l'oreille *fam.*
Chercher à se marier, pour une jeune fille.
C'est le bouquet! *pop.*
C'est le comble.
Donner le bouquet à quelqu'un *vx.*
Le charger d'organiser des réjouissances.

bourdon

Planter son bourdon *vx.*
S'installer.

bourdon

Avoir le bourdon *pop.*
Être déprimé.

bourgeois

En bourgeois *fam.*
En habits civils.
En habits du dimanche.
Épater le bourgeois.
Scandaliser le public.

bourle

Placer des bourles *lit.*
Faire des farces.

bourrage

Bourrage de crâne *fam.*
Propagande mensongère.

bourre

De première bourre *pop.*
De grande valeur.
Être à la bourre *pop.*
Être en retard.

bourré

Bourré comme un coing *pop.*
Ivre.

bourreau

Bourreau d'argent *vx.*
Personne dépensière.
Bourreau d'enfants *fam.*
Personne sévère.
Bourreau de travail *fam.*
Grand travailleur.
Bourreau des cœurs *fam.*
Séducteur.

bourrelé

Bourrelé de remords.
Tourmenté par les remords.

bourrer

Bourrer la gueule à quelqu'un *pop.*
Le frapper.
Bourrer le crâne à quelqu'un *fam.*
Bourrer le mou à quelqu'un *pop.*
Le tromper.
Se bourrer la gueule *pop.*
S'enivrer.

bourrichon

Monter le bourrichon à quel-
qu'un *fam.*
Le tromper.
Exciter sa colère.
Se monter le bourrichon *fam.*
Se faire des illusions.

bourricot

C'est kif-kif bourricot *fam.*
C'est la même chose.

bourrique

Chargé, plein comme une bour-
rique *pop.*
Ivre.
Faire tourner quelqu'un en bour-
rique *fam.*
L'exaspérer.
Soûl comme la bourrique de Ro-
bespierre *vx.*
Totalement ivre.

bourse

Être à la portée de toutes les
bourses.
Être bon marché.

Loger le diable dans sa bourse
fam.
Être sans argent.
Sans bourse délier.
Gratuitement.
Selon sa bourse.
Selon ses moyens.
Tenir les cordons de la bourse.
Contrôler les dépenses.

bousculer

Bousculer le pot de fleurs *pop.*
Faire preuve de sans-gêne.
Se bousculer au portillon *fam.*
Arriver en foule.
Ça se bouscule au portillon *fam.*
Bafouiller.

boussole

Perdre la boussole *fam.*
Perdre son bon sens.

bout

À bout portant.
À bout touchant *vx.*
De très près.
À tout bout de champ.
Sans cesse.
Aller vent de bout.
Rencontrer des obstacles.
Au bout de.
Après.
Au bout du compte.
Finalement.
Au bout le bout *vx.*
Tout a une fin.
Avoir quelque chose sur le bout
de la langue.
*Ne pas pouvoir trouver un mot
qui échappe.*
Bout de chou *fam.*
Petit enfant.
Brûler la chandelle par les deux
bouts *fam.*
Dépenser avec prodigalité.
C'est le bout du monde *fam.*
*C'est le maximum de ce qui est
possible.*
Ça fait un bout *pop.*
Cela fait longtemps.
Ce n'est pas le bout du monde
fam.
C'est sans difficulté.

D'un bout à l'autre.
Du début à la fin.

De bout en bout.
Complètement.

Discuter le bout de gras *pop.*
Avoir une conversation animée.

Du bout des dents, des lèvres.
À contrecœur.

Économies de bouts de chandelles.
Économies négligeables.

En connaître un bout *fam.*
Être expert en un domaine.

Être à bout *fam.*
Être épuisé.

Être à bout de souffle *fam.*
Être épuisé.

Être à bout de quelque chose.
L'avoir épuisé.

Être au bout du rouleau *fam.*
N'en plus pouvoir.

Joindre, nouer les deux bouts *fam.*
Équilibrer son budget.

Jusqu'au bout.
Jusqu'à la dernière limite.

Jusqu'au bout des doigts.
Totalement.

Mettre les bouts (de bois) *pop.*
S'enfuir.
S'en aller.

Montrer le bout de l'oreille *fam.*
Montrer le bout de son nez *fam.*
Apparaître.
Laisser voir ses intentions.

Par quel bout?
De quelle manière?

Pousser quelqu'un à bout.
Lui faire perdre patience.

Prendre par le bon bout *fam.*
Agir avec habileté.

S'en aller par petits bouts *fam.*
Se dégrader.

Se mettre sur le bon bout *lit.*
Se mettre sur le bon pied.

Sur le bout des doigts.
Parfaitement.

Sur le bout des fesses *fam.*
Dans une attitude contrainte.

Tenir le bon bout *fam.*
Être sur le point de réussir.

Un bon bout de temps *fam.*
Un temps très long.

Venir à bout de quelqu'un.
Le vaincre.

Venir à bout de quelque chose.
Le terminer malgré les difficultés.

Voir le bout (du tunnel) *fam.*
Sortir d'une situation difficile.

bouteille

Avec des si, on mettrait Paris en bouteille.
En imagination tout est possible.

Avoir de la bouteille *fam.*
Avoir de l'expérience.

Bouteille à l'encre.
Situation confuse.

Bouteille à la mer.
Message de détresse.

Épaules en bouteille de Saint-Galmier *pop.*
Épaules étroites.

Être dans la bouteille.
Être dans le secret d'une affaire.

Porter les bouteilles.
Marcher avec précaution.

Voir les choses par le trou d'une bouteille *vx.*
Ignorer la vie.

bouteillon

Lancer des bouteillons *pop.*
Lancer de fausses nouvelles.

boutique

Parler boutique *fam.*
Parler de sujets professionnels.

Plier boutique *fam.*
Mettre fin à ses activités.
S'en aller.

boutoir

Coup de boutoir.
Attaque brusque.

bouton

Bête comme un bouton (de bottine) *fam.*
Très bête.

Donner des boutons *pop.*
Excéder.

Il ne manque pas un bouton de guêtre.
Tout est prêt.

Lâcher le bouton.
Se montrer négligent.

Mettre le bouton haut *vx.*
Rendre les choses difficiles.

Ne pas valoir un bouton *vx.*
N'avoir aucune valeur.

Ne tenir qu'à un bouton *vx.*
Être mal assuré.

Serrer le bouton à quelqu'un.
Le contraindre.

Un bouton de rose.
Une jeune fille innocente.

boyau

Avoir les boyaux vides *fam.*
Avoir faim.

Racler, scier le boyau *fam.*
Jouer mal du violon.

Rendre tripes et boyaux *fam.*
Vomir.

Se tordre les boyaux *fam.*
Rire bruyamment.

brac

De bric et de brac.
De côté et d'autre.

braconner

Braconner sur les terres d'autrui.
Chercher à obtenir les faveurs de la femme d'un autre.

braie

Les braies nettes *lit.*
Sans dommages.

brailler

Brailler à faire sourd un chantre.
Crier de façon assourdissante.

braise

Avoir de la braise *pop.*
Avoir de l'argent.

Chaud comme braise *vx.*
Se dit d'une personne qui a beaucoup de tempérament.

Être sur la braise *fam.*
Être anxieux.

Passer sur quelque chose comme chat sur braise *vx.*
Effleurer.

Rendre chaud comme braise *vx.*
Se venger sur-le-champ.

Rouge comme la braise.
Très rouge.

Sec comme braise *vx.*
Très sec.

Souffler sur les braises *vx.*
Attiser une dispute.

Tomber de la poêle dans la braise *vx.*
Tomber d'un danger dans un autre.

bran

Pour du bran de chien *pop.*
Pour rien.

brancard

Ruer dans les brancards *fam.*
Se rebeller.

branche

Avoir de la branche *fam.*
Avoir de la distinction.

Être comme l'oiseau sur la branche.
Être dans une position instable.

S'accrocher aux branches *fam.*
Utiliser tous les moyens pour sortir d'un danger.

Scier la branche (sur laquelle on est assis).
Se nuire à soi-même.

Vieille branche! *fam.*
Se dit pour s'adresser familièrement à un ami.

brandon

Brandon de discorde.
Personne ou chose qui provoque des conflits.

branle

Commencer le branle *vx.*
Ouvrir le branle.
Donner l'exemple.

Être en branle *lit.*
Être inquiet.

Mettre en branle.
Mettre en mouvement.

branle-bas

Branle-bas de combat *fam.*
Préparatifs.

branler

Branler dans le (au) manche *pop.*
  Manquer de solidité.
Branler le menton *fam.*
  Manger.
N'en avoir rien à branler *pop.*
  S'en moquer.
Qu'est-ce qu'il branle? *pop.*
  Que fait-il?
S'en branler *pop.*
  S'en moquer.
Tout ce qui branle ne tombe pas.
  Ce qui semble fragile dure parfois très longtemps.

braquer

Braquer quelqu'un contre *fam.*
  Le faire s'opposer à.
Être braqué sur quelque chose *fam.*
  N'avoir d'attention que pour cela.

braquet

Mettre le grand braquet *fam.*
  Faire un effort supplémentaire.

bras

À bout de bras.
  En faisant de grands efforts.
À bras-le-corps.
  Sans détour.
À bras ouverts.
  Cordialement.
À bras raccourci(s).
  Violemment.
À plein bras.
  En pleine activité.
À tour de bras.
  Sans s'arrêter.
Arrêter, retenir le bras de quelqu'un.
  L'empêcher d'agir.
Avoir l'arme au bras.
  Être vigilant.
Avoir le bras long *fam.*
  Avoir de l'influence.
Avoir les bras à la retourne *fam.*
Avoir les bras retournés *fam.*
  Être paresseux.
Avoir les bras croisés.
  Être sans travailler.

Avoir les yeux qui se croisent les bras *fam.*
  Loucher.
Avoir, se mettre sur les bras *fam.*
  Avoir à sa charge.
Baisser les bras.
  Renoncer.
Bras d'honneur *fam.*
  Geste obscène de dérision.
Bras de fer *fam.*
  Épreuve de force.
Bras dessus, bras dessous.
  En se tenant par le bras.
Casser, couper bras et jambes à quelqu'un.
  Lui ôter son courage.
D'un bras de fer.
  Durement.
En bras de chemise.
  Sans veste.
  Les manches retroussées.
Être dans les bras de Morphée *fam.*
  Dormir.
Être le bras droit de quelqu'un.
  Le seconder.
Faire les beaux, les grands bras *vx.*
  Manifester de la suffisance.
Gros comme le bras *fam.*
  Expression qui sert à renforcer une appréciation flatteuse.
Huile de bras *fam.*
  Effort.
Jouer les gros bras *fam.*
  Faire l'important.
Lever les bras.
  Se rendre.
Lever les bras au ciel.
  Manifester son impuissance.
Les bras ballants.
  Sans rien faire.
Les bras m' (t'...) en tombent *fam.*
  Expression qui marque l'étonnement.
Manquer de bras.
  Souffrir d'un manque de main-d'œuvre.
Ne pas avoir quatre, cent bras *fam.*
  Ne pas pouvoir en faire davantage.

Prêter son bras.
Aider.
Se croiser les bras.
S'arrêter de travailler.
Tendre les bras vers quelqu'un.
L'inviter de manière pressante.
Lui pardonner.
L'implorer.
Le désirer.

brasser

Brasser de l'air, du vent *fam.*
Être inefficace.

brasseur

Brasseur d'affaires.
Personne qui s'occupe de nombreuses affaires, souvent de manière irrégulière.

brassière

Mettre quelqu'un en brassière *vx.*
Tenir quelqu'un en brassière *vx.*
Le tenir dans la contrainte.

bravade

Faire bravade à quelqu'un *lit.*
L'offenser.

brave

Brave à trois, à quatre poils *vx.*
Homme très brave.

braverie

De braverie *lit.*
Par défi.

bravo

Avoir les joyeuses qui font bravo
pop.
Avoir les miches qui font bravo
pop.
Trembler de peur.

bravoure

Morceau de bravoure.
Passage à effet.

break

Faire le break *fam.*
Faire une pause.

brebis

À brebis tondue Dieu mesure le
vent *vx.*
Le destin proportionne aux forces de chacun les afflictions qu'il envoie.

Brebis comptées, le loup les
mange.
Les précautions sont souvent inutiles.
Brebis galeuse *fam.*
Personne infréquentable.
Brebis qui bêle perd sa goulée
vx.
Qui parle trop n'agit point.
Faire un repas de brebis.
Manger sans boire.
Qui se fait brebis, le loup le
mange *vx.*
Trop de gentillesse nuit.
Ramener au bercail une brebis
égarée.
Ramener dans le droit chemin.

brèche

Battre en brèche.
Attaquer.
Être encore sur la brèche.
Être encore en activité.
Être, monter sur la brèche.
S'exposer.
Faire brèche à.
Porter atteinte à.
Mourir sur la brèche.
Mourir en pleine action.

bredi

Bredi-breda *vx.*
De façon désordonnée.

bredouille

Rentrer bredouille.
Échouer.

bref

En bref.
En peu de mots.
En résumé.
Observer les longues et les brèves.
Être pointilleux.

breloque

Battre la breloque *fam.*
Fonctionner mal.
Être fou.

brésiller

À tout brésiller *vx.*
À toute vitesse.

Bretagne

Parent à la mode de Bretagne.
Se dit d'un parent éloigné.

bretelle

En avoir jusqu'aux bretelles *pop.*
Être en mauvaise situation.
Être ivre.

Remonter les bretelles à quelqu'un *pop.*
Lui adresser des reproches.

brevet

Décerner à quelqu'un un brevet
fam.
Garantir.

bric

De bric et de broc.
*Avec des morceaux de diverses
origines.*

bricole

De bricole *vx.*
Indirectement.

Donner une bricole à quelqu'un
lit.
Le tromper.

Il va m' (t'...) arriver des bricoles
pop.
*Il va m' (t'...) arriver des en-
nuis.*

bricoler

Bricoler le chemin *vx.*
Faire des détours.

bride

À bride abattue.

À bride avalée.
Très rapidement.

À toute bride.
À très grande vitesse.

Aller bride en main *lit.*
Agir avec prudence.

Avoir la bride sur le cou.
Avoir toute liberté d'agir.

Avoir plus besoin de bride que
d'éperon.
Avoir trop d'impétuosité.

Brides à veaux *vx.*
Histoires invraisemblables.

Lâcher, rendre la bride.
Laisser toute liberté.

Secouer la bride à quelqu'un *vx.*
L'encourager.

Serrer la bride.
Ne laisser aucune liberté.

Tenir en bride.
Contenir.

Tenir la bride.
Maintenir.

Tenir la bride courte, haute à
quelqu'un.
Lui mesurer ses ressources.
Le diriger avec fermeté.

Tourner bride.
Faire demi-tour.
Changer d'avis.

brider

Brider la bécasse *vx.*
Tromper quelqu'un.

brigadier

Brigadier, vous avez raison! *fam.*
*Expression marquant une ap-
probation ironique.*

brigand

Histoire de brigands.
Histoire invraisemblable.

brillant

Ne pas être brillant *fam.*
Être médiocre.

briller

Briller par son absence *fam.*
*Se dit de quelqu'un dont l'ab-
sence ne passe pas inaperçue.*

Faire briller quelqu'un *fam.*
Le mettre en valeur.

Tout ce qui brille n'est pas d'or.
Les apparences sont trompeuses.

brin

Faire un brin de conduite *fam.*
*Accompagner quelques instants
quelqu'un.*

Un beau brin de fille *fam.*
Une jeune fille grande et belle.

Un brin *fam.*
Quelque peu.

brinde

Être dans les brindes *lit.*
Être ivre.

brindezingue

Être dans les brindezingues *vx.*
Être ivre.

bringue

Faire la bringue *pop.*
Mener une vie de débauche.

brioche

Avoir de la brioche *pop.*
Avoir du ventre.
Faire une drôle de brioche *pop.*
Avoir un air affligé.
Partir en brioche *pop.*
Échouer.

brique

Bouffer des briques *pop.*
Manger des briques *fam.*
N'avoir rien à manger.
Ne pas casser des briques *pop.*
Ne rien valoir.
Pour des briques *pop.*
Pour rien.

briquet

Battre le briquet *fam.*
Se frotter les chevilles en marchant.
Chercher à séduire une femme.
Faire l'amour à une femme.

brisées

Aller, marcher sur les brisées de quelqu'un.
Rivaliser avec lui.
Reprendre ses brisées.
Reprendre le fil de son idée.
Revenir sur ses brisées.
Revenir en arrière.
Suivre les brisées de quelqu'un.
Suivre son exemple.

briser

Briser la glace.
Dissiper la gêne.
Brisons là.
N'allons pas plus loin.
Les briser à quelqu'un *pop.*
L'importuner.

broc

De broc en bouche *vx.*
Très vite.

brochant

Brochant sur le tout *vx.*
Pour comble.

broche

Couper broche à quelque chose *lit.*
L'empêcher de continuer.

brochette

Élever quelqu'un à la brochette *vx.*
L'élever avec soin.

broncher

Sans broncher.
Sans paraître troublé.

bronze

Couler en bronze.
Rendre impérissable.
De bronze.
Dur.

brosse

À la brosse.
Rapidement et sans soin.
Manier la brosse à reluire *fam.*
Flatter bassement.

brosser

Pouvoir se brosser *pop.*
N'avoir pas à compter sur quelque chose.
Se brosser le ventre *vx.*
Ne pas avoir à manger.
Tu peux te brosser *fam.*
Tu peux attendre.

brouet

S'en aller en brouet (d'andouilles) *vx.*
Échouer progressivement.

brouillard

Abattre le brouillard *vx.*
Boire.
Être dans le brouillard *fam.*
Être dans la confusion.
Ne pas savoir.
Foncer dans le brouillard *fam.*
Agir sans considération des conséquences.

brouiller

Brouiller les cartes.
Embrouiller une affaire.
Être brouillé avec quelque chose *fam.*
Ne rien y comprendre.

broussaille
Cheveux en broussaille.
Cheveux hirsutes.

broyer
Broyer du noir *fam.*
Être triste.

bruit
À grand bruit.
Bruyamment.
À petit bruit *vx.*
Doucement.
Avoir bruit avec quelqu'un.
Se disputer avec lui.
Avoir bruit de *lit.*
Avoir la réputation de.
Faire beaucoup de bruit pour rien.
Attacher une importance excessive à ce qui ne le mérite pas.
Faire bruit de.
Se vanter de.
Faire du bruit (dans Landernau) *fam.*
Avoir beaucoup de retentissement.
Faire plus de bruit que de besogne.
Parler beaucoup et travailler peu.
Il n'est bruit que de *lit.*
On n'entend parler que de.
Sans bruit.
Silencieusement.

brûlant
Terrain brûlant.
Sujet à éviter.

brûlé
Être brûlé *fam.*
Être découvert.
Tête brûlée.
Personne exaltée.

brûlé
Crier comme un brûlé *fam.*
Crier très fort.
Sentir le brûlé *fam.*
Laisser prévoir des conséquences désagréables.

brûle-pourpoint (à)
À brûle-pourpoint.
De très près.
Brusquement.

brûler
Brûler ce qu'on a adoré.
Se montrer inconstant.
Brûler de l'encens.
Louer de manière excessive.
Brûler la cervelle à quelqu'un *fam.*
Le tuer avec une arme à feu.
Brûler la chandelle par les deux bouts *fam.*
Dépenser avec prodigalité.
Brûler la consigne.
Ne pas observer un ordre.
Brûler la politesse à quelqu'un.
Le quitter brusquement.
Passer devant lui.
Brûler le dur *pop.*
Prendre le train sans payer.
Brûler le pavé.
Aller très vite.
Brûler les étapes.
Agir avec trop de rapidité.
Brûler les planches.
Jouer avec beaucoup d'entrain.
Brûler ses vaisseaux.
Se lancer dans une entreprise sans se donner de possibilité de repli.
Faire brûler quelqu'un à petit feu.
Le faire attendre.
Le torchon brûle *fam.*
Se dit lorsque deux personnes se disputent.
Les pieds me (te...) brûlent de *vx.*
Je suis impatient de.
Se brûler les ailes.
Échouer dans une entreprise séduisante mais risquée.
Tu brûles! *fam.*
Tu es sur le point de trouver.
Y brûler ses livres *lit.*
Employer tous les moyens.

brune
Courir la brune et la blonde.
Aller de femme en femme.

brusquer
Ne rien brusquer.
Agir prudemment.

brusquet
À brusquin, brusquet *vx.*
À qui agit avec brutalité, il faut

répondre par plus de brutalité encore.

brutal

À la brutale *fam.*
Sans respect des règles.

brute

Dormir comme une brute *fam.*
Dormir profondément.

bûche

Ne pas bouger plus qu'une bûche.
Rester immobile.
Prendre, ramasser une bûche *fam.*
Tomber.
Échouer.
Quelle bûche! *fam.*
Quel idiot!
Tout bois vaut bûches *vx.*
Rien n'est inutile.

bûchette

Tirer à la bûchette *vx.*
Tirer au sort.

buffet

Danser devant le buffet *fam.*
N'avoir rien à manger.
En avoir dans le buffet *pop.*
Être courageux.

buffle

Se laisser mener comme un buffle *fam.*
Se laisser tromper par trop de simplicité.

buisson

Au coin d'un buisson.
Dans un endroit désert.
Battre les buissons.
Faire des recherches approfondies.
Buisson ardent.
Révélation.
Faire buisson creux *vx.*
Ne pas aboutir dans ses recherches.

buissonnier

Faire l'école buissonnière *fam.*
Manquer l'école.
Flâner.

bulle

Coincer la bulle *pop.*
Paresser.
En chier des bulles *pop.*
Être ennuyé.

bulletin

Avaler son bulletin de naissance *pop.*
Mourir.

bureau

À bureaux fermés.
Toutes les places ayant été louées à l'avance.
Bureau d'adresses.
Bureau de renseignements.
Bureau d'esprit *vx.*
Groupe où l'on s'occupe des choses de l'esprit.
Le bureau des pleurs *fam.*
Le service des réclamations.
Prendre l'air du bureau *vx.*
S'informer.

bureau

Bureau vaut bien écarlate *vx.*
Les apparences ne font rien à la valeur.

burette

Casser les burettes à quelqu'un *pop.*
Provoquer son exaspération.

Buridan

L'âne de Buridan.
Personne indécise.

burin

Le burin de l'histoire.
La notoriété accordée par l'histoire à certains événements.

burne

Casser les burnes à quelqu'un *pop.*
Provoquer son exaspération.

burnous

Faire suer le burnous *fam.*
Exploiter quelqu'un.

buse

D'une buse on ne saurait faire un épervier *vx.*
Il n'est pas possible de changer la nature des gens.

Triple buse! *fam.*
  Imbécile!

busquer

Busquer fortune *vx.*
  Chercher à s'enrichir.

but

Aller droit au but.
  Aller à l'essentiel.
Dans le but de.
  Dans l'intention de.
De but en blanc.
  À l'improviste.
Être à but *lit.*
Être but à but *lit.*
  Être à égalité.
  Rester sur ses positions.

Toucher au but.
  Parvenir à son terme.
  Réaliser ses desseins.

butoir

Date butoir.
  Date limite.

butte

Être en butte à.
  Être exposé à.
Taper dans la butte *fam.*
  Se dépêcher.

byzantin

Querelle byzantine.
  Discussion d'une subtilité excessive.

C

ça

Comme ci, comme ça *fam.*
Tant bien que mal.
Pas de ça (Lisette)! *fam.*
*Exclamation marquant l'inter-
diction.*
Rien que ça! *fam.*
*Exclamation ironique souli-
gnant l'importance d'une chose.*

cabane

Cabane à lapins *pop.*
Maison en mauvais état.
Casser la cabane de quelqu'un *pop.*
Lui nuire.

cabaret

Pilier de cabaret.
Ivrogne.

cabinet

Homme de cabinet *vx.*
Homme d'études.

câble

Couper le câble *vx.*
Cesser les relations.
Filer son câble *vx.*
Suivre son chemin, partir.

câblé

Être câblé *fam.*
Connaître.

cabriole

Faire la cabriole.
Sauter.
Mourir.

caca

Être dans le caca *pop.*
Avoir des ennuis.

cachalot

Souffler comme un cachalot *fam.*
Souffler bruyamment.

cache-cache

Jouer à cache-cache avec quelqu'un.
S'efforcer de l'éviter.

cacher

Cacher son jeu.
Dissimuler ses intentions.

Un train peut en cacher un autre.
*Un danger visible peut en ca-
cher un autre moins visible.*

cachet

Blanc, bronzé comme un cachet
d'aspirine *fam.*
*Se dit de quelqu'un qui a la
peau très blanche.*

cachet

Avoir du cachet.
Être original.
Courir le cachet *fam.*
*Chercher des engagements tem-
poraires.*

cachette

En cachette.
En secret.

cadavre

Avoir un cadavre dans le placard
fam.
*Avoir quelque chose d'ina-
vouable à cacher.*
Cadavre ambulant *fam.*
Personne très maigre.
Il y a un cadavre entre... *fam.*
*Allusion à une action grave qui
lie ou oppose deux personnes.*
Sentir le cadavre *vx.*
*Avoir un mauvais pressentiment.
Susciter l'inquiétude.*

cadeau

C'est pas un cadeau *pop.*
*Se dit de quelqu'un ou de
quelque chose de déplaisant.*
Les petits cadeaux entretiennent
l'amitié.
*L'amitié a besoin d'être entre-
tenue par des preuves matérielles.*
Ne pas faire de cadeau à quelqu'un *fam.*
*Se montrer impitoyable à son
égard.*

cadenas

Mettre un cadenas *fam.*
Se taire.

cadence
À une bonne cadence.
À bonne allure.
En cadence.
De façon régulière.

cadet
C'est le cadet de mes soucis *fam.*
Cela m'est totalement indifférent.

cadran
Faire le tour du cadran *fam.*
Dormir pendant douze heures.

cadre
Dans le cadre de.
Dans les limites de.

cafard
Avoir le cafard *fam.*
Être triste.

café
De café du commerce *fam.*
Se dit de propos oiseux et inutiles.

café
C'est un peu fort de café *fam.*
C'est exagéré.

cage
Cage à lapins *fam.*
Habitation rudimentaire faisant partie de logements à l'aspect uniforme.
Tourner comme un ours en cage.
Ne pas contenir son impatience.

cahin-caha
Cahin-caha *fam.*
Plus ou moins bien.

caille
Avoir à la caille *pop.*
Haïr.

caille
Chaud comme une caille *fam.*
Qui est bien chaud.
Qui a beaucoup de tempérament.
Gras comme une caille *fam.*
Gras ou dodu.

cailler
Se cailler, se les cailler *pop.*
Avoir froid.
Se cailler le sang *fam.*
Être en colère.

caillette
Caillette de quartier *fam.*
Femme bavarde.

caillou
Avoir le cœur dur comme un caillou.
Être insensible.
Ne pas avoir un poil sur le caillou *fam.*
Être chauve.
Ne rien avoir dans le caillou *pop.*
Être bête.

caisse
À fond la caisse *pop.*
Très rapidement.
Battre la grosse caisse *fam.*
Faire des déclarations exagérées.
Caisse noire.
Fonds absents de la comptabilité officielle.
Passer à la caisse *fam.*
Toucher sa paie.
Être renvoyé.
S'en aller de la caisse *pop.*
Souffrir d'une maladie de poitrine.

caisson
Se faire sauter le caisson *pop.*
Se tirer une balle dans la tête.

calabre
Courir la calabre *vx.*
Mener une vie de débauche.

cale
À fond de cale *pop.*
Sans ressources.
À toute vitesse.

calé
Être calé *fam.*
Se dit de quelqu'un d'instruit ou de quelque chose de difficile.

calendes
Renvoyer aux calendes grecques *fam.*
Repousser à une date indéterminée.

calendrier
Réformer le calendrier *vx.*
Modifier ce qui fonctionne bien.

caler

Se caler les amygdales, se caler
les joues, se les caler *pop.*
Manger abondamment.

calibre

D'un tel calibre *fam.*
D'une telle importance.

calice

Boire le calice jusqu'à la lie.
*Subir jusqu'au bout les pires hu-
miliations.*

calotte

À bas la calotte! *fam.*
À bas le clergé!

calumet

Fumer le calumet de la paix.
Se réconcilier avec quelqu'un.

calvaire

Gravir son calvaire.
*Affronter une épreuve doulou-
reuse.*

Cambronne

Le mot de Cambronne.
Merde!

camelot

Mettre quelqu'un camelot *vx.*
Le soumettre.

camp

Changer de camp.
Passer au parti adverse.
En camp volant *fam.*
Provisoirement.
Ficher le camp *fam.*
Foutre le camp *pop.*
Partir rapidement.
Lever le camp.
Partir.

campagne

Battre la campagne.
Divaguer.
Emmener à la campagne *vx.*
Tromper.
En campagne.
En action.
En rase campagne.
À découvert.
Se mettre en campagne.
*Prendre des dispositions en vue
d'un but.*

camper

Camper là quelqu'un *fam.*
Le quitter brutalement.

campos

Avoir campos *fam.*
Avoir congé.

canadienne

Canadienne en sapin *pop.*
Cercueil.

canard

Ça glisse comme sur les plumes
d'un canard *fam.*
Cela n'a aucun effet.
Canard boiteux.
Personne peu capable.
Entreprise peu rentable.
Faire un froid de canard *fam.*
Faire un froid très vif.
Il ne faut pas prendre les enfants
du bon Dieu pour des canards
sauvages *fam.*
*Il ne faut pas prendre les gens
pour des idiots.*
Nager comme un canard.
Nager de bonne façon.
Ne pas casser trois pattes à un
canard *fam.*
Avoir peu de valeur.

cane

Faire la cane *fam.*
S'esquiver face au danger.

canif

Donner un coup de canif dans
le contrat *fam.*
Être infidèle.

canne

Avoir avalé sa canne *fam.*
Être très raide.
Casser sa canne *pop.*
Mourir.

cannelle

Mettre en cannelle *lit.*
Réduire en poussière.

canon

C'est canon *pop.*
C'est bien.
Chair à canon *fam.*
Soldats.

Canossa
Aller à Canossa.
Se soumettre.

cantonade
Parler à la cantonade.
Parler sans s'adresser à quelqu'un en particulier.

cap
Changer de cap.
Changer de direction.
De pied en cap.
Entièrement.
Franchir un cap.
Surmonter une épreuve.
Mettre le cap sur.
Se diriger vers.

cape
Sous cape *fam.*
En secret.

capilotade
Mettre en capilotade *fam.*
Mettre en pièces.

capot
Faire capot *fam.*
Vaincre.
Rendre confus.

capote
Paupières en capote de fiacre *fam.*
Paupières fatiguées.

capricorne
Être au capricorne *vx.*
Être trompé par sa femme.

caque
La caque sent toujours le hareng *fam.*
L'origine est toujours perceptible malgré les apparences.
Serrés comme des harengs (en caque) *fam.*
Très serrés.

caquet
Caquet bon bec *vx.*
Personne bavarde.
Rabaisser, rabattre le caquet *fam.*
Faire taire, humilier.

carabinier
Arriver comme les carabiniers *fam.*
Arriver en retard.

carafe
Laisser en carafe *pop.*
Abandonner.
Rester en carafe *pop.*
Être abandonné.

carat
À vingt-quatre carats *lit.*
Totalement.
Du plus haut carat.
De grande valeur.

caravane
Les chiens aboient, la caravane passe.
Les critiques n'arrêtent pas l'homme déterminé.

carcasse
Promener sa carcasse *fam.*
Marcher difficilement.

carder
Carder la peau, le poil *pop.*
Battre.

carême
Arriver comme mars en carême.
Arriver inévitablement.
Face de carême *fam.*
Figure triste et grotesque.
Long comme un carême.
Se dit d'une personne grande et maigre.

carotte
Jouer la carotte *fam.*
Jouer trop prudemment.
Les carottes sont cuites *fam.*
La partie est perdue.
Tirer une carotte à quelqu'un *pop.*
Chercher à le duper.

carpe
Bâiller comme une carpe *fam.*
Bâiller de manière répétitive.
Être muet comme une carpe *fam.*
Être très silencieux.
S'ennuyer comme une carpe *fam.*
S'ennuyer fortement.

carpette
S'aplatir comme une carpette *pop.*
Ne manifester aucune opposition.

carquois

Vider son carquois *vx.*
Dire tout ce que l'on a sur le cœur.

carré

Faire une tête au carré à quelqu'un *fam.*
Le frapper.

carreau

Rester sur le carreau *fam.*
Être abandonné.
Rester à terre.

Se tenir à carreau *fam.*
Être sur ses gardes.

carrière

Donner carrière.
Donner toute liberté.

Entrer dans la carrière *lit.*
S'avancer dans le chemin de la vie.

Faire carrière *fam.*
S'élever dans la hiérarchie professionnelle.

carrosse

La cinquième roue du carrosse *fam.*
Personne négligeable ou traitée comme telle.

Rouler carrosse *fam.*
Être riche.

carte

Abattre ses cartes.
Dévoiler ses intentions.

Brouiller les cartes.
Embrouiller une affaire.

Donner carte blanche.
Laisser toute liberté d'action.

Jouer cartes sur table.
Agir franchement.

Jouer une carte.
Faire un essai.

Le dessous des cartes.
Les raisons profondes d'une chose que l'on veut garder secrète.

Tirer les cartes à quelqu'un.
Lui prédire son avenir.

carton

De carton *vx.*
Sans rôle véritable.

Faire un carton *fam.*
Marquer beaucoup de points à un jeu.

Rester dans les cartons *fam.*
Être oublié.

Taper le carton *pop.*
Jouer aux cartes.

cartouche

Tirer sa dernière cartouche.
Faire une ultime tentative.

cas

Cas de conscience.
Problème moral.

Cas d'espèce.

Cas de figure.
Cas particulier.

Cas de force majeure.
Événement imprévisible qui empêche de remplir une obligation.

C'est un cas *fam.*
Se dit d'une personne singulière.

Faire cas de.
Estimer.

Le cas échéant.
À l'occasion.

Mauvais cas.
Mauvaise affaire.

casaque

Tourner casaque *fam.*
Faire demi-tour.
Changer d'avis.

casaquin

Tomber sur le casaquin *vx.*
Battre.

case

Avoir une case en moins *fam.*
Avoir une case vide *fam.*
Être fou.

Revenir à la case départ.
Revenir à la situation initiale.

Cassandre

Jouer les Cassandre.
Prédire des événements dramatiques.

casse

Passez-moi la casse, je vous passerai le séné *fam*.
Soyons conciliants.

cassé

Payer les pots cassés *fam*.
Subir les conséquences des fautes d'autrui.

casser

À tout casser *fam*.
Hors du commun.
Au grand maximum.

Ça passe ou ça casse *fam*.
Les choses ne peuvent que réussir ou échouer.

Casser du sucre sur le dos de quelqu'un *fam*.
Médire de lui.

Casser la croûte *fam*.
Casser la graine *pop*.
Manger.

Casser le morceau *pop*.
Avouer.

Casser les oreilles *fam*.
Faire trop de bruit.

Casser les couilles, les pieds à quelqu'un *pop*.
L'ennuyer fortement.

Casser les reins à quelqu'un *fam*.
L'empêcher de réussir.

Casser quelque chose à quelqu'un *fam*.
Lui adresser de vifs reproches.

Casser sa canne, casser sa pipe *pop*.
Mourir.

Ne pas casser des briques, des vitres *fam*.
Ne rien valoir.

Ne pas casser trois pattes à un canard *fam*.
Avoir peu de valeur.

Ne rien casser *fam*.
Être médiocre.

Qui casse les verres les paye.
Chacun doit subir les conséquences de ses actes.

Se casser la tête *fam*.

Se casser le cul, la nénette, le tronc *pop*.
S'évertuer.

Se casser les dents, le nez sur quelque chose *fam*.
Échouer.

casserole

Avoir des casseroles au cul *pop*.
Être impliqué dans des affaires criminelles.

Chanter comme une casserole *fam*.
Chanter faux.

Être dans ses casseroles *fam*.
Se dit d'une femme qui n'a aucune activité professionnelle.

Passer à la casserole *pop*.
Être soumis à une dure épreuve.
Subir l'acte sexuel en parlant d'une femme.
Mourir.

casse-tête

Casse-tête chinois.
Problème difficile à résoudre.

casseur

Casseur d'assiettes *fam*.
Fanfaron.

Les casseurs seront les payeurs.
Les auteurs de dégradations seront tenus pour responsables.

castagnette

Jouer des castagnettes *pop*.
Trembler de peur.

catalogue

Faire le catalogue.
Énumérer.

Rayer de son catalogue *fam*.
Faire disparaître.

cataracte

Lâcher les cataractes *vx*.
Laisser libre cours à sa colère.

catastrophe

En catastrophe.
Soudainement.

catholique

Pas très catholique *fam*.
Pas très franc.

catimini

En catimini *fam*.
En cachette.

cause

Avoir gain de cause.
Obtenir l'avantage dans un différend.

En connaissance de cause.
En toute connaissance.

En désespoir de cause.
En dernier recours.

En tout état de cause.
De toute façon.

Et pour cause.
Pour des raisons évidentes.

Faire cause commune.
S'unir dans l'action.

Mettre en cause.
Accuser.

Pour la bonne cause.
Pour des motifs honorables.

Prendre fait et cause pour quelqu'un.
Prendre son parti.

causer

Cause toujours ! *fam.*
Je m'en moque.

causette

Faire un brin de causette *fam.*
Avoir une brève conversation.

cautère

Un cautère sur une jambe de bois *fam.*
Un remède, une solution inefficace.

caution

Caution bourgeoise.
Garantie sûre.

Être sujet à caution.
Être douteux.

cavalerie

La grosse cavalerie *fam.*
Se dit d'une chose très ordinaire.

cavalier

Avoir des manières cavalières.
Avoir des manières brusques et hautaines.

cavalier

Faire cavalier seul.
Agir de façon isolée.

cave

De la cave au grenier.
Partout.

caverne

Caverne de brigands.
Lieu malhonnête.

caviar

Passer au caviar *vx.*
Noircir.

céder

Céder du terrain.
Reculer.

Céder le pas à quelqu'un.
Reconnaître sa propre infériorité.

ceinture

Attachez vos ceintures ! *fam.*
Se dit par manière d'avertissement devant un danger.

Au-dessous de la ceinture.
Se dit de propos scabreux.

Bonne renommée vaut mieux que ceinture dorée.
Une bonne réputation est préférable à la richesse.

Ne pas arriver à la ceinture de quelqu'un *fam.*
Lui être inférieur.

Se serrer la ceinture *pop.*
S'imposer des privations.

cendre

Couver sous la cendre.
Se dit d'une passion prête à se réveiller.

Mettre en cendres.
Détruire par le feu.

Remuer les cendres.
Évoquer des souvenirs douloureux.

Renaître de ses cendres.
Recommencer.
Réapparaître.

cent

Cent pour cent *fam.*
Totalement.

Cent sept ans *fam.*
Pendant un temps très long.

Des mille et des cents *fam.*
Une grosse somme.

Être aux cent coups.
Être très inquiet.

Faire les cent pas.
Aller et venir.
Faire les quatre cents coups.
Mener une vie agitée et désordonnée.

centime

Ne pas avoir un centime.
Être pauvre.

centimètre

Ne pas perdre un centimètre.
Se tenir très droit pour cacher sa petite taille.

centuple

Au centuple.
Dans des proportions considérables.

cercle

Cercle vicieux.
Situation difficile dont on ne peut pas sortir.
Faire cercle.
Entourer.
Quadrature du cercle.
Problème insoluble.

cerise

Avoir la cerise *pop.*
Être malchanceux.
Le temps des cerises *pop.*
La jeunesse.
Rouge comme une cerise *pop.*
Très rouge.
Se refaire la cerise *pop.*
Se refaire la santé.

cerveau

Avoir le cerveau fêlé, timbré *fam.*
Être un peu fou.
C'est un cerveau *fam.*
Se dit d'une personne à l'intelligence supérieure.

cervelle

Bourrer la cervelle *fam.*
Tromper.
Cervelle brûlée *fam.*
Cervelle d'oiseau.
Personne irréfléchie.
Se brûler, se faire sauter la cervelle *fam.*
Se tuer avec une arme à feu.

Se creuser la cervelle *fam.*
Réfléchir intensément.
Se mettre la cervelle à l'envers, à la torture *fam.*
S'inquiéter.
Tête sans cervelle *fam.*
Personne irréfléchie.
Trotter dans la cervelle *fam.*
Préoccuper.

César

La femme de César ne doit pas être soupçonnée.
Les hommes publics ne doivent donner prise à aucun soupçon.
Rendre à César ce qui est à César.
Rendre à chacun ce qui lui revient.

cesse

N'avoir pas de cesse.
Agir sans relâche.
Sans fin ni cesse.
Sans s'arrêter.
Immédiatement.

chacun

Chacun sa chacune *fam.*
Tout être rencontre un jour l'amour.
Chacun pour soi, et Dieu pour tous.
Chacun doit veiller à ses propres intérêts.
Tout un chacun.
Qui que ce soit.

chaîne

Faire la chaîne.
Se transmettre quelque chose les uns aux autres.
Se donner la main.

chair

Avoir la chair de poule.
Avoir peur.
Avoir froid.
En chair et en os.
En personne.
Hacher menu comme chair à pâté *vx.*
Massacrer.
La chair de sa chair *lit.*
Son enfant.

La chair est faible.
Il est difficile de résister à certaines tentations.

Ni chair ni poisson *fam.*
Sans caractère déterminé.

chaise

Être assis entre deux chaises *fam.*
Se trouver dans une situation inconfortable.

Mener une vie de bâton de chaise *fam.*
Mener une vie désordonnée.

chaleur

Être en chaleur *fam.*
Être excité.

chamade

Battre la chamade.
Se dit des palpitations dues à une émotion violente.

chambre

Faire chambre à part.
Dormir séparément.

Garder la chambre.
Rester chez soi à cause d'une maladie.

Il a bien des chambres à louer dans sa tête *vx.*
Il est fou.

chameau

Sobre comme un chameau *fam.*
Très sobre.

champ

À tout bout de champ *fam.*
Sans cesse.

Battre, courir les champs *vx.*
Être fou.

Prendre du champ.
Prendre du recul.

Prendre la clef des champs.
S'enfuir.

Sur-le-champ.
Sans attendre.

champagne

Sabler le champagne.
Boire du champagne pour célébrer un événement.

champignon

Appuyer sur le champignon *fam.*
Accélérer.

Pousser comme un champignon *fam.*
Grandir rapidement.

chance

Au petit bonheur la chance *fam.*
Au hasard.

C'est bien ma chance ! *fam.*
Je n'ai pas eu de chance.

Courir sa chance.
Tenter quelque chose.

Porter chance.
Porter bonheur.

Pousser sa chance.
Profiter d'un hasard heureux.

chancre

Manger comme un chancre *pop.*
Manger avec excès.

chandelle

Brûler la chandelle par les deux bouts *fam.*
Dépenser avec prodigalité.

Devoir une fière chandelle à quelqu'un *fam.*
Avoir une dette de reconnaissance envers lui.

Économies de bouts de chandelles.
Économies négligeables.

En voir trente-six chandelles *fam.*
Être assommé.

Le jeu n'en vaut pas la chandelle *fam.*
Les dangers sont disproportionnés.

Tenir la chandelle *fam.*
Montrer de la complaisance.

change

Donner le change.
Faire prendre une chose pour une autre.

Gagner, perdre au change.
Faire un échange heureux, malheureux.

Prendre le change *vx.*
Être abusé.

changement

Changement de décor.
Changement de circonstances.

changer
Changer son cheval borgne pour un aveugle *fam.*
Faire un marché de dupes.
Changer son fusil d'épaule.
Modifier ses intentions.
Plus ça change, plus c'est la même chose *fam.*
Les changements ne sont qu'apparents.
Se changer les idées *fam.*
Se distraire.

chanoine
Avoir une mine de chanoine *fam.*
Avoir très bonne mine.
Mener une vie de chanoine *fam.*
Avoir une douce existence.

chanson
Chanter la même chanson.
Répéter la même chose.
Faire chanter une autre chanson *fam.*
Faire changer d'attitude.
L'air ne fait pas la chanson.
Les apparences sont trompeuses.
Mettre en chanson.
Tourner en ridicule.
Tout finit par des chansons.
Tout finit par s'arranger.

chant
Au chant du coq.
Au lever du jour.
Chant du cygne.
Dernière œuvre d'un artiste avant sa mort.

chanter
C'est comme si on chantait.
C'est inutile.
Chanter victoire *fam.*
Se vanter d'un succès.
Faire chanter quelqu'un.
Lui extorquer de l'argent en le menaçant de révélations.
Si cela me chante *fam.*
Si cela me plaît.

chanterelle
Appuyer sur la chanterelle *fam.*
Insister sur une chose jugée essentielle.
Faire baisser la chanterelle à quelqu'un.
Lui faire baisser le ton.

chantier
Être sur le chantier.
Être en voie de réalisation.
Mettre en chantier.
Commencer.

chapeau
Donner un coup de chapeau.
Complimenter.
En baver des ronds de chapeau *pop.*
Souffrir durement.
Porter le chapeau *fam.*
Être rendu responsable.
Sur les chapeaux de roues *fam.*
À toute vitesse.
Tirer son chapeau à quelqu'un *fam.*
Le féliciter.
Travailler du chapeau *pop.*
Être fou.

chapelet
Débiter, défiler, dévider son chapelet *fam.*
Dire tout ce qu'on a sur le cœur.

chapelle
Esprit de chapelle.
Opinions propres à un groupe.
Faire petite chapelle *vx.*
S'isoler.

chapitre
Avoir voix au chapitre.
Pouvoir donner son avis.
Donner du pain de chapitre *vx.*
Faire des reproches.

chapon
Qui chapon mange, chapon lui vient *fam.*
Au riche va la richesse.

char
Arrête ton char (Ben Hur)! *fam.*
Cela suffit!
Cesse de bluffer, de mentir.
S'attacher au char de quelqu'un *vx.*
Partager son sort.

charbon

Aller au charbon *pop.*
Travailler.

Être sur des charbons ardents.
Être impatient ou inquiet.

charbonnier

Charbonnier est maître chez soi.
Même les plus pauvres sont maîtres chez eux.

La foi du charbonnier.
Foi naïve.

Noir comme un charbonnier.
Très noir.

chardon

Bête à manger des chardons *fam.*
Très sot.

Charenton

Bon pour Charenton *fam.*
Fou.

charge

À charge de revanche.
À condition de rendre la pareille.

Au pas de charge.
Très rapidement.

Avoir charge d'âme.
Se tenir pour responsable d'une personne.

Être à charge.
Gêner.

Être à la charge de.
Vivre aux frais de.

Prendre à sa charge.
S'occuper de.

Revenir à la charge.
Faire une nouvelle tentative.

charité

C'est l'hôpital qui se moque de la charité.
Ceux qui font des reproches sont souvent ceux qui ont davantage à se reprocher.

Charité bien ordonnée commence par soi-même.
Il faut s'occuper de soi avant de s'occuper des autres.

Prêter une charité à quelqu'un.
Le créditer d'une chose qu'il n'a pas faite.

charlemagne

Faire charlemagne.
Quitter un jeu sur un gain.

Charles

Tu parles, Charles! *pop.*
Se dit par approbation ou par ironie.

charme

Être sous le charme.
Être impressionné.

Faire du charme.
Séduire.

Rompre le charme.
Mettre fin à une situation de bonheur.

Se porter comme un charme *fam.*
Être en bonne santé.

Vivre de ses charmes.
Se prostituer.

charnière

À la charnière.
Au point de jonction.

charpie

Mettre en charpie *fam.*
Réduire en miettes.
Malmener.

charretier

Comme un charretier.
Grossièrement.

charrette

Faire charrette *fam.*
Travailler intensément pour remettre à temps un travail.

Mettre la charrette devant les bœufs *fam.*
Agir de façon désordonnée.

charron

Crier au charron *fam.*
Protester avec force.

charrue

Mettre la charrue devant les bœufs *fam.*
Agir de façon désordonnée.

Mettre la main à la charrue *vx.*
Participer personnellement à un travail.

chartre

Être en chartre *vx.*
Être étique.

Charybde

Tomber de Charybde en Scylla.
*Échapper à un danger pour
tomber dans un autre.*

chasse

Donner la chasse.

Prendre en chasse.
Poursuivre.

Qui va à la chasse perd sa place.
*On ne retrouve pas toujours les
avantages que l'on a quittés.*

châsse

Orné comme une châsse.
Très orné.

chasser

Bon chien chasse de race.
*Les enfants ont ordinairement
les qualités de leurs parents.*

Chasser sur les terres d'autrui *fam.*
Empiéter sur ses fonctions.

chat, chatte

À bon chat bon rat.
La défense vaut l'attaque.

Acheter chat en poche *fam.*
*Acheter quelque chose sans le
voir.*

Appeler un chat un chat *fam.*
Parler franchement.

Avoir d'autres chats à fouetter.
*Avoir des choses plus impor-
tantes à faire.*

Avoir un chat dans la gorge.
Être enroué.

Bailler le chat par les pattes *vx.*
*Présenter les choses par l'endroit
le plus difficile.*

C'est de la bouillie pour les chats.
C'est un travail mal fait.

C'est du pipi de chat *fam.*
Cela ne vaut rien.

Chat échaudé craint l'eau froide.
*Tout ce qui a les apparences
d'un danger déjà encouru rend
circonspect.*

Chat qui chie dans la braise *fam.*
Se dit d'une personne ennuyée.

Donner sa langue au chat *fam.*
Renoncer à deviner quelque chose.

Écrire comme un chat.
Écrire de manière illisible.

Éveiller le chat qui dort.
*Aller au-devant de dangers par
imprudence.*

Il n'y a pas de quoi fouetter un
chat.
La chose est sans importance.

Il n'y a pas un chat *fam.*
Il n'y a personne.

Jeter le chat aux jambes de
quelqu'un *vx.*
Lui causer des embarras.

Jouer au chat et à la souris *fam.*
*Feindre de laisser échapper
quelqu'un pour mieux le surprendre.*

La nuit tous les chats sont gris.
*Quand il fait nuit, tout se con-
fond.*

Mine de chat fâché.
Air furieux.

Payer en chats et en rats *vx.*
Payer en mauvais effets.

Quand le chat n'est pas là, les
souris dansent.
*L'absence de surveillance en-
traîne des abus.*

S'entendre comme chien et chat.
Se disputer.

Je sais bien pourquoi ma chatte
ne veut pas de lard.
Cela est trop difficile.

Une chatte n'y retrouverait pas
ses petits.
C'est un désordre inextricable.

châtaigne

Flanquer une châtaigne *pop.*
Donner un coup de poing.

Tirer les châtaignes du feu (avec
la patte du chat).
*Se donner du mal pour le profit
d'autrui.*
*Faire faire par un autre quelque
chose de périlleux.*

château

Bâtir des châteaux en Espagne.
Former des projets illusoires.

Château de cartes.
*Se dit à propos d'habitations, de
projets peu solides.*

Mener la vie de château.
Vivre luxueusement.

chatouiller

Chatouiller les côtes à quelqu'un *fam.*
> *Le frapper.*

Se chatouiller pour se faire rire *fam.*
> *Se forcer à rire.*

chaud

Avoir le sang chaud.

Avoir la tête chaude.
> *Avoir un tempérament coléreux.*

Battre le fer tant qu'il est chaud.
> *Agir sans tarder.*

Chaud lapin *pop.*
> *Personne qui a du tempérament.*

Faire des gorges chaudes.
> *Se moquer ouvertement.*

N'être pas très chaud pour quelque chose.
> *En avoir peu envie.*

Pleurer à chaudes larmes.
> *Pleurer abondamment.*

Tout chaud *fam.*
> *Sans délai.*

chaud

À chaud.
> *En pleine crise.*

Avoir eu chaud *fam.*
> *Échapper de justesse à un danger.*

Chaud devant! *fam.*
> *Attention.*

Ne faire ni chaud ni froid *fam.*
> *Laisser indifférent.*

Souffler le chaud et le froid.
> *Avoir des propos ou des attitudes contradictoires.*

chauffer

Ça va chauffer *fam.*
> *Les choses vont mal se passer.*

Chauffer les oreilles *fam.*
> *Mettre en colère.*

Montrer de quel bois on se chauffe *fam.*
> *Montrer ce dont on est capable.*

Se faire chauffer *pop.*
> *Se faire prendre.*

chaumière

Une chaumière et un cœur.
> *Se dit pour un idéal de sentimentalité simple.*

chausses

Aboyer aux chausses *vx.*

Être après les chausses de quelqu'un *vx.*
> *Le harceler, l'importuner constamment.*

Tirer ses chausses *vx.*
> *S'enfuir.*

Y laisser ses chausses *vx.*
> *Mourir.*

chaussette

Jus de chaussette *pop.*
> *Mauvais café.*

chaussure

Trouver chaussure à son pied *fam.*
> *Trouver ce qui convient parfaitement.*

chauve

Chauve comme une bille, comme un genou, comme un œuf *fam.*
> *Très chauve.*

chaux

Bâti à chaux et à ciment.

Bâti à chaux et à sable.
> *Robuste.*

chef

Au premier chef.
> *Avant tout.*

De son chef.
> *De sa propre autorité.*

chemin

Aller son petit bonhomme de chemin *fam.*
> *Poursuivre tranquillement son entreprise.*

Ça n'en prend pas le chemin *fam.*
> *Cela ne semble pas devoir se réaliser.*

Chemin battu.
> *Usage établi.*

Chemin des écoliers.
> *Chemin le plus long.*

Chemin faisant.
> *À l'occasion.*

Droit chemin.
> *Conduite morale.*

Faire son chemin.
> *Progresser.*

Faire voir du chemin à quelqu'un.
Lui créer des difficultés.

Ne pas y aller par quatre chemins.
Faire preuve d'une franchise brutale.

Ouvrir, tracer le chemin.
Être le premier à faire quelque chose.

Rebrousser chemin.
Revenir en arrière.

Rester à mi-chemin, en beau chemin.
Ne pas poursuivre une affaire.

Se mettre sur le chemin de quelqu'un.
S'opposer à lui.

Tous les chemins mènent à Rome.
Des moyens différents peuvent avoir le même résultat.

Trouver son chemin de Damas.
Se convertir.

Trouver une pierre en son chemin.
Trouver un obstacle.

cheminée

Fumer comme une cheminée *fam.*
Fumer beaucoup.

Sous (le manteau de) la cheminée.
En cachette.

chemise

Changer d'avis comme de chemise *fam.*
Être versatile.

Être comme cul et chemise *pop.*
Être inséparables.

Mettre quelqu'un en chemise.
Le ruiner.

Mouiller sa chemise *fam.*
Faire de grands efforts.

N'avoir pas de chemise.
Être pauvre.

S'en soucier comme de sa première chemise *fam.*
S'en moquer totalement.

chêne

Solide comme un chêne.
Très robuste.

cher

Le cher et tendre *fam.*
L'amant.

chercher

Aller chercher *fam.*
Imaginer.
Atteindre comme prix.

Chercher des histoires, des poux à quelqu'un *fam.*
Lui chercher une mauvaise querelle.

Chercher la petite bête *fam.*
Chercher la moindre erreur.

Chercher midi à quatorze heures *fam.*
Compliquer inutilement ce qui est simple.

Il ne faut pas chercher à comprendre! *fam.*
Se dit d'une décision incompréhensible et arbitraire.

Si tu me cherches, tu me trouves *fam.*
Se dit en manière d'avertissement à quelqu'un qui cherche à nuire.

chère

Faire bonne chère.
Faire chère lie *vx.*
Bien manger.

chérubin

Beau comme un chérubin *fam.*
Se dit d'un enfant très beau.

cheval

À cheval donné on ne regarde pas la bouche, les fers.
On ne critique pas un cadeau.

À la graisse de chevaux de bois *vx.*
Médiocre.

Avoir mangé du cheval *fam.*
Se montrer énergique.

Ce n'est pas un mauvais cheval *fam.*
C'est quelqu'un de bien.

Cela ne se trouve pas sous le pas d'un cheval *fam.*
C'est difficile à trouver.

Changer son cheval borgne pour un aveugle.
Faire un marché de dupes.

Cheval de bataille.
Sujet favori de quelqu'un.

Cheval de retour *fam.*
Récidiviste.

Être à cheval sur.
Être strict sur.

Fermer l'écurie quand les chevaux sont dehors.
Prendre des précautions inutiles.

Fièvre de cheval *fam.*
Fièvre très forte.

Grand cheval *fam.*
Femme virile et robuste.

Il n'est pas si bon cheval qui ne bronche.
Rien n'est parfait.

L'œil du maître engraisse le cheval.
Tout va mieux quand on s'occupe soi-même de ses affaires.

Manger avec les chevaux de bois *fam.*
Sauter un repas.

Monter sur ses grands chevaux *fam.*
Se mettre en colère.

Parier sur le mauvais cheval.
Faire un mauvais choix.

chevalier

Chevalier à la triste figure.
Personne morose.

Chevalier d'industrie.
Personne malhonnête.

Chevalier servant *lit.*
Homme accompagnant une femme.

cheveu

Arriver comme un cheveu sur la soupe *fam.*
Arriver inopportunément.

Avoir mal aux cheveux *pop.*
Avoir mal à la tête pour avoir trop bu.

Avoir un cheveu sur la langue *fam.*
Avoir un défaut de prononciation.

Couper les cheveux en quatre *fam.*
Faire preuve d'une minutie excessive.

D'un cheveu *fam.*
De très peu.

Être tiré par les cheveux *fam.*
Se dit d'un raisonnement forcé et douteux.

Faire dresser les cheveux sur la tête.
Épouvanter.

Il y a un cheveu *pop.*
Il y a un ennui.

Ne tenir qu'à un cheveu.
Être imminent.

Prendre l'occasion aux cheveux.
La saisir rapidement.

S'arracher les cheveux *fam.*
Être désespéré.

Se faire des cheveux (blancs) *pop.*
S'inquiéter.

Se prendre aux cheveux *fam.*
Se battre.

cheville

Avoir les chevilles qui enflent *fam.*
Être prétentieux.

Cheville ouvrière *fam.*
Principal responsable.

Être en cheville *pop.*
Être en étroite association.

Ne pas arriver à la cheville de quelqu'un.
Se montrer très inférieur.

Se donner des coups de pied dans les chevilles *fam.*
Se vanter.

chèvre

Faire devenir chèvre *fam.*
Faire enrager.

Ménager la chèvre et le chou.
Ménager des intérêts contradictoires.

Prendre la chèvre *fam.*
Se fâcher pour peu de chose.

chic

Avoir le chic pour.
Faire preuve d'une grande aptitude pour.

Bon chic, bon genre (BCBG).
Se dit péjorativement d'une personne distinguée.

chicane

Chercher chicane.
Chercher querelle.

chicotin

Amer comme du chicotin *fam.*
Très amer.

chien, chienne

Accuser son chien de la rage.
Juger avec partialité ce que l'on veut faire disparaître.

Arriver comme un chien dans un jeu de quilles *fam.*
Arriver de façon inopportune.

Avoir du chien *fam.*
Se dit d'une femme qui a du charme.

Avoir un mal de chien.
Avoir de grandes difficultés.

Bon à donner aux chiens.
Sans aucune qualité.

Bon chien chasse de race.
Les enfants ont ordinairement les qualités de leurs parents.

C'est le chien de Jean de Nivelle, qui s'enfuit quand on l'appelle.
Se dit de quelqu'un de désobéissant ou de lâche.

Chien qui aboie ne mord pas.
Les plus dangereux ne sont pas ceux qui font le plus de bruit.

Comme un chien.
Très mal.

Coup de chien.
Événement dangereux.

Détourner, rompre les chiens.
Mettre fin à une situation embarrassante.

Dormir en chien de fusil.
Dormir replié sur soi-même.

Entre chien et loup.
À la nuit tombante.

Être chien avec *fam.*
Être mal disposé à l'égard de quelqu'un.

Être comme un jeune chien.
Être imprévoyant.

Être d'une humeur de chien *fam.*
Être de mauvaise humeur.

Être crevé comme un chien *pop.*

Être malade comme un chien *fam.*
Être très malade.

Faire le chien couchant.
Se montrer servile.

Faire les chiens écrasés *fam.*
S'occuper de la chronique des faits divers.

Garder à quelqu'un un chien de sa chienne *fam.*
Lui garder rancune de quelque chose.

Les chiens ne font pas des chats *fam.*
Il y a des lois naturelles qu'on ne peut changer.

Mener une vie de chien.
Avoir une vie difficile.

N'être pas bon à jeter aux chiens *fam.*
Être tenu pour rien.

N'être pas fait pour les chiens.
Avoir de la valeur.

Ne pas attacher son chien avec des saucisses *fam.*
Être avare.

Ne pas jeter sa part aux chiens *fam.*
Exiger ce à quoi on a droit.

Nom d'un chien! *pop.*
Juron.

Qui m'aime aime mon chien.
Qui m'aime aime tout chez moi.

S'entendre comme chien et chat.
Se disputer.

Se regarder en chiens de faïence *fam.*
Se regarder avec animosité.

Temps de chien *fam.*
Mauvais temps.

Un temps à ne pas mettre un chien dehors.
Conditions atmosphériques très mauvaises.

chiendent

C'est là le chiendent *fam.*
C'est là la difficulté.

chier

C'est chié ! *pop.*
  C'est très bien.
Ça va chier *pop.*
  Ça va mal se passer.
Chier dans la colle *pop.*
  Exagérer.
Chier dans les bottes *pop.*
  Offenser.
Chier une pendule *pop.*
  Se montrer contrariant.
En chier *pop.*
En chier des bulles *pop.*
  Être très ennuyé.
Envoyer chier *pop.*
  Chasser.
Faire chier *pop.*
  Ennuyer.
Y a pas à chier *pop.*
  Cela est certain.

chiffe

Chiffe molle *fam.*
  Personne sans caractère.
Mou comme une chiffe *fam.*
  Sans aucune énergie.

chiffon

Chiffon de papier *fam.*
  Accord qui n'est pas respecté.

chiffonnier

Se battre comme des chiffonniers
fam.
  Se battre sans aucune retenue.

chignon

Se crêper le chignon *fam.*
  Se disputer, se battre.

chinois

C'est du chinois *fam.*
  C'est incompréhensible.

chiottes

Aux chiottes ! *pop.*
  Dehors !
  À bas !

chique

Avaler sa chique *pop.*
  Mourir.
Couper la chique *fam.*
  Faire taire.
  Étonner.

Mou comme une chique *fam.*
  Sans énergie.
Poser sa chique *pop.*
  Se tenir sur la réserve.
  Mourir.

chiqué

Faire du chiqué *fam.*
  Faire preuve d'affectation.
Le faire au chiqué *fam.*
  Le faire à l'esbroufe.

choc

Choc en retour.
  Contrecoup.
De choc *fam.*
  Efficace.

chocolat

Être chocolat *fam.*
  Être frustré.

choir

Laisser choir *fam.*
  Abandonner.

choper

Se faire choper *pop.*
  Se faire prendre.

chorus

Faire chorus.
  Approuver.
  S'associer.

chose

C'est quelque chose ! *fam.*
  C'est impressionnant.
Chaque chose en son temps.
  On doit faire les choses au moment fixé.
Chose promise, chose due.
  Se dit pour marquer l'accomplissement d'une promesse.
En mettant les choses au mieux,
au pire.
  En prenant l'hypothèse la plus favorable, la plus défavorable.
Être porté sur la chose *fam.*
  Être porté sur les plaisirs sexuels.
Être tout chose *fam.*
  Être dans un état désagréable.
Je vais te dire une bonne chose.
  Se dit pour souligner une déclaration.

Par la force des choses.
Inévitablement.

Peu de chose.
Sans importance.

Prendre les choses comme elles viennent.
Accepter sans révolte les événements.

chou

Aller planter ses choux *fam.*
Se retirer de la vie active.

Bête comme chou *fam.*
Facile.

Bout de chou *fam.*
Petit enfant.

Être dans les choux *pop.*
Arriver en dernière position.

Faire chou blanc *fam.*
Échouer.

Faire ses choux gras de quelque chose *fam.*
En tirer avantage.

Feuille de chou *fam.*
Journal de mauvaise qualité.

Ménager la chèvre et le chou.
Ménager des intérêts contradictoires.

Rentrer dans le chou *pop.*
Agresser.

S'y entendre comme à ramer des choux *fam.*
Ne rien comprendre à quelque chose.

choucroute

Pédaler dans la choucroute *pop.*
Se dépenser en vain.

chouette

C'est chouette *pop.*
C'est très bien.

chronique

Défrayer la chronique.
Fournir le sujet d'articles, de conversations, souvent en mauvaise part.

chronomètre

Réglé comme un chronomètre.
Très régulier.

chrysanthème

Inaugurer les chrysanthèmes.
Se livrer à des activités purement honorifiques.

ci

Comme ci, comme ça *fam.*
Tant bien que mal !

ciboule

Marchand d'oignons se connaît en ciboules *vx.*
Un vrai professionnel connaît bien ce qui touche son métier.

ciboulot

Courir sur le ciboulot *pop.*
Ennuyer.

Se creuser le ciboulot *pop.*
Réfléchir intensément.

ciel

Abandonné du ciel.
Laid.

Aide-toi, le ciel t'aidera.
Il convient d'agir par soi-même avant d'espérer une aide extérieure.

Être au septième ciel.
Être très heureux.

Être écrit dans le ciel.
Être inéluctable.

Prendre le ciel à témoin.
Affirmer avec force.

Remuer ciel et terre.
S'agiter en tous sens.
Utiliser tous les moyens possibles.

Sous d'autres cieux.
Dans un autre pays.

Tomber du ciel.
Arriver de manière imprévue.

cierge

Brûler un cierge à quelqu'un.
Lui être reconnaissant.

Devoir un cierge à quelqu'un.
Lui devoir beaucoup de reconnaissance.

Droit comme un cierge *fam.*
Très droit.

cil

Battre des cils.
Affecter des attitudes maniérées.

Ne pas remuer un cil.
Rester immobile.

cimetière

Cimetière des éléphants.
Endroit où l'on envoie les personnes dont on veut se débarrasser.

cinéma

C'est du cinéma *fam.*
C'est invraisemblable.

Faire son cinéma *fam.*
Faire toute une mise en scène.

Se faire du cinéma *fam.*
Avoir des illusions.

Se faire son cinéma *fam.*
Se raconter des histoires.

cinq

C'était moins cinq *fam.*
Cela était juste à temps.

Cinq et trois font huit *pop.*
Se dit d'un boiteux.

Cinq sur cinq.
Très clairement.

En cinq sec *fam.*
Rapidement.

Les cinq lettres *fam.*
Merde.

cirage

Être dans le cirage *pop.*
Ne plus rien voir.
Être incapable de réagir.

circonstance

Circonstances atténuantes.
Éléments qui atténuent la gravité d'une faute.

De circonstance.
Se dit d'une attitude qui convient à la situation.
Sans réelle profondeur.

circuit

Être dans le circuit *pop.*
Participer à une entreprise.

cire

Cire molle *fam.*
Personne influençable.

Comme de cire *vx.*
Convenable.

Jaune comme cire *fam.*
Très jaune.

cirer

Cirer les bottes, les pompes à quelqu'un *pop.*
Le flatter servilement.

N'en avoir rien à cirer *pop.*
S'en désintéresser totalement.

cirque

C'est un cirque *fam.*
Se dit d'un endroit où règne une agitation désordonnée.

Faire du cirque *fam.*
Faire du bruit.

ciseaux

Donner des coups de ciseaux *fam.*
Faire des coupures dans un texte.

Donner des coups de ciseaux dans un contrat.
Ne pas le respecter à la lettre.

cité

Avoir droit de cité.
Être admis dans un domaine.
Avoir certaines prérogatives.

citron

Jaune comme un citron *fam.*
Très jaune.

Presser quelqu'un comme un citron *fam.*
L'exploiter.

Se creuser, se presser le citron *pop.*
S'efforcer de comprendre.

citrouille

Avoir la tête comme une citrouille *fam.*
Être accablé par de multiples préoccupations.

clair

Clair comme le jour, comme de l'eau de source, de l'eau de roche *fam.*
Très évident.

Le plus clair de.
La partie la plus importante de.

Mettre au clair.
Présenter de façon évidente.

Parler clair.
Parler franchement.

Tirer au clair.
Élucider.

clairon

Avoir un de ces clairons *pop.*
Avoir une voix forte.

clapet

Avoir un de ces clapets *pop.*
Être très bavard.
Fermer le clapet à quelqu'un *pop.*
Le faire taire.

claque

En avoir sa claque *pop.*
Être fatigué de quelque chose.
Prendre ses cliques et ses claques *fam.*
Partir en emportant ses affaires.
Prendre une claque *fam.*
Subir de gros déboires.
Tête à claques *fam.*
Figure déplaisante.

claqué

Être claqué *fam.*
Être fatigué.

claquer

Claquer dans les mains, dans les doigts *fam.*
Échouer en parlant d'une entreprise.
Tromper les attentes de quelqu'un.
Claquer des dents.
Avoir froid.
Claquer du bec *fam.*
Avoir faim.
Claquer la porte au nez de quelqu'un.
Le chasser brutalement.
Claquer le baigneur à quelqu'un *pop.*
Le gifler.
Claquer son argent, son fric *pop.*
Le dépenser.
Se claquer *pop.*
Se fatiguer.

classe

Avoir de la classe *fam.*
Faire preuve de distinction.
Être de la classe *vx.*
Être expérimenté.
Faire ses classes.
Débuter dans un métier.

clause

Clause de style.
Disposition formelle.

clef

À la clef.
Comme suite inévitable.
Clef de meute *fam.*
Personne de beaucoup de crédit.
Mettre la clef sous la porte, sous le paillasson *fam.*
Quitter un lieu sans préavis.
Prendre la clef des champs.
S'enfuir.
Sous clef.
Enfermé.

clerc

Être grand clerc en quelque chose.
S'y connaître.
Faire un pas de clerc.
Commettre une erreur par ignorance.

clin

En un clin d'œil.
Très rapidement.

cliques

Prendre ses cliques et ses claques *fam.*
Partir en emportant ses affaires.

cloche

Déménager à la cloche de bois *fam.*
Déménager sans prévenir.
Être sous cloche.
Être préservé.
Quelle cloche! *pop.*
Quel imbécile!
Se taper la cloche *pop.*
Manger plantureusement.
Son de cloche *fam.*
Avis particulier.
Sonner les cloches à quelqu'un *pop.*
Lui adresser de vifs reproches.

clocher

Esprit de clocher.
Opinions propres à un groupe.
N'avoir vu que son clocher *vx.*
Être sans expérience.

clocher

Il ne faut pas clocher devant les boiteux *fam.*
Il ne faut pas reprocher à quelqu'un ce dont il n'est pas responsable.
Il ne faut pas rivaliser avec quelqu'un de plus expérimenté.

clopin-clopant

Clopin-clopant *fam.*
En boitillant.

clopinettes

Des clopinettes *fam.*
Rien.
Des clopinettes! *pop.*
Non!

cloque

Mettre en cloque *pop.*
Engrosser.

clore

Clore le bec à quelqu'un *fam.*
Le faire taire.

clos

À huis clos.
En privé.
En vase clos.
Sans contact extérieur.
L'incident est clos.
Mettons fin à la querelle.
Se tenir clos et couvert *vx.*
Se tenir en sûreté.

clou

À fer et à clous *vx.*
Solidement attaché.
Avoir un beau clou au nez *vx.*
Éprouver un grand dépit.
Des clous! *pop.*
Non!
Enfoncer le clou *fam.*
Insister.
Le clou du spectacle *fam.*
La partie la plus attendue.
Maigre comme un clou *fam.*
Très maigre.
Mettre au clou *pop.*
Gager.
Ne pas en ficher, en foutre un clou *pop.*
Ne rien faire.

Ne pas valoir un clou *fam.*
Être sans valeur.
River son clou à quelqu'un *fam.*
Le faire taire.
Traverser dans les clous *fam.*
Emprunter le passage clouté.
Un clou chasse l'autre.
Toute nouvelle passion fait disparaître la précédente.

clouer

Clouer le bec à quelqu'un *fam.*
Le faire taire.

cobaye

Servir de cobaye *fam.*
Être utilisé comme sujet d'expérience.

cocagne

De cocagne.
De plaisir et de bonheur.

cocarde

Taper sur la cocarde *pop.*
Enivrer.

coche

Faire la mouche du coche.
S'agiter de façon importune.
Louper, rater le coche *fam.*
Arriver trop tard.

cocher

Fouette, cocher! *fam.*
Expression marquant la résolution.

cochon

Avoir des yeux de cochon.
Avoir de petits yeux.
Ce n'est pas cochon! *fam.*
C'est bien.
Cochon qui s'en dédit *fam.*
Formule soulignant une promesse.
Copains comme cochons *fam.*
Très amis.
Donner de la confiture à un cochon *fam.*
Donner des perles à un cochon *fam.*
Offrir quelque chose qui ne sera pas apprécié.
Gras comme un cochon *fam.*
Très gras.

Jouer un tour de cochon à quelqu'un *fam.*
Lui nuire gravement.

Manger comme un cochon *fam.*
Manger salement.

Ne pas avoir gardé les cochons ensemble *fam.*
N'avoir rien de commun avec quelqu'un.

Saigner quelqu'un comme un cochon *fam.*
L'égorger.

Se demander si c'est du lard ou du cochon *pop.*
S'interroger sur la nature de quelque chose.

Tête de cochon *fam.*
Personne de mauvais caractère.

Un cochon n'y retrouverait pas ses petits *fam.*
Se dit d'un désordre extrême.

coco

À la noix de coco *fam.*
Se dit d'une chose médiocre.

Avoir le coco fêlé *fam.*
Être fou.

Dévisser le coco *vx.*
Étrangler.

Monter le coco *pop.*
Tromper.

S'en mettre plein le coco *pop.*
Se remplir le ventre.

cocon

S'enfermer dans son cocon.
S'isoler.

cocotier

Monter au cocotier *fam.*
Être abusé.

S'accrocher au cocotier *fam.*
Se préserver.

Secouer le cocotier *fam.*
Éliminer les gens inutiles.
Agir de façon à obtenir quelque chose.

cocu

Avoir une veine de cocu *pop.*
Avoir une chance exceptionnelle.

Cocu, battu et content *fam.*
Se dit d'une personne qui s'accommode trop facilement des torts qui lui sont faits.

Cocu en aube *fam.*
Cocu effectif.

Cocu en herbe *fam.*
Cocu potentiel.

cœur

À cœur joie.
Abondamment.

À cœur ouvert.
Avec franchise.

Aller droit au cœur.
Émouvoir.

Avoir à cœur.
Manifester de l'intérêt pour quelque chose.

Avoir bon cœur.
Être charitable, être bon.

Avoir du cœur à l'ouvrage.
Travailler avec enthousiasme.

Avoir du cœur au ventre.
Être courageux.

Avoir du poil au cœur.
Faire preuve de courage.

Avoir le cœur au bord des lèvres.
Avoir la nausée.

Avoir le cœur bien accroché.
N'éprouver aucun dégoût.
Ne pas être émotif.

Avoir le cœur gros.
Éprouver du chagrin.

Avoir le cœur léger.
Être sans souci.

Avoir le cœur sur la main.
Être très généreux.

Avoir le cœur sur les lèvres *vx.*
Faire preuve de franchise.

Avoir mal au cœur *fam.*
Avoir la nausée.

Avoir quelque chose sur le cœur.
Éprouver du ressentiment.

Avoir un cœur d'amadou.
S'amouracher facilement.

Avoir un cœur d'or.
Se montrer dévoué.

Chauffer le cœur.
Encourager.

Cœur à cœur.
Avec franchise.
Cœur d'artichaut *fam.*
Inconstant en amour.
Cœur de marbre.
Insensible.
Coup au cœur.
Grande émotion.
Coup de cœur.
Attirance spontanée.
Crever le cœur.
Causer une peine extrême.
De bon cœur.
Volontiers.
De cœur.
De grande valeur.
De gaieté de cœur.
Délibérément.
De tout cœur.
Entièrement.
De tout son cœur.
Extrêmement.
Déchirer le cœur.
Attrister.
Dîner par cœur *fam.*
Se passer de dîner.
En avoir le cœur net.
Savoir à quoi s'en tenir.
Faire battre le cœur.
Émouvoir.
Faire contre mauvaise fortune bon cœur.
Se montrer courageux dans l'adversité.
Faire la bouche en cœur *fam.*
Se dit de quelqu'un qui minaude.
Faire le joli cœur *fam.*
Se montrer galant.
Fendre, serrer le cœur.
Faire de la peine.
Gagner le cœur de quelqu'un.
Le séduire.
Haut les cœurs !
Courage !
Jeter du cœur sur le carreau *fam.*
Vomir.
Le cœur n'y est pas.
C'est sans plaisir.

Loin des yeux, loin du cœur.
L'amour ne résiste pas à l'absence.
Mauvaise tête, mais bon cœur.
Se dit d'une personne de caractère difficile, mais généreuse.
Ne pas porter quelqu'un dans son cœur.
Le détester.
Ouvrir son cœur à quelqu'un.
Se confier à lui.
Par cœur.
De mémoire.
Parler à cœur ouvert.
Parler franchement.
Peine de cœur.
Chagrin d'amour.
Porter dans son cœur.
Aimer.
Prendre à cœur.
S'appliquer à.
Rester sur le cœur.
Être difficile à accepter.
Ronger le cœur.
Causer une peine lancinante.
Sans cœur.
Insensible.
Si le cœur vous en dit.
Si vous le désirez.
Tenir à cœur.
Avoir de l'importance.
Vider son cœur.
Révéler ses sentiments.

coffre

Avoir du coffre *fam.*
Avoir un buste large.
Avoir une voix forte.
Être courageux.
Il s'y entend comme à faire un coffre *vx.*
Il travaille maladroitement.

cognée

Jeter le manche après la cognée.
Renoncer par découragement.
Mettre la cognée à l'arbre *vx.*
Commencer un travail.

cogner

Cogner sur la table *fam.*
Imposer sa volonté.

Se cogner la tête contre les murs *fam.*
Désespérer du résultat d'une entreprise.

coi

Demeurer coi.
Se tenir tranquille et silencieux.

coiffé

Chèvre coiffée *vx.*
Femme disgracieuse.
Être coiffé de
Ne penser qu'à.
Être né coiffé *fam.*
Avoir beaucoup de chance.
Le premier chien coiffé *fam.*
Le premier venu.

coiffer

Coiffer quelqu'un au poteau *pop.*
L'emporter au dernier moment.

coin

À tous les coins de rue *fam.*
Partout.
Au coin d'un bois.
Dans un endroit désert.
Blague dans le coin *pop.*
Sans plaisanter.
Connaître une chose dans les coins.
La connaître parfaitement.
Du coin de l'œil.
Furtivement.
Du coin de l'oreille.
Inattentivement.
En boucher un coin *pop.*
Étonner.
En coin.
Oblique.
Être marqué au bon coin *vx.*
Être d'une excellente qualité.
Être marqué au coin de.
Porter la marque de.
Figure en coin de rue *fam.*
Figure laide.
Jouer aux quatre coins *fam.*
Ne pas pouvoir se rejoindre.
Le petit coin *fam.*
Les lieux d'aisance.
Regard, sourire en coin.
Regard, sourire malveillant.

Rester dans son coin.
Manquer d'ambition, d'audace.

coincer

Coincer la bulle *pop.*
Paresser.

coing

Jaune comme un coing.
D'un jaune extrême.

col

Faux col.
Mousse couronnant un verre de bière.
Se hausser, se pousser du col *fam.*
Chercher à se faire valoir.

colère

Colère blanche, bleue, noire.
Violente colère.
La colère est mauvaise conseillère.
Il ne faut pas agir sous l'effet de la colère.
Passer sa colère.
Exprimer ses reproches afin de satisfaire sa colère.
Piquer une colère *fam.*
Se mettre en colère.

colin-tampon

Se soucier de quelque chose comme de colin-tampon *fam.*
S'en désintéresser totalement.

colique

Avoir la colique *fam.*
Avoir peur.
Donner la colique *fam.*
Ennuyer fortement.
Faire peur.

colle

Poser une colle *fam.*
Poser une question difficile.
Être pot de colle *fam.*
Être importun.
Faites chauffer la colle! *fam.*
Exclamation accompagnant la casse d'un objet.
Se mettre à la colle *pop.*
Se mettre en ménage.

coller

Ça colle *pop.*
Cela convient.

collet

Coller quelqu'un *fam.*
L'importuner.
Se faire coller *pop.*
Échouer à un examen.

collet

Être collet monté.
Être guindé par souci des bien-séances.
Mettre la main au collet *fam.*
Arrêter.
Prêter le collet à.
Affronter.

collier

Collier de misère *fam.*
Travail pénible.
Donner un coup de collier *fam.*
Faire un effort intense.
Franc du collier *fam.*
Très franc.

collimateur

Avoir dans le collimateur *fam.*
Surveiller avec hostilité.

colonne

Monter une colonne à quelqu'un *fam.*
Se moquer de lui.

colosse

Colosse aux pieds d'argile.
Personne dont la force n'est qu'apparente.

combat

Dernier combat.
Combat contre la mort.
Mettre hors de combat.
Vaincre.
Un combat de nègres dans un tunnel *pop.*
Événement indistinct.

comble

C'est le comble!
C'est le pire.
De fond en comble.
Entièrement.
Être à son comble.
Être à un point extrême.
Le comble de.
Le plus haut degré de.
Pour comble de.
Pour ajouter à.

combler

Combler la mesure.
Dépasser la limite.

comédie

C'est le secret de la comédie.
Tout le monde le sait.
Jouer la comédie.
Affecter un comportement trompeur.
Se donner la comédie.
S'illusionner.

comète

Tirer des plans sur la comète *fam.*
Former des projets illusoires.

comité

En petit comité.
En groupe restreint.

commande

Être aux commandes.
Diriger.
Louper la commande *fam.*
Arriver trop tard.
Sur commande.
Sur ordre.

comme

C'est tout comme *fam.*
Le résultat est identique.
Comme ça! *fam.*
Expression, parfois accompagnée du geste, signifiant que quelque chose est remarquable.
Comme ça *fam.*
Comme cela.
Ainsi.
Comme ci, comme ça *fam.*
Tant bien que mal.
Comme de bien entendu *pop.*
Comme de juste *fam.*
Naturellement.
Comme faire se doit.
Comme il convient.
Comme il faut.
Convenable.
Comme il se doit.
Naturellement.
Comme par hasard.
Comme par accident.
Comme qui dirait *pop.*
À peu près.

Comme quoi *fam.*
D'où il résulte que.
Comme si de rien n'était.
Sans tenir compte des événements.
Comme tout *fam.*
Autant qu'il est possible.
Dieu sait comme ! *fam.*
On ne sait comment.
Faites comme chez vous *fam.*
Prenez vos aises.

commencement
Le commencement de la fin.
Le commencement des ennuis les plus graves.

commentaire
Sans commentaire.
Sans plus.

commerce
Avoir commerce avec quelqu'un.
Le fréquenter.
Être d'un commerce agréable.
Être agréable à fréquenter.

commodité
Les commodités de la conversation *lit.*
Un fauteuil.

commun
N'avoir rien de commun avec.
Être très différent de.

compagnie
De bonne compagnie.
De relation agréable.
Fausser compagnie à quelqu'un.
Le quitter sans prévenir.
Tenir compagnie à.
Rester auprès de.

compagnon
À dépêche compagnon *vx.*
Négligemment.
Faire compagnon *vx.*
Faire l'entendu.

comparaison
Comparaison n'est pas raison.
Une comparaison n'est pas un argument valable.
Sans comparaison.
Excellent.

compas
Allonger le compas *fam.*
Aller vite.
Avoir le compas dans l'œil *fam.*
Juger avec exactitude.

complet
Au grand complet.
En totalité.

composition
Amener à composition.
Obliger quelqu'un à un accord.
Être de bonne composition.
Se montrer conciliant.

compote
En compote *fam.*
En morceaux.
Fatigué.

comprendre
Comprendre la plaisanterie.
Ne pas se formaliser.
Comprendre sa douleur *fam.*
Souffrir.

compte
À bon compte.
Peu cher.
Au bout du compte.
Finalement.
Avoir son compte *fam.*
Être épuisé.
Être vaincu.
En fin de compte.
Finalement.
Être loin du compte.
Se tromper de beaucoup dans une estimation.
Les bons comptes font les bons amis.
On ne peut être amis sans avoir une grande rigueur financière les uns envers les autres.
Mettre sur le compte de.
Attribuer la responsabilité de quelque chose à.
Prendre à son compte.
Assumer la responsabilité de quelque chose.
Prendre en ligne de compte.
Attacher de l'importance.

Régler son compte à quelqu'un *fam.*
  Se venger de lui.
  Le tuer.
S'en tirer à bon compte.
  Sortir avantageusement d'une situation.
Se rendre compte.
  S'apercevoir.
Son compte est bon.
  Il a ce qu'il mérite.
Sur le compte de quelqu'un.
  À son sujet.
Tenir compte de.
  Faire cas de.
Tout compte fait.
  En somme.

compte-gouttes
Au compte-gouttes *fam.*
  Parcimonieusement.

compter
À compter de.
  À partir de.
Compte là-dessus et bois de l'eau! *fam.*
  Il n'en est absolument pas question.
Tout bien compté.
  Après examen complet.

con
À la con *pop.*
  Ridicule.
Jouer au con *pop.*
  Faire l'idiot.

concert
De concert.
  En accord.

concierge
Bavard comme une concierge *fam.*
  Très bavard.

concours
Hors concours *fam.*
  Incomparable.

concurrence
Défier toute concurrence.
  Être d'un prix très bas.
Jusqu'à concurrence de.
  Jusqu'à la limite de.

condition
Entrer en condition *vx.*
  Devenir domestique.
Mettre en condition.
  Influencer.

conduite
Acheter une conduite *fam.*
  Adopter un comportement vertueux.
Faire un bout, un brin de conduite *fam.*
  Accompagner quelques instants quelqu'un.

confesser
C'est le diable à confesser.
  C'est difficile.

confession
On lui donnerait le bon Dieu sans confession *fam.*
  Se dit de quelqu'un qui a toutes les apparences de l'innocence.

confidence
En confidence.
  Sous le sceau du secret.
Être dans la confidence.
  Connaître.

confiture
Donner des confitures à un cochon *fam.*
  Offrir quelque chose qui ne sera pas apprécié.
En confiture *fam.*
  En mauvais état.

congé
Donner congé.
  Congédier.
Prendre congé.
  S'en aller.

congru
En être réduit à la portion congrue.
  N'avoir plus que des ressources insuffisantes.

connaissance
En connaissance de cause.
  En toute connaissance.
Être en pays de connaissance.
  Être en présence de gens ou de choses que l'on connaît.

Faire connaissance de quelqu'un.
Le rencontrer.

connaître

C'est bien connu *fam.*
C'est évident.

Ça me connaît *fam.*
Cela m'est familier.

Connaître comme sa poche *fam.*
Connaître parfaitement.

Connaître la musique *fam.*
Avoir une grande expérience de quelque chose.

Connaître quelqu'un comme si on l'avait fait *fam.*
Le connaître très intimement.

En connaître un bout, un rayon *fam.*
Être expert en un domaine.

La connaître dans les coins *pop.*
Avoir de la finesse.

Ne pas connaître sa main droite de sa main gauche *fam.*
Être incapable de discernement.

Ne plus se connaître.
Être hors de soi.

conquis

Se conduire comme en pays conquis.
Agir avec brutalité.

conscience

Avoir la conscience élastique, large *fam.*
Avoir de l'indulgence pour soi-même.
Être peu scrupuleux.

Avoir sur la conscience *fam.*
Être coupable.

La main sur la conscience *fam.*
En toute sincérité.

Par acquit de conscience.
Par obligation.
Pour en être sûr.

conseil

La nuit porte conseil.
Une bonne nuit permet de prendre une sage décision.

Prendre conseil de.
S'informer auprès de quelqu'un.

Prendre conseil de son bonnet de nuit *fam.*
Se donner la nuit pour réfléchir.

conseilleur

Les conseilleurs ne sont pas les payeurs.
Les donneurs de conseils n'en supportent pas les conséquences.

consentir

Qui ne dit mot consent.
Garder le silence passe pour un acquiescement.

conséquence

Tirer à conséquence.
Avoir de l'importance.

conserve

De conserve *lit.*
Ensemble.

consigne

Être à cheval sur la consigne *fam.*
Respecter rigoureusement un ordre.

Manger la consigne *fam.*
Oublier d'exécuter un ordre.

consort

Et consorts *fam.*
Et tous ceux de son espèce.

constance

Avoir de la constance *fam.*
Ne pas se lasser.

conte

Conte à dormir debout *fam.*
Histoire invraisemblable.

Conte de bonne femme, de la cigogne, de la mère l'oie.
Histoire peu vraisemblable.

contenance

Faire bonne contenance.
Réagir avec calme.

Perdre contenance.
Perdre son calme.

Se donner une contenance.
Adopter une attitude calme face à des difficultés.

content

Être content de sa (petite) personne *fam.*
Faire preuve de vanité.

content

Avoir son content de *fam.*
Être comblé de.
Être accablé de.

conter

Conter fleurette *vx.*
Faire la cour.
En conter de belles, de vertes, de toutes les couleurs *fam.*
Raconter des histoires étonnantes.
En conter de bien bonnes *fam.*
Raconter des choses invraisemblables.
S'en faire, s'en laisser conter.
Être dupe.

continuation

Bonne continuation ! *fam.*
Invitation à poursuivre une activité agréable et appréciée.

contradiction

Esprit de contradiction.
Tendance systématique à contredire.

contrat

Donner un coup de canif dans le contrat *fam.*
Être infidèle.

contre-pied

Prendre le contre-pied de quelque chose.
Faire le contraire.

contrepoids

Faire contrepoids.
Compenser.

contre-poil (à)

Prendre à contre-poil *fam.*
Irriter.

contribution

Mettre à contribution quelqu'un ou quelque chose.
Employer ses talents, l'utiliser.

contrôle

Perdre son contrôle.
Perdre son calme.

conversation

Avoir de la conversation *fam.*
Parler avec abondance et aisance.
Faire les frais de la conversation.
Être l'objet de critiques.

convoler

Convoler en justes noces *fam.*
Se marier.

copeau

Avoir les copeaux *pop.*
Avoir peur.

copie

Copie conforme.
Qui ressemble beaucoup.
Être en mal de copie *fam.*
Manquer de sujets d'articles.

copier

Tu me la copieras ! *fam.*
Exclamation par laquelle on marque sa désapprobation ou sa surprise.

coq

Au chant du coq.
Au lever du jour.
Coq de village *fam.*
Galant.
Être comme un coq en pâte *fam.*
Être dorloté.
Être rouge comme un coq *fam.*
Être en colère.
Mollets de coq *fam.*
Jambes grêles.
Passer, sauter du coq à l'âne *fam.*
Être incohérent.

coquecigrue

À la venue des coquecigrues *vx.*
Jamais.

coquelicot

Rouge comme un coquelicot *fam.*
Très rouge.

coqueluche

Être la coqueluche de quelqu'un *fam.*
En être aimé.

coquetterie

Avoir une coquetterie dans l'œil *fam.*
Loucher légèrement.
Être en coquetterie avec quelqu'un.
Chercher à le séduire.

Sans coquetterie.
Simplement.

coquillard

S'en tamponner le coquillard *pop.*
Se désintéresser complètement de quelque chose.

coquille

Rentrer dans sa coquille *fam.*
S'isoler.
Se refermer sur soi-même.

cor

À cor et à cri.
Bruyamment.

corbeau

Aile de corbeau.
Très noir.

corbillard

Une gueule, une tête à caler les roues d'un corbillard *pop.*
Se dit de quelqu'un qui a la mine triste.

corde

Avoir de la corde de pendu *fam.*
Avoir de la chance.
Avoir plus d'une corde à son arc.
Avoir de nombreuses aptitudes.
Être à la corde *fam.*
Être sans argent.
Être dans les cordes *fam.*
Être en difficulté.
Être dans les cordes de quelqu'un *fam.*
Être de sa compétence.
Être sur la corde raide *fam.*
Être dans une situation difficile.
Gens de sac et de corde.
Personnes criminelles.
Il ne vaut pas la corde pour le pendre.
C'est un individu méprisable.
Laisser la corde longue *fam.*
Laisser une certaine liberté.
Se mettre la corde *fam.*
Se priver.
Se mettre la corde au cou *fam.*
Se marier.
Tenir la corde *fam.*
Surpasser.

Tirer sur la corde *fam.*
Exagérer.
Tomber des cordes *fam.*
Pleuvoir abondamment.
Toucher la corde sensible *fam.*
Émouvoir.

cordeau

Au cordeau.
D'une manière précise.

cordelier

Avoir la conscience large comme la manche d'un cordelier *vx.*
Être sans scrupule.

cordon

Tenir les cordons de la bourse.
Contrôler les dépenses.

cordonnier

Les cordonniers sont toujours les plus mal chaussés.
On tend à négliger pour soi-même ce que l'on fait pour les autres.

corne

Faire les cornes à quelqu'un *fam.*
Se moquer de lui.
Montrer les cornes.
Se défendre.
Planter les cornes *fam.*
Tromper son mari.
Porter des cornes *fam.*
Être cocu.
Prendre le taureau par les cornes *fam.*
Agir avec détermination.

corneille

Bayer aux corneilles *fam.*
Rêvasser.

corner

Corner aux oreilles de quelqu'un *fam.*
Lui répéter souvent quelque chose.
Lui parler très fort.

cornet

Se mettre dans le cornet *pop.*
Manger.
Se verser dans le cornet *pop.*
Boire.

corps

À corps perdu.
Avec fougue.
Sans crainte du danger.
À son corps défendant *fam.*
Malgré soi.
Avoir du corps.
Avoir de la consistance.
Avoir le diable au corps.
Déployer une grande activité.
Se laisser aller à ses passions.
Corps et âme.
Avec toute son énergie.
Donner corps à quelque chose.
Le rendre concret.
Être folle de son corps.
Se dit d'une femme qui mène une vie de débauche.
Former corps avec.
Ne former qu'un avec.
N'avoir rien dans le corps.
Être faible, sans courage.
Pleurer toutes les larmes de son corps.
Pleurer abondamment.
Prendre corps.
Être en voie de réalisation.
Travailler au corps *fam.*
Essayer de convaincre.

correction

Sauf correction *vx.*
Sans vouloir vous choquer.

cosse

Avoir la cosse *pop.*
Tirer sa cosse *pop.*
Être paresseux.

costard

Tailler un costard à quelqu'un *fam.*
Le critiquer ou médire de lui.

costume

En costume d'Adam, d'Ève *fam.*
Nu, nue.
Faire un costume à un acteur.
L'applaudir dès son entrée en scène.

cote

Avoir la cote *fam.*
Être apprécié.

Faire une cote mal taillée.
Faire un arrangement approximatif.

côte

Avoir les côtes en long *pop.*
Être paresseux.
Caresser, chatouiller les côtes à quelqu'un *fam.*
Le frapper.
Côte à côte.
Très près.
Être de la côte de Charlemagne, de Saint Louis *vx.*
Être de haute naissance.
On lui compterait les côtes *fam.*
Il est très maigre.
Rompre les côtes.
Battre violemment.
Se casser les côtes *fam.*
Se fatiguer.
Se tenir les côtes (de rire) *fam.*
Rire avec force.

côte

Être à la côte *fam.*
Être pauvre.
Faire côte *vx.*
Échouer.

côté

De côté.
De biais.
Être à côté de ses pompes *pop.*
Être dans un état anormal.
Être de l'autre côté de la barricade.
Être dans le parti adverse.
Être du côté du manche *fam.*
Être dans le camp le plus fort.
Mettre à côté de la plaque *fam.*
Se tromper.
Mettre de côté *fam.*
Économiser.
Mettre les rieurs de son côté.
Faire rire aux dépens de l'adversaire.
Ne plus savoir de quel côté se tourner.
Être dans l'embarras.
Prendre les choses du bon côté *fam.*
Réagir favorablement.

Regarder de côté.
Regarder avec dédain ou colère.
Voir de quel côté le vent tourne.
Examiner une situation.

côtelette

Chatouiller les côtelettes *fam.*
Frapper.
Planquer ses côtelettes *pop.*
S'enfuir.

coton

Avoir du coton dans les oreilles
fam.
Être sourd.
Avoir les jambes en coton *fam.*
Être sans force.
C'est coton *fam.*
C'est difficile.
Élever dans du coton *fam.*
Donner une éducation trop douce.
Filer un mauvais coton *fam.*
Être malade.
Être dans une situation dangereuse.

cou

Avoir la bride sur le cou.
Avoir toute liberté d'agir.
Jusqu'au cou.
Complètement.
Prendre ses jambes à son cou
fam.
S'enfuir rapidement.
Rompre le cou.
Tuer.
Sauter, se jeter, se pendre au cou
de quelqu'un.
L'embrasser.
Se casser le cou *fam.*
Peiner.
Se mettre la corde au cou *fam.*
Se marier.
Se rompre le cou.
Se blesser.
Tendre le cou.
Se résigner.
Tordre le cou.
Étrangler.

couche

En avoir, en tenir une couche
fam.
Être idiot.

coucher

Comme on fait son lit, on se
couche.
*Les choses dépendent des soins
qu'on a pris à les exécuter.*
Coucher sur la paille.
Être pauvre.
Envoyer coucher *fam.*
Éconduire.
Nom à coucher dehors *fam.*
Nom imprononçable.
Une Marie couche-toi là *fam.*
Une fille légère.

coucheur

Mauvais coucheur *fam.*
Personne au caractère difficile.

coucou

Maigre comme un coucou *fam.*
Très maigre.

coude

Coude à coude.
Très près.
Huile de coude *fam.*
Effort.
Jusqu'au coude.
Complètement.
Lever le coude *fam.*
Boire beaucoup.
Mettre de l'huile de coude *fam.*
Travailler vaillamment.
Mettre sous le coude.
Mettre en attente.
Ne pas se moucher du coude
fam.
Avoir de grandes prétentions.
Se mettre le doigt dans l'œil jusqu'au coude *pop.*
Se tromper.
Se serrer les coudes *fam.*
S'aider mutuellement.

coudée

Avoir les coudées franches *fam.*
Avoir toute liberté d'agir.
À cent coudées de *lit.*
Très loin de.

couenne

Se gratter la couenne *pop.*
Se raser.

couic

Faire couic *fam.*
Mourir.

N'y comprendre que couic *fam.*
Ne rien comprendre.

couille

Avoir des couilles *pop.*
Être courageux.

Casser les couilles à quelqu'un *pop.*
L'ennuyer fortement.

Couille molle *pop.*
Personne faible.

Partir en couille *pop.*
Décliner, disparaître.

coule

Être à la coule *pop.*
Être calme ou heureux.

couler

Couler à fond.
Ruiner.

Faire couler beaucoup d'encre.
Susciter de nombreux commentaires.

Se la couler douce *fam.*
Mener une vie insouciante.

couleur

Annoncer la couleur *fam.*
Parler franchement.

Changer de couleur.
Être ému.

Couleur du temps.
Les circonstances.

Des goûts et des couleurs.
Se dit de ce qui est propre à chacun.

En voir de toutes les couleurs *fam.*
Subir toutes sortes d'ennuis, d'affronts.

Haut en couleur.
Aux couleurs vives. Pittoresque.

Ne pas voir la couleur de.
Se dit de choses qui ne se feront pas.

Porter les couleurs de quelqu'un.
Être de son parti.

Prendre couleur.
Commencer à s'organiser.

Sous couleur de.
Sous prétexte de.

couleuvre

Avaler des couleuvres *fam.*
Subir sans protester des affronts.

Paresseux comme une couleuvre *fam.*
Très paresseux.

coulisse

Faire les yeux en coulisse *fam.*
Lancer des regards d'invite.

Regarder en coulisse.
Regarder de côté.

Rester dans la coulisse.
Agir en secret.

coulpe

Battre sa coulpe.
Se repentir.

coup

À coup sûr.
Avec certitude.

À tout coup.
À chaque fois.

Après coup.
Tardivement.

Avoir le coup *fam.*
Faire preuve d'adresse.

Avoir le coup de bambou *fam.*
Avoir un étourdissement.

Avoir le coup de foudre.
Éprouver une passion subite et violente.

Avoir un coup au cœur.
Éprouver une grande émotion.

Avoir un coup dans l'aile *fam.*
Être ivre. Être atteint de folie.

Avoir un coup de sang *fam.*
Éprouver une violente colère.

Compter les coups *fam.*
Ne pas intervenir dans une querelle.

Coup du lapin.
Coup violent sur la nuque.

Coup monté.
Complot.

Coup sur coup.
Successivement.

D'un coup d'aile.
Rapidement.

D'un coup de baguette (magique).
Comme par enchantement.

Discuter le coup *fam.*
Avoir une conversation animée.

Donner un coup de main, de piston, de pouce.
Aider.

Du même coup.
Par la même occasion.

En deux, en trois coups de cuiller à pot *fam.*
Très rapidement.

En mettre un coup *fam.*
Faire preuve d'ardeur au travail.

En prendre un bon coup dans les gencives *pop.*
Être violemment attaqué ou critiqué.

Être dans le coup *fam.*
Être au courant.
Être concerné.

Être hors du coup.
Ne pas être concerné.

Faire d'une pierre deux coups.
Obtenir deux résultats en une seule action.

Faire les quatre cents coups.
Mener une vie agitée et désordonnée.

Manquer son coup.
Échouer.

Marquer le coup *fam.*
Célébrer (un événement).
Laisser voir qu'on a été affecté par quelque chose.

Monter le coup à quelqu'un *fam.*
Le tromper.

Passer en coup de vent *fam.*
Passer rapidement.

Pour le coup *fam.*
Pour cette fois.

Prendre un coup de vieux *fam.*
Vieillir brutalement.

Recevoir un coup de pied au cul *fam.*
Subir un échec.

Risquer le coup *fam.*
S'engager dans une affaire dangereuse.

Sans coup férir.
Sans rencontrer de difficulté.
Sans combattre.

Se monter le coup.
S'illusionner.

Sous le coup de.
Sous l'effet de.

Sur le coup.
Immédiatement.

Tenir le coup *fam.*
Résister.

Tirer un coup de chapeau.
Féliciter.

Tout à coup.
Brusquement.

Valoir le coup.
Avoir une grande valeur.
Valoir la peine.

coupe

Être sous la coupe de quelqu'un.
Subir son influence.

Faire des coupes sombres.
Faire des suppressions importantes.

Mettre en coupe réglée.
Exploiter abusivement.

coupe

Il y a loin de la coupe aux lèvres.
Il y a loin d'un projet à sa réalisation.

couper

À couper au couteau.
Très épais.

Couper court.
Mettre fin à quelque chose brutalement.

Couper dans le pont *vx.*
Être trompé.

Couper l'herbe sous les pieds de quelqu'un.
Le devancer dans une action.
Le supplanter.

Couper la chique *fam.*
Faire taire.
Étonner.

Couper la poire en deux *fam.*
Partager les bénéfices ou les risques de manière équitable.

Couper le sifflet à quelqu'un *fam.*
Le faire taire.

Couper les cheveux en quatre *fam.*
Faire preuve d'une minutie excessive.

Couper les ponts avec quelqu'un.
Interrompre toutes relations avec lui.

Couper les vivres à quelqu'un.
Cesser de subvenir à ses besoins.

La couper à quelqu'un *pop.*
L'étonner.

Ne pas y couper *fam.*
Ne pas échapper à quelque chose.

Se couper en quatre pour quelqu'un *fam.*
Se donner beaucoup de peine pour l'aider.

coupure

Connaître la coupure *fam.*
Être au courant de quelque chose.

cour

Cour des miracles.
Lieu sordide et mal famé.

Cour du roi Pétaud *fam.*
Lieu où règnent le désordre et la confusion.

Être bien, mal en cour.
Avoir, ne pas avoir de l'influence auprès d'autorités supérieures.

Faire la cour.
Chercher à séduire.

Faire un brin de cour.

Faire un doigt de cour.
Chercher discrètement à plaire.

Savoir sa cour *lit.*
Connaître les usages du monde.

courage

Avoir le courage de ses opinions.
Les manifester avec courage.

Bon courage !
Expression servant à encourager quelqu'un qui s'apprête à accomplir une tâche.

N'écouter que son courage.
Agir en méprisant le danger.

Prendre son courage à deux mains *fam.*
Se décider à agir.

courant

C'est monnaie courante.
C'est une chose habituelle.

Tout courant.
En toute hâte.

courant

Au courant de la plume.
Avec aisance.

Être au courant de.
Être bien renseigné sur.

Remonter le courant.
Redresser une situation.

Se déguiser en courant d'air *fam.*
Disparaître très rapidement.

courante

Avoir la courante *pop.*
Souffrir de diarrhée.

courbette

Faire des courbettes à quelqu'un *fam.*
Se montrer obséquieux à son égard.

coureur

Coureur de jupons.
Homme aux mœurs dissolues.

courir

Courir à bride abattue, à fond de train, à perdre haleine, à toutes jambes.
Courir très rapidement.

Courir après son ombre.
Former des espérances vaines.

Courir comme un cerf, comme un lévrier, comme un lièvre, comme un zèbre.

Courir comme un dératé, comme un lapin *fam.*
Courir très rapidement.

Courir deux lièvres à la fois.
Poursuivre deux buts à la fois et n'en atteindre aucun.

Courir la poste.
Se dépêcher.

Courir les rues.
Être banal.
Être connu.
Courir sa chance.
Tenter quelque chose.
Courir sur le haricot, sur le système *fam.*
Exaspérer.
Courir ventre à terre.
Courir très rapidement.
En courant.
À la hâte.
Faire courir quelqu'un *fam.*
Lui faire perdre son temps.
Il court encore.
Il n'est pas prêt de s'arrêter.
Laisser courir *fam.*
Ne pas s'en préoccuper.
Ne courir qu'un seul lièvre à la fois.
Être prudent.
Ne pas courir après quelque chose *fam.*
N'avoir aucun goût pour.
Par le temps qui court *fam.*
Étant donné les circonstances présentes.
Tu peux toujours courir! *fam.*
Tous tes efforts seront vains.

couronne

Ni fleurs ni couronnes.
Simplement.
Tresser des couronnes à quelqu'un.
Lui adresser de nombreux compliments.

couronner

Couronner les vœux de quelqu'un.
Les réaliser.

courroie

Allonger la courroie *vx.*
Faire traîner une affaire.
Courroie de transmission.
Élément servant d'intermédiaire.
Tenir les deux bouts de la courroie *vx.*
Disposer librement de quelque chose.

cours

Au cours de.
Pendant.
Avoir cours.
Être utilisé.
Avoir son cours *lit.*
Se dérouler.
Donner cours à un bruit.
L'accréditer.
Donner, laisser libre cours à quelque chose.
Le laisser se manifester.
En cours de route.
Pendant le parcours.
Être en cours.
Se dérouler au moment où l'on parle.
Prendre cours *vx.*
S'établir dans l'usage.

course

À fond de course.
À la limite de ses possibilités.
À l'heure et à la course *fam.*
De toutes les façons possibles.
Course à l'abîme.
Évolution catastrophique.
Course contre la montre *fam.*
Rythme de vie effréné.
Se dit d'une activité achevée dans un délai très court.
Être à bout de course *fam.*
Être incapable de poursuivre un effort.
Être dans la course *fam.*
Être au courant de l'actualité.
Être dans la compétition.
Faire des courses.
Faire des achats.

court

Avoir la mémoire courte *fam.*
Oublier facilement.
Avoir la vue courte *fam.*
Être imprévoyant.
Être borné.
Courte honte *vx.*
Situation humiliante.
Être à courtes vues.
Manquer d'intelligence.
Faire la courte échelle *fam.*
Aider.

Tenir la bride courte à quelqu'un.
Le diriger avec fermeté.
Lui mesurer ses ressources.
Tirer à la courte paille.
Tirer au sort.

court

Le plus court.
Le moyen le plus simple.
Savoir le court et le long d'une affaire *vx.*
La connaître entièrement.

court

À court de.
Sans.
Arrêter court.
Cesser de parler brusquement.
Couper court.
Mettre fin brutalement à quelque chose.
Être à court de.
Manquer.
Pour faire court *fam.*
En résumé.
Prendre de court.
Surprendre.
Tourner court.
Se terminer brutalement.
Tout court.
Sans rien d'autre.

couru

C'est couru (d'avance) *fam.*
La chose est certaine.

cousin

Le roi n'est pas son cousin *fam.*
Se dit de quelqu'un qui éprouve une grande satisfaction.
Nous ne serons plus cousins *fam.*
Nous nous fâcherons.

couteau

À couper au couteau.
Très épais.
Deuxième couteau.
Comparse.
Enfoncer un couteau dans le cœur.
Causer une douleur cruelle.
Être à couteaux tirés.
Être en très mauvais termes.

Être aux couteaux et aux épées *vx.*
Éprouver des sentiments d'inimitié.
Jouer du couteau.
Se battre.
Mettre le couteau sous la gorge.
Contraindre.
Remuer, retourner le couteau dans la plaie.
Raviver une douleur en rappelant des choses pénibles.
Se couper de son propre couteau.
Se contredire.
Visage en lame de couteau.
Visage étroit et anguleux.

coûter

Coûte que coûte.
À tout prix.
Coûter chaud, gros *fam.*
Être d'un prix élevé.
Coûter la peau des fesses *pop.*
Coûter très cher.
Coûter la vie.
Causer la mort.
Coûter les yeux de la tête *fam.*
Coûter très cher.
En coûter à quelqu'un.
Être difficile.

coutume

Avoir coutume de.
Avoir l'habitude de.
De coutume.
De manière régulière.
Une fois n'est pas coutume.
Se dit pour excuser un acte inhabituel.

coutumier

Être coutumier du fait.
Avoir l'habitude d'agir ainsi.

couture

Battre à plate couture *fam.*
Vaincre totalement.
Examiner sous toutes les coutures *fam.*
Examiner minutieusement.
Le petit doigt sur la couture du pantalon *fam.*
D'une obéissance rigoureuse.

couvée

Ne pas être né de la dernière couvée *fam.*
Avoir de l'expérience.

couver

Couver des yeux.
Regarder avec tendresse ou avidité.
Couver une maladie *fam.*
Avoir une maladie à l'état latent.

couvert

Parler à mots couverts.
S'exprimer délibérément de façon obscure.

couvert

Avoir son couvert mis chez quelqu'un.
Y être reçu à son gré.

couvert

Se mettre à couvert.
Se mettre à l'abri.
Sous le couvert de.
Sous l'autorité de.
Sous l'apparence de.

couverte

Faire danser la couverte à quelqu'un *fam.*
Le tromper.

couverture

Passer quelqu'un dans la couverture *fam.*
Le berner.
Sous la couverture de.
Sous le prétexte de.
Tirer la couverture à soi *fam.*
Se réserver tous les avantages.

couvrir

Couvrir de fleurs.
Complimenter.
Couvrir sa marche.
Dissimuler sa conduite.
Couvrir son jeu.
Dissimuler ses desseins.
Être couvert.
Être dégagé de toute responsabilité.
Se couvrir de gloire.
Remporter de nombreux succès.

Se couvrir du manteau de la vertu.
Feindre une attitude vertueuse.

crabe

Marcher en crabe *fam.*
Marcher de côté.
Panier de crabes *fam.*
Groupe d'individus aux ambitions opposées.

crachat

Se noyer dans un crachat *fam.*
Se laisser arrêter par la moindre difficulté.

craché

Tout craché *fam.*
Très ressemblant.

cracher

Cracher au bassinet *fam.*
Donner de l'argent.
Cracher dans l'eau pour faire des ronds *fam.*
Se livrer à des occupations inutiles.
Cracher dans la soupe *fam.*
Se montrer ingrat.
Cracher en l'air *fam.*
Être inefficace.
Cracher son fait à quelqu'un.
Lui exposer ouvertement ce qu'on pense de lui.
Ne pas cracher sur quelque chose *fam.*
L'apprécier.

crachoir

Tenir le crachoir *fam.*
Converser longuement.

craindre

Ça craint ! *pop.*
Cela ne vaut rien.
C'est dangereux.
Ne craindre ni Dieu ni diable *fam.*
N'avoir peur de rien.

crampe

Tirer sa crampe *pop.*
Partir.

cran

Avoir du cran *fam.*
Avoir du courage.
D'un cran *fam.*
D'un degré.

Être à cran *fam.*
Être dans un état d'irritation difficile à maîtriser.

Se mettre, se serrer un cran *fam.*
Se priver en partie de quelque chose.

crâne

Bourrer le crâne à quelqu'un *fam.*
Le tromper.

Enfoncer quelque chose dans le crâne de quelqu'un *fam.*
L'en persuader.

N'avoir rien dans le crâne.
Être stupide.

crapaud

Avaler des crapauds *fam.*
Supporter sans protester des affronts.

Être chargé d'argent comme un crapaud de plumes *pop.*
Être sans argent.

Faire des yeux de crapaud mort d'amour *fam.*
Faire des yeux énamourés.

Laid comme un crapaud *fam.*
Très laid.

craque

Raconter des craques *pop.*
Mentir.

craquer

Craquer dans la main *fam.*
Craquer entre les mains *fam.*
Échouer.
Faire faux bond.

crasse

De la crasse! *pop.*
Rien!

Faire une crasse *fam.*
Faire une méchanceté.

cravache

À la cravache.
Brutalement.

cravate

Cravate de chanvre *fam.*
Corde servant à pendre les condamnés.

S'en jeter un derrière la cravate *pop.*
Boire un verre.

cravater

Se faire cravater *pop.*
Être arrêté.
Être trompé.

créance

Prendre créance à quelque chose *lit.*
L'admettre pour vrai.

crécelle

Voix de crécelle *fam.*
Voix criarde.

crédit

À crédit.
Sans preuves lit.
En pure perte lit.
Sans paiement comptant.

crémaillère

Pendre la crémaillère *fam.*
Célébrer son installation dans un nouveau logement.

crème

Faire crème *pop.*
Faire honte.

La crème de la société *fam.*
L'élite de la société.

La crème des hommes *fam.*
Le meilleur des hommes.

crémerie

Changer de crémerie *pop.*
Aller dans un autre endroit.

créneau

Faire un créneau *fam.*
Ranger une voiture entre deux véhicules en stationnement.

Monter au créneau *fam.*
Apparaître en première ligne.
S'engager personnellement.

crêpe

Laisser tomber comme une crêpe *fam.*
Abandonner brutalement.

Retourner quelqu'un comme une crêpe *fam.*
Le faire changer d'opinion rapidement.

crêper

Se crêper le chignon *fam.*
Se disputer, se battre.

cresson

N'avoir plus de cresson sur la fontaine *pop.*
Être chauve.

Crésus

Être riche comme Crésus.
Être très riche.

crête

Avoir la crête rouge.
Être prompt à la colère.
Baisser la crête *vx.*
Montrer de l'humilité.
Dresser, lever la crête *fam.*
Montrer de l'orgueil.
Rabaisser la crête à quelqu'un *vx.*
L'humilier.

crétin

Crétin des Alpes, du Valais.
Individu stupide.

creuser

Creuser l'estomac *fam.*
Donner faim.
Creuser le cœur.
Émouvoir.
Creuser sa tombe avec ses dents *fam.*
Faire des excès de table.
Creuser son sillon.
Agir avec persévérance.
Creuser un abîme devant quelqu'un *lit.*
Préparer sa perte.
Se creuser la cervelle, le ciboulot, les méninges, la tête *fam.*
Réfléchir intensément.

creux

Avoir l'estomac, le ventre creux *fam.*
Avoir faim.
Avoir le nez creux *fam.*
Être très perspicace.
Idées creuses.
Idées vaines.
Il n'y en a pas pour remplir une dent creuse *pop.*
Il n'y a presque rien à manger.
Tête creuse.
Personne sans jugement.
Viandes creuses *vx.*
Chimères.

creux

Avoir un bon creux *fam.*
Avoir une voix sonore.
Avoir un creux (à l'estomac) *fam.*
Avoir faim.
Être au creux de la vague.
Être dans une situation difficile.

crève

Attraper la crève *pop.*
Prendre du mal.
Avoir la crève *pop.*
Être malade.

crever

Crever l'écran *fam.*
Avoir beaucoup de présence physique.
Crever le cœur.
Causer une peine extrême.
Crever le plafond *fam.*
Dépasser les limites.
Crever les yeux.
Être évident.
La crever *pop.*
Avoir faim ou soif.
Se crever le cul, la paillasse *pop.*
Faire beaucoup d'efforts.

cri

À cor et à cri.
Bruyamment.
À grands cris.
Avec insistance.
Aller au cri *pop.*
Protester.
Ce n'est qu'un cri.
L'avis est unanime.
Cri du cœur.
Réaction spontanée.
Le dernier cri *fam.*
Ce qui est de la dernière mode.
Pousser des cris d'orfraie *fam.*
Crier de façon stridente.
Pousser les hauts cris *fam.*
Protester violemment.

criant

Criant de vérité.
Très ressemblant.

crible

Passer au crible.
Examiner minutieusement.

crier

Crier comme un beau diable, un enragé, un forcené, un fou, un perdu, un putois, un sourd, un veau *fam.*
Protester furieusement.
Crier grâce.
Implorer la pitié.
S'avouer vaincu.
Crier quelque chose sur les toits *fam.*
Le déclarer indiscrètement.
Sans crier gare.
Inopinément.

crime

Faire un crime (d'État) de *lit.*
Adresser des reproches exagérés et injustes.
Perpétrer un crime.
Exécuter un acte criminel.

criminel

Prendre quelque chose au criminel *lit.*
Le prendre en mauvaise part.

crin

À tous crins.
À toute épreuve.
Être comme un crin *fam.*
Être de mauvaise humeur.
Se prendre aux crins *fam.*
Se battre.

crique

Que le (grand) crique me croque si *pop.*
Que le diable m'emporte si.

crise

Piquer sa crise *fam.*
Se mettre en colère.

critique

Désarmer la critique.
Trouver grâce auprès des censeurs.
La critique est aisée (mais l'art est difficile).
Il est plus facile de juger que de créer.

croc

Avoir, mettre à son croc *lit.*
Avoir à sa disposition.

Avoir les crocs *fam.*
Avoir faim.
Être au croc *lit.*
Être interrompu.
Mettre, prendre au croc *lit.*
Laisser de côté.

crochet

Vivre aux crochets de quelqu'un *fam.*
Vivre à ses dépens.

crochu

Avoir des atomes crochus avec quelqu'un *fam.*
Avoir des éléments d'entente avec lui.
Avoir les doigts, les ongles crochus *fam.*
Avoir crochus *fam.*
Être avare.

crocodile

Larmes de crocodile.
Larmes hypocrites.

croire

À l'en croire.
Selon lui.
C'est à ne pas y croire *fam.*
C'est invraisemblable.
Croire au père Noël *fam.*
Être crédule.
Faut croire! *fam.*
Sans doute.
Il est à croire que.
Il est probable que.
Ne pas en croire ses oreilles, ses yeux.
Avoir du mal à admettre l'évidence de quelque chose.
S'en croire *fam.*
Se montrer orgueilleux.
S'y croire *fam.*
S'illusionner.
Trop croire de *lit.*
Trop présumer de.
Y croire dur comme fer *fam.*
En être persuadé.

croisée

La croisée des chemins.
Le moment d'un choix.

croiser

Croiser le chemin de quelqu'un *lit.*
S'opposer à ses desseins.
Croiser le fer.
Se battre.
Se disputer.
Se croiser les bras.
S'arrêter de travailler.

croître

Ne faire que croître et embellir *fam.*
Augmenter sans cesse.

croix

C'est la croix et la bannière *fam.*
La chose est difficile à accomplir.
Croix de bois, croix de fer, si je mens je vais en enfer *fam.*
Expression soulignant une affirmation solennelle.
Croix des vaches *pop.*
Signe d'infamie.
Faire un mariage sur la croix de l'épée *lit.*
Se marier précipitamment.
Faire une croix à la cheminée *vx.*
Noter un événement particulier.
Faire une croix sur quelque chose *fam.*
Y renoncer.
Jouer à croix ou pile.
Laisser au hasard le soin de décider.
La croix de par Dieu *lit.*
L'alphabet.
Mettre son esprit en croix *vx.*
Réfléchir intensément.
N'avoir ni croix ni pile *lit.*
Être sans argent.
Porter sa croix.
Avoir son lot d'épreuves.

croquer

Croquer à belles dents.
Avoir bel appétit.
Croquer le marmot *fam.*
Attendre longtemps.
Croquer une note de musique.
Ne pas la jouer.

Joli à croquer *fam.*
Très joli.
N'en croquer que d'une dent *vx.*
Ne pas obtenir tout ce que l'on souhaitait.

croquet

Être comme un croquet *vx.*
Être irritable.

crosse

Chercher des crosses à quelqu'un *pop.*
Le provoquer.

crotte

C'est de la crotte *pop.*
C'est sans valeur.
Crotte de bique *fam.*
Chose sans valeur.
Être dans la crotte *fam.*
Être dans une profonde misère.

croupière

Tailler des croupières à quelqu'un.
L'attaquer victorieusement.

croupion

Se décarcasser le croupion *pop.*
Se donner du mal.

croûte

Casser la croûte *fam.*
Manger.
Frotter la croûte contre la mie *vx.*
N'avoir que du pain à manger.
Gagner sa croûte *fam.*
Acquérir par son travail ce qui est nécessaire pour vivre.
Rompre la croûte *fam.*
Faire un repas sommaire.
S'ennuyer comme une croûte de pain (derrière une malle) *pop.*
S'ennuyer fortement.

croûton

Vieux croûton *pop.*
Personne âgée et routinière.

cru

De son cru *fam.*
De son invention.
Du cru.
Propre à une région.

cru

À cru.
À même la peau.
Sans selle.
Sans préparation.
Avaler, manger quelqu'un tout
cru *fam.*
Le menacer du regard.
Tout cru *fam.*
Sans détour.

cruche

Bête comme une cruche *fam.*
Très bête.
Tant va la cruche à l'eau qu'à la
fin elle se casse.
*À trop s'exposer au danger, on
finit par y succomber.*

crue

De la dernière crue *vx.*
Récent.

cuber

Ça cube *fam.*
*Cela prend des proportions im-
portantes.*

cueilleur

Cueilleur de pommes *fam.*
Personne mal habillée.

cueillir

Cueillir à froid *fam.*
Surprendre.
Cueillir des lauriers.
Remporter des succès.
Cueillir un adversaire *pop.*
L'atteindre d'un coup inattendu.

cuiller, cuillère

En deux, en trois coups de cuiller
à pot *fam.*
Très rapidement.
Être à ramasser à la petite cuil-
lère *fam.*
Être en mauvais état.
Être né avec une cuillère d'argent
dans la bouche *fam.*
Être issu d'une famille riche.
Ne pas y aller avec le dos de la
cuiller *fam.*
Agir brutalement.
Serrer la cuiller à quelqu'un *pop.*
Lui serrer la main.

cuir

Faire un cuir *fam.*
*Faire une faute de liaison dans
la prononciation.*
Tanner le cuir à quelqu'un *pop.*
L'importuner.
Le battre.
Tomber sur le cuir de quelqu'un
fam.
Le frapper.
Visage de cuir bouilli.
Visage désagréable.

cuirasse

Défaut de la cuirasse.
Point faible de quelqu'un.

cuire

Dur à cuire *fam.*
*Personne insensible ou éner-
gique.*
En cuire à quelqu'un *fam.*
Lui causer une douleur vive.
Faire cuire quelqu'un à petit feu
fam.
Le laisser dans l'incertitude.
Laisser cuire quelqu'un dans son
jus *pop.*
Le laisser dans l'embarras.
Les carottes sont cuites *fam.*
La partie est perdue.
Mettre cuire *lit.*
Mettre de côté.
Trop parler nuit, trop gratter cuit
fam.
*Il n'est pas toujours bon de vou-
loir approfondir les choses.*

cuisine

Être chargé de cuisine *vx.*
Être gros.
Faire aller, rouler la cuisine *vx.*
S'occuper des dépenses ordinaires.
Faire sa cuisine *fam.*
Trafiquer.
Latin de cuisine *fam.*
Latin de mauvaise qualité.

cuisse

Avoir la cuisse légère *fam.*
Se dit d'une femme volage.
Cuisse de nymphe émue.
Rose.

Se croire sorti de la cuisse de Jupiter *fam.*
Manifester un orgueil excessif.
Se taper sur les cuisses *fam.*
Manifester sa gaieté bruyamment.

cuit

C'est cuit *fam.*
L'affaire est manquée.
C'est du tout cuit *fam.*
C'est un succès assuré d'avance.
Cuit et recuit *fam.*
Endurci.

cul

Avoir des couilles au cul *pop.*
Être courageux.
Avoir le cul bordé de nouilles *pop.*
Avoir le cul cousu de médailles *pop.*
Avoir beaucoup de chance.
Avoir le cul entre deux chaises *pop.*
Avoir le cul entre deux selles *pop.*
Hésiter entre deux partis.
Avoir le feu au cul *pop.*
Manifester une hâte extrême.
Se dit d'une femme très portée à l'amour.
Baiser le cul de la vieille *pop.*
Perdre.
Botter le cul à quelqu'un *pop.*
Le maltraiter.
Lui donner un coup de pied au derrière.
C'est à se taper le cul par terre *pop.*
C'est ridicule.
Casser le cul à quelqu'un *pop.*
L'ennuyer fortement.
Cul béni *pop.*
Bigot.
Cul de plomb *pop.*
Personne sédentaire.
Cul terreux *pop.*
Paysan.
En avoir plein, ras le cul *pop.*
Être excédé par quelque chose.
Et mon cul, c'est du poulet *pop.*
Expression qui marque le refus ou la dérision.
Être comme cul et chemise *pop.*
Être inséparables.

Être sur le cul *pop.*
Être fatigué.
Faire cul sec *pop.*
Vider son verre d'un seul trait.
Faire la bouche en cul de poule *pop.*
Minauder.
Faux cul *pop.*
Personne qui ne mérite pas la confiance qu'on lui accorde.
Jouer à cul levé *pop.*
Perdre.
L'avoir dans le cul *pop.*
Perdre.
Lécher le cul *pop.*
Flatter servilement.
Montrer son cul *pop.*
S'avouer vaincu.
Parle à mon cul, ma tête est malade *pop.*
Cela ne m'intéresse pas.
Pendre au cul à quelqu'un *pop.*
Être imminent.
Menacer.
Péter plus haut que son cul *pop.*
Montrer un orgueil exagéré.
Pisser au cul *pop.*
Mépriser.
Prendre son cul pour ses chausses *pop.*
Se tromper.
Rester, tomber sur le cul *pop.*
Être étonné.
Se casser le cul *pop.*
S'évertuer.
Se geler, se peler le cul *pop.*
Avoir très froid.
Se lever le cul devant *pop.*
Être de mauvaise humeur.
Se mettre quelque chose au cul *pop.*
Le mépriser.
Se taper le cul par terre *pop.*
Se réjouir.
Si le cul te pèle, ce ne sera pas de cet oignon *pop.*
Ne compte pas sur moi.
Tenir quelqu'un au cul et aux chausses *pop.*
Le traiter avec rudesse.

Tirer au cul *pop.*
Se soustraire aux corvées.

culbute

À la culbute.
En désordre.

Au bout du fossé la culbute.
Se dit à propos d'une entreprise risquée.

Faire la culbute *fam.*
Doubler les prix.
Être ruiné.

culot

Au culot *fam.*
Par intimidation.

culotte

Baisser, poser culotte *pop.*
Aller à la selle.

Baisser sa culotte *pop.*
S'abaisser.

Culotte de peau *fam.*
Militaire endurci et borné.

Jouer ses culottes *fam.*
Mettre en jeu ses ultimes ressources.

Ne rien avoir dans la culotte *pop.*
Se dit d'un homme lâche.

Porter la culotte *fam.*
Exercer l'autorité, en parlant d'une femme.

Prendre une culotte *fam.*
Perdre.

Prendre, se donner une culotte *pop.*
Être ivre.

Trembler dans sa culotte *pop.*
Éprouver une peur intense.

User ses fonds de culotte sur les bancs d'une école *fam.*
Y faire toutes ses études.

culotter

Se culotter le nez *pop.*
Boire d'une manière excessive.

culte

Culte de la personnalité.
Vénération excessive à l'égard d'un dirigeant.

cultiver

Cultiver les Muses.
S'adonner à la poésie.

culture

Bouillon de culture.
Conditions favorables au développement d'un phénomène.

cure

N'avoir cure de.
Ne pas se soucier de.

curé

Bouffer du curé *pop.*
Manifester une hostilité violente à l'égard du clergé.

curée

En curée *lit.*
Se dit d'une personne avide d'un avantage.

custode

Sous la custode *vx.*
En secret.

cuti

Virer sa cuti *fam.*
Changer de comportement.

cuvée

De la dernière cuvée.
Récent.

De la même cuvée *fam.*
De même origine.

cuver

Cuver son vin *fam.*
Dissiper son ivresse en dormant.

cyclope

Travail de cyclope.
Œuvre très importante.

cygne

Chant du cygne.
Dernière œuvre d'un artiste avant sa mort.

cyprès

Changer les lauriers en cyprès.
Changer un succès en échec.

D

d

Système D *fam.*
Art de se débrouiller en toutes circonstances.

dache

Envoyer à dache *pop.*
Éconduire.

dada

Enfourcher son dada *fam.*
Revenir à son sujet favori.

dalle

Avoir, crever la dalle *pop.*
Avoir faim.

Avoir la dalle en pente *pop.*
Aimer boire.

Se rincer la dalle *pop.*
Boire.

dalle

N'y piger que dalle *pop.*
Ne rien comprendre.

Que dalle! *pop.*
Rien.

dam

Au grand dam de quelqu'un.
À son préjudice.

Damas

Trouver son chemin de Damas.
Se convertir.

dame

Aller à dame *pop.*
Tomber.

Envoyer à dame *pop.*
Brutaliser.

Jouer aux dames rabattues *vx.*
Faire l'acte d'amour.

damer

Damer le pion à quelqu'un *fam.*
Remporter un avantage sur lui.

damné

Comme un damné.
Cruellement.

Être l'âme damnée de quelqu'un.
Être son mauvais inspirateur.

damner

Faire damner quelqu'un *fam.*
L'exaspérer.

Se damner pour quelqu'un *fam.*
Se perdre par amour pour lui.

Damoclès

Épée de Damoclès.
Danger imminent.

Danaïdes

Tonneau des Danaïdes.
Se dit de quelqu'un de prodigue ou d'une tâche interminable.

Dandin

Tu l'as voulu, Georges Dandin!
Tu ne peux t'en prendre qu'à toi-même.

danger

Au danger on connaît les braves *vx.*
C'est dans une situation difficile que l'on peut juger des qualités de quelqu'un.

Danger public *fam.*
Personne dangereuse pour les autres.

Il n'y a pas de danger *fam.*
Cela est impossible.

danse

Avoir le cœur à la danse *vx.*
Être gai.

Commencer la danse.
Être le premier à agir.

Entrer dans la danse.
S'engager dans une affaire.

Flanquer une danse à quelqu'un *pop.*
Le frapper violemment.

Mener la danse *fam.*
Diriger une action collective.

danser

Danser devant le buffet *fam.*
N'avoir rien à manger.

Danser sur la corde raide.
Être dans une situation difficile.

Danser sur un volcan.
Être inconscient de dangers cachés et imminents.

Faire danser *pop.*
Frapper brutalement.

Faire danser quelqu'un (sans violon) *vx*.
Se venger, se moquer de lui ou lui susciter des embarras.
Ne pas savoir sur quel pied danser *fam*.
Être indécis.

dard

Filer comme un dard *vx*.
Aller très vite.
Pomper le dard *pop*.
Mettre en colère.

dare-dare

Dare-dare *fam*.
À toute vitesse.

date

De fraîche date.
Qui appartient à un passé récent.
De longue date.
Depuis longtemps.
Être le premier en date.
Avoir priorité.
Faire date.
Marquer.
Prendre date.
Fixer une échéance.
Fixer un rendez-vous.

datte

Des dattes! *pop*.
Rien!
Ne pas en foutre une datte *pop*.
Ne rien faire.

dé

À vous le dé *vx*.
À vous de parler.
Coup de dés.
Tentative hasardeuse.
Dés pipés.
Tromperie.
Flatter le dé *vx*.
Tromper.
Lâcher, quitter le dé.
Abandonner.
Les dés en sont jetés.
Il n'est pas possible de revenir en arrière.

déballage

Au déballage *fam*.
Au saut du lit.

déballonner

Se déballonner *pop*.
Faire preuve de lâcheté.

débandade

À la débandade.
En désordre.

débander

Débander les yeux à quelqu'un.
Mettre fin à ses illusions.
Sans débander *pop*.
Sans s'arrêter.

débarquer

Débarquer *pop*.
N'être au courant de rien.
Débarquer chez quelqu'un *fam*.
Arriver chez lui à l'improviste.
Débarquer quelqu'un *fam*.
Le renvoyer.

débarras

Bon débarras! *fam*.
Expression marquant la satisfaction lors du départ de quelqu'un.

débarrasser

Débarrasser le plancher *fam*.
Partir sous la contrainte.

débauche

Une débauche de.
Une grande quantité de.

débine

Être dans la débine *pop*.
Être dans la misère.

débordé

Être débordé *fam*.
Être surchargé de travail.

déborder

Faire déborder le vase.
Abuser.
La coupe déborde.
Les choses vont trop loin.

débotté

Au débotté.
À l'improviste.

debout

Ça ne tient pas debout *fam.*
C'est absurde.
Conte à dormir debout *fam.*
Histoire invraisemblable.
Mettre debout *fam.*
Organiser.
Ne pas tenir debout.
Être épuisé.
Tenir debout.
Être solide.
Paraître vraisemblable.

déboutonné

Rire à ventre déboutonné *fam.*
Rire sans mesure.

déboutonner

Se déboutonner *fam.*
Parler sans retenue.
Avouer.

débrider

Débrider les yeux de quelqu'un
vx.
Le détromper.
Sans débrider.
Continuellement.

début

Faire ses débuts.
Commencer.

dèche

Battre la dèche *pop.*
Mener une vie misérable.
Être dans la dèche *pop.*
Être dans la misère.

déclin

Être sur son déclin.
Se terminer.

décoiffer

Ça décoiffe *fam.*
Cela surprend.

décoller

Ne pas décoller d'un lieu *fam.*
Rester sur place.

déconfiture

Tomber en déconfiture *fam.*
Être en ruine.

décor

Aller dans le(s) décor(s) *fam.*
Quitter brusquement la route.

Changement de décor.
Changement de circonstances.
L'envers du décor.
*La réalité déplaisante d'une si-
tuation dont on ne connaît que
les apparences attrayantes.*

décorum

Garder le décorum.
Sauver les apparences.

découdre

En découdre *fam.*
Se battre.

découplé

Bien découplé *vx.*
Grand et bien proportionné.

découvert

À découvert.
Qui n'est pas protégé.
À visage découvert
Ouvertement.
Parler à découvert.
Parler franchement.

découvrir

Découvrir le pot aux roses *fam.*
Découvrir le secret d'une chose.

décrocher

Décrocher la lune *fam.*
Obtenir l'impossible.
Décrocher la timbale *fam.*
Réussir.
Habillé au décrochez-moi ça *fam.*
Habillé n'importe comment.

dedans

Mettre quelqu'un dedans *fam.*
Le tromper.
Rentrer dedans *pop.*
Attaquer.

dédire

Cochon qui s'en dédit *fam.*
*Formule soulignant une pro-
messe.*

déesse

La déesse aux cent voix *lit.*
La renommée.
Port de déesse.
Allure majestueuse.

défaut

À défaut de.
Par manque de.

Défaut de la cuirasse.
Point faible de quelqu'un.

Être en défaut.
Commettre une faute.

Faire défaut.
Manquer.

Y a comme un défaut *fam.*
Se dit pour souligner une anomalie.

Prendre en défaut.
Prendre en faute.

défendre

Défendre son bifteck *fam.*
Faire preuve de détermination.

Se défendre *fam.*
Montrer des aptitudes dans un domaine.

défense

Avoir de la défense *fam.*
Résister.

défi

Mettre quelqu'un au défi de.
Prétendre qu'il est incapable de faire quelque chose.

défiler

Défiler son chapelet *fam.*
Dire tout ce qu'on a sur le cœur.

défoncer

Se défoncer *pop.*
Fournir de grands efforts.

défrayer

Défrayer la chronique, la conversation.
Fournir le sujet d'articles, de conversations, souvent en mauvaise part.

dégagement

Faire un dégagement *fam.*
S'accorder des loisirs.

dégager

Ça dégage *pop.*
Cela a beaucoup de valeur.

Dégagez!
Circulez!

dégât

Faire des dégâts *fam.*
Avoir des conséquences fâcheuses.

Limiter les dégâts *fam.*
Éviter le pire.

dégelée

Recevoir une dégelée *pop.*
Recevoir des coups.

dégommer

Dégommer quelqu'un *fam.*
Le renvoyer.
Le chasser de sa place.

dégonfle

Jouer la dégonfle *pop.*
Faire preuve de lâcheté.

dégotter

Dégotter quelque chose *fam.*
Le trouver.

dégoûté

Faire le dégoûté.
Faire preuve d'une délicatesse excessive.

N'être pas dégoûté *fam.*
Se contenter de n'importe quoi.

dégoûter

Si vous n'aimez pas ça, n'en dégoûtez pas les autres.
Se dit pour dénoncer une attitude négative.

dégueulasse

C'est le frère à dégueulasse *pop.*
Se dit de quelqu'un qui ne mérite que le mépris.

Ce n'est pas dégueulasse *pop.*
C'est très bon.

déguiser

Déguiser son jeu.
Dissimuler ses intentions.

Se déguiser en courant d'air *fam.*
Disparaître très rapidement.

dehors

Mettre dehors.
Renvoyer.

Sauver les dehors.
Ne rien laisser paraître de contraire à sa réputation ou aux convenances.

Toutes voiles dehors *fam.*
En usant de tous les moyens possibles.

Un nom à coucher dehors *fam.*
Un nom imprononçable.

Un temps à ne pas mettre un chien dehors *fam.*
Conditions atmosphériques très mauvaises.

déjanter

Déjanter *fam.*
Perdre la tête.

déjeuner

Un déjeuner de soleil.
Une chose éphémère.

délai

À bref délai.
Dans peu de temps.
Sans délai.
Immédiatement.

délicatesse

Avoir des délicatesses pour quelqu'un.
Avoir des attentions à son égard.
Être en délicatesse avec quelqu'un.
Être en désaccord avec lui.

délice

Avec délices et orgues *fam.*
Avec un plaisir extrême.
Faire les délices de quelqu'un.
Lui procurer du plaisir.
Faire ses délices de quelque chose.
S'en régaler.
Le jardin des délices.
Le paradis terrestre.
Les délices de Capoue.
Délices qui font oublier les devoirs.

délier

Avoir la langue bien déliée *fam.*
Parler avec facilité.
Délier la langue de quelqu'un.
Le faire parler.
N'être pas digne de délier les sandales de quelqu'un.
Lui être inférieur.
Sans bourse délier.
Gratuitement.

délire

C'est du délire! *fam.*
C'est de la folie!

délit

Corps du délit.
Objet de l'infraction.
Prendre en flagrant délit.
Prendre sur le fait.

déloger

Déloger sans tambour ni trompette *fam.*
Partir discrètement.

déluge

Après moi, le déluge *fam.*
Je me désintéresse des conséquences.
Remonter au déluge *fam.*
Dater d'une époque très reculée.

demain

C'est pour aujourd'hui ou pour demain? *fam.*
Dépêchez-vous!
Ce n'est pas demain la veille *fam.*
Cela n'arrivera jamais.
Demain, on rase gratis *fam.*
Se dit d'une promesse qui ne sera pas tenue.
Il fera jour demain *fam.*
Cela peut attendre.

démancher

Se démancher le trou (du cul) *pop.*
Faire de grands efforts.

demander

Demander la lune *fam.*
Demander des choses impossibles ou irréalisables.
Il ne faut pas en demander trop *fam.*
Il ne faut pas se montrer trop exigeant.
Je vous demande un peu! *fam.*
C'est surprenant, choquant.
N'en demander pas tant *fam.*
Se plaindre de quelque chose d'excessif.
Ne pas demander mieux que.
Être d'accord pour.
Ne pas demander son reste *fam.*
Partir rapidement pour éviter un désagrément.

démanger

La langue me démange *fam.*
J'ai envie de parler.
Les doigts, les mains lui démangent *fam.*
Il a envie de frapper.

déménager

Déménager à la cloche de bois *fam.*
Déménager sans prévenir.

démenti

En avoir le démenti *lit.*
Subir l'affront d'un échec.

démentir

Ne pas se démentir.
Ne pas cesser de se manifester.

demeurant

Au demeurant.
Tout bien considéré.

demeure

À demeure.
De façon permanente.
Il n'y a pas péril en la demeure.
Cela peut attendre sans danger.
Mettre en demeure.
Contraindre.

démon

Comme un démon.
D'une façon extrême.
Démon de midi.
Désir charnel éprouvé par un homme au milieu de sa vie.

démordre

Ne pas vouloir en démordre *fam.*
Ne pas vouloir se dédire.

déni

Déni de justice.
Refus de rendre la justice à quelqu'un.

dénicheur

Dénicheur de fauvettes, de merles *vx.*
Homme à bonnes fortunes.

denier

Denier à Dieu *vx.*
Gratification donnée à un(e) concierge par un nouveau locataire.

Denier du culte.
Offrande versée par les fidèles pour l'entretien du clergé.
En deniers.
En numéraire.
N'avoir pas un denier *vx.*
Être pauvre.

dénominateur

Dénominateur commun.
Point d'entente.

dent

Avoir la dent *pop.*
Avoir faim.
Avoir la dent dure.
Se montrer très critique.
Avoir les dents longues *fam.*
Avoir beaucoup d'ambition.
Avoir quelque chose à se mettre sous la dent.
Avoir quelque chose à manger.
Avoir une dent contre quelqu'un *fam.*
Lui garder rancune.
C'est l'histoire de la dent en or *vx.*
C'est un mensonge.
Claquer des dents.
Avoir froid.
Avoir peur.
Creuser sa tombe avec ses dents.
Faire des excès de table.
Croquer à belles dents.
Manger de bel appétit.
Déchirer à belles dents.
Critiquer férocement.
Du bout des dents.
À contrecœur.
Être sur les dents.
Être surmené.
Être excédé.
Grincer des dents.
Être en colère.
Il n'y en a pas pour remplir une dent creuse *pop.*
Il n'y a presque rien à manger.
Jusqu'aux dents *fam.*
D'une manière excessive.
Manger du bout des dents.
Manger sans appétit.

Mentir comme un arracheur de dents *fam.*
Mentir effrontément.

Montrer les dents.
Avoir une attitude hostile.

Mordre à belles dents.
Manger avec beaucoup d'appétit.

Ne connaître ni des lèvres ni des dents *vx.*
Ignorer totalement.

Ne pas desserrer les dents.
Refuser de parler.

Ne pas perdre un coup de dent.
Manger sans s'arrêter.

Parler entre ses dents.
Parler de façon indistincte.

Prendre la lune avec les dents *vx.*
Tenter des choses impossibles.

Prendre le mors aux dents.
Se mettre en colère.

Quand les poules auront des dents *fam.*
Jamais.

Rire à pleines dents.
Rire sans retenue.

Se casser les dents sur quelque chose *fam.*
Échouer.

Se faire les dents.
S'exercer à quelque chose.

Serrer les dents.
Être en colère.
Faire preuve d'énergie.

dentelle

Ne pas faire dans la dentelle *fam.*
Se conduire brutalement et grossièrement.

départ

Au départ.
Au début.

Être sur le départ.
S'apprêter à partir.

Faux départ.
Départ anticipé.

Point de départ.
Origine.

départ

Faire le départ entre.
Séparer avec netteté.

dépasser

Cela me dépasse *fam.*
Cela me déconcerte.

Dépasser les bornes.
Exagérer.

Être dépassé par les événements *fam.*
Être incapable de réagir face à une situation.

dépatouiller

Se dépatouiller de *fam.*
Se sortir d'une situation difficile.

dépendeur

Dépendeur d'andouilles *fam.*
Personne grande et dégingandée.
Imbécile.

dépendre

Ça dépend *fam.*
Rien n'est sûr.

dépens

Aux dépens de.
Aux frais de.
Au détriment de.

Rire aux dépens de quelqu'un.
Rire de quelqu'un.

dépense

Ne pas regarder à la dépense.
Être prodigue.

Regarder à la dépense.
Être économe.

dépit

En dépit du bon sens.
D'une façon absurde.

Faire dépit à.
Irriter.

déplaire

Ne vous (en) déplaise! *fam.*
Contrairement à ce que vous pensez!

déployer

À gorge déployée.
Sans mesure.

déposer
Déposer le masque.
Révéler sa véritable personnalité.
Déposer les armes.
Renoncer.

dépouille
Dépouille mortelle.
Corps d'une personne morte.
Dépouilles opimes *lit.*
Butin fait sur l'ennemi.

dépouiller
Dépouiller le vieil homme.
S'amender.

dépourvu
Au dépourvu.
De façon imprévisible.

dépuceleur
Dépuceleur de nourrices *pop.*
Fanfaron.

der
Der des ders *pop.*
Dernier.
La der des ders *pop.*
La Première Guerre mondiale.

dérangé
Avoir le cerveau dérangé.
Être fou.

dératé
Courir comme un dératé *fam.*
Courir très rapidement.

dérider
Dérider le front de quelqu'un *vx.*
Alléger ses soucis.

dérision
Tourner en dérision.
Se moquer.

dérive
Aller à la dérive.
Être sans direction, sans volonté.

dernier
Aux derniers les bons *vx.*
Les derniers sont les mieux servis.
Avoir le dernier mot.
L'emporter.
Brûler ses dernières cartouches.
Faire une ultime tentative.

C'est le dernier de mes soucis *fam.*
Cela m'est totalement indifférent.
De la dernière cuvée *fam.*
Récent.
En dernier lieu.
Enfin.
En dernier ressort.
En définitive.
En dernière analyse.
Finalement.
Être à la dernière extrémité.
Être sur le point de mourir.
Être du dernier bien avec quelqu'un.
Avoir d'excellentes relations avec lui.
La dernière ne l'a pas étouffé *fam.*
Se dit d'un menteur invétéré.
Le dernier des derniers *fam.*
Personne très méprisable.
Les premiers seront les derniers.
La situation peut s'inverser.
Mettre la dernière main à quelque chose.
L'achever.
Rendre le dernier soupir.
Mourir.
Rendre les derniers devoirs *lit.*
Enterrer.
Rira bien qui rira le dernier.
Se dit de quelqu'un qui se flatte de sa réussite en une affaire où on espère l'emporter.

dérobée
À la dérobée.
Discrètement.

dérouiller
Dérouiller quelqu'un *pop.*
Le battre.
Se dérouiller les jambes *fam.*
Marcher pour se dégourdir.

derrière
Avoir quelqu'un derrière soi.
L'avoir comme appui.
Avoir une porte de derrière.
Avoir un moyen de se tirer d'embarras.

De derrière la tête *fam.*
Caché.

De derrière les fagots *fam.*
Exceptionnel.

Être derrière quelqu'un.
Le surveiller.

derrière

Avoir le derrière au vent *fam.*
Être nu.

Avoir le feu au derrière *fam.*
Manifester une hâte extrême.
Se dit d'une femme très portée
à l'amour.

En tomber sur le derrière *fam.*
Être très surpris.

Montrer son derrière *pop.*
Fuir.

Se taper le derrière par terre *pop.*
Se moquer sans retenue.

Si tu n'es pas content, tu n'as
qu'à tourner ton derrière au vent
fam.
Tes réactions n'ont aucune im-
portance.

désarçonner

Désarçonner quelqu'un.
Le déconcerter.

désarmer

Ne pas désarmer *fam.*
Continuer.

descendre

Descendez, on vous demande!
fam.
Expression qui accompagne iro-
niquement la chute de quel-
qu'un.

Descendre en flammes *fam.*
Critiquer violemment.

descente

Avoir une bonne descente *pop.*
Boire beaucoup.

Descente de lit *fam.*
Personne lâche et servile.

Faire une descente *fam.*
Surprendre.

désemparer

Sans désemparer.
Sans s'arrêter.

désert

Faire le désert autour de soi.
Faire fuir les gens.

Prêcher dans le désert.
Parler sans être écouté.

Traversée du désert.
Disparition temporaire, bors de
toute vie publique, d'un homme
politique.

désespoir

En désespoir de cause.
En dernier recours.

Être au désespoir.
Regretter vivement.

Mettre au désespoir.
Désespérer quelqu'un.

désir

Prendre ses désirs pour des réalités.
Se faire des illusions.

désirer

Laisser à désirer.
Présenter des défauts.

N'avoir plus rien à désirer.
Être satisfait.

Se faire désirer.
Faire attendre.

désolation

L'abomination de la désolation.
Le comble du mal.

désopiler

Se désopiler la rate.
Manifester une très grande
gaieté.

dessaler

Être dessalé *pop.*
Avoir perdu son innocence.

dessein

À dessein.
Volontairement.

Faire dessein de.
Avoir l'intention de.

desserrer

Ne pas desserrer les dents.
Refuser de parler.

dessiller

Dessiller les yeux de quelqu'un
Lui révéler ce qu'il ignorait
jusqu'alors.

dessin

Faire un dessin *fam.*
  Expliquer.

dessous

Bras dessus, bras dessous.
  En se tenant par le bras.
En dessous.
  Sournoisement.
Être au-dessous.
  Être vaincu.
Être au-dessous de tout *fam.*
  Se montrer très médiocre.
Mettre au-dessous *vx.*
  Vaincre.
Par-dessous la jambe *fam.*
  En faisant preuve de désinvolture.
Sens dessus dessous *fam.*
  Dans un grand désordre.

dessous

Avoir le dessous.
  Être vaincu.
Le dessous des cartes.
  Les raisons profondes d'une chose que l'on veut garder secrète.
Le troisième, le sixième, le trente-sixième dessous *fam.*
  Situation très malheureuse.

dessus

Bras dessus, bras dessous.
  En se tenant par le bras.
Compte là-dessus et bois de l'eau ! *fam.*
  Il n'en est absolument pas question.
En avoir par-dessus la tête *fam.*
  Être exaspéré.
Être au-dessus de.
  Mépriser.
Être dessus *fam.*
  S'intéresser à.
Faire une croix dessus *fam.*
  Renoncer à.
Mettre au-dessus de.
  Accorder une grande valeur à.
Mettre la main dessus *fam.*
  Se saisir de.
Mettre le doigt dessus *fam.*
  Deviner.

Par-dessus l'épaule *fam.*
  Négligemment.
Par-dessus le marché *fam.*
  De plus.
Par-dessus les maisons.
  De façon excessive.
Par-dessus tout.
  Surtout.
Pisser dessus *pop.*
  Mépriser.
Sens dessus dessous *fam.*
  Dans un grand désordre.
Tomber dessus *fam.*
  Attaquer.

dessus

Avoir le dessus.
  Vaincre.
Le dessus du panier *fam.*
  Ce qui est de la qualité la meilleure.
Reprendre le dessus.
  Se ressaisir.

destinée

Unir sa destinée à celle de quelqu'un.
  L'épouser.

détacher

Détacher ses yeux de quelqu'un ou de quelque chose.
  Cesser de le regarder.

détail

C'est un détail *fam.*
  C'est sans importance.
De détail.
  Secondaire.
En détail.
  De façon circonstanciée.
Ne pas faire de détail *fam.*
  Agir sans considération.

dételer

Ne pas dételer *fam.*
  Ne pas renoncer.
Sans dételer *fam.*
  Sans s'interrompre.

détente

Avoir la détente facile *fam.*
  Tirer à tort et à travers.
Dur à la détente *fam.*
  Avare.

déterré
Avoir l'air d'un déterré *fam.*
Avoir un aspect maladif.

détour
Être sans détour.
Être franc.
Valoir le détour *fam.*
Se dit de quelque chose qui présente un intérêt.

détriment
Au détriment de.
Au désavantage de.

dette
Avouer, confesser, nier la dette *vx.*
Refuser d'avouer.
Être abîmé, cousu, criblé, perdu de dettes.
Avoir beaucoup de dettes et ne pas pouvoir les payer.
Payer sa dette à la nature.
Mourir.
Qui paie ses dettes s'enrichit.
On ne perd rien à rembourser ses dettes rapidement.

deuil
Avoir les ongles en deuil *fam.*
Avoir les ongles noirs.
Faire son deuil de *fam.*
Renoncer à.

deux
Ça fait deux *fam.*
C'est différent.
Comme deux et deux font quatre *fam.*
Évident.
Comme pas deux *fam.*
Comme lui seul l'est.
De mes deux *pop.*
Médiocre.
En moins de deux *fam.*
Rapidement.
Entre les deux *fam.*
Intermédiaire.
Entre les deux mon cœur balance.
J'hésite entre deux choses.
Jamais deux sans trois.
Cela devait arriver de nouveau.

Les deux font la paire.
Se dit de deux personnes de même caractère.
Ne faire ni une ni deux *fam.*
Ne pas hésiter.
Ne pas rester les deux pieds dans le même sabot *fam.*
Faire preuve d'initiative.
Ne pas se le faire dire deux fois *fam.*
Obéir avec empressement.
On ne m'y prendra pas deux fois.
Je ne recommencerai plus ainsi.
Je ne me laisserai pas tromper une deuxième fois.
Piquer des deux (éperons).
S'élancer rapidement.
Un homme averti en vaut deux.
Une personne informée est deux fois plus prudente.
Un tiens vaut mieux que deux tu l'auras.
Il ne faut pas abandonner un bien réel pour une promesse illusoire.
Y regarder à deux fois *fam.*
Hésiter avant d'agir.

devant
Aller droit devant soi.
Ne pas se laisser détourner.
Avoir devant soi.
Disposer de.
Être Gros-Jean comme devant *fam.*
Éprouver une déception.
Partir, sortir les pieds devant *fam.*
Mourir.

devant
Occuper le devant de la scène.
Occuper une situation importante.
Prendre les devants.
Devancer.

devenir
Devenir à rien *vx.*
Se réduire à rien.

déverser
Déverser sa bile.
Laisser libre cours à sa colère.

dévider
Dévider son chapelet *fam.*
  Dire tout ce qu'on a sur le cœur.

devin
Il ne faut pas être devin *fam.*
  Cela est facile à prévoir.
N'être pas devin *fam.*
  Ne pas pouvoir deviner.

dévisser
Dévisser le coco *vx.*
Dévisser la tête *pop.*
  Étrangler.
Dévisser son billard *pop.*
  Mourir.

devoir
Devoir au tiers et au quart *vx.*
  Avoir beaucoup de dettes.
Devoir tribut *lit.*
  Être obligé à.
Devoir une fière chandelle à quelqu'un *fam.*
  Avoir une dette de reconnaissance envers lui.
Fais ce que dois, advienne que pourra.
  Il faut faire son devoir quelles qu'en soient les conséquences.
Ne pas en devoir *vx.*
N'en devoir guère, rien *vx.*
  N'être pas inférieur.

devoir
Derniers devoirs *lit.*
  Honneurs dus à un mort.
Faire son devoir *lit.*
  Présenter ses salutations.
Rendre ses devoirs *lit.*
  Saluer.
Retourner à son devoir *lit.*
  Reprendre sa tâche.
Se mettre en devoir de.
  Commencer à.

dévolu
Jeter son dévolu sur.
  Choisir.

dévorer
Dévorer des yeux.
  Regarder avec tendresse ou avidité.

dévotion
Être à la dévotion de quelqu'un.
  Lui obéir aveuglément.
Faire ses dévotions.
  Accomplir ses devoirs religieux.

dévouer
Dévouer sa tête *vx.*
  S'exposer.

dia
N'entendre ni à hue ni à dia *vx.*
  Faire preuve d'entêtement.
Tirer à hue et à dia *fam.*
  Agir de façon contradictoire.

diable
À la diable.
  Avec négligence.
Aller au diable, au diable vauvert, au diable vert.
  Aller très loin.
Au diable si *fam.*
  Se dit pour renforcer une affirmation ou une négation.
Avocat du diable.
  Personne chargée de présenter tous les arguments possibles en faveur d'une cause jugée mauvaise.
Avoir le diable à ses trousses *fam.*
  Courir très rapidement.
Avoir le diable au corps.
  Déployer une grande activité.
  Se laisser aller à ses passions.
Beauté du diable.
  Éclat de la jeunesse.
Bon petit diable.
  Enfant espiègle et sympathique.
C'est bien le diable si *fam.*
  Il serait étonnant que.
C'est là le diable.
C'est le diable (à confesser).
  C'est difficile.
C'est le diable en bouteille.
  Il est très agité.
Ce n'est pas le diable.
  Se dit d'une quantité modeste.
Comme un beau diable.
Comme un diable.
Comme un diable dans un bénitier.

Comme trente mille diables.
Furieusement.

Courir comme si le diable vous emportait.
Courir très vite.

En diable.
Extrêmement.

Envoyer au diable, aux cinq cents diables, à tous les diables.
Chasser brutalement.

Être au diable.
Être très loin.

Être possédé du diable.
N'avoir que des intentions mauvaises.

Faire le diable à quatre.
S'agiter très bruyamment.

Grand diable.
Personne très grande.

Le diable bat sa femme et marie sa fille.
Il pleut et il fait soleil à la fois.

Le diable est aux vaches.
Se dit d'un grand bruit.

Le diable et son train *fam.*
Se dit pour clore une énumération.

Le diable s'en mêle.
Les précautions ont été inutiles.

Le diable soit de.
Formule de malédiction.

Les diables bleus *vx.*
La mélancolie.

Loger le diable dans sa bourse *fam.*
Être sans argent.

Pauvre diable.
Personne pitoyable.

Porter le diable en terre.
Être désolé.

Quand le diable devient vieux, il se fait ermite.
La vieillesse force à la sagesse.

Quand le diable y serait.
Malgré tout.

Que diable! *fam*
Exclamation d'impatience.

Tirer le diable par la queue *fam.*
Mener une vie difficile.

diablesse

Grande diablesse.
Femme de haute taille.

Pauvre diablesse.
Femme pitoyable.

diagonale

Lire en diagonale *fam.*
Lire rapidement.

diamant

Avoir un diamant dans le gosier *fam.*
Avoir une belle voix.

Croqueuse de diamants.
Femme qui dilapide la fortune de ses amants.

De diamant.
Dur.

Noces de diamant.
Soixantième anniversaire de mariage.

diapason

Hausser le diapason *vx.*
Élever le ton.
Augmenter ses prétentions.

Se mettre au diapason.
Se conformer à son entourage.

dictée

Sous la dictée.
Sous la contrainte.

Dieu

À Dieu ne plaise!
Formule exprimant le refus.

Au nom de Dieu!

Pour Dieu!
Formule soulignant une demande.

C'est pas Dieu possible *fam.*
C'est incroyable.

C'est une affaire entre Dieu et moi.
Cela ne regarde que moi.

Ce que femme veut, Dieu le veut!
Il est impossible de refuser quelque chose à une femme.

Comme il plaît à Dieu.
Au hasard.

De Dieu *vx.*
Précieux.

Dieu le veuille!

Dieu vous entende!
Formule exprimant désir ou crainte.
Dieu m'est témoin.
Formule servant à renforcer des propos.
Dieu me pardonne!
Formule de regret.
Dieu sait comme.
Sans rigueur aucune.
D'une manière que l'on ignore.
Dieu soit béni!
Dieu soit loué!
Formule exprimant la satisfaction.
Dieu vous garde!
Formule d'adieu.
Dieu vous le rende!
Formule de remerciement.
Du tonnerre de Dieu *pop.*
Extraordinaire.
Il n'y a pas de bon Dieu *fam.*
Ce n'est pas juste.
C'est inévitable.
Il vaut mieux s'adresser à Dieu qu'à ses saints.
Il est préférable de s'adresser directement à un supérieur.
Le bras, la main, la voix de Dieu.
La volonté divine.
Maison du bon Dieu *fam.*
Maison très accueillante.
Ne craindre ni Dieu ni diable.
N'avoir peur de rien.
On lui donnerait le bon Dieu sans confession *fam.*
Se dit de quelqu'un qui a toutes les apparences de l'innocence.
Par la grâce de Dieu.
Par chance.
Paraître devant Dieu.
Mourir.
Tous les jours que le bon Dieu fait *fam.*
Tous les jours sans exception.

dieu

Beau comme un dieu.
Très beau.
Bénir les dieux.
Être très heureux.

Comme un dieu.
Admirablement.
Être dans le secret des dieux *fam.*
Avoir des informations connues d'un petit nombre d'individus.
Être en proie au dieu.
Être inspiré.
Il y a un dieu pour les ivrognes.
Il ne leur arrive jamais malheur.
Jurer ses grands dieux *fam.*
Promettre ses grands dieux *fam.*
Affirmer solennellement.

différence

À la différence de.
Contrairement à.
Faire des différences.
Se conduire de façon différente selon les personnes.
Faire la différence *fam.*
Permettre de différencier.
Faire une différence *fam.*
Être différent.

différend

Partager le différend.
Imposer un moyen terme dans une querelle.
Vider un différend.
Mettre fin à une querelle en se battant.

différer

Différer du tout au tout.
Être totalement différent.

difficile

Difficile à digérer *fam.*
Inadmissible.
Difficile à vivre.
Peu sociable.

difficile

Faire le difficile.
Ne se satisfaire de rien.

difficulté

Avoir des difficultés avec quelqu'un.
Être en conflit avec lui.
Chercher la difficulté.
Utiliser des moyens compliqués pour résoudre une chose.

Faire des difficultés.
Présenter des objections.
Se trouver en difficulté.
Être dans une situation difficile.

digérer

C'est dur à digérer *fam.*
C'est difficile à accepter.
Digérer des cailloux *fam.*
Digérer n'importe quoi.

digestion

Visite de digestion *vx.*
Visite de remerciement.

digne

Digne de foi.
Crédible.
N'être pas digne de dénouer les cordons des souliers de quelqu'un *fam.*
Lui être inférieur.

diligence

Faire diligence.
Se hâter.

dimanche

Du dimanche *fam.*
Maladroit.
Habits du dimanche.
Vêtements réservés pour des circonstances particulières.

dimension

Prendre les dimensions de quelqu'un *fam.*
Le juger d'après certaines caractéristiques.

dinde

Plumer la dinde *fam.*
Escroquer quelqu'un.
Remords d'un cul de dinde dans un panier à salade *fam.*
Affectation de remords.

dindon

Être le dindon de la farce *fam.*
Être dupé.

dîner

Dîner avec le diable.
Prendre des risques extrêmes.
Dîner avec les chevaux de bois *fam.*
Ne pas dîner.

Dîner par cœur.
Se passer de manger.
Dîner sur le pouce *fam.*
Manger rapidement.
Il me semble que j'ai dîné (quand je le vois) *lit.*
Se dit de quelqu'un de déplaisant.
Qui dort dîne.
Dormir apaise la faim.

dîner

C'est de la moutarde après le dîner *vx.*
C'est une chose inutile.
Dîner de garçons.
Dîner où ne figurent que des hommes.
Partager le dîner de quelqu'un.
Dîner en sa compagnie.

dînette

Jouer à la dînette *fam.*
Faire un simulacre de repas.

dinguer

Envoyer dinguer *pop.*
Repousser brutalement.

diplomatique

Maladie diplomatique *fam.*
Faux prétexte pour se dérober à une obligation.

dire

À vrai dire.
Pour dire la vérité.
Bien faire et laisser dire.
Il faut continuer à agir sans se soucier des remarques d'autrui.
C'est beaucoup dire.
C'est exagéré.
C'est rien de le dire! *pop.*
Il ne suffit pas d'en parler.
C'est tout dire.
Il n'y a rien à ajouter.
Ce n'est pas à dire que.
Il ne faut pas en conclure que.
Ce n'est pas peu dire.
C'est une chose remarquable.
Ce n'est pas pour dire *fam.*
Formule d'atténuation.
Ce qui est dit est dit.
Ce qui est décidé se fera.

Cela ne me dit rien.
Cela ne me plaît pas.

Cela va sans dire.
Cela va de soi.

Cela vous plaît à dire *vx.*
Vous ne parlez pas sérieusement.

Comme dit l'autre, la chanson, le proverbe *fam.*

Comme on dit.
Expression accompagnant une citation bien connue.

Comme qui dirait *fam.*
À peu près.

Dire d'or *lit.*
Parler avec éloquence.

Dire pis que pendre de quelqu'un *fam.*
En dire beaucoup de mal.

Dire que !
Expression marquant l'indignation.

Dire son fait, ses vérités à quelqu'un.

Dire ses quatre vérités *fam.*
Lui dire sans ménagement ce qu'on pense de lui.

Dire son mot.
Faire une observation.

Dire un mot, un petit mot.
Intervenir brièvement dans une conversation.

Dites donc ! *fam.*
Expression servant à apostropher.

En dire.

En dire de belles.

En dire de toutes les couleurs.
Dire des sottises.

En dire long.
Être révélateur.

Entre nous soit dit.
Que cela reste confidentiel.

Il n'y a pas à dire.
Cela est indiscutable.

Je ne dis pas.
Je veux bien.

Je ne vous dis que cela *fam.*
Il est inutile d'en dire plus.

Je ne vous le fais pas dire.
Vous avez bien raison.
Vous le dites sans y être forcé.

Je vous l'avais bien dit.
Expression soulignant un reproche.

Mettez, prenez que je n'ai rien dit.
Ne tenez pas compte de mes paroles.

Mon petit doigt me l'a dit *fam.*
Vous n'avez pas à savoir comment je l'ai su.

Ne dire mot.
Se taire.

Ne pas l'envoyer dire à quelqu'un *fam.*
Lui parler sans ménagement.

Ne pas savoir ce qu'on dit.
Parler de façon contradictoire.

Ne pas se le faire dire deux fois *fam.*
Obéir avec empressement.

Ne rien dire à quelqu'un.
N'éveiller aucun souvenir.

Ne rien dire qui vaille.
Laisser présager des difficultés.

Pour ainsi, pour autant dire.
En quelque manière.

Pour tout dire.
En somme.

Que tu dis ! *pop.*
Cela est contestable.

Quelque chose me dit que.
J'ai l'impression que.

Qui ne dit mot consent.
Garder le silence passe pour un acquiescement.

Savoir ce que parler veut dire.
Comprendre à demi-mot.

Se le tenir pour dit.
Ne pas insister.

Si j'ose dire.
Si je puis m'exprimer ainsi.

Si le cœur vous en dit *fam.*
Si vous le désirez.

Soit dit sans vous offenser.
Expression marquant une atténuation.

Tout est dit.
Cela est définitif.

Trouver à dire *lit.*
Regretter l'absence de quelqu'un ou de quelque chose.
Trouver à dire.
Avoir matière à critiquer.
Tu l'as dit, bouffi *pop.*
C'est bien vrai.
Vouloir dire.
Signifier.
Vous l'avez dit.
Formule d'acquiescement.

discipline
Avoir de la discipline *fam.*
Avoir de l'autorité.

discorde
Pomme de discorde *lit.*
Sujet de querelle.

discours
C'est un autre discours.
Il n'est pas question de cela.
Reprendre le fil de son discours.
Revenir à son sujet.

discrédit
Jeter le discrédit sur.
Discréditer.
Tomber en discrédit.
Perdre la considération dont on jouissait.

discrétion
À discrétion.
À volonté.
S'en remettre à la discrétion de quelqu'un.
S'en rapporter à son jugement.
Se mettre à la discrétion de quelqu'un.
Se livrer entièrement à sa volonté.

discussion
De la discussion jaillit la lumière.
La confrontation d'idées permet l'approche de la vérité.
Sans discussion.
Immédiatement.
Sujet à discussion.
Contestable.

discuter
Discuter le bout de gras *pop.*
Discuter le coup *pop.*
Avoir une conversation animée.

diseur
Diseur de bonne aventure.
Personne qui prédit l'avenir.
Diseur de bons mots.
Personne spirituelle.
Les grands diseurs ne sont pas les grands faiseurs *vx.*
Ceux qui parlent le plus sont souvent ceux qui en font le moins.

dispenser
Je vous dispense de.
Expression marquant un rappel à l'ordre.

disperser
En ordre dispersé.
De façon désordonnée.
Selon le bon vouloir de chacun.

disposé
Être bien, mal disposé à l'égard de quelqu'un.
Éprouver à son égard des sentiment favorables, défavorables.

disposer
L'homme propose et Dieu dispose.
La réussite des projets dépend du bon vouloir de Dieu.
Vous pouvez disposer.
Vous êtes libre.

disposition
Être dans de bonnes, mauvaises dispositions.
Être de bonne, mauvaise humeur.

disputer
Disputer le terrain.
Se défendre pied à pied.
Disputer sur des pointes d'aiguille
Parler sur des points de détail.

disque
Changer de disque *fam.*
Cesser de répéter la même chose.

distance
À distance.
En prenant un certain recul.
De distance en distance.
De loin en loin.

Garder ses distances.
Éviter toute familiarité.

Tenir à distance.
Refuser d'avoir des relations familières avec quelqu'un.

Tenir la distance.
Être de valeur.

dit

Avoir son dit et son dédit *vx.*
Revenir sur sa promesse.

Je ne veux pas qu'il m'en soit dit.
Je ne veux pas que cela me soit reproché.

diversion

Faire diversion.
Provoquer une détente.

Faire diversion à quelque chose.
Le faire oublier.

diviser

Diviser pour régner.
Provoquer la désunion pour mieux assurer son autorité.

dix

Ça vaut dix *fam.*
C'est très drôle.

doctrine

Se faire une doctrine.
Se faire une opinion.

dodo

Faire dodo *fam.*
Dormir.

dogue

Humeur de dogue *fam.*
Irascibilité.

doigt

Au doigt et à l'œil.
Avec précision.

Avoir de la poix aux doigts.
Être avare.

Avoir des doigts de fée.
Être très habile dans des travaux délicats.

Avoir les doigts de pieds en bouquet de violettes *pop.*

Avoir les doigts de pieds en éventail *pop.*
Éprouver un plaisir intense.

Avoir sur les doigts *vx.*
Subir une réprimande.

Brûler les doigts.
Se dit d'une chose susceptible d'impliquer quelqu'un dans une affaire criminelle.

Croiser les doigts.
Attendre quelqu'un ou quelque chose avec appréhension.

Du bout du (des) doigt(s).
Délicatement.

Être à deux doigts de.
Être très près de.

Être comme les doigts de la main.
Être très amis.

Filer, glisser entre les doigts.
Échapper.

Il s'en est fallu d'un doigt.
Il s'en est fallu de peu.

Le petit doigt en l'air.
De façon affectée.

Le petit doigt sur la couture du pantalon *fam.*
D'une obéissance rigoureuse.

Les doigts dans le nez *pop.*
Sans difficulté.

Mettre le doigt dans l'engrenage.
S'engager dans un processus irréversible.

Mettre le doigt dessus *fam.*
Deviner.

Mettre le doigt entre l'arbre et l'écorce.

Mettre le doigt entre l'enclume et le marteau.
Intervenir dans les affaires d'autrui.

Mon petit doigt me l'a dit *fam.*
Vous n'avez pas à savoir comment je l'ai su.

Montrer du doigt.
Dénoncer.

Ne pas bouger, ne pas remuer le petit doigt *fam.*
Ne pas intervenir.

Ne rien faire de ses dix doigts.
Ne rien faire du tout.

On peut les compter sur ses (dix) doigts.
Ils sont peu nombreux.

S'en lécher les doigts *fam.*
Trouver une chose savoureuse.

Se fourrer, se mettre le doigt dans l'œil (jusqu'au coude) *pop.*
Se tromper.

Se mordre les doigts de quelque chose.
Le regretter vivement.

Sur le bout des doigts.
Parfaitement.

Taper sur les doigts de quelqu'un.
Le réprimander.

Toucher du doigt quelque chose.
Le comprendre.

Un doigt de.
Une petite quantité de.

Y mettre les quatre doigts et le pouce *fam.*
Prendre à pleines mains.

doigté

Avec doigté.
Délicatement.

domaine

Tomber dans le domaine public.
Devenir bien commun.

domicile

À domicile.
Chez soi.

Élire domicile.
S'installer.

dominer

Dominer la situation.
Être maître des événements.

domino

Jouer des dominos *pop.*
Manger.

dommage

C'est dommage.
Expression marquant le regret.

C'est pas dommage! *fam.*
Il était temps.

Dommages et intérêts.
Indemnité en réparation d'un préjudice.

don

Faire don de sa personne.
Accorder ses faveurs à quelqu'un.
Se dévouer.

donnant

Donnant, donnant.
Avec une contrepartie équivalente.

donné

À un moment donné.
Soudain.

C'est donné! *fam.*
Ce n'est pas cher.

donner

Avoir déjà donné *fam.*
Ne pas avoir l'intention de recommencer.

Donner à entendre.
Laisser supposer.

Donner à penser.
Suggérer.

Donner barre.
Renoncer.

Donner dans la manchette *fam.*
Être homosexuel.

Donner dans le panneau, le piège.
Se laisser tromper.

Donner dans le sens de quelqu'un.
L'approuver.

Donner dans les yeux *lit.*
Susciter l'admiration de quelqu'un.

Donner de la bande.
Pencher d'un côté.
Régresser.

Donner des baies, des cassades.
Tromper.

Donner et retenir ne vaut.
On ne doit pas reprendre ce qu'on a donné.

Donner l'éveil.
Rendre attentif.

Donner la comédie *vx.*
Faire rire de soi.

Donner le branle.
Mettre en mouvement.

Donner le change.
Faire prendre une chose pour une autre.

Donner le feu vert *fam.*
Autoriser.

Donner le la.
Donner l'exemple.
Commencer.

Donner le mot.
Avertir.

Donner les mains.
Consentir.

Donner lieu à.
Fournir l'occasion de.

Donner son reste.
Adresser des reproches.

Donner sur les doigts *fam.*
Réprimander.

Donner sur les nerfs *fam.*
Agacer.

Donner tête baissée dans.
Se précipiter dans.

En donner à garder à quelqu'un *lit.*
Le tromper.

En donner à quelqu'un pour son argent.
Lui donner plus qu'il n'est dû.

La donner belle *vx.*

La donner bonne.
En faire accroire.

La façon de donner vaut mieux que ce qu'on donne.
L'attention et le geste ont plus d'importance que la valeur du cadeau.

La plus belle femme, fille du monde ne peut donner que ce qu'elle a.
Il n'est pas possible de faire plus que ce qui a été fait.

Le donner en cent, en mille.
Mettre au défi de deviner.

Ne pas savoir où donner de la tête.
Ne pas savoir comment faire face à ses diverses obligations.

Ne rien donner *fam.*
N'avoir aucun résultat.

On lui en donnera *vx.*
Il n'aura rien de plus.

S'en donner *fam.*
Mener joyeuse vie.

Se donner de l'air *fam.*
S'en aller.

Se donner la peine de.
S'obliger à.

Se donner le mot.
S'accorder avec quelqu'un.

donneur

Donneur de saluts.
Se dit d'une personne obséquieuse.

doré

Doré sur tranche *vx.*
Riche.

dorer

Dorer la pilule à quelqu'un *fam.*
Le mystifier.

dormir

Dormir comme un ange, comme un bienheureux.

Dormir comme une bûche, comme un loir, comme une marmotte, comme un sabot, comme une souche, comme une toupie *fam.*
Dormir profondément.

Dormir debout.
Être pris d'un besoin de dormir irrésistible.

Dormir en gendarme, en lièvre.
Dormir d'un sommeil inquiet.

Dormir sur ses deux oreilles *fam.*
Dormir sans inquiétude aucune.

Dormir sur son travail.
Travailler négligemment.

Histoire à dormir debout.
Histoire invraisemblable.

Il n'en dort pas.
Il est très préoccupé.

Il n'y a pire eau que l'eau qui dort.
Un calme apparent recèle souvent de grands dangers.

La fortune vient en dormant.
La richesse vient souvent à celui qui ne se donne aucun mal pour l'acquérir.

Laisser dormir une affaire.
Cesser de s'en occuper.

Ne dormir que d'un œil.

Ne dormir que sur une oreille *fam.*
Dormir d'un sommeil léger.

Ne réveillez pas le chat qui dort.
Ne troublez pas une situation tranquille.

Qui dort dîne.
Dormir apaise la faim.

dos

À dos *vx.*
Tout près.

Agir dans le dos de quelqu'un.
Agir à son insu.

Avoir bon dos.
Supporter injustement la responsabilité de quelque chose.

Avoir le dos tourné.
Ne plus surveiller avec attention.

Battre dos et ventre.
Battre violemment.

Battre quelqu'un sur le dos d'un autre.
Lui adresser des reproches qui retombent sur autrui.

Coup de poignard dans le dos.
Trahison.

De dos.
Par-derrière.

Derrière le dos de quelqu'un.
À son insu.

En avoir plein le dos *pop.*
Être excédé par quelque chose.

Être dos au mur.
Se trouver dans une situation désespérée.

Être sur le dos de quelqu'un.
Le surveiller de près.

Faire froid dans le dos.
Provoquer un sentiment de peur.

Faire la bête à deux dos *fam.*
Faire l'amour.

Faire le gros dos.
Faire l'important.
Supporter patiemment.

Faire un enfant dans le dos à quelqu'un *pop.*
Le tromper.

L'avoir dans le dos *pop.*
Être déçu.
Être trompé.

Le dos au chaud, le ventre à table.

Le dos au feu, le ventre à table.
Bien installé pour manger.

Mettre sur le dos de quelqu'un.
Lui attribuer la responsabilité de quelque chose.

N'avoir rien à se mettre sur le dos.
Ne posséder aucun vêtement.
Être pauvre.

Ne pas y aller avec le dos de la cuiller *pop.*
Agir brutalement.

Passer la main dans le dos de quelqu'un *fam.*
Le flatter.

Renvoyer deux personnes dos à dos.
Ne pas prendre parti dans un différend.

Scier le dos *pop.*
Importuner.

Se laisser manger, tondre la laine sur le dos.
Se laisser dépouiller.

Se mettre quelqu'un à dos.
S'en faire un ennemi.

Tomber sur le dos de quelqu'un.
L'attaquer.

Tourner le dos.
S'éloigner.

Tourner le dos à quelqu'un.
Lui témoigner du mépris.
Refuser d'avoir affaire avec lui.

dose

À haute dose.
Beaucoup.

Avoir sa dose *fam.*
Ne pas pouvoir en supporter davantage.

En avoir une dose *fam.*
Être stupide.

double

À double entente.
Qu'on peut interpréter de deux manières différentes.

Faire coup double.
Obtenir plusieurs avantages à la fois.

Faire double emploi.
Être inutile.

Jouer un double jeu.
Agir avec duplicité.

Mettre les bouchées doubles *fam.*
Exécuter rapidement quelque chose.

double

Au double.
Largement.

Jouer à quitte ou double.
Prendre un risque extrême.

Mettre quelqu'un en double *pop.*
Le tromper.

Pas un double de plus.
Pas davantage.

doubler

Doubler le pas.
Accélérer sa marche.

Doubler quelqu'un *fam.*
Profiter d'avantages qui lui revenaient en agissant à sa place.

douce

À la douce *fam.*
Mollement.
Sans fatigue.

En douce *fam.*
Discrètement.

Se coller une douce *pop.*
Se masturber.

Se la couler douce *fam.*
Mener une vie insouciante.

doucement

Aller doucement *fam.*
Être médiocre.

Doucement les basses ! *fam.*
Du calme !

douceur

Conter des douceurs *vx.*
Tenir des propos galants.

En douceur.
Sans brusquerie.
Calmement.

Filer, partir en douceur *fam.*
Partir sans bruit.

Plus fait douceur que violence.
On obtient davantage par la gentillesse que par la violence.

douche

Avoir besoin d'une douche *fam.*
Être fou.

Douche écossaise *fam.*
Alternance de bons et de mauvais traitements.
Déconvenue.

Faire l'effet d'une douche froide *fam.*
Surprendre désagréablement.

Prendre une douche *fam.*
Se faire mouiller par une averse.

douleur

Comprendre sa douleur *fam.*
Souffrir.

Être dans les douleurs.
Accoucher.

doute

Cela ne fait pas l'ombre d'un doute.
La chose est absolument certaine.

Dans le doute, abstiens-toi.
En cas d'hésitation il vaut mieux ne rien faire.

Hors de doute.
Incontestable.

Mettre en doute.

Révoquer en doute.
Contester la vérité de.

Ne faire aucun doute.
Être sûr.

douter

À n'en pas douter.
Sans aucun doute.

Ne douter de rien.
Être sûr de soi.

doux

Doux comme un agneau.
Très doux.

Faire les yeux doux à quelqu'un.
Le regarder avec amour et douceur.

Filer doux *fam.*
Obéir.

Tout doux ! *fam*
Du calme.

douzaine

À la douzaine *fam.*
Beaucoup.
Communément.

Treize à la douzaine.
Treize pour douze.
Beaucoup trop.

dragée

Avaler la dragée *vx.*
Supporter un désagrément.

Tenir la dragée haute à quelqu'un.
Le faire attendre.
Lui faire sentir son autorité.

dragon

Dragon de vertu.
Femme qui affecte une vertu austère.
Dragon noir *vx.*
Idée noire obsessionnelle.
Endormir le dragon.
Tromper une surveillance.

drame

En faire tout un drame *fam.*
Donner à quelque chose une importance excessive.
Faire des drames *fam.*
Provoquer des disputes.

drap

Au bout de l'aune faut le drap *vx.*
Tout a une fin.
Être dans de beaux draps *fam.*
Être dans une situation embarrassante.
Mettre quelqu'un en beaux draps blancs *vx.*
En dire du mal.
Se fourrer entre deux draps *pop.*
Se mettre entre deux draps.
Se coucher.
Tailler en plein drap *vx.*
Être très libre dans ses actions.

drapeau

Le drapeau noir flotte sur la marmite *fam.*
La situation est très mauvaise.
Mettre son drapeau dans sa poche *fam.*
Cacher ses opinions.
Partir sous les drapeaux.
Aller accomplir son service militaire.
Se ranger sous le drapeau de quelqu'un.
Prendre son parti.

draper

Se draper dans.
Se prévaloir de.

dresser

Dresser l'oreille.
Être attentif.
Dresser un piège.
Le préparer en secret.
Faire dresser les cheveux sur la tête.
Épouvanter.

dret

Au dret *vx.*
En face.

drille

Un bon drille *fam.*
Un joyeux compagnon.

droguer

Faire droguer quelqu'un *fam.*
Le faire attendre.

droit

Au droit.
En face.
Droit comme mon bras (quand je me mouche) *fam.*
Droit comme une faucille *fam.*
Tordu.
Droit comme un cierge, un échalas, un i, un jonc, un peuplier, un pieu, un piquet *fam.*
Très droit.
En droite ligne.
Directement.
Être dans le droit fil.
Perpétuer.
Être le bras droit de quelqu'un.
Le seconder.
Marcher droit *fam.*
Se bien comporter.
Suivre la ligne droite.
Se conduire honnêtement.

droit

À bon droit.
Justement.
À droit de *vx.*
En vertu du droit de.
Avoir droit à.
Revendiquer légitimement quelque chose.
Avoir le droit de.
Avoir la possibilité de.
C'est le droit du jeu *vx.*
C'est ce qui arrive normalement.

De plein droit.
Indiscutablement.
Donner le droit *lit.*
Donner raison.
En droit.
Légalement.
Être dans son droit.
Avoir raison.
Être en droit de.
Être autorisé à.
Faire droit à.
Donner satisfaction à.
Faire son droit.
Faire ses études de droit.
Prendre droit sur.
S'appuyer sur.
Qui de droit.
Personne compétente.

droite

À droite et à gauche.
De droite et de gauche.
De côté et d'autre.
Être assis à la droite du Seigneur.
Être parmi les élus.

drôle

Ça n'est pas drôle *fam.*
C'est pénible.
Drôle de coco, de paroissien, de pistolet *fam.*
Personne bizarre.
En voir de drôles *pop.*
Affronter des épreuves.
Être tout drôle *fam.*
Se sentir tout drôle *fam.*
Être dans un état inhabituel.
Faire un drôle de nez, une drôle de tête *fam.*
Être très étonné.
Trouver drôle.
Juger surprenant.
Une drôle de *pop.*
Beaucoup de.

dru

Dru comme mouches *vx.*
Abondant.
Dru comme plâtre.
Violemment.
Dru et menu *vx.*
Fin et serré.

Y aller dru *fam.*
Y aller fort.

duchesse

Faire sa duchesse *fam.*
Avoir des manières affectées en parlant d'une femme.

dupe

Faire des dupes.
Abuser de la confiance de plusieurs personnes.
Jeu, marché de dupes.
Marché où l'un des contractants est abusé.
Ne pas être dupe.
Savoir à quoi s'en tenir.

dur

À la dure.
D'une façon rigoureuse.
Avoir la dent dure.
Se montrer très critique.
Avoir la tête dure.
Être entêté.
Avoir la vie dure *fam.*
Durer longtemps.
Coucher à la dure.
Coucher à même le sol.
Coup dur *fam.*
Événement imprévu et pénible.
Croire dur comme fer *fam.*
Être totalement persuadé.
Dur à avaler *fam.*
Incroyable, insupportable.
Dur à cuire *fam.*
Personne insensible ou énergique.
Dur à digérer *fam.*
Insupportable.
Dur à la desserre, à la détente *fam.*
Avare.
Dur comme du bois, du marbre, de la pierre.
Très dur.
Dur comme fer *vx.*
Très solide.
Dur de dur *fam.*
Très dur.
Dur de la feuille *pop.*
Dur d'oreille.
Sourd.

En dire de dures *fam.*
  Adresser des reproches violents.
En voir de dures *fam.*
  Supporter des épreuves pénibles.
Faire la vie dure à quelqu'un.
  Le traiter avec rigueur.
Jouer les durs *fam.*
  Faire la forte tête.

durcir

Durcir sa position.
  Se montrer intransigeant.

durée

Pour la durée de.
  Pendant tout le temps de.

durer

Ça a assez duré *fam.*

Ça ne peut plus durer.
  Expression marquant l'impatience.
Ça durera ce que ça durera *fam.*
  On verra la suite.
Il est bien neuf, il durera longtemps *vx.*
  Il est totalement stupide.
Le temps me dure.
  J'ai hâte de.
Qui veut durer doit endurer.
  On ne peut espérer rester en place qu'en étant très patient.

dynamite

C'est de la dynamite *fam.*
  C'est très dangereux.

E

eau

À grande eau.
Abondamment.

À l'eau de rose.
Sentimental.
Fade.

Apporter de l'eau au moulin de quelqu'un.
Lui fournir involontairement des arguments qui le confortent dans ses propos.

Battre l'eau *lit.*
Agir inutilement.

Changer l'eau du canari *pop.*
Pisser.

Clair comme de l'eau de roche.
Très évident.

Coup d'épée dans l'eau.
Action inefficace.

Croyez cela et buvez de l'eau ! *fam.*
Il n'en est absolument pas question.

De la même eau.
Identique.

De la plus belle eau.
Parfait.

Eau bénite de cour *vx.*
Flatterie trompeuse.

Être, tomber à l'eau.
Échouer.

Être comme l'eau et le feu.
Être de naturel opposé.

Être dans les eaux de quelqu'un *lit.*
Avoir des relations avec lui.

Être dans les mêmes eaux.
Être à peu près semblable.

Faire de l'eau claire *lit.*
Être sans résultat.

Faire venir l'eau à la bouche.
Provoquer le désir.

Heureux comme un poisson dans l'eau.
Très heureux.

Il n'y a pire eau que l'eau qui dort.
Un calme apparent recèle souvent de grands dangers.

Il passera de l'eau sous le pont.
Ce ne sera pas avant longtemps.

Il y a de l'eau dans le gaz *pop.*
Cela ne va pas comme il faudrait.
L'atmosphère est tendue.

Les eaux sont basses *fam.*
L'argent manque.

Mettre de l'eau dans son vin.
Se montrer conciliant.

Nager entre deux eaux.
Ne pas trancher entre deux partis contraires.

Ne manquer non plus que l'eau à la rivière *vx.*
Être en abondance.

Ne pas avoir inventé l'eau chaude, l'eau tiède *fam.*
Être sot.

Ne pas gagner l'eau qu'on boit *vx.*
Être inutile.

Ne pas trouver d'eau à la rivière.
Être incapable de trouver la moindre chose.

Ne sentir que l'eau.
Être insipide.

Pêcher en eau trouble.
Tirer avantage d'une situation confuse.

Porter de l'eau à la mer, à la rivière.
Faire des choses inutiles.

Rester le bec dans l'eau *fam.*
Être frustré.

Revenir sur l'eau.
Retrouver une situation prospère.

Rompre l'eau à quelqu'un.
Le contrecarrer.

S'en aller en eau de boudin *fam.*
Échouer, péricliter.

Se jeter, se mettre à l'eau.
Prendre une décision brutale.

Se noyer dans une goutte, un verre d'eau.
Se laisser arrêter par la moindre difficulté.

Se ressembler comme deux gouttes d'eau.
Être parfaitement semblables.
Suer sang et eau *fam.*
Se donner beaucoup de peine.
Tant va la cruche à l'eau qu'à la fin elle se casse.
À trop s'exposer au danger, on finit par y succomber.
Tâter l'eau.
S'informer discrètement de l'état de quelque chose.
Tomber à l'eau.
Échouer.

ébène
Noir comme l'ébène.
Très noir.

écaille
Laisser aux autres les écailles *vx.*
Garder pour soi la meilleure part.
Les écailles lui sont tombées des yeux.
La vérité lui est apparue.

écarlate
Rouge comme une écarlate.
Honteux.

écart
À l'écart.
En retrait.
À l'écart de.
Loin de.
Faire le grand écart.
Prendre des positions contraires.
Faire un écart.
S'écarter du droit chemin.
Mettre, tenir à l'écart.
Tenir quelqu'un éloigné de certains avantages.

échalas
Grand échalas *fam.*
Personne très grande.
Raide comme un échalas *fam.*
Très raide.

échange
En échange.
En revanche.

échappé
Faire le cheval échappé.
S'emporter, en parlant d'un jeune homme.
Un échappé de Charenton *fam.*
Un fou.

échappée
Par échappées.
Par intervalles.

échapper
L'échapper belle.
Échapper de justesse à un danger.

écharpe
Avoir l'esprit en écharpe.
Avoir l'esprit embrouillé.
L'écharpe d'Isis.
L'arc-en-ciel.

échasse
Être monté sur des échasses *fam.*
Avoir des jambes très longues.

échauffer
Échauffer les oreilles de quelqu'un *fam.*
L'excéder.

échéance
À bonne échéance.
Rapidement.
À brève échéance.
Dans un court délai.

échec
Faire échec à.
Empêcher de réussir.
Tenir en échec.
Contrecarrer.

échelle
Faire la courte échelle *fam.*
Aider.
Il n'y a plus qu'à tirer l'échelle *fam.*
Il n'y a plus rien à faire ni à dire.
Monter à l'échelle *fam.*
Être dupe.
Se laisser prendre à une plaisanterie.
Sur une grande échelle.
De façon très importante.

Tenir l'échelle *fam.*
Favoriser l'ascension sociale de quelqu'un.

écheveau
Démêler l'écheveau.
Éclaircir les éléments d'une intrigue.
Dévider l'écheveau *fam.*
Parler de façon continue.

échine
Avoir l'échine basse, souple.
Faire preuve de servilité.
Courber l'échine.
Obéir servilement.
Frotter l'échine à quelqu'un *fam.*
Le battre.

écho
À tous les échos.
Dans toutes les directions.
Sans écho.
Sans effet.
Se faire l'écho de quelque chose.
Le divulguer publiquement.

éclair
Comme un éclair.
Rapidement.
En un éclair.
Très vite.

éclairer
Éclairer la lanterne de quelqu'un *fam.*
Lui donner toutes les indications nécessaires.

éclat
Coup d'éclat.
Exploit.
Action imprévue.
Faire éclat de *vx.*
Révéler.
Faire un éclat *lit.*
Attirer l'attention.
Faire un éclat.
Se mettre en colère.
Rire aux éclats.
Rire bruyamment.
Voler en éclats.
Se briser.

éclater
Éclater de rire.
Rire bruyamment.
S'éclater *fam.*
S'amuser vivement.

éclipse
À éclipses.
Qui disparaît momentanément.

écluse
Lâcher les écluses *pop.*
Pleurer.
Uriner.

école
De haute école.
Difficile.
Être à bonne école.
Être bien dirigé.
Savoir par expérience.
Faire école.
Être largement adopté.
Faire l'école buissonnière *fam.*
Manquer l'école.
Flâner.
Faire une école *vx.*
Se tromper.
Renvoyer à l'école.
Reprocher à quelqu'un ses ignorances.

écolier
Chemin des écoliers.
Chemin le plus long.

économie
Économies de bouts de chandelles *fam.*
Économies négligeables.
Faire l'économie de.
Se dispenser de.
Il n'y a pas de petites économies.
Les économies les plus insignifiantes comptent.

écorce
Juger l'arbre sur l'écorce.
Se fier aux apparences.
Mettre le doigt entre l'arbre et l'écorce.
Intervenir dans les affaires d'autrui.

Quand on a pressé l'orange, on
jette l'écorce *fam.*
  *On dédaigne souvent ce dont
  on a tiré profit.*

écorché

Écorché vif.
  *Personne d'une sensibilité très
  vive.*

écorche-cul

À l'écorche-cul *pop.*
  En se traînant par terre.

écorcher

Il crie comme si on l'écorchait
fam.
  Il crie trop fort.
Écorcher l'anguille par la queue
vx.
  *Faire le contraire de ce qui de-
  vrait être fait.*
Écorcher le renard *pop.*
  Vomir.

écossais

Douche écossaise *fam.*
  *Alternance de bons et de mau-
  vais traitements.*
  Déconvenue.

écot

Être de tous écots *vx.*
  Se mêler à tout.
Parlez à votre écot *vx.*
  Occupez-vous de vos affaires.
Payer son écot.
  Avoir sa part d'une dépense.

écoutant

L'écoutant fait le médisant *vx.*
  *Celui qui écoute les ragots finit
  lui-même par les rapporter.*

écoute

Être aux écoutes de.
  Être attentif à.

écran

Crever l'écran *fam.*
  *Avoir beaucoup de présence
  physique.*
Faire écran.
  Gêner.
Le petit écran.
  La télévision.

écraser

Écraser le champignon *fam.*
  Accélérer à fond.
En écraser *pop.*
  Dormir profondément.
S'écraser *pop.*
  Se taire, ne pas insister.

écrevisse

Marcher comme une écrevisse
fam.
  Marcher de côté ou à reculons.
Rouge comme une écrevisse.
  Très rouge.

écrire

C'est écrit.
  Cela doit arriver.
Ce qui est écrit est écrit.
  *Il n'est pas question de revenir
  sur ce qui a été convenu.*
Écrire comme un chat.
  Écrire de manière illisible.
Écrire de bonne encre *vx.*
  *S'adresser à quelqu'un en
  termes pressants.*

écriteau

Mettre un écriteau à une femme
vx.
  Montrer qu'on est son amant.

écriture

Accorder les écritures.
  Concilier l'inconciliable.

écu

Mettre écu sur écu *fam.*
  Amasser des biens.
Ne pas avoir un écu vaillant *vx.*
  Être sans argent.
Voici le reste de nos écus *fam.*
  *Se dit pour saluer une arrivée
  tardive et souvent importune.*

écueil

Naviguer entre les écueils.
  Éviter les difficultés.

écuelle

Celui qui s'attend à l'écuelle d'autrui a souvent mal dîné.
  *On ne doit pas compter sur les
  autres.*

Être propre comme une écuelle
(de chat) *vx*.
Être très propre.

Manger à la même écuelle *fam*.
*Entretenir des relations avec
quelqu'un.*

Mettre tout par écuelles *lit*.
Être très dépensier.

Prendre l'écuelle aux dents *vx*.
Se mettre à manger.

Rogner l'écuelle à quelqu'un *vx*.
Lui enlever de son bien.

écume

Avoir l'écume à la bouche.
Être très en colère.

écumer

Écumer de rage.
Être très en colère.

Écumer la marmite de quelqu'un
fam.
Vivre à ses dépens.

Écumer les mers.
Se livrer à la piraterie.

écumoire

Avoir une mémoire comme une
écumoire *fam*.
Ne se souvenir de rien.

Comme une écumoire *fam*.
Criblé de trous.

écureuil

Tourner comme un écureuil en
cage *fam*.
S'agiter inlassablement.

Vif comme un écureuil *fam*.
Très vif.

écurie

C'est un cheval à l'écurie.
*Se dit de quelque chose qui
coûte sans rien rapporter.*

Nettoyer les écuries d'Augias.
*Mettre fin à toute forme de cor-
ruption par des mesures rigou-
reuses.*

Qui sent l'écurie.
Grossier.

Se croire dans une écurie *fam*.
Agir de façon grossière.

Sentir l'écurie.
Se hâter de rentrer chez soi.

effet

À effet.
*Qui vise à attirer l'attention par
des artifices.*

À quel effet? *lit*.
Dans quelle intention?

Avoir un effet.
Avoir des conséquences.

Couper ses effets à quelqu'un.
Le contrecarrer.

Faire bon, mauvais effet.
*Faire une bonne, mauvaise im-
pression.*

Faire de l'effet *fam*.
Faire une forte impression.

Faire des effets.
Agir de façon exagérée.

Faire un bel, vilain effet.
*Avoir une bonne, mauvaise ap-
parence.*

Faire un effet bœuf *fam*.
Produire une forte impression.

Homme d'effet *lit*.
Homme d'action.

Ménager ses effets.
Agir progressivement.

Mettre en effet.
Mettre à exécution.

Prendre effet.
Entrer en vigueur.

effeuiller

Effeuiller la marguerite *fam*.
*Détacher les pétales d'une fleur
pour savoir si l'on est aimé.
Avoir des relations sexuelles.*

effigie

En effigie.
En apparence.

effort

Faire un dernier effort.
Faire une dernière tentative.

Faire un effort.
Faire un léger sacrifice.

Partisan du moindre effort *fam*.
Paresseux.

Se faire effort *lit*.
Se faire violence.

effronté

Effronté comme un moineau, comme un page.
Très effronté.

égal

C'est égal *fam.*
Quoi qu'il en soit.
Cela m'est égal *fam.*
Cela ne présente aucun intérêt pour moi.
D'un œil égal.
Avec indifférence.
Être égal à soi-même.
Faire preuve de constance.
Faire jeu égal.
Obtenir le même résultat.
Lutter à armes égales.
Disposer de moyens identiques.
Tout est égal *fam.*
Rien n'est important.
Toutes choses égales par ailleurs.
En supposant des circonstances identiques.

égal

À l'égal.
Comme.
D'égal à égal.
Sur un pied d'égalité.
N'avoir d'égal que.
N'être comparable qu'à.
N'avoir point d'égal.
Être excellent.
Ne pas avoir son égal.
Être unique.
Sans égal.
Supérieur.

égalité

À égalité de.
Avec une quantité égale de.
Être à égalité.
Obtenir les mêmes résultats que son adversaire.

égard

À certains, tous égards.
À certains, tous points de vue.
À cet égard.
Sur ce point.
À l'égard de.
Envers.

Avoir des égards pour.
Avoir des attentions pour.
Avoir égard à.
Tenir compte de.
Eu égard à.
En considération de.

égide

Sous l'égide de.
Sous la protection de.

église

En face de l'Église *vx.*
Solennellement.
Hors de l'Église point de salut.
On ne peut pas se sauver hors des institutions.
Petite Église *vx.*
Coterie.
Pilier d'église *fam.*
Bigot.

égorger

Égorger le client *fam.*
Demander un prix exagéré.
Se laisser égorger comme un mouton.
N'opposer aucune résistance.

égrener

Égrener un chapelet d'injures.
Proférer une série d'injures.

élan

Briser l'élan de quelqu'un.
Le décourager.
Prendre son élan.
Se préparer à entreprendre quelque chose.

élastique

Avoir la conscience élastique *fam.*
Avoir de l'indulgence pour soi-même.
Être peu scrupuleux.

élastique

Les lâcher avec un élastique *pop.*
Donner de l'argent à contre-cœur et avec parcimonie.

électif

Affinités électives *lit.*
Harmonie des goûts qui rapproche deux êtres.

électricité

Il y a de l'électricité dans l'air *fam.*
Les gens sont nerveux.

élément

En être aux éléments *vx.*
Être ignorant.

Être dans son élément.
Être dans un lieu ou une société où on est à l'aise.

éléphant

Avoir une mémoire d'éléphant.
Avoir une grande mémoire.
Être rancunier.

Cimetière des éléphants.
Endroit où l'on envoie les personnes dont on veut se débarrasser.

Faire d'une mouche un éléphant.
Donner de l'importance à une chose minime.

Un éléphant dans un magasin de porcelaine.
Se dit d'une personne maladroite.

élever

Élever à la dure *fam.*
Donner une éducation rigoureuse à quelqu'un.

Élever quelqu'un aux nues.
Le louer très fort.

Élever dans du coton *fam.*
Donner une éducation trop douce.

Élever la voix.
Protester.

ellébore

Avoir besoin de deux grains d'ellébore.
Être fou.

éloge

Ne pas tarir d'éloges.
Être très élogieux.

élu

Beaucoup d'appelés et peu d'élus.
Se dit pour souligner le grand nombre de candidats et le petit nombre de personnes retenues.

emballer

Cela ne m'emballe pas *fam.*
Cela ne me plaît pas beaucoup.

Emballer quelqu'un *fam.*
Le faire monter dans un train ou une voiture.

Emballer quelqu'un *pop.*
Le conduire en prison.

Emballer un moteur.
Le faire tourner à un régime trop élevé.

Emballez, c'est pesé ! *fam.*
Tout est terminé.

S'emballer pour *fam.*
S'enthousiasmer pour.

embargo

Mettre l'embargo sur.
Interdire la libre disposition de.

embarquer

S'embarquer sans biscuit *fam.*
Être imprévoyant.

embarras

Faire des embarras.
Manquer de simplicité ou d'esprit de décision.

N'avoir que l'embarras du choix.
Avoir une multiplicité de possibilités.

embellir

Ne faire que croître et embellir *fam.*
Augmenter sans cesse.

embêter

Ne pas s'embêter *fam.*
S'amuser.

S'embêter comme un rat mort *fam.*
S'ennuyer fortement.

emboîter

Emboîter le pas à quelqu'un.
Le suivre de près.
L'imiter.

embouché

Mal embouché *fam.*
Personne au langage grossier.

emboucher

Emboucher la trompette.
Parler de façon grandiloquente.
Divulguer à grand bruit.

embrasser

Embrasser le parti de quelqu'un.
Adopter ses intérêts.

Qui trop embrasse mal étreint.
Qui se lance dans trop d'entreprises risque de n'en réussir aucune.

embrouiller
Ni vu ni connu, j' t'embrouille ! *fam.*
Se dit d'un fait très rapide et incompréhensible.

émeri
Être bouché à l'émeri *fam.*
Être peu intelligent.

éminence
Éminence grise.
Conseiller secret.

émissaire
Bouc émissaire.
Personne à qui l'on fait endosser les torts des autres.

emmancher
Emmancher une affaire *fam.*
L'engager.

emmêler
S'emmêler les crayons, les pinceaux *pop.*
Se tromper.
Tomber.

emmener
Emmener en bateau *fam.*
Tromper.

emmerder
Emmerder quelqu'un à pied, à cheval et en voiture *pop.*
S'en moquer totalement.
S'emmerder à cent sous de l'heure *pop.*
S'ennuyer fortement.

émoulu
Combattre à fer émoulu *vx.*
Combattre sans merci.
Frais émoulu *fam.*
Récemment sorti d'un établissement d'enseignement.

empaumer
Se faire empaumer *fam.*
Être trompé.

empêché
Être empêché de sa personne *vx.*
Être maladroit.

empêcher
Il n'empêche.
Quoi qu'il en soit.

empêcheur
Empêcheur de danser en rond *fam.*
Importun.

empeigne
Avoir une gueule d'empeigne *pop.*
Avoir un visage désagréable.

empiéter
Empiéter sur les plates-bandes de quelqu'un *fam.*
Porter atteinte à son autorité.

empiler
Empiler des écus.
Mettre de l'argent de côté.

empire
Avoir de l'empire sur soi-même.
Être maître de soi.
L'empire du Milieu.
La Chine impériale.
L'empire du Soleil-Levant.
Le Japon.
Pour un empire.
En échange de richesses considérables.

emplâtre
Envoyer un emplâtre à quelqu'un *pop.*
Le frapper.
Mettre un emplâtre à quelque chose.
Y remédier.
Un emplâtre sur une jambe de bois *fam.*
Un remède inefficace.

emplette
Faire emplette de quelque chose.
L'acheter.
Faire une mauvaise emplette *fam.*
Choisir une personne incompétente.

emploi
Avoir le physique de l'emploi *fam.*
Avoir la tête de l'emploi *fam.*
Avoir un aspect qui correspond à ce qu'on est.

employer

Emploi du temps.
Programme d'activités.
Faire double emploi.
Être inutile.
Faire son emploi de.
S'occuper de.

employer
Employer les grands moyens.
User de procédés extrêmes.

empoigne
Foire d'empoigne *fam.*
Affrontement d'intérêts où chacun use de moyens peu scrupuleux.

emporte-pièce
À l'emporte-pièce.
D'une manière brutale.

emporter
Autant en emporte le vent.
Se dit de propos sans effet.
Emporter la bouche *fam.*
Emporter la gueule *pop.*
Se dit de mets très épicés.
Emporter le morceau *fam.*
Réussir dans une affaire.
L'emporter de haute lutte.
Réussir après avoir fait de grands efforts.
Le diable m'emporte si.
S'emploie pour appuyer une affirmation.
Ne pas l'emporter au paradis.
Ne pas échapper à une vengeance.
Que le diable l'emporte !
Qu'il disparaisse.
S'emporter comme une soupe au lait *fam.*
Être très irritable.

emprunt
D'emprunt.
Artificiel.

emprunter
Emprunter une route *fam.*
L'utiliser pour se rendre à un endroit.

encadrer
Être à encadrer *pop.*
Être ridicule.

Ne pas pouvoir encadrer quelqu'un *pop.*
Le haïr.

encaisser
Ne pas pouvoir encaisser quelqu'un *pop.*
Le détester.

encan
Mettre à l'encan.
Vendre au plus offrant.

encens
Offrir de l'encens.
Flatter.

encensoir
Casser le nez de quelqu'un à coups d'encensoir *fam.*
Donner de l'encensoir par le nez de quelqu'un *vx.*
L'importuner par des flatteries.
Coup d'encensoir *fam.*
Flatterie excessive.
Mettre la main à l'encensoir *vx.*
S'immiscer dans les affaires de l'Église.

enchère
Au feu des enchères.
En vendant à l'encan.
Mettre aux enchères.
Vendre au plus offrant.
Porter la folle enchère *lit.*
Supporter les conséquences d'un dommage dû à sa propre imprudence.

enclume
Dur comme une enclume.
Très dur.
Il vaut mieux être marteau qu'enclume.
Il vaut mieux frapper qu'être frappé.
Remettre sur l'enclume *vx.*
Remanier.

encombre
Sans encombre.
Sans dommage.

encontre
Aller à l'encontre de.
S'opposer à.

encorner

Encorner son mari *fam.*
Le faire cocu.

encre

C'est la bouteille à l'encre *fam.*
La situation est confuse.
Écrire de bonne encre *vx.*
S'adresser à quelqu'un en termes pressants.
Écrire de sa meilleure encre.
Écrire du mieux possible.
Faire couler beaucoup d'encre.
Susciter de nombreux commentaires.
Il n'y a plus d'encre au cornet *vx.*
Se dit d'une personne proche de la mort.
Noir comme l'encre.
Très noir.
Se faire un sang d'encre *fam.*
S'inquiéter fortement.

enculage

Enculage de mouches *pop.*
Minutie extrême.

endêver

Faire endêver quelqu'un *vx.*
Le mettre en colère.

endiablé

Être endiablé à *lit.*
S'obstiner à.

endormir

Endormir le mulot *vx.*
Mystifier.
Renard endormi n'a la gorge emplumée *vx.*
On n'a rien sans travail.
S'endormir sur le rôti *fam.*
S'arrêter en pleine action.

endosse

L'avoir sur l'endosse *pop.*
Subir.
Mettre sur les endosses de quelqu'un.
Lui faire porter la responsabilité de.
Porter, avoir l'endosse.
Subir.

endosser

Endosser le harnais *fam.*
S'engager dans une profession.
Endossèr un enfant *fam.*
En reconnaître la paternité.

endroit

En mon endroit *lit.*
À mon égard.
Endroit sensible.
Amour-propre.
Être bien de son endroit *vx.*
Avoir des manières rustres.
Le petit endroit *fam.*
Les lieux d'aisance.
Par endroits.
Par places.

enfance

C'est l'enfance de l'art *fam.*
C'est facile.
Retomber en enfance *fam.*
Être atteint de gâtisme.
Tendre enfance.
Extrême jeunesse.

enfant

Bon enfant.
Accommodant.
C'est un jeu d'enfant *fam.*
C'est une chose facile.
Enfant de chœur, de Marie *fam.*
Personne naïve.
Enfant de l'amour.
Enfant né hors du mariage.
Enfant gâté.
Personne capricieuse.
Enfant perdu.
Personne qui s'expose aux dangers.
Personne qui vit en marge.
Enfant terrible.
Membre d'un groupe qui manifeste son indépendance.
Faire l'enfant.
S'amuser à des futilités.
Faire un enfant dans le dos à quelqu'un *pop.*
Le tromper.
Il n'y a plus d'enfant!
Plus rien ne peut étonner les enfants.

Il ne faut pas prendre les enfants du bon Dieu pour des canards sauvages *fam.*
Il ne faut pas prendre les gens pour des idiots.

Innocent comme l'enfant qui vient de naître *fam.*
Totalement innocent.

Prendre pour un enfant.
Prendre pour un idiot.

enfariné

Le bec, la bouche enfariné(e) *fam.*
La gueule enfarinée *pop.*
En montrant une naïveté excessive.

enfer

Aller un train d'enfer.
Aller dangereusement vite.

D'enfer.
Excessif.

L'enfer est pavé de bonnes intentions.
De bonnes intentions ont souvent de fâcheuses conséquences.

Tison d'enfer.
Personne qui cause de grands maux.

enfilade

En enfilade.
À la suite.

enfiler

Enfiler des perles *fam.*
S'occuper à des futilités.

Enfiler l'escalier, les portes.
Partir rapidement.

Se faire enfiler *vx.*
Être trompé.

S'enfiler quelque chose *pop.*
Boire, manger quelque chose.

enfoncer

Enfoncer des portes ouvertes *fam.*
Expliquer des choses évidentes.

Enfoncer le clou *fam.*
Insister.

Enfoncer quelque chose dans le crâne, la tête de quelqu'un *fam.*
L'en persuader.

enfourcher

Enfourcher son dada *fam.*
Revenir à son sujet favori.

enfourner

Bien, mal enfourner une affaire *fam.*
La commencer bien, mal.

engendrer

Ne pas engendrer la mélancolie *fam.*
Être d'une gaieté contagieuse.

engrenage

Mettre le doigt dans l'engrenage.
S'engager dans un processus irréversible.

engrener

Bien, mal engrener.
Bien, mal commencer.

enjambée

À grandes enjambées.
Rapidement.

D'une enjambée.
En une seule fois.

enlever

S'enlever comme des petits pains *fam.*
Se vendre facilement.

ennemi

C'est autant de pris sur l'ennemi.
C'est toujours cela de gagné.

Ennemi juré.
Ennemi acharné.

L'ennemi (public) numéro un.
L'ennemi principal.

Le mieux est l'ennemi du bien *fam.*
À vouloir trop bien faire, on risque d'échouer.

Passer à l'ennemi.
Trahir.

ennui

Avoir des ennuis avec quelqu'un.
Avoir des démêlés avec lui.

ennuyeux

Ennuyeux comme la pluie *fam.*
Très ennuyeux.

énorme

Un type énorme *fam.*
Une personne très remarquable.

enragé

Manger de la vache enragée *fam.*
Mener une vie pauvre et difficile.

ensablé

Avoir les portugaises ensablées *pop.*
Être sourd.

enseigne

À bonnes enseignes *lit.*
En toute sûreté.
Avec justesse.

À telle enseigne.
À un point tel.

Être logé à la même enseigne *fam.*
Se trouver dans la même situation embarrassante.

ensemble

Aller ensemble.
S'harmoniser.

Être bien, mal ensemble.
Avoir de bonnes, mauvaises relations.

Être ensemble *pop.*
Vivre en concubinage.

ensemble

Dans son ensemble.
Sans entrer dans le détail.

Vue d'ensemble.
Vue générale.

ensuivre

Et tout ce qui s'ensuit *fam.*
Et tout le reste.

entendeur

À bon entendeur, salut! *fam.*
Se dit en manière d'avertissement.

entendre

À l'entendre.
Selon lui.

Comme on l'entend.
À sa guise.

Donner, laisser à entendre.
Laisser supposer.

Entendre finesse, malice à quelque chose.
Lui attribuer un sens caché.

Entendre parler du pays *fam.*

Entendre parler de quelqu'un.
Se dit en forme de menace.

Entendre raison.
Accepter.

Il vaut mieux entendre ça que d'être sourd *fam.*
Expression de réprobation devant des propos étonnants.

N'entendre ni rime ni raison.
Refuser.

N'y entendre que le haut allemand.
Ne rien comprendre.

Ne pas l'entendre de cette oreille.
Ne pas être d'accord.

Ne pas y entendre finesse, malice.
Être très naïf.

Ne rien entendre à.
N'avoir aucune disposition pour.

Ne vouloir rien entendre.
Refuser d'écouter ce qu'on propose.

On entendrait une mouche voler.
On entendrait une souris trotter.
Se dit à propos d'un silence très profond.

S'entend!
Bien sûr.
Comme convenu.

S'entendre comme larrons en foire *fam.*
Être de connivence dans une entreprise blâmable.

S'y entendre comme à ramer des choux *fam.*

S'y entendre comme une truie à dévider de la soie *fam.*
Ne rien comprendre à quelque chose.

S'y entendre en.
Montrer de l'habileté pour quelque chose.

entendu

Bien entendu!
Sans aucun doute.

C'est entendu.
C'est décidé.

Comme de bien entendu *fam.*
Évidemment.

Être entendu en quelque chose.
En avoir l'expérience.

Faire l'entendu *vx.*
Affecter d'avoir de l'expérience.

Prendre un air entendu.
Affecter de comprendre ce qui est dit.

entente
À double entente.
Qu'on peut interpréter de deux manières différentes.

enterrement
Enterrement de première classe *fam.*
Abandon d'un projet.
Mise à l'écart définitive.
Faire une tête d'enterrement *fam.*
Montrer un visage attristé.
Triste comme un enterrement.
Très triste.

enterrer
Enterrer sa vie de garçon *fam.*
Mener joyeuse vie la veille de son mariage.
Être enterré dans ses pensées.
Méditer profondément.
Il nous enterrera tous *fam.*
Il jouit d'une excellente santé.

entêter
S'entêter de quelqu'un *lit.*
L'aimer avec excès.

entier
La question reste entière.
Aucune solution n'a été apportée.

entorse
Faire une entorse à *fam.*
Porter atteinte à.

entour
À l'entour.
Dans les environs.
Savoir bien prendre les entours *vx.*
Se concilier l'entourage d'une personne dont on a besoin.

entourer
S'entourer de précautions.
Agir très prudemment.

entournure
Être gêné aux entournures *fam.*
Être mal à l'aise.
Manquer d'argent.

entrailles
Avoir des entrailles.
Être sensible.
Fruit des entrailles.
Enfant par rapport à sa mère.

entraver
N'y entraver que dalle *pop.*
Ne rien comprendre à quelque chose.

entre
Entre autres.
Notamment.
Entre nous.
De façon confidentielle.

entrée
Avoir ses entrées quelque part.
Avoir la possibilité d'approcher quelqu'un à son gré.
D'entrée de jeu.
Dès le début.
Entrée en matière.
Début d'un développement.
Faire son entrée.
Arriver.
Faire une entrée de ballet *vx.*
Arriver de façon cavalière.

entrefaite
Sur ces entrefaites.
À ce moment précis.

entregent
Avoir de l'entregent.
Être habile et influent.

entreprendre
Entreprendre quelqu'un sur un sujet.
Chercher à savoir ce qu'il pense d'une question.

entrer
Entrer dans la danse.
S'engager dans une affaire.
Entrer dans la ronde.
Se joindre à d'autres participants.
Entrer dans le détail.
Envisager tous les aspects d'une question.
Entrer dans les sentiments de quelqu'un.
Les partager.

Entrer en condition *vx.*
Se placer comme employé de maison.

Entrer en lice.
Intervenir dans une affaire.

Entrer en scène.
Apparaître.

Entrer par une oreille et sortir par l'autre *fam.*
Ne susciter aucune attention chez quelqu'un.

Entrer quelque part comme dans un moulin *fam.*
Y entrer de manière brusque et impolie.

Faire entrer quelque chose dans la tête de quelqu'un.
Le lui faire admettre.

Ne pas entrer là-dedans *fam.*
Ne tenir aucun compte de quelque chose.

entretien

Faire l'entretien *lit.*
Être le sujet de la conversation.

entuber

Se faire entuber *pop.*
Se faire escroquer.

envergure

De grande envergure.
Très important.

envers

Envers et contre tous.
Contre tout le monde.

envers

À l'envers.
De façon anormale.

Avoir l'esprit, la tête à l'envers.
Être désorienté.

L'envers du décor.
La réalité déplaisante d'une situation dont on ne connaît que les apparences attrayantes.

Se mettre la cervelle à l'envers *fam.*
S'inquiéter.

Voir la feuille à l'envers *pop.*
Avoir des relations sexuelles, en parlant d'une femme.

envi

À l'envi.
En rivalisant.

envie

Avoir envie.
Désirer.

Ça l'a pris comme une envie de pisser *fam.*
Se dit d'une décision brusque.

Envie de femme enceinte *fam.*
Désir soudain de nourriture qu'ont parfois les femmes enceintes.

Faire envie.
Exciter le désir.

Faire passer l'envie de quelque chose à quelqu'un.
Lui en ôter le désir.

Il vaut mieux faire envie que pitié.
Se dit à propos d'une personne très corpulente.

Passer son envie.
Satisfaire son désir.

envier

N'avoir rien à envier.
Être totalement satisfait.

environ

À l'environ *lit.*
Aux alentours.

envoi

Donner le coup d'envoi.
Marquer le début d'une chose.

envoler

L'oiseau s'est envolé *fam.*
Celui qu'on croyait trouver est parti.

envoyé

C'est envoyé! *pop.*
C'est bien envoyé! *pop.*
Exclamation approbatrice.

envoyer

C'est le ciel qui vous envoie.
Vous arrivez au bon moment.

Envoyer ad patres *fam.*
Tuer.

Envoyer au bain, au diable, sur les roses *fam.*

Envoyer à dache, aux pelotes *pop.*
Chasser brutalement.

Envoyer bouler, pisser *pop.*

Envoyer paître, promener *fam.*
Repousser brutalement.

Envoyer quelqu'un dans l'autre monde *fam.*
Le faire mourir.

Ne pas l'envoyer dire à quelqu'un *fam.*
Lui parler sans ménagement.

S'envoyer des fleurs *pop.*
Se faire des compliments.

S'envoyer en l'air *pop.*
Éprouver du plaisir sexuel.

épais

Avoir la langue épaisse.
Avoir une élocution pâteuse et embarrassée.

Épais à couper au couteau.
Très épais.

épaisseur

Il s'en est fallu de l'épaisseur d'un cheveu, d'un fil.
Il s'en est fallu de très peu.

épanouir

S'épanouir la rate *fam.*
Rire.

épate

Faire de l'épate *fam.*
Chercher à impressionner.

épater

Ça m'épate *fam.*
Je suis très surpris.

Épater le bourgeois *fam.*
Scandaliser le public.

épaule

Avoir des épaules à.
Être suffisamment fort pour.

Avoir la tête sur les épaules *fam.*
Se dit d'une personne réfléchie.

Changer son fusil d'épaule.
Modifier ses intentions.

Coup d'épaule.
Effort efficace.

Courber, ployer l'épaule, les épaules.
Subir patiemment.

Donner un coup d'épaule à quelqu'un.
L'aider.

Épaules en portemanteau *fam.*
Épaules tombantes.

Faire toucher les épaules à quelqu'un.
Le vaincre.

Hausser les épaules.
Avoir un geste de dédain.

Marcher des épaules.
Marcher de façon avantageuse.

Par-dessus l'épaule *fam.*
Négligemment.

Par les épaules.
De force.

Pousser le temps avec l'épaule.
Attendre une conjoncture plus favorable.

épée

À la pointe de l'épée *vx.*
Avec effort.

Avoir l'épée sur la gorge.
Subir une contrainte.

Brave comme une épée *vx.*
Très brave.

Chevalier de la courte, de la petite épée *vx.*
Escroc.

Coup d'épée dans l'eau.
Action inefficace.

Épée de chevet *lit.*
Expédient.

Épée de Damoclès.
Danger imminent.

Mettre du côté de l'épée *vx.*
Voler.

Mettre, tirer l'épée hors du fourreau.
Prendre une attitude hostile contre quelqu'un.

Mourir d'une belle épée *vx.*
Subir une défaite honorable.

N'avoir que l'épée et la cape.
Être pauvre.

Passer au fil de l'épée.
Massacrer.

Poser l'épée.
Remettre l'épée au fourreau.
Se réconcilier avec quelqu'un.
Poursuivre, presser l'épée dans les reins.
Harceler.
Tirer l'épée.
S'apprêter au combat.
Traîneur d'épée.
Fanfaron.

éperon
Donner de l'éperon.
Accélérer.
Gagner ses éperons *vx.*
Acquérir une renommée grâce à ses actions.

épice
Dans les petits sacs sont les bonnes épices *vx.*
Ce qui est petit a souvent beaucoup de valeur.
Fine épice *vx.*
Personne rusée.

épiderme
Avoir l'épiderme chatouilleux, sensible.
Être susceptible.
Chatouiller l'épiderme de quelqu'un.
Le flatter.

épigramme
La pointe de l'épigramme.
Le trait piquant final.

épinard
Mettre du beurre dans les épinards *fam.*
Améliorer sa situation.

épine
Être sur des épines *fam.*
Être impatient.
Fagot d'épines *fam.*
Personne rude et désagréable.
Il n'y a pas de roses sans épines.
Il n'y a pas de plaisir sans peine.
Marcher sur des épines *fam.*
Être dans une situation difficile.
Tirer une épine du pied de quelqu'un *fam.*
Le sortir d'une situation difficile.

épingle
Chercher une épingle dans une botte de foin.
Chercher quelque chose de pratiquement introuvable.
Coup d'épingle.
Offense légère.
Discuter sur des pointes d'épingle.
Parler de choses exagérément subtiles.
Être tiré à quatre épingles.
Être habillé avec un soin méticuleux.
Monter en épingle.
Exagérer l'importance de quelque chose.
Ne pas valoir une épingle.
Être sans valeur.
Tirer son épingle du jeu.
Se dégager adroitement d'une situation dangereuse.
Virage en épingle à cheveux.
Virage très serré.

épitaphe
Faire l'épitaphe de quelqu'un.
Le juger après sa mort.

éplucheur
Éplucheur d'écrevisses *vx.*
Personne qui parle longuement sur des sujets sans importance.

éponge
Avoir une éponge dans le gosier *fam.*
Boire avec excès.
Boire comme une éponge.
Boire avec excès.
Jeter l'éponge *fam.*
S'avouer vaincu.
Passer l'éponge *fam.*
Pardonner.
Presser l'éponge *fam.*
Soutirer de quelqu'un tout ce que l'on peut.
Vouloir sécher la mer avec une éponge.
Entreprendre une chose impossible.

époque

À pareille époque.
À la même date.
Faire époque.
Laisser un souvenir durable par son caractère remarquable.
La belle époque.
Les années 1900.

épousée

Doux comme une épousée *vx*.
Très doux.
Marcher comme une épousée *vx*.
Marcher lentement.
Parée comme une épousée (de village) *vx*.
Vêtue avec mauvais goût.

épouser

Épouser la camarde *pop*.
Mourir.
Épouser la veuve *pop*.
Être exécuté.
Épouser le parti de quelqu'un.
Adopter ses intérêts.

épouseur

Épouseur à toutes mains *lit*.
Personne qui promet le mariage à toutes les femmes.

épouseux

Galant comme un épouseux *vx*.
Très galant.

épouvantail

Épouvantail à moineaux *fam*.
Personne habillée de façon ridicule.

épreuve

À l'épreuve de.
Capable de résister à.
À toute épreuve.
Capable de résister à tout.
Faire l'épreuve de.
Expérimenter.
Mettre une chose à l'épreuve.
Juger de la qualité d'une chose à la suite d'expériences.

épuiser

Épuiser un sujet.
Le traiter à fond.

épure

Être dans les limites de l'épure.
Rester dans le cadre de la question.
Sortir de l'épure.
Ne pas respecter le cadre de la question.

équerre

À l'équerre.
D'aplomb.
D'équerre.
En équerre.
À angle droit.

équilibre

Perdre l'équilibre.
Risquer de tomber.
Tenir l'équilibre entre deux personnes.
Se montrer impartial.

équipage

En bel, mauvais équipage.
En bon, mauvais état.

équipe

Faire équipe avec quelqu'un.
Travailler avec lui.
La fine équipe *fam*.
Se dit d'un groupe d'amis remarquables.

équipollent

À l'équipollent *lit*.
Dans la même proportion.

éraillé

Voix éraillée.
Voix rauque, cassée.

ergot

Monter, se dresser, se lever sur ses ergots *fam*.
Se mettre en colère.

ermite

Vivre en ermite.
Vivre dans la solitude.

errant

Chevalier errant *vx*.
Chevalier en quête d'aventures.
Le Juif errant.
Personnage légendaire condamné à errer jusqu'à la fin du monde.

erre

Aller sur les erres de quelqu'un *vx.*
Imiter sa manière d'agir.
Briser, casser l'erre.
Arrêter.
Courir sur son erre.
Avancer grâce à la vitesse acquise.
Prendre de l'erre.
Prendre de la vitesse.
Revenir à ses premières erres *vx.*
Revenir à ses premières habitudes.

errer

Errer comme une âme en peine.
Être seul et triste.

erreur

Erreur n'est pas compte.
Il est toujours possible de corriger une erreur.
Faire erreur.
Se tromper.
Induire quelqu'un en erreur.
Le tromper volontairement.
L'erreur est humaine.
Tout le monde peut se tromper.
Par erreur.
Involontairement.
Sauf erreur.
À moins que je ne me trompe.
Vérité en deçà des Pyrénées, erreur au-delà.
Toute vérité est relative.

esbroufe

À l'esbroufe *fam.*
En s'efforçant d'en imposer à autrui.

escabelle

Déranger les escabelles *lit.*
Provoquer le désordre.

escadrille

Quand les andouilles voleront, tu seras chef d'escadrille *fam.*
Tu es le roi des imbéciles.

escadron

Dieu est pour les gros escadrons *vx.*
Le sort est favorable aux plus forts.

escale

Faire escale.
S'arrêter.

escalier

Avoir l'esprit d'escalier *fam.*
Ne trouver ses réparties que trop tard.

escampativos

Faire des escampativos *lit.*
Partir furtivement.

escampette

Prendre la poudre d'escampette *fam.*
Partir brusquement, fuir.

escarboucle

Briller comme des escarboucles.
Briller avec éclat.

escarcelle

À portée de mon escarcelle *fam.*
Qui ne dépasse pas mes ressources.
Avoir l'escarcelle bien garnie *fam.*
Être riche.

escargot

Le tambour de l'escargot.
L'orage.
Marcher comme un escargot.
Aller très lentement.

escarpin

Jouer de l'escarpin *fam.*
S'enfuir.

escient

À bon escient.
Avec discernement.
Sérieusement.
À mon (ton...) escient.
En connaissance de cause.

esclandre

Faire de l'esclandre.
Causer du désordre.

esclave

Être esclave de sa parole.
Tenir ses promesses.

escorte

Faire escorte à.
Accompagner.

escousse

escousse
Prendre son escousse *lit.*
Prendre son élan.

escrime
Être hors d'escrime *lit.*
Être sans arguments.

espace
En l'espace de.
Pendant la durée de.
Regard perdu dans l'espace.
Regard rêveur.

Espagne
Bâtir des châteaux en Espagne.
Former des projets illusoires.

espagnol
Auberge espagnole.
Lieu où l'on ne trouve que ce qu'on y apporte.
Parler français comme une vache espagnole *fam.*
Parler très mal le français.

espèce
Cas d'espèce.
Cas particulier.
De mon (ton...) espèce.
De ma (ta...) condition.
En espèces.
En argent.
En l'espèce.
En ce cas.
Espèces sonnantes et trébuchantes.
Argent liquide.
Sous les espèces de.
Sous la forme de.

espérance
Avoir des espérances.
Attendre un héritage.
Être enceinte.
Contre toute espérance.
Contre toute attente.
En espérance.
En attente.
Espérance de vie.
Durée moyenne de la vie.

espère
À l'espère.
À l'affût.

espérer
Bien espérer de.
Bien augurer de.

espoir
Dans l'espoir de (que).
Dans la pensée de (que).
Faire l'espoir de *lit.*
Susciter l'espoir de.

esprit
À courir après l'esprit on n'attrape que la sottise.
À vouloir être spirituel on ne dit que des sottises.
Avoir bon, mauvais esprit.
Être bienveillant, malveillant.
Avoir de l'esprit comme quatre.
Avoir de l'esprit jusqu'au bout des doigts.
Être très spirituel.
Avoir l'esprit aux talons *vx.*
Être sans intelligence.
Avoir l'esprit (chaussé) de travers.
Prendre à mal les intentions de quelqu'un.
Avoir l'esprit mal tourné *fam.*
Prendre les choses de travers.
Avoir le bon esprit de.
Être assez intelligent pour.
Bel esprit *lit.*
Personne cultivée et sensible.
Bon esprit *lit.*
Bon sens.
D'esprit.
Ingénieux, spirituel.
En esprit *vx.*
En imagination.
Entrer dans l'esprit de.
Bien comprendre la pensée de.
Esprit de chapelle, de clocher.
Opinions propres à un groupe.
Esprit de belle-mère *fam.*
Esprit de contradiction.
Tendance systématique à contredire.
Esprit de corps.
Sentiment de solidarité propre aux membres d'une collectivité.
Esprit de famille.
Sentiment de solidarité propre à une famille.

Esprit de finesse.
Intuition.

Esprit de suite.
Persévérance.

Esprit faux.
Personne qui raisonne sans rigueur.

Esprit fort.
Personne qui agit contrairement à l'opinion commune.

Esprit public *vx.*
Ensemble des opinions politiques d'une nation.

Faire de l'esprit.
Être spirituel.

Grand esprit.
Personne d'une intelligence supérieure.

Homme d'esprit.
Homme intelligent et cultivé.

Il a trop d'esprit, il ne vivra pas *vx.*
Il est tellement intelligent qu'il en mourra.

L'esprit est prompt mais la chair est faible.
Il est difficile de résister à certaines tentations.

La lettre tue, l'esprit vivifie.
Seul compte le sens profond d'un texte.

Les grands esprits se rencontrent.
Se dit quand des personnes arrivent aux mêmes conclusions en même temps.

Ouvrir l'esprit.
Rendre intelligent.

Pauvre d'esprit *fam.*
Individu très bête.

Perdre, reprendre ses esprits.
Perdre, reprendre connaissance.

Présence d'esprit.
Promptitude à réagir avec à-propos.

Pur esprit.
Personne qui n'a pas de besoins matériels.

Rendre l'esprit *lit.*
Mourir.

Reprendre ses esprits.
Se remettre d'une émotion.

Sans esprit de retour.
Sans intention de revenir en arrière.

Se mettre quelque chose dans l'esprit.
Se persuader de quelque chose.

Simple d'esprit.
Arriéré mental.

Tour d'esprit.
Manière particulière de comprendre ou de s'exprimer.

Traverser l'esprit.
Être pensé soudainement.

Venir à l'esprit.
Être pensé momentanément.

Vue de l'esprit.
Idée chimérique.

esquinter

S'esquinter la santé *pop.*
Se donner beaucoup de mal.

S'esquinter le tempérament *fam.*
S'inquiéter pour une chose qui n'en vaut pas la peine.

esquisser

Esquisser le tableau de.
Décrire grossièrement.

essai

À l'essai.
Pour essayer.

Ballon d'essai.
Expérience permettant d'observer les réactions.

Coup d'essai.
Première tentative.

Mettre à l'essai.
Mettre à l'épreuve.

essayer

L'essayer, c'est l'adopter.
Se dit à propos d'un objet qu'on ne peut plus refuser après en avoir fait l'essai.

essentiel

Homme essentiel.
Ami sûr.

essor

Prendre l'essor *lit.*
S'écarter de son sujet.

Prendre son essor.
Partir.

essuyer

Essuyer les larmes de quelqu'un.
Le consoler.

Essuyer les plâtres *fam.*
Être le premier à faire l'épreuve de quelque chose.

estaminet

Pilier d'estaminet *fam.*
Habitué des cafés.

Plaisanterie d'estaminet.
Plaisanterie grossière.

estampe

Montrer ses estampes japonaises *fam.*
Faire des propositions galantes à une femme.

estime

À l'estime.
De façon approximative.

Baisser dans l'estime de quelqu'un.
En être moins apprécié.

Être en estime de *lit.*
Avoir la réputation de.

Faire estime de quelqu'un.
L'apprécier.

Succès d'estime.
Demi-succès.

Tenir en haute estime.
Apprécier très favorablement.

estoc

À blanc estoc *vx.*
À ras de terre.
Totalement ruiné.

D'estoc et de taille.
Avec la pointe et le tranchant de l'épée.
Avec acharnement.

De son estoc *vx.*
Volontiers.

estocade

Donner l'estocade à quelqu'un.
Le vaincre totalement.

estomac

Avoir de l'estomac *fam.*
Avoir beaucoup de sang-froid ou d'audace.

Avoir l'estomac bien accroché *fam.*
N'éprouver aucun dégoût.

Avoir l'estomac creux *fam.*
Avoir faim.

Avoir l'estomac dans les talons *fam.*
Avoir très faim.

Avoir un estomac d'autruche *fam.*
Digérer n'importe quoi.

Avoir un trou dans l'estomac *fam.*
Avoir toujours faim.

Avoir une éponge dans l'estomac *fam.*
Avoir toujours soif.

Demeurer, rester sur l'estomac *fam.*
Être difficile à accepter.

Le faire à l'estomac *pop.*
S'efforcer d'en imposer à quelqu'un.

Manquer d'estomac *fam.*
Manquer de courage.

Ouvrir l'estomac *fam.*
Ouvrir l'appétit.

estrade

Battre l'estrade *vx.*
Courir les routes.

établir

Les usages établis.
Les coutumes.

étage

De bas étage.
Médiocre.
De mauvais goût.

Menton à double étage *fam.*
Menton formant des bourrelets.

étagère

Étagère à mégots *pop.*
Oreille.

Objet d'étagère.
Objet de curiosité.

étalage

Faire étalage de.
Montrer avec ostentation.

étaler

Étaler sa marchandise *pop.*
Faire parade de ce qu'on a de rare.
Montrer son sexe.

Étaler son jeu.
Montrer ses cartes.

étamine

Passer par l'étamine *vx.*
Examiner avec soin.

étancher

Étancher les larmes de quelqu'un.
Le consoler.
Étancher sa soif.
Boire.

étape

Brûler les étapes.
Agir avec trop de rapidité.
D'étape en étape.
Progressivement.
Faire étape.
S'arrêter pour se reposer.

état

En état de.
Capable de.
Disposé à.
En tout état de cause.
De toute façon.
État d'âme.
Disposition des sentiments.
État d'esprit.
Disposition psychique à un moment donné.
État de choses.
Situation.
État de grâce.
Situation favorable.
État de la question.
Point où en est la question.
État de nature.
Situation de l'homme avant la civilisation.
Nudité.
État des lieux.
Inventaire.
État second.
Dispositions anormales.
États de service.
Situation professionnelle.
Être dans un bel état *fam.*
Être dans un mauvais état physique.
Être dans un état intéressant *fam.*
Être enceinte.
Être dans tous ses états.
Être bouleversé.

Être hors d'état.
Être inutilisable.
Être hors d'état de.
Être incapable de.
Faire état de *lit.*
Avoir l'intention de.
Faire état de quelque chose.
Le mentionner.
Grâce d'état.
Grâce propre à une situation particulière.
Aptitude nécessaire à une profession.
Mettre en état.
Préparer.
Passer à l'état de.
Devenir.
Remettre en état.
Réparer.
Se mettre dans tous ses états *fam.*
Être fort agité.
Tenir en état.
Tenir prêt.
Tenir un grand état.
Vivre de façon luxueuse.
Vivre au-dessus de son état.
Avoir un train de vie sans rapport avec sa condition sociale réelle.

État

Affaire d'État.
Affaire très importante.
Constituer un État dans l'État.
Être autonome.
Coup d'État.
Coup de force politique.
Homme d'État.
Homme politique.
Personne ayant de grandes capacités en politique.
Raison d'État.
Considération contraire à la morale.

étau

Avoir le cœur dans un étau.
Être angoissé.
Être pris comme dans un étau.
Être dans une situation inextricable.

été

L'été de la vie.
La maturité.
Se mettre en été *fam.*
S'habiller légèrement.

éteinte

Adjudication à l'éteinte de chandelle.
Qui dure aussi longtemps qu'une chandelle brûle.

étendard

Arborer, déployer, lever l'étendard.
Se déclarer ouvertement partisan de quelque chose.

étendre

Se faire étendre *fam.*
Échouer.

éternel

L'éternel féminin.
Les traits permanents du caractère féminin.
La Ville éternelle.
Rome.

éternité

De toute éternité.
Depuis toujours.
Il y a une éternité *fam.*
Il y a très longtemps.

éternuer

Éternuer dans le sac, dans la sciure, dans le son *pop.*
Être guillotiné.

éteuf

Courir après son éteuf *lit.*
S'efforcer de saisir une occasion favorable.
On n'allume pas un feu près des éteufs *vx.*
Certaines entreprises sont inutilement risquées.

Étienne

À la tienne, Étienne! *pop.*
Se dit en portant un toast.

étincelle

Faire des étincelles *fam.*
Réussir de façon remarquable.
Il ne faut qu'une étincelle pour causer un grand incendie.
De petites causes peuvent avoir de grands effets.

étiquette

Juger sur l'étiquette (du sac) *vx.*
Juger sur les apparences.

étoffe

Avoir de l'étoffe.
Montrer de grandes qualités.
Avoir l'étoffe de.
Avoir les capacités de.
De basse étoffe *vx.*
De basse condition sociale.
Être d'une autre étoffe.
Être différent.
Ne pas épargner l'étoffe *vx.*
Ne pas plaindre l'étoffe *vx.*
Donner plus qu'il n'est nécessaire.
Tailler en pleine étoffe.
User sans restriction de quelque chose.

étoile

À la belle étoile *fam.*
En plein air.
Étoile du berger.
La planète Vénus.
Être la bonne, mauvaise étoile de quelqu'un.
Lui porter chance, malheur.
Être né sous une bonne, mauvaise étoile.
Mener une vie heureuse, malheureuse.
Faire voir les étoiles en plein jour (midi) à quelqu'un *vx.*
L'assommer.
Lui en faire accroire.
Gagner ses étoiles.
Accéder à une fonction supérieure.
Son étoile blanchit, pâlit.
Sa gloire diminue.
Un ver de terre amoureux d'une étoile.
Se dit d'un amour qui ignore les barrières sociales.

étonné
Étonné comme un fondeur de cloches *vx*.
Très étonné.

étouffer
Ce n'est pas la politesse qui l'étouffe *fam*.
Se dit de quelqu'un de très impoli.
De l'étouffe-chrétien *fam*.
Se dit d'un aliment difficile à avaler.
Étouffer une bouteille, un enfant de chœur, une négresse *pop*.
Boire une bouteille entièrement.

étoupe
Avoir les cheveux comme de l'étoupe.
Avoir les cheveux emmêlés.
Mettre le feu aux étoupes *vx*.
Provoquer une révolte.

étoupé
Avoir les oreilles étoupées *vx*.
Avoir les oreilles bouchées.

étourdie
À l'étourdie.
Brusquement.

étourneau
Comme un étourneau *fam*.
De façon irréfléchie.

être
Ce que c'est que de *fam*.
Voilà quel est le résultat quand.
Cela n'est pas.
Ce n'est pas vrai.
En être *fam*.
Être homosexuel.
En être pour.
Avoir perdu.
Être après quelqu'un *fam*.
L'importuner.
Être pour.
Acquiescer.
Être sur le point de.
Être sans un *fam*.
Être sans argent.
Être sur quelque chose.
S'en occuper.
Être un peu là *fam*.
Affirmer sa présence.

Il n'est que de.
Il suffit de.
N'être pas de.
Ne pas convenir à.
N'être pas sans savoir.
Savoir parfaitement.
Ne pas en être à cela près *fam*.
N'être pas gêné par cela.
Ne pas y être *fam*.
Se tromper.
Ne pas comprendre.
Ne plus savoir où l'on en est.
Perdre la tête.
Ne plus y être *fam*.
Être affolé.
On ne peut pas être et avoir été.
La vieillesse est inéluctable.
Toujours est-il que.
En tout cas.
Y être pour quelque chose *fam*.
Avoir sa part de responsabilité dans une affaire.

étreindre
Qui trop embrasse mal étreint.
Qui se lance dans trop d'entreprises risque de n'en réussir aucune.

étrenne
Avoir l'étrenne de quelque chose *fam*.
Être le premier à l'utiliser.

étrier
À franc étrier *vx*.
Vite.
Avoir le pied à l'étrier.
Être en bonne voie de réussir.
Avoir toujours le pied à l'étrier.
Voyager continuellement.
Coup de l'étrier.
Verre que l'on boit avant de partir.
Être ferme, être fixe sur ses étriers.
Se montrer résolu.
Perdre les étriers.
Perdre l'avantage.
Tenir l'étrier à quelqu'un.
L'aider.
Vider les étriers.
Perdre sa situation.

étriller

Être sérieusement étrillé *fam.*
Être malmené.

étripe-cheval

À étripe-cheval *vx.*
Très vite.

étrivière

Donner les étrivières à quelqu'un
vx.
Le frapper.

étroit

À l'étroit.
Dans un espace réduit.
Pauvrement.
Faire son étroite *pop.*
Faire des manières.
Voie étroite
Chemin difficile à suivre.

étude

Se faire une étude de *lit.*
S'efforcer de.

étudier

Étudier le terrain.
*Observer les conditions d'une
entreprise.*

étui

Visage à étui *vx.*
Visage très laid.

Évangile

Croire quelque chose comme
l'Évangile *fam.*
Y croire absolument.
L'évangile du jour *lit.*
Nouvelle extraordinaire.
Parole d'Évangile.
Propos indiscutable.

Ève

Ne connaître ni d'Ève ni d'Adam
fam.
Ignorer totalement.

éveil

Donner l'éveil à quelqu'un.
Le rendre attentif.
En éveil.
Attentif.

éveiller

N'éveiller aucun écho.
Ne provoquer aucune réaction.

événement

À tout événement *vx.*
À tout basard.
Être dépassé par les événements.
*Être incapable de réagir face à
une situation.*
Faire événement.
Constituer un fait important.

évent

Avoir la tête à l'évent *vx.*
Être étourdi.

éventail

Avoir les doigts de pieds en éven-
tail *pop.*
Éprouver un plaisir intense.
Éventail à bourrique *vx.*
Bâton.

éventer

Éventer la mèche *fam.*
*Découvrir une machination se-
crète.*
Éventer la mine *lit.*
Éventer la poudre.
Divulguer un complot, un secret.

éventualité

Parer à toute éventualité.
*Prévoir toutes les conséquences
d'un événement.*

évêque

Devenir d'évêque meunier *vx.*
Changer de condition.
Disputer de la chape à l'évêque
vx.
*Parler de choses auxquelles on
ne peut rien.*
Un chien regarde bien un évêque
fam.
*Il n'est pas interdit de regarder
quelqu'un de plus haut que soi.*

évidence

Aller contre l'évidence.
*Contester ce qui est perçu
comme vrai.*
De la dernière évidence.
D'une évidence absolue.
De toute évidence.
Sans aucun doute.
Être en évidence.
Être manifeste.

Mettre en évidence.
Faire connaître clairement.
Se mettre en évidence.
Se faire remarquer.
Se rendre à l'évidence.
Reconnaître une vérité.

évident

C'est pas évident *fam.*
C'est difficile.

exactitude

L'exactitude est la politesse des rois.
La ponctualité est une qualité même chez les gens importants.

examen

Examen de conscience.
Examen critique de sa conduite personnelle.
Ne pas résister à l'examen.
Manquer de qualités réelles.

excellence

Par excellence.
D'une manière caractéristique.

exception

À l'exception de.
Hormis.
Être d'exception.
Personne aux grandes qualités.
Faire exception.
Se distinguer des autres.
Il n'y a pas de règles sans exception.
Se dit pour excuser une faute.
L'exception confirme la règle.
L'existence d'un cas échappant à la règle générale ne met pas en cause l'autorité de cette règle.

excès

À l'excès.
Trop.
Excès de langage.
Parole discourtoise ou injurieuse.
Faire un excès *fam.*
Manger ou boire trop.

exclu

Il n'est pas exclu que.
Il est possible que.

exclusion

À l'exclusion de.
Hormis.

excuse

Demander excuse.
Demander pardon.
Faites excuse *pop.*
Je vous prie de m'excuser.
La belle excuse! *fam.*
Formule servant à récuser une excuse.
Prendre excuse *lit.*
Prétexter.

excuser

Excusez du peu! *fam.*
Expression marquant l'étonnement devant l'importance de quelque chose.
Qui s'excuse s'accuse.
S'excuser revient à reconnaître sa culpabilité.

exeat

Donner son exeat à quelqu'un *vx.*
Le renvoyer.

exécuteur

Exécuteur des hautes œuvres.
Bourreau.

exécution

Être en cours d'exécution.
Être sur le point d'être accompli.
Homme d'exécution *lit.*
Personne décidée.
Mettre à exécution.
Réaliser.

exemple

À l'exemple de.
Comme.
Donner l'exemple.
Commencer d'agir pour inciter à faire de même.
Donner un exemple de.
Faire un acte de.
Faire un exemple.
Punir sévèrement.
Par exemple! *fam.*
Expression marquant l'étonnement.
Par exemple.
S'emploie pour introduire une explication.

Prêcher d'exemple.
Accomplir en premier ce qu'on recommande aux autres de faire.
Prendre exemple sur.
Imiter.
Sans exemple.
Extraordinaire.
Servir d'exemple.
Constituer un avertissement.

exercice
En exercice.
En fonction.
Être dans l'exercice de ses fonctions.
Remplir ses fonctions.
Faire de l'exercice.
Se dépenser physiquement.

exergue
Mettre en exergue.
Mettre en évidence.

exhaler
Exhaler le dernier soupir.
Mourir.

exister
Ça n'existe pas! *fam.*
Cela est idiot.

expédient
Vivre d'expédients.
Recourir à des moyens plus ou moins licites pour subvenir à son existence.

expédier
Expédier ad patres *fam.*
Tuer.

expédition
De prompte expédition *lit.*
De réalisation rapide.

expérience
Expérience passe science.
Un savoir pratique vaut mieux qu'une connaissance abstraite.

expert
À dire d'experts *vx.*
Sans réserve.

explosif
Situation explosive.
Situation très tendue.

exposer
Exposer sa vie.
La mettre en danger.

exprès
C'est exprès *fam.*
C'est voulu.
C'est un fait exprès *fam.*
Se dit d'un événement fortuit conçu comme relevant d'une volonté supérieure.
Être fait exprès pour.
Avoir toutes les qualités pour.

expression
Au-delà, au-dessus de toute expression.
Inexprimable.
Expression toute faite.
Banalité.
Réduire quelque chose à sa plus simple expression.
La réduire à l'extrême.

extérieur
De l'extérieur.
En se fiant aux apparences.

extinction
Jusqu'à extinction.
Jusqu'à épuisement complet.

extra
C'est extra! *fam.*
C'est excellent.
Faire des extra.
Faire des dépenses inhabituelles.
Faire un extra.
Accomplir un travail occasionnel.

extraction
De basse, haute extraction.
D'une origine sociale basse, haute.

extraordinaire
D'extraordinaire *vx.*
En plus.
Par extraordinaire.
Par hasard.

extrême
À l'extrême.
Au-delà de toute limite.

Les extrêmes se touchent.
Les choses les plus opposées ont souvent beaucoup en commun.
Passer d'un extrême à l'autre.
Passer d'un état à un état opposé.
Pousser tout à l'extrême.
Manquer de modération.

extrémité

À l'extrémité.
Au dernier moment.
Être à la dernière, à toute extrémité.
Être sur le point de mourir.
Être dans le plus grand danger.

F

fable
Être la fable de.
Être l'objet des railleries de.

fabrique
De bonne, mauvaise fabrique *vx.*
De bonne, mauvaise qualité.
De même fabrique *vx.*
Identique.

façade
De façade.
Qui est simulé.
Démolir la façade à quelqu'un *pop.*
Le frapper au visage.
Ravaler, refaire sa façade *fam.*
Se farder.
Se faire ravaler la façade *fam.*
Subir une opération de chirurgie esthétique.

face
À double face.
Se dit d'un homme versatile ou hypocrite.
À la face.
En présence.
En prenant à témoin.
À la face du ciel, du monde.
Sans se cacher.
Allonger la face.
Manifester de la déception.
Changer la face de.
Transformer.
Détourner la face.
Manifester de la gêne.
En face.
Par-devant.
Avec hardiesse.
Face à face.
En présence l'un de l'autre.
Face de carême *fam.*
Figure triste et grotesque.
Face de crabe, d'œuf, de rat *fam.*
Termes d'injure.
Faire face à.
Être tourné vers.
Résister.
Agir avec détermination en cas de difficulté.

Jeter quelque chose à la face de quelqu'un.
Le lui reprocher sans ménagement.
Jouer à pile ou face *fam.*
Laisser au hasard le soin de décider.
Perdre la face.
Subir une humiliation.
Regarder en face.
Envisager sans crainte.
Sauver la face.
Conserver les apparences de la dignité.
Se couvrir, se voiler la face.
Refuser de voir.
Manifester de la honte, de l'horreur.
Sous toutes ses faces.
Complètement.

facette
Être à facettes *lit.*
Présenter des aspects divers.
Homme à facettes.
Homme versatile.
Style à facettes.
Style brillant.

fâché
Être fâché avec quelqu'un.
Avoir de mauvaises relations avec lui.
Être fâché avec quelque chose *fam.*
L'ignorer.
Être fâché de.
S'excuser avec regrets de.
Ne pas être fâché de.
Se réjouir de.

fâcher
Qui se fâche a tort *vx.*
La colère ne mène à rien.
Se fâcher tout rouge *fam.*
Être dans une violente colère.
Soit dit sans vous fâcher.
Expression marquant une atténuation.

facile

Avoir la détente, la gâchette facile *fam.*
  Tirer à tort et à travers.
Avoir le rire, la larme facile.
  Rire, pleurer en toute occasion.
Facile à la détente *fam.*
  Prodigue.
Facile comme bonjour *fam.*
  Très facile.
Femme facile.
  Femme légère.
Homme facile.
  Homme sociable.

facilité

Avoir de la facilité pour.
  Avoir une aptitude naturelle pour.
Avoir la facilité de.
  Avoir la possibilité de.

façon

À façon.
  Se dit d'un travail fait par un artisan sur une matière qu'il ne fournit pas.
C'est une façon comme une autre *fam.*
  Le procédé en vaut un autre.
De belle façon.
  Remarquable.
De ma (ta...) façon.
  Produit par mon (ton...) travail.
De toute façon.
  Quoi qu'il en soit.
De toutes les façons.
  Par tous les moyens.
Dire sa façon de penser à quelqu'un.
  Lui dire ce que l'on pense de lui sans ménagement.
En aucune façon.
  Pas du tout.
En donnner de bonne façon à quelqu'un.
  Le traiter mal.
En façon de.
  Avec l'apparence de.
Façon de parler! *fam.*
  Ces propos ne doivent pas être pris au pied de la lettre.

Façon de voir.
  Opinion.
Faire des façons.
  Faire des difficultés pour se décider.
Jouer un tour à sa façon.
Servir un plat de sa façon *fam.*
  Causer un tort.
N'avoir ni mine ni façon.
  Être sans grâce.
Par façon.
  Selon l'usage.
Sans façon! *fam.*
  Expression marquant le refus.
Sans façon(s).'
  Sans affectation.
Sans plus de façons.
  Sans hésiter davantage.

façonner

Façonner quelqu'un à *vx.*
  L'accoutumer à.

faction

Être de faction *fam.*
  Attendre de façon prolongée.

facture

De bonne facture.
  De bonne exécution.
De facture.
  Difficile d'exécution.

faculté

Ne pas jouir de toutes ses facultés.
  Avoir un comportement anormal.

fade

Avoir son fade *pop.*
  Avoir son compte.
Prendre son fade *pop.*
  Prendre son plaisir.

fagot

Conter des fagots *fam.*
  Raconter des histoires sans importance.
De derrière les fagots *fam.*
  Exceptionnel.
Être bâti comme un fagot *vx.*
  Être mal bâti.
Fagot d'épines *fam.*
  Personne rude et désagréable.

Il y a fagots et fagots *vx.*
Des choses ou des personnes de même sorte ne se ressemblent pas totalement.

Sentir le fagot.
Avoir des opinions hérétiques ou contraires aux idées reçues.

faible

Avoir les reins faibles.
Avoir des ressources financières insuffisantes.

L'esprit est prompt, mais la chair est faible.
Il est difficile de résister à certaines tentations.

faible

Avoir un faible pour.
Manifester un penchant excessif pour.

Du fort au faible.
En moyenne.

Prendre quelqu'un par son faible.
Le tenter en flattant ses goûts.

faiblesse

Avoir des faiblesses.
Être incapable de se faire obéir.
Pour une femme, céder trop facilement.

faïence

Se regarder en chiens de faïence *fam.*
Se regarder avec animosité.

failli

Failli de cœur *lit.*
Lâche.

faillir

À jour faillant *lit.*
À la tombée du jour.

Jouer à coup faillant *lit.*
Remplacer un joueur après une faute.

Le cœur lui faut.
La force lui manque.

Sans faillir.
Jusqu'au bout.

faim

Crever, mourir de faim *pop.*

Crever la faim *pop.*
Être sans ressources.

Demeurer, rester sur sa faim.
Être insatisfait.

Faim canine.

Faim de loup.
Très grande faim.

La faim chasse le loup du bois.
La nécessité contraint souvent à faire ce dont on n'a pas envie.

La faim est mauvaise conseillère.
La nécessité conduit parfois à de mauvaises décisions.

Manger à sa faim.
Ne pas être dans le besoin.

Tromper la faim.
L'apaiser en partie.

faire

À tant faire que de.
Si on doit.

Avoir fort à faire pour.
Avoir beaucoup de difficultés pour.

Autant que faire se peut.
Dans la mesure du possible.

Bien faire et laisser dire.
Il faut continuer à agir sans se soucier des remarques d'autrui.

C'en est fait.
Cela est terminé.

Ça commence à bien faire *fam.*
Cela suffit.

Ça ne fait rien.
C'est sans importance.

Ce qui est fait n'est plus à faire.
Il ne sert à rien de différer un travail.

En faire à deux fois *lit.*
Ne pas réussir du premier coup.

En faire tout un fromage *fam.*

En faire tout un plat *fam.*
En exagérer l'importance.

Faire bien de.
Avoir raison de.

Faire bon visage à quelqu'un.
Lui faire bon accueil.

Faire dans sa culotte *fam.*

Faire dans son pantalon *fam.*
Avoir très peur.

Faire de nécessité vertu.
S'accommoder de bonne grâce d'une chose déplaisante.

Faire grise mine à quelqu'un.
L'accueillir avec froideur.
Faire l'article *fam.*
Présenter de façon élogieuse.
Faire l'idiot *fam.*
Feindre de ne pas comprendre.
Faire la gueule *pop.*
Faire la tête *fam.*
Manifester sa mauvaise humeur.
Faire la pluie et le beau temps.
Être seul à décider.
Faire le mort.
Se taire.
Ne pas bouger.
Faire le trottoir *pop.*
Se prostituer.
Faire les poches à quelqu'un *fam.*
Le voler.
Faire marcher quelqu'un *fam.*
L'abuser.
Faire ses délices de quelque chose.
S'en régaler.
Faire son affaire de quelque chose.
S'en charger.
Faire tant et si bien que.
Agir avec une telle persévérance que.
Faire un malheur *fam.*
Remporter un grand succès.
Protester violemment.
Faut le faire ! *fam.*
Cela est exceptionnel.
Il faut se le faire *pop.*
Il est insupportable.
Il n'y a rien à faire.
Il ne se peut pas faire *vx.*
Cela est impossible.
La faire à *fam.*
S'efforcer de faire croire à la possession d'une qualité.
La faire à quelqu'un *fam.*
Le tromper.
Le faire à *fam.*
Essayer d'en faire accroire à quelqu'un en adoptant certains comportements.
Le faire à l'esbroufe *fam.*
Le faire à l'estomac *pop.*
S'efforcer d'en imposer à quelqu'un.

Le travail fait ne lui fait pas peur.
Se dit de quelqu'un de très paresseux.
N'avoir que faire *lit.*
Être importun.
N'avoir que faire de.
Mépriser.
N'avoir rien à faire avec.
Être totalement étranger à.
N'en avoir rien à faire *pop.*
S'en moquer totalement.
N'en faire jamais d'autres *fam.*
Faire souvent des bêtises.
N'en faire qu'à sa tête.
Refuser tout conseil.
Ni fait ni à faire.
Mal fait.
Pour ce faire.
En vue de cela.
Pour ce que j'en fais *fam.*
Cela est sans importance.
Rien à faire *fam.*
Expression marquant le refus.
Rien ne me (te...) fait.
Rien n'a d'effet sur moi (toi...).
S'en faire *fam.*
Être inquiet.
S'en faire un monde, un monstre, une montagne *fam.*
En exagérer la difficulté.
Savoir y faire *fam.*
Agir avec habileté.
Se faire à quelque chose.
S'y habituer.
Se faire aux pattes *pop.*
Être arrêté.
Se faire de la bile, des cheveux, du mauvais sang *fam.*
Se faire du souci.
S'inquiéter.

faiseur

Faiseur d'almanachs *vx.*
Astrologue.
Rêveur.
Faiseur d'embarras, de manières.
Personne qui manque de simplicité ou d'esprit de décision.
Faiseuse d'anges *fam.*
Avorteuse.

fait

Aller droit au fait.
Affronter sans hésitation un événement.
En venir à l'essentiel.

Au fait.
À propos.

Au fait et au prendre *lit.*
Au moment d'agir.

Avoir son fait.
Avoir sa part de malheur.

De fait.
En fait.
En réalité.

Dire son fait à quelqu'un.
Lui dire sans ménagement ce qu'on pense de lui.

Donner le fait à quelqu'un *vx.*
Se venger de lui.

Du fait de.
À cause de.

En fait de.
En matière de.

État de fait.
Situation que l'on ne peut que constater.

Être au fait de quelque chose.
Le connaître parfaitement.

Être sûr de son fait.
Être sûr du résultat.

Fait d'armes.
Action héroïque.

Fait divers.
Événement sans portée générale.

Fait du prince *lit.*
Décision arbitraire.

Fait exprès *fam.*
Événement fortuit conçu comme relevant d'une volonté supérieure.

Haut fait.
Action héroïque.

Mettre quelqu'un au fait.
L'instruire de ce qu'il doit savoir.

Mettre, placer quelqu'un devant le fait accompli.
Le mettre devant une situation sur laquelle on ne peut revenir.

Prendre fait et cause pour quelqu'un.

Prendre le fait de quelqu'un.
Prendre son parti.

Prendre quelqu'un sur le fait.
Le surprendre en flagrant délit.

Voies de fait.
Violences physiques.

fait

Bien fait *lit.*
Achevé.

C'est bien fait! *fam.*
Cela est mérité.

C'en est fait de moi (toi...).
Je (tu...) suis (es) perdu.

Comme vous voilà fait! *fam.*
Dans quel état vous êtes!

Être fait comme l'as de pique *fam.*
Être mal habillé.

Fait à.
Destiné à.
Accoutumé à.

Fait pour.
Apte à.

Si fait *lit.*
Mais si.

Vite fait, bien fait *fam.*
Rapidement et bien.

faix

Le faix des années *lit.*
La vieillesse.

falloir

Comme il faut.
Convenable.
Bien élevé.

Faut ce qu'il faut *fam.*
On ne peut faire moins.

Faut-il?
Expression marquant la réticence.

Faut le faire! *fam.*
Se dit d'une chose remarquable ou extraordinaire.

Faut voir! *fam.*
Expression soulignant quelque chose d'étonnant.

Il s'en faut.

Tant s'en faut.
Bien au contraire.

Il s'en faut de beaucoup.
La différence est grande.

Peu s'en faut.
Presque.

falot
Passer au falot *fam.*
Être traduit devant un conseil de guerre.

famé
Mal famé.
Peu fréquentable.

fameux
N'être pas fameux *fam.*
Être de qualité médiocre.
Une fameuse... *fam.*
Se dit pour désigner un excès de défaut.

familier
Faire le familier avec quelqu'un.
Se conduire librement avec lui.

famille
Air de famille.
Grande ressemblance.
Des familles *fam.*
Sans prétention mais de qualité.
En famille.
Sans cérémonie.
Esprit de famille.
Sentiment de solidarité propre à une famille.
Laver son linge sale en famille.
Régler un différend sans faire intervenir de tiers.
Placement de père de famille.
Placement sans risques.

famine
Crier famine.
Se plaindre de sa misère.
Crier famine sur un tas de blé *vx.*
Se plaindre sans raison.
Salaire de famine.
Salaire très bas.

fanfare
Faire fanfare *vx.*
Se vanter.
Réveil en fanfare.
Réveil brutal.
Sale coup pour la fanfare! *fam.*
Expression marquant la déception.

fange
Couvrir quelqu'un de fange.
L'insulter.

Fanny
Baiser Fanny *fam.*
Perdre.

fantaisie
À la fantaisie *vx.*
Selon l'humeur.
De fantaisie.
Imaginaire.
Qui n'est pas réglementaire ou ordinaire.
Il me (te...) prend la fantaisie de.
J'ai le désir de.
Objet de fantaisie.
Objet dont la valeur tient à l'originalité.
Se passer une fantaisie.
Satisfaire une envie.

faraud
Faire son faraud *fam.*
Faire le malin.

farce
Dindon de la farce *fam.*
Dupe.
En voir la farce *vx.*
Arriver à un résultat sans peine.
Faire ses farces *vx.*
S'amuser.
Tourner à la farce.
Perdre tout caractère sérieux.

farcir
Se farcir quelqu'un *pop.*
Le supporter.
Se farcir quelque chose *pop.*
L'exécuter.

fard
Piquer un fard *fam.*
Rougir de gêne.
Sans fard.
Franchement.

farine
De même farine *fam.*
Identique.
Rouler quelqu'un dans la farine *fam.*
Le tromper.

farouche
Femme peu farouche *fam.*
Femme légère.

faste

Inscrire son nom dans les fastes *lit.*
S'illustrer par ses actions.

fatal

Coup fatal.
Coup mortel.
Femme fatale.
Femme au charme irrésistible.

fatigue

Tomber de fatigue.
Être très fatigué.

fatigué

Être fatigué de naissance *fam.*
Être paresseux.

fatiguer

Ne pas se fatiguer *fam.*
Ne rien faire.
Ne te fatigue pas! *fam.*
Ce n'est pas la peine de continuer.

fauché

Fauché comme les blés *fam.*
Sans argent.

faucher

Faucher l'herbe sous les pieds de quelqu'un *fam.*
Le devancer dans une action.
Le supplanter.

faucille

Droit comme une faucille *fam.*
Tordu.
Mettre la faucille dans la moisson d'autrui.
Empiéter sur ses fonctions.

fausser

Fausser compagnie à quelqu'un.
Le quitter sans prévenir.

fausset

Voix de fausset.
Voix aiguë.

faute

Faire faute.
Manquer.
Faire faute à quelqu'un.
Lui manquer de parole.
Faire faute de *lit.*
Omettre.

Faire une faute.
Être séduite, en parlant d'une femme.
Faute avouée est à demi pardonnée.
Le mal est moindre si la faute est avouée.
Faute de mieux.
À défaut de meilleures conditions.
Faute de quoi.
Par manque de.
Il y va de ma (ta...) faute.
J'en suis en partie responsable.
Ne pas s'en faire faute.
Abuser de quelque chose.
Ne pas se faire faute de.
Ne pas s'abstenir de.
Prendre en faute.
Surprendre quelqu'un au moment où il commet une erreur.
Sans faute.
À coup sûr.

fauteuil

Comme dans un fauteuil *fam.*
Sans difficulté.
Occuper le fauteuil.
Assurer la présidence d'une assemblée.
Quarante et unième fauteuil.
Siège imaginaire attribué aux candidats non élus à l'Académie française.

fauteur

Fauteur de troubles.
Qui provoque des désordres.

fauvette

Dénicheur de fauvettes *vx.*
Homme à bonnes fortunes.
Plumer la fauvette *vx.*
Voler.

faux

Avoir tout faux *fam.*
Se tromper totalement.
Avoir une tête de faux témoin *fam.*
Ne pas avoir l'air franc.
Faire faux bond à quelqu'un.
Ne pas faire ce qu'il attendait.

Faire un faux pas.
  Commettre une faute.
Faux bruit.
  Rumeur à laquelle on a tort de croire.
Faux comme un jeton *fam.*
  Hypocrite.
Faux cul *pop.*
Faux frère.
  Personne qui ne mérite pas la confiance qu'on lui accorde.
Un faux air de.
  Une vague ressemblance avec.

faux
À faux.
  Sans raison.
En porte à faux.
  Qui n'est pas solidement établi.

faux
Être dans le faux.
  Se tromper.
Plaider le faux pour savoir le vrai.
  Avancer de fausses raisons pour inciter les autres à se confier.
S'inscrire en faux.
  Opposer un démenti.

faveur
À la faveur de.
  Au moyen de.
Billet de faveur.
  Billet gratuit ou à prix réduit.
En faveur de.
  En considération de.
  Au profit de.
Les dernières faveurs.
  Don qu'une femme fait d'elle-même.
Prendre faveur.
  S'accréditer.
Tour de faveur.
  Privilège par lequel on passe avant son tour.
Trouver faveur auprès de quelqu'un.
  Être bien accueilli par lui.

favorisé
Favorisé par la nature.
  Se dit d'une personne qui bénéficie de nombreux avantages physiques et moraux.

fée
Avoir des doigts de fée.
  Être très habile dans des travaux délicats.
Conte de fées.
  Histoire invraisemblable.
Fée Carabosse.
  Femme désagréable.
Fée du logis.
  Maîtresse de maison ingénieuse.
Les fées se sont penchées sur son berceau.
  Se dit de quelqu'un qui a beaucoup de chance ou qui est très doué.
Ouvrage de fée.
  Ouvrage délicat.
Travailler comme une fée.
  Travailler très adroitement.

feeling
Au feeling *fam.*
  De manière intuitive.
  Au sentiment.

feinte
Faire une feinte.
  Tromper.

fêlé
Avoir le cerveau fêlé *fam.*
Avoir le timbre fêlé *fam.*
  Être fou.

femme
Bonne femme *fam.*
  Femme âgée.
Bonne femme *pop.*
  Femme.
Ce que femme veut, Dieu le veut.
  Il est impossible de rien refuser à une femme.
Cherchez la femme.
  Se dit d'un acte qu'on suppose être d'origine passionnelle.
Conte de bonne femme.
  Histoire peu vraisemblable.
Femme de tête.
  Femme très intelligente.
La femme de César ne doit pas être soupçonnée.
  Les hommes publics ne doivent donner prise à aucun soupçon.

Maîtresse femme.
Femme énergique.

Remède de bonne femme.
Remède empirique.

Souvent femme varie, bien fol est qui s'y fie.
Il ne faut pas se fier à l'inconstance féminine.

fendant

Faire le fendant *lit.*
Fanfaronner.

fendeur

Fendeur de naseaux *vx.*
Vantard.

fendre

Fendre l'âme, le cœur.
Causer une vive douleur.

Fendre l'oreille à quelqu'un *lit.*
Briser sa carrière.
Le renvoyer.

Fendre la tête à quelqu'un.
L'importuner.

Fendre le vent *vx.*
S'échapper rapidement.

Fendre un cheveu en quatre *vx.*
Faire preuve d'une minutie excessive.

Geler à pierre fendre.
Geler très fortement.

Se fendre de *fam.*
Dépenser généreusement.

Se fendre la gueule, la pêche, la pipe, la poire *pop.*
Rire aux éclats.

Soupir à fendre les pierres *fam.*
Soupir très profond.

fendu

Être bien fendu.
Avoir les jambes longues.

Être bien fendu de gueule *pop.*
Avoir la parole facile.

fenêtre

À s'en jeter par la fenêtre *fam.*
À devenir fou.

Entrer, rentrer, revenir par la fenêtre.
Être importun.

Faire la fenêtre *pop.*
Se montrer, en parlant d'une prostituée.

Jeter l'argent par les fenêtres *fam.*
Dépenser sans compter.

Mettre le nez à la fenêtre.
Se montrer.

Ouvrir une fenêtre sur.
Faire entrevoir des aspects insoupçonnés de quelque chose.

Voir quelque chose de sa fenêtre *fam.*
S'illusionner.

fer

Âge de fer.
Période de violence.

Battre le fer *vx.*
S'exercer à un métier.

Battre le fer tant qu'il est chaud.
Agir sans tarder.

Cela ne tient ni à fer, ni à clous *vx.*
Cela est peu solide.

Croiser le fer.
Engager le fer.
Se battre.
Se disputer.

De fer.
Dur, solide.
Impitoyable.
Entêté.

En fer à cheval.
En demi-cercle.

Faire feu des quatre fers.
Courir très rapidement.
Faire tout pour réussir.

Fer de lance.
Dispositif avancé.

Fil de fer *fam.*
Se dit d'une personne très maigre.

Jeter aux fers.
Mettre en prison.

Les quatre fers en l'air *fam.*
Sur le dos.

Mettre les fers au feu *vx.*
S'occuper activement d'une affaire.

Nager comme un fer à repasser.
Nager de façon très maladroite.

Ne pas valoir les quatre fers d'un chien *vx.*
Être sans valeur.

Par le fer et par le feu.
Par les moyens les plus violents.
Porter le fer dans une plaie.
Remédier brutalement à un mal moral.
Se battre à fer émoulu.
Discuter sans ménager son interlocuteur.
Un pot de terre contre un pot de fer.
Se dit d'une lutte inégale.
Une main de fer dans un gant de velours.
Se dit d'une autorité ferme mêlée de douceur.

férir

Sans coup férir.
Sans combattre.
Sans rencontrer de difficulté.

ferme

Attendre de pied ferme.
Être décidé à résister vigoureusement.
Avoir la main, la poigne ferme.
Avoir une grande autorité.
Faire ferme *lit.*
Tenir ferme.
Résister.
Ferme propos.
Résolution inébranlable.
Sauter de ferme à ferme *vx.*
Sauter sur place.

fermer

Fermer boutique *fam.*
Cesser de travailler.
Fermer l'œil, les paupières.
S'endormir.
Fermer l'oreille à quelque chose.
Refuser de l'entendre.
Fermer la bouche à quelqu'un *fam.*
Le faire taire.
Fermer la porte à quelque chose.
L'empêcher de se développer.
Fermer les yeux sur quelque chose.
Faire semblant de ne pas s'en apercevoir.

Fermer sa bourse à quelqu'un.
Refuser de lui donner de l'argent.
Fermer sa maison à quelqu'un.
Refuser de le recevoir.
Fermer son clapet, sa gueule, sa malle *pop.*
La fermer *pop.*
Se taire.
Il ne reste plus qu'à fermer boutique *fam.*
Après cela il n'y a plus rien à dire ou à faire.
Les yeux fermés.
En toute confiance.
Facilement.

ferraille

Bon pour la ferraille.
À mettre au rebut.
Bruit de ferraille.
Bruit métallique.

ferré

Être ferré à glace sur quelque chose *vx.*
Connaître parfaitement le sujet.

ferrer

Ferrer la mule *vx.*
Voler.
Ferrer les cigales, les oies *vx.*
Faire un travail inutile.
Se laisser ferrer *vx.*
Être docile.

féru

Féru d'amour *lit.*
Amoureux.

férule

Sous la férule de.
Sous l'autorité de.
Tenir la férule *vx.*
Être professeur.

fesse

Avoir eu chaud aux fesses *pop.*
Avoir échappé de justesse à un danger.
Comme des fesses *fam.*
Rebondi.
En avoir dans la fesse *pop.*
Subir une grosse perte.

Gare à tes fesses! *pop.*
Attention!

Histoire de fesses *pop.*
Histoire grivoise.

Il n'y a pas à tortiller des fesses *pop.*
Il n'y a pas moyen de faire autrement.

La peau des fesses *pop.*
Très cher.

N'être assis que d'une fesse *fam.*
Être prêt à se lever.

N'y aller que d'une fesse *pop.*
Agir sans conviction.

Occupe-toi de tes fesses! *pop.*
Occupe-toi de ce qui te regarde.

Poser ses fesses *fam.*
S'asseoir.

S'en battre, s'en taper les fesses *pop.*
S'en moquer.

fesser

Fesser son vin *lit.*
Boire très vite.

fête

C'est la fête au village *pop.*
L'amusement est général.

Ça va être ma (ta...) fête *pop.*
Je vais me faire rudement corriger.

Ce n'est pas tous les jours fête.
L'occasion de s'amuser ne se présente pas tous les jours.

Deviner les fêtes quand elles sont passées *vx.*
Apprendre à quelqu'un ce qu'il connaît déjà.

Être en fête.
Se réjouir.

Faire fête à quelqu'un.
L'accueillir chaleureusement.

Faire la fête.
S'amuser.

Il n'y a pas de bonne fête sans lendemain *vx.*
Un lendemain de fête est encore une occasion de se réjouir.

Les jours de fêtes carillonnées *fam.*
Pour les grandes occasions.

N'a pas bonne fête qui met quelqu'un dehors.
L'insociabilité finit toujours par être punie.

Ne jamais avoir été à pareille fête.
N'avoir jamais connu de moments aussi agréables.

Ne pas être à la fête.
Être dans une situation désagréable.

Que la fête continue!
Exclamation venant après une interruption.

Se donner une fête.
Se divertir aux dépens de quelqu'un.

Se faire de fête *lit.*
Participer à quelque chose sans y être invité.

Se faire une fête de.
Se promettre un grand plaisir de.

Triste comme un lendemain de fête.
Très triste.

Troubler la fête.
Être importun.

fêter

Fêter la bouteille *fam.*
Aimer boire.

fétu

Cogner le fétu *vx.*
Perdre son temps.

Ne pas donner un fétu de quelque chose *vx.*
Ne lui accorder aucune valeur.

Ne pas peser un fétu *vx.*
N'avoir aucune importance.

Rompre le fétu avec quelqu'un *vx.*
Cesser toutes relations avec lui.

Se soucier d'une chose comme d'un fétu *vx.*
S'en moquer totalement.

feu

À petit feu.
Lentement.

Affronter les feux de la rampe.
Monter sur une scène.

Arracher le feu aux pavés.
Aller très vite.

Avoir du feu *fam.*
Avoir de quoi allumer une ci-garette ou une pipe.

Avoir le feu au cul, aux fesses *pop.*

Avoir le feu au derrière *fam.*
Manifester une hâte extrême.
Être très portée à l'amour, pour une femme.

Avoir le feu sacré *fam.*
Manifester un zèle extrême pour quelque chose.

Baptême du feu.
Première expérience.

Coup de feu.
Moment de grande occupation.

Courir quelque part comme au feu.
Aller à un endroit très rapide-ment.

Craindre quelque chose comme le feu.
Redouter quelque chose tout particulièrement.

Crier au feu.
Avertir d'un danger.

Dans le feu de.
Dans l'ardeur de.

Donner le feu vert *fam.*
Autoriser.

De feu.

En feu.
Brûlant.

En mettre sa main au feu.
Affirmer avec force sa certitude.

Être comme l'eau et le feu.
Être de naturel opposé.

Être plein de feu.
Être très vif.

Être pris entre deux feux.
Être dans une situation inextri-cable.

Être tout feu, tout flamme.
Manifester une grande ardeur.

Faire feu de tous bords.
Agir de tous côtés.

Faire feu de tout bois.
Utiliser tous les moyens dont on dispose pour réussir dans son entreprise.

Faire feu des quatre fers.
Courir très rapidement.
Faire tout pour réussir.

Faire feu qui dure *vx.*
Ménager ses forces.

Faire feu violet *vx.*
Faire des promesses inconsidé-rées.

Faire la part du feu.
Sacrifier ce qui ne peut être sauvé pour protéger le reste.

Faire les feux *vx.*
Se réjouir.

Faire long feu.
Manquer son but.

Faire mourir quelqu'un à petit feu.
L'épuiser progressivement.

Feu d'artifice.
Manifestation éblouissante.

Feu d'enfer.
Feu très chaud.

Feu de paille.
Sentiment violent et passager.
Trouble de peu de durée.

Feu roulant.
Suite ininterrompue.

Il n'est feu que de bois vert.
La jeunesse est l'âge le plus actif.

Il n'y a pas de fumée sans feu.
Tout effet a une cause.
Toute rumeur a un fondement.

Jeter de l'huile sur le feu.
Envenimer une querelle.

Jeter feu et flamme.
Être dans une violente colère.

Jeter tout son feu.
Épuiser rapidement ses forces.

Jouer avec le feu.
Prendre des risques inconsi-dérés.

Le feu couve sous la cendre.
Se dit d'une passion prête à se réveiller.

Le feu n'est pas à la maison *fam.*
Rien ne presse.

Mettre à feu et à sang.
Dévaster.

Mettre le feu à.
Provoquer à la violence.

Mettre le feu aux poudres.
Provoquer un drame.

N'y voir que du feu.
Ne rien comprendre à quelque chose.

Ne pas faire long feu.
Ne pas durer longtemps.

Ouvrir le feu.
Commencer.

Péter le feu *pop.*
Se montrer très actif.

Pleins feux sur.
Mise en vedette de.

Premier feu.
Passion peu durable.

Prendre feu.
Être saisi par l'enthousiasme.

Sans feu ni lieu.
Sans domicile fixe.
Pauvre.

Se jeter à travers le feu pour quelqu'un.
Faire preuve d'un dévouement total à son égard.

Souffler sur le feu.
Exciter.

Tempérament de feu.
Tempérament passionné.

Tirer les marrons du feu.
Se donner du mal pour le profit d'autrui.
Faire faire par un autre quelque chose de périlleux.

Y a pas le feu *fam.*
Il n'y a pas d'urgence.

feuille

Dur de la feuille *pop.*
Sourd.

Feuille de chou *fam.*
Journal de mauvaise qualité.

Feuilles de chêne *lit.*
Choses sans valeur.

Porter des feuilles au bois *vx.*
Faire des choses inutiles.

Qui a peur des feuilles n'aille point au bois.
Il ne faut pas s'engager dans une affaire si on en craint les suites ordinaires.

Regarder la feuille à l'envers *pop.*
Avoir des relations sexuelles, en parlant d'une femme.

Tomber en feuille morte.
Tomber en tournoyant.

Trembler comme une feuille.
Trembler très fortement de peur.

feutré

À pas feutrés.
Sans faire de bruit.

fève

Donner un pois pour une fève *vx.*
Donner une chose insignifiante en échange de quelque chose de valeur.

Rendre fève pour pois *vx.*
Rendre la pareille.

fi

Faire fi de.
Se moquer de.

Fi de *vx.*
Expression marquant le mépris.

fiacre

Jurer, sacrer comme un fiacre *vx.*
Jurer très grossièrement.

Paupières en capote de fiacre *fam.*
Paupières plissées.

Remiser son fiacre *vx.*
Changer de conduite.

fiasco

Faire fiasco.
Échouer.

fibre

Avoir la fibre sensible.
Être très disposé à la sensibilité.

ficelé

Mal ficelé *fam.*
Mal arrangé.

ficelle

C'est ficelle *fam.*
Ce n'est pas facile.

Déménager à la ficelle *vx.*
Partir sans payer.

Être ficelle *fam.*
Être difficile à tromper.

Ficelles du métier.
Procédés propres à un métier ou à un art.

Tirer les ficelles.
Faire agir les autres en demeurant dans l'ombre.

Tirer sur la ficelle *fam.*
Exagérer.

Voir la ficelle.
Voir comment une chose est faite.

fiche

Fiche de consolation *vx.*
Dédommagement.

ficher

En ficher son billet à quelqu'un *pop.*
Lui assurer quelque chose.

En ficher un coup *fam.*
Faire preuve d'ardeur au travail.

Envoyer faire fiche *pop.*
Envoyer promener.

Ficher la paix à quelqu'un *pop.*
Le laisser tranquille.

Ficher le camp *fam.*
Partir rapidement.

Ficher par terre *fam.*
Faire échouer une entreprise.

Ficher quelqu'un à la porte *fam.*
Le congédier.

Ficher quelqu'un dedans *pop.*
Le tromper.
Le punir.

Je t'en fiche! *pop.*
Ce n'est pas vrai!

Ne pas en ficher un clou *pop.*
Ne rien faire.

On t'en fichera! *pop.*
Pas question d'en avoir davantage!

Qu'est-ce que ça peut me fiche? *pop.*
Je m'en moque totalement.

Qu'est-ce que tu fiches? *fam.*
Qu'est-ce que tu fais?

S'en ficher comme de colintampon *fam.*

S'en ficher comme d'une guigne *fam.*
S'en désintéresser totalement.

Se ficher du monde, du peuple *pop.*
Se moquer de tout.

fichu

Être fichu *pop.*
Être perdu.

Être fichu comme l'as de pique *pop.*

Être fichu comme un paquet de linge, comme quatre sous *fam.*
Être mal habillé, mal arrangé.

Être fichu de *fam.*
Être capable de.

Être mal fichu *fam.*
Être malade.

Un fichu drôle *vx.*
Personne ridicule et inconvenante.

fiction

De fiction *lit.*
De convention.

fidèle

Fidèle au poste.
Qui ne manque pas aux obligations de sa fonction.

fiel

N'avoir pas plus de fiel qu'un pigeon.
N'avoir aucune méchanceté.

fier

Fier comme Artaban, comme un Écossais, comme un pou *fam.*
Très orgueilleux et vain.

fier

Se tenir sur son fier *vx.*
Conserver une attitude distante.

fier

À qui se fier!
On ne peut avoir confiance en personne.

Fiez-vous-y!
N'y comptez pas!

Ne pas s'y fier.
Ne pas se risquer à quelque chose.

flérot

Faire le fiérot *fam.*
Manifester une assurance feinte.

fiesta

Faire la fiesta *fam.*
S'amuser bruyamment.

fièvre

Avec fièvre.
Avec ardeur.

Fièvre de cheval *fam.*
Très forte fièvre.

fifrelin

Être sans un fifrelin *fam.*
Être pauvre.

Ne pas valoir un fifrelin *fam.*
N'avoir aucune valeur.

fifty

Faire fifty-fifty *fam.*
Partager équitablement.

figer

Figer le sang.
Effrayer.

figue

Faire la figue à quelqu'un *vx.*
Se moquer de lui.

Mi-figue, mi-raisin.
Moitié de gré, moitié de force.
*Moitié en plaisantant, moitié sé-
rieusement.*

figure

Chevalier à la triste figure.
Personne morose.

Faire bonne figure.
Être à son avantage.

Faire bonne figure à quelqu'un.
Lui faire bon accueil.

Faire figure de.
Apparaître comme.

Faire triste figure.
Être dans une situation difficile.

Figure de circonstance.

Figure d'enterrement *fam.*
Visage attristé.

Ne plus avoir figure humaine.
Être méconnaissable.

Se casser la figure *fam.*
Échouer.
Tomber.

figurer

Figurez-vous !
*Expression servant à annoncer
et à renforcer un jugement, une
affirmation.*

fil

Aller contre le fil de l'eau.
*Se lancer dans une entreprise
contraire.*

Au fil de.
Tout au long de.

Avoir le fil.
Être rusé.

Avoir quelqu'un au bout du fil
fam.
*Être en conversation télépho-
nique.*

Avoir un fil à la patte.
*Être sous la dépendance de
quelqu'un.*

Coup de fil *fam.*
Appel téléphonique.

Coupeur de fil en quatre.
*Personne excessivement minu-
tieuse.*

Cousu de fil blanc.
*Se dit d'un procédé grossier et
très apparent.*

De droit fil *lit.*
En ligne droite.

De fil en aiguille.
Par une progression naturelle.

Donner du fil à.
Affûter.
Embellir pour tromper.

Donner, avoir du fil à retordre
fam.
*Causer, avoir de grandes diffi-
cultés.*

Fil d'Ariane.

Fil conducteur.
*Moyen de se diriger dans une
situation complexe.*

Ne pas avoir inventé le fil à
couper le beurre *fam.*
Être sot.

Ne tenir qu'à un fil.
*Se dit de quelque chose suscep-
tible d'être détruit au moindre
incident.*

Passer au fil de l'épée.
Massacrer.

Perdre le fil.
Oublier ce qu'on voulait dire.

Se laisser aller au fil de l'eau.
Ne faire aucun effort.

filasse

Cheveux (blond) filasse.
Cheveux d'un blond très pâle.

filature

Prendre quelqu'un en filature *fam.*
Se mettre à le suivre.

file

À la file.
Successivement.

En double file.
Sur une file parallèle.

En file indienne.
Les uns derrière les autres.

filer

Filer à l'anglaise.
Partir subrepticement.

Filer comme un dard *vx.*

Filer comme un trait.
Aller très vite.

Filer doux *fam.*
Obéir.

Filer le dur, le train *pop.*
Partir.

Filer le dur, le train à quelqu'un *pop.*
Le suivre.

Filer le parfait amour avec quelqu'un *fam.*
Jouir d'un amour réciproque.

Filer un jeton, une mandale à quelqu'un *pop.*
Le frapper.

Filer un mauvais coton *fam.*
Être dans une situation critique.
Être dans une situation dangereuse.
Être malade.

filet

Avoir le filet bien coupé *fam.*
Être bavard.

Filet de voix.
Voix faible.

filet

Coup de filet.
Arrestation fructueuse.

Monter au filet *fam.*
S'engager individuellement.

Tenir quelqu'un au filet.
Le faire attendre.

Tomber dans les filets de.
Se faire prendre.

Travailler sans filet *fam.*
Se lancer dans une entreprise périlleuse sans aucune sauvegarde.

filigrane

En filigrane.
De façon imperceptible.

fille

Être bonne fille.
Être généreuse.

Faire d'une fille deux gendres *vx.*
Être habile.

Fille d'amour, de joie, des rues.
Fille de barrière *vx.*
Prostituée.

Jouer la fille de l'air *pop.*
S'enfuir.

La plus belle fille du monde ne peut donner que ce qu'elle a.
Il n'est pas possible de faire plus que ce qui a été fait.

Vieille fille.
Femme prude et laide.

fillette

Bonjour lunettes, adieu fillettes *vx.*
Avec l'âge, il faut renoncer à la séduction.

filon

Exploiter le filon *fam.*
Profiter d'une situation favorable.

Tenir, trouver le filon *fam.*
Trouver un moyen facile de s'enrichir.

fils

Être fils de ses œuvres.
Réussir grâce à un travail personnel.

Fils d'archevêque *fam.*

Fils à papa *fam.*
Jeune homme qui ne réussit que grâce à l'influence de ses parents.

Fils de famille.
Jeune homme appartenant à une famille riche.

Fils de garce, de putain *pop.*
Injures.

fin

À bonne fin.
En se proposant un but hono-rable.

À cette fin de.

À seule fin de.
En vue de.

À la fin.
Finalement.

À telle fin que de raison.
Pour atteindre le résultat rai-sonnablement recherché.

À toutes fins *vx.*
Quel que soit le résultat.

À toutes fins utiles.
Par précaution.

Arriver, parvenir à ses fins.
Atteindre son but.

C'est la fin des haricots *fam.*
Tout est perdu.

En fin de compte.
Finalement.

En toute chose il faut considérer la fin.
Il faut examiner, avant de s'en-gager dans une affaire, la façon dont elle peut se terminer.

Être, tirer à sa fin.

Toucher à sa fin *fam.*
Se terminer.

Faire une fin.
Se marier.

Fin de non-recevoir.
Refus.

La fin justifie les moyens.
Pour parvenir à son but, tous les moyens sont bons.

Mener à bonne fin.
Terminer avantageusement une affaire.

Mettre fin à ses jours.
Se donner la mort.

Mot de la fin.
Expression finale, spirituelle ou profonde, dans une conversation.

N'avoir ni fin ni cesse.
Ne jamais finir.

Qui veut la fin veut les moyens.
Pour réussir, il ne faut pas hé-siter sur les moyens d'y parve-nir.

Sans fin.
Continuellement.

fin

Au fin fond de.
Dans la partie la plus reculée de.

Avoir l'air fin *fam.*
Être ridicule.

Avoir le nez fin.
Être très perspicace.

En faire le fin *lit.*
Essayer de cacher sa pensée.

Faire la fine bouche.
Se montrer difficile.

Faire le fin.
Se piquer d'adresse.

Fin à dorer *lit.*
Adroit.

Fin comme une dague de plomb *lit.*

Fin comme du gros sel *fam.*
Très sot.

Fin matois *lit.*

Fin renard.
Homme rusé.

Fin tuyau *fam.*
Renseignement très utile.

Fine gueule *fam.*
Personne au goût délicat.

Fine mouche *fam.*
Personne adroite.

Jouer au plus fin *fam.*
Rivaliser d'adresse ou de dupli-cité.

La fine fleur de.
Ce qu'il y a de plus recherché dans un ensemble.

Le fin du fin.
Ce qu'il y a de plus remar-quable.

Le fin mot.
La raison véritable.

Partie fine.
Réunion de plaisir.

Passer au peigne fin *fam.*
Examiner minutieusement.

Savoir le fin de quelque chose *lit.*

Savoir le fort et le fin de quelque chose *lit.*
En connaître tous les secrets.

final

Cause finale.
Résultat en vue duquel une chose est faite.
Mettre un point final à quelque chose.
Y apporter la conclusion.
Rester dans l'impénitence finale *lit.*
Persévérer dans ses erreurs.

finale

En finale.
À la fin.

finesse

Faire finesse *vx.*
Dissimuler.

fini

N, i, ni, c'est fini *fam.*
Se dit pour conclure définitivement.

finir

À n'en plus finir.
Interminablement.
En finir avec quelqu'un.
S'en débarrasser.
En finir avec quelque chose.
Parvenir au terme de quelque chose.
Finir en beauté.
Terminer de façon remarquable.
Finir en queue de poisson *fam.*
Se terminer de façon inattendue et décevante.
Finir mal.
En venir à commettre des actes répréhensibles.
N'en pas finir de.
Faire quelque chose très lentement.
Ne pas finir *fam.*
Être très long.
Tout est bien qui finit bien.
Se dit pour souligner une fin heureuse après des péripéties variées.

finish

Au finish.
Jusqu'à la défaite d'un des adversaires.

fiole

Se payer la fiole de quelqu'un *pop.*
Se moquer de lui.

fion

Donner le coup de fion *pop.*
Mettre la dernière main à un ouvrage.

fissa

Faire fissa *pop.*
Se hâter.

fissure

En boucher une fissure *fam.*
Étonner.

fixation

Abcès de fixation.
Élément qui empêche la propagation de troubles.

fixe

Idée fixe.
Pensée dont l'esprit ne peut se détacher.

fixer

Être fixé sur quelqu'un.
Savoir parfaitement ce qu'il faut en penser.
Fixer l'attention.
Attirer sur soi l'attention.
Fixer les regards.
Attirer sur soi les regards.
Fixer son regard, ses yeux sur.
Regarder avec insistance.
Ne pas être fixé *fam.*
Ne pas savoir ce que l'on veut.
Ne pas savoir ce qu'il en est.

flacon

Qu'importe le flacon, pourvu qu'on ait l'ivresse !
L'aspect extérieur des choses et des gens passe après le plaisir qu'ils procurent.

fla-fla

Sans fla-fla *fam.*
En toute simplicité.

flagada

Se sentir flagada *pop.*
Se sentir faible.

flagrant
En flagrant délit.
Sur le fait.

flambant
Flambant neuf.
Tout nouveau.

flambard
Faire le flambard *fam.*
Faire le fanfaron.

flambeau
Passer le flambeau.
Confier à d'autres la poursuite d'une entreprise.
Rallumer le flambeau de.
Faire revivre.
Se passer le flambeau.
Intervenir l'un après l'autre dans une entreprise collective.

flamberge
Mettre flamberge au vent *lit.*
Prendre une attitude agressive.

flamme
Descendre en flammes *fam.*
Critiquer violemment.
Être tout feu, tout flamme.
Manifester une grande ardeur.
Jeter feu et flamme.
Être dans une violente colère.
Retour de flamme.
Suites inattendues et dangereuses.

flan
À la flan *pop.*
Sans valeur.
Au flan *pop.*
À tout hasard.
C'est du flan *pop.*
Ce n'est pas sérieux.
En être, en rester comme deux ronds de flan *pop.*
Être très étonné.
Le faire au flan *pop.*
Mentir.

flanc
À flanc de.
Sur la pente de.
Être sur le flanc.
Être alité.
Être très fatigué.

Mettre sur le flanc.
Épuiser.
Prendre sur le flanc.
Attaquer de côté.
Prêter le flanc à.
S'exposer à.
Se battre les flancs *fam.*
Faire des efforts inutiles.
Tirer au flanc *pop.*
Se soustraire aux corvées.

flandrin
Grand flandrin *fam.*
Jeune homme dégingandé et maladroit.

flanelle
Avoir les jambes en flanelle *fam.*
Être sans force par faiblesse ou par peur.
Faire flanelle *vx.*
Échouer.

flanquer
Flanquer dehors *fam.*
Chasser brutalement.
Flanquer une pile, une tripotée *pop.*
Frapper violemment.
Se flanquer par terre *fam.*
Tomber.

flash
Avoir un flash *fam.*
Avoir une idée lumineuse.

flèche
Comme une flèche.
Rapidement.
Être placé en flèche.
Être placé dans la direction de l'objectif ennemi.
Faire flèche.
Atteindre son but.
Faire flèche de tout bois *fam.*
Utiliser tous les moyens dont on dispose pour réussir dans son entreprise.
Flèche du Parthe *lit.*
Critique blessante lancée à la fin d'une rencontre ou d'une conversation.
Monter en flèche.
Subir une hausse brusque et rapide.

fléchir
Fléchir le genou.
Avoir une attitude d'humilité.

flemme
Avoir la flemme *pop.*
Être paresseux.
Battre sa flemme *vx.*
Tirer sa flemme *pop.*
S'adonner à la paresse.

fleur
À fleur de.
À la surface de.
À fleur de peau.
Superficiel.
À la fleur de l'âge.
En pleine jeunesse.
Avoir la fleur de quelque chose *vx.*
S'en servir le premier.
Avoir les nerfs à fleur de peau *fam.*
Être très irritable.
Comme une fleur *fam.*
Très facilement.
Couvrir quelqu'un de fleurs.
En faire l'éloge.
En fleur.
Au début.
Être fleur bleue.
Être sentimental.
Faire une fleur à quelqu'un *pop.*
Lui accorder un avantage.
Fleur de gourde, de nave *pop.*
Personne très sotte.
Jeter des fleurs.
Adresser des compliments.
La fleur au fusil.
Avec enthousiasme.
La fleur des pois *vx.*
Homme élégant.
Le dire avec des fleurs.
Remercier quelqu'un en lui offrant des fleurs.
Ni fleurs ni couronnes.
Simplement.

fleurer
Fleurer bon.
Avoir une odeur agréable.
Fleurer comme un baume *vx.*
Sentir très bon.

fleuret
À fleurets mouchetés.
Se dit d'un échange sans gravité.

fleurette
Conter fleurette.
Faire la cour.

fleuron
Le plus beau fleuron.
Ce qu'il y a de mieux.

fleuve
Avoir une barbe de fleuve.
Avoir une longue barbe.

flipper
Flipper dans ses santiags *pop.*
Avoir peur.
Être très inquiet ou dans l'embarras.

flopée
Recevoir une flopée *pop.*
Recevoir des coups.
Une flopée de *pop.*
Une grande quantité de.

florès
Faire florès *vx.*
Réussir brillamment.

flot
À flots.
À grands flots.
Abondamment.
Déverser des flots de bile.
Invectiver brutalement.
Être à flot.
Être dans une bonne situation.
Faire couler des flots d'encre.
Susciter de nombreux commentaires.
Remettre à flot.
Remettre dans une situation avantageuse après des difficultés.

flou
Flou artistique.
Imprécision voulue.

flûte
Accorder ses flûtes *vx.*
S'entendre.

Ce qui vient de la flûte s'en va au tambourin.
Ce qui est acquis malhonnêtement se perd par la même voie.
C'est comme si on flûtait *fam.*
Cela ne sert à rien.
Jouer des flûtes *pop.*
Courir.

flux

Flux de bouche *lit.*
Facilité d'élocution.

foi

Ajouter foi à.
Croire.
De bonne foi.
Par excès de confiance.
Donner sa foi.
Promettre solennellement.
Être de bonne, mauvaise foi.
Être sincère, déloyal.
Faire foi.
Prouver.
Foi punique.
Déloyauté.
Homme de peu de foi.
Personne sceptique.
Il n'y a que la foi qui sauve.
Se dit d'un excès de confiance ou de crédulité.
La foi du charbonnier.
Foi naïve.
Laisser quelqu'un sur sa foi *lit.*
Le laisser libre d'agir.
Ma foi.
Expression soulignant une affirmation.
N'avoir ni foi ni loi.
Être dépourvu de tout sens moral.
Par ma foi !
Je l'affirme.
Sur la foi de.
En lui accordant confiance.
Voir avec les yeux de la foi.
Croire aveuglément.

foie

Avoir les foies (blancs) *pop.*
Avoir peur.
Donner les foies à quelqu'un *pop.*
Lui faire peur.

foin

Avoir du foin dans ses bottes *fam.*
Être riche.
Bailler foin en corne *vx.*
Tromper.
Chercher une aiguille dans une botte de foin.
Chercher quelque chose de pratiquement introuvable.
Être bête à manger du foin *fam.*
Être très bête.
Faire du foin *pop.*
Faire du tapage.

foire

Acheter à la foire d'empoigne *fam.*
Voler.
Faire la foire *fam.*
Mener une vie de débauche.
Foire d'empoigne *fam.*
Réunion où les gens agissent de façon brutale et peu scrupuleuse.
S'entendre comme larrons en foire *fam.*
Être de connivence dans une entreprise blâmable.

foire

Foutre la foire *pop.*
Faire peur.

fois

À cette fois *lit.*
En cette occasion.
À la fois.
Tout à la fois.
En même temps.
Des fois *pop.*
Parfois.
Ne pas se le faire dire deux fois *fam.*
Obéir avec empressement.
Non, mais des fois ! *pop.*
Expression marquant le refus.
Par deux fois.
À deux reprises.
Plutôt deux fois qu'une *fam.*
Très volontiers.
Pour une fois.
Par exception.
Trente-six fois.
Très souvent.

Une bonne fois.
Une fois.
Une fois pour toutes.
Définitivement.
Une fois n'est pas coutume.
Se dit pour excuser un acte inhabituel.
Y regarder à deux fois *fam.*
Y regarder à plusieurs fois *fam.*
Hésiter avant d'agir.

foison
À foison.
En grande quantité.

folichon
Ne pas être folichon *fam.*
Ne pas être divertissant.

folie
À la folie.
Avec intensité.
Avoir la folie des grandeurs *fam.*
Être mégalomane.
Faire mille folies *vx.*
Être d'une gaieté excessive.
Faire une folie.
Faire une action déraisonnable.

foncer
Foncer dans le brouillard *fam.*
Agir sans se préoccuper des conséquences.

fonction
En fonction de.
En considération de.
La fonction crée l'organe.
Le besoin fait naître les moyens de le satisfaire.

fond
À fond.
Complètement.
À fond de caisse, de cale *pop.*
À fond de train *fam.*
Très rapidement.
À fond de cale *pop.*
Sans ressources.
Au fond.
Dans le fond.
En y réfléchissant bien.
Avoir un bon fond.
Être bon et honnête.

Boire le fond de la coupe.
Subir jusqu'au bout les pires humiliations.
De fond.
Fondamental.
De fond en comble.
Entièrement.
Envoyer par le fond.
Couler un navire.
Faire fond sur.
Mettre sa confiance dans.
Le fin fond de.
La partie la plus reculée de.
Le fond du tableau.
Impression générale sur laquelle se détachent les détails.
Le fond de l'air.
La température réelle.
Toile de fond.
Arrière-plan.
User ses fonds de culotte sur les bancs d'une école *fam.*
Y faire toutes ses études.
Venir au fond.
S'expliquer sans détour.
Vider le fond de son sac *fam.*
Révéler ce que l'on gardait pour soi.
Vider ses fonds de tiroir *fam.*
Utiliser ses dernières ressources.

fondé
Être fondé à.
Avoir de solides raisons pour.

fonder
Fonder un foyer.
Se marier.

fondre
Fondre comme neige au soleil.
Disparaître très rapidement.
Fondre en larmes.
Se mettre soudain à pleurer abondamment.
Fondre la cloche *vx.*
Conclure une affaire.
Fondre la glace.
Faire cesser la gêne entre des personnes.

fonds

À fonds perdu *fam.*
Se dit de sommes prêtées à un débiteur insolvable.

Être en fonds.
Avoir de l'argent.

Être en fonds pour.
Être capable de.

Les fonds sont bas *fam.*
L'argent manque.

fontaine

Fontaine de jouvence.
Ce qui fait rajeunir.

Il ne faut pas jurer : Fontaine, je ne boirai pas de ton eau.
Il ne faut jamais dire que l'on ne recourra pas à certaines choses.

Pleurer comme une fontaine *fam.*
Pleurer abondamment.

fonts

Tenir sur les fonts.
Parrainer une entreprise.

for

En mon (ton...) for intérieur.
Dans le secret de ma (ta...) conscience.

forçat

Travailler comme un forçat.
Travailler très durement.

force

À force *fam.*
À la longue.

À force de.
Avec beaucoup de.

À la force du poignet.
Par sa seule énergie.

À toute force.
Avec la plus grande énergie.

Avoir force de loi.
Avoir la même autorité que celle d'une loi.

Cas de force majeure.
Événement imprévisible qui empêche de remplir une obligation.

Dans toute la force du terme.
En prenant le mot dans sa pleine signification.

De gré ou de force.
Qu'on le veuille ou non.

De première force.
Très habile.

De vive force.
En usant de la contrainte physique.

Épreuve de force.
Affrontement dont l'issue dépend du rapport des forces en présence.

Être de force à.
Être capable de.

Être en force.
Être supérieur.

Faire force de rames, de voiles.
Aller le plus vite possible.

Force de l'âge.
Période de la vie où l'être humain a le plus d'énergie.

Force de la nature.
Personne très robuste.

Force est de.
Il est nécessaire de.

Idée-force.
Opinion qui s'impose irrésistiblement.

Par force.
Par nécessité.

Par la force des choses.
Nécessairement.

Tour de force.
Action exigeant un effort exceptionnel.
Solution heureuse d'une difficulté.

forcer

Forcer la dose *fam.*
Exagérer.

Forcer la main à quelqu'un.
Le contraindre à faire quelque chose.

Forcer la marche, le pas.
Se dépêcher.

Forcer la porte de quelqu'un.
Entrer chez lui contre son gré.

Forcer quelqu'un dans ses (derniers) retranchements.
Détruire ses arguments les plus forts.

forcing

Faire le forcing *fam.*
Attaquer avec obstination.

forêt

Les arbres cachent la forêt.
L'attention aux détails ne permet pas de voir l'ensemble.

forfait

Déclarer forfait.
Renoncer.

forge

Souffler comme une forge *fam.*
Avoir le souffle court et oppressé.

forger

C'est en forgeant qu'on devient forgeron.
L'habileté vient en s'exerçant.

forme

Avoir, tenir la forme *fam.*
Tenir la grande forme *fam.*
Être plein de vitalité.
Dans les formes.
En respectant les usages établis.
De pure forme.
Qui ne concerne que l'apparence.
En bonne et due forme.
De façon parfaite et adéquate.
Être en forme.
Être en bonne condition physique.
Mettre, prendre les formes.
Prendre des précautions.
Pour la forme.
Sans conviction.
Prendre forme.
Prendre un aspect satisfaisant.
Sans autre forme de procès.
Sans autre intervention.
Vice de forme.
Défaut qui rend nul un acte juridique par omission d'une des formalités légales.

formule

Ne parler que par formules.
Avoir un langage compassé.

fort

À plus forte raison.
D'autant plus.
Au fort de.

Au plus fort de.
Dans le fort de.
Au plus haut point de.
C'est plus fort que de jouer au bouchon *fam.*
C'est étonnant.
C'est insupportable.
C'est plus fort que le roquefort! *fam.*
Exclamation de protestation.
C'est incroyable!
C'est plus fort que moi *fam.*
Je ne peux m'en empêcher.
C'est trop fort! *fam.*
C'est exagéré.
Ce n'est pas très fort *fam.*
C'est peu intéressant.
De plus en plus fort!
Expression marquant l'étonnement.
En dire de fortes *fam.*
Mentir.
Esprit fort.
Personne qui agit contrairement à l'opinion commune.
Être fort en thème.
Être très appliqué.
Être fort pour.
Avoir du goût pour.
Faire fort sur.
Compter sur.
Fort comme un bœuf *fam.*
Très vigoureux.
Fort en gueule *pop.*
Se dit d'une personne très véhémente et insolente.
Forte femme.
Femme énergique.
Forte tête.
Personne indocile.
L'homme fort.
Personne qui dispose du pouvoir.
La raison du plus fort est toujours la meilleure.
La force l'emporte toujours sur le droit.
Manière forte.
Recours à la violence.
Payer le prix fort.
Payer cher.
Prêter main-forte à quelqu'un.
L'aider.

Se faire fort de.
S'estimer capable de.

Y aller fort *fam.*
Exagérer.

fortune

À la fortune du pot.
Sans façon.

Attacher un clou à la roue de la fortune.
Se prémunir contre un changement de situation.

Bonne fortune.
Chance heureuse.

Courir fortune de *lit.*
Être sur le point de.

Courir la fortune du pot *vx.*
Risquer de mal manger.

De fortune.
Par hasard.
De façon improvisée.

Être en bonne fortune.
Être en galante compagnie.

Être l'artisan de sa fortune.
Être responsable de sa destinée.

Faire contre mauvaise fortune bon cœur.
Se montrer courageux dans l'adversité.

Faire fortune.
S'enrichir.

Homme à bonnes fortunes.
Homme qui a beaucoup de succès auprès des femmes.

La fortune vient en dormant.
La richesse vient souvent à celui qui ne se donne aucun mal pour l'acquérir.

Par fortune.
Par hasard.

Revers de fortune.
Changement de situation.

Tenter fortune.
S'engager dans une entreprise hasardeuse.

fosse

Avoir un pied dans la fosse.
Être près de mourir.

Creuser la fosse de quelqu'un.
Préparer sa perte.

Creuser sa fosse avec ses dents *fam.*
Faire des excès de table.

Pisser sur la fosse de quelqu'un *vx.*
Lui survivre.

fossé

Au bout du fossé la culbute *fam.*
Se dit d'une entreprise risquée.

Sauter le fossé.
Prendre, après hésitation, une décision hasardeuse.

fou

Amoureux fou.
Très amoureux.

Avoir une patte folle *fam.*
Boiter.

Comme un fou.
Furieusement.

Être coiffé comme un chien fou *fam.*
Être ébouriffé.

Fou à lier *fam.*
Totalement fou.

Fou de.
Passionné par.

Fou de son corps.
Se dit de quelqu'un qui mène une vie de débauche.

La folle du logis.
L'imagination.

Maison de fous *fam.*
Endroit où les gens ont un comportement bizarre.

Plus on est de fous, plus on rit.
Plus on est nombreux, plus on s'amuse.

Rire comme un fou.
Rire bruyamment.

Un tout fou *fam.*
Une personne agitée.

Une tête folle.
Une personne irréfléchie.

Vierge folle.
Fille légère.

foudre

Comme la foudre.
Rapidement et violemment.

Coup de foudre.
Passion subite et violente.
Événement imprévu.

Être frappé par la foudre.
Être stupéfait.

foudre

Un foudre de guerre.
Guerrier redoutable.
Bravache.

foudroyer

Foudroyer quelqu'un du regard.
Le regarder avec des yeux me-naçants.

fouet

Coup de fouet.
Impulsion.
De plein fouet.
De face et avec violence.

fouetter

Apporter, donner des verges pour se faire fouetter.
Donner des armes contre soi-même.
Avoir d'autres chats à fouetter.
Avoir des choses plus impor-tantes à faire.
Fouette, cocher! *fam.*
Expression marquant la résolu-tion.
Fouetter le sang.
Stimuler.
Il n'y a pas de quoi fouetter un chat.
La chose est sans importance.

fouetteur

Fouetteur de lièvres *vx.*
Garnement.

fouille

C'est dans la fouille *pop.*
Cela est assuré.

fouiller

Pouvoir se fouiller *pop.*
Ne pas compter sur ce qu'on souhaitait.

foulant

Ce n'est pas foulant *pop.*
Ce n'est pas fatigant.

foule

En foule.
En grand nombre.

foulée

Dans la foulée *fam.*
Immédiatement après.
Rester dans la foulée de.
Suivre de près.

fouler

Fouler aux pieds.
Mépriser.
Se la fouler *pop.*
Se fouler la rate, le tempérament *pop.*
Dépenser beaucoup d'énergie pour quelque chose.

four

Avoir quelque chose au four.
Avoir quelque chose en cours.
Ce n'est pas pour lui que le four chauffe *vx.*
Cela ne lui est pas destiné.
Faire un four *fam.*
Subir un échec.
Grand comme un four.
Très grand.
Il fait chaud comme dans un four.
Il fait très chaud.
Il fait clair, noir comme dans un four.
Il fait très noir.
On ne peut pas être à la fois au four et au moulin.
On ne peut pas s'occuper de plusieurs choses simultanément.
Venir cuire au four de quelqu'un *vx.*
Avoir besoin de lui.

fourbi

Connaître le fourbi *pop.*
Avoir une grande expérience de quelque chose.
Fourbi arabe.
Ensemble d'objets en désordre.

fourbir

Fourbir ses armes.
Se préparer à une épreuve.

fourche

À la fourche.
Négligemment.

Passer sous les fourches caudines *lit.*
Subir des conditions humiliantes.

fourcher

La langue lui a fourché *fam.*
Il a prononcé un mot pour un autre.

fourchette

Avoir un joli coup de fourchette *fam.*
Avoir bon appétit.
Coup de la fourchette.
Traîtrise.
Déjeuner à la fourchette.
Petit déjeuner constitué par de la viande.
Être une belle, une bonne fourchette *fam.*
Être un gros mangeur.
La fourchette du père Adam *fam.*
Les doigts.
Marquer à la fourchette *pop.*
Marquer plus de points que l'on en fait.
Doubler le prix de quelque chose.
Prendre en fourchette quelqu'un.
Le coincer.
Vol à la fourchette *pop.*
Vol à la tire.

fourchu

Faire l'arbre fourchu.
Se tenir sur les mains la tête en bas.

fourmi

Avoir des fourmis dans les jambes, dans les pieds *fam.*
Ressentir des picotements dus à l'engourdissement.
Être pressé.

fourmilière

Donner un coup de pied dans la fourmilière *fam.*
Déclencher une agitation.

fourneau

Être toujours au fourneau *fam.*
Être toujours occupé.

fournée

Prendre un pain sur la fournée *vx.*
Concevoir un enfant avant le mariage.

fourré

Chat fourré *lit.*
Magistrat.
Coup fourré *fam.*
Attaque déloyale.
Faire des langues fourrées *pop.*
Embrasser.
Paix fourrée *vx.*
Paix trompeuse.

fourreau

La lame use le fourreau *fam.*
Une activité intellectuelle trop forte fatigue le corps.
Remettre l'épée au fourreau.
Se réconcilier avec quelqu'un.
Tirer l'épée hors du fourreau.
Prendre une attitude hostile envers quelqu'un.

fourrer

Fourrer au bloc *pop.*
Mettre en prison.
Fourrer quelqu'un dedans *fam.*
Le tromper.
Fourrer quelque chose dans le crâne, dans la tête de quelqu'un *fam.*
Le lui faire croire.
Fourrer son nez partout *fam.*
Se montrer indiscret.
Fourrer tout le monde dans le même sac *fam.*
Ne pas faire de distinction dans sa réprobation.
Ne pas savoir où se fourrer *fam.*
Être honteux.
S'en fourrer jusque-là *fam.*
Se goinfrer.
Se fourrer dans de sales draps *fam.*
Se fourrer dans un guêpier *fam.*
Se mettre dans une situation délicate.
Se fourrer dans la tête *fam.*
Finir par savoir.

Se fourrer le doigt dans l'œil
(jusqu'au coude) *pop.*
Se tromper.

fourrier

Se faire le fourrier de quelqu'un
lit.
Préparer son arrivée.

fourrière

Mettre en fourrière.
Mettre en dépôt par mesure administrative.

foutaise

C'est de la foutaise! *pop.*
C'est complètement idiot.

foutre

Allez vous faire foutre! *pop.*
Expression marquant l'impatience.
En foutre un coup *pop.*
Faire preuve d'ardeur au travail.
Foutre en l'air *pop.*
Renvoyer.
Détruire, jeter, mettre en désordre.
Foutre la paix à quelqu'un *pop.*
Le laisser tranquille.
Foutre le camp *pop.*
Partir rapidement.
Foutre par terre *pop.*
Renverser.
Foutre son billet à quelqu'un *pop.*
Lui assurer quelque chose.
Foutre sur la gueule à quelqu'un
pop.
Le frapper.
Foutre une beigne, une danse,
une peignée *pop.*
Frapper.
Je t'en fous *pop.*
Formule de dénégation.
Je t'en foutrais *pop.*
Expression marquant le refus.
La foutre mal *pop.*
Faire mauvais effet.
N'en avoir rien à foutre *pop.*
S'en moquer totalement.
Ne pas en foutre lourd *pop.*
Ne pas en foutre une rame *pop.*
Ne rien faire.

S'en foutre plein la lampe *pop.*
Manger très copieusement.
Se foutre de la gueule de quelqu'un *pop.*
S'en moquer.
Se foutre dedans *pop.*
Se tromper.
Se foutre en rogne *pop.*
Se mettre en colère.

foutu

Bien, mal foutu *pop.*
Bien, mal fait.
Être foutu de *pop.*
Risquer de.
Foutu comme *pop.*
Habillé comme.
Ne pas être foutu de *pop.*
Être incapable de.
Se sentir mal foutu *pop.*
Se sentir malade.

foyer

Fonder un foyer.
Se marier.
Rentrer dans ses foyers.
Revenir chez soi.

fracas

Avec perte et fracas *fam.*
À grand bruit.
Brutalement.
Faire un fracas *lit.*
Avoir beaucoup de succès.

fraîche

À la fraîche.
À l'heure où il fait frais.

frais

De fraîche date.
Qui appartient à un passé récent.
De frais.
Depuis peu.
Être frais *fam.*
Être dans une mauvaise situation.
Frais comme un gardon, comme
l'œil, comme une rose *fam.*
En bonne santé.

frais

Au frais.
Dans un endroit frais.

Mettre au frais *fam.*
Emprisonner.

Prendre le frais.
Jouir de la fraîcheur de l'air.

frais

À frais communs.
En partageant les dépenses.

À peu de frais.
Facilement.

Arrêter les frais *fam.*
Renoncer.

Aux frais de la princesse *fam.*
Aux frais de l'État.

En être pour ses frais.
Se donner du mal inutilement.

Faire des frais pour.
Se donner du mal pour.

Faire les frais de la conversation.
Être l'objet de critiques.

Faire ses frais.
Être dédommagé.

Faux frais.
Dépenses annexes.

Rentrer dans ses frais.
Être remboursé.

Se mettre en frais.
Prodiguer ses efforts.

Se mettre en frais de politesse.
Se montrer plus poli que d'ordinaire.

Sur nouveaux frais *fam.*
De nouveau.

fraise

Aller aux fraises *fam.*
Partir en promenade avec des intentions galantes.

Ramener sa fraise *pop.*
Prendre la parole à tout propos.

Sucrer les fraises *pop.*
Trembler.
Être atteint de gâtisme.

franc

Avoir les coudées franches *fam.*
Avoir toute liberté d'agir.

Franc comme l'or, comme l'osier *fam.*

Franc du collier *fam.*
Très franc.

Jouer franc jeu.
Agir loyalement.

Tout franc.
Franchement.

français

À la française.
À la mode française.

Comprendre le français.
Comprendre.

En bon français.
Clairement.

Parler français.
Parler clairement.

Parler français comme une vache espagnole *fam.*
Parler très mal le français.

France

De France et de Navarre.
De tous lieux.

franchir

Franchir le mot *vx.*
Prononcer un mot qu'on n'osait pas dire.

Franchir le pas.
Se décider à passer à l'action.

Franchir le Rubicon.
Prendre une décision irrévocable.

Franchir les bornes.
Exagérer.

Franchir un cap.
Surmonter une épreuve.

franco

Franco de port et d'emballage *fam.*
Sans frais.

Y aller franco *fam.*
Ne manifester aucune hésitation.

François

Le coup du père François *fam.*
Coup en traître.

franquette

À la bonne franquette *fam.*
Sans cérémonie.

frapper

Être frappé *pop.*
Être fou.

Être frappé au coin de.
Porter la marque de.

Être frappé de.
Être étonné de.

Frapper à la bonne porte.
S'adresser à la personne qui convient.

Frapper à la tête.
Réprimer une révolte en la privant de ses chefs.

Frapper à toutes les portes.
Solliciter toutes sortes d'appuis.

Frapper comme un sourd *fam.*
Frapper très fort.

Frapper du pied *fam.*
Se mettre en colère.

Frapper les yeux.
Attirer l'attention.

Frapper un grand coup.
Faire une action étonnante.

frasque

Faire une frasque.
Jouer un tour.
Mal agir.

fraude

En fraude.
Secrètement.

frayer

Frayer avec quelqu'un.
Avoir des relations suivies avec lui.

Frayer la voie à quelqu'un.
Faciliter sa tâche.

fredaine

Faire des fredaines *fam.*
Faire des écarts de conduite.

frein

Donner un coup de frein *fam.*
Ralentir un processus.

Mettre un frein.
Arrêter.

Ronger son frein *fam.*
Contenir avec peine son irritation ou son ennui.

frelon

Irriter les frelons *vx.*
Provoquer la colère de gens irritables.

fréquenter

Dis-moi qui tu fréquentes, je te dirai qui tu es.
Les fréquentations des gens sont souvent révélatrices de leur nature.

frère

Comme des frères *fam.*
En camarades.

Faux frère.
Personne qui ne mérite pas la confiance qu'on lui accorde.

Frère d'armes.
Compagnon de combat.

Frères ennemis.
Gens d'un même parti qui ne s'entendent pas.

Partager en frères *fam.*
Partager équitablement.

Vieux frère *fam.*
Terme d'affection.

fretin

Du menu fretin
Se dit de choses ou de gens sans valeur.

fricassée

Faire une fricassée *fam.*
Tout casser.

Fricassée de museaux *pop.*
Embrassades.

fricot

S'endormir sur le fricot *pop.*
S'arrêter en pleine action.

frictionner

Frictionner la tête à quelqu'un *fam.*
Le réprimander.

frigidaire

Mettre au frigidaire *fam.*
Mettre de côté en attendant une utilisation ultérieure.

frime

Faire la frime *vx.*
Faire semblant.

Pour la frime *vx.*
Pour l'apparence.

fringale

Avoir la fringale *fam.*
Avoir faim.

friperie

Se jeter sur la friperie de quelqu'un *vx.*
Se jeter sur lui pour le battre.

frire

Être frit *fam.*
Être perdu.

Faire des yeux de merlan frit *pop.*
Avoir un regard énamouré.
Il n'y a rien à frire *pop.*
Il n'y a rien à manger.
Cela n'offre aucun avantage.

friser
Friser les moustaches à quelqu'un *vx.*
Le frapper.
Il commence à me friser les moustaches *fam.*
Il commence à m'irriter.

frisquet
Faire frisquet *fam.*
Faire un peu froid.

frite
Avoir la frite *pop.*
Être en pleine forme.
Rester comme deux ronds de frite *pop.*
Être très étonné.

froc
Baisser son froc *pop.*
Céder.
Faire dans son froc *pop.*
Avoir peur.
Jeter le froc aux orties *fam.*
Renoncer à l'état religieux.
Quitter sa profession.

froid
À froid.
Sans passion.
Battre froid à quelqu'un.
Le traiter avec froideur.
Cela ne me fait ni chaud ni froid.
Cela n'a aucune importance.
Être en froid avec quelqu'un.
Être en mauvais termes avec lui.
Faire froid dans le dos.
Provoquer un sentiment de crainte.
Froid de canard, de loup *fam.*
Froid très vif.
Jeter un froid.
Provoquer une sensation de malaise.

Ne pas avoir froid aux yeux *fam.*
Être audacieux.

froid
Conserver la tête froide.
Conserver son calme.
Donner des sueurs froides.
Angoisser.
Laisser quelqu'un froid.
Le laisser indifférent.
Rester froid.
Être insensible.

fromage
Entre la poire et le fromage *fam.*
À la fin du repas quand on s'exprime plus librement.
En faire tout un fromage *fam.*
En exagérer l'importance.
Laisser aller le chat au fromage *vx.*
Accorder ses faveurs à quelqu'un.

froncer
Froncer les sourcils.
Prendre un air mécontent.

front
Avoir le front de.
Faire preuve d'audace.
Courber le front *vx.*
Se soumettre.
De front.
De face.
Ensemble.
Franchement.
Dérider le front de quelqu'un.
Alléger ses soucis.
Faire front.
Affronter avec courage.
Gagner son pain à la sueur de son front.
Gagner sa vie en travaillant beaucoup.
Marcher à front découvert.
Agir ouvertement.
Marcher le front haut.
Avoir une attitude fière.
Relever le front.
Reprendre courage.

frottée
Recevoir une frottée *pop.*
Être défait.

frotter

Être frotté de.
Avoir une certaine connaissance de.

Frotter les oreilles *fam.*
Infliger une correction ou réprimander.

Qui s'y frotte s'y pique.
Celui qui décide d'attaquer en subit les conséquences.

Se frotter les mains.
Manifester sa satisfaction.

Se frotter les yeux.
Être surpris.

frousse

Avoir la frousse *pop.*
Avoir peur.

fruit

Avec fruit.
Utilement.

C'est au fruit qu'on connaît l'arbre.
C'est au résultat que l'on juge.

Faire du fruit *lit.*
Réaliser des progrès.

Fruit défendu.
Désir indu.

Fruit sec *fam.*
Individu qui a déçu les espoirs fondés sur sa personne.

Fruit vert.
Très jeune fille.

Sans fruit.
Inutilement.

frusquin

Tout le saint-frusquin *pop.*
Tout ce qu'une personne possède.

Et tout le saint-frusquin *pop.*
Et tout le reste.

fuite

Prendre la fuite.
S'enfuir.

fumée

Disparaître comme une fumée.
Disparaître totalement.

Il n'y a pas de fumée sans feu.
Tout effet a une cause.
Toute rumeur a un fondement.

S'en aller en fumée.
Se perdre sans profit.

S'enivrer de fumée.
Vivre d'illusions.

Vendre de la fumée *vx.*
Vendre des choses sans importance.

fumer

Fumer comme une locomotive, un pompier, un sapeur *fam.*
Fumer abondamment.

fumer

Fumer ses terres *fam.*
Faire un riche mariage.

fumier

Attaquer quelqu'un sur son fumier.
L'attaquer là où il est le plus fort.

Trouver une perle dans le fumier.
Trouver quelque chose de précieux parmi des choses sans valeur.

fureur

À la fureur.
Passionnément.

Faire fureur.
Susciter l'engouement.

fuseau

Faire bruire ses fuseaux *lit.*
Faire parler de soi.

Jambes en fuseau.
Jambes maigres.

fusée

Démêler la fusée *lit.*
Débrouiller une affaire.

fusil

À portée de fusil.
Très près.

Changer son fusil d'épaule.
Modifier ses intentions.

Coup de fusil *fam.*
Facture très élevée.

Dormir en chien de fusil.
Dormir replié sur soi-même.

En coup de fusil *fam.*
Long et étroit.

La fleur au fusil.
Dans l'enthousiasme.

fusiller

Fusiller du regard.
Regarder avec agressivité.

futaille

Rond comme une futaille *pop.*
Totalement ivre.

futé

Être très futé *fam.*
Être très intelligent.

G

gâche
Une bonne gâche *pop.*
Un bon emploi.
Un bon travailleur.

gâcher
Gâcher la joie de quelqu'un.
Le contrarier.
Gâcher le métier *fam.*
Déprécier une profession en travaillant à trop bas prix.

gâchis
Être dans le gâchis *fam.*
Être en mauvaise situation.
Un beau gâchis *fam.*
Une situation très confuse.

gadin
Ramasser un gadin *pop.*
Tomber.

gaffe
Avaler sa gaffe *vx.*
Mourir.
Faire une gaffe *fam.*
Commettre une maladresse.
Faire gaffe *pop.*
Faire attention.

gage
À gages.
Qui est payé pour ce qu'il fait.
Casser quelqu'un aux gages *vx.*
Lui retirer son emploi.
Gage d'amour *lit.*
Enfant.
Gage de bataille *vx.*
Défi.
Ne pas voler ses gages *vx.*
S'acquitter parfaitement de sa tâche.
Se mettre aux gages de quelqu'un.
Se mettre à son service.

gager
Je gage que *lit.*
Je parie que.

gageure
C'est une gageure.
C'est un acte qui défie le bon sens.

Soutenir sa gageure.
Persévérer dans son action.
Tenir sa gageure.
Réussir.

gagner
Avoir partie gagnée.
Être assuré de la réussite de son entreprise.
Bien gagner.
Mériter.
Gagner le haut *vx.*
S'enfuir.
Gagner quelqu'un de la main *lit.*
Être plus habile que lui.
Gagner du temps.
S'arranger pour retarder la suite des événements.
Gagner du terrain.
Avancer.
Réussir.
Gagner le gros lot *fam.*
Obtenir un avantage exceptionnel.
Gagner le large.
S'éloigner rapidement.
Gagner son bifteck, sa croûte *fam.*
Acquérir par son travail ce qui est nécessaire pour vivre.
Il y a tout à gagner.
Il n'y a que des avantages.
Se laisser gagner.
Se laisser corrompre.
Être envahi.
Y gagner à.
Y trouver un avantage.

gai
Avoir le vin gai.
Manifester de la gaieté après avoir bu.
C'est gai ! *fam.*
Expression marquant le dépit.
Gai comme un pinson *fam.*
Très gai.
Une personne un peu gaie *fam.*
Une personne légèrement ivre.

galement

Y aller gaiement *fam.*
Manifester de l'enthousiasme dans une entreprise.

gaieté

De gaieté de cœur.
Délibérément.

gain

Avoir gain de cause.
Obtenir l'avantage dans un différend.

gala

Habit de gala.
Vêtement de cérémonie.

galant

Galant homme *lit.*
Homme d'honneur.
Femme galante.
Femme légère.
Vert galant.
Homme entreprenant avec les femmes.

galanterie

Faire galanterie de *vx.*
Trouver convenable de.
Gagner une galanterie *vx.*
Attraper une maladie vénérienne.

gale

Méchant comme la gale *fam.*
Très méchant.
N'avoir pas la gale *fam.*
Être fréquentable.
Ne pas avoir la gale aux dents *fam.*
Manger beaucoup.

galère

C'est la galère *fam.*
Se dit d'une situation désagréable.
Qu'allait-il faire dans cette galère?
Pourquoi s'est-il impliqué dans cette aventure?
Vogue la galère!
Arrive ce qui pourra!

galerie

Amuser la galerie *fam.*
Divertir les assistants.
Donner le change.

Faire galerie *vx.*
Assister à une réunion sans y prendre part.
Pour la galerie.
Pour faire illusion.

galérien

Vie de galérien.
Vie très dure.

galette

Mangeur de galette *vx.*
Personne vénale.

galeux

Brebis galeuse *fam.*
Personne infréquentable.
On en mangerait sur la tête d'un galeux.
Se dit d'une envie que rien ne saurait dissuader.
Qui se sent galeux se gratte.
Il faut tirer profit de la critique.

galipette

Faire des galipettes *fam.*
Faire l'amour.

galoche

Menton en galoche *fam.*
Menton relevé vers l'avant.
Rouler une galoche *pop.*
Embrasser sur la bouche.

galon

Arroser ses galons *fam.*
Fêter une promotion en offrant à boire.
Prendre du galon.
Obtenir de l'avancement.
Se donner du galon.
Se donner de l'importance.

galop

Au galop.
Au triple galop.
Très vite.
Chassez le naturel, il revient au galop.
On ne peut dissimuler longtemps ses véritables inclinations.
Courir, prendre le grand galop.
Agir avec précipitation.

Galop d'essai.
Épreuve permettant de connaître les possibilités d'un individu ou d'une chose.

Prendre un galop *vx.*
Se faire réprimander.

galopade
À la galopade *fam.*
À la hâte.

galope
À la galope *fam.*
De façon précipitée.

galoper
Galoper après quelque chose *fam.*
Le rechercher vivement.

Galoper une femme *fam.*
La poursuivre de ses assiduités.

gambade
Payer en gambades *vx.*
Se dérober au paiement d'une dette.

gambette
Jouer des gambettes *pop.*
S'enfuir.

gamelle
Attacher une gamelle à quelqu'un *pop.*
L'accuser.

Prendre, ramasser une gamelle *pop.*
Tomber.
Échouer.

gamine
T'occupe pas du chapeau de la gamine *pop.*
Occupe-toi de ce qui te regarde.

gamme
Bas, haut de gamme.
De qualité inférieure, supérieure.

Changer de gamme.
Changer de manière de parler, d'agir.

Chanter sa gamme à quelqu'un *lit.*
Lui adresser tous les reproches qu'on a à lui faire.

Être au bout de sa gamme.
N'avoir plus rien à dire.

Faire ses gammes.
S'exercer.

Mettre hors de gamme *lit.*
Déconcerter.

Toute une gamme.
Ensemble varié de.

ganache
Vieille ganache *fam.*
Personne peu intelligente.

gant
Aller comme un gant.
Convenir parfaitement.

Avoir les gants de quelque chose *vx.*
En avoir la première idée.

Jeter le gant à quelqu'un.
Le défier.

Mettre, prendre des gants.
Agir avec précaution.

Ne pas en avoir les gants *vx.*
N'être pas le premier à dire quelque chose.

Perdre ses gants *vx.*
Perdre sa virginité.

Relever le gant.
Accepter un défi.

Retourner quelqu'un comme un gant *fam.*
Le faire changer d'opinion rapidement.

Se donner les gants de.
S'attribuer à tort le mérite de quelque chose.

Souple comme un gant.
Très accommodant.

garage
Mettre, ranger sur une voie de garage *fam.*
Mettre en attente ou à l'écart.

Voie de garage *fam.*
Disgrâce.

garant
Être, se porter garant.
Assurer.

Prendre à garant *lit.*
Rendre responsable.

garce
Fils de garce *pop.*
Terme d'injure.

garçon

Bon garçon.
Jeune homme au caractère facile.

Enterrer sa vie de garçon.
Mener joyeuse vie la veille de son mariage.

Garçon manqué *fam.*
Fille un peu brusque et turbulente.

Joli garçon.
Jeune homme au physique agréable.

Mauvais garçon.
Voyou.

Se sentir petit garçon.
Se sentir inférieur.

Traiter quelqu'un en petit garçon.
Le mépriser.

Vieux garçon.
Célibataire d'un certain âge.

garde

Avoir toujours garde à carreau *fam.*
Se tenir prêt à toute éventualité.

Descendre la garde *vx.*
Mourir.

En garde!
En position de combat.

Être de garde *lit.*
Se dit d'une chose qui peut se conserver longtemps.

Être hors de garde *lit.*
N'être plus en mesure d'agir.

Être, se tenir sur ses gardes.
Se méfier.

Faire bonne garde.
Surveiller attentivement.

Fermer, ouvrir sa garde.
Se couvrir, se découvrir.

Jusqu'à la garde *fam.*
Complètement.

Jusqu'aux gardes *lit.*
À satiété.

Mettre quelqu'un en garde.
L'inviter à se défier.

Mise en garde.
Avertissement.

Monter la garde.
Surveiller.

Monter une garde à quelqu'un *vx.*
Le réprimander.

N'avoir garde de *lit.*
N'avoir pas le pouvoir de.
N'avoir pas la volonté de.

Plaisanterie de corps de garde.
Plaisanterie grossière.

Prendre garde à.
Veiller à.

S'enferrer jusqu'à la garde *fam.*
Se tromper totalement.

Se donner de garde *lit.*
Se défier.

Sortir de garde *lit.*
Perdre ses moyens de défense.

Vieille garde.
Groupe d'amis fidèles.

gardé

Chasse gardée.
Activité dont on se réserve l'usage exclusif.

garder

En donner à garder à quelqu'un *lit.*
Le tromper.

Garder la tête froide.
Conserver son calme.

Garder le mulet *lit.*
Attendre longtemps.

Garder quelque chose pour la bonne bouche.
Garder le meilleur pour la fin.

Garder ses distances.
Faire preuve de réserve.

Garder sous le coude *fam.*
Mettre en attente.

Garder un chien de sa chienne à quelqu'un *fam.*

Garder une dent contre quelqu'un *fam.*
Lui garder rancune.

Garder une poire pour la soif *fam.*
Mettre quelque chose en réserve pour un besoin futur.

Ne pas avoir gardé les cochons
ensemble *fam.*
*N'avoir rien de commun avec
quelqu'un.*
Se garder, se tenir à carreau *fam.*
Être sur ses gardes.

gardon
Frais comme un gardon *fam.*
En bonne santé.

gare
À la gare ! *pop.*
Dehors.

gare
Gare que *lit.*
Il est à craindre que.
Sans crier gare.
Inopinément.

garer
Être garé des voitures *pop.*
*Adopter une conduite moins ris-
quée.*

gargariser
Se gargariser de *fam.*
Se complaire à.

gargoine
Se rincer la gargoine *pop.*
Boire.

garnir
Avoir la bourse bien garnie *fam.*
Être riche.
Se garnir la panse *pop.*
Manger abondamment.

garnison
Amour de garnison *vx.*
Amour de passage.
Mariage de garnison *vx.*
Mariage mal assorti.

garou
Courir le garou *vx.*
Mener une vie de débauche.

garrot
Être blessé sur le garrot *vx.*
Être atteint dans sa réputation.

Gascon
En Gascon.
Habilement.
Offre de Gascon.
Promesse qui n'est pas tenue.

gâté
Enfant gâté.
Personne capricieuse.
Ne pas être gâté par la nature
fam.
*N'avoir aucune qualité physique
ni intellectuelle.*

gâteau
Avoir sa part de gâteau.
Réclamer sa part de gâteau.
*Réclamer sa part de profit dans
la réussite d'une affaire.*
C'est du gâteau *pop.*
C'est un travail facile.
Trouver la fève au gâteau *vx.*
Faire une bonne découverte.

gâter
Cela ne gâte rien.
*C'est un avantage supplémen-
taire.*
Ça se gâte.
*La situation prend une mau-
vaise tournure.*
Gâter le métier *fam.*
*Rendre une profession moins lu-
crative en travaillant à bas prix.*
Gâter quelqu'un dans l'esprit
d'un autre.
Nuire à sa réputation.
Gâter ses affaires *fam.*
*Perdre son crédit auprès de quel-
qu'un.*
Se gâter la main *vx.*
Perdre son habileté.

gauche
Donner à gauche.
Se tromper.
Se conduire mal.
Être marié de la main gauche.
Se dit d'une union bors mariage.
Être sur le pied gauche *vx.*
Être dans une situation difficile.
Jusqu'à la gauche *fam.*
Totalement.
Mettre de l'argent à gauche.
L'économiser.
Partir du pied gauche.
*S'engager résolument dans une
entreprise.*

Passer l'arme à gauche *fam.*
Mourir.

Prendre à droite et à gauche *fam.*
Prendre de l'argent de tout côté.

Prendre une chose à gauche *lit.*
La prendre de travers.

Se lever du pied gauche *fam.*
Être de mauvaise bumeur.

gaudeamus

Faire gaudeamus *vx.*
Faire bombance.

gaufre

Être la gaufre dans une affaire *vx.*
Se trouver entre deux extrémités fâcheuses.

Moule à gaufres *pop.*
Visage marqué de petite vérole.

gaufrette

Nez à piquer des gaufrettes *pop.*
Nez pointu.

gauler

Se faire gauler *pop.*
Se faire prendre en flagrant délit.

gaulois

C'est du gaulois.
Se dit d'une expression vieillie.

gaviot

En avoir jusqu'au gaviot *pop.*
Avoir trop mangé.

gaz

À pleins gaz *fam.*
Très rapidement.

Il y a de l'eau dans le gaz *pop.*
Cela ne va pas comme il faudrait.
L'atmosphère est tendue.

Mettre les gaz *fam.*
Se bâter.

Vite fait sur le gaz *pop.*
À toute vitesse.

gazelle

Yeux de gazelle.
Grands yeux doux.

gazer

Ça gaze *fam.*
Cela va bien.

gazette

Gazette du quartier.
Personne indiscrète et bavarde.

Vieille gazette *vx.*
Chose sans intérêt.

gazon

Se ratisser le gazon *pop.*
Se peigner.

geai

Geai paré des plumes du paon.
Personne qui se prévaut des mérites d'autrui.

géant

À pas de géant.
Très vite.

C'est géant *fam.*
C'est extraordinaire.

gelé

Avoir le bec gelé *vx.*
Se taire.

geler

Se geler le cul, les couilles *pop.*
Se les geler *pop.*
Avoir très froid.

gémir

Faire gémir la presse *vx.*
Imprimer beaucoup.

gémonies

Traîner, vouer aux gémonies.
Vilipender.

gencive

En prendre plein les gencives *pop.*
Subir de violentes attaques ou critiques.

Flanquer dans les gencives *pop.*
Envoyer en pleine figure.

gendarme

Dormir en gendarme *fam.*
Dormir d'un sommeil inquiet.

Faire le gendarme *fam.*
Préserver l'ordre en faisant preuve d'autorité.

gêne

Mettre quelqu'un à la gêne *lit.*
Lui provoquer une grande douleur morale.

Où il y a de la gêne, il n'y a pas de plaisir.
Se dit d'une action très désinvolte.

Sans gêne.
Qui agit avec désinvolture.

Se mettre l'esprit à la gêne *lit.*
S'inquiéter de façon excessive.

gêner

Être gêné aux entournures *fam.*
Être mal à l'aise.
Manquer d'argent.

N'être pas gêné *fam.*
Avoir de l'aplomb.

Ne pas se gêner *fam.*
Agir sans hésitation ni scrupule.

général

En général.
Dans la plupart des cas.

générale

Battre la générale (avec les dents) *pop.*
Trembler de peur.

généreux

Faire le généreux.
Se montrer magnanime.

génie

Bon génie.
Personne qui exerce une influence bénéfique.

Ce n'est pas un génie *fam.*
Il n'est pas très intelligent.

Il n'y a pas de génie sans grain de folie.
Un minimum de folie est nécessaire pour concevoir des choses exceptionnelles.

Le génie est une longue patience.
Toute grande œuvre suppose un long travail.

Trait de génie.
Idée ingénieuse.

genou

Chauve comme un genou *fam.*
Très chauve.

Couper comme un genou *fam.*
Ne pas couper.

Demander à (deux) genoux quelque chose.
Le demander instamment.

En tomber sur les genoux.
Être très étonné.

Être aux genoux de quelqu'un.
Se mettre, tomber aux genoux de quelqu'un.
Se soumettre à sa volonté par crainte ou amour.

Être né à genoux.
Être de nature servile.

Être sur les genoux *fam.*
Être très fatigué.

Faire du genou à quelqu'un *fam.*
Attirer son attention en le touchant discrètement du genou.

Plier, ployer les genoux.
Faire preuve de soumission.

genre

Avoir bon, mauvais genre.
Avoir de bonnes, mauvaises manières.

Ce n'est pas mon genre *fam.*
Cela ne me convient pas.

Dans son genre.
Dans sa catégorie.

De mauvais genre.
De mauvais goût.

Faire du genre *fam.*
Se donner du (un) genre *fam.*
Avoir des attitudes affectées.

Le grand genre.
Les usages du grand monde.

gens

Bonnes gens.
Personnes simples.

Braves gens.
Personnes honnêtes.

Être gens à.
Être capables de.

Petites gens.
Personnes de condition modeste.

Se connaître en gens.
Pouvoir juger la valeur de quelqu'un.

gentil

Une gentille somme *fam.*
Une somme considérable.

gercé

Tu ne me fais pas rire, j'ai les lèvres gercées *fam.*
Cela ne m'amuse pas du tout.

germe

En germe.
À l'état latent.

geste

Avoir le geste large *fam.*
Se montrer généreux.
Faire un geste.
Faire preuve de bonne volonté.

geste

Les faits et gestes de quelqu'un.
Ses diverses actions.

gibecière

Avoir plus d'un tour dans sa gibecière *vx.*
Être très habile.

giberne

Avoir son bâton de maréchal dans sa giberne *fam.*
Avoir la possibilité d'accéder aux plus hauts postes à partir des échelons les plus bas.

gibier

Cela n'est pas de votre gibier *vx.*
Cela dépasse vos compétences.
Gibier de potence *fam.*
Individu peu recommandable et digne d'être pendu.

gifle

Tête à gifles *fam.*
Personne exaspérante.

gigogne

Mère Gigogne *vx.*
Femme qui a beaucoup d'enfants.

gigot

Remuer le gigot *pop.*
Danser.

gigue

Grande gigue *fam.*
Femme grande et maigre.

gigue

Danser la gigue *fam.*
S'agiter.

gilet

Parler dans son gilet *vx.*
Parler de manière inaudible.
Pleurer dans le gilet de quelqu'un *fam.*
Lui confier ses ennuis.

gille

Faire gille *fam.*
S'enfuir.

giorno

À giorno.
Se dit d'un éclairage très brillant.

girafe

Cou de girafe *fam.*
Cou très long.
Peigner la girafe *pop.*
Faire un travail inutile.
Ne rien faire.

girie

Faire des giries *fam.*
Prendre des manières affectées.

giroflée

Giroflée (à cinq feuilles) *pop.*
Gifle qui laisse la trace des doigts.

giron

Revenir dans le giron de.
Regagner un milieu que l'on avait laissé.

girouette

Tourner comme une girouette.
Faire preuve d'inconstance.

gîte

Revenir au gîte.
Revenir chez soi.

givré

Être givré *pop.*
Être fou.

glace

À la glace.
Très froid.
Être, rester de glace.
Être insensible.
Être ferré à glace sur quelque chose *vx.*
Connaître parfaitement le sujet.
Fondre, rompre la glace.
Dissiper la gêne entre des personnes.
Passer devant la glace *vx.*
Rendre des comptes.

glacer

Glacer le sang.
Épouvanter.

glaive

Remettre le glaive au fourreau.
Se réconcilier avec quelqu'un.
Tirer le glaive.
S'apprêter au combat.

gland

Comme un gland *pop.*
Sottement.

glande

Avoir les glandes *pop.*
Être inquiet ou en colère.

glaner

Il y a encore de quoi glaner.
Il reste beaucoup de choses à dire sur une matière déjà traitée.

glas

Sonner le glas de quelque chose.
En marquer la fin.

glissant

Terrain glissant.
Affaire risquée.

glisser

Glisser entre les doigts comme une anguille.
Échapper.
Glissons! *fam.*
N'insistons pas!

globe

Mettre sous globe.
Tenir à l'écart du danger.

gloire

C'est pas la gloire! *fam.*
C'est très moyen!
Faire la gloire de quelque chose.
Assurer sa réputation.
Pour la gloire *fam.*
Pour rien.
Rendre gloire à.
Rendre un hommage mérité à.
Se faire gloire de quelque chose.
S'en vanter.

gloriole

Par gloriole.
Par vanité et ostentation.

glu

Avoir de la glu aux doigts.
Être maladroit ou avare.

gnognotte

De la gnognotte *pop.*
Se dit d'une chose médiocre.

go

Tout de go *fam.*
Directement.
Naturellement.

gobelet

Joueur de gobelets *vx.*
Trompeur.

gober

Gober des mouches *fam.*
Croire tout ce qui se dit.
Rêvasser.
Gober l'hameçon, le morceau *vx.*
La gober *pop.*
Se laisser facilement séduire par quelque artifice.
Ne pas gober quelqu'un *fam.*
Ne pas le supporter.

gobet

Prendre quelqu'un au gobet *fam.*
Le surprendre.

godille

À la godille *fam.*
En mauvais état.
Sans but, sans plan précis.

godinette

En godinette *fam.*
Tendrement.

gogo

À gogo *fam.*
Abondamment.

goguette

Chanter goguettes à quelqu'un *lit.*
L'injurier.
Être en goguette *fam.*
Être en ses goguettes *lit.*
Être joyeux.
Être ivre.

gomme

À la gomme *fam.*
Sans valeur.
La faire à la gomme *pop.*
Chercher à impressionner.
Mettre la gomme *pop.*
Augmenter sa vitesse.

Mystère et boule de gomme! *fam.*
Se dit d'une chose inexplicable
ou qui ne doit pas être divul-
guée.

gond

Sortir de ses gonds.
Se mettre en colère.

gonfler

Avoir le cœur gonflé.
Être triste.
Être gonflé à bloc *fam.*
Être très décidé.
Les gonfler à quelqu'un *pop.*
L'importuner.

gonin

Maître gonin *vx.*
Individu rusé.

gordien

Trancher le nœud gordien.
Résoudre une difficulté par des
moyens énergiques.

gorge

À gorge déployée.
À pleine gorge.
Sans mesure.
Avoir la gorge serrée.
Être incapable de parler par
suite d'une émotion.
Avoir le cœur dans la gorge.
Être dégoûté.
Avoir le couteau sous, sur la
gorge.
Subir une contrainte.
Avoir un chat dans la gorge.
Être enroué.
Faire des gorges chaudes.
Se moquer ouvertement.
Faire rentrer à quelqu'un ses pa-
roles dans la gorge.
L'obliger à se rétracter.
Prendre à la gorge.
Faire suffoquer.
Prendre, tenir quelqu'un à la
gorge.
Le contraindre.
Rendre gorge.
Vomir.
Devoir restituer ce qui a été ac-
quis illicitement.

Rester en travers de la gorge.
Être inacceptable.
Tendre la gorge.
Cesser toute résistance.

gosier

À plein gosier.
Très fort.
Avoir le gosier blindé, pavé *pop.*
Aimer les boissons fortes.
Avoir le gosier en pente *fam.*
Aimer boire.
Avoir le gosier sec *fam.*
Avoir soif.
Se rincer le gosier *fam.*
Boire.

goudron

Être dans le goudron *fam.*
Être en difficulté.

gouffre

Gouffre d'argent.
Entreprise ruineuse.

goujon

Avaler le goujon *fam.*
Être dupe.

goulée

D'une goulée.
D'un seul trait.

goulot

Repousser du goulot *pop.*
Avoir mauvaise haleine.
Se rincer le goulot *pop.*
Boire.

goupiller

Se goupiller bien, mal *pop.*
S'arranger bien, mal.

goupillon

Donner du goupillon.
Flatter.
Le sabre et le goupillon.
L'armée et l'Église.

gourd

N'avoir pas les bras gourds *fam.*
Être prêt à frapper.
N'avoir pas les mains gourdes
fam.
Être âpre au gain.

gourme
Jeter sa gourme.
Se dit des frasques commises dans la jeunesse.

gourmette
Lâcher la gourmette à quelqu'un.
Lui laisser plus de liberté.
Rompre sa gourmette.
Se livrer à ses passions.

gousset
Avoir le gousset vide.
Être sans argent.

goût
À mon (ton...) goût.
À mon (ton...) avis.
Avoir du goût pour.
Avoir une attirance pour.
Dans le goût de.
Comparable à.
De bon, mauvais goût.
Qui est, n'est pas décent.
Des goûts et des couleurs, on ne dispute pas.
Chacun a ses propres sentiments d'appréciation.
Être au, du goût de quelqu'un.
Lui convenir.
Être au goût du jour.
Être à la mode.
Faire passer à quelqu'un le goût de *fam.*
Lui ôter l'envie de recommencer.
Mettre en goût de.
Donner envie de.
Par goût.
Par plaisir.
Perdre le goût du pain *fam.*
Être malade.
Mourir.
Prendre goût à.
Se plaire à.
Tous les goûts sont dans la nature.
Toutes les opinions sont légitimes.

goutte
Donner la goutte *pop.*
Faire téter.
Goutte à goutte.
Peu à peu.

Jusqu'à la dernière goutte.
Jusqu'au bout.
La goutte d'eau qui fait déborder le vase.
Le petit fait qui, après d'autres, provoque la colère.
N'y entendre goutte.
Ne rien comprendre à quelque chose.
Ne pas avoir une goutte de sang dans les veines.
Être sans force.
Ne plus avoir une goutte de sang dans les veines.
Être effrayé.
Passer entre les gouttes.
Se montrer très habile dans des situations difficiles.
Se ressembler comme deux gouttes d'eau.
Être parfaitement semblables.
Une goutte d'eau dans la mer.
Une chose insignifiante.

gouverne
Pour ma (ta...) gouverne.
Pour me (te...) servir de directive.

gouverner
Gouverner c'est prévoir.
La prudence et la prévoyance sont des qualités nécessaires en politique.
Gouverner sa barque *fam.*
Conduire ses affaires.

grabat
Mettre sur le grabat.
Rendre malade.
Mettre dans le dénuement.

grabuge
Faire du grabuge *fam.*
Causer du désordre.

grâce
À la grâce de Dieu.
Au hasard.
Avoir mauvaise grâce à.
Être mal venu de.
C'est la grâce que je vous souhaite.
C'est ce que je vous souhaite de plus heureux.

Coup de grâce.
Événement qui achève de perdre quelqu'un déjà en difficulté.
De bonne, mauvaise grâce.
De bon, mauvais gré.
De grâce.
Par grâce.
Par pure bonté.
De grâce!
Par pitié.
Délai de grâce.
Délai supplémentaire.
Demander grâce à quelqu'un.
Faire appel à sa pitié.
Être dans les bonnes grâces de quelqu'un.
Jouir de sa faveur.
Faire des grâces.
Affecter un comportement pour plaire.
Faire grâce à.
Accorder une faveur.
Pardonner.
Faire grâce de.
Avoir la complaisance de.
Faire grâce de quelque chose à quelqu'un.
Ne pas l'exiger de lui.
Rendre grâce(s).
Remercier.
Rentrer en grâce auprès de quelqu'un.
Recouvrer sa faveur.
Trouver grâce aux yeux de quelqu'un.
Lui plaire

gracieux

À titre gracieux.
Gratuitement.

grade

En prendre pour son grade *fam.*
Subir de violents reproches.
Monter en grade.
Avoir une promotion.

grain

Avoir un grain (de folie) *fam.*
Être un peu fou.
Catholique à gros grains *fam.*
Personne moralement peu rigoureuse.

Fourrer, mettre son grain de sel *fam.*
Intervenir mal à propos.
Grain de sable.
Détail qui fait échouer une entreprise.
Mettre un grain de sel sur la queue d'un oiseau.
Faire quelque chose d'impossible.
Ne pas peser un grain.
Être sans valeur.
Séparer l'ivraie d'avec le bon grain.
Séparer le mal du bien.
Un grain d'encens *vx.*
Louange.
Veiller au grain.
Prendre soin de ses intérêts.

graine

Casser la graine *pop.*
Manger.
En prendre de la graine *fam.*
En tirer un exemple pour réussir.
Graine de voyou.
Enfant dont les mauvais penchants se développeront avec l'âge.
Mauvaise graine.
Mauvais sujet.
Monter en graine.
Grandir.
Vieillir sans se marier.

graisse

À la graisse d'oie, de chevaux de bois *fam.*
Sans valeur.
Boule de graisse *fam.*
Personne petite et très grasse.
De haute graisse *vx.*
De bonne qualité.
Emporter la graisse d'une affaire.
En tirer tout l'avantage.
Être noyé dans la graisse *fam.*
Se dit d'une personne très grasse.
Faire de la graisse *fam.*
Ne pas travailler.

graisser

Graisser la patte à quelqu'un *fam.*
Le corrompre par de l'argent.

Graisser le marteau *lit.*
Soudoyer quelqu'un pour être admis.
Graisser ses bottes *fam.*
Se préparer au départ.

grand

À la grande *lit.*
De manière luxueuse.
Avoir les yeux plus grands que le ventre *fam.*
Avoir des désirs plus importants que ses possibilités.
De grand cœur.
Volontiers.
De grand matin.
À une heure très matinale.
En grand.
Dans de vastes proportions.
Globalement.
Être assez grand pour *fam.*
Être capable de.
Mettre les petits plats dans les grands *fam.*
Faire un accueil somptueux.
Ouvrir de grands yeux.
Être très étonné.
Se donner de grands airs.
Avoir une attitude hautaine.
Vivre sur un grand pied.
Vivre de façon fastueuse.
Voir, faire les choses en grand.
Agir sans mesquinerie.

grandeur

Avoir la folie des grandeurs *fam.*
Être mégalomane.
Grandeur nature.
Avec ses dimensions naturelles.

grandir

Sortir grandi d'une épreuve.
En sortir plus fort moralement.

grand-mère

Est-ce que je te demande si ta grand-mère fait du vélo? *fam.*
Occupe-toi de tes affaires.

granit

De granit.
Dur.

grappe

Lâche-moi la grappe *pop.*
Laisse-moi tranquille.

Mordre à la grappe *vx.*
Accepter tout ce qui est proposé.

grappin

Jeter, mettre le grappin sur *fam.*
Accaparer.

gras

Ce n'est pas gras *fam.*
C'est peu de chose.
Discuter le bout de gras *pop.*
Avoir une conversation animée.
Être gras à lard *fam.*
Être gras comme un moine, comme un porc *fam.*
Être très gras.
Faire la grasse matinée.
Paresser au lit tard le matin.
Faire ses choux gras de quelque chose *fam.*
En tirer avantage.
Gras comme un cent de clous *fam.*
Très maigre.
Il n'y a pas gras *pop.*
Il n'y a pas grand-chose.
N'en être pas plus gras.
Ne tirer aucun profit de quelque chose.
N'être pas gras de lécher les murs *fam.*
Se dit de quelqu'un qui mange copieusement.
Parler gras.
S'exprimer grossièrement.
Tuer le veau gras.
Faire de grandes réjouissances pour fêter le retour de quelqu'un.

grat

Envoyer quelqu'un au grat *vx.*
L'éconduire.

gratin

Faire gratin *pop.*
Vouloir ressembler aux gens distingués.

gratiné

C'est gratiné *pop.*
Se dit de quelque chose qui sort de l'ordinaire.

gratis

Demain on rase gratis *fam.*
Se dit d'une promesse qui ne sera pas tenue.

Gratis pro Deo.
Gratuitement.

gratte
Faire sa gratte *fam.*
Faire un profit illicite.

gratte-cul
Il n'est point de rose qui ne devienne gratte-cul.
Il n'est point de femme qui n'enlaidisse en vieillissant.

gratter
Gratter du pied.
Être impatient.
Gratter les fonds de tiroir.
Chercher d'ultimes ressources.
Gratter quelqu'un (où il lui démange) *lit.*
Le flatter.
Se gratter l'oreille, la tête *fam.*
Montrer de l'embarras.
Trop parler nuit, trop gratter cuit *fam.*
Il n'est pas toujours bon de vouloir approfondir les choses.
Tu peux te gratter! *fam.*
Ne compte pas là-dessus!

gravat
Battre les gravats *vx.*
Manger les restes.

gré
Au gré de.
Selon le caprice de.
Bon gré, mal gré.
Volontiers ou non.
De gré à gré.
À l'amiable.
De gré ou de force.
Qu'on le veuille ou non.
De plein gré.
Volontairement.
Prendre, recevoir en gré quelque chose.
En être content.
Savoir bon gré.
Savoir gré.
Être reconnaissant.
Trouver quelqu'un à son gré.
Le trouver agréable.

grec
Aller se faire voir chez les Grecs *fam.*
Se dit pour éconduire un importun.
Aux calendes grecques.
Jamais.
Être grec *vx.*
Être habile.

greffier
Faire le greffier *vx.*
Lire les écrits d'un autre.

grègues
En avoir dans les grègues *vx.*
Avoir un accident fâcheux.
Tirer ses grègues *fam.*
S'enfuir.
Y laisser ses grègues *vx.*
Perdre tout.
Mourir.

grêle
Comme grêle.
Très fortement.

grelot
Attacher le grelot *fam.*
Faire une première tentative dans une entreprise périlleuse.
Avoir les grelots *pop.*
Avoir peur.
Faire sonner son grelot *fam.*
Parler avec abondance.

grenadier
Comme un grenadier.
Grossièrement.
De grenadier.
Qui a de la hardiesse.

grenier
Aller du grenier à la cave.
Être d'humeur changeante.
Tenir des propos incohérents.
De la cave au grenier.
Partout.
En grenier.
En vrac.
Grenier à coups de poing.
Enfant incorrigible.
Grenier à puces *fam.*
Chat, chien.

grenouille

Avoir des grenouilles dans le ventre *fam.*
Faire entendre des gargouillements.

Bouffer la grenouille *pop.*

Faire sauter la grenouille *fam.*

Manger la grenouille *fam.*
Dilapider l'argent d'autrui.

Grenouille de bénitier *fam.*
Personne dévote.

La grenouille qui veut se faire aussi grosse que le bœuf.
Se dit d'une personne qui veut paraître plus importante qu'elle n'est.

Sirop de grenouille *fam.*
Eau.

grésillon

Mettre en grésillon.
Écraser.

grever

Grever son budget.
S'imposer de lourdes charges.

Gribouille

Fin comme Gribouille qui se jette dans l'eau par crainte de la pluie.
Se dit d'une personne naïve qui se jette dans des maux pires que ceux qu'elle veut éviter.

grief

Faire grief à quelqu'un de quelque chose.
Le lui reprocher.

griffe

Donner un coup de griffe à quelqu'un.
Le critiquer violemment.

Mettre sa griffe sur quelque chose.
Mettre sa marque personnelle à un ouvrage.

Montrer les griffes.
Avoir une attitude hostile.

Tomber sous la griffe de quelqu'un.
Tomber en son pouvoir.

gril

Être sur le gril.
Être impatient ou anxieux.

griller

En griller une *fam.*
Fumer une cigarette.

Être grillé *pop.*
Être démasqué.

Griller d'envie.
Être impatient.

grimace

Faire la grimace.
Manifester sa répugnance, son mécontentement.

On n'apprend pas à un vieux singe à faire la grimace.
Se dit d'une personne expérimentée à laquelle il est inutile d'apprendre de nouvelles façons d'agir.

Soupe à la grimace *fam.*
Mauvais accueil.

grimper

Faire grimper quelqu'un *pop.*
Le faire enrager.

Grimper aux rideaux *pop.*
Être très excité.

grincer

Faire grincer les dents.
Agacer.

Grincer des dents.
Être en colère.

gringue

Faire du gringue *pop.*
Faire la cour à une femme.

grippe

Prendre en grippe.
Avoir de l'hostilité contre quelqu'un sans motif.

gris

Éminence grise.
Conseiller secret.

En voir de grises *vx.*
Supporter de graves difficultés.

Être gris *fam.*
Être à moitié ivre.

Faire grise mine à quelqu'un.
L'accueillir avec froideur.

grive

Faute de grives on mange des merles.
Il faut se contenter de ce qu'on a, quand on ne peut obtenir mieux.

Soûl comme une grive *fam.*
Très ivre.

grolle

Avoir les grolles *pop.*
Avoir peur.

gros

Coucher gros.
Prendre des risques excessifs.

En avoir gros sur la conscience.
Avoir de graves fautes à se reprocher.

En avoir gros sur le cœur.

En avoir gros sur la patate *pop.*
Avoir beaucoup de peine.

En gros.
Sommairement.

Il y a gros à parier que.
Il est à peu près sûr que.

Tout en gros.
Seulement.

gros

Gros plein de soupe *fam.*
Personne très grosse et grasse.

Le gros de.
La partie la plus importante de quelque chose.

Un gros de *lit.*
Une assez grande quantité de.

gros

Avoir la grosse tête *fam.*
Éprouver une fierté excessive.

Avoir le cœur gros.
Éprouver du chagrin.

Être gros de *lit.*
Être impatient de.

Faire la grosse voix *fam.*
Prendre un ton menaçant.

Faire le gros dos *vx.*
Faire l'important.

Faire le gros dos.
Supporter patiemment.

Faire les gros yeux *fam.*
Manifester sa réprobation.

Faire une grosse tête à quelqu'un *pop.*
Le frapper.

Gros bonnet *fam.*

Grosse légume *fam.*
Personne influente.

Gros comme le bras *fam.*
Expression qui sert à renforcer une appréciation flatteuse.

Gros comme une maison *fam.*
Évident.

Gros mot.
Mot grossier.

Jouer les gros bras *fam.*
Faire l'important.

grosso modo

Grosso modo.
Sans entrer dans les détails.

grue

Faire la grue *fam.*
Être bête.

Faire le pied de grue.
Attendre debout longtemps.

gué

On ne change pas de cheval au milieu du gué.
Quand une affaire est engagée, on va jusqu'au bout.

Sonder le gué *vx.*
Se montrer prudent en affaires.

guêpe

Pas folle la guêpe! *fam.*
Se dit d'une personne très avisée.

Taille de guêpe.
Taille très fine.

guêpier

Mettre la tête dans un guêpier.
S'engager dans une affaire risquée.

Tomber dans un guêpier.
Se trouver avec des gens dangereux.

guerre

À la guerre comme à la guerre.
Se dit de la nécessité de s'accommoder des circonstances.

De bonne guerre.
Légitimement.

De guerre lasse.
Pour finir.

Être sur le sentier de la guerre.
Se préparer à combattre.

Faire la guerre à quelqu'un.
Lui adresser des reproches.

Foudre de guerre.
Guerrier redoutable.
Bravache.

Guerre des nerfs.
Action visant à affaiblir le moral de l'adversaire.

Le nerf de la guerre.
L'argent.

Nom de guerre.
Pseudonyme.

Partir en guerre contre quelque chose.
Le critiquer violemment.

Petite guerre.
Lutte sournoise.

Qui terre a guerre a.
Un propriétaire est souvent exposé à des litiges.

S'en tirer avec les honneurs de la guerre.
Se tirer honorablement d'une situation difficile.

guet

Avoir l'œil, l'oreille au guet.
Regarder, écouter attentivement.

Faire le guet.
Surveiller.

Se donner le mot du guet *vx.*
S'accorder avec quelqu'un.

guêtre

En avoir plein les guêtres *fam.*
Être excédé par quelque chose.

Laisser ses guêtres *vx.*
Mourir.

Tirer ses guêtres *vx.*
Fuir.

Traîner ses guêtres *fam.*
Flâner.

gueulante

Pousser une gueulante *pop.*
Crier colère.

gueule

Arriver, venir la gueule enfarinée *pop.*
Montrer une naïveté excessive.
Être hypocrite.

Avoir de la gueule *pop.*
Faire grande impression.

Avoir la gueule de bois *pop.*
Être mal en point après un excès de boisson.

Ça prend de la gueule *pop.*
Se dit de quelque chose qui devient présentable.

Casser la gueule à quelqu'un *pop.*
Le frapper.

Donner de la gueule *pop.*
Crier.

Emporter la gueule *pop.*
Se dit de mets très épicés.

Être porté sur la gueule *pop.*
Aimer bien manger.

Être une fine gueule *fam.*
Avoir un goût délicat.

Faire la gueule *pop.*
Manifester sa mauvaise humeur.

Faire la gueule à quelqu'un *pop.*
Lui manifester sa mauvaise humeur.

Faire une sale gueule *pop.*
Être furieux.

Fermer sa gueule *pop.*
Se taire.

Fort en gueule *pop.*
Se dit d'une personne très véhémente et insolente.

Grande gueule *pop.*
Fanfaron.

Gueule d'amour *pop.*
Jeune homme séduisant.

Gueule d'empeigne, de raie *pop.*
Visage désagréable.

Pousser un coup de gueule *pop.*
Crier.

Se casser la gueule *pop.*
Tomber ou échouer.

Se fendre la gueule *pop.*
Rire aux éclats.

Se foutre de la gueule de quelqu'un *pop.*
S'en moquer.

Tomber dans la gueule du loup *fam.*
S'exposer à un danger.

gueuler

Gueuler comme un âne, un putois *pop.*
Protester furieusement.

gueux

Courir la gueuse *pop.*
Rechercher des aventures galantes.

Gueux comme un rat d'église *fam.*
Pauvre au point de ne pas avoir de quoi manger.

guibolle

En avoir plein les guibolles *pop.*
Être fatigué d'avoir marché.

Jouer des guibolles *pop.*
Courir.

guichet

À guichets fermés.
Dans une salle pleine.

guide

À grandes guides.
À toute vitesse.

Mener la vie à grandes guides.
Faire de grandes dépenses pour vivre.

guigne

Payer des guignes à quelqu'un *fam.*
Expression marquant le scepticisme.

Se soucier de quelque chose comme d'une guigne *fam.*
S'en désintéresser totalement.

guigne

Porter la guigne *fam.*
Porter malheur.

guignol

Faire le guignol *fam.*
Amuser son entourage.

guignon

Prendre en guignon *lit.*
Haïr.

guilledou

Courir le guilledou *pop.*
Chercher des aventures amoureuses.

guillemet

Entre guillemets.
Se dit à propos d'une expression qu'on ne prend pas à son compte.

Mettre entre guillemets.
Détacher un élément.

guimauve

À la guimauve.
Banal, fade.

guinder

Guinder haut *lit.*
Élever de façon artificielle.

guingois

De guingois.
De travers.

guirlande

Sans guirlandes.
Sans enjolivements.

guise

À ma (ta...) guise.
Comme il me (te...) plaît.

De guise que *vx.*
De façon que.

En guise de.
Pour servir de.

guitare

C'est toujours la même guitare *vx.*
C'est toujours la même chose.

gus

Faire le gus *pop.*
Se livrer à des pitreries.

gymnastique

Pas (de) gymnastique.
Pas de course cadencé.

H

h
Heure H.
Heure fixée pour le déclenchement d'une opération.

habiller
Habiller quelqu'un de toutes pièces *fam.*
Habiller quelqu'un pour l'hiver *fam.*
Médire de lui.

habit
Habit habillé *vx.*
Vêtement de cérémonie.
Habit vert.
Dignité d'académicien.
L'habit ne fait pas le moine.
On ne doit pas juger les gens sur leur apparence.
Prendre l'habit.
Entrer en religion.

habitude
À, selon, suivant son habitude.
Comme d'ordinaire.
Avoir ses habitudes.
Fréquenter régulièrement.
D'habitude.
D'une façon constante.
Être dans l'habitude de *lit.*
Être accoutumé à.
L'habitude est une seconde nature.
Certaines dispositions, acquises par la répétition, finissent par s'identifier à des caractères naturels.
Mauvaises habitudes.
Manières d'agir contraires aux règles de la morale.
Par habitude.
Selon un usage répété.

hache
Aller au bois sans hache.
Entreprendre une tâche sans en avoir les moyens.
Avoir un coup de hache (à la tête) *fam.*
Être un peu fou.

Enterrer, déterrer la hache de guerre.
Cesser, commencer les hostilités.
Fait, taillé à coups de hache *fam.*
Fait très grossièrement.
Porter la hache *vx.*
Réformer un organisme administratif.

hacher
Hacher de la paille *fam.*
Parler grossièrement.
Hacher menu comme chair à pâté *fam.*
Massacrer.
Se faire hacher en morceaux.
Risquer tout pour défendre quelque chose.

haie
Faire la haie.
Se disposer en files au passage de quelqu'un, pour lui faire honneur.

haine
Par haine de.
En raison de l'hostilité qu'on éprouve pour.

haleine
À perdre haleine.
À perte d'haleine *vx.*
Jusqu'à l'essoufflement.
Sans s'arrêter.
D'une haleine.
Sans s'arrêter.
De longue haleine.
Qui demande des efforts prolongés.
Être sans haleine *vx.*
Être sans force.
Mettre en haleine.
Mettre en état de fournir un effort physique prolongé.
Perdre l'haleine et la vie *vx.*
Mourir.
Prendre, reprendre haleine.
S'arrêter pour se reposer.
Tenir en haleine.
Laisser dans l'expectative.

hallali
Sonner l'hallali.
Proclamer la victoire.

halle
Fort des halles.
Personne d'une grande force physique.
Langage des halles.
Langage grossier.

hallebarde
Pleuvoir, tomber des hallebardes *fam.*
Pleuvoir très fort.
Rimer comme hallebarde et miséricorde *vx.*
Être incongru.

hallucination
Avoir des hallucinations *fam.*
Voir des choses que d'autres ne voient pas.

halte
Halte-là !
Cela suffit.

hameçon
Mordre à l'hameçon *fam.*
Se laisser facilement séduire par quelque artifice.

hanche
Mettre le poing sur la hanche.
Prendre un air provocant.

hanneton
Avoir un hanneton dans le plafond *fam.*
Être fou.
Étourdi comme un hanneton *vx.*
Très étourdi.
N'être pas piqué des hannetons *fam.*
Être d'une très grande qualité.
Présenter des difficultés.

hanter
Dis-moi qui tu hantes, je te dirai qui tu es.
On peut juger du caractère d'un individu aux gens qu'il fréquente.

hara-kiri
Se faire hara-kiri.
Se sacrifier pour une cause.

hareng
La caque sent toujours le hareng *vx.*
On ne peut échapper à ses origines.
Sec comme un hareng *fam.*
Très maigre.
Serrés comme des harengs (en caque) *fam.*
Très serrés.

haricot
C'est la fin des haricots *fam.*
Tout est perdu.
Courir sur le haricot *fam.*
Exaspérer.
Des haricots ! *pop.*
Rien.

harmonie
En harmonie.
En parfait accord.

harnais
Blanchir sous le harnais.
Vieillir dans un emploi.
Endosser le harnais *fam.*
S'engager dans une profession.
S'échauffer sous son harnais *vx.*
S'exciter.
Suer dans son harnais *vx.*
Avoir très chaud.
Être indisposé.

haro
Crier haro sur quelqu'un.
Attirer la réprobation sur lui.
Protester contre lui.

harper
Harper au collet *vx.*
Saisir.

harponner
Se faire harponner *pop.*
Se faire arrêter.

hasard
À tout hasard.
Quoi qu'il puisse arriver.
Au hasard.
À l'aventure.
Sans ordre.
Au hasard de.
Selon les hasards de.
Au risque de.

Courir hasard *vx.*
Courir un risque.
De hasard *vx.*
D'occasion.
Mettre au hasard *vx.*
Exposer à un danger.
Par hasard.
De façon fortuite.
Par le plus grand des hasards.
Par suite de circonstances extraordinaires.

hasarder

Hasarder le paquet *vx.*
S'abandonner au hasard.

hâte

À la hâte.
D'une façon précipitée.
Avoir grande hâte.
Avoir hâte.
Être très impatient.
En hâte.
Sans perdre de temps.

hâter

Hâter le pas.
Se dépêcher.

hausse

Être en hausse.
Augmenter de valeur.
Avoir davantage de crédit.

hausser

Hausser le coude *fam.*
Boire.
Hausser le ton, la voix.
Se mettre en colère.
Hausser les épaules.
Avoir un geste de dédain.

haut

Avoir la haute main sur quelque chose.
Y dominer.
Avoir le verbe haut.
Parler avec arrogance.
De haut.
D'une façon dédaigneuse.
De haut en bas.
Entièrement.
Être haut à la main.
Être arrogant.

Filer haut le pied.
S'enfuir.
Haut comme ma botte *fam.*
Haut comme trois pommes *fam.*
De petite taille.
Haut en couleur.
Aux couleurs vives.
Pittoresque.
Haut la main.
Facilement.
Haut les cœurs!
Courage!
La haute *fam.*
Les gens riches.
Le porter haut *lit.*
Manifester de l'arrogance.
Les hautes sphères.
Les gens puissants.
Marcher la tête haute.
N'avoir rien à se reprocher.
Ne pas dire une parole plus haute que l'autre.
Parler clairement, avec mesure.
Ne pas voler très haut *fam.*
Être sans grande valeur.
Parler haut.
Parler d'une voix forte.
Péter plus haut que son cul *pop.*
Montrer des prétentions exagérées.
Tenir la dragée haute à quelqu'un.
Tenir la main haute à quelqu'un.
Le faire attendre.
Lui faire sentir son autorité.
Tomber de haut.
Être étonné.
Tout haut.
Franchement.

haut

Avoir des hauts et des bas.
Subir des variations dans sa situation, son état, son moral.
Au haut de.
Au sommet de.
Gagner le haut *vx.*
S'enfuir.
Regarder quelqu'un du haut de sa grandeur.
Regarder quelqu'un de son haut.
Le mépriser.

Tenir le haut du pavé.
Avoir une situation de premier ordre.

Tomber de son haut.
Être étonné.

hauteur

À la hauteur de.
Sur le même parallèle que.

De hauteur *lit.*
Avec autorité.
De force.

Être à la hauteur.
Être capable de comprendre.
Convenir parfaitement à un emploi.

Être à la hauteur de.
Avoir les capacités nécessaires à.

Tomber de sa hauteur.
Être étonné.

hébreu

C'est de l'hébreu *fam.*
C'est une chose incompréhensible.

herbe

Couper l'herbe sous les pieds de quelqu'un.
Le devancer dans une action.
Le supplanter.

Employer toutes les herbes de la Saint-Jean.
Utiliser tous les moyens possibles pour parvenir à ses fins.

En herbe.
Qui se dispose à.

Manger son blé en herbe.
Dilapider à l'avance sa fortune.

Mauvaise herbe *fam.*
Garnement.

hère

Pauvre hère.
Personne misérable.

Hérode

Vieux comme Hérode.
Très vieux.

héroïque

Les temps héroïques *fam.*
L'époque où une chose était à ses débuts.

héronnier

Avoir la cuisse héronnière *lit.*
Avoir la cuisse maigre.

héros

Héros du jour.
Personne qui est au premier rang de l'actualité.

heur

Heur et malheur.
Chance et malchance.

Ne pas avoir l'heur de plaire.
N'être pas être apprécié.

heure

À l'heure actuelle.
À l'heure qu'il est.

À la bonne heure *lit.*
Rapidement.

À la bonne heure !
Heureusement !

À la première heure.
Très tôt.

À ses heures.
Occasionnellement.

À une heure avancée.
À une heure tardive.

Avant l'heure, c'est pas l'heure, après l'heure, c'est plus l'heure *fam.*
Expression soulignant la nécessité d'être ponctuel.

Avoir de bons et de mauvais quarts d'heure.
Être d'humeur changeante.

Chercher midi à quatorze heures.
Compliquer inutilement ce qui est simple.

Compter les heures.
Être inquiet ou impatient.

D'heure en heure.
Progressivement.

D'une heure à l'autre.
D'un moment à l'autre.

De bonne heure.
Tôt.

De la dernière heure.
Qui n'est apparu qu'à la fin de quelque chose.

De la première heure.
Qui a participé à quelque chose dès son début.

De toutes les heures.
Qui ne fait jamais défaut.

Est-ce qu'on vous demande l'heure? *fam.*
Invite à ne pas se mêler des affaires d'autrui.

Être à l'heure.
Être exact.
Être ponctuel.

Heure de vérité.
Moment où les choses se décident.

Heure dernière.

Heure suprême.
Les instants qui précèdent la mort.

Heure du berger.
Moment propice à l'amour.

Heure H.
Heure fixée pour le déclenchement d'une opération.

Heure indue.
Heure où il ne convient pas de faire quelque chose.

Il faut se lever de bonne heure *fam.*
Se dit d'une chose difficile à exécuter.

Il n'y a pas d'heure pour les braves *fam.*
Quelle que soit l'heure, rien n'interdit de faire ce qu'on a envie de faire.

Les ouvriers de la onzième heure.
Ceux qui interviennent lorsque le travail est presque terminé.

Mauvais quart d'heure.
Moment difficile.

Ne pas avoir d'heure.
Ne pas pouvoir respecter un horaire.

Ne pas avoir une heure à soi.
Être très occupé.

Pour l'heure.
Présentement.

Prendre heure.
Fixer rendez-vous.

Quart d'heure académique.
Délai.

S'ennuyer à cent sous de l'heure *pop.*
S'ennuyer très fortement.

Sur l'heure.
Aussitôt.

Tout à l'heure.
Dans un moment.

Venir à son heure.
Venir au moment opportun.

heureux

Heureux comme un roi *fam.*
Très heureux.

Il est heureux que.
C'est une chance que.

heurter

Heurter de front.
Attaquer quelqu'un brutalement.
Contrarier quelque chose.

hibou

Avoir des yeux de hibou.
Avoir les yeux ronds et fixes.

Nid de hiboux.
Vieille demeure inhabitée.

hic

Hic et nunc.
Sans délai.

Hic jacet (lepus).
C'est là le point principal.

Voilà le hic *fam.*
C'est là la difficulté essentielle.

hier

C'était hier.
Se dit d'un événement dont le souvenir reste vif.

Ne pas dater d'hier.
Être ancien.

Ne pas être né d'hier *fam.*
Avoir de l'expérience.

hirondelle

Au retour des hirondelles.
Au printemps.

Avoir une hirondelle dans le soliveau *fam.*
Être fou.

Une hirondelle ne fait pas le printemps.
D'un seul exemple on ne peut tirer une conclusion générale.

hisser

Ho! hisse!
Sert à accompagner un effort collectif.

histoire

C'est de l'histoire ancienne.
C'est un fait dépassé.
C'est toujours la même histoire.
C'est toujours la même chose.
C'est toute une histoire.
C'est une chose trop longue à raconter.
C'est une autre histoire.
C'est un fait bien différent.
Ce n'est pas le plus beau de son histoire.
Ce n'est pas ce qu'il a fait de mieux.
En faire (toute) une histoire.
Donner une importance exagérée à quelque chose.
Faire des histoires.
Créer des complications.
Histoire à dormir debout.
Histoire invraisemblable.
Histoire de *fam.*
Afin de.
La petite histoire.
L'histoire anecdotique.
Le plus beau de l'histoire.
L'événement le plus remarquable d'un récit.
Voilà bien une autre histoire.
Voilà une autre difficulté.

historique

C'est historique *fam.*
Cela est vraiment arrivé.

hit-parade

Hit-parade de l'actualité *fam.*
Ensemble des événements qui retiennent l'attention.

hiver

Hiver de la vie *lit.*
Vieillesse.

hoc

Être hoc *vx.*
Être assuré à quelqu'un.

hocher

Hocher la bride, le mors à quelqu'un *lit.*
L'engager à faire quelque chose.
Hocher la tête.
Remuer la tête pour exprimer le mépris ou l'indifférence.
Hocher les épaules *lit.*
Remuer les épaules pour exprimer son incompréhension.

holà

Crier holà.
Ordonner d'arrêter.
Mettre le holà.
Mettre bon ordre à quelque chose.

homard

Rouge comme un homard *fam.*
Très rouge.

home

At home *fam.*
Chez soi.

homérique

Rire homérique.
Rire très bruyant et prolongé.

hommage

Faire hommage de quelque chose à quelqu'un.
Le lui dédicacer.
Rendre hommage.
Témoigner sa gratitude.
Rendre un dernier hommage.
Célébrer les obsèques.

homme

Ce n'est pas la mort d'un homme.
Ce n'est pas irrémédiable.
Ce n'est pas difficile.
Comme un seul homme.
D'un commun accord.
D'homme à homme.
Franchement.
Être homme à.
Être capable de.
Être l'homme de quelqu'un *fam.*
Être celui dont il a besoin.
Homme à femmes.
Séducteur.
Homme de la rue.
Premier venu.

Homme de main.
Sbire.

Homme de paille.
Prête-nom.

Homme de peine.
Personne qui exécute des travaux pénibles.

Il n'y a pas mort d'homme.
Ce n'est pas grave.

L'homme propose et Dieu dispose.
La réussite des projets dépend du bon vouloir de Dieu.

Le vieil homme.
L'homme en état de péché.

honnête

Trop poli pour être honnête.
Se dit de quelqu'un dont l'excès de gentillesse ne peut que cacher de mauvaises intentions.

Vous êtes bien honnête *vx.*
Vous êtes bien aimable.

honnêteté

Faire l'honnêteté de *lit.*
Avoir l'obligeance de.

Faire une honnêteté *lit.*
Faire un cadeau.

honneur

À mon (ton...) honneur.
Avec succès.

À tout seigneur tout honneur !
À chacun selon ses mérites ou son rang.

À vous l'honneur !
À vous de commencer.

Baroud d'honneur.
Ultime combat pour sauver l'honneur.

Derniers honneurs.
Funérailles.

En l'honneur de.
Pour honorer.

En quel honneur? *fam.*
À quel sujet?

En tout bien, tout honneur.
Sans arrière-pensée.

Être à l'honneur.
Être fêté.

Être en honneur.
Être estimé.

Être l'honneur de.
Être une source de gloire pour.

Faire beaucoup d'honneur à quelqu'un.
Le traiter mieux qu'il ne le mérite.

Faire honneur à.
Se montrer digne de.

Faire honneur à quelqu'un de quelque chose.
Lui attribuer une chose qui lui procure de la considération.

Faire honneur à un repas *fam.*
Y manger avec plaisir.

Faire les honneurs d'une maison.
Faire visiter les pièces de sa maison à ses hôtes.

Faire les honneurs de quelqu'un.
En parler.

Les honneurs de la guerre.
Conditions honorables.

Mettre en honneur.
Estimer.

Mettre son honneur à.
Rechercher l'estime en.

Par honneur.
Par excès de civilité.

Parole d'honneur.
Promesse qui engage l'honneur.

Point d'honneur.
Élément essentiel pour la réputation de quelqu'un.

Pour l'honneur.
De façon désintéressée.

Sans honneur *lit.*
De façon indigne.

Sauf votre honneur *vx.*
Sauf le respect que je vous dois.

Se piquer d'honneur *vx.*
Exécuter une chose avec tout le soin possible.

Sur l'honneur.

Sur mon honneur.
Expression attestant la vérité de ses propos.

Tenir à honneur.
Considérer comme honorifique.

honnir

Honni soit qui mal y pense.
Se dit pour blâmer celui qui

verrait des intentions mauvaises
derrière telle ou telle action.

honorable

Faire amende honorable.
Reconnaître ses fautes.

honorer

Comme on connaît ses saints, on
les honore.
*On adopte un comportement
différent selon le caractère et les
mérites de la personne à qui on
s'adresse.*

honte

Avoir toute honte bue.
Être insensible au déshonneur.
En être pour sa courte honte.
Subir un échec.
Faire honte à.
*Être cause de déshonneur pour.
Humilier.*
Fausse honte.
*Honte causée par un scrupule
excessif.*
Ne pouvoir digérer sa honte.
*Ne pas reconnaître la réalité de
son déshonneur.*

hôpital

C'est l'hôpital qui se moque de
la charité.
*Ceux qui font des reproches sont
souvent ceux qui ont davantage
à se reprocher.*
Envoyer quelqu'un à l'hôpital
fam.
L'accabler de coups.

horizon

Faire un tour d'horizon.
*Examiner les différents éléments
d'une situation.*
Ouvrir des horizons.
*Suggérer des aspects insoup-
çonnés.*
Se dessiner à l'horizon.
Devenir distinct.

horizontal

Prendre la position horizontale
fam.
Se coucher.

horloge

Heure d'horloge.
Heure entière.
Réglé comme une horloge.
Qui a des habitudes régulières.

horreur

Avoir quelque chose en horreur.
Avoir de l'aversion pour elle.
Dire des horreurs.
*Avoir des propos indécents ou
outrageants.*
Faire horreur.
Effrayer.

hors

Cela est hors de cause.
Il n'en est pas question.
Être hors d'affaire.
Être hors de danger.
Être hors d'état.
Être inutilisable.
Être hors d'état de.
Être incapable de.
Être hors de cause.
Ne pas être impliqué.
Être hors de combat.
Être vaincu.
Être hors de soi.
Être très en colère.
Être hors du coup *fam.*
Ignorer quelque chose.
Être hors jeu.
Rester à l'écart.
Être hors catégorie, hors ligne,
hors pair, hors série.
Être exceptionnel.
Hors d'œuvre *lit.*
Qui est en dehors du sujet.
Hors de là *lit.*
En dehors de cela.
Hors de prix.
Très cher.
Hors de saison.
Inopportun.
Hors du commun.
Extraordinaire.

hospitalier

Avoir le cœur hospitalier.
Avoir la cuisse hospitalière *fam.*
Se dit d'une femme volage.

hôte

Compter sans son hôte.
Se tromper.

Qui compte sans son hôte compte deux fois.
Il est vain de vouloir entreprendre quelque chose sans l'aide de celui qui en est partie prenante.

houlette

Sous la houlette de.
Sous la conduite de.

housarde

À la housarde *vx.*
Brutalement.

houseaux

Quitter ses houseaux *vx.*
Mourir.

housse

En housse *vx.*
À cheval.

H.S.

Être H.S. *fam.*
Être vieux.

hue

Tirer à hue et à dia *fam.*
Agir de façon contradictoire.

huile

Baigner dans l'huile *fam.*
Ne présenter aucune difficulté.

En goutte d'huile *fam.*
Se dit de certaines parties du corps (seins, fesses) qui ont une forme globulaire.

Être à quelqu'un comme la sardine est à l'huile *fam.*
Être à sa totale disposition.

Être dans les huiles *pop.*
Être un personnage important.

Faire tache d'huile.
S'étendre insensiblement.

Huile de bras, de coude, de poignet *fam.*
Effort.

Huile de cotret *vx.*
Coups de bâton.

Il n'y a plus d'huile dans la lampe *fam.*
Se dit d'une personne dont les forces déclinent.

Jeter de l'huile *fam.*
Être vêtu de façon recherchée.

Jeter de l'huile sur le feu.
Envenimer une querelle.

Marcher à l'huile et au vinaigre *fam.*
Être homosexuel.

Mer d'huile.
Mer très calme.

Mettre, verser de l'huile dans les rouages.
Aplanir des différends.

On tirerait plutôt de l'huile d'un mur *fam.*
Se dit d'une chose impossible ou d'une personne avare.

Sentir l'huile *fam.*
Porter des traces d'effort évidentes.

Tirer de l'huile d'un mur *vx.*
Tirer profit d'une source apparemment improductive.

Verser de l'huile sur les plaies.
Consoler.

huis

À huis clos.
En privé.

huit

Donner ses huit jours.
Renvoyer.

En huit.
Le même jour de la semaine suivante.

huitaine

Remettre à huitaine.
Renvoyer à huit jours.

huitième

La huitième merveille du monde.
Se dit d'une chose admirable.

huître

Bâiller comme une huître *fam.*
Bâiller en ouvrant largement la bouche.

Plein comme une huître *fam.*
Ivre.

humain

N'avoir plus figure, plus forme humaine.
Être méconnaissable.

N'avoir rien d'humain.
Être insensible.

humecter
S'humecter le gosier *pop.*
Boire.

humer
Humer le vent à quelqu'un *vx.*
L'interrompre.
L'effrayer.

humeur
Avoir de l'humeur.
Être irrité.
Être d'humeur à.
Être disposé à.
Être de bonne, mauvaise humeur.
Être gai, triste.
Être en humeur de *lit.*
Être momentanément enclin à.
Homme d'humeur *vx.*
Homme capricieux.
Humeur de chien, de dogue *fam.*
Irascibilité.
Humeur noire.
Tristesse.
Par humeur.
En se fiant à son inspiration.

humilité
En toute humilité.
Sans aucune vanité.

humour
Avoir le sens de l'humour.
Comprendre la plaisanterie.
Humour noir.
Dénonciation cruelle des aspects absurdes de la réalité.

huppé
Les plus huppés y sont pris.
Les plus habiles s'y font prendre.

hurler
Hurler avec les loups.
Calquer son attitude sur celle d'autrui.

hussard
À la hussarde.
Brutalement.

hymen
Allumer les flambeaux de l'hymen.
Se marier.
Les fruits de l'hymen.
Les enfants.

hyper
Être hyper *fam.*
Avoir une grande valeur.

hypnotiser
S'hypnotiser sur quelque chose.
N'avoir d'attention que pour cela.

hypothèque
Lever une hypothèque.
Supprimer un obstacle.
Prendre une hypothèque sur l'avenir.
Disposer d'une chose avant de la posséder.

hypothèse
En toute hypothèse.
En tout cas.

hysope
Depuis le cèdre jusqu'à l'hysope *lit.*
Du plus grand au plus petit.

I

i

Droit comme un i.
Très droit.

Mettre les points sur les « i » *fam.*
Expliquer en détail et avec force.

iceberg

La partie cachée de l'iceberg.
La partie sous-jacente d'un problème.

ici

D'ici à demain.
Durant longtemps.

D'ici là.
Jusqu'à ce moment.

D'ici peu.
Bientôt.

Ici-bas.
Sur la terre.

Je vois cela d'ici *fam.*
Je l'imagine aisément.

Jusqu'ici.
Jusqu'à maintenant.

Par ici.
Dans le voisinage.

idéal

Ce n'est pas l'idéal *fam.*
Ce n'est pas satisfaisant.

L'idéal, ce serait de (que) *fam.*
La meilleure solution serait de (que).

idée

A-t-on idée! *fam.*
On n'a pas idée! *fam.*
Comment peut-on agir ainsi!

Avoir de l'idée *fam.*
Être intelligent.

Avoir de la suite dans les idées.
Se montrer obstiné.

Avoir des idées.
Avoir de l'imagination.

Avoir des idées noires.
Être sujet à la mélancolie.

Avoir idée que.
Avoir l'impression que.

Avoir l'idée de.
Former le projet de.
Penser à.

Avoir peu d'idées d'une chose.
Ne pas en soupçonner l'existence.

Avoir une idée de.
Avoir une vue approximative de.

Dans mon idée *fam.*
Dans mon esprit.

Donner des idées à quelqu'un *fam.*
Exciter ses désirs.

En idée.
Qui n'existe que dans l'esprit.

Être de l'idée de quelqu'un *vx.*
Être de son avis.

Idée de derrière la tête *fam.*
Dessein inavoué.

Idée fixe.
Obsession.

Idée reçue.
Opinion consacrée.

Idées creuses.
Idées vaines.

Loin de moi l'idée de (que).
Je n'ai jamais envisagé de (que).

N'avoir pas la moindre, la première idée.
Ignorer.

N'en faire qu'à son idée.
Se conduire selon son caprice.

Ne pas avoir idée.
Ne pas pouvoir imaginer.

Ne pas avoir d'idée de *vx.*

Ne pas se faire d'idée de *vx.*
Ne pas comprendre.

Pousser une idée *fam.*
L'envisager dans toutes ses implications.

Quelle idée! *fam.*
Bien sûr que non!
C'est absurde!

Sans idée *vx.*
Sans savoir quoi penser.

Se faire des idées *fam.*
Avoir des illusions.

Se faire une idée de.
Se représenter.

Se faire une triste idée de quelque chose.
En penser du mal.
Une idée de *fam.*
Une petite quantité de.
Une riche idée *fam.*
Une trouvaille ingénieuse.
Vivre avec ses idées.
Garder ses illusions.

idiotie

Faire une idiotie *fam.*
Commettre un acte déraisonnable.

idole

Idole du jour.
Personne qui est l'objet de la faveur publique.

ignorance

Ignorance crasse *fam.*
Manque de savoir total.

ignorant

Faire l'ignorant.
Feindre de ne pas comprendre.

ignorer

Afin que nul n'en ignore.
Pour que tout le monde le sache.
Ne pas être sans ignorer.
Ignorer certainement.

illico

Illico presto *fam.*
Immédiatement.

illusion

Faire illusion.
Tromper par son apparence.
Se faire des illusions.
Avoir des espoirs exagérés.
Se faire illusion.
Se tromper sur soi.

ilote

L'ilote ivre.
Se dit d'une personne dont l'état d'abjection est censé préserver autrui du vice.

image

À l'image de.
À la ressemblance de.

Image d'Épinal.
Illustration traditionnelle et simpliste d'un événement présenté de manière élogieuse.
Image de marque.
Opinion, bonne ou mauvaise, que le public a d'une personne ou d'une chose.
Sage comme une image *fam.*
Très sage.
Une belle image *vx.*
Se dit d'une femme belle mais sans esprit.

imaginer

J'imagine *fam.*
Je suppose.
Vous n'imaginez pas *fam.*
Vous ne sauriez croire.

imbécile

Imbécile heureux.
Se dit d'une personne stupide et contente d'elle-même.

imitation

À l'imitation de.
À la manière de.

immédiat

Pour l'immédiat.
Pour le moment.

impact

Avoir de l'impact.
Avoir de l'influence.

impair

Commettre un impair *fam.*
Se montrer très maladroit.
Faire un double impair *vx.*
Commettre une maladresse.

impasse

Faire l'impasse sur quelque chose.
Ne pas le prendre en considération.

impatience

Avoir des impatiences.
Avoir des mouvements nerveux.

impayable

C'est impayable *fam.*
Cela est incroyable.
C'est très drôle.

importance
Attacher de l'importance à quelque chose.
Le considérer comme important.
D'importance *vx.*
Beaucoup.
De grande, de première importance.
Considérable.
Faire l'homme d'importance.
Prendre de grands airs.

important
Faire l'important *fam.*
Se vanter.

imposer
Imposer silence à.
Faire taire quelqu'un.
Réprimer quelque chose.
En imposer à quelqu'un.
Lui en faire accroire.
L'impressionner.

impossibilité
Être dans l'impossibilité de.
Être incapable de.

impossible
À l'impossible nul n'est tenu.
On ne peut demander à quelqu'un de faire plus qu'il ne peut être fait.
Faire, tenter l'impossible.
Recourir à tous les moyens.
Impossible n'est pas français.
Pour un homme courageux rien n'est irréalisable.
Par impossible.
En supposant ce qui est invraisemblable.
Rien d'impossible à.
Rien ne s'oppose à.

impôt
Impôt du sang *vx.*
Obligation de faire son service militaire.

impourvu
À l'impourvu *vx.*
À l'improviste.

impression
Avoir (bien) l'impression que *fam.*
Estimer que.
Donner l'impression de.
Paraître.
Faire de l'impression.
Faire impression.
Frapper l'imagination.
Faire une bonne, mauvaise impression.
Provoquer une réaction favorable, défavorable.

impressionnant
Un nombre impressionnant *fam.*
Une grande quantité.

impromptu
À l'impromptu.
Sans préparation.

inadvertance
Par inadvertance.
De façon étourdie.

inanition
Mourir d'inanition *fam.*
Avoir très faim.

incarner
C'est le diable incarné *fam.*
Se dit d'une personne très méchante.

incendier
Se faire incendier *pop.*
Être accablé de reproches.

incessamment
Incessamment sous peu *fam.*
Sans délai.

incident
Incident de parcours.
Péripétie sans conséquence grave.
L'incident est clos.
Mettons fin à la querelle.

incolore
Incolore, inodore et sans saveur *fam.*
Qui ne présente aucun intérêt.

inconnu
Illustre inconnu *fam.*
Personne parfaitement obscure.
Inconnu au bataillon *fam.*
Totalement inconnu.

incroyable
C'est tout de même incroyable! *fam.*
C'est scandaleux.

index
Mettre à l'index.
Exclure.

indicatif
À titre indicatif.
Pour servir d'exemple.

indien
En file indienne.
Les uns derrière les autres.

indu
Heure indue.
Heure où il ne convient pas de faire quelque chose.

induire
Induire quelqu'un en erreur.
Le tromper volontairement.

industrie
Chevalier d'industrie.
Personne malhonnête.

industriel
En quantité industrielle *fam.*
En très grande quantité.

inertie
Force d'inertie.
Opposition passive.

in extenso
In extenso.
En entier.

in extremis
In extremis.
De justesse.

infernal
Cycle infernal.
Enchaînement de phénomènes qu'on ne peut interrompre.
Machine infernale.
Ensemble de moyens destiné à perdre quelqu'un.

in fine
In fine.
Dans la partie finale.

infini
À l'infini.
De façon illimitée.
De nombreuses façons.

influence
La (le) faire à l'influence *fam.*
Essayer d'obtenir quelque chose par intimidation.

informé
Jusqu'à plus ample informé.
En attendant de nouvelles indications.

infus
Avoir la science infuse *fam.*
Savoir naturellement.
Prétendre tout savoir sans avoir travaillé pour cela.

Ingres
Violon d'Ingres.
Activité qu'on exerce pour son plaisir.

injure
Faire à quelqu'un l'injure de.
Lui dénier le mérite de.
Injures du sort.
Malheurs inattendus et non mérités.

innocent
Aux innocents les mains pleines.
La chance favorise les pauvres d'esprit.
Faire l'innocent.
Feindre la naïveté.
Innocent comme l'enfant qui vient de naître *fam.*
Totalement innocent.

in partibus
In partibus.
Sans fonction réelle.

in petto
In petto.
Sans le dire ouvertement.

inscrire
S'inscrire en faux.
Opposer un démenti.

insensible
Ne pas être insensible *lit.*
Être passionné.

insinuer

S'insinuer dans les bonnes grâces de quelqu'un.
S'attirer la confiance de quelqu'un par des flatteries.

insoumis

Fille insoumise *vx.*
Prostituée.

inspiré

Être bien, mal inspiré *fam.*
Avoir une bonne, mauvaise idée.

Ne pas être inspiré.
N'avoir aucune idée.

inspirer

Cela ne m'inspire pas *fam.*
Cela ne me tente pas.

installer

En installer *pop.*
Avoir une attitude arrogante.

instance

Avec instance.
De façon pressante.

En instance.
En attente.

En instance de.
Sur le point de.

instant

À l'instant.
Aussitôt.

Dans l'instant *vx.*
À l'heure même.

Dans un instant.
Sous peu.

De tous les instants.
Permanent.

D'instant en instant.
De façon presque continuelle.

En un instant.
Rapidement.

Par instants.
De temps en temps.

instar

À l'instar de.
À la manière de.

instigation

À l'instigation de.
Sur les conseils de.

instinct

D'instinct.
Spontanément.

instruire

Instruire le procès de quelqu'un.
Rechercher et rassembler les éléments de sa culpabilité.

insu

À l'insu de.
Sans que cela soit connu de.

insulte

Avoir toujours l'insulte à la bouche.
Être offensant.

Une insulte à.
Une grave atteinte à.

intégrant

Faire partie intégrante de.
Accompagner nécessairement.

intelligence

Avoir l'intelligence de.
Avoir une aptitude à comprendre quelque chose.

Être d'intelligence.
Être d'accord.

Être de l'intelligence *lit.*
Être du complot.

Être de l'intelligence de *lit.*
Être complice de.

Être en bonne, mauvaise intelligence avec quelqu'un.
Être en bons, mauvais termes avec lui.

Signe d'intelligence.
Marque de connivence.

intendance

L'intendance ne suit pas.
Se dit de l'absence de moyens accompagnant une décision.

intention

À cette intention.
À cette fin.

À l'intention de.
En l'honneur de.

Avec intention.
Volontairement.

Avoir l'intention de.
Se proposer de.

C'est l'intention qui compte.
La bonne volonté excuse tout.
Dans l'intention de.
Dans le but de.
Direction d'intention.
Action par laquelle on feint de ne vouloir dans une entreprise coupable que ce qui est indifférent.
L'enfer est pavé de bonnes intentions.
De bonnes intentions ont souvent de fâcheuses conséquences.
Procès d'intention.
Accusation non fondée en actes.
Sans intention.
Involontairement.

interdit
Jeter l'interdit sur.
Empêcher d'user de.
Exclure.

intéressant
Faire l'intéressant *fam.*
Faire son intéressant *fam.*
Chercher à se faire remarquer.
Un état, une position intéressant(e) *fam.*
État de grossesse.

intérêt
Avoir intérêt à.
Avoir avantage à.
Prendre intérêt dans quelqu'un *lit.*
Éprouver de la sympathie à son égard.
Prendre l'intérêt de *lit.*
Prendre la défense de.
Se mettre hors d'intérêt.
Se dégager d'une affaire.

intérieur
L'homme intérieur.
L'homme intellectuel et moral.

intérieur
Femme d'intérieur.
Femme qui aime à tenir sa maison.

intérim
Par intérim.
Provisoirement.

intermédiaire
Par l'intermédiaire de.
Par l'entremise de.

interposé
Par personne interposée.
Par l'entremise de quelqu'un d'autre.

intervalle
Par intervalles.
De place en place.
De temps en temps.

intervertir
Intervertir les rôles.
S'attribuer les fonctions de quelqu'un d'autre.

intimer
Intimer l'ordre de.
Ordonner.

intimité
Dans la plus stricte intimité.
En la présence des seuls parents et amis.

introduire
Être bien introduit.
Avoir de nombreuses relations.

inutile
Les bouches inutiles.
Personnes à charge qui ne rendent aucun service.

inventaire
Sous bénéfice d'inventaire.
Sous réserve de vérification.

inventer
Ne pas avoir inventé l'eau chaude, le fil à couper le beurre, la poudre *fam.*
Être sot.
N'inventer rien.
Dire des choses vraies, même si elles paraissent étonnantes.

invention
D'invention.
De fantaisie.

inverse
À l'inverse de.
Contrairement à.
En raison inverse.
En proportion inverse.

investir
Investir quelqu'un de sa confiance.
Lui faire une confiance totale.

iota
D'un iota.
De si peu que ce soit.
N'en pas changer un iota.
N'y rien changer.

ipso facto
Ipso facto.
De façon automatique.

ironie
Il lui faut des points d'ironie *vx.*
Se dit de quelqu'un qui a du mal à comprendre l'ironie.
Ironie du sort.
Événement imprévu qui apparaît comme une plaisanterie du sort.

iroquois
C'est de l'iroquois *fam.*
C'est inintelligible.

irritable
Avoir l'épiderme irritable *fam.*
Être susceptible.

issue
À l'issue de.
À la fin de.

ita est
Mettre son ita est *vx.*
Authentifier.

ivoire
Vivre dans une tour d'ivoire.
Vivre isolé en refusant tout engagement.

ivraie
Ne recueillir que de l'ivraie.
Ne tirer aucun profit de ses efforts.
Séparer l'ivraie d'avec le bon grain.
Séparer le mal du bien.

ivrogne
Serment d'ivrogne *fam.*
Promesse qu'on n'a pas l'intention de tenir.

J

j
Jour J.
Jour où doit avoir lieu un événement important.

jabot
Faire jabot *vx.*
Affecter de la fierté.
Se remplir le jabot *fam.*
Manger beaucoup.

jacasser
Jacasser comme une pie.
Parler abondamment d'une voix fatigante.

jachère
Laisser en jachère.
Laisser inexploité.

Jacques
Faire le Jacques *fam.*
Faire l'idiot.

jadis
Le temps jadis.
Le passé lointain.

jais
Noir comme jais.
Noir de jais.
Très noir.

jalon
Poser des jalons *fam.*
Mettre en place les préliminaires permettant d'entreprendre un travail.
Poser les premiers jalons.
Faire les démarches préliminaires avant de se lancer dans une entreprise.

jalousie
Crever de jalousie *fam.*
Être extrêmement jaloux.

jaloux
Jaloux comme un pou, comme un tigre *fam.*
Très jaloux.
Jaloux de sa parole *lit.*
Fidèle à sa promesse.

jamais
À jamais.
À tout jamais.
Pour toujours.
C'est le cas, le moment ou jamais.
C'est l'occasion la plus opportune.
Jamais, au grand jamais *fam.*
Jamais.
Mieux vaut tard que jamais.
Il vaut mieux agir tardivement que de ne rien faire.

jambe
À toutes jambes.
Très rapidement.
Avoir de bonnes jambes.
Être capable de marcher longtemps.
Avoir de mauvaises jambes.
Marcher difficilement.
Avoir des jambes de cerf.
Être un bon marcheur.
Avoir des jambes de quinze, de vingt ans.
Être agile malgré son âge.
Avoir des kilomètres dans les jambes *fam.*
Avoir parcouru un long chemin.
Avoir les jambes coupées.
Être sans force ou découragé.
Avoir les jambes en coton *fam.*
Avoir les jambes molles.
Être sans force.
Ça vaut mieux qu'une jambe cassée *fam.*
Ce n'est pas très grave.
Casser, couper, rompre bras et jambes à quelqu'un.
Lui ôter son courage.
Cela me (te...) fait une belle jambe *fam.*
Cela ne m' (t'...) est d'aucune utilité.
Couper les jambes à quelqu'un.
Le rendre incapable de réagir.
Donner des jambes.
Faire courir.

En avoir plein les jambes *fam.*
Être fatigué de marcher.

Être toujours dans les jambes de quelqu'un.
L'importuner.

Faire des ronds de jambe.
Avoir une attitude très affectée et obséquieuse.

Faire la belle jambe *vx.*
Faire le beau.

Faire quelque chose par-dessous la jambe *fam.*
Le faire sans soin.

Jambes de coq *fam.*
Jambes grêles.

Jambes Louis XV *fam.*
Jambes arquées.

Jeter le chat aux jambes de quelqu'un *vx.*
Lui causer des embarras.

Jouer quelqu'un par-dessous la jambe *lit.*
L'emporter facilement sur lui.

La jambe! *pop.*
Assez!

N'aller que d'une jambe.
Péricliter.

N'avoir plus de jambes.
Être épuisé.

Partie de jambes en l'air *fam.*
Ébats amoureux.

Partir la queue entre les jambes *fam.*
Être confus à la suite d'un échec.

Passer la jambe à quelqu'un *vx.*
Lui susciter des ennuis.

Prendre ses jambes à son cou *fam.*
S'enfuir rapidement.

Rompre les jambes.
Fatiguer.

Tenir la jambe à quelqu'un *fam.*
L'importuner par ses discours.

Traîner la jambe.
Marcher avec difficulté.

Traiter quelqu'un par-dessous la jambe.
Le mépriser.

Un cataplasme, un cautère, un emplâtre sur une jambe de bois *fam.*
Un remède, une solution inefficace.

jambette
Donner la jambette à quelqu'un *vx.*
Lui faire un croc-en-jambe.

jambonneau
Pincer du jambonneau *vx.*
Jouer de la guitare.

jante
Rouler sur la jante *fam.*
Être pauvre.

janvier
Du premier janvier à la Saint-Sylvestre *fam.*
Toute l'année.

japonais
Montrer ses estampes japonaises *fam.*
Faire des propositions galantes à une femme.

jaquet
Se lever dès potron-jaquet *fam.*
Se lever très tôt.

jaquette
Être de la jaquette (flottante) *pop.*
Être homosexuel.

Se faire la jaquette *pop.*
S'enfuir.

Tourner jaquette *fam.*
Faire demi-tour.
Changer d'avis.

jardin
Côté jardin.
Côté gauche d'une scène.

Il faut cultiver notre jardin *lit.*
Il convient d'agir sans se préoccuper de la marche du monde.

Jeter une pierre dans le jardin de quelqu'un.
Le critiquer, de façon allusive ou non.

jardinier

Être comme le chien du jardinier (qui ne mange point de choux et n'en laisse pas manger aux autres).
Ne pas vouloir que d'autres se servent de ce dont on ne peut se servir.

Jarnac

Coup de Jarnac.
Traîtrise.

jarret

Avoir du jarret
Être solide sur ses jambes.

Couper les jarrets à quelqu'un.
L'empêcher d'agir.

Tendre le jarret.
Prendre une attitude avantageuse.

jaune

Colère jaune.
Grande colère.

Être peint en jaune *pop.*
Être cocu.

Faire des contes jaunes *vx.*
Raconter des histoires invraisemblables.

Rire, sourire jaune.
Rire, sourire à contrecœur.

jaunisse

En faire une jaunisse *fam.*
Éprouver une forte déception.

java

Faire la java *pop.*
Faire la foire.

Partir en java *fam.*
Sortir avec l'objectif de s'amuser sans retenue.

javanais

Parler le javanais *fam.*
Parler d'une façon incompréhensible.

javelle

Tomber en javelle *vx.*
Tomber en ruine.

Jean

Être Gros-Jean comme devant *fam.*
Éprouver une déception.

Faire Jean.
Faire cocu.

jésus

Beau comme un jésus.
Très gracieux.

jet

À jet continu *fam.*
Sans interruption.

D'un seul jet.
D'une seule fois.

Du premier jet.
Du premier coup.

Premier jet.
Ébauche.

jeter

En jeter *pop.*
Avoir beaucoup d'allure.

Jeter à la rue.
Mettre dehors.

Jeter au vent.
Faire disparaître.

Jeter bas.
Détruire.

Jeter de la poudre aux yeux.
Tromper par des apparences fallacieuses.

Jeter de l'huile sur le feu.
Envenimer une querelle.

Jeter des fleurs.
Adresser des compliments.

Jeter du lest *fam.*
Faire des concessions.

Jeter hors de ses gonds, hors de soi.
Mettre en colère.

Jeter l'ancre.
S'arrêter.

Jeter l'argent par les fenêtres *fam.*
Dépenser sans compter.

Jeter l'éponge *fam.*
S'avouer vaincu.

Jeter le froc aux orties.
Renoncer à l'état religieux.
Quitter sa profession.

Jeter le grappin sur *fam.*
Saisir.

Jeter le manche après la cognée.
Renoncer par découragement.

Jeter le masque.
Se montrer tel qu'on est.

Jeter par-dessus bord.
Se débarrasser de quelque chose.

Jeter quelque chose à la face, à la figure, au nez, au visage de quelqu'un.
Le lui reprocher sans ménagement.

Jeter sa langue aux chiens *vx.*
Renoncer à trouver la solution.

Jeter son dévolu sur.
Choisir.

Jeter son venin.
Dire avec méchanceté tout ce qu'on pense de quelqu'un.

Jeter sur le pavé.
Abandonner.

Jeter un jour nouveau sur.
Présenter de façon inédite.

Jeter un os (à ronger) à quelqu'un.
Lui accorder un avantage minime dans l'espoir qu'il se tienne tranquille.

Jeter un voile sur quelque chose.
Le cacher.
Cesser d'en parler.

Jeter une ombre sur.
Attrister.

Le sort en est jeté.
Il n'est pas possible de revenir en arrière.

N'en jetez plus! *fam.*
Se dit pour faire cesser critiques ou compliments.

N'être pas bon à jeter aux chiens *fam.*
Être tenu pour rien.

Presser l'orange et jeter l'écorce *fam.*
Se détourner de quelqu'un après en avoir tiré profit.

Se jeter à l'eau *fam.*
Prendre une décision brutale.

Se jeter à la tête de quelqu'un.
Montrer beaucoup d'empressement à son égard.

Se jeter dans la gueule du loup *fam.*
S'exposer à un danger.

Se jeter dans les bras de quelqu'un.
Se réfugier auprès de lui.

S'en jeter un (derrière la cravate) *pop.*
Boire un verre.

jeton

Avoir les jetons *pop.*
Avoir peur.

Coller, filer, flanquer un jeton à quelqu'un *pop.*
Le frapper.

Faux jeton *pop.*
Hypocrite.

Foutre les jetons *pop.*
Faire peur.

Prendre, se payer un jeton *pop.*
Regarder subrepticement des ébats amoureux.

Vieux jeton *fam.*
Homme âgé aux idées rétrogrades.

jeu

Abattre son jeu.
Dévoiler ses intentions.

À jeu sûr *lit.*
À coup sûr.

Avoir beau jeu.
Être en situation favorable.

Avoir beau jeu de faire quelque chose.
Le faire aisément.

Avoir des atouts dans son jeu.
Avoir des chances de réussite.

Cacher son jeu.
Dissimuler ses intentions.

Calmer le jeu.
Apaiser une querelle.

C'est son jeu.
C'est son intérêt.

C'est un jeu (d'enfant).
Cela est facile.

C'est un jeu joué.
C'est une feinte concertée.

Ce n'est pas du jeu *fam.*
Ce n'est pas dans les règles.

Cela passe le jeu *vx.*
Cela dépasse la plaisanterie.

D'entrée de jeu.
Dès le début.

De bon jeu.
Honnêtement.

De jeu fait *lit.*
Après mûre réflexion.

Donner beau jeu à quelqu'un.
L'aider à réussir.

Donner du jeu.

Laisser du jeu.
Accorder de la liberté d'action.

Entrer dans le jeu de quelqu'un.
Lui fournir son appui.

Entrer en jeu.
Intervenir.

Être à deux de jeu.
Se faire tort réciproquement.

Être en jeu.
Être en cause.

Être hors jeu.
Rester à l'écart.

Être pris à son propre jeu.
Être dupe de soi-même.

Être vieux jeu *fam.*
Être démodé.

Faire le jeu de quelqu'un.
Favoriser ses intérêts.

Jeu(x) de main, jeu(x) de vilain.
Les jeux de main, indignes des gens de bonne compagnie, s'achèvent généralement mal.

Jeu de mots.
Équivoque voulue liée à la similitude entre certains mots.

Jeux de la nature.
Bizarreries dues à la nature.

Jeux de main.
Luttes amicales.

Jeux de prince *vx.*
Caprices de grands personnages.

Jeux du destin.
Événements dus aux caprices du destin.

Jouer franc jeu.
Agir loyalement.

Jouer gros jeu.
Prendre de grands risques.

Jouer le jeu.
Respecter les règles.

Jouer le grand jeu.
Faire tous ses efforts pour réussir.

Jouer un double jeu.
Agir avec duplicité.

Jouer un jeu serré.
Agir prudemment.

Jouer un vilain jeu.
Se comporter de façon malhonnête.

Le jeu n'en vaut pas la chandelle *fam.*
Les dangers sont disproportionnés.

Les jeux sont faits.
On ne peut revenir en arrière.

Lire dans le jeu de quelqu'un.
Deviner ses intentions.

Malheureux au jeu, heureux en amour.
L'absence de réussite au jeu est le signe de beaucoup de chance en amour.

Meneur de jeu.
Personne qui dirige les autres dans une entreprise.

Mettre en jeu.
Risquer.
Faire fonctionner.

Par jeu.
Par plaisanterie.

Plus fort que jeu *lit.*
Trop loin dans la plaisanterie.

Se laisser prendre au jeu.
Se passionner pour quelque chose dont on se désintéressait au départ.

Se piquer au jeu.
S'entêter dans une entreprise malgré les difficultés.

Tirer son épingle du jeu.
Se dégager adroitement d'une situation dangereuse.

Voir beau jeu *lit.*
Assister à un événement important.

jeudi

La semaine des quatre jeudis *fam.*
Jamais.

jeun

À jeun.
Sans s'être alimenté depuis le matin.

jeune

Avoir son petit jeune homme *pop.*
Être ivre.

C'est un peu jeune *fam.*
Se dit d'une action qui n'atteint pas totalement son but.

Dans mon jeune temps *fam.*
Au temps de ma jeunesse.

Être jeune dans le métier *fam.*
Manquer d'expérience.

Faire le jeune (homme).
Se comporter comme un jeune homme.

jeûne

Long comme un jour de jeûne.
Se dit d'une chose ennuyeuse qui semble ne pas avoir de fin.

jeunesse

Être toute jeunesse *vx.*
Éprouver les sentiments d'un jeune homme ou d'une jeune femme.

Jeunesse dorée.
Jeunes gens riches et oisifs.

Il faut que jeunesse se passe.
Les erreurs des jeunes gens sont excusables.

La jeunesse revient de loin.
Une personne jeune échappe plus facilement à une grave maladie.

N'être plus de la première jeunesse.
Être dans l'âge mûr.

Si jeunesse savait, si vieillesse pouvait.
Se dit pour regretter que les jeunes n'aient pas l'expérience des vieux et les vieux la vigueur des jeunes.

Job

Pauvre comme Job.
Très pauvre.

job

Se chauffer, se monter le job *pop.*
Se faire des illusions.

job

Un bon job *pop.*
Un emploi lucratif.

jockey

Régime jockey *fam.*
Régime alimentaire frugal.

jocrisse

Faire le jocrisse.
Se comporter comme un niais.

joie

En avoir la joie *lit.*
En avoir la jouissance.

Être à la joie de son cœur *lit.*
Éprouver une grande joie.

Faire la joie de quelqu'un.
Être pour lui une cause de grande satisfaction.

Fille de joie.
Prostituée.

Ne pas se sentir de joie.
Être au comble de la joie.

S'en donner à cœur joie.
Profiter pleinement de quelque chose.

joindre

Joignez à cela que.
De plus.

Joindre le geste à la parole.
Accomplir aussitôt un acte dont on vient de parler.

Joindre les deux bouts *fam.*
Équilibrer son budget.

joint

Trouver le joint *fam.*
Trouver la façon la meilleure pour résoudre une difficulté.

joint

Joint que *vx.*
Outre que.

Sauter à pieds joints par-dessus quelque chose.
Ne pas en tenir compte.

jointure

Trouver jointure à *vx.*
Trouver le moyen pour.

Trouver jointure à *pop.*
Comprendre.

jojo

Affreux jojo *fam.*
Enfant mal élevé et insupportable.

joli

C'est bien joli, mais *fam.*
Expression marquant la réticence.

C'est du joli! *fam.*
C'est mal.

Être dans de jolis draps *fam.*
Être dans une situation embarrassante.

Faire joli *fam.*
Manifester son mécontentement.

Faire le joli cœur *fam.*
Se montrer galant.

Joli à croquer *fam.*

Joli comme un cœur *fam.*
Très joli.

Joli monde.
Personnes peu recommandables.

jonc

Droit comme un jonc *fam.*
Très droit.

jongler

Jongler avec les difficultés.
Les surmonter facilement.

Joseph

Faire son Joseph *fam.*
Faire l'idiot.
Affecter la vertu.

joue

Avoir les joues creuses.
Être maigre.

Coucher en joue.

Mettre en joue.
Viser avec une arme à feu.

Se caler les joues *pop.*
Manger abondamment.

Tendre l'autre joue.
Préférer s'exposer à de nouveaux outrages plutôt que de réagir par la violence à une insulte.

Tenir en joue.
Menacer avec une arme à feu.

jouer

À moi (toi...) de jouer.
C'est à moi (toi...) d'agir.

Cela me (te...) jouera un mauvais tour.
Cela finira mal pour moi (pour toi...).

En jouer un air *fam.*
S'enfuir.

Envoyer jouer quelqu'un *vx.*
Le repousser brutalement.

Faire jouer la corde sensible.
Tenter d'émouvoir.

Faire jouer les grandes eaux *pop.*
Pleurer abondamment.

Faire jouer tous les ressorts.
Employer tous les moyens pour réussir.

Jouer à coup sûr.
Être sûr de réussir.

Jouer à qui perd gagne.
Accepter un désavantage apparent pour obtenir un gain réel.

Jouer au plus fin *fam.*
Rivaliser d'adresse ou de duplicité.

Jouer cartes sur table.
Agir franchement.

Jouer de bonheur, de malheur.
Être chanceux, malchanceux.

Jouer de l'œil, de la prunelle *fam.*
Faire des œillades.

Jouer de la fourchette, de la mâchoire *pop.*
Manger abondamment.

Jouer de son reste *vx.*
Prendre un parti extrême.

Jouer des coudes.
Utiliser tous les moyens pour se faire une place.

Jouer des flûtes *pop.*

Jouer des jambes *fam.*
Courir.

Jouer des poings.
Se battre.

Jouer d'un tour à quelqu'un *vx.*
Lui causer un tort.

Jouer la carte de.
Miser sur.

Jouer la montre *fam.*
Ralentir délibérément une action.

Jouer le tout pour le tout.
Prendre des risques extrêmes pour mieux réussir.

Jouer les Cassandre.
Prédire des événements dramatiques.

Jouer ramona *pop.*
Adresser des reproches.

Jouer ripe *pop.*
S'enfuir.

Jouer sa partie.
Accomplir une tâche assignée.

Jouer serré.
Agir avec prudence.
Ne pas laisser prise à son adversaire.

Jouer son va-tout.
Tenter sa dernière chance.

Jouer sur le velours *fam.*
Agir sans risques.

Jouer sur les deux tableaux.
Prendre des engagements dans des partis rivaux de façon à se ménager des avantages quel que soit le vainqueur.

Jouer un (bon) tour à quelqu'un.
Le tromper.

Jouer un mauvais, un sale tour à quelqu'un.
Lui nuire gravement.

Jouer un personnage.
Affecter un comportement.

Jouer un rôle.
Avoir une part dans une action.

Jouer une partie serrée.
Se lancer dans une entreprise dangereuse.

La partie est jouée.
Il n'y a plus rien à faire.

Ne vous y jouez pas !
Ne soyez pas assez téméraire pour faire cela.

Se jouer des difficultés.
Les surmonter aisément.

Se jouer des lois.
Les ignorer.

joug

Passer sous le joug.
Être contraint.

jouir

Faire jouir *pop.*
Faire souffrir.

joujou

Faire joujou *fam.*
S'amuser.

Faire joujou avec quelque chose *fam.*
S'en moquer.

jour

À chaque jour suffit sa peine.
Il ne faut pas se préoccuper inutilement de l'avenir.

À jour.
En ordre.

Attenter à ses jours.
Se suicider.

Au grand jour.
Ouvertement.

Au jour le jour.
De manière régulière.
Sans se préoccuper du futur.

Au premier jour *lit.*
À la première occasion.

Avoir son jour.
Vaincre.
Recevoir à date régulière.

Beau comme le jour.
D'une beauté pure.

Clair comme le jour *fam.*
Très évident.

Comme le jour et la nuit.
Se dit de deux choses ou de deux personnes très différentes.

Couler des jours heureux.
Mener une existence agréable.

D'un jour.
Bref.

D'un jour à l'autre.
Prochainement.

De jour en jour.
Peu à peu.

De nos jours.
Actuellement.

De tous les jours *fam.*
Habituel.

Donner le jour.
Enfanter.

Du jour.
Actuel.

Du jour au lendemain.
Soudainement.

En d'autres jours.
À une autre époque.

Être dans son, dans un bon jour.
Être de bonne humeur.

Être de jour.
Exécuter un service de jour.

Exposer au grand jour.
Divulguer.

Il n'y a jour que *lit.*
Continuellement.

Il ne faut pas remettre au lendemain ce qu'on peut faire le jour même.
Les tâches qu'on doit accomplir doivent être exécutées sans attendre.

Il y a beaux jours.
Il y a longtemps.

Jour à jour.
Progressivement.

Jour après jour.
De façon régulière.

Jour et nuit.

Nuit et jour.
Continuellement.

Jour pour jour.
Exactement.

L'autre jour.
Dernièrement.

Le grand jour.
Jour où doit se dérouler un événement important.

Les beaux jours.
Le printemps.

Les jours avec, sans *fam.*
Les jours où les choses vont bien, mal.

Long comme un jour sans pain.
Se dit d'une chose ennuyeuse qui semble ne pas avoir de fin.

Mettre à jour.
Mettre en ordre.

Mettre au jour.
Créer.
Découvrir.
Divulguer.

Mettre en jour *lit.*
Mettre en valeur.

Par jour.
Quotidiennement.

Paris ne s'est pas fait en un jour.
Les entreprises importantes demandent du temps.

Percer quelqu'un à jour *lit.*
Le blesser.

Percer quelqu'un à jour *fam.*
Deviner ses intentions.

Prendre jour.
Fixer une date.

Se faire jour *lit.*
Voir clair.

Se faire jour.
Se manifester.

Se mettre à tous les jours.
S'employer à tout.

Ses jours sont comptés *fam.*
Il va bientôt mourir.

Sous tel jour.
Selon tel point de vue

Un de ces jours.
Prochainement.

Un jour ou l'autre.
À une date indéterminée.

Venir à son jour (et à son heure).
Arriver au moment fixé.

Vivre au jour le jour.
Vivre de façon insouciante.

Voir le jour.
Naître.
Être publié.

journée

À journées faites *vx.*
Continuellement.

À la journée *vx.*
Continuellement.

À longueur de journée.
Durant toute la journée.

À petites journées *vx.*
Par petites étapes.

Au jour la journée *lit.*
Sans se préoccuper du futur.

Avoir gagné sa journée *fam.*
Se dit de quelqu'un qui vient de subir une perte.

Chaude journée.
Épreuves.

Faire tant par ses journées que *lit.*
Faire si bien que.

jouteur

Femme, homme de journée *vx.*
Domestique employé pour la journée.
Toute la sainte journée *fam.*
Durant toute la journée.

jouteur

Un rude jouteur.
Un adversaire redoutable.

jouvence

Un bain de jouvence.
Tout ce qui fait rajeunir.

joyeuseté

Des joyeusetés de corps de garde *fam.*
Plaisanteries grossières.

joyeux

Mener joyeuse vie.
Vivre dans les plaisirs.
Un joyeux luron *fam.*
Personne gaie et insouciante.

jubé

Venir à jubé *vx.*
Se soumettre.

Judas

Baiser de Judas.
Témoignage hypocrite d'affection.

judiciaire

Bonne judiciaire *lit.*
Personne au jugement sûr.

juge

De fol juge, courte sentence *vx.*
Ce sont les plus ignorants qui jugent le plus rapidement.
Être juge et partie.
Juger dans une affaire où on est impliqué.

jugé

C'est un homme jugé.
Se dit d'une personne dont la conduite est bien connue.
C'est une affaire jugée.
Il n'y a pas à revenir là-dessus.

jugé

Au jugé.
D'après une estimation rapide.

juger

Juger des coups *lit.*
Être simple spectateur des événements.

jugulaire

Jugulaire! jugulaire! *fam.*
Se dit d'une discipline très stricte appliquée sans discernement.

Jules

Se faire appeler Jules *fam.*
Se faire réprimander.

jupe

Être toujours dans les jupes de quelqu'un *fam.*
En dépendre étroitement.

Jupiter

Se croire sorti de la cuisse de Jupiter *fam.*
Manifester un orgueil excessif.

jupon

Courir le jupon *fam.*
Poursuivre les femmes de ses assiduités.

juré

Ennemi juré.
Ennemi acharné.

jurer

Il ne faut jurer de rien.
On ne peut rien assurer.
Jurer comme un charretier *fam.*
Jurer grossièrement.
Jurer ses grands dieux *fam.*
Affirmer solennellement.
Ne jurer que par quelqu'un.
L'invoquer constamment comme un modèle.
Ne pas en jurer.
En douter.
On (tu, vous...) jurerait.
Expression soulignant une certitude fondée sur des apparences trompeuses.

jus

Avoir, jeter du jus *pop.*
Avoir de l'élégance.
Avoir du jus de navet dans les veines *fam.*
Manquer de vigueur ou de courage.
Ça vaut le jus *pop.*
Cela vaut la peine.
C'est jus vert ou vert jus *vx.*
C'est la même chose.

Dans son jus *pop.*
Dans son état.

Être dans le jus *pop.*
Ne plus savoir où l'on en est.

Jus de chapeau, de chaussette, de chique *pop.*
Mauvais café.

Jus de coude *vx.*
Énergie.

Jus de la treille, de la vigne *fam.*
Vin.

Laisser cuire quelqu'un dans son jus *pop.*
Le laisser dans l'embarras.

Prendre du jus dans les pattes *pop.*
Recevoir une décharge électrique.

jusque

En avoir jusque-là *fam.*
Avoir trop mangé.
Être dégoûté de quelque chose.

Il n'est pas jusqu'à.
Expression marquant une mise en relief.

Jusques et y compris.
En incluant.

Jusque-là que *lit.*
À tel point que.

juste

À juste titre.
À bon droit.

Au juste.

Au plus juste.
Très exactement.

Comme de juste *fam.*
Naturellement.

Esprit juste.
Personne au jugement sûr.

Juste ciel!
Expression marquant l'effroi.

Sommeil du juste.
Sommeil très profond.

Tout juste.
À peine suffisamment.

Tout juste Auguste! *fam.*
Expression marquant l'approbation.

justesse

De justesse.
De fort peu.

justice

C'est justice!
C'est juste!

De justice *lit.*
Justement.

En bonne justice.
De façon équitable.

Être brouillé avec la justice *fam.*
Se conduire de façon répréhensible.

Faire justice.
Punir.

Faire justice de quelqu'un *vx.*
Le châtier.

Faire justice de quelque chose.
Le réfuter.

Il n'y a pas de justice!
Expression marquant l'indignation.

Raide comme la justice *fam.*
Très raide.

Rendre justice à quelqu'un.
Reconnaître ses mérites.

Se faire justice *lit.*
Se rendre compte de ses torts.

Se faire justice.
Se tuer.
Se venger.

Suivre les voies de la justice.
Ne pas commettre de fautes.

juteux

Affaire juteuse *pop.*
Affaire très rentable.

K

kif

C'est du kif *pop*
C'est identique.
C'est kif-kif (bourricot) *pop.*
C'est la même chose.

kiki

Serrer le kiki *pop.*
Serrer le cou.

kiki

C'est parti mon kiki *pop.*
C'est commencé.

kil

Kil de rouge *pop.*
Litre de vin rouge.

kilomètre

Avaler des kilomètres *fam.*
Parcourir de grandes distances.

K. O.

Être K. O. *fam.*
Être épuisé.
Être étonné.

kopeck

Sans un kopeck *fam.*
Sans argent.

kyrielle

Une kyrielle de *fam.*
Une longue suite de.

L

la
Avoir le la *vx.*
   Être un exemple.
Donner le la.
   Donner l'exemple.
   Commencer.

là
De là que *vx.*
   Parce que.
Là là *fam.*
   Expression manquant soit l'ex-
   bortation soit la menace.
En arriver là.
En être là.
   Être dans une situation pénible.
En avoir jusque-là *fam.*
   Avoir trop mangé.
   Être dégoûté de quelque chose.
En passer par là.
   Ne pas pouvoir faire autrement.
Être un peu là *fam.*
   Être remarquable.
S'en tenir là.
   Ne pas poursuivre.

laboratoire
Homme de laboratoire.
   Chercheur.

labourer
En peu d'heures Dieu laboure.
   Se dit d'un grand changement
   auquel on ne s'attendait pas.
Se labourer le visage.
   Se déchirer, se griffer, se tail-
   lader le visage.

lac
Être dans le lac *fam.*
   Être dans une situation difficile.
Tomber dans le lac *fam.*
   Échouer.

lacet
Tendre des lacets *lit.*
   Tendre des pièges.

lâcher
Lâcher du lest *fam.*
   Faire des concessions.
Lâcher la bride.
   Laisser toute liberté.

Lâcher la main.
   Renoncer à ses prétentions.
Lâcher la proie pour l'ombre.
   Laisser un bien réel pour un
   bien illusoire.
Lâcher la rampe *pop.*
   Mourir.
Lâcher le morceau, le paquet *fam.*
   Avouer.
Lâcher le mot.
   Consentir.
Lâcher le robinet *fam.*
   Pleurer.
Lâcher les baskets à quelqu'un
pop.
   Le laisser tranquille.
Lâcher pied.
   Céder.
Les lâcher avec un élastique *pop.*
   Donner de l'argent à contre-
   cœur et avec parcimonie.
Ne pas lâcher du regard, des
yeux.
   Avoir les yeux constamment
   fixés sur quelqu'un.
Ne pas lâcher quelqu'un d'une
semelle *fam.*
   Le suivre continuellement.

laid
Laid comme un pou *fam.*
Laid comme les sept péchés ca-
pitaux.
   Très laid.

laine
Avoir les jambes en laine *fam.*
   Être sans force, par faiblesse ou
   par peur.
Bas de laine.
   Économies.
Se laisser manger, tondre la laine
sur le dos *fam.*
   Se laisser dépouiller.
Tirer la laine *vx.*
   Voler.

laisse
Tenir quelqu'un en laisse.
   L'empêcher d'agir librement.

laisser

C'est à prendre ou à laisser.
Il faut accepter ces conditions ou renoncer.
Cela me (te...) laisse froid *fam.*
Cela me (te...) laisse indifférent.
Il y a à prendre et à laisser.
Il y a du bon et du mauvais.
Laisser à désirer.
Présenter des défauts.
Laisser à penser.
Inviter à juger.
Laisser à quelqu'un à penser.
Ne pas donner d'explication sur un fait suffisamment clair.
Laisser courir *fam.*
Laisser faire.
Ne pas se préoccuper des actions des autres.
Laisser de côté quelque chose.
Ne pas y toucher.
Laisser derrière soi.
Surpasser.
Laisser dire.
Ne pas se préoccuper des paroles des autres.
Laisser la bride sur le cou à quelqu'un.
Lui laisser toute liberté d'agir.
Laisser pour compte.
Abandonner.
Laisser quelqu'un en plan, en rade *fam.*
L'abandonner.
Laisser quelque chose en plan *fam.*
Cesser de s'en occuper.
Laisser quelqu'un sur place.
Le devancer.
Laisser tomber.
Ne pas insister.
Laisser tomber quelqu'un ou quelque chose *fam.*
S'en désintéresser.
Laissez !
Je m'en occupe.
Laissons cela.
N'en parlons plus.
Ne pas laisser de.
Ne pas cesser de.

S'en laisser accroire.
S'en laisser conter.
Être dupe.
Se laisser aller.
Ne pas se contrôler.
Se laisser boire, manger *fam.*
Être bu, mangé avec plaisir.
Se laisser faire.
Ne pas s'opposer de résistance.
Se laisser vivre *fam.*
Être insouciant.
Y laisser des plumes *fam.*
Subir des pertes dans une entreprise.
Y laisser sa peau *pop.*
Y laisser sa vie.
Mourir en participant à une entreprise.

lait

Avaler comme du lait (doux) quelque chose.
S'en réjouir.
Boire du petit-lait *fam.*
Prendre un plaisir extrême aux flatteries qu'on vous adresse.
Bouillir du lait à quelqu'un *vx.*
Lui être agréable.
Frères de lait.
Enfants allaités par la même nourrice.
Monter comme une soupe au lait *fam.*
Être très irritable.
Si on lui pressait le nez, il en sortirait encore du lait.
Se dit de quelqu'un de très jeune qui a la prétention d'agir comme un homme.
Sucer quelque chose avec le lait *vx.*
L'avoir reçu dès son enfance.
Teint de lait.
Teint pâle.
Vache à lait *fam.*
Personne que l'on exploite.
Vin sur lait, c'est santé, lait sur vin, c'est venin *vx.*
Il faut faire succéder dans un ordre convenu le lait et le vin pour ne pas être malade.

laitier
L'heure du laitier.
Les premières heures du jour.

laïus
C'est du laïus *fam.*
Ce n'est qu'un discours vide.

lambda
Le (...) lambda *fam.*
Le (...) type.

lambeau
En lambeaux.
En pièces.

lame
En lame de couteau.
Se dit d'un visage étroit et anguleux.
Fine lame.
Personne intelligente et rusée.
La lame use le fourreau.
Une activité intellectuelle trop forte fatigue le corps.
Lame de fond.
Phénomène violent et soudain qui bouleverse les données d'une situation.

laminoir
Passer au laminoir *fam.*
Être soumis à des contraintes.

lampas
Humecter le lampas *lit.*
Boire.

lampe
Il n'y a plus d'huile dans la lampe *fam.*
Se dit d'une personne dont les forces déclinent.
S'en mettre plein la lampe *fam.*
Manger très copieusement.

lampion
S'en mettre plein le lampion *fam.*
Manger très copieusement.
Sur l'air des lampions.
En scandant les syllabes sur la même note.

lance
Baisser la lance.
Céder.
Être à beau pied sans lance *lit.*
Aller à pied.
Être ruiné.
Fer de lance.
Dispositif avancé.
Lance d'Argail.
Pouvoir irrésistible.
Rompre une (des) lance(s).
Soutenir une discussion.
Rompre des lances pour quelqu'un.
Prendre sa défense.

lance-pierres
Manger avec un lance-pierres *fam.*
Manger très vite et insuffisamment.

lancée
Sur la lancée de.
En vertu des succès de.
Sur sa lancée.
En profitant de l'élan acquis.

lancer
Lancer une opération.
La mettre en train.
Se lancer dans des explications.
Parler longuement avec force détails.
Se lancer (dans le monde).
Chercher à se faire connaître.

Landernau
Faire du bruit dans le Landernau *fam.*
Avoir beaucoup de retentissement.

langage
Beau langage.
Parler trop recherché.
Langage diplomatique.
Façon habile de s'exprimer afin de ne blesser personne.

lange
Dans les langes.
Au commencement.

langue
Avaler sa langue *fam.*
S'imposer le silence.

Avoir la langue bien affilée, bien pendue *fam.*
Être bavard.

Avoir la langue bien longue *fam.*
Ne pas savoir se taire.

Avoir perdu sa langue *fam.*
Se taire.

Avoir quelque chose sur le bout de la langue *fam.*
Ne pas pouvoir trouver un mot qui échappe.

Avoir soif à avaler sa langue *fam.*
Avoir très soif.

Avoir un bœuf sur la langue *fam.*
Refuser de parler.

Avoir un cheveu sur la langue *fam.*
Zozoter.

Coup de langue.
Médisance.

Délier, dénouer la langue de quelqu'un.
Le faire parler.

Donner du plat de la langue *vx.*
Flatter.

Donner sa langue au chat *fam.*
Renoncer à deviner quelque chose.

En avoir la langue qui pend sur le plancher *fam.*
Avoir une forte fièvre.

Faire des langues fourrées *pop.*
Embrasser.

Faire la langue à quelqu'un.
Lui adresser des remontrances.

La langue des dieux *lit.*
La poésie.

La langue me démange *fam.*
J'ai envie de parler.

La langue verte.
L'argot.

Langue de bois *fam.*
Langage convenu de la propagande politique.

Langue de serpent, de vipère.
Se dit de quelqu'un qui tient souvent des propos malveillants.

Langue dorée *vx.*
Personne qui parle bien.

Ma (ta...) langue a fourché *fam.*
Je me suis trompé de mot.

Mauvaise, méchante langue.
Personne médisante.

N'avoir pas sa langue dans sa poche *fam.*
Savoir répliquer.

Ne pas tenir sa langue *fam.*
Ne pas savoir se taire.

Prendre langue avec quelqu'un.
Entrer en relation avec lui.

Qui langue a, à Rome va *vx.*
Quelqu'un qui parle bien peut aller partout.

Se mordre la langue *fam.*
Regretter ce qu'on a dit.

Tenir sa langue.
Se taire.

Tirer la langue *fam.*
Avoir soif.
Être dans le besoin.

Tirer la langue à quelqu'un.
Se moquer de lui.

Tirer une langue (d'un pied de long).
Être dans le besoin.

Tourner sept fois sa langue dans sa bouche avant de parler.
Prendre le temps de réfléchir avant de parler.

languir

Faire languir quelqu'un.
Le faire attendre.

lanlaire

Envoyer quelqu'un faire lanlaire *pop.*
Le repousser.

lanterne

Éclairer la lanterne de quelqu'un.
Lui donner toutes les indications nécessaires.

Lanterne rouge.
Personne qui occupe la dernière place.

Prendre des vessies pour des lanternes *fam.*
Se tromper complètement.

lanturlu

Répondre lanturlu *vx.*
Répondre évasivement.

lapidaire
Formule lapidaire.
Expression brève.

lapin, lapine
Coller, poser un lapin *fam.*
Ne pas venir à un rendez-vous.
Courir comme un lapin *fam.*
Courir très rapidement.
En lapin *vx.*
En fraude.
En peau de lapin *fam.*
Sans valeur.
Lapin de gouttière *fam.*
Chat.
Lapin ferré *vx.*
Cheval.
Le coup du lapin *pop.*
Coup violent sur la nuque.
Mariage de la carpe et du lapin.
Mélange incompatible.
Mon petit lapin *fam.*
Terme d'affection.
Ne pas valoir un pet de lapin
pop.
Être sans valeur.
Sentir le lapin *fam.*
Sentir mauvais.
Un chaud, un fameux lapin *pop.*
Personne qui a du tempéra-
ment.
Une bonne lapine *pop.*
Femme qui a beaucoup d'en-
fants.

laps
Laps de temps.
Espace de temps.

laps
Laps et relaps.
Renégat.

lard
Être vilain comme lard jaune *vx.*
Être avare.
Gros lard *fam.*
Personne grosse et molle.
Ne pas jeter son lard aux chiens
vx.
Être avare.

Ne pas savoir si c'est du lard ou
du cochon *pop.*
S'interroger sur la nature de
quelque chose.
Rentrer dans le lard à quelqu'un
pop.
L'attaquer.
Se faire du lard *pop.*
S'engraisser dans l'inactivité.
Tête de lard *pop.*
Personne entêtée.
Venir comme lard en pois *fam.*
Être opportun.

large
Avoir des idées larges.
Être tolérant.
De long en large.
Dans tous les sens.
Du large ! *fam.*
Faites place.
En donner du long et du large
à quelqu'un.
Le battre.
Se moquer de lui.
En long, en large et en travers
fam.
Dans tous ses aspects.
Être au large.
Être riche.
Être au large *lit.*
Être sans scrupule.
Faire du cuir d'autrui large cour-
roie *vx.*
Être libéral du bien d'autrui.
Large d'épaules.
Se dit d'une personne robuste.
Se dit de quelqu'un capable de
supporter les épreuves.
Ne pas en mener large *fam.*
Être inquiet.
Prendre le large.
S'enfuir.
Se tenir au large de.
Se tenir éloigné de.

largesse
Faire largesse.
Donner abondamment.

largeur
Dans les grandes largeurs *pop.*
Complètement.

largue
Prendre le largue *vx.*
S'éloigner.

larigot
À tire-larigot *fam.*
En grande quantité.

larme
Avoir des larmes dans la voix.
Avoir la voix étranglée par l'émotion.
Avoir la larme à l'œil.
Être sur le point de pleurer.
Avoir la larme facile.
Pleurer en toute occasion.
Avoir toujours la larme à l'œil.
Faire preuve d'une sensibilité exagérée.
Ce que maître veut et valet pleure sont larmes perdues *vx.*
Il est inutile de s'opposer aux volontés de plus fort que soi.
Être au bord des larmes.
Être sur le point de pleurer.
Fondre en larmes.
Se mettre soudain à pleurer abondamment.
Larmes de crocodile.
Larmes hypocrites.
Pleurer à chaudes larmes.
Pleurer abondamment.
Pleurer des larmes de sang.
Éprouver un violent chagrin.
Rire aux larmes.
Rire jusqu'à en pleurer.
S'abreuver des larmes de quelqu'un.
Se réjouir de l'émotion de quelqu'un.
Vallée de larmes.
Le monde terrestre.
Verser des torrents de larmes.
Pleurer abondamment.

larron
Arrive un troisième larron.
Un différend entre deux personnes se règle souvent au profit d'un tiers.

L'occasion fait le larron.
Certaines occasions incitent à commettre des actes répréhensibles.
Larron d'amour *vx.*
Séducteur.
Larron d'honneur *vx.*
Amant.
S'entendre comme larrons en foire *fam.*
Être de connivence dans une entreprise blâmable.

larve
Larve humaine.
Se dit d'une personne qui n'a plus une existence normale.

las
De guerre lasse.
Pour finir.
Un las d'aller *pop.*
Un fainéant.

lasser
Lasser la patience d'un saint.
Être insupportable.
Ne pas se lasser de.
Éprouver toujours du goût pour.

latin
C'est du latin !
C'est incompréhensible.
Être au bout de son latin *fam.*
Ne plus savoir que faire.
Latin de cuisine *fam.*
Latin de mauvaise qualité.
Perdre son latin.
Travailler inutilement.
Y perdre son latin.
Renoncer à comprendre.

latitude
Avoir toute latitude.
Être libre d'agir.

latte
Attrape ça dans les lattes *pop.*
Se dit de ou à quelqu'un qui subit une attaque.
Coup de latte *pop.*
Coup de pied.

laurier

Cueillir, moissonner, récolter des lauriers.
Remporter des succès.
Flétrir ses lauriers *lit.*
Entacher sa gloire.
S'endormir sur ses lauriers *fam.*
Renoncer à poursuivre après un premier succès.
Se reposer sur ses lauriers.
Jouir d'un repos mérité après de nombreux succès.

lavabo

Blanc comme un lavabo *fam.*
Très blanc.

lavage

Lavage de cerveau.
Contraintes physiques et psychologiques destinées à modifier les modes de pensée d'une personne.
Lavage de tête *fam.*
Forte réprimande.

laver

Laver la tête à quelqu'un *fam.*
Le réprimander.
Laver son linge sale en famille.
Régler un différend sans faire intervenir de tiers.
Laver un affront.
Se venger d'un outrage.
Se laver les mains de quelque chose.
S'en désintéresser.
Ne pas vouloir y avoir part.

lavure

Lavure de vaisselle *fam.*
Soupe claire et sans goût.

lèche

Faire de la lèche *fam.*
Flatter servilement.

lécher

Lécher l'ours *lit.*
Étudier une affaire.
Faire traîner les choses en longueur.
Lécher la poussière.
S'humilier.
Lécher les bottes, le cul *pop.*
Lécher les genoux, les pieds *fam.*
Flatter servilement.
Lécher les vitrines *fam.*
Flâner en regardant les vitrines des magasins.
N'être pas gras de lécher les murs *fam.*
Se dit de quelqu'un qui mange copieusement.
Ours mal léché *fam.*
Personne grossière ou bourrue.
S'en lécher les babines, les doigts *fam.*
Trouver une chose savoureuse.

leçon

Donner des leçons à quelqu'un.
Lui en remontrer.
Le réprimander.
Faire la leçon à quelqu'un.
Lui dicter sa conduite.
Le réprimander.
Recevoir des leçons *fam.*
Être réprimandé.
Réciter sa, une leçon.
Répéter ce que quelqu'un vous a dit de dire.

lecteur

Avis au lecteur *vx.*
Reproche indirect.

léger

À la légère.
Légèrement.
Sans réflexion.
Avoir la cuisse légère *fam.*
Se dit d'une femme volage.
Avoir la main légère.
Agir avec douceur.
Agir avec modération.
De léger.
Inconsidérément.
Femme légère.
Femme de mœurs très libres.
Léger comme l'air, comme une bulle, comme une plume.
Très léger.
Se sentir léger.
S'être délivré de quelque souci.

légume

Être dans les légumes *fam.*
Avoir une situation importante.

Grosse légume *fam.*
Personne influente.

lendemain

Du jour au lendemain.
Soudainement.

Il n'y a pas de bonne fête sans lendemain *vx.*
Un lendemain de fête est encore une occasion de se réjouir.

Il ne faut pas remettre au lendemain ce qu'on peut faire le jour même.
Les tâches qu'on doit accomplir doivent être exécutées sans attendre.

Lendemains qui chantent.
Perspectives d'avenir heureux.

Sans lendemain.
Qui dure peu.

Triste comme un lendemain de fête.
Très triste.

lentille

Vendre pour un plat de lentilles.
Vendre à un prix dérisoire une chose précieuse.

lerche

Ne pas y en avoir lerche *pop.*
Ne pas en avoir beaucoup.

lessive

À blanchir, à laver la tête d'un âne, on y perd sa lessive *vx.*
Vouloir instruire un sot est une perte de temps.

Faire la lessive du Gascon *fam.*
Retourner son linge sale avant de le remettre.

lest

Jeter, lâcher du lest *fam.*
Faire des concessions.

leste

Avoir la main leste.
Être prompt à frapper.

lettre

À la lettre.
Au pied de la lettre.
Au sens strict.
Ponctuellement.

Aider à la lettre *vx.*
Entrer dans les intentions de quelqu'un.

Ajouter à la lettre *vx.*
Interpréter les propos de quelqu'un.

Avant la lettre.
Avant son complet développement.
Avant que le nom existe.

Avoir lettre de quelque chose.
En avoir l'assurance.

Avoir ses lettres de Cracovie *vx.*
Mentir.

En lettres d'or.
Se dit d'un événement qui mérite d'être gardé en mémoire.

En lettres de feu.
En termes saisissants.

En lettres de sang.
Marqué par une longue série de cruautés.

En toutes lettres.
Sans abréviation.
Sans rien dissimuler.

Il n'y manque pas une lettre.
Se dit de quelque chose de complet.

Les belles-lettres.
Les œuvres littéraires.

Les cinq lettres *fam.*
Merde.

Lettre close *vx.*
Se dit de ce qui est incompréhensible ou secret.

Lettre morte.
Sans valeur.
Inutile.

Lettre ouverte.
Article polémique.

Passer comme une lettre à la poste *fam.*
Être accepté sans difficulté.

Sot en trois lettres.
Très sot.

leu

À la queue leu leu *fam.*
Les uns derrière les autres.

leur

Ils y ont mis du leur.
Ils ont fait preuve de bonne volonté.

levé

Au pied levé.
À l'improviste.
Voter par assis et levé.
Voter en se levant.

levée

Faire une levée *vx.*
Agir de façon inopportune.
Levée de boucliers.
Opposition violente et générale.

lever

Il faut se lever de bonne heure
fam.
Il faut se lever matin *fam.*
Se dit d'une chose difficile à accomplir.
Lever l'ancre.
Partir.
Lever la bannière, l'étendard.
Se déclarer ouvertement partisan de quelque chose.
Lever la crête *vx.*
S'enhardir.
Lever la main.
Menacer.
Lever le camp.
Partir.
Lever le cœur à quelqu'un.
Lui donner la nausée.
Lever le coude *fam.*
Boire beaucoup.
Lever le masque.
Se montrer tel qu'on est.
Lever le nez *fam.*
Relever la tête pour regarder.
Lever le pied *fam.*
S'enfuir.
Lever le piquet *vx.*
Décamper.
Lever le sabre contre quelqu'un
vx.
L'attaquer.
Lever le siège.
Partir.
Lever le voile.
Révéler un secret.
Lever les bras au ciel.
Manifester son impuissance.

Lever son verre.
Boire à la santé de quelqu'un.
Lever un lièvre *fam.*
Soulever un problème.
Ne pas lever le petit doigt.
Ne rien faire pour aider quelqu'un.
Ne pas lever les yeux de.
Continuer à regarder quelque chose.
Se lever du pied gauche *fam.*
Être de mauvaise humeur.

levier

Leviers de commande.
Poste de direction.

lèvre

Avoir l'âme, la mort sur les lèvres.
Être près de mourir.
Avoir le cœur au bord des lèvres.
Avoir la nausée.
Avoir quelque chose sur le bord des lèvres.
Avoir quelque chose sur les lèvres.
Ne pas pouvoir trouver un mot qui échappe.
Brûler les lèvres.
Être sur le point d'être dit.
Du bout des lèvres.
À contrecœur.
Être suspendu aux lèvres de quelqu'un.
L'écouter très attentivement.
Il y a loin de la coupe aux lèvres.
Il y a loin d'un projet à sa réalisation.
Ne connaître ni des lèvres ni des dents *vx.*
Ignorer totalement.
Ne pas desserrer les lèvres.
Rester sans dire un mot.
Se lécher les lèvres de quelque chose *fam.*
S'en réjouir.
Se mordre les lèvres de quelque chose.
S'en repentir.

levrette
En levrette *pop.*
À la façon des chiens.

lézard
Faire le lézard.
Paresser au soleil.
Paresseux comme un lézard.
Très paresseux.

liard
Couper un liard en deux, en
quatre *vx.*
Être avare.
N'avoir pas un liard *vx.*
N'avoir pas un rouge liard *vx.*
Être très pauvre.
Ne pas valoir un liard *vx.*
Être sans valeur.
Se faire fesser pour un liard.
Être avare.
Un (deux) liard(s) de *vx.*
Une faible quantité de.

libérer
Libérer sa conscience.
Avouer une faute.
Libérer son cœur.
Dévoiler ses sentiments.

liberté
En liberté.
Sans obstacle.
Prendre des libertés avec quel-
qu'un.
Le traiter avec familiarité.
Prendre des libertés avec quel-
que chose.
Ne pas la respecter.
Prendre la liberté de.
Se permettre de.
Reprendre sa liberté.
Se libérer d'un engagement.

libitum
Ad libitum.
À volonté.

libre
À l'air libre.
Dehors.
Avoir l'esprit libre.
Être sans soucis.
Avoir le champ libre.
Pouvoir agir à sa guise.

Avoir, garder les mains libres.
N'avoir aucun engagement.
Avoir ses entrées libres chez
quelqu'un.
*Avoir la possibilité de l'appro-
cher à son gré.*
Donner, laisser libre cours à.
*Laisser se manifester quelque
chose.*
Donner quartier libre à quel-
qu'un.
*Lui accorder un moment de li-
berté.*
En roue libre *fam.*
Sans forcer.
Libre à moi (toi...) de.
Si cela me (te...) plaît de.
Libre arbitre.
Liberté de décision.
Libre comme l'air.
Totalement libre.

lice
Entrer en lice.
Intervenir dans une affaire.
Fuir la lice.
Éviter toute dispute.

licence
Avoir pleine, toute licence de.
Avoir la possibilité de.

licol
Reprendre le licol *fam.*
Se remettre au travail.

lie
Boire le calice jusqu'à la lie.
*Subir jusqu'au bout les pires hu-
miliations.*
Jusqu'à la lie.
Jusqu'au bout.
La lie du genre humain *lit.*
*Les êtres les plus méprisables de
la société.*

lie
Faire chère lie *vx.*
*Faire un repas très gai et raf-
finé.*

lien
Briser, rompre ses liens.
Se libérer d'une servitude.

Traîner son lien *vx.*
*Être prisonnier d'une passion
pénible.*

lier

Avoir les mains liées.
Être dans l'impossibilité d'agir.
Fou à lier *fam.*
Totalement fou.
Lier commerce avec quelqu'un.
Entrer en relation avec lui.
Lier la langue.
Contraindre au silence.
Lier les bras, les mains à
quelqu'un.
*Lui enlever toute possibilité
d'agir.*
Lier partie *vx.*
Préparer une partie de plaisir.
Mal lier sa partie *vx.*
Mal disposer son affaire.
Pieds et poings liés.
Dans une totale dépendance.

liesse

En liesse
En joie.

lieu

Agir en lieu et place de quel-
qu'un.
*Le remplacer dans l'exercice de
ses fonctions.*
Au lieu de.
À la place de.
Au lieu et place de quelqu'un.
En son nom.
Avoir lieu.
Se dérouler.
Avoir (tout) lieu de.
Avoir de bonnes raisons de.
De bon lieu.
De source sûre.
De haut lieu *vx.*
De haute extraction.
Donner lieu à.
Fournir l'occasion de.
En cent lieux.
En beaucoup d'endroits.
En dernier lieu.
À la fin.
En haut lieu.
Auprès de gens influents.

En premier lieu.
D'abord.
En second lieu.
Ensuite.
En temps et lieu.
*Au moment et à l'endroit ap-
propriés.*
En tout lieu.
Partout.
Être en lieu de *lit.*
Être en position de.
Haut lieu.
*Endroit immortalisé par un évé-
nement important.*
Il n'y a pas lieu de.
Il n'y a pas de raison de.
Laisser lieu *vx.*
Permettre.
Lieu commun.
Idée banale.
Mauvais lieu.
Lieu de débauche.
Sans feu ni lieu.
Sans domicile.
Pauvre.
Sur les lieux.
Sur place.
Tenir lieu de.
Remplacer.
Vider les lieux *fam.*
Partir.

lieue

À cent, mille lieues.
Très loin.
Chausser des bottes de sept lieues
fam.
Agir rapidement.
Être à cent, mille lieues.
Être loin.
Être distrait.
Long d'une lieue.
Très long.
Sentir, voir d'une lieue.
Deviner quelque chose de loin.
Sentir d'une lieue *vx.*
Laisser deviner ses intentions.

lièvre

Avoir une cervelle, une mémoire
de lièvre.
Être étourdi.

Bailler le lièvre par l'oreille à quelqu'un *vx.*
Le tromper.

C'est là que gît le lièvre.
C'est là qu'est la difficulté.

Chasser deux lièvres à la fois.
Poursuivre deux buts à la fois au risque de n'en atteindre aucun.

Chasser, courir le même lièvre.
Poursuivre le même but.

Courir comme un lièvre.
Courir très rapidement.

Craintif, peureux comme un lièvre.
Très peureux.

Lever le lièvre.
Être le premier à faire des propositions.

Lever un lièvre *fam.*
Soulever un problème.

Lièvre de gouttière *pop.*
Chat.

Lièvres cornus.
Pensées chimériques.

Mener une vie de lièvre *lit.*
Être inquiet.

Prendre le lièvre au corps *vx.*
Aller à l'essentiel.

Poltron comme un lièvre.
Très peureux.

Sommeil de lièvre.
Sommeil très léger.

Trouver le lièvre au gîte *vx.*
Surprendre.

Vouloir prendre les lièvres au son du tambour.
Faire beaucoup de bruit d'un projet secret.

lige

Homme lige
Homme dévoué.

ligne

Avoir, garder la ligne.
Être svelte.

Dans la ligne.
Conformément.

Deux, trois lignes.
Brève mention.

En droite ligne.
Directement.

En première ligne.
En première position.

Faire entrer en ligne de compte.
Mentionner.
Prendre en considération.

Hors ligne.
Exceptionnel.

Les grandes lignes.
Les points essentiels d'un projet.

Ligne de conduite.
Manière d'agir.

Ligne générale.
Ensemble des principes qui régissent une action.

Lire entre les lignes.
Deviner la signification cachée de quelque chose.

Mettre sur la même ligne.
Comparer.

Sur la même ligne.
À un rang comparable.

Sur toute la ligne.
Sans interruption.
Complètement.

Tirer à la ligne.
Allonger un texte.

Ligue

Crier vive le roi, vive la Ligue *fam.*
Se ranger alternativement dans tel ou tel parti politique en fonction de son intérêt.

limace

Avancer comme une limace *fam.*
Avancer très lentement.

Mou comme une limace *fam.*
Très mou.

limaçon

Vivre comme un limaçon dans sa coquille.
Vivre retiré.

limande

Plat comme une limande *fam.*
Très plat.

limbes

Dans les limbes.
Dans un état incertain.

lime

Être dans les limbes.
Retomber en enfance.
Être dans une situation incertaine.

lime
Donner le dernier coup de lime.
Parfaire un ouvrage.
Lime sourde *vx.*
Personne qui agit secrètement.

limite
À la limite.
Si on envisage le cas extrême.
À la limite de.
De façon exceptionnelle.
Dépasser, franchir les limites.
Aller au-delà de ce qui est autorisé.
Il y a des limites *fam.*
Tout n'est pas possible.

limiter
Limiter les dégâts *fam.*
Éviter le pire.

linge
Avoir du beau linge *pop.*
Être bien vêtu.
Avoir son linge lavé *vx.*
Être dans une situation pénible.
Blanc comme un linge.
Très pâle.
Laver son linge sale en famille.
Régler un différend sans faire intervenir de tiers.
N'avoir pas plus de force qu'un linge mouillé.
Être faible.
Un paquet de linge sale *fam.*
Une personne malpropre.
Il y a du beau linge *fam.*
Se dit d'une réunion très élégante.

linotte
Tête de linotte.
Personne étourdie.
Siffler la linotte *pop.*
Boire avec excès.

lion
Âne couvert de la peau du lion.
Fanfaron.
Avoir bouffé du lion *pop.*

Avoir mangé du lion *fam.*
Faire preuve d'une énergie exceptionnelle.
Cœur de lion.
Courage extrême.
Comme un lion.
Courageusement.
Coudre la peau du renard à celle du lion.
Joindre la ruse à la force.
Descendre dans la fosse aux lions.
Affronter ses adversaires.
L'antre du lion.
Lieu d'où il est impossible de sortir.
La griffe du lion.
La marque du génie.
La part du lion.
La plus grosse part.
Se battre comme un lion.
Se battre avec courage.
Tourner comme un lion en cage.
Manifester de l'impatience.

lippe
Faire la lippe *fam.*
Faire la moue.

lippée
Franche lippée *lit.*
Repas qui ne coûte rien.
Aubaine.

liquide
Argent liquide.
Somme dont on peut disposer immédiatement.

lire
Lire dans le jeu de quelqu'un.
Découvrir ses intentions.
Lire en diagonale *fam.*
Lire rapidement.
Lire entre les lignes.
Deviner la signification cachée de quelque chose.

lis
Blanc comme lis.
Très blanc.
De lis.
D'une extrême blancheur.

Lisette

Pas de ça, Lisette! *fam.*
Expression qui sert à marquer son désaccord.

lisière

Rompre ses lisières.
Se libérer.
Tenir en lisière.
Tenir en dépendance.

liste

Grossir la liste de.
S'ajouter au nombre de.
Liste noire.
Liste de personnes jugées dangereuses.

lit

À son lit de mort.
Sur le point de mourir.
Au saut du lit.
Au réveil.
Avoir le lit et le couvert chez quelqu'un.
Y habiter.
Comme on fait son lit, on se couche.
Les choses dépendent des soins qu'on a pris à les exécuter.
Du même lit.
Du même mariage.
Du premier, second... lit.
Du premier, second... mariage.
Faire le lit de.
Préparer l'arrivée de.
Garder le lit.
Être malade.
Mourir au lit d'honneur *vx.*
Mourir à la guerre.
Mourir dans son lit.
Mourir de mort naturelle.
Ne pas être sur un lit de roses *vx.*
Se trouver dans une situation physique ou morale très pénible.

litanie

C'est toujours la même litanie *fam.*
Ce sont toujours les mêmes paroles.

Mettre quelqu'un dans ses litanies *fam.*
Lui souhaiter du bien.
Lui vouloir du mal.

litière

Faire litière de *lit.*
Répandre avec profusion.
Mépriser.

livre

À livre ouvert.
Couramment.
Après cela il faut fermer le livre *vx.*
Il n'y a plus rien à dire.
Brûler ses livres.
Tout faire pour réussir.
Être inscrit sur le livre rouge *vx.*
Être noté en raison des fautes commises.
Homme d'un seul livre *vx.*
Homme borné.
On en ferait un livre.
On pourrait en parler longuement.
Parler comme un livre.
Parler savamment de quelque chose.

livrée

Porter la livrée de quelqu'un.
Lui être entièrement dévoué.

livrer

Livrer passage.
Laisser la place.
Livrer un tourment *lit.*
Causer une grande peine.

loche

Mou comme une loche *fam.*
Très mou.

locomotive

C'est une locomotive *fam.*
Se dit de quelqu'un qui par son dynamisme entraîne les autres.
Fumer comme une locomotive *fam.*
Fumer abondamment.
Souffler comme une locomotive *fam.*
Respirer bruyamment.

loge

Être aux premières loges.
Être bien placé pour être témoin d'un événement.

loger

En être logé là.
Ne pas démordre de quelque chose.
Être bien logé *fam.*
Être dans une situation difficile.
Être logé à la même enseigne *fam.*
Se trouver dans la même situation embarrassante.

logis

Fée du logis.
Maîtresse de maison ingénieuse.
Il n'y a plus personne au logis.
Être fou.
La folle du logis.
L'imagination.
Personne fantasque.

loi

Au nom de la loi.
En vertu des prescriptions légales.
Avoir force de loi.
Avoir la même autorité que celle d'une loi.
C'est la loi et les prophètes *fam.*
C'est incontestable.
Dicter, imposer sa loi.
Imposer sa volonté.
Faire loi.
S'imposer comme une loi.
Force est restée à la loi.
La loi l'a emporté.
La loi de la jungle.
Contrainte imposée par le plus fort.
La loi du talion.
Le fait de rendre la pareille.
N'avoir d'autre loi que.
N'obéir qu'à.
N'avoir ni foi ni loi.
Être dépourvu de tout sens moral.

Nécessité fait loi.
Le danger ou le besoin autorisent des actes blâmables en temps ordinaire.
Prendre loi de quelqu'un *vx.*
Lui être soumis.
Tomber sous le coup de la loi.
Être répréhensible.

loin

A beau mentir qui vient de loin.
Il est aisé d'être cru quand les propos ne sont pas vérifiables.
Aller loin, un peu loin, trop loin.
Exagérer.
Bien loin que.
Au lieu que.
De loin.
De beaucoup.
Peu.
D'un endroit éloigné.
De loin en loin.
À de longs intervalles.
De près ou de loin.
Plus ou moins.
Être loin *fam.*
Être distrait.
Être loin du compte.
Se tromper de beaucoup dans une estimation.
Il y a loin de... à...
Il y a une grande différence entre.
Il y a loin de la coupe aux lèvres.
Il y a loin d'un projet à sa réalisation.
Loin de là !
Bien au contraire.
Loin de moi l'idée de (que).
Je n'ai jamais envisagé de (que).
Loin des yeux, loin du cœur.
L'amour ne résiste pas à l'absence.
Mener, pousser loin.
Aboutir à des conséquences inattendues.
Ne connaître ni de près ni de loin.
Méconnaître totalement.
Ne pas aller loin.
Être à bout de ressources.

Ne pas aller plus loin.
En rester à ce qui a été convenu.

Ne pas pisser loin *pop.*
Être sans valeur.

Ne pas voir plus loin que le bout de son nez.
Manquer de discernement.

Pas loin de.
À peu près.

Qui veut voyager loin ménage sa monture
Il faut se servir avec modération des choses dont on veut user longtemps.

Revenir de loin.
Avoir échappé à un danger.

Voir loin.
Être perspicace ou prévoyant.

Voir venir de loin.
Deviner à l'avance les intentions de quelqu'un.

loir

Dormir comme un loir *fam.*
Dormir très profondément.

Paresseux comme un loir *fam.*
Très paresseux.

loisir

À loisir.
Sans hâte.

Être de loisir.
Disposer librement de son temps.

(Tout) à loisir.
À volonté.

long

Avoir la mine, le nez, le visage long.
Manifester une vive déception.

Avoir le bras long *fam.*
Avoir de l'influence.

Avoir les dents longues *fam.*
Avoir beaucoup d'ambition.

Boire à longs traits.
Boire à grandes gorgées.

De longue haleine.
Qui demande des efforts prolongés.

De longue main *vx.*
Qui exige beaucoup de temps.

Faire long feu.
Manquer son but.

Long comme un jour sans pain *fam.*
Se dit d'une chose ennuyeuse qui semble ne pas avoir de fin.

Prendre le chemin le plus long.
Utiliser les moyens les moins adaptés à la réussite d'une entreprise.

Trouver le temps long.
S'ennuyer.

long

Aller de long *lit.*
Continuer.

Au long de.
Durant.

Avoir les côtes en long *pop.*
Être paresseux.

De long en large.
Dans tous les sens.

De tout son long.
De toute sa longueur.

En dire long.
Être révélateur.

En donner du long et du large *lit.*
Frapper.

En long et en large.
Dans tous ses aspects.

En savoir long.
Être bien informé.

Tirer de long *lit.*
Se sauver.

Tirer une langue d'un pied de long.
Être dans le besoin.

Tout du long de.
Pendant toute la durée de.

Tout du long de l'aune *lit.*
Sans arrêt.

longtemps

De longtemps.
Avant un long moment.

longue

À la longue.
Avec le temps.

Aller de longue *lit.*
Continuer.

Observer les longues et les brèves *fam.*
Être pointilleux.

Tirer de longue *lit.*
Durer très longtemps.

longueur

À longueur de.
Pendant la durée de.

D'une longueur.
De justesse.

Traîner en longueur.
Durer très longtemps.

lorgnette

Regarder les choses par le gros bout de la lorgnette.
Les considérer de très loin.

Regarder les choses par le petit bout de la lorgnette.
N'en voir que le côté mesquin.

lors

Dès lors que.
Puisque.

Pour lors.
À ce moment-là.
En ce cas.

lot

Le gros lot *fam.*
Avantage exceptionnel.

loterie

C'est une loterie.
C'est une affaire de hasard.

loti

Bien, mal loti.
Favorisé, défavorisé par le sort.

loucher

Loucher de la jambe *fam.*
Boiter.

louer

N'avoir qu'à se louer.
Être très satisfait.

loup

À pas de loup.
Sans bruit.

Avoir vu le loup.
Avoir affronté des dangers.
Avoir perdu sa virginité.

Brebis comptées, le loup les mange *vx.*
Les précautions sont souvent inutiles.

Crier au loup.
Signaler un danger.

Danser le branle au loup (la queue entre les jambes) *vx.*
Avoir des relations sexuelles.

Enfermer le loup dans la bergerie *fam.*
Faire entrer dans un lieu une personne qui peut y nuire.

Enrhumé comme un loup *fam.*
Très enrhumé.

Entre chien et loup.
À la nuit tombante.

Être connu comme le loup blanc.
Être très connu.

Être décrié comme le loup blanc.
Avoir une mauvaise réputation.

Hurler avec les loups.
Calquer son attitude sur celle d'autrui.

Jeune loup.
Jeune homme ambitieux.

L'homme est un loup pour l'homme.
L'homme est cruel envers ses semblables.

La faim chasse le loup du bois.
La nécessité contraint souvent à faire ce dont on n'a pas envie.

Le loup mourra dans sa peau.
Une personne méchante ne s'amende jamais.

Les loups ne se mangent pas entre eux.
Les scélérats ne se font pas de tort.

Manger comme un loup.
Manger voracement.

Mon loup! *fam.*
Se dit par affection.

Noir comme dans la gueule d'un loup *fam.*
Très obscur.

Pendant que le chien pisse, le loup s'en va *fam.*
Le moindre retard fait perdre l'occasion d'agir.

Quand on parle du loup, on en voit la queue *fam.*
Se dit quand une personne apparaît au moment où on parle d'elle.

Qui se fait brebis, le loup le mange *vx.*
Trop de gentillesse nuit.

Tenir le loup par les oreilles *vx.*
Être dans une situation difficile.

Un appétit de loup.
Un appétit vorace.

Un froid de loup.
Un froid très vif.

Une faim de loup.
Une grande faim.

Vieux loup *vx.*
Vieillard expérimenté.

Vieux loup de mer.
Marin expérimenté.

loupe
À la loupe.
Minutieusement.

loupe
Tirer sa loupe *vx.*
Paresser.

louper
C'est loupé *fam.*
Cela n'a pas réussi.

Ça n'a pas loupé! *fam.*
Se dit de quelque chose qui s'est produit comme il fallait s'y attendre.

Louper le coche, la commande *fam.*
Arriver trop tard.

lourd
Avoir la main lourde.
Frapper fort.
Verser avec excès.

Avoir le cœur lourd.
Être triste.

Pas lourd! *pop.*
Peu.

Peser lourd.
Avoir une grande importance.

Regard lourd.
Regard pénétrant.

Sommeil lourd.
Sommeil profond.

loyal
À la loyale.
Sans tricher.

lu
Au lu de.
À la lecture de.

luire
Le soleil luit pour tout le monde.
Il existe des avantages dont chacun peut jouir.

Un nouveau jour luit.
Se dit pour souligner l'amélioration d'une situation.

lumière
À la lumière de.
À l'aide de.

Cacher la lumière sous le boisseau.
Cacher la vérité.

Ce n'est pas une lumière *fam.*
Il n'est pas très intelligent.

De la discussion jaillit la lumière.
La confrontation d'idées permet d'approcher la vérité.

Faire la lumière sur une question.
L'élucider.

Le Siècle des lumières.
Le dix-huitième siècle.

Les lumières de quelqu'un *fam.*
Ses capacités intellectuelles.

Mettre en lumière.
Mettre en évidence.

Nier la lumière en plein midi.
Refuser l'évidence.

Trait de lumière.
Idée lumineuse.

Venir à la lumière.
Naître.

lundi
Célébrer, fêter la Saint-Lundi *vx.*
Ne pas travailler le lundi.

lune
Aboyer à la lune *fam.*
Crier inutilement.

Aller dans la lune *fam.*
Tenter des choses impossibles.

Aller rejoindre les vieilles lunes *fam.*
Disparaître totalement.

Avoir des lunes (dans la tête) *vx.*
Être capricieux.

Con comme la lune *pop.*
Très bête.

Confrère de la lune *vx.*
Mari trompé.

Coucher à l'enseigne de la lune *vx.*
Coucher en plein air.

Décrocher la lune *fam.*
Obtenir l'impossible.

Demander, promettre la lune *fam.*
Demander, promettre des choses impossibles ou irréalisables.

Être (perdu) dans la lune *fam.*
Être distrait.

Être dans sa bonne, mauvaise lune.
Être de bonne, mauvaise humeur.

Face de (pleine) lune *fam.*
Visage rond.

Faire un trou à la lune *vx.*
Partir furtivement.

Faire voir, montrer la lune en plein midi *vx.*
Faire croire à des choses invraisemblables.

Il y a des lunes *lit.*
Il y a longtemps.

Lune de miel.
Les premiers temps du mariage.

Pêcheur de lune *fam.*
Rêveur.

Prendre la lune avec les dents *vx.*
Tenter des choses impossibles.

Tomber de la lune *fam.*
Être très surpris.

Vieilles lunes *fam.*
Événements passés et oubliés.

luné

Être bien, mal luné *fam.*
Être bien, mal disposé.

lunette

Chausser mieux ses lunettes *fam.*
Faire plus attention.

Nez à porter des lunettes *fam.*
Grand nez.

Voir les choses par le petit bout de la lunette.
En avoir une vision mesquine.

lurelure

À lurelure *vx.*
Au hasard.

lurette

Il y a une belle lurette *fam.*
Il y a très longtemps.

lustre

Cela fait des lustres.
Cela fait longtemps.

lustre

Dans son lustre *vx.*
Dans toute sa beauté.

Chevalier du lustre *vx.*
Personne payée pour applaudir.

lutte

De haute lutte.
À la suite d'un grand effort.

luxe

C'est du luxe *fam.*
C'est inutile.

Ce n'est pas du luxe *fam.*
Cela est nécessaire.

Poule de luxe *fam.*
Femme entretenue.

Se donner, s'offrir, se payer le luxe *fam.*
S'autoriser quelque chose d'inhabituel et d'agréable.

lynx

Avoir un œil de lynx *fam.*
Être très perspicace.

lyre

Ajouter une corde à sa lyre.
Adopter une nouvelle expression poétique.

Toute la lyre *fam.*
Toutes les choses ou les personnes du même genre.

M

mâché
Avoir une figure de papier mâché.
Avoir un visage pâle et maladif.

mâcher
Mâcher la besogne à quelqu'un *fam.*
Lui préparer le travail.
Ne pas mâcher ses mots *fam.*
S'exprimer sans ménagement.

machine
Faire machine arrière.
Renoncer à une entreprise.
Par machine *vx.*
De façon mécanique.

mâchoire
Bâiller à s'en décrocher la mâchoire.
Bâiller en ouvrant la bouche très largement.
Jouer des mâchoires *fam.*
Manger.

madame
Jouer à la madame *fam.*
Affecter d'être une dame.

Madeleine
Pleurer comme une Madeleine *fam.*
Pleurer abondamment.

magasin
Tenir magasin de.
Avoir en quantité.

magner
Se magner les fesses, le popotin *pop.*
Se magner le train *fam.*
Se dépêcher.

maigre
C'est un peu maigre *fam.*
C'est insuffisant.
Faire maigre.
S'abstenir de viande et d'aliments gras.
Maigre comme un cent de clous *fam.*
Maigre comme un clou, comme un coucou *fam.*
Très maigre.

maille
Avoir maille à partir avec quelqu'un.
Se disputer avec lui.
N'avoir ni sou ni maille *vx.*
Être pauvre.

main
À pleines mains
À poignées.
En grande quantité.
À toutes mains.
Sans scrupule.
Avoir bien en main.
Tenir solidement.
Avoir des mains de beurre *fam.*
Être maladroit.
Avoir la haute main sur quelque chose.
Y dominer.
Avoir la main.
Avoir de la chance.
Avoir la main baladeuse, la main qui traîne *fam.*
Être enclin aux caresses intempestives.
Avoir la main heureuse.
Faire preuve de réussite.
Avoir la main légère.
Agir avec douceur ou avec modération.
Avoir la main leste.
Être prompt à frapper.
Avoir la main lourde.
Frapper fort.
Verser avec excès.
Avoir le cœur sur la main.
Être très généreux.
Avoir les mains libres.
N'avoir aucun engagement.
Avoir les mains liées.
Être dans l'impossibilité d'agir.
Avoir les mains sales.
Avoir participé à une affaire louche.

Avoir sous la main.
Avoir à sa disposition.

Avoir un poil dans la main *fam.*
Être paresseux.

Changer de mains.
Changer de propriétaire.

Coup de main.
Aide momentanée.

De bonne main.
De source sûre.

De la main gauche.
Illégitime.

De la première main.
De la main du fabricant.

De longue main.
Qui demande beaucoup de temps.

De main de maître.
Excellemment.

De première main.
Original.

De seconde main.
D'occasion.

Demander la main.
Demander en mariage.

En mettre sa main au feu.
Affirmer avec force sa certitude.

En sous-main.
Secrètement.

En un tour de main.
Rapidement.

En venir aux mains.
Se battre.

Être à main.
Être dans une position commode.

Être à portée de main.
Être tout près.

Être comme les doigts de la main.
Être très amis.

Faire des pieds et des mains *fam.*
Faire de grands efforts.

Faire main basse sur.
S'emparer de quelqu'un ou de quelque chose.

Faire sa main.
Piller.

Forcer la main à quelqu'un.
Le contraindre à faire quelque chose.

Graisser la main à quelqu'un.
Le corrompre par de l'argent.

Haut la main.
Facilement.

Homme de main.
Sbire.

Lâcher la main.
Modérer ses prétentions.

La main lui démange.
Il a envie de frapper.

Les mains m'en tombent *fam.*
Je suis très étonné.

Lever, porter la main sur quelqu'un.
Le frapper.

Manger dans la main de quelqu'un.
Lui être soumis.

Mettre la main à la pâte *fam.*

Mettre la main à la tâche.
Participer personnellement à un travail.

Mettre la main au panier *pop.*
Mettre la main sur les fesses de quelqu'un.

Mettre la main sur la figure de quelqu'un *fam.*
Le gifler.

Ne pas y aller de main morte *fam.*
Faire preuve de rudesse.

Pas plus que sur la main *fam.*
Se dit de ce qui n'existe pas.

Passer la main.
S'effacer au profit de quelqu'un.

Passer la main dans le dos de quelqu'un *fam.*
Le flatter.

Perdre la main.
Perdre son savoir-faire.

Prendre en main(s).
Se charger de.

Prendre quelqu'un la main dans le sac.
Le surprendre en flagrant délit.

Prêter la main.
Aider.

Prêter les mains à quelque chose.
Y consentir.
Rendre la main.
Cesser de diriger.
Reprendre en main.
Redresser une situation.
Se couper la main plutôt que de.
Se dit de quelque chose que l'on refuse absolument de faire.
Se donner la main.
S'unir.
Être de même sorte.
Se faire la main.
S'exercer.
Se frotter les mains.
Manifester sa satisfaction.
Se laver les mains de quelque chose.
S'en désintéresser.
Ne pas vouloir y avoir part.
Tomber en de bonnes ou de mauvaises mains.
Être confié aux soins d'une personne honnête ou malhonnête, capable ou incapable.
Tour de main.
Habileté.
Une main de fer.
Autorité vigoureuse.

main-forte

Prêter main-forte.
Aider.

maintenir

Ça se maintient *fam.*
La santé reste bonne.

maire

Être passé devant le maire.
Être marié.

mais

Il y a un mais.
Il y a une objection.
N'en pouvoir mais.
Être dans l'incapacité de faire quelque chose.
Ne pas être responsable de quelque chose.

maison

C'est la maison du bon Dieu *fam.*
Se dit d'une maison très accueillante.

Faire la jeune fille de la maison.
Faire le service.
Gros comme une maison *fam.*
Évident.
Tenir maison ouverte.
Accueillir tous ceux qui se présentent.

maître

Compter de clerc à maître *vx.*
Compter exactement.
Coup de maître.
Acte d'une parfaite exécution.
De main de maître.
Excellemment.
En maître.
Avec autorité.
Être maître de soi.
Contrôler ses sentiments.
Être seul maître après Dieu.
Jouir d'un pouvoir absolu.
Être son maître.
Ne dépendre de personne.
L'argent n'a pas de maître.
L'argent perdu appartient à celui qui le trouve.
L'œil du maître.
Surveillance attentive du propriétaire.
Passer maître en quelque chose.
Y acquérir de grandes compétences.
Se rendre maître de quelque chose.
S'en emparer.
Tel maître, tel valet.
Les valets ne font jamais qu'imiter leurs maîtres.
Trouver son maître.
Trouver plus fort que soi.

maîtresse

Maîtresse femme.
Femme énergique.

majeur

Être majeur et vacciné *fam.*
Être responsable de ses actes.

mal

Bon an, mal an.
En moyenne.
Bon gré, mal gré.
Volontiers ou non.

mal

Avoir l'esprit mal tourné *fam.*
Prendre les choses de travers.

Ça la fout mal *pop.*
Cela fait mauvais effet.

De mal en pis.
De plus en plus mal.

En user mal avec quelqu'un *lit.*
Le mépriser.

Être au plus mal.
Être très malade.
Être à la dernière extrémité.

Être mal.
Être malade.

Être, se sentir mal dans sa peau *fam.*
Être mal à l'aise.

Mal à propos.
À contretemps.

Pas mal *fam.*
Assez bien, en assez grande quantité.

Prendre mal quelque chose.
S'en offenser à tort.

Se mettre mal avec quelqu'un.
Se brouiller avec lui.

Se trouver mal.
Défaillir.

Tant bien que mal.
Avec difficulté.

mal

Aux grands maux les grands remèdes
Des situations graves exigent des solutions extrêmes.

Entre deux maux il faut choisir le moindre.
De deux désavantages il faut choisir le moins pénible.

Être en mal de quelque chose.
Souffrir de son absence.

Faire mal au cœur, mal au ventre.

Faire mal aux seins *pop.*
Se dit par manière de refus.

Il n'y a pas de mal.
Ce n'est pas grave.

Mal lui en prend.
Il a tort.

Mettre à mal quelqu'un.
Le maltraiter.

Ne pas faire de mal à une mouche *fam.*
Être très gentil.

Penser à mal.
Avoir de mauvaises intentions.

Prendre du mal *fam.*
Tomber malade.

Prendre en mal quelque chose.
Le prendre de travers.

Prendre son mal en patience.
Supporter quelque chose sans rien dire.

Sans se faire de mal *fam.*
Sans se donner beaucoup de peine.

Se donner un mal de chien *fam.*
Se donner beaucoup de peine.

Vouloir du mal à quelqu'un.
Chercher à lui nuire.

Vouloir mal à quelqu'un *lit.*
Être en colère contre lui.

malade

Malade comme une bête, comme un chien *fam.*
Très malade.

Vous voilà bien malade *lit.*
Vous êtes bien délicat.

maladie

En faire une maladie *fam.*
Être très contrarié de quelque chose.

Maladie diplomatique *fam.*
Faux prétexte pour se dérober à une obligation.

maldonne

Il y a maldonne *fam.*
C'est un malentendu.

malheur

À quelque chose malheur est bon.
Un événement malheureux peut avoir des conséquences heureuses.

Avoir des malheurs.
Avoir des ennuis.

Avoir le malheur de.
Avoir la mauvaise idée de.

Faire le malheur de quelqu'un.
Le rendre malheureux.

Faire un malheur *fam.*
Provoquer une catastrophe.
Remporter un grand succès.
Faire un esclandre.
Jouer de malheur.
Avoir une malchance persistante.
Le bonheur des uns fait le malheur des autres.
Le succès de certains exige l'échec des autres.
Le malheur c'est que.
La difficulté est que.
Le malheur veut que.
La malchance fait que.
Par malheur.
Par malchance.
Porter malheur à.
Avoir une influence néfaste sur.
Un malheur ne vient jamais seul.
Une infortune en entraîne souvent une autre.

malheureux

Avoir la main malheureuse.
Être très maladroit.
Éprouver une passion malheureuse *lit.*
Éprouver un amour non partagé.
Malheureux comme les pierres *fam.*
Très malheureux.

malice

Boîte à malice.
Ensemble de ruses.
Sans malice.
Sans méchanceté.
Sans intention malveillante.
Sans y entendre malice.
Sans rien y voir de mal.

malin

À malin, malin et demi.
On trouve toujours plus rusé que soi.
Ce n'est pas malin *fam.*
C'est idiot.
Ce n'est pas difficile.
Faire le malin *fam.*
Se donner des airs supérieurs.

Il n'est pas très malin *fam.*
Il est idiot.
Malin comme un singe *fam.*
Très astucieux.
Un gros malin *fam.*
Un imbécile.

malle

Faire sa malle *fam.*
S'apprêter à partir.
Être sur le point de mourir.
Se faire la malle *pop.*
S'enfuir subrepticement.
Trousser en malle *lit.*
Prendre.

malpropre

Comme un malpropre *fam.*
Sans égard.

mamelle

Dès la mamelle.
Dès le plus jeune âge.

manche

Branler dans le manche *fam.*
Manquer de solidité.
Être manche *fam.*
Manquer d'adresse.
Jeter le manche après la cognée.
Renoncer par découragement.
Manche à balai *fam.*
Personne grande et maigre.
S'endormir sur le manche *fam.*
Ne plus rien faire.
Se débrouiller, s'y prendre comme un manche *pop.*
Être très maladroit.
Se mettre du côté du manche *fam.*
Se ranger du côté de la personne qui détient l'autorité.
Tomber sur un manche *fam.*
Rencontrer un obstacle important.

manche

Avoir quelqu'un dans sa manche.
Avoir sa protection ou son accord.
C'est une autre paire de manches *fam.*
C'est une chose beaucoup plus difficile.

Être dans la manche de quelqu'un.
En être très proche.

Être manche à manche.
Être à égalité.

Gagner la première manche.
L'emporter dès le début d'une affaire.

Garder quelqu'un dans sa manche.
Le garder en réserve.

Retrousser ses manches.
Se mettre avec résolution à un travail.

Se faire tirer la manche.
Se faire prier.

Se moucher sur la manche *vx*.
Être novice en quelque chose.

Tirer quelqu'un par la manche.
Solliciter son attention.

manche

Faire la manche *pop*.
Mendier.

manchette

Faire des effets de manchettes *fam*.
Avoir une attitude affectée.

manchot

Ne pas être manchot *fam*.
Être habile.

mandale

Filer une mandale à quelqu'un *pop*.
Le frapper.

mandibule

Jouer des mandibules *fam*.
Manger.

manger

Avoir mangé du lion *fam*.
Faire preuve d'une énergie exceptionnelle.

Être bête à manger du foin.
Être très bête.

Manger à sa faim.
Ne pas être dans le besoin.

Manger de la vache enragée *fam*.
Mener une vie pauvre et difficile.

Manger des yeux.
Regarder avec tendresse ou avidité.

Manger du curé *fam*.
Être anticlérical.

Manger la consigne *fam*.
Oublier d'exécuter un ordre.

Manger la grenouille *fam*.
Dilapider l'argent d'autrui.

Manger le morceau *pop*.
Avouer.

Manger la moitié de ses mots.

Manger ses mots.
Parler de façon indistincte.

Manger son blé en herbe.
Dilapider à l'avance sa fortune.

Manger son pain blanc le premier.
Commencer par le meilleur ou le plus agréable.

Manger un morceau *fam*.
Manger rapidement.

Ne pas manger de ce pain-là.
Se dit pour refuser un avantage immoral.

Ne pas savoir à quelle sauce on sera mangé *fam*.
Ne pas savoir à quoi s'attendre.

On en mangerait *fam*.
C'est très alléchant.

On ne vous mangera pas *fam*.
Ne craignez rien.

Se manger le nez *pop*.
Se quereller violemment.

Se manger, se ronger les sangs *fam*.
S'inquiéter.

manière

Avoir l'art et la manière.
Être habile.

Avoir la manière.
Savoir comment procéder.

D'une manière ou d'une autre.
De toute façon.

De belle manière *lit*.

De bonne manière.
Rudement.

Employer la manière forte.
User de brutalités.

En aucune manière.
Nullement.

Faire des manières.
Se dit de quelqu'un qui manque de simplicité ou se fait prier.

manitou

Un grand manitou.
Personnage puissant.

manivelle

Retour de manivelle *fam.*
Contrecoup d'un événement.

manne

Répandre la manne.
Combler de bienfaits.

manœuvre

Faire une fausse manœuvre.
Se comporter de façon maladroite.
Y aller à la manœuvre *fam.*
Se dit de quelqu'un qui met beaucoup d'ardeur à ce qu'il fait.

manque

À la manque *pop.*
Très médiocre.
Manque de.
Faute de.
Manque de bol, de pot *pop.*
Malchance.

manquer

Il ne lui manque que la parole.
Se dit d'un portrait très ressemblant ou d'un animal très expressif.
Il ne manquait plus que cela *fam.*
C'est le comble.
Je n'y manquerai pas.
Je n'oublierai pas de le faire.
La voix lui manque.
Se dit de quelqu'un qui ne peut plus parler sous le coup d'une émotion.
Le cœur lui manque.
Il s'évanouit.
Le pied lui manque.
Se dit de quelqu'un qui trébuche.
Manquer de parole.
Ne pas tenir ses promesses.
Manquer son coup.
Échouer.

Ne pas manquer d'air *fam.*
Faire preuve d'audace ou de suffisance.

manteau

Garder les manteaux.
Faire le guet.
Sous le manteau.
En cachette.

maquis

Prendre le maquis.
Entrer dans la clandestinité pour échapper à l'autorité.

maraude

En maraude.
Se dit d'un taxi circulant à vide à la recherche de clients.

marbre

Avoir du marbre.
Avoir des textes à imprimer en réserve.
De marbre.
Insensible et froid.
Sur le marbre.
Prêt à être imprimé.

marchand

De marchand à marchand il n'y a que la main *vx.*
Entre marchands il n'est pas besoin d'accord écrit.
Être le mauvais marchand d'une chose.
N'en avoir que des ennuis.
Faire le marchand de tapis *fam.*
Marchander.
Le marchand de sable est passé.
Il est temps de dormir.

marchander

Ne pas marchander sa peine.
Travailler avec beaucoup d'ardeur.

marchandise

Débiter, faire valoir, vanter sa marchandise.
Présenter quelque chose sous son aspect le plus favorable.
Il n'y a que le train de marchandises qui ne lui est pas passé dessus *pop.*
Se dit d'une femme qui a beaucoup d'aventures galantes.

Moitié guerre, moitié marchandise.
Moitié de gré, moitié de force.

marche
Prendre le train en marche *fam.*
Participer tardivement à une entreprise.
Se mettre en marche.
Partir.
Commencer à fonctionner.

marché
À bon marché.
Au meilleur prix.
Aller sur le marché de quelqu'un *vx.*
Lui faire concurrence.
Avoir bon marché de quelque chose *lit.*
En tirer profit.
Faire bon marché de quelque chose.
Lui accorder peu d'importance.
Faire le marché d'autrui.
Agir pour un autre.
Marché aux puces.
Marché où l'on vend des objets d'occasion.
Marché de dupes.
Marché où l'un des contractants est abusé.
Marché noir.
Vente clandestine au prix fort.
Mettre le marché à la main, en main de quelqu'un.
Le contraindre à un choix immédiat.
Par-dessus le marché.
De plus.

marcher
Marcher à côté de ses pompes *pop.*
Ne pas être dans son état habituel.
Marcher à pas de loup.
Marcher sans faire de bruit.
Marcher au pas.
Marcher lentement.
Obéir.

Marcher comme sur des roulettes *fam.*
Fonctionner de manière très satisfaisante.
Marcher sur des charbons ardents.
Marcher sur des épines *fam.*
Être dans une situation difficile.
Marcher sur des œufs *fam.*
Agir avec précaution.
Marcher sur la tête *fam.*
Agir de façon stupide.
Marcher sur les brisées, les pas, les traces de quelqu'un.
Rivaliser avec lui.
Le suivre de très près.
Suivre son exemple.
Marcher sur une mauvaise herbe.
Ne pas avoir de chance.

mardi
Ce n'est pas mardi gras aujourd'hui *fam.*
Se dit d'une personne habillée d'une façon surprenante.

mare
Jeter un pavé dans la mare.
Troubler une situation paisible.
La mare aux harengs *pop.*
La mer.

marée
Arriver comme marée en carême.
Arriver de façon opportune.
Contre vents et marées.
En dépit de tous les obstacles.

marge
Avoir de la marge.
Disposer de plus de temps ou de moyens qu'il ne faut pour faire quelque chose.
En marge.
En dehors de la norme.
En marge de.
En dehors de.
Marge de manœuvre.
Possibilité d'action.

margoulette
Se fendre la margoulette *pop.*
Rire aux éclats.

marguerite
Effeuiller la marguerite *fam.*
*Détacher les pétales d'une fleur
pour savoir si on est aimé.
Avoir des relations sexuelles.*

mariage
Mariage à l'anglaise.
*Mariage où les époux vivent
chacun de leur côté.*
Mariage de la carpe et du lapin.
Mélange incompatible.
Mariage de la main gauche.
Union hors mariage.
Mariage en détrempe *fam.*
*Relations sexuelles avant le ma-
riage.*

Marie
Enfant de Marie *fam.*
Personne naïve.
Une Marie couche-toi là *pop.*
Une fille légère.

mariée
Mener quelqu'un comme une
mariée.
*Le conduire de manière solen-
nelle.*
Se plaindre que la mariée est
trop belle.
*Se plaindre d'une chose qui ap-
porte plus que ce que l'on attendait.*
Toucher à une chose comme à
une jeune mariée.
La manier avec délicatesse.

marier
Tu te marieras avant la fin de
l'année.
*Se dit à une personne à qui
l'on verse les dernières gouttes
d'une bouteille.*

marin
Avoir le pied marin.
*Ne pas avoir le mal de mer.
Rester imperturbable dans une
situation difficile.*
Marin d'eau douce.
Personne peu expérimentée.

mariner
Laisser mariner quelqu'un *fam.*
Le faire attendre.

mariole
Faire le mariole *fam.*
Faire l'intéressant.

marmelade
En marmelade.
En mauvais état.

marmite
Écumer la marmite de quelqu'un
vx.
Vivre à ses dépens.
Faire bouillir la marmite *fam.*
*Assurer la subsistance quoti-
dienne.*
Il n'y a pas si vieille marmite qui
ne trouve son couvercle.
*On trouve toujours quelqu'un
pour vous aimer.*
Le drapeau noir flotte sur la mar-
mite *fam.*
La situation est très mauvaise.
Nez en pied de marmite *fam.*
Nez large du bas et retroussé.

marmot
Croquer le marmot *fam.*
Attendre longtemps.

marmotte
Dormir comme une marmotte
fam.
Dormir très profondément.

maronner
Faire maronner quelqu'un *pop.*
Le faire enrager.

marotte
Tous les fous ne portent pas la
marotte *lit.*
*Il n'y a pas que ceux qui le
paraissent qui soient fous.*

marque
De marque.
De qualité.
Image de marque.
*Opinion, bonne ou mauvaise,
que le public a d'une personne
ou d'une chose.*

marquer
Être marqué.
Avoir une mauvaise réputation.

Être marqué du bon coin.
Se dit de quelque chose d'excellent.

Marqué au coin de.
Qui porte la marque de.

Marquer d'une pierre blanche.
Noter un événement digne de rester dans la mémoire des gens.

Marquer le coup *fam.*
Célébrer un événement.
Laisser voir qu'on a été affecté par quelque chose.

Marquer le pas.
S'arrêter.

Marquer un point.
Gagner un avantage.

marquis

Marquis de Carabas *fam.*
Personne vantarde.

Marquis de la bourse plate *fam.*
Individu misérable.
Personne désargentée.

marrant

Ce n'est pas marrant *pop.*
Ce n'est pas drôle.

Un petit marrant *pop.*
Se dit d'une personne pleine de gaieté.

marre

En avoir marre *pop.*
En avoir assez.

marrer

Faire marrer quelqu'un *pop.*
Le faire rire.

marri

Être marri.
Être affligé.

marron

Faire quelqu'un marron *pop.*
Le tromper.

Tirer les marrons du feu.
Se donner du mal pour le profit d'autrui.
Faire faire par un autre quelque chose de périlleux.

marronner

Faire marronner quelqu'un *pop.*
Le faire attendre.

mars

Arriver comme mars en carême.
Arriver inévitablement.

marteau

Avoir reçu un coup de marteau sur la tête *fam.*
Être fou.

Être entre l'enclume et le marteau.
Être entre deux partis contraires, et victime des deux.

Être marteau *pop.*
Être fou.

Graisser le marteau *lit.*
Soudoyer quelqu'un pour être admis.

Il faut être enclume ou marteau.
Il n'y a pas d'autre choix que frapper ou être frappé.

Ne pas être sujet à un coup de marteau.
Ne pas dépendre d'une heure précise pour faire quelque chose.

martel

Se mettre martel en tête.
Se faire du souci.

Martin

D'autre Martin il conviendra chanter *vx.*
Il faudra rabattre de ces prétentions.

Il y a plus d'un âne à la foire qui s'appelle Martin *fam.*
Se dit à propos d'une chose très répandue.

martyr

Être du commun des martyrs.
N'avoir aucun talent.

masque

Jeter le masque.
Lever le masque.
Se montrer tel qu'on est.

massacrant

Être d'une humeur massacrante.
Être de très mauvaise humeur.

massacre

Arrêtez le massacre! *fam.*
Cessez d'abîmer ou de détruire.

masse
En masse.
En quantité.
Être à la masse *pop.*
Être totalement abruti.
Il y en a des masses *pop.*
Il y en a beaucoup.
Il n'y en a pas des masses *pop.*
Il n'y en a pas beaucoup.

massue
Coup de massue.
Événement inattendu et désagréable.
Un argument massue *fam.*
Un argument décisif.

mat
Faire quelqu'un mat.
Le vaincre.

matador
Faire le matador *fam.*
Jouer au personnage important.

matérielle
Assurer la matérielle *pop.*
Assurer le nécessaire pour vivre.

matière
Donner, fournir matière à.
Donner l'occasion de.
En matière de.
En ce qui concerne.
Entrée en matière.
Début d'un développement.
Être orfèvre en la matière.
Être versé en la matière.
Être expert en quelque chose.
Faire travailler sa matière grise *fam.*
Réfléchir.

matin
De bon, de grand matin.
À une heure très matinale.
Du matin au soir et du soir au matin.
Sans s'arrêter.
Être du matin.
Être matinal.
L'espace d'un matin *lit.*
Très peu de temps.

Un beau matin.
Un de ces quatre matins *fam.*
Un jour prochain.

matinée
Faire la grasse matinée.
Paresser au lit tard le matin.

matines
Dès matines *vx.*
Dès le matin.
Le retour est pis que matines *vx.*
Les suites d'une mauvaise affaire sont pires que son début.

matricule
Ça devient mauvais, ça va barder pour son matricule *pop.*
Ça va aller très mal pour lui.

mauvais
Être dans une mauvaise passe.
Être dans une situation difficile.
Être sur la mauvaise pente.
Se conduire d'une façon immorale.
Faire un mauvais calcul.
Faire des prévisions mal fondées.
Jouer un mauvais tour à quelqu'un.
Le tromper.
La trouver mauvaise *fam.*
Être vexé de quelque chose.
Mauvais comme la peste *fam.*
Très mauvais.
Mauvais coucheur *fam.*
Personne au caractère difficile.
Mauvaise tête.
Personne récalcitrante.
Prendre quelque chose en mauvaise part.
Lui donner un sens défavorable.

maximum
Au grand maximum *fam.*
Au maximum.
Dans le meilleur des cas.
Faire le maximum.
Faire les plus grands efforts possibles.

mea culpa
Faire son mea culpa.
Reconnaître ses fautes.

mécanique

Rouler les mécaniques *pop.*
Avoir une attitude arrogante.

méchant

Faire le méchant *fam.*
Avoir une attitude menaçante.

mèche

Découvrir, éventer la mèche *fam.*
Découvrir une machination secrète.
Vendre la mèche *fam.*
Dévoiler une machination secrète.

mèche

Être de mèche avec quelqu'un *fam.*
Être complice de quelqu'un.
Il n'y a pas mèche *pop.*
Il n'y a pas moyen.

médaille

Chaque médaille a son revers.
Chaque chose a un bon et un mauvais côté.
Le revers de la médaille.
Le mauvais côté d'une chose.
Profil de médaille.
Personne aux traits réguliers.
Tourner la médaille.
Considérer une personne ou une chose sous un rapport contraire.

médecine

Avaler la médecine *vx.*
Se résigner.
Médecine de cheval.
Traitement violent.

méfiance

Méfiance est mère de sûreté.
Une grande prudence évite tout risque de danger.

mégarde

Par mégarde.
Par inattention.

meilleur

Donner le meilleur de soi-même.
Faire tous ses efforts.
J'en passe et des meilleures *fam.*
Je ne parle pas de ce qui est le plus grave.
Pour le meilleur et pour le pire.
Quelles que soient les circonstances.
Prendre le meilleur sur.
L'emporter.
Revenir à de meilleurs sentiments.
Être dans de meilleures dispositions.
Tirer le meilleur parti d'une chose.
L'utiliser au mieux.
Tout est pour le mieux dans le meilleur des mondes.
Tout va bien.

mélancolie

Ne pas engendrer la mélancolie *fam.*
Être d'une gaieté contagieuse.

mélange

Sans mélange.
Pur.

mélanger

Se mélanger les pieds, les pinceaux *pop.*
Tomber.
Se tromper.

mélasse

Être dans la mélasse *fam.*
Être dans une situation difficile.

mêlé

Être mêlé à.
Être impliqué dans une mauvaise affaire.

mêlée

Entrer dans la mêlée.
Participer à un combat.
Rester au-dessus de la mêlée.
Rester en dehors d'un combat.

mêler

Mêle-toi de tes fesses *pop.*
Occupe-toi de ce qui te regarde.
Mêler les cartes.
Embrouiller une affaire.
Se mêler des affaires d'autrui.
S'occuper indûment des affaires d'autrui.

Mélusine
  Pousser des cris de Mélusine *vx.*
  Pousser des cris affreux.

membre
  Trembler de tous ses membres.
  Éprouver une peur intense.

même
  C'est du pareil au même.
  C'est exactement semblable.
  Être à même de.
  Être capable de.
  Faire quelqu'un au même *vx.*
  Le tromper.
  Quand même.
  Malgré tout.
  Tout de même *fam.*
  Néanmoins.

mémoire
  Avoir la mémoire courte *fam.*
  Oublier facilement.
  Avoir une mémoire d'éléphant.
  Avoir une grande mémoire.
  Être rancunier.
  De triste mémoire.
  Qui laisse de mauvais souvenirs.
  Pour mémoire.
  À titre de simple renseignement.
  Rafraîchir la mémoire à quelqu'un.
  Lui rappeler des souvenirs désagréables.

mémoire
  Mémoire d'apothicaire.
  Facture excessive et invérifiable.

menace
  Agir sous la menace.
  Agir sous l'emprise de la peur.
  Menace en l'air.
  Menace qu'on ne peut mettre à exécution.
  Mettre ses menaces à exécution.
  Faire subir à une personne les châtiments dont on l'a menacée.

menacer
  Menacer ruine.
  Faire craindre sa disparition prochaine.

ménage
  Être en ménage.
  Vivre ensemble.
  Faire bon ménage.
  S'entendre bien avec quelqu'un.
  Faux ménage.
  Couple illégitime.
  Ménage à la colle *pop.*
  Concubinage.

ménager
  Ménager la chèvre et le chou.
  Ménager des intérêts contradictoires.
  Ménager les oreilles de quelqu'un.
  Éviter toute parole offensante.
  Ménager ses expressions.
  Parler de façon retenue.
  N'avoir personne à ménager.
  Agir sans égard pour personne.
  Qui veut voyager loin ménage sa monture.
  Il faut se servir avec modération des choses dont on veut user longtemps.

mener
  Mener à bien, à bonne fin, à terme.
  Terminer avantageusement une affaire.
  Mener à la baguette, à la trique.
  Diriger sans ménagement.
  Mener grand bruit.
  Faire beaucoup de bruit.
  Mener grand train.
  Vivre luxueusement.
  Mener la danse.
  Diriger.
  Mener la vie dure à quelqu'un.
  Agir sans ménagement à son égard.
  Mener par le bout du nez.
  Avoir une grande influence sur quelqu'un.
  Mener quelqu'un en bateau *fam.*
  Le tromper.
  Ne pas en mener large *fam.*
  Être inquiet.
  Ne pas mener loin.
  N'ouvrir aucune perspective.

mensonge

Pieux mensonge.
Mensonge fait par pitié.
Un tissu de mensonges.
Se dit de ce qui est entièrement faux.

menteur

Menteur comme un arracheur de dents *fam.*
Très menteur.

mentir

A beau mentir qui vient de loin.
Il est aisé d'être cru quand les propos ne sont pas vérifiables.
Bon sang ne saurait mentir.
Les enfants héritent des qualités de leurs parents.
Faire mentir le proverbe.
Être contraire à une vérité généralement admise.
Mentir comme on respire.
Mentir sans cesse.
Sans mentir.
En vérité.

menton

En avoir jusqu'au menton.
En avoir à satiété.
Lever le menton *fam.*
Faire preuve de prétention.
Ne pas avoir de barbe au menton.
Être très jeune.

menu

Par le menu.
En tenant compte des moindres détails.

mépris

Au mépris de.
Sans égard pour.

mer

C'est une goutte d'eau dans la mer.
C'est une chose insignifiante.
Ce n'est pas la mer à boire *fam.*
C'est une chose facile.
Porter de l'eau à la mer.
Faire des choses inutiles.

mercenaire

Travailler comme un mercenaire.
Travailler avec acharnement et sans grand profit.

merci

Avoir quelqu'un à sa merci.
Le tenir à sa discrétion.
Crier, demander merci.
Demander grâce.
Dieu merci!
Heureusement!
Être à la merci de.
Dépendre totalement de quelqu'un ou de quelque chose.
Merci du peu *fam.*
Expression qui marque l'étonnement.
Sans merci.
Sans pitié.

merde

Avoir de la merde dans les yeux *pop.*
Être aveuglé.
Avoir un œil qui dit merde à l'autre *pop.*
Loucher.
C'est de la merde *pop.*
C'est sans valeur.
Couvrir quelqu'un de merde *pop.*
L'insulter.
De merde *pop.*
Sans valeur.
Être dans la merde jusqu'au cou *pop.*
Être dans de grandes difficultés.
Foutre la merde *pop.*
Semer la discorde.
Merde alors! *pop.*
Exclamation marquant l'étonnement ou l'admiration.
Ne pas se prendre pour une merde *pop.*
Se croire important.
Oui ou merde! *pop.*
Expression marquant l'impatience.
Plus on remue la merde, plus elle pue *pop.*
Se dit des révélations qu'entraîne l'examen d'une affaire louche.

merdeux

Bâton merdeux *pop.*
Chose ou personne désagréable.

mère

Jouer les mères nobles.
Se donner des apparences respectables.
Mère poule.
Mère très attentive.

mérinos

Laisser pisser le mérinos *pop.*
Ne pas se mêler de quelque chose.

merlan

Yeux de merlan frit *pop.*
Regards énamourés.

merle

Beau merle *fam.*
Personne méprisable.
Faute de grives on mange des merles.
Il faut se contenter de ce que l'on a, quand on ne peut obtenir mieux.
Merle blanc.
Personne ou chose rare.
Siffler comme un merle.
Siffler harmonieusement.

merveille

À merveille.
De façon remarquable.
Chanter, crier merveille.
Manifester une grande admiration.
Faire des merveilles à quelqu'un *vx.*
Lui faire bon accueil.
Faire merveille.
Produire un effet excellent.
La huitième merveille du monde.
Se dit d'une chose admirable.
Promettre monts et merveilles.
Faire des promesses qu'on sait ne pouvoir tenir.

messe

Faire des messes basses *fam.*
Faire des confidences à quelqu'un à voix basse.

Paris vaut bien une messe.
Une chose importante mérite quelque sacrifice.

Messie

Attendre quelqu'un comme le Messie.
L'attendre avec impatience.

mesure

À mesure que.
Suivant que.
Au fur et à mesure.
En même temps et dans la même proportion.
Donner la mesure de son talent.
Donner toute sa mesure.
Montrer ses capacités.
Être en mesure de.
Être capable de.
Être hors de mesure.
Être trop loin.
Gagner la mesure.
Avancer.
Faire deux poids et deux mesures.
Juger avec partialité.
La mesure est comble.
Cela est impardonnable.
Lâcher la mesure.
Reculer.
Ne garder aucune mesure.
S'emporter.
Outre mesure.
Excessivement.
Prendre la mesure de.
Juger de la valeur de.
Prendre les mesures.
Prendre des dispositions.
Sur mesure *fam.*
Fait en fonction des goûts de quelqu'un.

mesurer

Mesurer la portée de ses gestes.
En prévoir les suites.
Mesurer quelqu'un à son aune.
Le juger en fonction de soi-même.
Mesurer quelqu'un du regard.
Le toiser.

métier

À chacun son métier.
À chacun selon ses compétences.

Apprendre à quelqu'un son métier.
Lui infliger une leçon.
Gâcher le métier *fam.*
Rendre une profession moins lucrative en travaillant à bas prix.
Il n'y a pas de sot métier (, il n'y a que de sottes gens) *fam.*
Tous les métiers sont respectables.
Le plus vieux métier du monde.
La prostitution.
Mettre une chose sur le métier.
Commencer un travail.

métro

Avoir un métro de retard *fam.*
Comprendre après coup.
Métro, boulot, dodo *fam.*
Se dit pour souligner les contraintes et la routine de la vie de travail des citadins.

mettre

En mettre un coup *fam.*
Faire preuve d'ardeur au travail.
La mettre en veilleuse *fam.*
Se taire.
Mettre à bout.
Excéder.
Mettre au pas, à la raison.
Forcer quelqu'un à faire son devoir.
Mettre en garde.
Avertir.
Mettre le paquet *fam.*
Mettre beaucoup d'ardeur à quelque chose.
Mettre les pouces *fam.*
Céder.
S'avouer vaincu.
Mettre les voiles *fam.*
S'en aller.
Mettre quelque chose à la portée de quelqu'un.
Le lui faire comprendre.
Mettre quelqu'un au courant, au fait.
L'instruire de ce qu'il doit savoir.
Mettre sur la voie.
Donner des indications.

Mettre tout en jeu, tout en œuvre.
Employer tous les moyens dont on dispose pour parvenir à un résultat.
Ne pas savoir où se mettre.
Être mal à l'aise.
Se mettre bien avec quelqu'un.
Attirer son amitié.
Se mettre en quatre *fam.*
Se donner beaucoup de peine.
Y mettre du sien.
Payer de sa personne.
Faire preuve de bonne volonté.

meuble

Faire partie des meubles *fam.*
Ne pas se distinguer d'un ensemble.
Sauver les meubles *fam.*
Sauvegarder le minimum.
Se mettre dans ses meubles.
S'installer dans un logement avec son propre mobilier.

meules

Se cailler les meules *pop.*
Avoir très froid.

miches

Avoir les miches à zéro *pop.*
Avoir les miches qui font bravo *pop.*
Trembler de peur.
Se cailler les miches *pop.*
Avoir froid.
Serrer les miches *pop.*
Avoir peur.

midi

C'est midi *fam.*
C'est midi sonné *fam.*
Il est trop tard.
Chercher midi à quatorze heures *fam.*
Compliquer inutilement ce qui est simple.
Démon de midi.
Désir charnel éprouvé par un homme au milieu de sa vie.
Faire voir à quelqu'un des étoiles en plein midi.
L'assommer.
Lui faire croire des choses invraisemblables.

Nier la lumière en plein midi.
Refuser l'évidence.

miel

Être tout sucre tout miel.
Être plein de douceur.

Lune de miel.
Les premiers temps du mariage.

miette

En miettes.
En petits morceaux.

Pas une miette.
Pas la plus petite partie de quelque chose.

mieux

À qui mieux mieux.
À l'envi.

Au mieux de.
De la manière la plus favorable.

De mieux en mieux.
De manière de plus en plus satisfaisante.

De mon mieux.
Aussi bien que possible.

Être au mieux avec quelqu'un.
Avoir de bons rapports avec lui.

Faire mieux de.
Avoir intérêt à.

Le mieux est souvent l'ennemi du bien.
Vouloir trop bien faire amène souvent des catastrophes.

Ne pas demander mieux que.
Bien vouloir que.

On ne peut mieux.
D'une façon parfaite.

Tant mieux !
Expression qui marque la satisfaction.

mignon

Péché mignon.
Faute vénielle fréquemment commise.

mijaurée

Faire sa mijaurée *fam.*
Affecter des manières ridicules.

milieu

Au milieu de tout cela.
Malgré tout cela.

Il n'y pas de milieu *fam.*
Il faut obligatoirement choisir un des deux partis proposés.

Juste milieu.
Juste mesure entre deux choses.

mille

Des mille et des cents *fam.*
Beaucoup d'argent.

Être à mille lieues de.
Être fort loin de.

Le donner en mille *fam.*
Mettre au défi de deviner.

Mettre, taper dans le mille *fam.*
Choisir avec justesse.
Réussir.

million

Être riche à millions *fam.*
Être très riche.

mince

Ce n'est pas une mince affaire.
C'est difficile.

mine

Éventer la mine *lit.*
Divulguer un complot, un secret.

mine

Avoir bonne mine.
Avoir belle apparence.

Avoir bonne mine *fam.*
Être dans une situation ridicule.

Avoir la mine longue.
Manifester une vive déception.

Avoir une mine de papier mâché.
Avoir un visage pâle et maladif.

Faire bonne mine à mauvais jeu *vx.*
Dissimuler sa contrariété.

Faire bonne mine à quelqu'un.
L'accueillir chaleureusement.

Faire des mines.
Faire des grimaces.

Faire grise, mauvaise mine à quelqu'un.
L'accueillir avec froideur.

Faire mine de.
Faire semblant de.

Faire triste mine.
Prendre un air dépité.

Juger les gens sur leur mine.
Juger les gens sur leur apparence.

Mine de rien *fam.*
Comme si de rien n'était.

Ne pas payer de mine *fam.*
Avoir une apparence peu engageante.

Sur sa bonne mine.
Compte tenu de sa réputation.

minette

Faire des minettes *fam.*
Faire des chatouilles.

mineur

En mineur.
Discrètement.
Sans tapage.

Traiter quelqu'un en mineur.
Le traiter comme s'il n'était pas responsable de ses actes.

minute

À la minute *fam.*
Immédiatement.

D'une minute à l'autre *fam.*
Dans un temps très proche.

Être à la minute.
Être pressé.

Minute papillon! *pop.*
Attention!
Pas si vite!

Minute par minute.
Lentement.

miracle

Crier au miracle.
S'étonner.

Faire miracle.
Avoir un très bon effet.

Par miracle.
Par un heureux hasard.

Tenir du miracle.
Être prodigieux.

mire

Être le point de mire.
Attirer les regards.

miroir

Miroir aux alouettes.
Piège qui attire par fascination.

mise

Être de mise.
Être convenable.

Sauver la mise à quelqu'un *fam.*
Le tirer d'un mauvais pas.

miser

Miser sur les deux tableaux.
Répartir ses intérêts pour se ménager des avantages quelle que soit l'issue.

misère

Crier misère.
Se plaindre de sa situation matérielle.

Faire des misères à quelqu'un *fam.*
Lui causer des ennuis.

miséricorde

À tout péché miséricorde.
Tout péché, quelle que soit sa gravité, est pardonnable.

Crier miséricorde *lit.*
Exprimer vivement sa douleur.

mistoufle

Faire des mistoufles *pop.*
Faire des méchancetés à quelqu'un.

mite

Être bouffé aux mites *pop.*
Être très vieux.

mitrailler

Mitrailler quelqu'un de questions *fam.*
L'accabler de nombreuses questions.

mode

À la mode.
Conforme au goût du moment.

À la mode de.
À la façon de.

Gravure de mode.
Personne très élégante.

Parents à la mode de Bretagne.
Se dit de parents éloignés.

Passer de mode.
Cesser d'être dans le goût du moment.

modestie

Fausse modestie.
Orgueil déguisé.

moelle

Corrompu jusqu'à la moelle.
Totalement corrompu.

Jusqu'à la moelle (des os).
Profondément.

La substantifique moelle.
Le sens profond.

N'avoir pas de moelle dans les os.
Être faible.

Se ronger les moelles *pop.*
Se faire beaucoup de souci.

Sucer la moelle de quelqu'un.
Le ruiner.

Tirer la moelle.
Extraire d'une chose ce qui en constitue l'essentiel.

moi

À part moi.
Dans mon for intérieur.

De vous à moi.
Se dit pour demander la discrétion.

moine

Attendre quelqu'un comme les moines font l'abbé *vx.*
Ne pas l'attendre pour passer à table.

Gras comme un moine *fam.*
Très gras.

L'habit ne fait pas le moine.
On ne doit pas juger les gens sur leur apparence.

Le moine répond comme l'abbé chante *vx.*
Les inférieurs calquent leur attitude sur celle de leurs supérieurs.

Pour un moine on ne laisse pas de faire un abbé *vx.*
Dans telle affaire on passera outre à toute absence ou refus.

Vivre comme un moine.
Mener une vie ascétique.

moineau

Cervelle de moineau.
Personne irréfléchie.

Comme une volée de moineaux.
Avec beaucoup d'avidité.

Épouvantail à moineaux *fam.*
Personne très laide ou très mal habillée.

Manger comme un moineau.
Manger très peu.

Tirer sa poudre aux moineaux *vx.*
Se dépenser en pure perte.

Vilain moineau *fam.*
Se dit d'une personne désagréable.

moins

À tout le moins.
Au moins.
Du moins.
Pour le moins.
Cependant.

C'était moins cinq *fam.*
C'était moins une *fam.*
Il s'en est fallu de peu.

De moins en moins.
En diminuant.

En moins de deux *fam.*
En moins de rien *fam.*
Rapidement.

Le moins du monde.
Aussi peu que ce soit.

Moins que rien.
Très peu.

On ne peut moins.
Fort peu.

Pour le moins.
En se limitant au minimum.

moisi

Ça sent le moisi *fam.*
La situation devient dangereuse.

Sentir le moisi *fam.*
Avoir perdu de sa valeur.

moissonner

Moissonner des lauriers.
Remporter des succès.

moitié

À moitié.
En partie.

Être de moitié avec quelqu'un.
Lui être associé.

Être pour moitié dans quelque chose.
En être en partie responsable.
Faire les choses à moitié.
Ne pas terminer complètement un travail.
Moitié-moitié.
En quantité égale.
Ni bien ni mal.

mollo

Y aller mollo *pop.*
Agir avec précaution.

moment

À ses moments perdus.
Pendant ses heures de loisir.
Au moment de.
Sur le point de.
Avoir de bons moments.
Connaître des périodes de calme et de lucidité.
Dans un moment.
Bientôt.
D'un moment à l'autre.
Prochainement.
Moment psychologique *fam.*
Période favorable pour mener une action.
N'avoir pas un moment à soi.
N'avoir pas un instant de liberté.
Pour un moment.
Pour longtemps.

monde

À la face du monde.
Sans se cacher.
C'est le bout du monde *fam.*
C'est le maximum de ce qui est possible.
C'est le monde à l'envers!
C'est inhabituel.
C'est un monde! *fam.*
Marque l'indignation.
Connaître son monde.
Bien juger des gens à qui on a affaire.
Depuis que le monde est monde.
Depuis toujours.
Envoyer quelqu'un dans l'autre monde *fam.*
Le faire mourir.

Homme du monde.
Personne qui connaît les usages de la bonne société.
Il faut de tout pour faire un monde.
Rien n'est à exclure.
Il y a du monde au balcon *fam.*
Se dit d'une femme à la poitrine opulente.
Il y a un monde entre.
Il y a une très grande différence entre.
Le grand monde.
La haute société.
Le monde est petit.
Formule utilisée habituellement lorsqu'on rencontre quelqu'un qu'on ne s'attendait pas à trouver.
Pour rien au monde.
À aucun prix.
Recevoir du monde.
Avoir des visiteurs.
Savoir son monde.
Connaître les usages.
S'en faire un monde.
Exagérer la difficulté.
Se moquer du monde.
Se moquer de tout.
Se prendre pour le nombril du monde *fam.*
Se croire très important.
Tout le monde.
Chacun.
Vieux comme le monde.
Très vieux.

monnaie

C'est monnaie courante.
C'est une chose habituelle.
Monnaie d'échange.
Élément permettant d'obtenir un avantage dans une négociation.
Payer en monnaie de singe *fam.*
Ne pas s'acquitter d'une dette.
Rendre à quelqu'un la monnaie de sa pièce.
Lui rendre la pareille.

monsieur

Faire le monsieur.
Jouer à l'homme influent.

Monsieur Tout le Monde *fam.*
N'importe qui.

Monsieur vaut madame *fam.*
Se dit de deux personnes ou de deux choses de même mérite.

monstre

Monstre sacré.
Personnage hors du commun.

S'en faire un monstre *fam.*
En exagérer la difficulté.

mont

Des monts d'or.
Des avantages considérables.

Par monts et par vaux.
De tous côtés.

Promettre monts et merveilles.
Faire des promesses qu'on sait ne pouvoir tenir.

montage

Montage de tête *vx.*
Emballement pour une chose.

montagne

Capable de soulever des montagnes.
Capable d'accomplir des choses dangereuses et difficiles.

Faire battre des montagnes.
Provoquer la discorde.

Gros comme une montagne.
Très évident.

Il n'y a que les montagnes qui ne se rencontrent pas.
Le hasard provoque les rencontres les plus inattendues.

La montagne qui accouche d'une souris.
Se dit de résultats dérisoires malgré l'importance des moyens mis en œuvre.

S'en faire une montagne.
En exagérer les difficultés.

Si la montagne ne vient pas à nous, il faut aller à elle.
Il ne faut pas hésiter à prendre l'initiative face aux hésitations d'autrui.

monté

Coup monté.
Complot.

Être bien, mal monté.
Être dans une position favorable, défavorable.

Être collet monté.
Être guindé par souci des bienséances.

monter

Faire monter quelqu'un.
Provoquer sa colère.

Monter à l'échelle *fam.*
Être dupe.
Se laisser prendre à une plaisanterie.

Monter comme une soupe au lait.
S'irriter vivement.

Monter en épingle.
Exagérer l'importance de quelque chose.

Monter en flèche.
Subir une hausse brusque et rapide.

Monter le balluchon, le bourrichon *fam.*

Monter la tête à quelqu'un.
Le tromper.
Exciter sa colère.

Monter le coup à quelqu'un *fam.*
Le tromper.

Monter sur ses ergots *fam.*

Monter sur ses grands chevaux.
Se mettre en colère.

Monter un bateau à quelqu'un *fam.*
L'abuser.

montre

Faire montre de.
Manifester.

Mettre en montre.
Exposer.

Passer à la montre *lit.*
Être admis parmi d'autres malgré son infériorité.

Pour la montre.
Pour attirer l'attention.

montre

Course contre la montre *fam.*
Se dit d'une action à achever dans un délai très court.
Rythme de vie effréné.

Jouer la montre *fam.*
  Ralentir délibérément une action.
Montre en main.
  De façon très précise.

montrer

Montrer la voie.
  Servir d'exemple.
Montrer le bout de l'oreille.
  Se démasquer.
Montrer les dents, les griffes, les poings.
  Avoir une attitude hostile.
Montrer quelqu'un du doigt.
  Le désigner à la moquerie.

moquer

S'en moquer comme de colin-tampon *fam.*
S'en moquer comme de sa première chemise *fam.*
  S'en désintéresser totalement.
Se moquer du tiers comme du quart *fam.*
  Se moquer de tout.

moral

Avoir le moral.
  Être optimiste.
Avoir le moral à zéro *fam.*
  Être très découragé.

morale

Faire la morale à quelqu'un.
  Lui adresser des recommandations ou des reproches.
La morale de l'histoire *fam.*
  Conclusions tirées d'un événement.

morceau

Avaler le morceau *fam.*
  Supporter un désagrément.
Casser, manger le morceau *pop.*
  Avouer.
Compter, rogner, tailler les morceaux à quelqu'un.
  Faire preuve d'avarice à son égard.
Couper, mettre, réduire en morceaux.
  Anéantir.

Emporter le morceau *fam.*
  Réussir dans une affaire.
  Avoir gain de cause.
Enlever les morceaux de la bouche à quelqu'un.
  Le priver d'un avantage.
Fait de pièces et de morceaux.
  Se dit de quelque chose de disparate.
Mâcher les morceaux à quelqu'un.
  Lui préparer le travail.
Manger un morceau *fam.*
  Manger rapidement.
Morceau de roi.
  Chose désirable.
Pour un morceau de pain.
  Pour un prix minime.
Recoller les morceaux *fam.*
  Réparer les dégâts.
Un gros morceau à avaler *fam.*
  Entreprise difficile à réaliser.

mordre

À la mords-moi le doigt, le nœud, l'œil *pop.*
  Médiocre.
C'est à se les mordre *pop.*
  C'est insupportable.
Je ne sais quel chien l'a mordu.
  Sa colère est inexplicable.
Les morts ne mordent pas.
  Seule la disparition d'un danger met fin aux craintes qu'on en a.
Mordre à l'appât, à la grappe, à l'hameçon.
  Être dupe.
Mordre la poussière.
  Être vaincu.
Ne savoir y mordre.
  Ne rien comprendre à quelque chose.
Se mordre les doigts de quelque chose.
  Le regretter vivement.

mornifle

Flanquer une mornifle à quelqu'un *pop.*
  Lui donner un coup.

Morphée

Être dans les bras de Morphée *fam.*
> *Dormir.*

mors

Prendre le mors aux dents.
> *Se mettre en colère.*

mort

À la vie à la mort.
> *Pour toujours.*

À mort.
> *Extrêmement.*

Ce n'est pas la mort.
Ce n'est pas la mort d'un homme.
Ce n'est pas la mort du petit cheval *fam.*
> *Ce n'est pas irrémédiable.*
> *Ce n'est pas difficile.*

Être à l'article de la mort.
Être à deux doigts de la mort.
> *Être sur le point de mourir.*

La mort dans l'âme.
> *À contrecœur.*

Mourir de sa belle mort.
> *Mourir de mort naturelle.*

Ne pas vouloir la mort du pécheur.
> *Être indulgent.*

Pâle comme la mort.
> *Très pâle.*

Souffrir mille morts.
> *Endurer de grandes souffrances.*

Une affaire, une question de vie ou de mort.
> *Une affaire très grave.*

mort

À réveiller un mort *fam.*
> *Très fort.*

Être plus mort que vif.
> *Être paralysé de peur.*

Le mort saisit le vif.
> *L'héritier entre aussitôt en possession des biens du défunt.*

Faire le mort.
> *Se taire.*
> *Ne pas bouger.*

Morte la bête, mort le venin.
> *Le danger disparaît avec la disparition de l'ennemi.*

Ne pas y aller de main morte *fam.*
> *Faire preuve de rudesse.*

Rester lettre morte.
> *Être inutile.*
> *Être sans valeur.*

mortel

Quitter sa dépouille mortelle.
> *Mourir.*

morveux

Il vaut mieux laisser son enfant morveux que de lui arracher le nez.
> *Certains remèdes sont pires que le mal.*

Qui se sent morveux se mouche.
> *Celui qui se sent visé par une critique doit prendre pour lui le blâme.*

mot

À demi-mot.
> *Implicitement.*

À mots couverts.
> *En termes voilés.*

Au bas mot.
> *Au minimum.*

Avoir des mots avec quelqu'un *fam.*
> *Se quereller avec lui.*

Avoir le mot *vx.*
> *Être dans la confidence.*

Avoir le mot pour rire.
> *Plaisanter.*

Avoir le dernier mot.
> *L'emporter dans une discussion.*

Avoir son mot à dire.
> *Être en droit d'exprimer son avis.*

Bon mot.
> *Mot plaisant.*

Dernier mot.
> *Réponse définitive.*

Dire deux mots, quatre mots à quelqu'un.
> *Lui adresser des menaces ou des reproches.*

Donner le mot.
> *Donner la consigne.*

En deux mots.
> *Très brièvement.*

En toucher un mot à quelqu'un.
Lui parler succinctement d'une affaire.
En un mot comme en cent, comme en mille.
Brièvement.
Gros mot.
Parole grossière.
Le premier mot.
Élément le plus simple d'une affaire.
Manger la moitié de ses mots.
Manger ses mots.
Parler d'une façon indistincte.
Mot à mot.
Textuellement.
Mot de Cambronne.
Mot de cinq lettres.
Merde.
Mot pour mot.
Très exactement.
N'entendre pas un mot à quelque chose.
Ne rien comprendre à une affaire.
Ne pas avoir dit son dernier mot.
Être capable de faire davantage.
Ne pas avoir peur des mots.
Parler franchement.
Ne pas mâcher ses mots *fam.*
S'exprimer sans ménagement.
Prendre quelqu'un au mot.
Accepter sa proposition.
Qui ne dit mot consent.
Garder le silence passe pour un acquiescement.
Sans mot dire.
Silencieusement.
Se donner le mot.
S'accorder avec quelqu'un.
Souffler mot.
Parler.

motif

Même motif, même punition.
Les mêmes causes ont les mêmes effets.
Pour le bon motif *fam.*
En vue du mariage.

mou

Bourrer le mou à quelqu'un *pop.*
Le tromper.
Chiffe molle *pop.*
Cire molle.
Pâte molle *fam.*
Personne sans caractère.
Mou comme une chique *fam.*
Sans énergie.
Très mou.
Rentrer dans le mou à quelqu'un *pop.*
L'attaquer.
Y aller mou *pop.*
Agir avec précaution.

mouche

Enculeur de mouches *pop.*
Personne tatillonne.
Être piqué de quelque mouche *fam.*
Se mettre en colère sans raison véritable.
Faire d'une mouche un éléphant.
Donner de l'importance à une chose minime.
Faire la mouche du coche.
S'agiter de façon importune.
Faire mouche.
Atteindre son but.
Fine mouche *fam.*
Personne adroite.
Gober des mouches *fam.*
Croire tout ce qui se dit.
Rêvasser.
Il ne ferait pas de mal à une mouche *fam.*
Il est très gentil.
On entendrait une mouche voler.
Se dit à propos d'un silence très profond.
On n'attrape pas les mouches avec du vinaigre.
On n'obtient rien par la force.
Pattes de mouche.
Écriture illisible.
Prendre la mouche *fam.*
Se mettre en colère sans raison véritable.
Tomber comme des mouches *fam.*
Tomber massivement.

Tuer les mouches à quinze pas *fam.*
Tuer les mouches au vol *fam.*
Avoir l'haleine fétide.

moucher (se)

Ne pas se moucher du cothurne *vx.*
Ne pas se moucher du coude, du pied *fam.*
Avoir de grandes prétentions.

mouchoir

Dans un mouchoir *fam.*
Très près les uns des autres.
Faire un nœud à son mouchoir *fam.*
Faire une marque pour se rappeler quelque chose.
Grand comme un mouchoir de poche *fam.*
De petites dimensions.
Jeter le mouchoir à une femme *vx.*
Lui marquer son intérêt.
Mettre son mouchoir dessus *pop.*
Devoir supporter un affront.

moudre

Moudre du vent.
Faire un travail inutile.
Venir moudre au moulin de quelqu'un.
Avoir besoin de lui.
Lui donner sa revanche.

moue

Faire la moue.
Marquer son dédain.

mouillé

Poule mouillée *fam.*
Personne sans courage.

mouiller

Mouiller sa chemise pour quelqu'un *fam.*
Ne pas hésiter à accomplir un acte, même illégal, pour lui rendre service.
Mouiller sa culotte, son froc *pop.*
Avoir très peur.
Se jeter à l'eau de crainte de se mouiller.
S'exposer, pour échapper à un danger, à un risque plus grand.

moule

Avoir été jeté dans le même moule.
Se ressembler beaucoup.
Fait au moule.
Bien fait.
Le moule est brisé, cassé, perdu *fam.*
Se dit d'une personne exceptionnelle.

moule

Con comme une moule *pop.*
Très bête.

moulin

Apporter de l'eau au moulin de quelqu'un.
Lui fournir involontairement des arguments qui le confortent dans son propos.
Cela lui ressemble comme à un moulin (à vent).
La comparaison est absurde.
Jeter son bonnet par-dessus les moulins *fam.*
Se laisser aller à une vie dissolue.
Moulin à paroles *fam.*
Personne bavarde.
On ne peut pas être à la fois au four et au moulin.
On ne peut pas s'occuper de plusieurs choses simultanément.

moulinette

Faire passer quelqu'un à la moulinette *fam.*
L'accabler de questions.

mourir

À mourir.
Extrêmement.
À s'en faire mourir *fam.*
Excessivement.
Faire mourir quelqu'un *fam.*
L'impatienter.
Faire mourir quelqu'un à petit feu.
L'épuiser progressivement.
Mourir dans sa peau.
Conserver jusqu'au bout le même caractère.

Mourir de rire.
Rire aux éclats.
On ne meurt qu'une fois!
Se dit pour inviter à ne pas craindre la mort.

mouron

Se faire du mouron *fam.*
S'inquiéter.

mousse

Pierre qui roule n'amasse pas mousse.
On ne peut s'enrichir en menant une vie agitée.
Se faire de la mousse *pop.*
S'inquiéter.

mousser

Faire mousser quelqu'un ou quelque chose *fam.*
En vanter le mérite.

moustache

Sur la moustache de quelqu'un *fam.*
En sa présence.

moutarde

La moutarde lui monte au nez *fam.*
La colère le prend.
Les enfants en vont à la moutarde *vx.*
La chose est publique.
S'amuser à la moutarde *vx.*
S'amuser à des choses inutiles.

moutardier

Se croire le premier moutardier du pape *fam.*
Se donner des airs importants.

mouton

Frisé comme un mouton.
Se dit d'une personne aux cheveux très bouclés.
Mouton à cinq pattes.
Chose ou personne rare.
Mouton de Panurge.
Se dit de personnes qui suivent les autres sans réfléchir.
Mouton enragé.
Personne paisible qui se met en colère.
Revenir à ses moutons *fam.*
Reprendre son sujet.

Se laisser égorger comme un mouton.
N'opposer aucune résistance.
Suivre comme un mouton.
Agir par imitation.

mouture

Tirer deux moutures d'un sac.
Obtenir plusieurs avantages d'une même affaire.

mouvement

Avoir un bon mouvement.
Avoir un geste de bonté.
De son propre mouvement.
De sa propre initiative.
Être dans le mouvement *fam.*
Être au courant de l'actualité.
Premier mouvement.
Première réaction.
Presser le mouvement.
Accélérer.
Se donner du mouvement (*lit*).
Se donner beaucoup de peine pour quelque chose.
Se donner du mouvement.
Se donner de l'exercice.

moyen

Avoir les moyens *fam.*
Être riche.
Employer les grands moyens.
User de procédés extrêmes.
Employer les moyens du bord *fam.*
User des moyens à disposition.
Être en possession de tous ses moyens.
Disposer de toutes ses capacités physiques et intellectuelles.
Il n'y a pas moyen de moyenner *fam.*
On ne peut rien y faire.
Il y a moyen.
Cela est possible.
La fin justifie les moyens.
Pour parvenir à son but, tous les moyens sont bons.
Perdre ses moyens.
Se troubler.
Tâcher moyen de *fam.*
Trouver moyen de.
Chercher à.

muet

À la muette.
Silencieusement.

La grande muette *fam.*
L'armée.

Les grandes douleurs sont muettes.
Se dit d'une douleur dont la profondeur empêche l'expression.

Muet comme une carpe, comme un poisson, comme une tombe *fam.*
Très silencieux.

Voilà pourquoi votre fille est muette.
Se dit d'une explication incohérente.

muffée

Avoir, tenir une bonne muffée *pop.*
Être totalement ivre.

mule

Chargé comme une mule *fam.*
Très chargé.

Être têtu comme une mule *fam.*
Être très entêté.

Ferrer la mule *vx.*
Voler.

Tête de mule *fam.*
Personne entêtée.

mulet

Chargé comme un mulet *fam.*
Lourdement chargé.

Tête de mulet *fam.*
Personne obstinée.

mulot

Endormir le mulot *vx.*
Mystifier.

munition

N'avoir plus de munitions *fam.*
Être sans argent.

mur

Coller quelqu'un au mur *fam.*
Le fusiller.

Entre quatre murs.
Enfermé.

Être au pied d'un mur sans échelle.
Manquer une affaire faute de moyens.

Être dans ses murs *fam.*
Avoir sa propre maison.

Faire, sauter le mur *fam.*
S'échapper.

Les murs ont des oreilles.
Il y a des espions partout.

Mettre quelqu'un au pied du mur.
Le contraindre à prendre une décision.

Parler à un mur.
Parler à une personne qui ne manifeste aucune réaction.

Raser les murs.
Chercher à passer inaperçu.

Se cogner la tête contre les murs *fam.*
Désespérer du résultat d'une entreprise.

Se mettre le dos au mur.
S'interdire toute échappatoire.

mûr

Après mûre réflexion.
Après un examen minutieux.

En dire des vertes et des pas mûres *fam.*
Tenir des propos grossiers.

Être mûr *pop.*
Être ivre.

Être mûr pour.
Être prêt à.

Tomber comme un fruit mûr.
Se dit d'une chose dont l'issue était attendue.

muraille

Couleur de muraille.
Grisâtre.

muscade

Passez, muscade !
Le tour est joué.

muscle

Avoir du muscle *fam.*
Être fort.

Être tout en muscles *fam.*
Être sans graisse.

muse

Courtiser les muses.
Écrire de la poésie.

musée

Musée des horreurs *fam.*
Ensemble d'objets très laids.
Une pièce de musée.
Objet rare.
Personne ou chose vieille et fragile.

muser

Qui refuse, muse.
Une occasion perdue ne se retrouve pas.

musette

Couper la musette à quelqu'un *pop.*
L'interrompre brutalement.
Qui n'est pas dans une musette *fam.*
Qui est important.

musique

Aller plus vite que la musique.
Agir trop rapidement.
Connaître la musique *fam.*
Avoir une grande expérience de quelque chose.

En avant la musique!
Allons-y!
Réglé comme du papier à musique *fam.*
D'une parfaite exactitude.
Qui se produit avec une grande régularité.

myope

Myope comme une taupe *fam.*
Très myope.

mystère

En grand mystère.
Sans être observé.
Faire grand mystère de quelque chose.
Refuser de l'évoquer.
Faire mystère de quelque chose.
Le tenir secret.
Mystère et boule de gomme *fam.*
Se dit d'une chose inexplicable ou qui ne doit pas être divulguée.
Ne pas entendre mystère à quelque chose.
N'y voir rien de mal.

N

nage
Être en nage.
Être en sueur.

nager
Nager comme un chien de plomb, comme un fer à repasser *fam.*
Nager très mal.
Nager contre le courant.
Aller contre l'opinion commune.
Nager dans les eaux de quelqu'un.
Être à sa remorque.
Nager entre deux eaux.
Ne pas trancher entre deux partis contraires.
Savoir nager *fam.*
Être habile.

naissance
Avaler son acte, son bulletin, son extrait de naissance *pop.*
Mourir.
Avoir de la naissance.
Être noble.
Être fatigué de naissance *fam.*
Être paresseux.

naître
Son pareil est à naître.
Il est incomparable.

nanan
C'est du nanan *fam.*
C'est très agréable.
C'est très facile.

naphtaline
Mettre dans la naphtaline *fam.*
Mettre à l'écart.

nappe
Mettre la nappe *vx.*
Fournir le repas.
Servir la nappe à quelqu'un *vx.*
L'aider à réussir.
Trouver la nappe mise.
Dîner chez autrui.

nargue
Faire nargue à quelqu'un *lit.*
Le braver.

naseau
Fendeur de naseaux *vx.*
Vantard.

nasse
Être dans la nasse *fam.*
Être dans un grand embarras.
Tomber dans la nasse *fam.*
Être piégé.

nature
Contre nature.
Anormal.
D'après nature.
Conformément à la réalité.
De nature à.
Propre à.
Disparaître dans la nature *fam.*
Disparaître sans se faire remarquer.
Être dans l'état de nature *fam.*
Être tout nu.
Être dans la nature des choses.
Se produire de façon inéluctable.
Être une force de la nature.
Se dit d'une personne très robuste.
Forcer la nature.
Faire plus que ce qu'on peut.
Payer en nature *fam.*
Accorder ses faveurs en échange d'un service.
Payer son tribut à la nature.
Mourir.
Seconde nature.
Caractère acquis.
Une petite nature *fam.*
Personne fragile.

naturel
Au naturel.
Avec exactitude.
Sans préparation.
Chassez le naturel, il revient au galop.
On ne peut dissimuler longtemps ses véritables inclinations.

naufrage
Faire naufrage.
Échouer.

navet

Avoir du sang de navet *fam.*
Manquer de vigueur ou de courage.
C'est un navet.
C'est nul.
Des navets! *pop.*
Exclamation marquant le refus.

navette

Faire la navette.
Faire des allers et retours réguliers.

naviguer

Naviguer entre les écueils.
Éviter les difficultés.
Savoir naviguer.
Se montrer très habile pour éviter les difficultés.

naze

Être naze *pop.*
Être hors d'usage.
Être stupide ou fou.

néant

De néant.
Sans valeur
Réduire à néant.
Faire disparaître.
Tirer du néant.
Créer à partir de rien.
Élever à une situation honorable.

nécessaire

C'est un mal nécessaire.
Se dit d'une chose mauvaise, mais indispensable pour obtenir le résultat souhaité.

nécessité

De première nécessité.
Indispensable.
Faire de nécessité vertu.
S'accommoder de bonne grâce d'une chose déplaisante.
Nécessité fait loi.
Nécessité n'a point de loi.
Le danger ou le besoin autorisent des actes blâmables en temps ordinaire.
Vivre en nécessité *vx.*
Vivre dans le besoin.

nec plus ultra

Nec plus ultra.
Degré le plus haut.

nèfle

Des nèfles! *fam.*
Exclamation marquant le refus.

négligeable

Traiter quelqu'un en quantité négligeable *fam.*
Ne lui accorder aucune considération.

nègre

Parler petit nègre.
Parler un français rudimentaire.
Travailler comme un nègre.
Travailler sans relâche.
Un combat de nègres dans un tunnel *pop.*
Événement indistinct.
Vouloir blanchir un nègre *fam.*
Vouloir faire une chose impossible.

neige

Blanc comme neige.
Innocent.
Faire boule de neige.
Croître progressivement.
Fondre comme neige au soleil.
Disparaître très rapidement.

nénette

Se casser la nénette *pop.*
S'évertuer.

nerf

Avoir du nerf *fam.*
Faire preuve de vigueur physique ou morale.
Avoir les nerfs à fleur de peau *fam.*
Être très irritable.
Avoir les nerfs à vif.
Avoir les nerfs en boule, en pelote *fam.*
Avoir ses nerfs *fam.*
Être très énervé.
Donner, porter, taper sur les nerfs *fam.*
Agacer.
Être à bout de nerfs.
Être épuisé nerveusement.

Être sur les nerfs.
Être dans un état de grande agitation.

Le nerf de la guerre.
L'argent.

Passer ses nerfs sur quelqu'un.
Faire subir à quelqu'un les effets d'une irritation dont il n'est pas la cause.

Un paquet de nerfs *fam.*
Une personne agitée.

net

Avoir la conscience nette.
N'avoir rien à se reprocher.

Avoir les mains nettes.
N'avoir aucune part en quelque chose.

En avoir le cœur net.
Savoir à quoi s'en tenir.

Faire place nette.
Enlever d'un lieu tout ce qui est gênant.

Le trancher net.

Mettre au net.
Dire les choses sans ménagement.
Mettre un texte au propre.

nettoyer

Se faire nettoyer *fam.*
Perdre une grosse somme d'argent.

neuf

À neuf.
De manière à redonner l'aspect du neuf.

Avoir l'œil neuf.
Regarder quelque chose sans préjugé.

Battant neuf *vx.*

Flambant neuf *fam.*
Tout nouveau.

De neuf.
Avec des choses neuves.

Faire peau neuve.
Changer de manière d'être.

Quoi de neuf? *fam.*
Quelles sont les nouvelles?

neuf

Faire la preuve par neuf.
Vérifier l'exactitude d'un calcul.

neveu

Neveu à la mode de Bretagne.
Descendant d'un cousin germain.

Un peu, mon neveu! *fam.*
Se dit pour souligner une affirmation.

nez

À plein nez.
Très fort.

À vue de nez *fam.*
Approximativement.

Allonger le nez.
Être déçu.

Au nez et à la barbe de quelqu'un.
Ouvertement.

Avoir du nez.

Avoir le nez creux, le nez fin *fam.*
Être très perspicace.

Avoir le nez long.
Manifester une vive déception.

Avoir quelqu'un dans le nez *fam.*
Le détester.

Avoir un trou sous le nez *fam.*
Être un ivrogne.

Avoir un verre dans le nez *fam.*
Être légèrement ivre.

Baisser le nez.
Être confus.

C'est pour son nez! *lit.*
Ce n'est pas pour lui.

Ce n'est pas pour son nez! *fam.*
Ce n'est pas pour lui.

Claquer la porte au nez de quelqu'un.
Le chasser brutalement.

Donner du nez en terre.
Échouer.

Donner sur le nez à quelqu'un.
Le frapper.

Faire un drôle de nez *fam.*
Manifester sa déception.

Faire un pied de nez à quelqu'un.
Se moquer de lui.

Fourrer son nez dans quelque chose *fam.*
Mettre son nez dans quelque chose.
Être indiscret.

Gagner les doigts dans le nez *pop.*
Gagner sans difficulté.

Jusqu'aux trous de nez *pop.*
Complètement.

Le nez au vent.
En flânant.

Le nez en l'air.
Sans faire attention.

Mener quelqu'un par le bout du nez.
Avoir une grande influence sur lui.

Mettre à quelqu'un le nez dans son caca *pop.*
Lui faire honte.

Montrer le bout de son nez *fam.*
Montrer le (son) nez.
Apparaître.
Laisser voir ses intentions.

Ne pas lever le nez.
Avoir beaucoup d'application.

Ne pas voir plus loin que le bout de son nez.
Manquer de discernement.

Nez à nez.
Face à face.

Nez à piquer des gaufrettes *pop.*
Nez pointu.

Nez en pied de marmite *fam.*
Nez large du bas et retroussé.

Paraître comme le nez au milieu de la figure.
Être évident.

Passer sous le nez de quelqu'un.
Lui échapper.

Peler le nez *pop.*
Ennuyer par des discours importuns.

Pendre au nez *fam.*
Être imminent.
Menacer.

Piquer du nez *fam.*
Tomber en avant.
Tomber de sommeil.

Prendre son nez pour ses fesses *pop.*
Se tromper.

Refaire son nez *vx.*
Faire bonne chère.

Regarder quelqu'un sous le nez *fam.*
Le dévisager.

Se bouffer, se manger le nez *pop.*
Se quereller violemment.

Se casser le nez à la porte de quelqu'un.
Ne pas le trouver chez lui.

Se casser le nez sur quelque chose *fam.*
Échouer.

Se piquer le nez *fam.*
Boire d'une manière excessive.

Si on lui pressait le nez, il en sortirait encore du lait.
Se dit de quelqu'un de très jeune qui a la prétention d'agir comme un homme.

Sortir par les trous de nez *pop.*
Dégoûter.

Tirer les vers du nez à quelqu'un *pop.*
Lui faire avouer son secret.

Tordre le nez sur quelque chose *fam.*
Marquer du dégoût à son égard.

Votre nez branle, remue.
Se dit à quelqu'un qui ment.

nib

Nib de braise, de pèze *pop.*
Pas d'argent.
Nib de nib *pop.*
Absolument pas.

niche

Faire une niche à quelqu'un *fam.*
Lui faire une farce.

nickel

Être nickel *fam.*
Être impeccablement propre.

nickelé

Avoir les pieds nickelés *fam.*
Être paresseux.

nid

Petit à petit l'oiseau fait son nid.
Avec de la patience on finit par réussir.

Pondre au nid de quelqu'un *pop.*
Le tromper.

Trouver l'oiseau au nid.
Surprendre quelqu'un chez lui.

Trouver la pie au nid.
Faire une heureuse trouvaille.

Trouver le nid vide.
Ne pas trouver quelqu'un là où il doit être.

nique

Faire la nique à quelqu'un *fam.*
Se moquer de lui.

niquer

Se faire niquer *pop.*
Se faire attraper.

Niquer quelqu'un *pop.*
Le posséder, l'avoir.

nitouche

Sainte nitouche.
Se dit d'une personne qui affecte l'innocence.

niveau

Au niveau de.
En face de.

noblesse

Noblesse oblige.
Il faut se comporter d'une manière digne de ses prétentions.

noce

Convoler en justes noces *fam.*
Se marier.

Faire la noce *fam.*
Se livrer à des parties de plaisir.

N'avoir jamais été à pareille noce *fam.*
Se trouver dans une situation très agréable.

Ne pas être à la noce *fam.*
Être dans une situation critique.

Tant qu'à des noces.
En abondance.

Y aller comme à la noce *fam.*
Y aller avec plaisir.

Noël

Croire au père Noël *fam.*
Être crédule.

Noël au balcon, Pâques au tison.
Un hiver doux annonce un printemps froid.

Tant crie-t-on Noël qu'il vient *vx.*
L'événement impatiemment attendu finit par arriver.

nœud

À la mords-moi le nœud *fam.*
Médiocre.

Avoir un nœud dans la gorge.
Avoir la gorge serrée d'émotion.

Faire un nœud à son mouchoir.
Faire une marque pour se rappeler quelque chose.

Filer son nœud *fam.*
Partir.

Se faire des nœuds *pop.*
Tomber.

Tête de nœud *pop.*
Se dit d'une personne idiote.

Trancher le nœud gordien.
Résoudre une difficulté par des moyens énergiques.

Un sac de nœuds *fam.*
Une difficulté extrême.

noir

Avoir des idées noires.
Être sujet à la mélancolie.

Être la bête noire de quelqu'un.
Être un objet de détestation pour lui.

Être noir *pop.*
Être ivre.

Être sur la liste noire.
Se dit d'une personne jugée dangereuse.

Il fait noir comme dans un four, comme dans un tunnel.
Il fait très sombre.

Il n'est pas si diable qu'il est noir.
Il n'est pas aussi méchant qu'il le paraît.

Série noire.
Suite d'événements fâcheux.

noir

Broyer du noir.
Être triste.
Être dans le noir.
Ne pas trouver de solution à un problème.
Mettre dans le noir *vx.*
Atteindre son but.
Mettre noir sur blanc.
Fixer de façon irréfutable.
Passer du blanc au noir.
Passer d'un extrême à l'autre.
Pousser au noir.
Exagérer.
Voir les choses en noir.
N'en voir que le côté fâcheux.

noircir

Noircir du papier.
Écrire des choses peu intéressantes.
Se noircir *pop.*
Boire excessivement.

noise

Chercher noise à quelqu'un.
Chercher à se quereller avec lui.

noisette

Présenter des noisettes à ceux qui n'ont plus de dents.
Offrir à quelqu'un une chose dont il ne peut se servir.

noix

À la noix *fam.*
À la noix de coco *fam.*
Se dit d'une chose médiocre.
Des noix! *fam.*
Exclamation qui marque une hésitation ou un refus.
Marcher sur des noix *fam.*
Marcher avec difficulté.
Vieille noix *pop.*
Personne vieille et stupide.
S'emploie comme appellation affectueuse.

nom

Appeler les choses par leur nom.
Dire les choses clairement.
Au nom de.
De la part de.
En considération de.

Donner des noms d'oiseaux à quelqu'un *pop.*
L'injurier.
Mettre un nom sur un visage.
Identifier quelqu'un.
Ne dire pis que son nom à quelqu'un *vx.*
Ne rien lui dire d'injurieux.
Nom à charnières, à courants d'air, à rallonges, à tiroirs *fam.*
Nom à particule.
Nom à coucher dehors *fam.*
Nom imprononçable.
Nom d'un chien *pop.*
Nom d'un petit bonhomme *fam.*
Nom d'une pipe *pop.*
Jurons.
Qui n'a pas de nom.
Sans nom.
Inqualifiable.
Se faire un nom.
Devenir célèbre.
Traiter quelqu'un de tous les noms *fam.*
L'accabler d'injures.

nombre

Au nombre de.
Parmi.
En nombre.
En force.
Faire nombre.
Participer à la formation d'un ensemble important.
N'être là que pour faire nombre.
Avoir un simple rôle de figuration.
Sans nombre.
Innombrable.

nombril

Être décolletée jusqu'au nombril *fam.*
Se dit d'une femme avec un décolleté profond.
Se prendre pour le nombril du monde *fam.*
Se croire très important.
Se regarder le nombril *fam.*
Ne s'intéresser qu'à soi.

nommé
À point nommé.
De façon opportune.

non
Ne dire ni oui ni non.
Refuser de prendre parti.
Ne pas dire non.
Consentir volontiers.
Pour un oui ou pour un non *fam.*
Pour peu de chose.

nord
Perdre le nord *fam.*
Devenir fou.

normand
Adroit comme un prêtre normand *vx.*
Très maladroit.
Faire une réponse de Normand.
Faire une réponse équivoque.
Trou normand.
Verre d'alcool absorbé en milieu de repas.

notaire
Le notaire y a passé.
On ne peut s'en dédire.
Passer chez le notaire.
Établir un contrat.

note
Changer de note.
Changer d'attitude.
Chanter toujours la même note.
Répéter constamment la même chose.
Donner la note.
Donner l'exemple.
En basse note *lit.*
À voix basse.
Être dans la note.
Être en harmonie avec quelqu'un ou quelque chose.
Faire une fausse note.
Se dit d'un détail mal placé qui détruit l'harmonie de l'ensemble.
Forcer la note.
Exagérer.
Prendre bonne note de quelque chose.
La garder en mémoire.

Rester dans la note.
Agir en harmonie.

nouba
Faire la nouba *fam.*
S'amuser.

nouer
Nouer la conversation.
L'engager.
Nouer la gorge.
Se dit d'une émotion qui serre la gorge.

nougat
C'est du nougat *pop.*
C'est facile.

nouille
Avoir le cul bordé de nouilles *pop.*
Avoir beaucoup de chance.

nourrir
Nourrir un serpent dans son sein.
Soutenir un futur ingrat.

nouveau
À nouveau.
Encore une fois.
Il n'y a rien de nouveau sous le soleil.
Rien ne change jamais.
Tout nouveau, tout beau.
La nouveauté est toujours séduisante.

nouvelle
Avoir nouvelle.
Entendre parler.
Faire la nouvelle *lit.*
Occuper l'actualité.
Les mauvaises nouvelles ont des ailes.
Les mauvaises nouvelles arrivent toujours trop rapidement.
Pas de nouvelles, bonnes nouvelles.
L'absence de nouvelles laisse présumer que tout va bien.
Point de nouvelles *lit.*
La chose n'a pas été possible.
Première nouvelle!
Exclamation qui marque l'étonnement.

Voici bien des nouvelles *vx.*
Les choses ont bien changé.
Vous aurez de mes nouvelles.
Expression marquant la menace.
Vous m'en direz des nouvelles.
Vous m'en ferez compliments.

noyau

Noyau dur.
Éléments les plus intransigeants d'un groupe.
Rembourré avec des noyaux de pêche *fam.*
Très dur.

noyer

Noyer dans le sang.
Réprimer brutalement.
Noyer le poisson *pop.*
Embrouiller une affaire.
Noyer quelqu'un sous un flot de paroles.
L'étourdir par l'abondance de ses propos.
Noyer son chagrin dans l'alcool.
Vouloir oublier un chagrin en buvant.
Qui veut noyer son chien l'accuse de la rage.
On trouve toujours un bon prétexte pour se débarrasser de quelqu'un ou de quelque chose qui déplaît.
Se noyer dans un verre, une goutte d'eau.
Se laisser déborder par la moindre difficulté.

nu

À l'œil nu.
Sans l'aide d'un instrument optique.
À nu.
À découvert.
Boxer à main nue.
Boxer sans gant.
Mettre à nu.
Dévoiler.
Nu comme la main.
Nu comme un ver *fam.*
Tout nu.

nuage

Être dans les nuages.
Être en dehors de la réalité.
Être sur un nuage.
Être heureux.
Sans nuages.
Sans trouble.

nuance

Avoir le sens de la nuance.
Faire preuve de finesse d'esprit.

nue

Monter, sauter aux nues *lit.*
Avoir un violent mouvement de joie ou de colère.
Porter aux nues.
Louer.
Se perdre dans les nues *lit.*
Parler de manière obscure.
Tomber des nues.
Arriver sans être attendu.
Être étonné.

nuire

Abondance de biens ne nuit pas.
On n'est jamais trop riche.

nuit

À la nuit close.
Quand la nuit est totale.
C'est la nuit complète *fam.*
On n'y comprend rien.
Faire de la nuit le jour et du jour la nuit.
Faire le contraire de ce qu'il est convenable de faire.
La nuit des temps.
Période très reculée.
La nuit porte conseil.
Une bonne nuit permet de prendre une sage décision.
La nuit tous les chats sont gris.
Quand il fait nuit, tout se confond.
Passer une nuit blanche.
Ne pas dormir d'une nuit.

nul

Tenir quelque chose pour nul et non avenu.
Faire comme si cela n'existait pas.

numéro

Entendre le numéro.
Se montrer habile.
Faire son numéro *fam.*
Agir de manière exagérée.
Numéro un.
Membre le plus important d'un groupe.

Tirer le bon numéro *fam.*
Avoir de la chance.
Un drôle de numéro *fam.*
Personne originale.

numéroter

Numéroter ses abattis *pop.*
Se préparer à une épreuve difficile et imminente.

O

objet

Avoir pour objet.
Avoir pour but.
Cet objet s'appelle « reviens ».
Expression qui indique que l'on souhaite récupérer l'objet que l'on prête.
Être l'objet de.
Être le support de.
Sans objet.
Sans raison d'être.

obligé

C'est obligé *fam.*
C'est inévitable.
Être l'obligé de quelqu'un.
Lui devoir de la reconnaissance.

obliger

Noblesse oblige.
Il faut se comporter d'une manière digne de ses prétentions.
Vous m'obliger(i)ez.
Formule de politesse.

occasion

À l'occasion.
Le cas échéant.
À l'occasion de.
À propos de.
À la première occasion.
Dès que possible.
D'occasion.
Usagé.
Il a encore perdu l'occasion de se taire *fam.*
Il aurait mieux fait de se taire.
L'occasion fait le larron.
Certaines circonstances incitent à commettre des actes répréhensibles.
Les grandes occasions.
Les événements importants.
Par occasion *vx.*
Par hasard.

occuper

Occupe-toi de tes fesses ! *pop.*
Occupe-toi de tes oignons ! *fam.*

T'occupe pas du chapeau de la gamine *pop.*
Se dit pour inviter quelqu'un à s'occuper exclusivement de ses affaires.

odeur

Être, vivre en odeur de sainteté.
Mener une vie vertueuse.
L'argent n'a pas d'odeur.
L'argent mal acquis ne garde pas trace de sa provenance.
Ne pas être en odeur de sainteté *fam.*
Être mal vu.

œil (yeux)

À l'œil *pop.*
Gratuitement.
À vue d'œil.
De façon aisément perceptible.
Avoir bon pied, bon œil.
Être en bonne santé.
Avoir de bons yeux.
Avoir une bonne vue.
Avoir de l'œil *fam.*
Avoir belle allure.
Avoir des yeux d'aigle, de lynx.
Avoir une vue perçante.
Être perspicace.
Avoir l'œil américain.
Être perspicace.
Avoir l'œil sur.
Surveiller de près.
Avoir la larme à l'œil.
Être sur le point de pleurer.
Avoir le compas dans l'œil *fam.*
Avoir le coup d'œil.
Juger avec exactitude.
Avoir les yeux gros.
Être sur le point de pleurer.
Avoir les yeux plus grands que le ventre *fam.*
Avoir des désirs plus importants que ses possibilités.
Avoir les yeux qui sortent de la tête *fam.*
Être furieux.
Avoir, tenir quelqu'un à l'œil.
Le surveiller de très près.

Avoir un bandeau sur les yeux.
Avoir les yeux bouchés.
Être peu clairvoyant.
Avoir un coup d'œil.
Avoir un regard rapide.
Avoir un œil qui dit merde à l'autre *pop.*
Avoir un œil à Paris et l'autre à Pontoise *fam.*
Loucher.
Avoir une coquetterie dans l'œil *fam.*
Loucher légèrement.
Caresser, couver, dévorer, manger des yeux.
Regarder avec tendresse ou avidité.
Cela vous pend à l'œil *fam.*
C'est imminent.
Coûter les yeux de la tête.
Coûter très cher.
Crever les yeux *fam.*
Sauter aux yeux *fam.*
Être évident.
D'un œil sec.
Avec froideur.
De ses propres yeux.
Par soi-même.
Dessiller les yeux de quelqu'un *lit.*
Ouvrir les yeux de quelqu'un.
Lui révéler ce qu'il ignorait.
Donner dans l'œil.
Taper dans l'œil *fam.*
Impressionner.
Du coin de l'œil.
Furtivement.
Enceinte jusqu'aux yeux *pop.*
Dans un état de grossesse avancé.
Entre quatre yeux.
Entre quat'z'yeux *fam.*
En particulier.
Être l'œil de quelqu'un.
L'informer de ce qu'il ne peut connaître.
Être tout yeux, tout oreilles.
Être très attentif.
Faire de l'œil à quelqu'un *fam.*
Lui témoigner de son désir.

Faire des yeux de velours.
Séduire par des regards caressants.
Faire les gros yeux à quelqu'un *fam.*
Lui manifester sa réprobation.
Faire les yeux doux à quelqu'un.
Le regarder avec amour et douceur.
Faire un sale œil *pop.*
Regarder avec animosité.
Fermer les yeux.
S'endormir.
Mourir.
Fermer les yeux à quelque chose.
Refuser de le croire.
Fermer les yeux de quelqu'un.
L'assister au moment de sa mort.
Fermer les yeux sur quelque chose.
Faire semblant de ne pas s'en apercevoir.
Jeter, lancer, mettre de la poudre aux yeux.
Tromper par des apparences.
Jeter un coup d'œil sur.
Prendre connaissance rapidement de.
L'œil du maître.
Surveillance attentive du propriétaire.
Le mauvais œil.
Se dit de personnes dont le regard porterait malheur.
Les yeux fermés.
Sans hésitation.
Facilement.
Marcher, obéir au doigt et à l'œil.
Se montrer très obéissant.
Mettre aux yeux.
Représenter.
Mon œil! *pop.*
Exclamation ironique marquant l'incrédulité.
N'avoir d'yeux que pour.
Ne s'intéresser qu'à.
N'avoir pas froid aux yeux *fam.*
Être audacieux.

N'avoir plus que ses yeux pour pleurer.
Avoir tout perdu.

Ne dormir que d'un œil.
Dormir d'un sommeil léger.

Ne pas avoir les yeux dans sa poche *fam.*
Faire preuve d'une grande curiosité.

Ne pas avoir les yeux en face des trous.
Ne pas être bien réveillé.
Voir mal.

Ne pas en croire ses yeux.
Avoir du mal à admettre l'évidence de quelque chose.

Ne pas oser lever les yeux.
Être confus.

Œil pour œil, dent pour dent.
Toute offense doit être réparée par une peine équivalente.

Ouvrir de grands yeux.
Être très étonné.

Par-dessus les yeux.
Avec excès.

Pour les beaux yeux de quelqu'un *fam.*
Pour lui faire plaisir.
Gratuitement.

Regarder quelqu'un dans le blanc des yeux.
Regarder quelqu'un dans, entre les yeux.
Le regarder en face.

S'arracher, se manger les yeux *fam.*
Se disputer violemment.

Sauter aux yeux.
Être évident.

S'en battre, s'en taper l'œil *pop.*
S'en soucier peu.

Se fourrer, se mettre le doigt dans l'œil (jusqu'au coude) *pop.*
Se tromper.

Se rincer l'œil *pop.*
Prendre plaisir à un spectacle érotique.

Sortir par les yeux *fam.*
Exaspérer.

Taper dans l'œil *fam.*
Impressionner.

Tenir à quelque chose comme à la prunelle de ses yeux.
Y tenir beaucoup.

Tirer l'œil.
Attirer le regard.
Surprendre.

Tourner de l'œil *fam.*
S'évanouir.

Voir quelque chose d'un bon, mauvais œil.
Lui être favorable, défavorable.

Yeux de merlan frit *pop.*
Regards énamourés.

œillère

Avoir des œillères.
Avoir des idées préconçues.

œuf

Aux œufs *pop.*
Parfait.

Crâne d'œuf *pop.*
Intellectuel.

Donner un œuf pour avoir un bœuf *fam.*
Rendre de petits services dans l'espoir de grands avantages.

Écraser, étouffer une chose dans l'œuf.
L'anéantir dès son commencement.

L'œuf de Christophe Colomb.
Chose facile à réaliser, si l'on fait preuve d'ingéniosité.

Marcher sur des œufs *fam.*
Agir avec précaution.

Ne pas mettre tous ses œufs dans le même panier *fam.*
Ne pas engager toutes ses ressources dans une même affaire.

On ne fait pas d'omelette sans casser des œufs.
On n'obtient rien sans quelques sacrifices.

Plein comme un œuf *fam.*
Totalement plein.

Quel œuf (, madame, votre fils)! *pop.*
Quel idiot!

Qui vole un œuf vole un bœuf.
Il n'y a pas de degré dans le crime.

*Un petit vol en entraîne de plus
importants.*
Trouver à tondre sur un œuf *fam.*
Être avare.
Va te faire cuire un œuf *pop.*
Occupe-toi de tes affaires.

œuvre

Être à pied d'œuvre.
*Être prêt à commencer un tra-
vail.*
Faire œuvre de civilisation.
Agir en civilisateur.
Hors d'œuvre.
Contrairement à l'usage.
Mettre en œuvre.
Utiliser.
Mettre la main à l'œuvre.
Travailler.
Ne pas faire œuvre de ses dix
doigts *fam.*
Ne rien faire.
Reprendre en sous-œuvre un tra-
vail.
Le corriger.

offense

Il n'y a pas d'offense *pop.*
Ce n'est rien.
Soit dit sans offense.
*Expression marquant une atté-
nuation.*

office

Bons offices.
*Services occasionnels rendus
par quelqu'un.*
D'office.
Automatiquement.
Faire office de.
Remplacer.
Faire son office.
Produire l'effet attendu.

ogre

Avoir un appétit d'ogre.
Avoir un grand appétit.
Manger comme un ogre.
Manger avec excès.

oie

Bête comme une oie *fam.*
Très bête.

La Sainte Vierge plume ses oies
vx.
Il neige.
Oie blanche.
Jeune fille naïve.

oignons

Aux petits oignons *fam.*
Avec un soin extrême.
Ce n'est pas mes oignons *fam.*
Ça ne me regarde pas.
En rang d'oignons.
Sur une seule ligne.
Être couvert comme un oignon
fam.
*Avoir plusieurs couches de vê-
tements.*
Mêle-toi de tes oignons ! *fam.*
*Se dit pour inviter quelqu'un à
s'occuper exclusivement de ses
affaires.*
Pleurer sans oignons *fam.*
Pleurer facilement.

oindre

Oignez vilain, il vous poindra ;
poignez vilain, il vous oindra.
*Traitez bien un être grossier, il
vous fera du mal ; traitez le
mal, il vous fera du bien.*

oiseau

À vol d'oiseau.
En ligne directe.
À vue d'oiseau.
En survolant les choses.
Cervelle d'oiseau.
Personne irréfléchie.
Donner des noms d'oiseaux à
quelqu'un *pop.*
L'injurier grossièrement.
Drôle d'oiseau.
Personne peu recommandable.
Être comme l'oiseau sur la bran-
che.
Être dans une position instable.
L'oiseau s'est envolé *fam.*
*Celui qu'on croyait trouver est
parti.*
Manger comme un oiseau.
Manger très peu.

Oiseau de mauvais augure *fam.*
Personne annonçant de mauvaises nouvelles.
Oiseau de passage.
Étranger.
Oiseau rare.
Personne possédant de grandes qualités.

oisiveté

L'oisiveté est mère de tous les vices.
La paresse mène au pire libertinage.

oison

Oison bridé *fam.*
Individu borné.
Se laisser plumer comme un oison.
Se laisser voler sans réagir.

olibrius

Faire l'olibrius *fam.*
Se comporter de manière ridicule.

ombrage

Porter ombrage à.
Blesser l'amour-propre de.
Prendre ombrage de.
Se vexer de.

ombre

À l'ombre de.
Sous la protection de.
Avoir peur de son ombre.
Avoir peur des moindres choses.
Courir après une ombre.
Former des espérances vaines.
Dans l'ombre de quelqu'un.
Dans son entourage.
Faire de l'ombre à quelqu'un *lit.*
L'éclipser par ses mérites.
Lui faire peur.
Il n'y a pas l'ombre d'un doute.
La chose est certaine.
Jeter une ombre sur quelque chose.
L'attrister.
Lâcher la proie pour l'ombre.
Laisser un bien réel pour un bien illusoire.

Laisser quelqu'un dans l'ombre.
Le laisser dans une situation médiocre.
Laisser quelque chose dans l'ombre.
Ne pas en parler.
Mettre à l'ombre *fam.*
Mettre en prison.
Ne plus être que l'ombre de soi-même.
Avoir perdu son éclat, sa vitalité.
Passer comme une ombre.
Être de courte durée.
Plus vite que son ombre *fam.*
Très rapidement.
Prendre l'ombre pour le corps.
Se laisser tromper par les apparences.
Sous l'ombre de.
Sous ombre de.
Sous le prétexte de.
Suivre quelqu'un comme son ombre.
Le suivre partout.
Une ombre au tableau.
Léger défaut dans un ensemble agréable.

omelette

On ne fait pas d'omelette sans casser des œufs.
On n'obtient rien sans quelques sacrifices.

omission

Pécher par omission.
Être responsable d'un oubli.

once

Pas une once.
Pas la moindre quantité.

onduler

Onduler de la toiture *pop.*
Être fou.

ongle

À l'ongle on connaît le lion.
On reconnaît l'homme de talent à ses actions.
Avoir du sang aux ongles *vx.*
Être courageux.

Avoir les ongles crochus *fam.*
Être avare.

Jusqu'au bout des ongles.
Jusque dans les détails.

Ongles en deuil *fam.*
Ongles noirs.

Payer rubis sur l'ongle *fam.*
Payer comptant.

Rogner les ongles de quelqu'un.
Restreindre ses profits.

Savoir quelque chose sur le bout des ongles.
Le savoir parfaitement.

Se ronger les ongles.
Être impatient.

onze

Bouillon d'onze heures.
Breuvage empoisonné.

Prendre le train onze *pop.*
Aller à pied.

onzième

Ouvrier de la onzième heure.
Personne qui intervient lorsque le travail est presque terminé.

opéra

Faire opéra.
Gagner tout ce qu'il y a en jeu.

opération

Par l'opération du Saint-Esprit *fam.*
Mystérieusement.

opiner

Opiner du bonnet *fam.*
Opiner du chef, de la tête.
Approuver.

opinion

Affaire d'opinion.
Chose sur laquelle chacun peut penser comme il lui plaît.

Avoir bonne opinion de soi.
Être content de soi-même.

Avoir une bonne, une mauvaise opinion de.
Porter un jugement favorable, défavorable sur.

or

À prix d'or.
Très cher.

Adorer le veau d'or.
Avoir le culte de l'argent.

C'est de l'or en barre *fam.*
C'est une chose de valeur.

Cousu d'or.
Très riche.

Couvrir quelqu'un d'or.
L'enrichir.
Lui faire des présents somptueux.

En or.
Excellent.

Faire un pont d'or à quelqu'un.
Lui promettre des avantages considérables.

Franc comme l'or.
Très franc.

Jeter l'or à pleines mains.
Dépenser sans compter.

L'âge d'or.
Période de bonheur pour une civilisation.

La parole est d'argent et le silence est d'or.
Il vaut mieux dans certaines occasions se taire que parler.

Parler d'or.
S'exprimer avec beaucoup de pertinence.

Pour tout l'or du monde.
À aucun prix.

Promettre des monts d'or.
Faire de grandes promesses.

Rouler sur l'or.
Être très riche.

Tout ce qui brille n'est pas d'or.
Les apparences sont trompeuses.

Un cœur d'or.
Personne généreuse et dévouée.

Valoir son pesant d'or.
Être d'une très grande valeur.

orage

Il y a de l'orage dans l'air *fam.*
Les choses vont mal se passer.

Laisser passer l'orage.
Attendre patiemment la fin d'une querelle.

oraison

Faire oraison *lit.*
Prier.

orange

Presser l'orange et jeter l'écorce
fam.
*Se détourner de quelqu'un après
en avoir tiré profit.*

ordinaire

D'ordinaire.
Habituellement.

ordonner

Faire son monsieur, sa madame,
sa mademoiselle j'ordonne *fam.*
Se montrer autoritaire.

ordre

Aux ordres de.
À la disposition de.
C'est dans l'ordre des choses.
C'est une chose naturelle.
De l'ordre de.
Équivalent à.
De premier ordre.
De grande valeur.
De second ordre.
Moyen.
De troisième, quatrième ordre.
De qualité inférieure.
Être à l'ordre du jour.
*Faire partie des questions qui
seront discutées par une assem-
blée.*
Être à la mode.
Jusqu'à nouvel ordre.
*En l'absence de décision nou-
velle.*
Mettre bon ordre à quelque
chose.
Redresser une situation difficile.
Mot d'ordre.
Consigne.
Par ordre *lit.*
Méthodiquement.
Se mettre aux ordres de quel-
qu'un.
S'engager à lui obéir.

Sous les ordres de.
Sous le commandement de.

ordure

Mettre quelque chose ou quelqu'un aux ordures.
S'en débarrasser.

oreille

Arriver, venir aux oreilles de
quelqu'un.
Venir à sa connaissance.
Avoir dans l'oreille.
Se souvenir.
Avoir du coton dans les oreilles
fam.
Être sourd.
Avoir l'oreille basse.
Être honteux.
Avoir l'oreille de quelqu'un *lit.*
Jouir de sa confiance.
Avoir la puce à l'oreille *fam.*
Se douter de quelque chose.
Être inquiet.
Avoir les oreilles battues, rebat-
tues.
*Entendre parler de quelque
chose sans cesse.*
Baisser l'oreille.
Être honteux.
Caresser, frotter les oreilles *fam.*
Corriger.
Casser les oreilles *fam.*
Assourdir.
Exaspérer.
Chatouiller, échauffer les oreilles
à quelqu'un *fam.*
L'excéder par ses discours.
Corner aux oreilles de quelqu'un
fam.
*Lui répéter souvent quelque
chose.*
Lui parler très fort.
Couper les oreilles (en pointe)
fam.
Se dit par menace.
De bouche à oreille.
Secrètement.
Dire à l'oreille.
Dire dans le creux de l'oreille.
Dire dans le tuyau de l'oreille
fam.
Dire en secret.

Donner sur les oreilles à quelqu'un.
Le gifler.
Dormir sur ses deux oreilles *fam.*
Dormir sans inquiétude aucune.
Dresser, prêter l'oreille.
Être attentif.
Écorcher les oreilles.
Être pénible à entendre.
En avoir par-dessus les oreilles *fam.*
Être dégoûté.
Entrer par une oreille et sortir par l'autre *fam.*
Ne susciter aucune attention chez quelqu'un.
Être tout yeux, tout oreilles.
Être très attentif.
Faire la sourde oreille.
Refuser d'entendre.
Fendre l'oreille à quelqu'un *lit.*
Briser sa carrière.
Le renvoyer.
Fermer l'oreille à quelque chose.
Refuser de l'entendre.
Glisser à l'oreille.
Dire de façon confidentielle.
Laisser passer, montrer, percer, voir le bout de l'oreille *fam.*
Laisser deviner ses intentions, se trahir.
Les murs ont des oreilles.
Il y a des espions partout.
Les oreilles lui cornent, lui sifflent, lui tintent *fam.*
Il entend mal.
Il se doute qu'on parle de lui.
N'écouter que d'une oreille.
Écouter distraitement.
Ne dormir que d'une oreille *fam.*
Dormir d'un sommeil léger.
Ne pas en croire ses oreilles.
Avoir du mal à admettre l'évidence de quelque chose.
Ne pas tomber dans l'oreille d'un sourd *fam.*
Se dit d'une information qui sera mise à profit.
Rougir jusqu'aux oreilles.
Rougir intensément.

Se boucher les oreilles.
Ne pas vouloir entendre.
Se faire tirer les oreilles.
Se faire réprimander.
Se gratter l'oreille *fam.*
Montrer de l'embarras.
Tendre l'oreille.
Écouter avec attention.
Ventre affamé n'a pas d'oreilles.
On n'écoute rien quand on est pressé par la faim.

oreiller

Sur l'oreiller *fam.*
Dans l'intimité.
Une conscience pure est un bon oreiller.
Quand on n'a rien à se reprocher, on dort sans inquiétude.

ores

D'ores et déjà.
Désormais.

orfèvre

Être orfèvre en la matière.
Être expert en quelque chose.
Vous êtes orfèvre, monsieur Josse.
Votre conseil est intéressé.

orfraie

Pousser des cris d'orfraie *fam.*
Crier de façon stridente.

organe

La fonction crée l'organe.
Le besoin fait naître les moyens de le satisfaire.

orgue

Faire donner les grandes orgues.
Parler de manière emphatique.
Ronfler comme un tuyau d'orgue *fam.*
Ronfler bruyamment.

orme

Attendre sous l'orme *lit.*
Attendre en vain.

ornière

Retomber dans l'ornière.
Revenir à une habitude coupable.

orphelin

Défendre la veuve et l'orphelin.
Assurer la protection des faibles.

orties

Faut pas pousser grand-mère dans les orties *pop.*
Il ne faut pas exagérer.
Jeter le froc aux orties *fam.*
Renoncer à l'état religieux.
Quitter sa profession.

ortolan

Ne pas manger tous les jours des ortolans *fam.*
Manger de façon très ordinaire.

orviétan

Marchand d'orviétan.
Charlatan.

os

Amène tes os *pop.*
Viens ici.
Avoir de l'os *fam.*
Avoir de l'argent.
Donner un os à ronger à quelqu'un *fam.*
Lui accorder un avantage minime pour s'en débarrasser.
En chair et en os.
En personne.
Il y a un os *fam.*
Il y a une difficulté.
Jeter un os à quelqu'un *fam.*
Lui donner une part dans les profits pour se le concilier.
Jusqu'à l'os *pop.*
Entièrement.
L'avoir dans l'os *pop.*
Perdre.
N'avoir que les os et la peau.
Être très maigre.
Ne pas faire de vieux os *fam.*
Ne pas durer longtemps.
Remballer ses os *pop.*
Partir.
Ronger jusqu'à l'os.
Épuiser.
Tomber sur un os *pop.*
Rencontrer un obstacle.
Un paquet, un sac d'os *pop.*
Personne très maigre.

Y laisser ses os *fam.*
Mourir.

oseille

Avoir de l'oseille *pop.*
Avoir de l'argent.
La faire à l'oseille *vx.*
Duper.

osier

Franc comme l'osier *fam.*
Très franc.

osselet

Jouer des osselets *pop.*
Claquer des dents.

ôter

Ôte-toi de là que je m'y mette *fam.*
Se dit d'une personne arriviste et peu scrupuleuse.
Ôter le pain de la bouche de quelqu'un.
Le priver du nécessaire.
Ôter son masque *vx.*
Se montrer tel qu'on est.

oublier

Ne pas s'oublier.
Veiller à ses intérêts.
Se faire oublier.
Agir de façon à détourner l'attention.

oubliettes

Jeter, mettre aux oubliettes *fam.*
Mettre de côté.

ouf

Ne pas avoir le temps de dire, de faire ouf.
Ne pas avoir le temps de réagir.
Ne pas faire ouf *fam.*
Se taire.

oui

Ne dire ni oui ni non.
Refuser de prendre parti.
Pour un oui, pour un non *fam.*
Sans motif valable.

ouïe

Être tout ouïe *fam.*
Être très attentif.

ours

Faire l'ours en cage.
Marcher de long en large dans une pièce.
Manifester son impatience.

Il ne faut pas vendre la peau de l'ours avant de l'avoir tué.
Il ne faut pas spéculer sur ce qu'on ne possède pas.

Lécher l'ours.
Étudier une affaire.
Faire traîner les choses en longueur.

Ours mal léché *fam.*
Personne grossière.

Pavé de l'ours.
Maladresse.

oursin

Avoir des oursins dans sa poche *fam.*
Être avare.

outrage

Faire outrage à.
Faire ou dire le contraire de.

Faire subir les derniers outrages.
Violer.

Les outrages du temps.
Les effets du vieillissement.

outrance

À outrance.
De façon excessive.

Combat à outrance.

Lutte à outrance.
Lutte jusqu'à l'anéantissement de l'adversaire.

outre

D'outre en outre.
De part en part.

En outre.
De plus.

Outre mesure.
Excessivement.

Passer outre.
Ne pas s'arrêter sur un point.

outre

Être plein comme une outre *fam.*
Avoir trop bu ou trop mangé.

ouvert

À bras ouverts.
Très cordialement.

À cœur ouvert.
Avec franchise.

À livre ouvert.
Très facilement.

À tombeau ouvert *fam.*
Très rapidement.

Avoir l'œil ouvert.
Être lucide.

Crever la gueule ouverte *pop.*
Mourir de misère.

Tenir table ouverte.
Accueillir à sa table tous ceux qui se présentent.

ouvrage

Avoir du cœur à l'ouvrage.
Travailler avec enthousiasme.

De la belle ouvrage *pop.*
Formule marquant l'admiration.

ouvrier

À l'œuvre on connaît l'ouvrier.
On juge du mérite de quelqu'un par la qualité de ce qu'il fait.

Cheville ouvrière *fam.*
Principal responsable.

De mauvais ouvriers ont toujours de mauvais outils.
Se dit pour dénoncer les mauvais prétextes allégués pour ne pas bien faire son travail.

ouvrir

Ouvrir de grands yeux.
Être très étonné.

Ouvrir des horizons, des perspectives.
Suggérer des aspects insoupçonnés.

Ouvrir l'œil.
Être vigilant.

Ouvrir la bouche *pop.*

L'ouvrir *pop.*
Parler.

Ouvrir la danse.
Être le premier à entreprendre une action.

Ouvrir le chemin, la porte, la voie à quelque chose.
Permettre sa réalisation.

Ouvrir les bras.
Accueillir avec chaleur.
Ouvrir les oreilles.
Écouter attentivement.
Ouvrir les yeux de quelqu'un.
Lui révéler ce qu'il ignorait.
Ouvrir son âme, son cœur, son esprit, sa pensée à quelqu'un.
Se confier à lui.
Ouvrir une parenthèse.
Faire une digression.

oxygène
Ballon d'oxygène.
Mesure destinée à soutenir une entreprise en difficulté.

P

pacha

Mener une vie de pacha.
Mener une vie fastueuse en se laissant servir.

pacte

Pacte avec le diable.
Convention immorale.

paf

Être paf *pop.*
Être ivre.

pagaille

En pagaille.
En désordre.
En grande quantité.

page

Être à la page.
Être au courant de ce qui se passe.

Tourner la page.
Oublier le passé pour se tourner vers l'avenir.

page

Hardi comme un page (de cour) *vx.*
Effronté jusqu'à l'impudence.

païen

Jurer comme un païen *vx.*
Proférer des jurons horribles.

paillasse

Se crever la paillasse *pop.*
Se donner beaucoup de mal.

Se faire crever la paillasse *pop.*
Se faire tuer.

paillasson

Mettre la clé sous le paillasson *fam.*
Quitter un lieu sans préavis.

paille

Avoir une paille *vx.*
Être ivre.

De paille *lit.*
Sans importance.

Coucher, être sur la paille *fam.*
Être pauvre.

Enlever, lever la paille *lit.*
Être excellent.

Feu de paille.
Sentiment violent et passager.
Trouble de peu de durée.

Hacher de la paille *fam.*
Parler grossièrement.

Homme de paille.
Prête-nom.

Jeter la paille au vent *vx.*
Être incertain sur sa destinée.

Mettre de la paille dans ses souliers *fam.*
Être ivre.
Être riche.

Mettre quelqu'un sur la paille *fam.*
Le réduire à la pauvreté.

Prendre la paille des mots pour le grain des choses.
Se tromper sur les apparences.

Rompre la paille *vx.*
Annuler un accord.

Tirer à la courte paille.
Tirer au sort.

Une paille *fam.*
Rien du tout.
Beaucoup.

Voir une paille dans l'œil du prochain et ne pas voir la poutre dans le sien.
Voir les plus petits défauts chez les autres et ne pas voir les siens.

Y trouver une paille.
Y trouver une grosse différence.

pailler

Être fort sur son pailler *vx.*
Être puissant.

Être sur son pailler *vx.*
Être chez soi.

pain

À la mie de pain.
Médiocre.

Avoir du pain sur la planche *fam.*
Avoir beaucoup de travail en perspective.

Avoir du pain cuit (sur la planche).

Avoir son pain cuit.
Avoir de quoi vivre sans travailler.

Bon comme du bon pain.
Très bon.

C'est pain bénit.
C'est bien mérité.

Cela ne mange pas de pain *fam.*
Cela ne demande aucun effort.
Cela conserve toute sa valeur.

Coller, foutre un pain à quelqu'un *pop.*
Lui donner un coup.

Enlever le pain de la bouche à quelqu'un.
Le priver du nécessaire.

Être au pain sec.
Être puni.

Faire passer le goût du pain à quelqu'un *fam.*
Le tuer.

Gagner son pain à la sueur de son front.
Gagner sa vie en travaillant beaucoup.

Grossier comme du pain d'orge.
Très grossier.

Long comme un jour sans pain *fam.*
Se dit d'une chose ennuyeuse qui ne semble pas avoir de fin.

Manger le pain de.
Subvenir à ses besoins aux dépens de.

Manger plus d'un pain.
Chercher la variété.

Manger son pain blanc le premier.
Commencer par le plus agréable.

Ne pas manger de ce pain-là.
Se dit pour refuser un avantage immoral.

Perdre le goût du pain.
Mourir.

Pour une bouchée, un morceau de pain.
Pour un prix minime.

Prendre un pain sur la fournée *vx.*
Concevoir un enfant hors du mariage.

Promettre plus de beurre que de pain *fam.*
Faire des promesses inconsidérées.

Recevoir un pain *pop.*
Recevoir un coup.

Rompre le pain avec quelqu'un.
Partager amicalement son repas avec lui.

Se vendre comme des petits pains, des petits pâtés *fam.*
Se vendre facilement.

Tête en pain de sucre *pop.*
Tête au crâne très allongé.

Une planche à pain *pop.*
Se dit d'une femme très maigre.

pair

Aller, marcher de pair avec quelqu'un.
Aller ensemble.

Être au pair.
Être à jour dans son travail.

Hors pair.
Exceptionnel.

Mettre au pair *lit.*
Mettre à jour.

Se tirer hors du pair *lit.*
S'élever.

Tirer de pair *lit.*
Distinguer.

Travailler au pair.
Travailler sans être salarié.

paire

Les deux font la paire.
Se dit de deux personnes de même caractère.

Se faire la paire *pop.*
S'enfuir.

Une autre paire de manches *fam.*
Se dit d'une chose beaucoup plus difficile.

paître

Envoyer paître *fam.*
Repousser brutalement.

paix

Avoir la conscience en paix.
Être sans remords.

Avoir la paix.
Ne pas être importuné.

En paix.
Tranquille.
Faire la paix.
Se réconcilier.
Ficher, foutre la paix à quelqu'un
pop.
Le laisser tranquille.
Fumer le calumet de la paix.
Se réconcilier avec quelqu'un.
Laisser quelque chose en paix.
Ne pas s'en occuper.
Se donner le baiser de paix.
Se réconcilier.

palais
Avoir le palais fin *fam.*
Avoir des goûts raffinés.

pâle
Pâle comme un linge.
Très pâle.
Se faire porter pâle *fam.*
Se faire porter malade.

paletot
Paletot de sapin *pop.*
Cercueil.
Tomber sur le paletot de quel-
qu'un *pop.*
L'attaquer.

palinodie
Chanter la palinodie *lit.*
Changer totalement d'opinion.

palme
Décerner la palme à quelqu'un.
Reconnaître sa victoire.

palper
Palper de l'argent *fam.*
En recevoir.

panache
Avoir du panache.
Avoir fière allure.
Avoir son panache *pop.*
Être ivre.

panade
Être dans la panade *pop.*
Être dans une misère extrême.

panais
Être en panais *lit.*
Être en pan de chemise.

Pandore
La boîte de Pandore.
*Se dit de ce qui risque de pro-
voquer de grands malheurs.*

panier
Adieu panier, vendanges sont
faites *fam.*
Il n'y a plus rien à espérer.
Bête comme un panier *fam.*
Très bête.
Jeter, mettre au panier.
Mettre au rebut.
Le dessus du panier.
*Ce qui est de la qualité la meil-
leure.*
Mettre la main au panier *pop.*
*Mettre la main sur les fesses de
quelqu'un.*
Mettre tous ses œufs dans le
même panier.
*Engager toutes ses ressources
dans une même affaire.*
Mettre tout le monde dans le
même panier.
*Estimer les gens aussi peu les
uns que les autres.*
Panier à salade *fam.*
Fourgon de police.
Panier de crabes *fam.*
*Groupe d'individus aux ambi-
tions opposées.*
Panier percé *fam.*
Personne dépensière.
Mémoire qui ne retient rien.

panne
Être en panne *fam.*
S'arrêter d'agir.
Être en panne de quelque chose.
En manquer.

panneau
Tendre un panneau *fam.*
Tendre un piège.
Donner dans le panneau.
Tomber dans le panneau *fam.*
Se laisser tromper.

panse
Se faire crever la panse *fam.*
Se faire tuer.
Se remplir la panse *fam.*
Manger abondamment.

pantoufle

Raisonner comme une pantoufle *fam.*
Raisonner sottement.

paon

Fier comme un paon *fam.*
Très fier.

Pousser des cris de paon.
Pousser des cris aigus.

Se parer des plumes du paon.
Se prévaloir des mérites d'autrui.

papa

À la papa *fam.*
D'une manière calme et tranquille.

De papa *fam.*
D'une époque ancienne.

Fils à papa *fam.*
Jeune homme qui ne réussit que grâce à l'influence de ses parents.

Papa gâteau *fam.*
Personne qui comble ses enfants de cadeaux.

pape

Se croire le premier moutardier du pape *fam.*
Se donner des airs importants.

Se prendre pour le pape.
Se croire important.

Sérieux comme un pape *fam.*
Très sérieux.

papier

Être dans les petits papiers de quelqu'un.
En être bien vu.

Figure de papier mâché.
Visage pâle et maladif.

Le papier souffre tout *vx.*
On peut tout écrire sur un papier, que ce soit vrai ou non.

Rayer quelque chose de ses papiers.
Ne plus en faire cas.

Réglé comme du papier à musique *fam.*
D'une parfaite exactitude.
Qui se produit avec une grande régularité.

Sur le papier.
En théorie.

papillon

Courir, voler après les papillons.
S'attarder à des choses inutiles.

Minute papillon! *pop.*
Pas si vite!

Papillons noirs.
Idées noires.

Se brûler à la chandelle comme un papillon.
Se laisser tromper par des apparences agréables.

Voler le papillon *lit.*
S'occuper de bagatelles.

papillote

Cela n'est bon qu'à faire des papillotes *fam.*
Cela ne vaut rien.

pâquerette

Au ras des pâquerettes *pop.*
Très près.
De façon idiote.

Pâques

À Pâques ou à la Trinité.
Jamais.

Noël au balcon, Pâques au tison.
Un hiver doux annonce un printemps froid.

paquet

Avoir le paquet de *lit.*
Avoir le devoir pénible de.

Donner à quelqu'un son paquet.
Le congédier.

Être mis dehors comme un paquet de linge sale *fam.*
Être chassé sans aucun égard.

Faire ses paquets.
Partir.

Lâcher, vider le paquet *fam.*
Avouer.

Mettre le paquet *fam.*
Mettre beaucoup d'ardeur à quelque chose.

Paquet d'os *pop.*
Personne très maigre.

Paquet de nerfs *fam.*
Personne agitée.

Recevoir son paquet *fam.*
S'entendre dire ses vérités.

Risquer le paquet *fam.*
S'engager dans une affaire dangereuse.

Servir son paquet à quelqu'un.
Lui dire ce que l'on pense de lui.

Toucher le paquet *fam.*
Gagner une somme considérable.

parade

Faire parade de quelque chose.
En tirer vanité.

paradis

Être au paradis.
Être très heureux.

Ne pas l'emporter au paradis.
Ne pas échapper à une vengeance.

parapluie

Avoir avalé son parapluie *fam.*
Être très raide.

Ouvrir le parapluie *fam.*
Se protéger contre d'éventuels ennuis.

pareil

Du pareil au même *fam.*
Exactement semblable.

N'avoir pas son pareil.
Être remarquable.

Sans pareil.
Excellent.

Rendre la pareille.
Traiter quelqu'un de la même façon qu'on l'a été soi-même dans des circonstances semblables.

parent

Parent à la mode de Bretagne.
Parent éloigné.

Traiter quelqu'un en parent pauvre.
En faire peu de cas.

parenthèse

Entre parenthèses.
Par parenthèse.
Incidemment.

Jambes en parenthèses *pop.*
Jambes arquées.

paresseux

Paresseux comme une couleuvre, un lézard, une loche *fam.*
Très paresseux.

parer

Se parer des plumes du paon.
Se prévaloir des mérites d'autrui.

parer

Parer au grain.
Prendre soin de ses intérêts.

Parer au plus pressé.
Prendre les dispositions les plus urgentes pour éviter un danger.

parfum

Être au parfum *pop.*
Être informé de quelque chose.

Mettre au parfum *pop.*
Informer.

parier

Il y a gros à parier.
Cela est presque sûr.

Paris

Avec des si, on mettrait Paris en bouteille.
En imagination, tout est possible.

Paris ne s'est pas fait en un jour.
Les entreprises importantes demandent du temps.

parler

Ne pas parler la même langue.
Avoir des points de vue différents.

Parler à un sourd.
Parler à quelqu'un qui ne veut rien entendre.

Parler chinois *fam.*
Être incompréhensible.

Parler comme un livre.
Parler savamment de quelque chose.

Parler comme un moulin.
Être bavard.

Parler d'or.
S'exprimer avec beaucoup de pertinence.

Parler de la pluie et du beau temps *fam.*
Parler de choses indifférentes.

Parler en maître.
Affirmer avec autorité.

Parler pour ne rien dire.
Tenir des propos sans intérêt.

Pour ainsi parler.
Expression marquant l'atténuation.

Savoir ce que parler veut dire.
Comprendre à demi-mot.

Trouver à qui parler.
Trouver un adversaire à sa taille.

Tu parles! *fam.*
Exclamation marquant l'incrédulité.

parleur

Beau parleur.
Personne qui tient des propos plus brillants que profonds.

paroisse

Être de deux paroisses *vx.*
Être mal assortis.

Être de deux paroisses *fam.*
Être hypocrite.

Être de la même paroisse *fam.*
Être de la même opinion.

parole

Avoir la parole.
Être autorisé à parler.

Belles paroles.
Promesses auxquelles on ne peut pas ajouter foi.

Boire les paroles de quelqu'un.
L'écouter attentivement.

Couper la parole à quelqu'un.
L'interrompre.

Donner sa parole.
S'engager.

La parole est d'argent et le silence est d'or.
Il vaut mieux, dans certaines occasions, se taire que parler.

Moulin à paroles *fam.*
Personne bavarde.

N'avoir qu'une parole.
Être fidèle à ses engagements.

Parole d'Évangile.
Propos indiscutable.

Parole d'honneur.
Promesse qui engage l'honneur.

Payer de paroles.
Faire de fausses promesses.

Porter la parole à quelqu'un.
Lui faire une proposition.

Prêcher la bonne parole.
Prêcher l'Évangile.

Prendre la parole.
Commencer à parler.

Reprendre sa parole.
Se dédire.

Se payer de paroles.
Croire tout ce qui se dit.

Tenir parole.
Remplir ses engagements.

part

À part.
Exceptionnel.
Particulier.
Séparément.

À part soi.
Seul.

De part en part.
Tout à travers.

De part et d'autre.
Réciproquement.

Faire la part belle à quelqu'un.
Lui accorder davantage que ce qui est dû.

Faire la part des choses.
Faire preuve d'indulgence.

Faire part de quelque chose à quelqu'un.
Le lui faire connaître.

Faire sa part à quelqu'un.
Lui accorder de l'importance.

La part du feu.
Ce qui ne peut être sauvé et est sacrifié pour conserver le reste.

La part du lion.
La plus grosse part.

La part du pauvre.
La plus petite part.

Ne pas jeter sa part aux chiens *fam.*
Exiger ce à quoi on a droit.

Pour ma part.
Quant à moi.

Prendre en bonne part quelque chose.
Lui donner un sens favorable.

Prendre part à quelque chose.
Y participer.

Réclamer sa part de gâteau.
Réclamer sa part de profits dans la réussite d'une affaire.

Un coup de pied quelque part *fam.*
Un coup de pied aux fesses.

partance
En partance.
Sur le point de partir.

partant
Être partant *fam.*
Être d'accord.

parterre
Prendre un billet de parterre *fam.*
Tomber.

Parthe
Flèche du Parthe *lit.*
Critique blessante lancée à la fin d'une rencontre ou d'une conversation.

parti
De parti pris.
Sans vouloir rien entendre.

Embrasser, épouser, prendre le parti de quelqu'un.
Adopter ses intérêts.

Faire, jouer un mauvais parti à quelqu'un.
Lui faire subir des violences.

Prendre parti pour.
Prendre une position en faveur de quelqu'un ou de quelque chose.

Prendre son parti de quelque chose.
S'y résigner.

Prendre un parti *lit.*
Se marier.

Prendre un parti.
Arrêter sa décision.

Se mettre, se ranger du parti de quelqu'un.
Lui accorder sa confiance, son aide.

Tirer parti de quelque chose.
En tirer un bénéfice.

particulier
En mon particulier *vx.*
Selon moi.

En particulier.
À part.

partie
Abandonner, quitter la partie.
Renoncer.

Avoir affaire à forte partie.
Affronter quelque chose ou quelqu'un de redoutable.

Avoir la partie belle.
Être dans une situation favorable.

Avoir partie liée avec quelqu'un.
Lui apporter son aide dans un projet.

Ce n'est pas une partie de plaisir *fam.*
Cela est très pénible.

Ce n'est que partie remise.
Se dit d'un projet retardé.

Être de la partie.
Être du métier.
Participer à un projet commun.

Être juge et partie.
Juger dans une affaire où on est impliqué.

Être partie prenante.
Participer.

Faire partie des meubles *fam.*
Ne pas se distinguer d'un ensemble.

Faire, jouer, tenir sa partie dans une affaire.
Y accomplir une tâche assignée.

Perdre la partie.
Échouer.

Prendre quelqu'un à partie.
L'attaquer.

Se mettre de la partie.
Intervenir dans une affaire.

partir
À partir de.
Depuis.

Au partir de.
Au moment du départ de.

C'est parti, mon kiki *pop.*
Les choses ont commencé.

Être parti (pour la gloire) *fam.*
Être ivre.

Partir à l'anglaise.
Partir subrepticement.

Partir comme des petits pains *fam.*
Se vendre rapidement.

Partir du bon pied.
S'engager résolument dans une entreprise.

Partir en brioche, en couilles *pop.*
Échouer.

Partir en guerre contre quelqu'un.
Le critiquer violemment.

Rien ne sert de courir, il faut partir à point.
Dans une entreprise il ne sert à rien de se hâter.

partir

Avoir maille à partir avec quelqu'un.
Se disputer avec lui.

partisan

Partisan du moindre effort *fam.*
Paresseux.

parvenir

Parvenir à ses fins.
Atteindre son but.

pas

À deux pas.
Tout près.

À pas comptés, mesurés.
Avec précaution.

À pas de loup.
Sans bruit.

Avoir le pas sur quelqu'un *lit.*
Le précéder.

Allonger, doubler le pas.
Se dépêcher.

Céder le pas à quelqu'un.
Reconnaître sa propre infériorité.

De ce pas.
Sans délai.

Emboîter le pas à quelqu'un.
Le suivre de près.
L'imiter.

Faire les cent pas.
Attendre avec impatience.

Faire les premiers pas.
Prendre l'initiative.

Faire un faux pas.
Commettre une faute.

Faire un pas de clerc.
Commettre une erreur par ignorance.

Franchir, passer le pas.
Se décider à passer à l'action.

Il n'y a que le premier pas qui coûte.
La première démarche est toujours la plus difficile.

Marcher au pas.
Marcher lentement.
Obéir.

Marcher d'un bon pas.
Marcher vite.

Marquer le pas.
S'arrêter.

Mettre au pas.
Forcer à faire son devoir.

Ne pas quitter d'un pas.
Suivre avec obstination.

Pas à pas.
Progressivement.

Se trouver dans un mauvais pas.
Se trouver dans une situation difficile.

Suivre les pas de quelqu'un.
Suivre son exemple.

passade

Revenir à la passade *lit.*
Faire demi-tour.

passage

Attendre quelqu'un au passage.
Se venger de lui à la première occasion.

Oiseau de passage.
Personne qui reste peu de temps dans un endroit.
Étranger.

Passage à tabac *fam.*
Volée de coups.

Passage à vide.
Moment de faiblesse.

passe

Être dans une bonne passe.
Être dans une situation favorable.

Être en passe de.
Être sur le point de.
Passe d'armes.
Échange de répliques vives.

passé

Avoir un passé.
Avoir commis des actes regrettables.

passe-lacet

Raide comme un passe-lacet *pop.*
Sans argent.

passer

Ça passe ou ça casse *fam.*
Les choses ne peuvent que réussir ou échouer.
En passer par là.
Ne pas pouvoir faire autrement.
Faire passer quelque chose.
Y mettre fin.
Il passera de l'eau sous le pont.
Cela ne sera pas avant longtemps.
La, le sentir passer *fam.*
Subir un affront.
Laisser passer quelque chose.
Le supporter.
Passe pour!
Je veux bien consentir à.
Passer à côté *fam.*
Ne pas réussir.
Passer à l'as *fam.*
Passer sous silence.
Ne pas prendre en compte.
Passer à la casserole *pop.*
Être forcé à des rapports sexuels.
Passer au travers.
Échapper au danger.
Passer après quelqu'un.
Lui être inférieur.
Passer en revue.
Examiner.
Passer l'éponge *fam.*
Pardonner.
Passer la main.
S'effacer au profit de quelqu'un.
Passer la rampe.
Produire un grand effet.
Passer le flambeau.
Confier à d'autres la poursuite d'une entreprise.

Passer le Rubicon.
Prendre une décision irrévocable.
Passer par la tête.
Venir à l'esprit.
Passer par toutes les couleurs.
Être violemment ému.
Passer son chemin.
Ne pas s'arrêter.
Passer sous silence.
Omettre.
Passer sur.
Tolérer.
Passer sur le ventre *fam.*
Ne pas hésiter à nuire pour parvenir à ses fins.
Passer un savon à quelqu'un *fam.*
Lui adresser des reproches violents.
Se faire passer quelque chose *fam.*
Être réprimandé.
Se passer de quelque chose.
Y renoncer.
Se passer le flambeau.
Intervenir l'un après l'autre dans une entreprise collective.
Se passer quelque chose.
Se l'accorder.
Se passer par le coco *pop.*
Manger.
Y passer *fam.*
Mourir.
Être entièrement consommé.

passoire

Avoir la tête comme une passoire *fam.*
Ne rien retenir.

patachon

Une vie de patachon *fam.*
Vie désordonnée.

patate

En avoir gros sur la patate *pop.*
Avoir beaucoup de peine.

patati

Et patati et patata *fam.*
Expression chargée d'évoquer un bavardage insignifiant et intarissable.

pâte

Bonne pâte *fam.*
Personne gentille.

Être comme un coq en pâte *fam.*
Être dorloté.

Mettre la main à la pâte *fam.*
Participer personnellement à un travail.

Pâte molle *fam.*
Personne sans caractère.

pâté

Avoir les jambes en pâté de foie *pop.*
Avoir les jambes molles.

Se vendre comme des petits pâtés *fam.*
Se vendre facilement.

pâtée

Recevoir une pâtée *pop.*
Recevoir une volée de coups.

patente

Il est bête à payer patente *fam.*
Il est très bête.

Pater

Savoir une chose comme son Pater *fam.*
La savoir parfaitement.

patience

Prendre son mal en patience.
Supporter quelque chose sans rien dire.

patin

Rouler un patin *pop.*
Embrasser sur la bouche.

patres

Aller ad patres *fam.*
Mourir.

patte

À pattes *pop.*
À pied.

Avoir la queue entre les pattes *fam.*
Être confus par suite d'un échec.

Avoir une patte folle *fam.*
Boiter.

Bas les pattes! *pop.*
Défense de toucher à cela.

Ça ne casse pas trois pattes à un canard.
Cela a peu de valeur.

Coup de patte *fam.*
Réprimande.

En avoir plein les pattes *pop.*
Être très fatigué.

Être fait aux pattes *pop.*
Être arrêté.

Faire patte de velours.
Cacher de mauvaises intentions sous des apparences doucereuses.

Graisser la patte à quelqu'un *fam.*
Le corrompre par de l'argent.

Marcher sur trois pattes.
Fonctionner mal.

Mettre la patte sur *fam.*
S'emparer de quelque chose.

Montrer patte blanche.
Présenter toutes les garanties nécessaires.

Mouton à cinq pattes.
Chose ou personne rare.

Passer entre les pattes de quelqu'un *fam.*
Être à sa merci.

Pattes de mouche.
Écriture illisible.

Retomber sur ses pattes *fam.*
Se tirer favorablement d'une difficulté.

Se tirer des pattes *pop.*
Fuir.

Tirer dans les pattes de quelqu'un *fam.*
Le contrecarrer.

Tomber entre les pattes de quelqu'un *fam.*
Être pris.

Traîner la patte *fam.*
Marcher avec difficulté.

pâture

Donner en pâture.
Livrer en pâture.
Abandonner comme proie.

paumé

Être paumé *pop.*
Ne plus savoir où on en est.

paumer

Paumer la gueule à quelqu'un *vx*.
Le frapper.

pauvre

Pauvre comme Job.
Très pauvre.
Pauvre de moi!
Malheureux que je suis!
Tomber comme la misère sur le pauvre monde.
Arriver brutalement.

pauvreté

Pauvreté n'est pas vice.
La pauvreté ne constitue pas un crime.

pavé

Battre le pavé.
Marcher sans but.
Brûler le pavé.
Aller très vite.
Être sur le pavé.
Être sans situation.
Le pavé de l'ours.
Maladresse.
Se mettre un pavé au cou.
Supporter une obligation dont on ne peut se débarrasser.
Tenir le haut du pavé.
Avoir une situation de premier ordre.
Un pavé dans la mare.
Action brutale qui trouble une situation paisible.

paver

L'enfer est pavé de bonnes intentions.
De bonnes intentions ont souvent de fâcheuses conséquences.
Les rues en sont pavées.
Il y en a en abondance.

pavillon

Amener son pavillon.
Baisser pavillon.
Céder.
Couler pavillon haut.
Perdre avec élégance.
Montrer son pavillon.
Lutter franchement.
Se ranger sous le pavillon de quelqu'un.
Se mettre sous sa protection.

pavois

Élever, hisser, porter sur le pavois.
Mettre au premier rang.
Se montrer sur le pavois.
Parvenir à une situation exceptionnelle.

pavoiser

Il n'y a pas de quoi pavoiser *fam*.
Il n'y a pas de quoi être fier.

payant

Le cochon de payant *pop*.
Personne qui ne peut éviter de payer et qu'on méprise.

paye

Il y a une paye *fam*.
Cela fait longtemps.

payer

Être payé pour le savoir.
Avoir appris à ses dépens.
Il me le paiera cher.
Je trouverai le moyen de me venger de lui.
Payer à l'espagnole, à la portugaise.
Resquiller.
Payer les pots cassés *fam*.
Subir les conséquences des fautes d'autrui.
Payer les violons du bal.
Payer pour quelque chose dont on ne profite pas.
Payer quelqu'un de belles paroles.
Faire de fausses promesses.
Payer quelqu'un de retour.
Lui rendre la réciproque.
Payer rubis sur l'ongle *fam*.
Payer comptant.
Qui casse les verres les paie.
Chacun doit subir les conséquences de ses actes.
S'en payer une tranche *fam*.
S'amuser beaucoup.
Se payer la gueule de quelqu'un *pop*.

Se payer la tête de quelqu'un *fam.*
Se moquer de lui.

Se payer le luxe de quelque chose *fam.*
S'autoriser quelque chose d'inhabituel et d'agréable.

Se payer une pinte de bon sang *fam.*
S'amuser.

Se payer une toile *pop.*
Aller au cinéma.
Dormir.

pays

Avoir le mal du pays.
Éprouver de la nostalgie.

En pays de connaissance.
En présence de gens ou de choses que l'on connaît.

Être bien de son pays *vx.*
Être naïf.

Faire voir du pays à quelqu'un.
Lui causer beaucoup d'ennuis.

Partir pour le pays des rêves.
S'endormir.

Pays de cocagne.
Pays merveilleux.

Se conduire comme en pays conquis.
Se conduire avec brutalité.

Tirer pays *lit.*
Fuir.

Voir du pays.
Voyager.

peau

Avoir la peau de quelqu'un *pop.*
Le vaincre.

Avoir la peau dure.
Être très résistant.

Avoir quelqu'un dans la peau *fam.*
Éprouver une grande passion pour lui.

Changer de peau.
Changer de manière d'être.

Coûter la peau du cul, des fesses *pop.*
Coûter très cher.

Crever dans sa peau *pop.*
Éprouver une violente colère.

Être bien, mal dans sa peau *fam.*
Être à l'aise, mal à l'aise.

Être, se mettre dans la peau de quelqu'un.
S'identifier à lui.

Faire la peau à quelqu'un *pop.*
Le tuer.

Faire peau neuve.
Changer de manière d'être.

La peau lui démange *fam.*
Il cherche toutes les occasions de se faire battre.

N'avoir que les os et la peau.
Être très maigre.

Ne pas durer, ne pas tenir dans sa peau.
Être très orgueilleux.

Peau d'âne *fam.*
Diplôme.

Peau d'hareng *pop.*
Injure.

Peau de balle, de zébre, de zébu *pop.*
Rien.

Peau de banane.
Procédé déloyal.

Peau de chagrin.
Chose qui diminue sans cesse.

Peau de vache *fam.*
Personne très méchante.

Risquer sa peau *fam.*
Risquer sa vie.

Se faire trouer la peau *pop.*
Recevoir un coup de feu.

Vendre cher sa peau.
Se défendre avec vigueur.

Vieille peau *fam.*
Personne âgée.

Vieille peau *pop.*
Injure adressée à une femme.

pêche

Avoir la pêche *fam.*
Avoir beaucoup d'ardeur, de courage.

Avoir une peau de pêche.
Avoir une peau douce.

Rembourré avec des noyaux de pêche *fam.*
Très dur.

Se fendre la pêche *fam.*
Rire aux éclats.

pêche
Aller à la pêche.
Rechercher.
Aller à la pêche *pop.*
Chercher un emploi.

péché
À tout péché miséricorde.
Tout péché, quelle que soit sa gravité, est pardonnable.
Être laid comme les sept péchés capitaux.
Être très laid.
Péché avoué est à moitié pardonné.
Le mal est moindre si la faute est avouée.

pêcher
Pêcher en eau trouble.
Tirer avantage d'une situation confuse.

pécher
Que celui qui n'a jamais péché lui jette la première pierre.
Si l'on n'est pas soi-même innocent de toute faute, on ne doit porter d'accusation contre personne.

pécheur
Dieu ne veut pas la mort du pécheur.
Il ne faut pas se montrer inexorable.

pédale
Être de la pédale *pop.*
Être homosexuel.
Mettre la pédale.
Être plus intense.
Mettre la pédale douce *fam.*
Se calmer.
Perdre les pédales *fam.*
Perdre le contrôle de soi-même.

pédaler
Pédaler dans la choucroute, dans la semoule, dans le yaourt *pop.*
Se dépenser en vain.

pedibus
Pedibus cum jambis *fam.*
À pied.

peigne
Coup de peigne *pop.*
Combat.
Donner un coup de peigne.
Achever avec soin.
Être sale comme un peigne *fam.*
Être très sale.
Passer au peigne fin *fam.*
Examiner minutieusement.
Rire comme un peigne *fam.*
Rire bêtement.
Un peigne dans un chausson.
Se dit d'une fortune délabrée.

peigne-
Peigne-cul *pop.*
Peigne-zizi *pop.*
Personnage grossier.

peignée
Se foutre une peignée *pop.*
Se battre.

peigner
Peigner la girafe *pop.*
Faire un travail inutile.
Ne rien faire.

peinard
En père peinard *fam.*
Calmement.

peindre
Être fait à peindre.
Être très beau.

peine
À chaque jour suffit sa peine.
Il ne faut pas se préoccuper inutilement de l'avenir.
À peine.
Presque pas.
Avoir toutes les peines du monde.
Avoir beaucoup de difficultés.
C'est pas la peine *fam.*
C'est inutile.
En être pour sa peine.
N'obtenir aucun résultat.
Être bien en peine de.
Ne pas pouvoir.

Être comme une âme en peine.
Être seul et triste.

Être dans la peine.
Être dans l'embarras.
Être inquiet.

Faire de la peine.
Déplaire.
Attrister.

Ne pas être au bout de ses peines.
Devoir encore surmonter beaucoup de difficultés.

Ne pas plaindre sa peine *vx.*
Ne pas ménager ses efforts.

Perdre sa peine.
Faire des efforts inutiles.

Prendre la peine de.
Faire l'effort nécessaire pour.

Sous peine de.
Au risque de.

Toute peine mérite salaire.
Tout effort doit être récompensé.

Valoir la peine.
Avoir de l'importance.

peinture
Ne pas pouvoir voir quelqu'un en peinture *fam.*
Le haïr.

Un vrai pot de peinture.
Se dit d'une femme très maquillée.

peler
Peler la peau de quelqu'un *pop.*
L'ennuyer par des discours importuns.

Se peler le cul *pop.*
Avoir très froid.

Pélion
Entasser Pélion sur Ossa *lit.*
Entreprendre un travail difficile.

pelle
À la pelle *fam.*
Beaucoup.

Prendre, ramasser une pelle *fam.*
Échouer.
Tomber.

Rond comme une queue de pelle *pop.*
Totalement ivre.

Rouler une pelle *pop.*
Embrasser sur la bouche.

pélot
Sans un pélot *fam.*
Sans argent.

pelote
Avoir les nerfs en pelote *fam.*
Être très énervé.

Faire sa pelote *fam.*
Faire fortune en amassant de petits profits.

pelote
Envoyer aux pelotes *pop.*
Chasser brutalement.

peloton
Être dans le peloton de tête.
Être parmi les meilleurs.

pénates
Regagner ses pénates *fam.*
Retourner chez soi.

penchant
Être sur le penchant de *lit.*
Être sur le point de.

penché
Avoir, prendre un air penché.
Avoir une attitude affectée.

pencher
Faire pencher la balance.
Emporter la décision.

Tomber du côté où l'on penche.
Céder à ses impulsions.

pendable
Tour pendable *fam.*
Mauvaise farce.

pendant
Pendant que j'y suis! *fam.*
Au point où j'en suis.

pendre
Aller se faire pendre ailleurs *fam.*
Échapper dans l'immédiat à une punition qui ne manquera pas d'arriver plus tard.

Avoir la langue bien pendue *fam.*
Être bavard.

Dire pis que pendre de quelqu'un *fam.*
En dire beaucoup de mal.

Être pendu au cou de quelqu'un *fam.*
L'embrasser sans arrêt.

Être pendu aux basques de quelqu'un *fam.*
L'importuner sans cesse.

Être pendu aux lèvres de quelqu'un.
L'écouter très attentivement.

Faire pis que pendre *fam.*
Commettre de nombreux méfaits.

Il n'y a pas de quoi se pendre.
Ce n'est pas grave.

Pendre au nez, aux oreilles *fam.*
Être imminent.
Menacer.

Pendre la crémaillère.
Célébrer par un repas son installation dans un nouveau logement.

Vouloir bien être pendu si *fam.*
Se dit pour repousser une éventualité.

pendu

Avoir une chance de pendu *fam.*

Avoir de la corde de pendu *fam.*
Avoir de la chance.

Être sec comme un pendu *fam.*
Être très maigre.

Il ne faut pas parler de corde dans la maison d'un pendu.
Il ne faut pas dire des choses qui pourraient être ensuite reprochées.

pendule

Chier une pendule *pop.*
Se montrer contrariant.

Remettre les pendules à l'heure *fam.*
Remettre les choses en place.

Pénélope

Ouvrage de Pénélope.
Travail interminable.

pénitence

Être en pénitence.
Être puni.

Faire pénitence *fam.*
Manger peu.

pensant

Bien, mal pensant.
Qui a des opinions conformes ou non à l'ordre établi.

pensée

Il n'est pas tourmenté par ses pensées *fam.*
Il est peu intelligent.

penser

N'en penser pas moins.
Avoir une opinion bien établie quoiqu'on ne l'exprime pas.

Ne savoir que penser.
Ne pas pouvoir se former une opinion.

Penses-tu !
Pas du tout.

Sans y penser.
Machinalement.

Tu penses ! *fam.*
Certainement.
Certainement pas.

pension

Prendre pension.
Se nourrir et se loger pendant un certain temps dans un même établissement.

pente

Avoir la dalle en pente *pop.*
Aimer boire.

Descendre la pente.
Se laisser aller moralement.

Être sur la mauvaise pente.
Se conduire d'une façon immorale.

Remonter la pente.
Se sortir d'une situation difficile.

Suivre sa pente.
S'abandonner à ses penchants.

Trouver sa pente.
Trouver une issue.

pépie

Avoir la pépie *fam.*
Avoir soif.

pépin

Avoir avalé le pépin *pop.*
Être enceinte.

Avoir un pépin *pop.*
Avoir un ennui.

percer
Percer quelqu'un à jour *fam.*
Deviner ses intentions.

perche
Grande perche *fam.*
Individu grand et maigre.
Tendre la perche à quelqu'un
fam.
L'aider.

perdre
À perdre haleine.
Jusqu'à l'essoufflement.
Sans s'arrêter.
Jouer à qui perd gagne.
*Accepter un désavantage appa-
rent pour obtenir un gain réel.*
N'en pas perdre une bouchée *fam.*
Ne rien perdre de *fam.*
Montrer beaucoup d'attention à.
Ne pas perdre une occasion.
*Ne pas laisser passer une oppor-
tunité.*
Ne rien avoir à perdre.
*Être dans une situation où on
ne craint rien.*
Ne rien perdre pour attendre.
*Être appelé à subir une puni-
tion inévitable dans l'avenir.*
Perdre de vue.
Oublier.
Perdre du terrain.
Régresser.
Se faire distancer.
Perdre la boule, le nord, la tête
fam.
Devenir fou.
Perdre la carte.
Être dans la confusion.
Perdre la face.
Subir une humiliation.
Perdre la partie.
Échouer.
Perdre le fil.
Oublier ce qu'on voulait dire.
Perdre pied.
Être dépassé par la situation.
Perdre sa langue.
Se taire.

S'y perdre.
*Ne rien comprendre à quelque
chose.*
Se perdre dans les détails.
Oublier l'essentiel.
Se perdre dans les nuages.
Rêver.
Parler de manière obscure.
Y perdre son latin.
Renoncer à comprendre.

perdu
À corps perdu.
Avec ardeur.
C'est peine perdue.
C'est inutile.
Ce n'est pas perdu pour tout le
monde *fam.*
*Se dit d'un objet perdu que l'on
pense avoir été récupéré par
quelqu'un.*
Comme un perdu *fam.*
De façon excessive.
Tout est perdu.
La situation est désespérée.

père
Comme père et mère *fam.*
Comme des grandes personnes.
De père en fils.
De génération en génération.
En bon père de famille.
Avec soin et économie.
Jouer les pères nobles.
Se donner une attitude grave.
Le coup du père François *fam.*
Coup en traître.
Tel père, tel fils.
*Les fils ressemblent souvent à
leur père.*
Ton père n'est pas vitrier *fam.*
*Se dit à quelqu'un qui gêne la
vue.*

péril
À ses risques et périls.
*En acceptant les conséquences
quelles qu'elles soient.*
Il n'y a pas péril en la demeure.
Cela peut attendre sans danger.

périr
À périr.
De façon très ennuyeuse.

perle
De perle *lit.*
D'une extrême blancheur.
Enfiler des perles *fam.*
S'occuper à des futilités.
Jeter des perles aux pourceaux.
Offrir quelque chose qui ne sera pas apprécié.
Lâcher une perle *pop.*
Dire une bêtise.
Péter.
Perle rare.
Se dit d'une personne exceptionnelle.

perlimpinpin
Poudre de perlimpinpin *fam.*
Remède aux qualités imaginaires.

permettre
Il n'est pas permis à tout le monde de *fam.*
Cela n'est pas possible pour tous de.
Se croire tout permis.
Dépasser les limites.

Pérou
Ce n'est pas le Pérou *fam.*
Cela n'est pas d'un profit considérable.

perpète
À perpète *pop.*
Indéfiniment.
À une distance très éloignée.

perroquet
Bavard comme un perroquet *fam.*
Très bavard.
Réciter, répéter quelque chose comme un perroquet.
Le répéter sans y rien comprendre.

perruque
Faire de la perruque *fam.*
Frauder.

persil
Aller au persil *pop.*
Racoler en parlant d'une prostituée.
Faire son persil *fam.*
Se promener pour se faire remarquer.

personnage
Rester conforme à son personnage.
Demeurer fidèle à ses habitudes.
Se prendre pour un personnage.
Se considérer comme important.

personne
Bien fait de sa personne.
Bien proportionné.
Comme personne.
Excellemment.
En personne.
Personnellement.
Être satisfait de sa petite personne.
Être très content de soi.
Faire grand cas de sa personne.
Être prétentieux.
Grande personne.
Personne adulte.
Par personne interposée.
Par l'intermédiaire de quelqu'un.
Payer de sa personne.
S'exposer volontairement à un très grand danger.
S'employer activement à quelque chose.
Répondre de la personne de quelqu'un.
Se porter garant de lui.
Sans acception de personne.
De façon impartiale.

perte
À perte.
En perdant de l'argent.
À perte de vue.
Aussi loin que porte la vue.
Sans fin.
Aller à sa perte.
Aller vers un échec.
Avec perte et fracas *fam.*
À grand bruit.
Ce n'est pas une grande perte *fam.*
Se dit d'une personne peu estimable qui disparaît.
En perte de vitesse.
En recul.

En pure perte.
Sans résultat.

Passer par pertes et profits.
Se résigner à la perte de quelque chose.

Perte sèche.
Perte d'argent sans contrepartie.

pesant

Valoir son pesant d'or.
Être d'une très grande valeur.

Valoir son pesant de moutarde *fam.*
Être drôle.

peser

Enlevez, c'est pesé *fam.*
L'affaire est conclue.

Ne pas peser lourd.
Ne pas peser un fétu.
N'avoir aucune importance.

Tout bien pesé.
Après mûre réflexion.

peste

Dire peste et rage de quelqu'un *vx.*
En dire beaucoup de mal.

La peste l'étouffe!
(La) peste soit de.
Formule de malédiction.

Petite peste *fam.*
Jeune personne insupportable.

Se méfier de quelqu'un ou de quelque chose comme de la peste.
Faire preuve d'une extrême méfiance à l'égard de quelqu'un ou de quelque chose.

pet

Avoir toujours un pet de travers *pop.*
Se plaindre constamment de menus désagréments.

Comme un pet *pop.*
Vite.

Ne pas bouger d'un pet *pop.*
Ne faire aucun mouvement.

Ne pas valoir un pet (de lapin) *fam.*
Être sans valeur.

On tirerait plutôt un pet d'un âne mort *fam.*
La chose est impossible.

pet

Faire du pet *pop.*
Faire du scandale.

Faire le pet *pop.*
Guetter.

Porter le pet *pop.*
Porter plainte.

pétard

C'est un pétard mouillé *fam.*
Cette action n'a aucun effet.

Être, se mettre en pétard *pop.*
Se mettre en colère.

Faire du pétard *pop.*
Faire du scandale.

Fumer un pétard *pop.*
Fumer une cigarette de haschich ou de marijuana.

Lancer un pétard *fam.*
Annoncer une nouvelle sensationnelle.

Pétaud

Cour du roi Pétaud *fam.*
Lieu où règnent le désordre et la confusion.

péter

Ça va péter des flammes *pop.*
Se dit d'une querelle qui s'annonce.

Envoyer péter quelqu'un *pop.*
Le repousser sans ménagement.

Il faut que ça pète ou que ça casse *pop.*
Il faut en terminer quoi qu'il arrive.

La péter *pop.*
Péter la faim *pop.*
Avoir très faim.

Manger à s'en faire péter la sous-ventrière *pop.*
Manger avec excès.

Péter dans la main de quelqu'un *fam.*
Échouer.

Péter dans la soie *pop.*
Vivre dans le luxe.

Péter dans sa graisse *pop.*
Être très gros.

Péter des flammes, le feu *pop.*
Se montrer très actif.

Péter les plombs *pop.*
Devenir fou.

Péter plus haut que son cul *pop.*
Montrer un orgueil exagéré.

Se péter la gueule *pop.*
S'enivrer.
Tomber.

petit

À la petite semaine.
Sans idée directrice.

À petit feu.
Lentement.

Aller au petit coin *fam.*
Aller aux toilettes.

Au petit bonheur (la chance) *fam.*
Au hasard.

Au petit pied.
En plus petit.

Au petit poil *fam.*
Très exactement.

Aux petits oignons *fam.*
Avec un soin extrême.

Être aux petits soins pour quelqu'un *fam.*
L'entourer d'attentions.

Être dans ses petits souliers *fam.*
Être dans l'embarras.

Mettre les petits plats dans les grands *fam.*
Faire un accueil somptueux.

Mon petit doigt me l'a dit.
Vous n'avez pas à savoir comment je l'ai su.

Ne pas remuer le petit doigt.
Ne rien faire pour aider quelqu'un.

Petit à petit.
Peu à peu.

Se faire tout petit.
S'efforcer de passer inaperçu.

petit

Faire des petits *fam.*
S'accroître.

pétoche

Avoir la pétoche *pop.*
Avoir très peur.

pétrin

Se mettre dans le pétrin *fam.*
S'exposer à des difficultés.

peu

À peu près.
Approximativement.

Être un peu là *fam.*
Affirmer sa présence.

Excusez du peu ! *fam.*
Expression marquant l'étonnement devant l'importance de quelque chose.

Sous peu.
Dans peu de temps.

Très peu pour moi ! *fam.*
Expression marquant le refus.

Un peu beaucoup *fam.*
Trop.

Un peu, mon neveu ! *fam.*
Se dit pour souligner une affirmation.

peuple

Faire peuple *fam.*
Être vulgaire.

Que demande de plus le peuple ?
Il n'est pas possible de faire mieux.

Se ficher, se foutre du peuple *pop.*

Se moquer du peuple *fam.*
Se moquer de tout.

peur

À faire peur.
De façon extrême.
De façon bizarre.

Avoir peur de son ombre *fam.*
Être très craintif.

Avoir plus de peur que de mal.
N'avoir à supporter que des conséquences minimes d'un danger.

Avoir une peur bleue *fam.*
Avoir très peur.

En être quitte pour la peur.
Sortir indemne d'un danger.

La peur donne des ailes.
La peur fait accélérer l'allure.

pèze

Être au pèze *pop.*
Avoir beaucoup d'argent.

phase

Être en phase avec quelqu'un.
Être en accord avec lui.

phoque

Pédé comme un phoque *pop.*
Se dit de quelqu'un qui est totalement homosexuel.

Souffler comme un phoque *fam.*
Respirer bruyamment.

photo

Tu veux ma photo? *pop.*
Se dit à quelqu'un qui regarde avec trop d'insistance.

phrase

Faire des phrases.
Parler ou écrire de manière affectée.

Phrase arrondie.
Phrase harmonieuse.

Phrase toute faite.
Lieu commun.

Sans phrases.
Sans commentaire.

physique

Avoir le physique de l'emploi *fam.*
Avoir un aspect qui correspond à ce qu'on est.

piaf

Crâne de piaf *pop.*
Imbécile.

piaffe

Faire de la piaffe *fam.*
Créer des embarras.

piano

Qui va piano va sano.
Qui va doucement va sûrement.

pic

Tomber à pic *fam.*
Arriver au moment opportun.

pie

Bavard comme une pie *fam.*
Très bavard.

Trouver la pie au nid.
Faire une heureuse trouvaille.

Voleur comme une pie *fam.*
Voleur incorrigible.

pièce

Accommoder de toutes pièces quelqu'un.
En dire le plus de mal possible.

D'une seule pièce.
Tout d'une pièce.
Entièrement.
D'un seul morceau.
Sans souplesse.

De pièces et de morceaux.
Se dit de quelque chose de disparate.

De toutes pièces.
Entièrement.
Sans preuve.
Sans élément préalable.

Donner la pièce à quelqu'un *fam.*
Lui donner un pourboire.

Faire des pièces à quelqu'un *lit.*
Le duper.

Faire pièce à quelqu'un.
Le contrecarrer.

Juger sur pièces.
Se faire une opinion à partir de preuves matérielles.

Mettre en pièces.
Déchirer.

Ne pas être aux pièces *pop.*
Ne pas être pressé.

Pièce à pièce.
Progressivement.

Rendre à quelqu'un la monnaie de sa pièce.
Lui rendre la pareille.

Tailler en pièces.
Détruire entièrement.

Tomber en pièces.
S'écrouler.

pied

À pied.
En marchant.

Au pied levé.
De façon improvisée.

Avoir bon pied, bon œil.
Être en bonne santé.

Avoir les pieds nickelés *fam.*
Être paresseux.

Avoir les pieds sur terre.
Être réaliste.

Avoir toujours un pied en l'air.
S'agiter constamment.

Avoir un pied dans la tombe.
Être près de mourir.

Ça lui fait les pieds *fam.*
Cela lui sert de leçon.

Casser, scier les pieds à quelqu'un *fam.*
L'ennuyer fortement.

C'est bien fait pour tes pieds *fam.*
C'est bien fait pour toi.

Couper l'herbe sous les pieds de quelqu'un.
Le devancer dans une action.
Le supplanter.

D'arrache-pied.
En soutenant un effort intense.

De pied en cap.
Entièrement.

De pied ferme.
Décidé à résister vigoureusement à quelqu'un ou à quelque chose.

De plain-pied.
Au même niveau.

Écrire avec ses pieds.
Écrire maladroitement.

Être à pied.
Être sans emploi.

Être bête comme ses pieds *fam.*
Être très bête.

Être sur pied.
Être debout.

Faire du pied à quelqu'un.
Lui faire des avances.

Faire feu des quatre pieds.
Se montrer très actif.

Faire le pied de grue.
Attendre debout longtemps.

Lâcher pied.
Céder.

Lever le pied *fam.*
S'enfuir.

Mettre à pied.
Renvoyer.

Mettre le pied à l'étrier à quelqu'un.
L'aider à débuter.

Mettre les pieds dans le plat.
Agir avec maladresse et grossièreté.

Mettre sur pied.
Organiser.

Ne pas pouvoir mettre un pied devant l'autre.
Avoir beaucoup de difficulté à marcher.

Ne pas savoir sur quel pied danser *fam.*
Être indécis.

Ne pas se donner des coups de pied.
Parler de soi avec suffisance.

Ne pas se moucher du pied *fam.*
Avoir de grandes prétentions.

Ne pas se trouver sous les pieds d'un cheval *fam.*
Être rare.

Partir du bon pied.
S'engager résolument dans une entreprise.

Perdre pied.
Être dépassé par la situation.

Pied à pied.
Graduellement.
Pas à pas.

Pied-noir.
Français d'Algérie.

Pied plat.
Homme de peu de considération.

Pieds et poings liés.
Dans une totale dépendance.

Remettre sur pied.
Rétablir.

Rester les deux pieds dans le même sabot, dans le même soulier.
Manquer d'initiative.

Retomber sur ses pieds.
Se tirer favorablement d'une difficulté.

S'emmêler les pieds *fam.*
S'embrouiller.

S'en aller les pieds devant *fam.*
Mourir.

Se débrouiller comme un pied *fam.*
Se débrouiller très mal.

Se lever du pied gauche.
Être de mauvaise humeur.

Se prendre les pieds dans le tapis.
S'embrouiller.

Se tirer des pieds *pop.*
S'enfuir discrètement.

Se traîner aux pieds de quelqu'un.
Le supplier avec humilité.

Traîner les pieds *fam.*
Faire preuve de mauvaise volonté.

Trouver chaussure à son pied *fam.*
Trouver ce qui convient parfaitement.

Un appel du pied.
Invitation discrète à agir.

pied

Être à pied d'œuvre
Être prêt à commencer un travail.

Mettre au pied du mur.
Contraindre quelqu'un à agir.

Sécher sur pied *fam.*
Être abandonné.
S'ennuyer.

pied

Au petit pied
En raccourci.

Au pied de la lettre.
Au sens strict.

C'est le pied! *pop.*
C'est agréable.

Être sur le pied de guerre.
Se préparer à combattre.

Faire un pied de nez à quelqu'un.
Se moquer de lui.

Prendre son pied *fam.*
Prendre beaucoup de plaisir à quelque chose.

Souhaiter être à cent pieds sous terre.
Éprouver beaucoup de honte.

Sur le même pied.
Sur le même plan.

Sur un pied d'égalité.
De façon parfaitement égale.

Vivre sur un grand pied.
Vivre de façon fastueuse.

piège

Piège à cons *pop.*
Piège grossier.

pierre

Apporter sa pierre à quelque chose.
Y contribuer.

Avoir un cœur de pierre.
Être cruel.

Être à marquer d'une pierre blanche.
Être de grande valeur.
Être digne de rester dans la mémoire.

Être malheureux comme les pierres *fam.*
Être très malheureux.

Faire d'une pierre deux coups.
Obtenir deux résultats en une seule action.

Geler à pierre fendre.
Geler très fortement.

Jeter la pierre.
Blâmer.

Jeter une pierre dans le jardin de quelqu'un.
Le critiquer, de façon allusive ou non.

Ne pas laisser pierre sur pierre.
Détruire totalement.

Pierre qui roule n'amasse pas mousse.
On ne peut s'enrichir en menant une vie agitée.

pieu

Se tenir droit comme un pieu *fam.*
Se tenir très droit.

pieu

Se mettre au pieu *pop.*
Se mettre au lit.

pif

Au pif *pop.*
Au hasard.
Approximativement.

Avoir du pif *pop.*
Être perspicace.

Avoir quelqu'un dans le pif *pop.*
Le haïr.

piffer

Ne pas pouvoir piffer quelqu'un *pop.*
Le détester.

pifomètre
Au pifomètre *pop.*
Au hasard.
Approximativement.

pige
Faire la pige à quelqu'un *fam.*
Le surpasser.
L'étonner.

pigeon
Plumer un pigeon *fam.*
Escroquer.

pignon
Avoir pignon sur rue.
Être propriétaire.
Avoir une réputation bien établie.

pile
Jouer à pile ou face *fam.*
Laisser au hasard le soin de décider.
Tomber pile *fam.*
Arriver au bon moment.
Tomber pile sur quelque chose *fam.*
Le trouver au moment où il faut.

pile
Recevoir une pile *fam.*
Être vaincu.

piler
Piler du poivre.
Être secoué sur sa selle.

pilon
Mettre au pilon.
Mettre au rebut.

pilori
Clouer, mettre au pilori.
Vouer au mépris de tous.

pilule
Avaler la pilule *fam.*
Supporter un désagrément.
Dorer la pilule à quelqu'un *fam.*
Le mystifier.

pinacle
Être au pinacle.
Parvenir à une situation brillante.
Porter au pinacle.
Couvrir d'éloges.

pince
À pinces *pop.*
À pied.
Affûter ses pinces *pop.*
S'enfuir.
Chaud de la pince *pop.*
Enclin aux plaisirs sensuels.

pinceau
S'emmêler les pinceaux *pop.*
Se tromper.
Tomber.

pincer
Ça pince *fam.*
Il fait très froid.
En pincer pour quelqu'un *fam.*
Être amoureux de.
Pincer sans rire.
Taquiner sans en avoir l'air.

pincette
N'être pas à prendre avec des pincettes *fam.*
Être d'une saleté extrême.
Être de très mauvaise humeur.
Tricoter des pincettes *pop.*
S'enfuir.

pinson
Gai comme un pinson *fam.*
Très gai.

pinte
S'offrir, se payer une pinte de bon sang *fam.*
S'amuser.

pinter
Se pinter la gueule *pop.*
S'enivrer.

pioche
Tête de pioche *fam.*
Entêté.
Sourd comme une pioche *fam.*
Très sourd.

pion
Damer le pion à quelqu'un *fam.*
Remporter un avantage sur lui.

pipe
Casser sa pipe *fam.*
Mourir.
Fumer sans pipe *vx.*
Bouillir de colère.

Nom d'une pipe! *fam.*
Juron.
Par tête de pipe *fam.*
Par personne.
Se fendre la pipe *pop.*
Rire aux éclats.
Tête de pipe *pop.*
Individu grotesque.

pipeau
C'est du pipeau *fam.*
C'est un mensonge.

piper
Les dés sont pipés.
La partie est faussée.
Ne pas piper mot *fam.*
Se taire.

pipi
C'est à faire pipi dans sa culotte
pop.
C'est très drôle.
Dame pipi *fam.*
Personne qui s'occupe des toilettes dans un établissement public.
Du pipi de chat *fam.*
Se dit d'une chose sans valeur.

pique
Être à cent piques de quelque chose *vx.*
En être très éloigné.
Fichu, foutu comme l'as de pique *pop.*
Mal habillé.

piqué
N'être pas piqué des hannetons, des vers *fam.*
Être d'une très grande qualité.
Présenter des difficultés.

piquer
Piquer au vif.
Susciter un mouvement de vive colère.
Piquer des deux (éperons) *vx.*
S'élancer rapidement.
Piquer du nez *fam.*
Tomber en avant.
Tomber de sommeil.
Piquer sa crise *fam.*
Se mettre en colère.

Piquer un cent mètres.
Courir très vite.
Piquer un fard *fam.*
Rougir de gêne.
Piquer un roupillon *fam.*
Piquer un somme.
S'endormir.
Piquer une tête *fam.*
Se jeter dans l'eau la tête la première.
Quelle mouche te pique?
Qu'est-ce qui te prend?
S'en piquer.
Avoir des prétentions.
Se faire piquer *pop.*
Être pris en flagrant délit.
Se piquer au jeu.
S'entêter dans une entreprise malgré les difficultés.
Se piquer le nez *fam.*
Boire d'une manière excessive.

piquet
Droit comme un piquet *fam.*
Très droit.
Être planté comme un piquet.
Se tenir immobile.
Mettre au piquet.
Punir.

piquette
De la piquette *pop.*
Se dit d'une chose sans valeur.

piquette
Prendre une piquette *fam.*
Échouer.

Pirée
Prendre le Pirée pour un homme *lit.*
Faire une erreur grossière.

pis
Aller de mal en pis.
Aller de plus en plus mal.
Au pis aller.
Dans l'hypothèse la plus défavorable.
Dire pis que pendre de quelqu'un.
En dire beaucoup de mal.
Tant pis!
Dommage!

pissenlit

Manger les pissenlits par la racine *pop.*
Être mort et enterré.

pisser

C'est comme si on pissait dans un violon *pop.*
Cela ne sert à rien.

Ça ne pisse pas loin *pop.*
Ça n'a pas de valeur.

Comme une envie de pisser *pop.*
Brusquement.

Laisser pisser *pop.*

Laisser pisser le mérinos *pop.*
Ne pas se mêler de quelque chose.

Ne plus se sentir pisser *pop.*
Faire preuve de fatuité.

Pisser au cul, à la raie *pop.*
Mépriser.

Pisser des lames de rasoir *pop.*
Supporter des choses pénibles.

Pleuvoir comme vache qui pisse *pop.*
Pleuvoir abondamment.

piste

Brouiller les pistes.
Rendre la recherche difficile.

Entrer en piste.
Intervenir dans une action en cours.

Mettre sur la piste.
Mettre sur la bonne voie.

Tous en piste! *fam.*
Se dit pour inciter tout le monde à agir.

pistolet

Drôle de pistolet *fam.*
Personne bizarre.

piston

Un coup de piston.
Aide que l'on accorde à quelqu'un pour lui faire obtenir ce qu'il désire.

pitié

Avoir pitié.
Éprouver de la compassion.

Faire pitié.
Être pitoyable.

Il vaut mieux faire envie que pitié.
Se dit à propos d'une personne très corpulente.

Par pitié.
Je vous en prie.

Prendre en pitié.
Éprouver de la compassion pour quelqu'un.

pitre

Faire le pitre *fam.*
Se livrer à des bouffonneries.

pivoine

Rouge comme une pivoine *fam.*
Très rouge.

place

Être en place.
Être à l'endroit prévu.
Occuper un emploi.

Faire place à.
Se ranger pour laisser passer.

Faire place nette.
Enlever d'un lieu tout ce qui est gênant.

La place est (toute) chaude *fam.*
Se dit quand on propose à quelqu'un le siège qu'on occupait.

Les places sont chères *fam.*
La concurrence est vive.

Mettre en place.
Ranger, disposer.

Ne pas rester, ne pas tenir en place.
S'agiter continuellement.

Prendre place.
S'installer.

Qui va à la chasse perd sa place.
On ne retrouve pas toujours les avantages que l'on a quittés.

Remettre quelqu'un à sa place.
Le rappeler à plus de convenance.

Se faire une place au soleil.
Se créer une situation enviable.

Se mettre à la place de quelqu'un.
S'imaginer dans sa situation.

Se tenir à sa place.
Se conduire d'une manière convenable.
Sur place.
À l'endroit même.
Tenir sa place.
Avoir de l'importance.

place

Entrer dans la place.
Parvenir à son but.
Rendre la place.
Être vaincu.

placé

Avoir le cœur bien, mal placé.
Avoir, ne pas avoir de vertu ou d'honneur.
Être bien, mal placé pour.
Être en situation favorable ou défavorable pour.

placement

Placement de père de famille.
Placement sans risques.

placer

En placer une *pop.*
Placer un mot *fam.*
Intervenir dans la conversation.

plafond

Crever le plafond *fam.*
Dépasser les limites.
Être bas de plafond *pop.*
Être sans intelligence.

plaider

Plaider le faux pour savoir le vrai.
Avancer de fausses raisons pour inciter les autres à se confier.

plaie

Mettre le doigt sur la plaie.
Indiquer clairement la cause d'un mal.
Ne rêver que plaies et bosses *fam.*
Avoir l'esprit batailleur.
Plaie d'argent n'est pas mortelle.
Les difficultés financières ne sont pas sans issue.
Quelle plaie!
Formule marquant l'agacement devant une chose ou une personne ennuyeuse.

Remuer, retourner le couteau dans la plaie.
Raviver une douleur en rappelant des choses pénibles.

plaindre

Être à plaindre.
Mériter la pitié.
N'avoir pas à se plaindre.
N'être pas à plaindre.
Ne manquer de rien.

plaisanterie

C'est une plaisanterie.
Cela est facile.
Cela passe la plaisanterie.
C'est excessif.
Ne pas entendre la plaisanterie.
Être très susceptible.
Plaisanterie à part.
Sérieusement.

plaisir

À plaisir.
Sans justification.
Au plaisir de vous revoir *fam.*
Formule pour prendre congé.
Faire durer le plaisir.
Prolonger quelque chose.
Par plaisir.
Pour voir si.
Prendre son plaisir où on le trouve.
Se contenter de ce qui est offert.
Se faire un plaisir de.
Faire volontiers.

plan

Laisser quelqu'un en plan *fam.*
Le quitter brusquement.
Il n'y a pas plan *pop.*
C'est impossible.
Rester en plan *fam.*
Être abandonné.
Être inachevé.
Tirer des plans sur la comète *fam.*
Former des projets illusoires.

plan

De premier plan.
Très remarquable.
Mettre sur le même plan.
Placer au même niveau.

Sur le plan de.
Dans le domaine de.

planche

Avoir du pain sur la planche *fam.*
Avoir beaucoup de travail en perspective.
Brûler les planches.
Jouer avec beaucoup d'entrain.
Faire la planche.
Se maintenir sur le dos à la surface de l'eau.
Monter sur les planches.
Faire du théâtre.
Planche à pain *pop.*
Femme très maigre.
Planche de salut.
Ressource ultime.
Planche pourrie *pop.*
Personne sur laquelle on ne peut pas compter.

plancher

Débarrasser le plancher *fam.*
Partir sous la contrainte.
Le plancher des vaches *fam.*
La terre ferme.
Mettre le pied au plancher *fam.*
Accélérer à fond.

plante

Belle plante *fam.*
Se dit d'une jolie fille.

planter

Planter là *fam.*
Abandonner.
Rester planté.
Être immobile.
Se planter *pop.*
Se tromper.

plaque

Être, mettre à côté de la plaque *fam.*
Se tromper.

plat

À plat.
Horizontalement.
Entièrement.
Avoir la bourse plate *fam.*
Être sans argent.
Être à plat *fam.*
Être très fatigué.

Faire de plates excuses.
S'excuser servilement.
Faire du plat à quelqu'un *fam.*
Le courtiser.
Faire tout un plat de quelque chose *fam.*
En exagérer l'importance.
Mettre à plat.
Fatiguer.
Exposer en détail.
Pied plat.
Homme de peu de considération.
Se mettre à plat ventre devant quelqu'un *fam.*
Faire preuve de servilité à son égard.
Tomber à plat *fam.*
N'avoir aucun retentissement.
Échouer.
Tout plat.
Nettement.

plat

Mettre les petits plats dans les grands *fam.*
Faire un accueil somptueux.
Servir un plat de son métier.
Tromper.

plateau

Apporter quelque chose à quelqu'un sur un plateau.
Le lui apporter sans qu'il ait à faire des efforts.

plate-bande

Empiéter, marcher sur les plates-bandes de quelqu'un *fam.*
Porter atteinte à son autorité.

plâtre

Battre comme plâtre *fam.*
Frapper violemment quelqu'un.
Essuyer les plâtres *fam.*
Être le premier à faire l'épreuve de quelque chose.

plein

À plein.
Complètement.
À plein nez.
Très fort.
À pleines mains.
À poignée.
En grande quantité.

À pleines voiles.
Rapidement.

Avoir le ventre plein *fam.*
Être rassasié.

En avoir plein la bouche *fam.*
En parler fréquemment et de façon admirative.

En avoir plein le cul, plein le dos *pop.*
Être excédé par quelque chose.

En avoir plein les bottes, plein les pattes *pop.*
Être très fatigué.

En mettre plein la vue à quelqu'un.
L'étonner.

En prendre plein la gueule (pour pas un rond) *pop.*
Subir de nombreux désagréments sans les avoir provoqués.

Être plein aux as *fam.*
Être très riche.

Être plein comme une outre *fam.*
Avoir trop bu ou trop mangé.

Être plein comme un boudin, comme une bourrique *pop.*
Être ivre.

Plein à craquer.
Rempli au maximum.

Plein comme un œuf *fam.*
Totalement plein.

S'en mettre plein la lampe *pop.*
Manger très copieusement.

Un gros plein de soupe *fam.*
Personne très grosse et grasse.
Personne très riche.

plein

Avoir son plein *pop.*
Être ivre.

Battre son plein.
Atteindre son plus haut point d'animation.

Donner son plein.
Donner la pleine mesure de son talent.

pleur

Essuyer les pleurs de quelqu'un.
Le consoler.

Le bureau des pleurs *fam.*
Le service des réclamations.

pleurer

À pleurer.
Au point d'en pleurer.

C'est Jean qui pleure et Jean qui rit.
Se dit d'une personne dont l'humeur change à tout moment.

N'avoir plus que ses yeux pour pleurer.
Avoir tout perdu.

Ne pas pleurer sa peine *fam.*
Ne pas ménager ses efforts.

Ne pleurer que d'un œil *fam.*
Ne regretter qu'en apparence.

Pleurer à chaudes larmes.
Pleurer abondamment.

Pleurer comme une Madeleine *fam.*

Pleurer comme un veau *fam.*
Pleurer abondamment.

Pleurer dans le gilet de quelqu'un *fam.*
Se plaindre auprès de lui.

Pleurer d'un œil et rire de l'autre.
Être tout à la fois triste et gai.

Pleurer le pain qu'on mange *fam.*
Être avare.

pleuvoir

Comme s'il en pleuvait *fam.*
En grande quantité.

Pleuvoir à seaux, à torrents, à verse *fam.*

Pleuvoir comme vache qui pisse *pop.*
Pleuvoir abondamment.

pli

Ne pas faire un pli *fam.*
N'offrir aucune difficulté.
Ne pas manquer d'arriver.

Prendre le pli.
Prendre une habitude.

plier

Être plié en deux *pop.*
Rire.

Plier bagages *fam.*
Partir.

Plier le coude *pop.*
Boire.

plomb

À plomb.
Perpendiculairement.

Avoir du plomb dans l'aile *fam.*
Être gravement atteint.

Avoir du plomb dans la tête *fam.*
Faire preuve de sagesse.

Avoir un plomb sur l'estomac
fam.
Avoir une digestion difficile.

Cul de plomb *pop.*
Personne sédentaire.

De plomb.
Accablant.

Péter les plombs *pop.*
Devenir fou.

Sommeil de plomb.
Sommeil lourd et profond.

plongeon

Faire le plongeon *fam.*
*Subir de grosses pertes finan-
cières.*

pluie

Ennuyeux comme la pluie *fam.*
Très ennuyeux.

Ne pas être tombé de la dernière
pluie *fam.*
Avoir de l'expérience.

Pluie du matin n'arrête pas le
pèlerin.
*Un homme courageux ne s'ar-
rête pas à la première difficulté.*

plume

Comme une plume *fam.*
Facilement.

Être au poil et à la plume *vx.*
Être bisexuel.
Montrer des aptitudes diverses.

Jeter la plume au vent.
Se laisser mener par le hasard.

Laisser des plumes *fam.*
*Subir des pertes dans une en-
treprise.*

Léger comme une plume *fam.*
Très léger.

Passer la plume par le bec de
quelqu'un *lit.*
Le frustrer de ses espérances.

Se parer des plumes du paon.
*Se prévaloir des mérites d'au-
trui.*

Secouer les plumes à quelqu'un
fam.
*Lui adresser de violents repro-
ches.*

Voler dans les plumes de quelqu'un *fam.*
L'attaquer.

plume

Au bout de la plume.
Spontanément.

D'un trait de plume.
D'un seul coup.
Rapidement.

La plume me tombe des mains.
Je suis très étonné.

Mettre la main à la plume.
*Commencer la rédaction de
quelque chose.*

Tenir la plume.
*Écrire sous la dictée de quel-
qu'un.*

Plumeau

Envoyer chez Plumeau *pop.*
Renvoyer.

plumer

Plumer la poule sans la faire crier
vx.
*Voler quelqu'un sans qu'il s'en
aperçoive.*

plumet

Avoir son plumet *pop.*
Être ivre.

plus

Bien plus.
Qui plus est.
En outre.

Jusqu'à plus soif *fam.*
À satiété.

Ni plus ni moins.
Exactement.

On ne peut plus.
Extrêmement.

Plus ou moins.
*Expression marquant l'incerti-
tude.*

Sans plus.
Sans rien ajouter.

Tant et plus.
Beaucoup.

plus

Qui peut le plus peut le moins.
Se dit par manière d'encouragement.

poche

Acheter chat en poche *fam.*
Acheter quelque chose sans le voir.

Avoir en poche.
Avoir en sa possession.

C'est dans la poche *fam.*
Le succès en est assuré.

Connaître comme sa poche *fam.*
Connaître parfaitement.

Dans sa poche.
En secret.

De poche.
Petit.

De sa poche.
Avec son argent.

En être de sa poche.
Subir une perte.

Faire les poches à quelqu'un *fam.*
Le voler.

Mettre quelqu'un dans sa poche *fam.*
En disposer à son gré.

Mettre son drapeau dans sa poche *fam.*
Cacher ses opinions.

N'avoir pas sa langue dans sa poche *fam.*
Savoir répliquer.

Ne pas avoir les yeux dans sa poche *fam.*
Faire preuve d'une grande curiosité.

Se remplir les poches *fam.*
S'enrichir.

pocher

Pocher un œil à quelqu'un *fam.*
Lui donner un coup violent sur l'œil.

pochetée

En avoir une pochetée *pop.*
Être très bête.
Être très ivre.

poêle

Sauter de la poêle dans la braise *vx.*
Tomber d'un danger dans un autre.

Tenir la poêle par la queue *fam.*

Tenir la queue de la poêle *fam.*
Conduire une affaire.

poème

Tout un poème *fam.*
Se dit d'une chose tout à fait bizarre.

pogne

Avoir de la pogne *pop.*
Être fort.

Être à la pogne de quelqu'un *pop.*
Lui obéir.

pognon

Être plein de pognon *pop.*
Avoir de l'argent.

poids

Au poids de l'or.
À un prix très élevé.

Avec poids et mesure.
Sagement.

Faire bon poids.
Être généreux.

Faire deux poids et deux mesures.
Juger avec partialité.

Faire le poids.
Être en mesure de remplir un rôle.

Juger au poids du sanctuaire *vx.*
Juger équitablement.

Un poids mort.
Chose ou personne inutile.

poignard

Coup de poignard dans le dos.
Trahison.

Mettre, tenir le poignard sur la gorge.
Contraindre quelqu'un.

poigne

À poigne *fam.*
Énergique.

poignée

À poignée.
En grande quantité.

Poignées d'amour *fam.*
Bourrelets à la taille.

poignet

À la force du poignet.
Par sa seule énergie.

poil

À poil *pop.*
Tout nu.
À trois poils *vx.*
À quatre poils *vx.*
*Se dit d'un homme très coura-
geux.*
À un poil près.
Presque.
Au petit poil *fam.*
Au poil *fam.*
Au quart de poil *fam.*
Très exactement.
Avoir du poil au cul *pop.*
Avoir du poil aux yeux *fam.*
Être courageux.
Avoir quelqu'un sur le poil *fam.*
Avoir à le supporter.
Avoir un poil dans la main *fam.*
Être paresseux.
Caresser dans le sens du poil
fam.
*Flatter quelqu'un pour en ob-
tenir une faveur.*
Chercher des poils sur un œuf.
Chercher une chose introuvable.
De tout poil *fam.*
De toute espèce.
Être de bon poil *fam.*
Être de bonne humeur.
Ne pas avoir un poil sur le
caillou *fam.*
Être chauve.
Ne plus avoir un poil de sec *fam.*
Éprouver une grande frayeur.
Reprendre du poil de la bête *fam.*
Reprendre des forces.
Tomber sur le poil de quelqu'un
fam.
L'attaquer brutalement

poilu

Poilu comme un singe *fam.*
Très poilu.

poing

Donner un coup de poing sur la
table *fam.*
Se montrer énergique.
Dormir à poings fermés.
Dormir très profondément.
Faire le coup de poing.
Se battre.
Montrer le poing à quelqu'un.
Le menacer.
Pas plus gros que le poing.
Très petit.
Pieds et poings liés.
Dans une totale dépendance.
Se mordre, se ronger les poings
fam.
S'inquiéter.
Serrer les poings.
Contenir sa colère.
Rassembler son énergie.

point

À point.
À propos.
Ni trop ni trop peu.
À point nommé.
De façon opportune.
Au dernier point.
Extrêmement.
Compter les points.
*Assister à un affrontement sans
y participer.*
De point en point.
Exactement.
Donner des points à quelqu'un.
Lui être supérieur.
En tout point.
Complètement.
Être au point mort.
Être arrêté.
Faire le point.
*Dresser le bilan d'une situa-
tion.*
Jusqu'à un certain point.
Partiellement.
Mal en point.
Malade.
En mauvais état.
Marquer un point.
Gagner un avantage.

Mettre au point.
Amener quelque chose à son point de perfection.

Mettre les points sur les « i » *fam.*
Expliquer en détail et avec force.

Point à la ligne.
Se dit pour passer à quelque chose d'autre.

Point chaud.
Lieu où il risque d'y avoir un conflit.

Point d'interrogation.
Question sans réponse.

Point de chute.
Lieu où l'on s'arrête.

Point de mire.
Chose ou personne vers qui convergent tous les regards.

Point de repère.
Élément qui permet de se déterminer.

Point faible.
Élément de moindre résistance.

Point noir.
Élément négatif.

Point par point.
Successivement.

Point sensible.
Point faible de quelqu'un.

Pour un point, Martin perdit son âne *vx.*
Pour peu de chose, on manque parfois une affaire.

Se faire un point d'honneur de.
Se faire une obligation de.

Sur le point de.
Très près de.

Travail au petit point *lit.*
Travail minutieux.

Un point, c'est tout.
Se dit pour souligner une décision ou une conclusion.

pointe

À la pointe de.
Dès le début de.

De, en pointe.
En avance sur le cours normal des choses.

Discuter sur des pointes d'épingle.
Parler de choses très subtiles.

Être à la pointe de.
Être en avance dans un domaine.

Être en pointe de vin *vx.*
Être légèrement ivre.

Faire une pointe.
Courir très vite.

Faire une pointe.
Pousser une pointe fam.
Prolonger sa route.
Poursuivre une idée.

Les heures de pointe.
Le moment où la circulation est la plus intense.

Marcher sur la pointe des pieds.
Marcher avec précaution.

Une pointe de.
Une petite quantité de.

pointillé

En pointillé.
De façon sommaire.

poire

Bonne poire *fam.*
Se dit d'une personne facile à duper.

Couper la poire en deux *fam.*
Partager les bénéfices ou les risques de manière équitable.

Entre la poire et le fromage *fam.*
À la fin du repas, quand on s'exprime plus librement.

Garder une poire pour la soif.
Mettre quelque chose en réserve pour un besoin futur.

Laisser mûrir la poire.
Attendre le moment propice pour recueillir les avantages de quelque chose.

Ma, ta, sa poire *pop.*
Moi, toi, lui.

Ne pas promettre poires molles *vx.*
Proférer des menaces sévères.

Se fendre la poire *pop.*
Rire aux éclats.

Se payer la poire de quelqu'un *pop.*
Se moquer de lui.

Se sucer la poire *pop.*
S'embrasser.

poireau
Faire le poireau *fam.*
Attendre vainement quelqu'un.

pois
Avaler comme des pois gris *lit.*
Manger gloutonnement.

Avoir un petit pois dans la tête
fam.
Être sans intelligence.

Donner un pois pour une fève
vx.
*Donner une chose insignifiante
en échange de quelque chose de
valeur.*

Purée de pois.
Brouillard très épais.

poisse
Avoir la poisse *pop.*
Être malchanceux.

Quelle poisse! *fam.*
Quelle malchance!

poisson
Comme un poisson dans l'eau
fam.
À son aise.

Engueuler quelqu'un comme du
poisson pourri *pop.*
*Lui adresser des reproches vio-
lents et grossiers.*

Finir en queue de poisson *fam.*
*Se terminer de façon inattendue
et décevante.*

Les gros poissons mangent les
petits.
*Les faibles sont toujours op-
primés par les forts.*

Ni chair ni poisson.
Sans caractère déterminé.

Noyer le poisson *pop.*
Embrouiller une affaire.

Poisson d'avril
*Plaisanterie faite traditionnelle-
ment le 1ᵉʳ avril.*

poivre
Compter pour du poivre et du
sel.
Compter pour rien.

Piler du poivre.
Être secoué sur sa selle.

Poivre et sel.
*Mêlé de noir, de gris et de blanc
en parlant des cheveux.*

poix
Avoir la poix *pop.*
Être malchanceux.

pôle
Pôle d'attraction.
Ce qui attire.

poli
Poli comme une porte de prison
fam.
Très incorrect.

Trop poli pour être honnête.
*Se dit de quelqu'un dont l'excès
de gentillesse ne peut que cacher de mauvaises intentions.*

polichinelle
Avoir un polichinelle dans le ti-
roir *pop.*
Être enceinte.

Secret de polichinelle.
Secret connu de tous.

Vie de polichinelle.
Vie désordonnée.

politesse
Brûler la politesse à quelqu'un.
Le quitter brusquement.

Politesse de marchand *vx.*
Politesse intéressée et calculée.

Rendre la politesse à quelqu'un.
*Avoir envers lui un comporte-
ment identique à celui qu'il a
eu à notre égard.*

pommade
Passer de la pommade à quel-
qu'un *fam.*
Le flatter.

pomme
Aux pommes *pop.*
Délicieux.

Bonne pomme *fam.*
*Se dit d'une personne facile à
duper.*

C'est pour ma pomme *pop.*
C'est pour moi.

Haut comme trois pommes *fam.*
De petite taille.

Jeter des pommes cuites à quelqu'un.
L'injurier.

Ma, ta, sa pomme *pop.*
Moi, toi, lui.

Se sucer la pomme *pop.*
S'embrasser.

Tomber dans les pommes *fam.*
S'évanouir.

pompe

À toute pompe *pop.*
Très promptement.

Avoir un coup de pompe *pop.*
Avoir un moment de faiblesse.

Cirer les pompes à quelqu'un *pop.*
Le flatter bassement.

Être à côté de ses pompes *pop.*
Être dans un état anormal.

pompe

En grande pompe.
Avec faste.

pomper

Pomper l'air *pop.*
Exaspérer.

pompette

Être pompette *fam.*
Être légèrement ivre.

pompier

Fumer comme un pompier *fam.*
Fumer abondamment.

pompon

Avoir le pompon *fam.*
L'emporter sur quelqu'un.

Avoir son pompon *vx.*
Être ivre.

C'est le pompon *fam.*
C'est le comble.

pont

Couper les ponts avec quelqu'un.
Interrompre toutes relations avec lui.

Faire le pont.
Chômer un jour ouvrable situé entre deux jours fériés.

Faire le pont à quelqu'un *vx.*
L'aider à réussir.

Faire un pont d'or à quelqu'un.
Lui promettre des avantages considérables.

Il passera de l'eau sous le pont.
Cela ne sera pas avant longtemps.

Jeter un pont.
Ménager une transition.

La foire n'est pas sur le pont *vx.*
Rien ne presse.

Pont aux ânes.
Évidence qui n'échappe qu'aux ignorants.

Pont-Neuf

Solide comme le Pont-Neuf *fam.*
Très solide.

popote

Faire la popote *fam.*
Faire la cuisine.

Faire popote *pop.*
S'associer.

popotin

Se magner le popotin *pop.*
Se dépêcher.

port

Arriver à bon port.
Parvenir à son but sans accident.

Échouer en vue du port.
Échouer au moment de réussir.

port

Rester au port d'armes.
Ne pas bouger.

portant

À bout portant.
De très près.

porte

À la porte.
Tout près.

À portes ouvertes *vx.*
Publiquement.

Balayer devant sa porte *fam.*
Corriger ses propres erreurs avant de critiquer celles des autres.

C'est la porte à côté.
C'est tout près.

Chassez le par la porte, il rentrera par la fenêtre.
Se dit d'une personne obstinée qui arrive à ses fins.

Condamner, défendre, refuser sa
porte à quelqu'un.
Refuser de le recevoir.
De porte à porte.
En face.
De porte en porte.
De maison en maison.
Écouter aux portes.
Être aux aguets.
Enfoncer des portes ouvertes.
Expliquer des évidences.
Entrer par une porte et sortir par
l'autre.
Passer rapidement.
Fermer la porte au nez de quel-
qu'un.
Refuser de le laisser entrer.
Forcer la porte de quelqu'un.
Entrer chez lui contre son gré.
Frapper à la bonne porte.
*S'adresser à la personne qui
convient.*
Frapper à toutes les portes.
Solliciter toutes sortes d'appuis.
Il faut qu'une porte soit ouverte
ou fermée.
*Il faut se décider d'une manière
ou d'une autre.*
Laisser la porte ouverte à quel-
que chose.
*Lui laisser la possibilité de se
produire.*
Mettre à la porte.
Mettre dehors, congédier.
Mettre la clé sous la porte *fam.*
Quitter un lieu sans préavis.
Par la grande porte.
De façon honorable.
Porte de sortie.
Expédient.
Prendre la porte.
Quitter une pièce.
Recevoir quelqu'un entre deux
portes.
Le recevoir brièvement.

portée

À portée.
Accessible.
À portée de fusil.
Très près.

Être à la portée de quelqu'un.
Être accessible.
Être à la portée de toutes les
bourses.
Être bon marché.
Hors de portée.
Hors d'atteinte.
Mettre à la portée de quelqu'un.
Rendre compréhensible.

portemanteau

Épaules en portemanteau *fam.*
Épaules tombantes.

porter

Faire porter le chapeau à quel-
qu'un.
*Lui attribuer la responsabilité
d'une action.*
Ne pas porter quelqu'un dans
son cœur.
Le détester.
Ne pas s'en porter plus mal *fam.*
*Ne pas subir d'effet néfaste de
quelque chose.*
Porter à la tête.
Étourdir.
Porter aux nues.
Louer.
Porter des cornes *fam.*
Être cocu.
Porter la cerise, la guigne, la
poisse *pop.*
Porter malheur.
Porter la culotte *fam.*
*Se dit d'une femme qui exerce
l'autorité dans un ménage.*
Porter le pet *pop.*
Porter plainte.
Porter le poids de quelque chose.
En assurer la direction.
Porter sa croix.
Avoir son lot d'épreuves.
Porter sur les nerfs.
Porter sur le système *fam.*
Exaspérer.
Se faire porter pâle *fam.*
Se faire porter malade.
Se porter comme un charme.
Être en bonne santé.

portillon
Se bousculer au portillon *fam.*
Arriver en foule.
Bafouiller.

portion
Demi-portion *fam.*
Individu de peu de considération.
Portion congrue.
Ressources insuffisantes.

portrait
Abîmer, arranger le portrait *fam.*
Battre.
Être le portrait craché de quelqu'un *fam.*
Lui ressembler beaucoup.
Tirer le portrait à quelqu'un *fam.*
Le photographier.

portugaise
Avoir les portugaises ensablées *pop.*
Être sourd.

pose
Être à la pose *vx.*
Être affecté.
Garder la pose.
Conserver la même attitude.
Prendre une pose.
Feindre une attitude.

poser
Poser des jalons.
Faire des démarches préliminaires avant de se lancer dans une entreprise.
Poser les armes.
Faire la paix.
Poser pour la galerie.
Avoir une attitude destinée à impressionner l'assistance.
Poser sa chique *pop.*
Se tenir sur la réserve.
Mourir.
Poser un lapin à quelqu'un *fam.*
Ne pas venir à un rendez-vous.
Poser une colle *fam.*
Poser une question difficile.
Se poser là *pop.*
Posséder un défaut à un degré extrême.

position
Être dans une position intéressante *fam.*
Être enceinte.
Être en position de.
Avoir la possibilité de.
Prendre position.
Prendre parti.
Rester sur ses positions.
Ne pas changer d'opinion.

posséder
Se faire posséder *fam.*
Se laisser duper.

possession
Être en possession de *vx.*
Avoir le droit de.
Être en possession de.
Posséder.
Prendre possession de.
S'emparer de.

possible
Au possible.
Très.
C'est pas Dieu possible! *pop.*
Ce n'est pas possible! *fam.*
C'est incroyable.
Faire tout son possible.
Faire tout ce que l'on peut.

poste
Courir la poste.
Se dépêcher.
Passer comme une lettre à la poste *fam.*
Être accepté sans difficulté.

poste
Fidèle au poste.
Qui ne manque pas aux obligations de sa fonction.

postiche
Faire une postiche *vx.*
Provoquer un attroupement.

postillon
Envoyer des postillons *fam.*
Projeter des gouttelettes de salive en parlant.

posture
Être en bonne, mauvaise posture.
Se trouver dans une bonne, une mauvaise situation.

Être en posture de.
Être dans une situation qui permet de.

pot

À la fortune du pot.
Sans façon.

Avoir du pot *pop.*
Avoir de la chance.

Avoir le pot au lait de Perrette.
Avoir des projets ambitieux.

C'est dans de vieux pots qu'on fait de bonnes soupes.
Les personnes âgées sont les plus expérimentées.

Découvrir le pot aux roses *fam.*
Découvrir le secret d'une chose.

En deux, en trois coups de cuiller à pot *fam.*
Très rapidement.

Être sourd comme un pot *fam.*
Être totalement sourd.

Il n'est si méchant pot qui ne trouve son couvercle.
On trouve toujours quelqu'un pour vous aimer.

Manque de pot *pop.*
Malchance.

Payer les pots cassés *fam.*
Subir les conséquences des fautes d'autrui.

Pot à tabac *fam.*
Personne petite et ronde.

Pot au noir.
Situation désagréable.

Pot de colle *fam.*
Individu importun.

Pot de vin.
Somme versée en sus du prix convenu.

Se casser le pot *fam.*
Faire beaucoup d'efforts.

Se magner le pot *fam.*
Se dépêcher.

Tourner autour du pot *fam.*
Ne pas aller droit au fait.

potage

Il y a une couille dans le potage *pop.*
Il y a quelque chose qui ne va pas.

Pour tout potage.
En tout et pour tout.

poteau

Coiffer quelqu'un au poteau *fam.*
L'emporter au dernier moment.

potence

Gibier de potence *fam.*
Individu peu recommandable et digne d'être pendu.

potin

Faire du potin *fam.*
Faire du bruit.

potron-minet

Dès potron-minet.
De bonne heure.

pou

Bicher comme un pou *fam.*
Être très content de soi.

Chercher des poux dans la tête de quelqu'un *fam.*
Lui chercher une mauvaise querelle.

Laid comme un pou *fam.*
Très laid.

pouce

Demander pouce *fam.*
Se mettre hors jeu.

Donner un coup de pouce *fam.*
Aider.

Et le pouce! *fam.*
Et davantage.

Manger sur le pouce *fam.*
Manger rapidement.

Mettre les pouces *fam.*
S'avouer vaincu.
Céder.

Ne pas céder un pouce de terrain.
Ne pas changer d'avis.
Ne pas céder.

Pouce à pouce *fam.*
Progressivement.

Se mordre les pouces de *vx.*
Se repentir de.

Se tourner les pouces *fam.*
Ne rien faire.

Un pouce de.
Une petite quantité de.

Y mettre les quatre doigts et le
pouce *fam.*
   Prendre à pleines mains.

poudre

Faire parler la poudre.
   Recourir à la guerre.
   Commencer les hostilités.
Jeter, mettre de la poudre aux
yeux.
   Tromper par des apparences fal-
   lacieuses.
Mettre le feu aux poudres.
   Provoquer un drame.
Ne pas avoir inventé la poudre
fam.
   Être sot.
Prendre la poudre d'escampette
fam.
   Partir brusquement.
Réduire en poudre.
   Faire disparaître.
Se répandre comme une traînée
de poudre.
   Se propager très rapidement.
Tirer sa poudre aux moineaux
vx.
   Se dépenser en pure perte.
Vif comme la poudre.
   Très vif.

pouilles

Chanter pouilles à quelqu'un *vx.*
Chercher des pouilles à quel-
qu'un *fam.*
   L'injurier.

poule

Avoir la chair de poule.
   Avoir peur.
   Avoir froid.
Être comme une poule qui a
couvé des œufs de cane.
Être comme une poule qui n'a
qu'un poussin.
   Être embarrassé.
La poule ne doit pas chanter de-
vant le coq *vx.*
   Une femme ne doit pas com-
   mander dans le ménage.
Poule laitée *vx.*
   Homme efféminé.

Poule mouillée *fam.*
   Personne sans courage.
Quand les poules auront des
dents *fam.*
   Jamais.
Se coucher avec les poules *fam.*
   Se coucher de bonne heure.
Tuer la poule aux œufs d'or.
   Se priver d'un avantage à venir
   pour un profit immédiat.
Une poule n'y retrouverait pas
ses poussins *fam.*
   Se dit d'un lieu en désordre.

pouls

Prendre, tâter le pouls de quelqu'un ou de quelque chose.
   Chercher à connaître ses inten-
   tions ou l'état de la situation.

poumon

À pleins poumons.
   De toutes ses forces.
Avoir du poumon *fam.*
   Avoir une voix forte.
Cracher ses poumons *pop.*
   Tousser abondamment.
S'user les poumons.
   Crier en vain.

poupe

Avoir le vent en poupe.
   Être favorisé.

pour

En être pour *fam.*
   Avoir dépensé en vain.
Être pour.
   Manifester son adhésion à.
Le pour et le contre.
   Les avantages et les inconvé-
   nients.
N'être pas pour.
   N'être pas favorable à.
Pour de vrai *fam.*
   Dans la réalité.
Pour le moins.
   Au moins.

pourceau

Jeter des marguerites, des perles
aux pourceaux.
   Offrir quelque chose qui ne sera
   pas apprécié.

Pourceau d'Épicure *lit.*
Personne qui recherche trop les plaisirs sensuels.

pourpoint

À brûle-pourpoint.
De très près.
Brusquement.
Mettre en pourpoint *vx.*
Dépouiller.

pourquoi

C'est pourquoi.
Aussi.
Il faut que ça marche ou que ça dise pourquoi *fam.*
Il faut que ça pète ou que ça dise pourquoi *pop.*
Se dit pour marquer la détermination à obtenir un résultat.

pourri

Être pourri de quelque chose *fam.*
En avoir en grande quantité.

pousser

À la va comme je te pousse *fam.*
Sans soin véritable.
En pousser une *fam.*
Chanter une chanson.
Il ne faut pas pousser (grand-mère dans les orties) *pop.*
Il ne faut pas exagérer.
Pousser quelqu'un à bout.
Lui faire perdre patience.
Pousser à la roue.
Aider.
Pousser au noir.
Exagérer le côté déplaisant de.
Pousser quelqu'un dans ses derniers retranchements.
Détruire ses arguments les plus forts.
Pousser son avantage.
Prolonger un succès.
Pousser une gueulante *pop.*
Crier.
Se pousser du col *fam.*
Chercher à se faire valoir.

poussière

Et des poussières *fam.*
En ajoutant une quantité peu importante.

Faire de la poussière *vx.*
Se comporter de façon ostentatoire.
Mettre, réduire en poussière.
Anéantir.
Mordre la poussière.
Être vaincu.
Tomber en poussière.
Se désagréger.

pouvoir

N'en pouvoir plus.
Être accablé.
On ne peut mieux.
Parfaitement.
On ne peut plus.
Extrêmement.

praline

Cucul la praline *pop.*
Ridicule.

pratique

Donner de la pratique *vx.*
Causer de l'inquiétude.
En pratique.
En réalité.
Mettre en pratique.
Mettre en application.

pré

Aller sur le pré *vx.*
Se battre.

précaution

Prendre ses précautions *fam.*
Aller aux toilettes de peur de ne pouvoir le faire plus tard.
Trop de précaution nuit.
Il est parfois dangereux de se montrer trop prudent.

prêcher

Prêcher dans le désert.
Parler sans être écouté.
Prêcher pour sa paroisse.
Prêcher pour son saint *fam.*
Parler dans son intérêt.
Prêcher un converti.
S'efforcer de convaincre une personne déjà convaincue.

précipice

Être, marcher au bord du précipice.
Être dans une situation risquée.

préjudice
Porter préjudice à quelqu'un.
Lui faire du tort.

premier
Au premier jour.
Dans peu de jours.
De première (bourre) *pop.*
De grande valeur.
De la première main.
De la main du fabricant.
De première main.
Original.

prendre
À tout prendre.
Finalement.
Ça l'a pris comme une envie de pisser
Se dit d'une décision brusque.
C'est à prendre ou à laisser.
Il faut accepter ces conditions ou renoncer.
C'est toujours ça de pris *fam.*
Se dit d'un profit de peu de valeur, mais assuré.
En prendre pour son grade *pop.*
Subir de violents reproches.
Mal lui en prend.
Il a tort.
On ne m'y prendra plus.
Je ne recommencerai plus ainsi. Je ne me laisserai pas tromper une seconde fois.
On ne sait pas par quel bout le prendre *fam.*
Il est très irritable.
Pour qui me prenez-vous? *fam.*
Se dit à celui qui paraît se méprendre sur quelqu'un.
Prendre la balle au bond.
Saisir une occasion.
Prendre le vent.
Observer le cours des événements.
Prendre quelqu'un au dépourvu.
Le surprendre.
Prendre ses jambes à son cou *fam.*
S'enfuir rapidement.

Prendre sur soi.
S'imposer une décision désagréable.
Prendre sur soi quelque chose.
En assumer la responsabilité.
Qu'est-ce qui te prend? *fam.*
Marque l'étonnement devant un comportement inattendu.
S'en prendre à quelqu'un.
L'attaquer.
S'y prendre.
Agir d'une certaine façon vis-à-vis de quelque chose.

près
À peu près.
Approximativement.
De près.
Attentivement.
D'une manière proche.
Être près de ses sous.
Être avare.
Ne pas en être à cela près *fam.*
N'être pas gêné par cela.
Ne pas être près de.
Ne pas risquer de.
Ne pas y regarder de trop près.
Se contenter d'une approximation.
Ni de près ni de loin.
En aucune manière.

présence
Avoir de la présence.
Avoir de la personnalité.
Avoir de la présence d'esprit.
Réagir avec à-propos.
En présence.
Face à face.
Faire acte de présence.
Assister à un événement sans y participer activement.

présent
À présent.
Actuellement.

presse
Avoir bonne, mauvaise presse.
Être bien, mal jugé par l'opinion publique.
Être sous presse.
Être en cours d'impression.

Faire la presse.
Déterminer une opinion.
Mettre sous presse.
Faire imprimer.

pressé

Aller au plus pressé.
S'occuper en priorité de ce qui est le plus urgent.

presser

Presser quelqu'un comme un citron *fam.*
L'exploiter.

prétentaine

Courir la prétentaine *fam.*
Avoir des aventures amoureuses.
Courir çà et là.

prêté

Un prêté pour un rendu.
Un prêté rendu *vx.*
Se dit de la juste réponse à un dommage causé par autrui.

prétention

Avoir des prétentions.
Être vaniteux.
Avoir des prétentions sur.
Revendiquer.

prêter

On ne prête qu'aux riches.
On attribue des qualités aux gens uniquement sur leur réputation.

prétexte

Sous aucun prétexte.
En aucun cas.
Sous prétexte de.
En alléguant comme raison que.

preuve

Faire preuve de.
Manifester.
Faire ses preuves.
Montrer ses capacités.

prier

Je vous en prie.
Formule de politesse.
Se faire prier.
N'agir qu'après avoir été longuement sollicité.

prière

Courte prière monte au ciel.
Des paroles sincères sont préférables à de longues effusions.

prime

Faire prime.
Être très recherché.

primeur

Avoir la primeur de.
Être le premier à profiter de quelque chose.

prince

Comme un prince *fam.*
Magnifiquement.
Être bon prince.
Être conciliant.

princesse

Aux frais de la princesse *fam.*
Aux frais de l'État.
Faire la princesse *fam.*
Avoir une attitude pleine de vanité.

principe

Au principe.
À l'origine.
En principe.
En théorie.
Être à cheval sur les principes.
Être très strict.
Par principe.
Selon une règle fixée à l'avance.
Pour le principe.
Par acquit de conscience.

prise

Avoir prise sur.
Pouvoir exercer une action sur.
Donner prise.
Avoir un point faible.
Donner prise à quelque chose.
S'y exposer.
Être aux prises.
Disputer les uns contre les autres.
Être aux prises avec.
Lutter contre.
Être en prise directe avec.
Être en contact avec.
Lâcher prise *vx.*
Abandonner ce qu'on tenait.
Cesser de combattre.

Prise de bec *fam.*
Querelle.

priver

Ne pas s'en priver.
Faire quelque chose sans contrainte.

prix

À aucun prix.
Se dit pour marquer un refus ferme.

À prix d'or.
Très cher.

À tout prix.
Quoi qu'il arrive.

Au prix de.
En échange de.

Coûter un prix fou.
Coûter très cher.

Faire un prix.
Consentir un rabais.

Hors de prix.
Très cher.

Mettre à prix la tête de quelqu'un.
Promettre une somme d'argent pour sa capture ou son assassinat.

Mettre le prix à quelque chose.
Faire tout son possible pour l'obtenir.

Payer à bon prix.
Payer cher.

problème

Avoir des problèmes *fam.*
Avoir des ennuis.

Faire problème.
Être difficile.

Y a pas de problème *fam.*
La chose est aisée.

procédé

Échange de bons procédés.
Services qu'on se rend mutuellement.

procès

Faire le procès de.
Critiquer.

Faire un procès d'intention.
Porter une accusation non fondée en actes.

Gagner son procès.
Réussir dans un différend.

Sans autre forme de procès.
Sans autre intervention.
Sans autre formalité.

prochaine

À la prochaine *fam.*
À l'arrêt suivant.
À la prochaine fois.

proche

De proche en proche.
Peu à peu.

prodigue

À père avare, fils prodigue.
Les fils ont souvent une attitude inverse de celle de leurs parents.

Enfant prodigue.
Se dit d'une personne qui est accueillie avec joie après une longue absence.

Être prodigue de.
Ne pas ménager.

profession

Faire profession de.
Avouer ouvertement une opinion.
Avoir pour habitude de.

profil

Adopter un profil bas.
Ne pas se faire remarquer.

Avoir le profil.
Répondre à des critères significatifs.

De profil.
De manière incomplète.

profit

Faire du profit.
Rendre beaucoup de services.

Faire son profit de.
Tirer un avantage de.

Mettre à profit.

Tourner à profit *lit.*
Employer utilement.

Passer par pertes et profits.
Se résigner à la perte de quelque chose.

profiter

Bien mal acquis ne profite jamais.
On est toujours puni de sa malhonnêteté.
Profiter de la situation *fam.*
Exploiter à son profit les possibilités qu'offre une situation.

profondeur

En profondeur.
Secrètement.
Intérieurement.

programme

Remplir son programme.
Réaliser point par point tout ce qu'on avait projeté.

progrès

En progrès.
En amélioration.
Faire des progrès à l'envers.
Perdre sa compétence.
On n'arrête pas le progrès *fam.*
Se dit à propos d'une évolution qu'on ne peut pas stopper.

proie

Être la (en) proie de (à) quelque chose.
La subir.
Lâcher la proie pour l'ombre.
Refuser un bien réel pour un bien imaginaire.

promener

Envoyer promener *fam.*
Repousser brutalement.

promesse

Faire des promesses en l'air.
Mentir.
Faire une promesse de Gascon.
Faire une promesse peu sérieuse.

promettre

Ça promet ! *fam.*
On doit s'attendre à tout.
Promettre la lune.
Promettre des choses impossibles ou irréalisables.

promis

Chose promise, chose due.
Se dit pour marquer l'accomplissement d'une promesse.

prompt

Avoir l'humeur prompte.
Être irascible.
Avoir la main prompte.
Être emporté.

prophète

Nul n'est prophète en son pays.
Il est plus facile pour un homme de mérite d'être apprécié ailleurs que chez lui.
Prophète de malheur.
Porteur de mauvaises nouvelles.

proportion

À proportion de.
Compte tenu de.
Hors de proportion.
Sans commune mesure.
Toute proportion gardée.
En tenant compte du pour et du contre.

propos

À propos.
Convenablement.
À propos de.
Au sujet de.
À propos de bottes *fam.*
Sans motif sérieux.
À propos rompus *vx.*
De manière décousue.
À tout propos.
À tout moment.
De propos délibéré.
Volontairement.
Hors de propos.
Sans raison.
Mal à propos.
À contretemps.

proposer

L'homme propose et Dieu dispose.
La réussite de nos projets dépend du bon vouloir de Dieu.
Proposer la botte *pop.*
Faire des propositions galantes à une femme.

propre

C'est du propre *fam.*
Ce n'est pas acceptable.

Me voilà propre! *fam.*
Je suis dans une situation difficile.
Mettre au propre.
Mettre dans un état définitif.
Propre à rien *fam.*
Incapable.
Propre comme un sou neuf *fam.*
Très propre.
Qui est propre à tout n'est propre à rien.
Celui qui n'a aucune spécialité n'excelle en rien.

proprement
À proprement parler.
Plus précisément.
À vrai dire.
Proprement dit.
Au sens exact du mot.

prose
Faire de la prose sans le savoir *fam.*
Réussir dans une activité sans l'avoir voulu.

prospérité
Avoir un visage de prospérité *vx.*
Avoir l'air gai.

protestation
Faire sa protestation *lit.*
Affirmer avec force.

prou
Peu ou prou *lit.*
Plus ou moins.

proverbe
Faire mentir le proverbe.
Être contraire à une vérité généralement admise.
Passer en proverbe.
Se dit de propos cités en modèle.

provision
Faire provision.
Amasser par prudence.
Par provision *lit.*
Par avance.

provisoire
Il n'y a que le provisoire qui dure *lit.*
Les solutions d'attente deviennent souvent définitives.

prudence
Avoir la prudence du serpent.
Allier la ruse à la prudence.
Prudence est mère de sûreté.
Une grande prudence évite tout risque de danger.

prune
Aux prunes *fam.*
L'été dernier.
L'été prochain.
Avoir sa prune *pop.*
Être ivre.
Des prunes! *fam.*
Non.
Pour des prunes *fam.*
Pour rien.

prunelle
Jouer de la prunelle *fam.*
Faire des œillades.
Tenir à quelque chose comme à la prunelle de ses yeux.
Y tenir beaucoup.

prunier
Secouer comme un prunier *fam.*
Maltraiter.

Prusse
Travailler pour le roi de Prusse.
Travailler pour rien.

public
Avoir un caractère public.
Être connu de tout le monde.
Être bon public *fam.*
Être bien disposé à l'égard de quelque chose.

publicité
Faire de la publicité à quelqu'un.
S'employer à le faire connaître.

puce
Avoir la puce à l'oreille *fam.*
Se douter de quelque chose.
Être inquiet.
Caresse de chien donne des puces.
Il est déplaisant d'être flatté par quelqu'un qu'on n'aime pas.
Chercher les puces.
Examiner minutieusement.

Marché aux puces.
Marché où l'on vend des objets d'occasion.

Mettre la puce à l'oreille de quelqu'un *fam.*
Éveiller l'attention et la méfiance de quelqu'un sur quelque chose.

Secouer les puces à quelqu'un *fam.*
Lui adresser de violents reproches.

pucelage
Avoir encore son pucelage *pop.*
Ignorer certaines expériences.

puissance
En puissance.
Virtuellement.
Être en puissance de mari *fam.*
Être sous l'autorité d'un mari.
Être sur le point de se marier.

puits
Être un puits de science.
Être très savant.
Tomber dans le puits *lit.*
Être oublié.

punaise
Ça sent la punaise.
Ça sent très mauvais.
Être plat comme une punaise *fam.*
Se montrer très servile.
Punaise de bénitier, de sacristie *pop.*
Bigote.

punir
C'est le bon Dieu qui l'a puni *fam.*
Se dit d'un châtiment mérité qui n'est dû à l'intervention de personne.
Être puni par où on a péché.
Subir les conséquences désagréables d'une faute.

pur
En pure perte.
En vain.
Pur et simple.
Sans aucune restriction.

purée
Être dans la purée *pop.*
Être dans la gêne.
Purée de nous autres! *pop.*
Malheureux que nous sommes!
Purée de pois *fam.*
Brouillard très épais.

purement
Purement et simplement.
Sans réserve.

purgatoire
Faire son purgatoire.
Souffrir beaucoup.

putain
Enfant, fils de putain *pop.*
Termes d'injure.

putois
Crier comme un putois *fam.*
Protester furieusement.

Pyrrhus
Victoire à la Pyrrhus.
Victoire trop chèrement acquise.

Q

quadrature
C'est la quadrature du cercle.
Se dit d'un problème insoluble.

quai
Au bout du quai les ballots ! *fam.*
Se dit pour renvoyer un importun.

qualité
Avoir qualité pour.
Avoir le droit de.
En qualité de.
À titre de.
Ès qualités.
Au titre de la fonction dont on est investi.

quand
Quand et quand *vx.*
En même temps.

quanquam
Faire un quanquam *vx.*
Faire beaucoup de bruit pour rien.

quantité
En quantité industrielle *fam.*
En très grande quantité.
Traiter quelqu'un en quantité négligeable *fam.*
Ne lui accorder aucune considération.

quarantaine
Mettre en quarantaine.
Isoler.

quarante
Se soucier d'une chose comme de l'an quarante *fam.*
S'en désintéresser totalement.

quart
Au quart de poil *fam.*
De façon précise.
Au quart de tour *fam.*
Rapidement.
Aux trois quarts.
Presque totalement.
Battre son quart *pop.*
Se prostituer.
Être de quart.
Assurer la surveillance.

Passer un mauvais quart d'heure.
Passer un moment difficile.
Se moquer du tiers comme du quart *fam.*
Se moquer de tout.

quartier
À quartier.
À part.
Ameuter le quartier.
Crier fort.
Demander quartier *vx.*
Demander pitié.
Donner quartier libre.
Accorder un moment de liberté.
Ne pas faire de quartier *lit.*
Se montrer impitoyable.
Quartier général.
Lieu habituel de réunion.

Quasimodo
Renvoyer à la Quasimodo.
Renvoyer à une date très éloignée.

quatorze
Chercher midi à quatorze heures.
Compliquer ce qui est simple.
Repartir comme en quatorze *fam.*
Recommencer avec ardeur.

quatre
Comme quatre *fam.*
Beaucoup.
Couper les cheveux en quatre *fam.*
Faire preuve d'une minutie excessive.
Dire à quelqu'un ses quatre vérités *fam.*
Lui dire ce qu'on pense de lui sans ménagement.
Être entre quatre murs.
Être enfermé.
Être plié en quatre *fam.*
Rire aux éclats.
Entre quatre yeux.
En particulier.
Être tiré à quatre épingles.
Être habillé avec un soin méticuleux.

Faire les quatre volontés de quelqu'un.
Obéir à tous ses caprices.

Quatre à quatre.
Rapidement.

Quatre pelés et un tondu *fam.*
Très peu de monde.

Se mettre en quatre (quartiers) *fam.*
Se donner beaucoup de peine.

Se tenir à quatre *fam.*
Faire de grands efforts pour se maîtriser.

Un de ces quatre *pop.*
Un jour quelconque.

quatrième

En quatrième vitesse *fam.*
Très vite.

quellement

Tellement quellement *vx.*
Plutôt mal que bien.

quenouille

Tomber en quenouille.
Être laissé à l'abandon.

querelle

Chercher querelle à quelqu'un.
Le provoquer.

Embrasser la querelle de quelqu'un.
Prendre parti pour lui.

Querelle d'Allemand *vx.*
Querelle sans motif valable.

question

Être à côté de la question.
Être hors sujet.

Être porté sur la question *pop.*
Avoir un goût immodéré pour les choses de l'amour.

Faire question.
Être incertain.

Hors de question.
Se dit d'une chose non envisageable.

Il est question de.
Il s'agit de.

Mettre, remettre en question.
Contester.
Compromettre.

Pas question *fam.*
Non.

quête

En quête de.
À la recherche de.

queue

À la queue leu leu *fam.*
Les uns derrière les autres.

Ajouter des queues aux zéros *fam.*
Falsifier des comptes.

Avoir la queue basse, la queue entre les jambes *fam.*
Être honteux.

Brider son cheval par la queue.
Écorcher l'anguille par la queue *vx.*
Faire le contraire de ce qui devrait être fait.

Dans la queue gît le venin.
Les plus grandes difficultés surgissent souvent à la fin d'une affaire.

Faire la queue.
Attendre son tour dans une file.

Faire la queue à quelqu'un.
Le tromper.

Finir en queue de poisson *fam.*
Se terminer de façon inattendue et décevante.

Il est comme le poireau, la tête blanche et la queue verte *pop.*
Se dit d'un homme d'un certain âge qui a gardé toute sa vigueur sexuelle.

Marcher sur la queue de quelqu'un *vx.*
L'humilier.

Pas la queue d'un *pop.*
Aucun.

Prendre quelqu'un en queue.
L'attaquer par derrière.

Quand on parle du loup, on en voit la queue *fam.*
Se dit quand une personne apparaît au moment où on parle d'elle.

Queue à queue.
Successivement.

Sans queue ni tête.
Sans signification.

Se mordre la queue *fam.*
Recommencer sans cesse.

Tenir la queue de la poêle *fam.*
Conduire une affaire.
Tirer le diable par la queue *fam.*
Mener une vie difficile.

quia
Être à quia.
Être sans réponse.
Mettre quelqu'un à quia.
Le réduire au silence.

quibus
Avoir du quibus *vx.*
Avoir de l'argent.

quille
Jouer des quilles *pop.*
Partir.
Laisser le sac et les quilles.
Laisser le plus mauvais aux autres.

Recevoir quelqu'un comme un
chien dans un jeu de quilles *fam.*
Lui faire mauvais accueil.
Venir comme un chien dans un
jeu de quilles *fam.*
Arriver de façon inopportune.

quine
En avoir quine *vx.*
En avoir assez.

quinquet
Allumer, ouvrir ses quinquets *pop.*
Regarder attentivement.

quinte
Avoir quinte et quatorze *vx.*
Avoir toutes les chances de réussite.

R

rab
Faire du rab *pop.*
Continuer.

rabais
Au rabais.
À bon marché.
Médiocre.

rabaisser
Rabaisser le caquet *fam.*
Faire taire, humilier.

rabattre
En rabattre.
Faire preuve de plus de modestie.
Rabattre le caquet *fam.*
Faire taire, humilier.
Rabattre les coutures à quelqu'un.
Le frapper.

râble
Sauter, tomber sur le râble de quelqu'un *fam.*
L'attaquer.

rabot
Donner un coup de rabot.
Passer le rabot.
Améliorer.

raca
Crier raca sur quelqu'un *vx.*
L'injurier.

raccord
Faire un raccord *fam.*
Retoucher son maquillage.

raccourci
En raccourci.
Brièvement.

race
Avoir de la race.
Avoir de la distinction.
Bon chien chasse de race.
Les enfants ont ordinairement les qualités de leurs parents.
Chasser de race.
Continuer la tradition familiale.

racheter
Racheter un défaut.
Le faire pardonner.

racine
À la racine.
À la base.
Jeter des racines.
S'attacher à.
Manger les pissenlits par la racine *pop.*
Être mort et enterré.
Prendre racine.
S'installer.
S'attarder.

raclée
Flanquer une raclée *pop.*
Vaincre.
Donner une correction.

raconter
En raconter *fam.*
Faire des récits longs et exagérés.
Raconter des bobards, des craques *pop.*
Raconter des sornettes.
Mentir.
Raconter sa vie.
Parler longuement et inutilement.

radar
Au radar *fam.*
À l'aveuglette.

rade
Être en rade *pop.*
Être en panne.
Laisser quelqu'un en rade *fam.*
L'abandonner.

rade
Faire le rade *pop.*
Se prostituer.

radeau
Radeau de la Méduse.
Situation désespérée.

radis
Ne pas avoir un radis *pop.*
Être sans argent.

rafle
Faire rafle *vx.*
Gagner.

Faire une rafle *fam.*
Arrêter en masse.

raffut

Faire du raffut *fam.*
Faire du scandale.

rafraîchir

Rafraîchir la mémoire à quelqu'un.
Lui rappeler des souvenirs désagréables.

rage

Avoir la rage au cœur, au ventre.
Être dans une violente colère.

Faire rage.
Se déchaîner.

Qui veut noyer son chien l'accuse de la rage.
On trouve toujours un bon prétexte pour se débarrasser de quelque chose ou de quelqu'un qui déplaît.

ragoût

Boîte à ragoût *pop.*
Estomac.

raide

Danser sur la corde raide.
Être dans une situation difficile.

Être raide *fam.*
Être ivre.
Être démuni d'argent.

La trouver raide *fam.*
Être choqué de quelque chose.

Raide comme balle *pop.*
Être sans argent.

Raide comme la justice *fam.*
Très raide.

Raide comme un passe-lacet *pop.*
Sans argent.

Raide comme une balle *fam.*
De manière très rude.

Se faire porter raide *pop.*
Se faire porter malade.

rail

Remettre sur les rails.
Permettre de fonctionner de nouveau normalement.

raillerie

Entendre la raillerie *vx.*
Comprendre la plaisanterie.

raisin

Les raisins sont trop verts.
On dédaigne toujours ce qu'on ne peut atteindre.

Mi-figue mi-raisin.
Moitié de gré, moitié de force.
Moitié en plaisantant, moitié sérieusement.

raisiné

Se faire du raisiné *pop.*
Se faire du souci.

raison

À plus forte raison.
D'autant plus.

À raison de.
En proportion de.
À cause de.

À tort ou à raison
Légitimement ou non.

Avoir raison.
Être dans le vrai.

Avoir raison de quelqu'un.
Vaincre sa résistance.

Avoir raison de quelque chose.
En venir à bout.

Avoir ses raisons.
Avoir des motifs qu'on ne veut pas expliquer.

Comme de raison.
Comme il est juste.

Comparaison n'est pas raison.
Une comparaison ne constitue pas une preuve.

Contre toute raison.
Excessivement.

Demander raison.
Demander réparation.

Donner raison à quelqu'un
L'approuver.

Écouter la voix de la raison.
Se montrer raisonnable.

Entendre raison.
Accepter.

La raison du plus fort est toujours la meilleure.
La force l'emporte toujours sur le droit.

Mettre quelqu'un à la raison.
Le forcer à faire son devoir.

N'avoir ni rime ni raison.
N'avoir aucun sens.

Perdre la raison.
Devenir fou.

Plus que de raison.
De manière déraisonnable.

Recouvrer la raison.
Retrouver la lucidité.

Rendre raison de quelque chose.
En expliquer les motifs.

Revenir à la raison.
Redevenir raisonnable.

Se faire une raison *fam.*
Se résigner.

Se rendre à la raison.
Acquiescer à ce qui est juste.

raisonnement

Raisonnement à perte de vue *fam.*
Raisonnement vague.

raisonner

Raisonner comme un coffre, comme une femme ivre, comme une pantoufle, comme un tambour *fam.*
Raisonner sottement.

râle

Courir comme un râle *fam.*
Courir très vite.

ralenti

Au ralenti.
D'une manière moins rapide.

ralentir

Ralentir le mouvement *fam.*
Se calmer.

rallier

Rallier tous les suffrages.
Susciter une adhésion générale.

rallonge

Nom à rallonges *fam.*
Nom à particule.

ramasser

Être à ramasser à la petite cuillère *fam.*
Être épuisé.

Se faire ramasser *pop.*
Se faire arrêter.

Se ramasser *pop.*

Se ramasser une bûche, un gadin, une gamelle, une pelle *pop.*
Tomber.

ramdam

Faire du ramdam *pop.*
Faire du tapage.

rame

À toutes rames *fam.*
Le plus rapidement possible.

Avoir la rame *fam.*
Être paresseux.

Ne pas en foutre une rame *pop.*
Ne rien faire.

Tirer à la rame *fam.*
Travailler dur.

ramener

La ramener *pop.*

Ramener sa fraise *pop.*

Ramener sa science *fam.*
Se manifester à tout propos.

ramer

S'y entendre comme à ramer des choux *fam.*
Ne rien comprendre à quelque chose.

ramona

Jouer ramona *pop.*
Adresser des reproches.

rampe

Lâcher la rampe *pop.*
Mourir.

Passer la rampe.
Produire un grand effet.

rampeau

Faire rampeau *fam.*
Faire un coup nul.

rancard

Filer un rancard *pop.*
Donner un rendez-vous.

rancart

Mettre au rancart *fam.*
Mettre au rebut.

rancune

Garder rancune à quelqu'un.
Avoir de l'animosité à son égard.

Sans rancune! *fam.*
Oublions le passé.

rang

Au rang de.
Au nombre de.

De haut rang.
D'une origine sociale élevée.
En rang d'oignons *fam.*
D'affilée.
Sur une seule ligne
Grossir les rangs.
S'associer à un groupe.
Prendre rang.
Être compté parmi.
Rentrer dans le rang.
Se soumettre.
Se mettre sur les rangs.
Se porter candidat à quelque chose.
Serrer les rangs.
Se regrouper pour affronter une difficulté.
Sortir du rang.
Connaître une ascension professionnelle sans avoir fait d'études particulières.
Tenir son rang.
Agir conformément à la situation qu'on occupe.

ranger

Se ranger des voitures *pop.*
Adopter une conduite moins risquée.
Se ranger sous la bannière, le drapeau, les étendards de quelqu'un.
Prendre son parti.

râpé

C'est râpé *pop.*
C'est raté.

rappel

Battre le rappel.
Réunir tous les moyens disponibles.

rapport

Avoir rapport à.
Être concerné par.
En rapport.
Proportionné à.
Par rapport à.
Par comparaison avec.
Rapport à *fam.*
À cause de.
Sous tous les rapports.
À tous les points de vue.

rapprocher

Rapprocher les distances.
Faire disparaître l'inégalité.

rare

C'est bien rare *fam.*
C'est surprenant.
Oiseau rare.
Personne possédant de grandes qualités.
Se faire rare.
Se manifester moins souvent que d'habitude.

ras

À ras bord.
Entièrement plein.
Jusqu'au bord.
Au ras des pâquerettes *fam.*
De bas niveau.
Très près.
En avoir ras le bol, ras le cul *pop.*
Être excédé par quelque chose.

raser

Raser les murs.
Chercher à passer inaperçu.

rasoir

Être sur le fil du rasoir.
Être dans une situation difficile.
Marcher sur des rasoirs.
Avancer très prudemment.

rat

À bon chat bon rat.
La défense vaut l'attaque.
Être comme un rat dans son fromage.
Être comme un rat en paille.
Ne manquer de rien.
Être fait comme un rat *fam.*
Être pris au piège.
Face de rat *fam.*
Fesse de rat *pop.*
Termes d'injure.
Les rats quittent le navire.
Devant un danger les lâches sont les premiers à fuir.
Rat d'église *pop.*
Bigot
Rat d'hôtel.
Voleur.
Rat de bibliothèque *fam.*
Personne érudite.

S'embêter, se faire chier, s'ennuyer comme un rat (mort) *pop.*
S'ennuyer fortement.

rate

Décharger sa rate.
Manifester sa mauvaise humeur.

Se dilater la rate.
Rire.

râtelier

Manger à tous les râteliers *fam.*
Profiter de tout sans scrupule.

rater

Ne pas en rater une *fam.*
Accumuler les bêtises et les erreurs.

Rater son coup *fam.*
Échouer.

ravage

Faire des ravages *fam.*
Avoir beaucoup de séduction.

ravir

À ravir.
D'une manière qui suscite beaucoup d'admiration.

rayer

Rayer de la carte.
Éliminer.

rayon

Ce n'est pas mon rayon *fam.*
Cela ne me concerne pas.

En connaître un rayon *fam.*
Être expert en un domaine.

raz

Raz de marée.
Changement profond.

rebrousser

Prendre à rebrousse-poil *fam.*
Contrarier, irriter.

Rebrousser chemin.
Revenir en arrière.

rebut

Mettre au rebut.
Se débarrasser d'une chose dont on ne se sert plus.

recette

Faire recette.
Avoir du succès.

recevoir

Fin de non-recevoir.
Refus.

Se faire recevoir *fam.*
Être accueilli avec des reproches.

recharger

Recharger ses accus, ses batteries *fam.*
Reprendre des forces.

réchauffé

C'est du réchauffé *fam.*
Se dit d'une chose trop répétée.

réciproque

Rendre la réciproque à quelqu'un.
Lui rendre la pareille.

réclame

En réclame.
À prix réduit.

Faire de la réclame.
Vanter.

recommander

Se recommander à tous les saints (du paradis) *fam.*
Demander l'aide de tout le monde.

reconnaissance

Avoir la reconnaissance du ventre *fam.*
Manifester de la gratitude à quelqu'un pour son aide.

recours

Avoir recours à quelqu'un.
Lui demander son aide.

En dernier recours.
Finalement.

recta

Payer recta *fam.*
Payer exactement.

rectifier

Rectifier le tir *fam.*
Corriger une erreur.

recul

Prendre du recul.
Considérer avec détachement.

reculer

Ne reculer devant rien.
Être prêt à tout.

Reculer pour mieux sauter.
Retarder une décision pour mieux réussir ensuite.
Temporiser inutilement.

redire

Trouver à redire.
Blâmer.

redorer

Redorer son blason *fam.*
Rétablir sa situation, généralement par un riche mariage.

redresse

Être à la redresse *pop.*
Être énergique.

redresser

Redresser la tête.
Prendre un air de supériorité.

redresseur

Redresseur de torts *fam.*
Personne qui se targue de corriger les autres.

réduire

En être réduit à la portion congrue.
N'avoir plus que des ressources insuffisantes.
Réduire à néant.
Faire disparaître.
Réduire à sa plus simple expression.
Réduire à l'extrême.
Réduire au silence.
Contraindre à se taire.

refaire

Être refait *fam.*
Être trompé.
On ne peut se refaire *fam.*
Il n'est pas possible de changer.
Se refaire une santé.
Réparer ses forces.
Si c'était à refaire.
Expression marquant le regret.

refile

Aller au refile *pop.*
Vomir.

refrain

Changer de refrain.
Arrêter de répéter la même chose.

refus

Ce n'est pas de refus *fam.*
Volontiers.

regagner

Regagner du terrain.
Regagner le dessus du vent *vx.*
Reprendre l'avantage.
Regagner le temps perdu.
Combler un retard.
Regagner le terrain perdu.
Réduire un handicap.
Regagner ses pénates *fam.*
Rentrer chez soi.

régalade

Boire à la régalade.
Boire sans appliquer la bouche au récipient.

regard

Au regard de.
En comparaison de.
Vis-à-vis de.
Regard en coulisse.
Regard de côté.

regarder

Ne pas regarder à la dépense.
Être prodigue.
Regarder à la dépense.
Être économe.
Regarder d'un autre œil.
Envisager de manière différente.
Regarder de près quelque chose.
L'examiner en détail.
Regarder en face
Envisager sans crainte.
Regarder quelqu'un de travers.
Lui témoigner de l'hostilité.
Regarder quelqu'un sous le nez *fam.*
Le dévisager.
Se regarder en chiens de faïence.
Se regarder avec animosité.
Se regarder le nombril *fam.*
Ne s'intéresser qu'à soi.
Tu ne t'es pas regardé *fam.*
Se dit à quelqu'un qui malgré ses défauts ose juger les autres.
Vous ne m'avez pas regardé *fam.*
Expression marquant l'indignation ou le refus.

Y regarder à deux fois *fam.*
Hésiter avant d'agir.

régime

De régime *vx.*
Méthodiquement.

Être au régime jockey *fam.*
Suivre un régime alimentaire frugal.

Être au régime sec.
S'abstenir de toutes boissons alcoolisées.

Vivre de régime *vx.*
Avoir une vie réglée.

registre

Tenir le registre.
Noter soigneusement.

règle

C'est la règle.
C'est habituel.

De règle.
Usuel.
Habituel.

En règle.
Conforme à la loi.

En règle générale.
Dans la plupart des cas.

Être en règle avec sa conscience
N'avoir rien à se reprocher.

L'exception confirme la règle.
L'existence d'un cas échappant à la règle générale ne met pas en cause l'autorité de cette règle.

La règle du jeu.
Les conditions imposées par certaines circonstances.

Pour la bonne règle.
Pour se conformer à l'usage.

Règle d'or.
Principe nécessaire pour réussir.

régler

Avoir un compte à régler avec quelqu'un *fam.*
Vouloir se venger de lui.

Mettre en coupe réglée.
Exploiter abusivement.

Réglé comme du papier à musique.
D'une parfaite exactitude.
Qui se reproduit avec une grande régularité.

Réglé comme une horloge.
Qui a des habitudes régulières.

Régler son compte à quelqu'un *fam.*
Se venger de lui.
Le tuer.

rein

Avoir les reins solides *fam.*
Avoir assez de ressources pour faire face à l'adversité.

Avoir les reins souples.
Avoir une attitude soumise.

Casser les reins à quelqu'un *fam.*
L'empêcher de réussir.

relais

Être de relais.
Être sans occupation présente.

relation

Avoir des relations.
Connaître des personnes influentes.

relever

Il n'y a pas de quoi se relever la nuit.
Se dit d'une chose sans valeur.

relief

Mettre en relief.
Faire ressortir.

remède

Aux grands maux, les grands remèdes.
Des situations graves exigent des solutions extrêmes.

Le remède est souvent pire que le mal.
Se dit d'une décision hasardeuse.

Remède de cheval *fam.*
Remède efficace, mais très difficile à supporter.

remettre

Ce n'est que partie remise.
Se dit d'un projet retardé.

En remettre *fam.*
Exagérer.

Remettre bien.
Réconcilier.

Remettre ça *fam.*
Recommencer.

S'en remettre à quelqu'un.
Lui faire confiance.

remonter

Remonter au déluge *fam.*
Dater d'une époque très reculée.

Remonter la pente.
Se sortir d'une situation difficile.

Remonter le moral.
Redonner du courage.

Se faire remonter les bretelles
fam.
Être accablé de reproches.

remplir

Se remplir les poches *fam.*
S'enrichir.

remue-ménage

Faire du remue-ménage *fam.*
Créer du désordre.

remuer

Ne pas remuer le petit doigt *fam.*
Ne pas intervenir.

Ne pas remuer plus qu'une souche *fam.*
Être totalement immobile.

Remuer ciel et terre.
*Utiliser tous les moyens possi-
bles.*

Remuer l'argent à la pelle *fam.*
Faire beaucoup d'affaires.

renaître

Renaître de ses cendres.
Recommencer.
Réapparaître.

rencontrer

Il n'y a que les montagnes qui
ne se rencontrent pas.
*Le hasard provoque les rencon-
tres les plus inattendues.*

Les grands esprits se rencontrent.
*Se dit quand des personnes ar-
rivent aux mêmes conclusions
en même temps.*

rendre

Rendre à César ce qui est à
César.
*Donner à chacun ce qui lui
revient.*

Rendre compte.
Expliquer.
Se justifier.

Rendre des points à quelqu'un.
Lui être supérieur.

Rendre gorge.
*Devoir restituer ce qui a été ac-
quis illicitement.*
Vomir.

Rendre l'âme.

Rendre le dernier soupir.
Mourir.

Rendre les armes.
Renoncer.

Rendre son tablier *fam.*
Se démettre de ses fonctions.

Rendre tripes et boyaux *pop.*
Vomir.

Rendre un mauvais service.
Nuire.

Se rendre à l'évidence.
*Admettre la réalité de quelque
chose.*

Se rendre compte.
S'apercevoir.

rendu

Un prêté pour un rendu.
*Se dit de la juste réponse à un
dommage causé par autrui.*

rengainer

Rengainer son compliment *fam.*
Se taire.

renommée

Bonne renommée vaut mieux
que ceinture dorée.
*Une bonne réputation est préfé-
rable à la richesse.*

rentre-dedans

Faire du rentre-dedans *pop.*
Chercher à séduire.

rentrer

Faire rentrer à quelqu'un ses
mots dans la gorge.
L'obliger à se rétracter.

Rentrer dans sa coquille *fam.*
S'isoler.
Se refermer sur soi-même.

Rentrer dans son argent *fam.*

Rentrer dans ses frais.
Être remboursé.

respect

Rentrer dedans *pop.*
Rentrer dans le lard, dans le mou *pop.*
Attaquer.
Rentrer en danse *fam.*
S'engager de nouveau dans une affaire.
Rentrer en grâce auprès de quelqu'un.
Recouvrer sa faveur.
Rentrer en lice.
Commencer un combat.
Rentrer (à cent pieds) sous terre.
Être accablé de honte.

renverse
Tomber à la renverse.
Être stupéfait.

renverser
Renverser la vapeur *fam.*
Changer de façon d'agir.

renvoyer
Renvoyer l'ascenseur *fam.*
Faire preuve de reconnaissance.
Renvoyer la balle.
Répliquer.
Se renvoyer la balle.
Se rejeter la responsabilité.
Se donner la réplique.

repartir
Repartir comme en quatorze *fam.*
Recommencer avec ardeur.

repiquer
Repiquer au truc *pop.*
Recommencer.

réplique
Donner la réplique.
Permettre à quelqu'un de briller dans la conversation.

répondre
En répondre.
S'en porter garant.
Faire une réponse de Normand.
Faire une réponse équivoque.
La réponse du berger à la bergère.
L'expression qui met un terme à toute discussion.

repos
De tout repos.
Calme.
Le repos du guerrier.
Se dit d'une femme qui délasse un homme fatigué.

reposer
Se reposer sur ses lauriers.
Jouir d'un repos mérité après de nombreux succès.

repousser
Repousser du goulot *pop.*
Avoir une mauvaise haleine.

reprendre
On ne m'y reprendra plus.
Je ne recommencerai plus ainsi.
Je ne me laisserai pas tromper une seconde fois.
Que je vous y reprenne plus! *fam.*
Ne recommencez pas.
Reprendre du poil de la bête *fam.*
Reprendre des forces.
Reprendre haleine.
S'arrêter pour se reposer.
Reprendre ses billes *fam.*
Cesser de participer.
S'y reprendre à deux fois.
Faire de multiples tentatives.

réputation
Faire un accroc à sa réputation.
Avoir un léger écart de conduite.

rescousse
Aller, venir à la rescousse.
Apporter son aide.

résistance
Faire de la résistance.
Faire de l'opposition.
Plat de résistance.
Élément principal.

respect
Sauf le respect que je vous dois.
Je vous demande de bien vouloir m'excuser d'avance si je vous choque.

ressembler

Cela ne lui ressemble pas.
Cela n'est pas conforme à sa façon de faire.

Les jours se suivent et ne se ressemblent pas.
La vie est un perpétuel changement.

Qui se ressemble s'assemble.
Les gens s'assemblent selon leurs affinités.

Se ressembler comme deux gouttes d'eau.
Être parfaitement semblables.

ressort

En dernier ressort.
Définitivement.

reste

Avoir de beaux restes *fam.*
Conserver une certaine beauté.

De reste.
Plus qu'il n'est nécessaire.

Être en reste.
Être redevable de quelque chose.

N'être jamais en reste.
Être toujours prêt.

Ne pas demander son reste *fam.*
Partir rapidement pour éviter un désagrément.

rester

En rester comme deux ronds de flanc *pop.*
Être très étonné.

Rester baba *fam.*
Être étonné.

Rester court.
Se taire.

Rester de marbre.
N'avoir aucune réaction.

Rester en carafe, en plan *fam.*
Être abandonné.
Être inachevé.

Rester en rade *pop.*
Être abandonné.

Rester en travers de la gorge.
Être inacceptable.

Rester sur la touche *fam.*
Être laissé de côté.

Rester sur le carreau *fam.*
Rester à terre.

Rester sur le cœur, sur l'estomac.
Être difficile à accepter.

Rester sur sa faim.
Être insatisfait.

Rester sur ses positions.
Ne pas changer d'opinion.

Se rester à soi-même.
Garder confiance en soi.

rétamer

Se faire rétamer *pop.*
Se fait battre au jeu.

retape

Faire la retape *pop.*
Se prostituer.

retard

Avoir du retard à l'allumage *fam.*
Ne pas comprendre immédiatement.

Avoir un métro de retard *fam.*
Comprendre après coup

retenir

Je te retiens *fam.*
Se dit en manière de reproche.

retirer

Retirer à quelqu'un le pain de la bouche.
Le priver de tous ses moyens de subsistance.

Se retirer sous sa tente.
Cesser de participer à une chose par dépit.

retomber

Retomber en enfance *fam.*
Être atteint de gâtisme.

Retomber sur le nez de quelqu'un *fam.*
Se dit d'un châtiment qui retombe sur quelqu'un qui n'est pas responsable de la faute.

Retomber sur ses pattes *fam.*

Retomber sur ses pieds.
Se tirer favorablement d'une difficulté.

retordre

Donner du fil à retordre *fam.*
Causer de grandes difficultés.

retour

Être de retour.
Être rentré chez soi.

Être sur le retour.
Commencer à vieillir.

Faire retour sur soi-même.
Examiner sa conduite passée.

Payer quelqu'un de retour.
Lui rendre la réciproque.

Retour de flamme.
Suites inattendues et dangereuses.

Retour de manivelle *fam.*
Contrecoup d'un événement.

Sans retour.
À jamais.

retourner

Ne plus y retourner *vx.*
Ne pas recommencer les mêmes erreurs.

Retourner à ses moutons *fam.*
Revenir à son sujet.

Retourner quelqu'un comme une crêpe, comme un gant *fam.*
Le faire changer d'opinion rapidement.

Retourner le fer dans la plaie.
Rendre une douleur plus aiguë.

Retourner sa veste *fam.*
Changer d'opinion.

Savoir de quoi il retourne *fam.*
Être fixé sur quelque chose.

Se retourner dans sa tombe.
S'indigner.

Le temps de se retourner *fam.*
La possibilité de prendre des dispositions.

retrait

Se mettre en retrait.
Se mettre à l'écart.

retraite

Battre en retraite.
Céder provisoirement.

Couvrir une retraite.
Cacher l'erreur de quelqu'un.

retrousser

Retrousser ses manches *fam.*
Se mettre avec résolution à un travail.

retrouver

S'y retrouver *fam.*
Trouver des compensations.

rets

Tomber dans les rets *lit.*
Être pris au piège.

revanche

À charge de revanche.
À condition de rendre la pareille.

Prendre sa revanche.
Réussir après un premier insuccès.

rêve

Ce n'est pas le rêve *fam.*
Ce n'est pas l'idéal.

réveil

Réveil en fanfare.
Réveil brutal.

réveiller

Ne réveillez pas le chat qui dort.
Ne pas troubler une situation tranquille.

revendre

En avoir à revendre *fam.*
En avoir beaucoup.

revenir

Avoir un goût de revenez-y *fam.*
Donner envie d'en reprendre.

Il me revient que.
On m'a raconté que.
Je me rappelle que.

Ne pas en revenir *fam.*
Être bien étonné.

Revenir à ses moutons *fam.*
Reprendre son sujet.

Revenir de loin.
Échapper à un danger.

Revenir sur le tapis.
Être de nouveau le sujet de la conversation.

Y revenir.
Faire de nouveau quelque chose de répréhensible.

rêver

Faire rêver.
Donner envie.

Il ne faut pas rêver *fam.*
Il faut être réaliste.

reverdir

Laisser, planter là quelqu'un pour y reverdir *pop.*
L'abandonner.

révérence

Sauf votre révérence *fam.*
Avec votre permission.
Tirer sa révérence.
S'en aller.

revers

Donner des revers *vx.*
S'opposer à.
Prendre à revers.
Attaquer par derrière.
Revers de la médaille.
Le mauvais côté d'une chose.

rêveur

Cela me laisse rêveur *fam.*
Cela m'étonne fortement.

revoir

Au plaisir de vous revoir *fam.*
Formule pour prendre congé.

revue

Être de (la) revue *pop.*
Éprouver une déception.

rhabiller

Envoyer quelqu'un se rhabiller *pop.*
L'éconduire.

rhubarbe

Passez-moi la rhubarbe, je vous passerai le séné.
Se dit à propos de deux personnes qui se font des concessions mutuelles.

rhume

En prendre pour son rhume *fam.*
Être accablé de reproches.

ribote

Faire ribote *vx.*
Se livrer à la débauche.

ribouldingue

Faire la ribouldingue *pop.*
Se livrer à la débauche.

ribouler

Ribouler des yeux *pop.*
Manifester son étonnement.

ric-rac

Payer ric-rac *fam.*
Payer exactement la somme demandée.

riche

Être riche à millions.
Être riche comme Crésus.
Être très riche.
On ne prête qu'aux riches.
On attribue des qualités aux gens uniquement sur leur réputation.

ricochet

C'est la chanson du ricochet.
C'est toujours la même chose.
Par ricochet.
Indirectement.

ridé

Ridé comme une (vieille) pomme *fam.*
Très ridé.

rideau

Grimper aux rideaux *pop.*
Être très excité.
Rideau de fumée.
Subterfuge permettant de dissimuler la réalité des choses.
Se tenir derrière le rideau.
Participer à quelque chose de façon occulte.
Tirer le rideau sur quelque chose.
Cesser d'en parler.
Tirez le rideau, la farce est jouée.
Tout est fini.

ridicule

Se donner le ridicule de.
Se rendre ridicule par ses agissements.

rien

Comme si de rien n'était.
Comme s'il n'était rien arrivé.
De rien.
De peu de valeur.
En moins que rien.
En un rien de temps.
En très peu de temps.
Être bon à rien.
Ne rien savoir faire.

Mine de rien.
Comme si de rien n'était.

N'avoir l'air de rien.
Ne rien manifester de ses intentions.
Avoir l'air insignifiant, facile.

N'en avoir rien à branler, à cintrer, à cirer, à faire *pop.*
S'en moquer totalement.

N'avoir rien à perdre.
Être dans une situation où on ne craint plus rien.

Ne douter de rien.
Faire preuve d'outrecuidance.

Ne rien faire à l'affaire.
Être inutile.

Ne rimer à rien.
N'avoir aucun sens.

Ne tenir à rien.
Dépendre de très peu de chose.

On n'a rien pour rien.
Chaque chose a un prix.

Pour rien.
Gratuitement.

Pour rien au monde.
À aucun prix.

Rien que ça! *fam.*
Exclamation soulignant l'importance d'une chose.

Rien que de.
En ne faisant que.

rieur

Mettre les rieurs de son côté.
Faire rire aux dépens de l'adversaire.

rigueur

À la rigueur.
Dans une certaine limite.

rime

Sans rime ni raison.
Sans aucune raison.

rimer

Ne rimer à rien.
N'avoir aucun sens.

rincer

Se faire rincer *fam.*
Être trempé par la pluie.
Perdre au jeu.

Se rincer l'œil *pop.*
Prendre plaisir à un spectacle érotique.

Se rincer la dalle *pop.*

Se rincer le gosier *fam.*
Boire.

ripaille

Faire ripaille *fam.*
Manger et boire avec excès.

ripatons

Jouer des ripatons *pop.*
S'enfuir.

ripe

Jouer ripe *pop.*
S'enfuir.

rire

Avoir le mot pour rire.
Plaisanter.

C'est à crever de rire *pop.*

C'est à mourir de rire *fam.*
C'est extrêmement drôle.

Fou rire.
Rire qu'on ne peut maîtriser.

Il n'y a pas de quoi rire.
C'est très sérieux.

Laissez-moi rire.
Ce n'est pas sérieux.

Pour rire.

Pour de rire *pop.*
Pour plaisanter.

Rira bien qui rira le dernier.
Se dit de quelqu'un qui se flatte de sa réussite en une affaire où on espère l'emporter.

Rire à gorge déployée *fam.*
Rire bruyamment.

Rire à la barbe, au nez de quelqu'un.
Se moquer de lui ouvertement.

Rire aux larmes.
Rire jusqu'à en pleurer.

Rire comme un bossu *fam.*
Rire aux éclats.

Rire comme une baleine *fam.*
Rire en ouvrant une large bouche.

Rire dans sa barbe *fam.*

Rire sous cape.
Dissimuler sa satisfaction.

Rire du bout des dents, des lèvres.
Rire jaune.
Rire à contrecœur.
Se tordre de rire *fam.*
Rire de manière exagérée.
Tel qui rit vendredi, dimanche pleurera.
Aux jours de joie succèdent souvent des jours de peine.
Vous voulez rire? *fam.*
Vos propos sont ridicules.

risette
Faire risette *fam.*
Sourire.

risque
À ses risques et périls.
En acceptant les conséquences quelles qu'elles soient.
Courir le risque.
S'exposer à un danger pour parvenir à un résultat.
Prendre des risques.
Agir de manière dangereuse.
Qui ne risque rien n'a rien.
On ne peut réussir sans prendre quelques risques.

risquer
Risquer le coup, le paquet, la partie *fam.*
S'engager dans une affaire dangereuse.
Risquer sa peau *fam.*
Risquer sa vie.
Risquer un œil, un regard *fam.*
Regarder avec précaution.

river
River son clou à quelqu'un *fam.*
Le faire taire.

rivière
Les petits ruisseaux font les grandes rivières.
De petits profits finissent par faire de grandes richesses.
Porter de l'eau à la rivière.
Faire des choses inutiles.

robe
La robe ne fait pas le médecin *vx.*
La réalité est souvent différente des apparences.

Vieux comme mes robes *fam.*
Très vieux.

robinet
Robinet d'eau tiède *fam.*
Personne qui parle ou écrit longuement et de façon ennuyeuse.
Tenir le robinet *lit.*
Distribuer à son gré quelque chose.

roc
Bâtir sur le roc.
Bâtir solidement.
Solide comme un roc *fam.*
Très solide.

rocambole
Et toute la rocambole *vx.*
Et tout le reste.

roche
Clair comme de l'eau de roche *fam.*
Très évident.
De vieille roche *vx.*
Ancien.

rocher
Avoir une âme, un cœur de rocher.
Être insensible.
Parler aux rochers *lit.*
Parler à des gens indifférents.
Rocher de Sisyphe.
Tâche interminable.

rôdeur
Rôdeur de barrière *vx.*
Malfaiteur.

rodomont
Faire le rodomont *vx.*
Faire le fanfaron.

rogne
Se foutre, se mettre en rogne *pop.*
Se mettre en colère.

rogner
Rogner les ailes à quelqu'un.
Lui retirer une partie de ses moyens.
Rogner les griffes à quelqu'un.
L'empêcher de nuire.

rogomme
Voix de rogomme *fam.*
Voix éraillée.

roi

Aller où le roi va à pied *fam.*
Aller aux toilettes.

Cour du roi Pétaud *fam.*
Se dit d'un lieu où règne le désordre.

De roi.
Excellent.

Heureux comme un roi *fam.*
Très heureux.

Le roi des cons *pop.*
Le plus bête qui soit.

Le roi des oiseaux.
L'aigle.

Le roi dit «nous voulons».
Formule invitant à plus de modestie.

Le roi n'est pas son cousin *fam.*
Se dit de quelqu'un qui éprouve une grande satisfaction.

Plus royaliste que le roi.
Plus extrême que celui que l'on soutient.

Travailler pour le roi de Prusse.
Travailler pour rien.

rôle

À tour de rôle.
Chacun à son tour.

Avoir le beau rôle.
Se montrer à son avantage.

Jouer un rôle.
Avoir une part dans une action.

romaine

Être bon comme la romaine *pop.*
Être bon jusqu'à la faiblesse.

roman

En faire tout un roman.
Parler abondamment de quelque chose.

Rome

Tous les chemins mènent à Rome.
Des moyens différents peuvent avoir le même résultat.

rompre

À tout rompre.
Au maximum.

Rompre à tout.
Cesser toutes relations.

Rompre des lances pour quelqu'un.
Prendre sa défense.

Rompre en visière avec quelqu'un.
Lui dire en face des choses désobligeantes.

Rompre la cervelle, les oreilles, la tête à quelqu'un.
L'importuner.

Rompre la glace.
Dissiper la gêne entre des personnes.

Rompre le fil de.
Interrompre.

Rompre le fil de son discours.
Changer brutalement de sujet.

Rompre les ponts *fam.*
Cesser toutes relations.

rond

Avoir le ventre rond *fam.*
Être rassasié.

Cracher dans l'eau pour faire des ronds *fam.*
Se livrer à des occupations inutiles.

En baver des ronds de chapeau *fam.*
Être étonné.
En souffrir.

En prendre plein la gueule pour pas un rond *pop.*
Subir de nombreux désagréments sans les avoir provoqués.

En rester comme deux ronds de flan *pop.*
Être très étonné.

Faire des ronds de jambe.
Avoir une attitude très affectée et obséquieuse.

Faire, ouvrir des yeux ronds.
Être surpris.

N'avoir pas un rond *pop.*
N'avoir aucun argent.

Pour pas un rond *pop.*
Pour rien.

Rond comme une queue de pelle *pop.*
Totalement ivre.

Tourner en rond *fam.*
Ne pas progresser.

Tourner rond.
Aller bien.

ronde

À la ronde.
Alentour.
Tour à tour.
Entrer dans la ronde.
Se joindre à d'autres partici-
pants.

ronger

Donner un os à ronger à quel-
qu'un *fam.*
Lui accorder un avantage mi-
nime pour s'en débarrasser.
Ronger son frein *fam.*
Contenir avec peine son irrita-
tion ou son ennui.
Se ronger le cœur.
Se ronger les sangs *fam.*
S'inquiéter.

roquefort

C'est plus fort que le roquefort!
fam.
C'est incroyable!

rose

À l'eau de rose.
Sentimental.
Fade.
Envoyer sur les roses *fam.*
Chasser brutalement.
Être sur un lit de roses.
Être dans une situation agréa-
ble.
Il n'y a pas de rose sans épines.
Il n'y a pas de plaisir sans peine.
Ne pas sentir la rose *fam.*
Sentir mauvais.

rose

Rose bonbon.
Rose vif.
Voir tout en rose.
Ne voir que le bon côté des
choses.

roseau

C'est un roseau qui plie à tous
les vents.
Se dit d'une personne sans vo-
lonté.

rossignol

Rossignol d'Arcadie *vx.*
Âne.
Voix de rossignol.
Voix mélodieuse.

rôti

S'endormir sur le rôti *fam.*
S'arrêter en pleine action.

rotin

N'avoir pas un rotin *pop.*
N'avoir aucun argent.

rôtir

Attendre que les alouettes tombent toutes rôties (dans le bec)
fam.
Ne rien faire pour obtenir quel-
que chose.

rotule

Être sur les rotules *pop.*
Être très fatigué.

roue

Être la cinquième roue du car-
rosse *fam.*
Se dit d'une personne négli-
geable ou traitée comme telle.
Faire la roue.
Prendre une pose avantageuse.
La roue de la fortune.
Les vicissitudes du sort.
La roue tourne.
Les circonstances changent.
Pousser à la roue.
Aider.
Sur les chapeaux de roues *fam.*
À toute vitesse.

rouge

Agiter les chiffons rouges devant
quelqu'un.
L'exciter.
Dérouler le tapis rouge.
Accueillir somptueusement.
Être la lanterne rouge.
Être le dernier
Être talon rouge *vx.*
Être prétentieux.
Gros rouge *pop.*
Vin rouge ordinaire.
Rouge comme une cerise, une
écrevisse, une tomate *fam.*
Très rouge.

Tirer sur quelqu'un à boulets
rouges.
Le critiquer violemment.
Un rouge bord *vx.*
Un verre plein de vin.
Voir rouge.
Être très en colère.

rougir

Rougir jusqu'au blanc des yeux.
Éprouver une confusion ex-
trême.

rouleau

Être au bout du rouleau *fam.*
N'en plus pouvoir.

rouler

Ça roule *fam.*
Cela va bien.
Rouler à tombeau ouvert *fam.*
Aller très rapidement.
Rouler carrosse.
Être riche.
Rouler les épaules.
Rouler les mécaniques *pop.*
Avoir une attitude arrogante.
Rouler quelqu'un dans la farine
fam.
Le tromper.
Rouler sa bosse *fam.*
Avoir une existence aventu-
reuse.
Rouler sur l'or.
Être très riche.
Se faire rouler *pop.*
Être dupe.
Se les rouler *pop.*
Se rouler les pouces *pop.*
Ne rien faire.

roulette

Jouer à la roulette russe.
Prendre des risques extrêmes.
Marcher comme sur des roulettes
fam.
Fonctionner de manière très
satisfaisante.

roupie

C'est de la roupie de sansonnet
fam.
Cela n'a aucune valeur.

roupillon

Piquer un roupillon *pop.*
Faire un petit somme.

rouscaille

Faire de la rouscaille *pop.*
Protester.

roussi

Sentir le roussi *pop.*
Se dit d'une situation qui de-
vient dangereuse.

roussin

Roussin d'Arcadie *vx.*
Âne.

rouste

Prendre une rouste *pop.*
Recevoir une correction.

route

Barrer la route à quelqu'un.
Le contrecarrer.
En cours de route.
Pendant le parcours.
Être sur la bonne route.
Être sur le point de réussir.
Être sur la route de quelqu'un.
Le contrecarrer.
Faire fausse route.
Se tromper.
S'arrêter en route.
Ne pas continuer ce qu'on fai-
sait.
Tailler la route *pop.*
Partir.
Tenir la route.
Ne pas s'éloigner de son objectif.
Tenir la route *fam.*
Convenir.

routier

Vieux routier.
Personne d'expérience.

royaume

Au royaume des aveugles les
borgnes sont rois.
Une personne médiocre brille ai-
sément parmi les gens sans va-
leur.
Pas pour un royaume.
En aucune façon.

Rubicon
Franchir le Rubicon.
Prendre une décision irrévocable.

rubis
Boire rubis sur l'ongle *fam.*
Vider son verre.

Payer rubis sur l'ongle *fam.*
Payer comptant.

rude
Être à rude épreuve.
Connaître des expériences pénibles.

rue
À tous les coins de rue *fam.*
Partout.

Avoir pignon sur rue.
Être propriétaire.
Avoir une réputation bien établie.

Courir les rues.
Être banal.
Être connu.

Descendre dans la rue.
Manifester.

Jeter à la rue.
Jeter dehors.

La rue est à tout le monde.
Se dit d'une prérogative qui appartient à tous.

Vieux comme les rues *fam.*
Très vieux.

ruer
Ruer à la botte *vx.*
Être susceptible.

Ruer dans les brancards *fam.*
Se rebeller.

ruine
Courir à sa ruine.
Aller vers sa fin.

Menacer ruine.
Faire craindre sa disparition prochaine.

Tomber en ruine.
Être dans un état de délabrement extrême.

ruisseau
Les petits ruisseaux font les grandes rivières.
De petits profits finissent par faire de grandes richesses.

rupture
Être en rupture de ban.
Refuser toute contrainte sociale.

rusé
Rusé comme un singe *fam.*
Très rusé.

russe
Jouer à la roulette russe.
Prendre des risques extrêmes.

S

sable
Avoir du sable dans les yeux.
Être pris par le sommeil.
Bâtir sur le sable.
Former des projets peu assurés.
Bâti à chaux et à sable.
Robuste.
Être sur le sable *fam.*
Être sans ressources.
Jeter en sable *vx.*
Avaler un verre.

sabler
Sabler le champagne.
Boire du champagne pour fêter un événement heureux.

sabot
Comme un sabot *fam.*
Très mal.
Dormir comme un sabot *fam.*
Dormir très profondément.
Ne pas rester les deux pieds dans le même sabot *fam.*
Faire preuve d'initiative.
Voir quelqu'un venir avec ses gros sabots *fam.*
Deviner ses intentions.

sabre
Traîneur de sabre *fam.*
Fanfaron.

sac
Avoir plus d'un tour dans son sac *fam.*
Être très habile.
De sac et de corde *vx.*
Peu recommandable.
Être dans le sac *fam.*
Être assuré.
Mettre dans son sac.
Digérer un affront.
Mettre tout le monde dans le même sac *fam.*
Ne pas faire de distinctions dans sa réprobation.
Prendre la main dans le sac.
Surprendre en flagrant délit.
Prendre son sac et ses quilles.
Partir en emportant ses affaires.

Sac de nœuds *fam.*
Embrouille.
Vider son sac *fam.*
Révéler ce qu'on gardait pour soi.

sac
Mettre à sac.
Détruire.

sacré
Avoir le feu sacré *fam.*
Manifester un zèle extrême pour quelque chose.

sacrement.
Avoir tous les sacrements *fam.*
Ne manquer de rien.

sacristie.
Punaise de sacristie *pop.*
Bigote.

sage
Être sage comme une image *fam.*
Être très sage.

saignée
Faire une saignée à un coffre-fort *fam.*
Le vider.

saigner
Se saigner à blanc, aux quatre veines *fam.*
Faire de grands sacrifices d'argent.

sain
Sain et sauf.
Indemne.

saint
C'est saint Roch et son chien.
Ce sont deux inséparables.
Comme on connaît ses saints, on les honore.
On adopte un comportement différent selon le caractère et les mérites de la personne à qui on s'adresse.
Il vaut mieux s'adresser à Dieu qu'à ses saints.
Il est préférable de s'adresser directement à un supérieur.

La fête passée, adieu le saint.
L'auteur d'un bienfait est vite oublié.
Ne plus savoir à quel saint se vouer *fam.*
Hésiter sur les moyens à utiliser pour se tirer d'une difficulté.
Prêcher pour son saint *fam.*
Parler dans son intérêt.
Se vouer à tous les saints *fam.*
Utiliser tous les moyens dont on dispose.
Un petit saint.
Personne apparemment sans reproche.

sainte
Une sainte-nitouche *fam.*
Personne hypocrite.

sainteté
Ne pas être en odeur de sainteté *fam.*
Être mal vu.

saisir
Saisir le moment.
Profiter de l'occasion.

saison
Être de saison.
Être convenable.
Être hors de saison.
Être inopportun.

salade
Raconter des salades *fam.*
Mentir.
Vendre sa salade *pop.*
Chercher à convaincre.

salamalec
Faire des salamalecs *fam.*
Se montrer exagérément poli.

sale
Avoir les mains sales.
Avoir participé à une affaire louche.
Faire une sale gueule *pop.*
Être furieux.
Laver son linge sale en famille.
Régler un différend sans faire intervenir de tiers.
Sale comme un peigne *fam.*
Très sale.

salé
Un prix salé *fam.*
Un prix excessif.

salive
Dépenser sa salive *fam.*
Parler avec abondance.
Perdre sa salive *fam.*
Parler en vain.
Ravaler sa salive *pop.*
Ne pas répliquer.

salut
À bon entendeur, salut! *fam.*
Se dit en manière d'avertissement.
Planche de salut.
Ressource ultime.

samaritain
Jouer le bon Samaritain.
Se montrer charitable.

sandale
Secouer la poussière de ses sandales.
Quitter quelqu'un à jamais.

sandwich
Être pris en sandwich *fam.*
Être étroitement serré.

sang
Avoir dans le sang.
Avoir des dispositions pour.
Avoir du sang dans les veines *fam.*
Être énergique.
Avoir du sang de navet, de poulet *fam.*
Manquer de vigueur ou de courage.
Avoir du sang sur les mains.
S'être rendu coupable d'un meurtre.
Avoir le sang chaud.
Avoir un tempérament coléreux.
Bon sang ne peut, ne saurait mentir.
Les enfants nés de gens honnêtes ne peuvent (ne doivent) déroger.
Faire bouillir le sang.
Rendre impatient.
Fouetter le sang.
Stimuler.

Glacer le sang.
Épouvanter.
Le sang lui monte à la tête.
Il a des étourdissements.
Il éprouve une violente colère.
Ne plus avoir une goutte de sang
dans les veines.
Être effrayé.
Sang bleu.
Se dit de quelqu'un qui a des
origines nobles.
Se faire du mauvais sang *fam.*
S'inquiéter.
Se faire un sang d'encre *fam.*
S'inquiéter fortement.
Se manger, se ronger les sangs
fam.
S'inquiéter.
Se payer une once, une pinte de
bon sang *fam.*
S'amuser.
Son sang n'a fait qu'un tour.
Sa réaction a été immédiate.
Suer sang et eau *fam.*
Se donner beaucoup de peine.
Tourner le sang *fam.*
Émouvoir.

sansonnet

C'est de la roupie de sansonnet
fam.
Cela n'a aucune valeur.

santé

Avoir la santé *fam.*
Montrer beaucoup d'audace.
Avoir une santé de fer.
Être très robuste.
Crever de santé *pop.*
Être très bien portant.
Péter la santé *pop.*
Respirer la santé *fam.*
Avoir les apparences de la santé.

sapeur

Fumer comme un sapeur *fam.*
Fumer abondamment.

sapin

Sentir le sapin *fam.*
Être près de mourir.

sardine

Être serrés comme des sardines
fam.
Être très serrés.
Je suis à vous comme la sardine
est à l'huile *fam.*
Je suis à votre totale disposition.

sauce

Allonger la sauce *fam.*
Développer.
Faire la sauce à quelqu'un *fam.*
Le réprimander.
Mettre à toutes les sauces *fam.*
Employer pour toutes sortes de
services.
Mettre toute la sauce *fam.*
Accélérer.
Ne pas savoir à quelle sauce on
sera mangé *fam.*
Ne pas savoir à quoi s'attendre.

saucisse

Ne pas attacher son chien avec
des saucisses *fam.*
Être avare.

saucisson

Être ficelé comme un saucisson
fam.
Être mal habillé.

saumâtre

La trouver saumâtre *fam.*
Trouver la situation insuppor-
table.

saut

Au saut du lit.
Au réveil.
De plein saut *lit.*
Brusquement.
Faire le grand saut.
Mourir.
Changer du tout au tout.
Faire le saut.
Courir un danger.
Prendre une décision.
Il n'y a qu'un saut.
Il n'y a pas loin.
Ne faire qu'un saut chez quel-
qu'un.
Lui rendre une visite rapide.

sauter

Et que ça saute! *fam.*
Dépêchez-vous.

Faire sauter quelque chose *fam.*
Le faire disparaître.

La sauter *pop.*
Avoir faim.

Reculer pour mieux sauter.
Retarder une décision pour mieux réussir ensuite.
Temporiser inutilement.

Sauter au plafond *fam.*
Être très étonné.

Sauter aux yeux *fam.*
Être évident.

Sauter le fossé *vx.*

Sauter le pas.
Prendre une décision irréversible.

Se faire sauter la cervelle *fam.*
Se tirer une balle dans la tête.

sauver

Sauver la mise à quelqu'un *fam.*
Le tirer d'un mauvais pas.

Sauver la vie à quelqu'un *fam.*
Lui rendre un grand service.

Sauver les apparences.
Ne rien laisser paraître de contraire à sa réputation ou aux convenances.

Sauver les meubles *fam.*
Sauvegarder le minimum.

Sauver sa peau *pop.*
Échapper à la mort.

sauvette

À la sauvette *fam.*
Discrètement et rapidement.

savate

Comme une savate *fam.*
Maladroitement.

Traîner la savate *fam.*
Vivre pauvrement.

savoir

À savoir.
C'est-à-dire.

Allez savoir! *fam.*
La chose est possible.

Je sais ce que je sais.
Des explications supplémentaires sont inutiles.

Ne pas savoir où donner de la tête.
Ne pas savoir comment faire face à ses diverses obligations.

Ne pas savoir sur quel pied danser.
Être embarrassé.

Ne plus savoir de quel côté se tourner.
Être dans l'embarras.

Ne vouloir rien savoir.
Refuser énergiquement.

Qui sait?
Ce n'est pas impossible.

savon

Passer un savon à quelqu'un *fam.*
Lui adresser des reproches violents.

scarlatine

Ça vaut mieux que d'attraper la scarlatine *fam.*
Il y a des choses plus graves que cela.

sceau

Sous le sceau du secret.
À condition que la chose reste secrète.

scène

Entrer en scène.
Apparaître.

Faire une scène.
Adresser de violents reproches.

Jouer la grande scène.
Mentir.

Jouer la grande scène du deux (du trois).
Jouer la comédie.

Occuper le devant de la scène.
Occuper une situation importante.

Quitter la scène.
Disparaître.

scie

En dents de scie.
De façon irrégulière.

Monter une scie à quelqu'un *fam.*
Le tromper.

science

Avoir la science infuse *fam.*
Savoir naturellement.
Prétendre tout savoir sans avoir travaillé pour cela.
Être un puits de science.
Être très savant.
Ramener sa science *pop.*
Se manifester à tout propos.

scier

Avoir les jambes sciées *fam.*
Éprouver une faiblesse.
Être scié à la base *fam.*
Être fortement étonné.
Scier la branche sur laquelle on est assis.
Se nuire à soi-même.
Scier le dos *pop.*
Importuner.

séance

Séance tenante.
Immédiatement.

séant

Sur son séant.
Assis.

seau

Il pleut à seaux *fam.*
Il pleut abondamment.

sec

Aussi sec *fam.*
Immédiatement.
Boire sec *fam.*
Boire beaucoup.
En cinq sec *fam.*
Rapidement.
Être à sec *fam.*
N'avoir plus d'argent.
N'avoir plus rien à dire.
Être au régime sec.
S'abstenir de toutes boissons alcoolisées.
Faire cul sec *pop.*
Vider son verre d'un seul trait.
L'avoir sec *fam.*
Éprouver une vive contrariété.
La donner sèche.
Inquiéter inutilement.
N'avoir plus un fil de sec *fam.*
Être totalement trempé.

Ne plus avoir un poil de sec *fam.*
Éprouver une grande frayeur.

sécher

Sécher sur pied *fam.*
Être abandonné.

second

De seconde main.
D'occasion.
Être dans un état second *fam.*
Être dans des dispositions anormales.
Être doué d'une seconde vue.
Avoir la connaissance de choses dont on n'a pas été le témoin.

secouer

Secouer le cocotier *fam.*
Éliminer les gens inutiles.
Agir de façon à obtenir quelque chose.
Secouer le paletot, les plumes, les puces à quelqu'un *fam.*
Lui adresser de violents reproches.

secousse

Ne pas en ficher une secousse *pop.*
Ne rien faire.

secret

Être dans le secret des dieux *fam.*
Avoir des informations connues d'un petit nombre d'individus.
Mettre quelqu'un au secret.
L'enfermer.
Secret de polichinelle.
Secret connu de tous.

seigneur

À tout seigneur, tout honneur.
À chacun selon ses mérites.
Être dans les vignes du Seigneur *fam.*
Être ivre.
Faire le grand seigneur.
Dépenser largement.

sein

Au sein de.
Au milieu de.
Faire mal aux seins *pop.*
Exaspérer.
Étonner.

Nourrir, réchauffer un serpent dans son sein.
Soutenir un futur ingrat.
Seins en gants de toilette *pop.*
Seins plats.

sel

Fin comme du gros sel *fam.*
Très sot.
Mettre son grain de sel *fam.*
Intervenir mal à propos.
Mettre un grain de sel sur la queue d'un oiseau.
Faire quelque chose d'impossible.
Partager le pain et le sel avec quelqu'un.
L'accueillir avec la plus grande hospitalité.

selle

Avoir le cul entre deux selles *pop.*
Hésiter entre deux partis.
Mettre en selle.
Aider quelqu'un à établir sa situation.
Se remettre en selle.
Rétablir sa situation.

sellette

Être sur la sellette.
Être pressé de questions.

semaine

À la petite semaine.
Sans idée directrice.
La semaine des quatre jeudis *fam.*
Jamais.
Travailler toute la sainte semaine *fam.*
Travailler tous les jours sans interruption.

semblant

Faux-semblant.
Apparence trompeuse.
Faire semblant de rien.
Affecter d'ignorer.

semelle

Battre la semelle.
Se réchauffer en frappant des pieds.
Attendre avec impatience.

Ne pas avancer d'une semelle *fam.*
Ne pas progresser.
Ne pas céder d'une semelle *fam.*
Rester fermement sur ses positions.
Ne pas lâcher quelqu'un d'une semelle *fam.*
Le suivre continuellement.

sens

Abonder dans le sens de quelqu'un *fam.*
L'approuver.
En dépit du bon sens.
D'une façon absurde.
Se manger les sens *fam.*
Être en colère.
Sens dessus dessous *fam.*
Dans un grand désordre.
Sens devant derrière.
À l'envers.
Tomber sous le sens.
Être évident.

sensation

À sensation.
Qui provoque une impression forte.

sentier

Les sentiers battus.
Le conformisme.

sentiment

Au sentiment de.
Selon l'opinion de.
Ça n'empêche pas les sentiments *fam.*
Cela ne signifie pas une absence d'affection.
Le faire au sentiment *pop.*
Chercher à attendrir.
Ne pas faire de sentiment *fam.*
Agir avec rigueur.
Prendre quelqu'un par les sentiments.
Faire appel à sa générosité.
Revenir à de meilleurs sentiments.
Être dans de meilleures dispositions.

sentir

Ça sent mauvais *fam.*
La situation devient dangereuse.

La, le sentir passer *fam.*
Subir un affront.
Payer une note excessive.

Ne pas pouvoir sentir quelqu'un *fam.*
Le détester.

Ne pas sentir sa force.
Agir brutalement.

Ne plus se sentir.
Avoir perdu le contrôle de soi-même.

Ne plus se sentir pisser *pop.*
Faire preuve de fatuité.

Ne plus sentir ses jambes.
Être fatigué.

Sentir la moutarde qui monte au nez *fam.*
Être pris de colère.

Sentir le fagot.
Avoir des opinions hérétiques ou contraires aux idées reçues.

Sentir quelqu'un venir de loin.
Deviner ses intentions.

sept

Tourner sept fois sa langue dans sa bouche.
Se donner le temps de réfléchir avant de parler.

série

Hors série.
Exceptionnel.

Série noire.
Suite d'événements fâcheux.

sérieux

Prendre au sérieux.
Attacher de l'importance.
Accorder sa confiance.

Se prendre au sérieux.
Attacher de l'importance à ses actions.

Sérieux comme un pape *fam.*
Très sérieux.

serment

Serment d'ivrogne *fam.*
Serment de joueur.
Promesse qu'on n'a pas l'intention de tenir.

serpe

Taillé à coups de serpe *fam.*
Grossièrement fait, bâti.

serpent

Langue de serpent.
Se dit de quelqu'un qui tient des propos malveillants.

Réchauffer un serpent dans son sein.
Soutenir un futur ingrat.

Serpent de mer.
Sujet rebattu.

serré

Avoir la gorge serrée.
Être incapable de parler par suite d'une émotion.

Avoir le cœur serré.
Avoir du chagrin.

Jouer serré.
Agir avec prudence.
Ne pas laisser prise à son adversaire.

serrer

Se serrer la ceinture *pop.*
S'imposer des privations.

Se serrer les coudes *fam.*
S'aider mutuellement.

Serrer de près.
Poursuivre.

Serrer la cuiller à quelqu'un *pop.*
Lui serrer la main.

Serrer la vis à quelqu'un *fam.*
Se montrer sévère à son égard.

Serrer les dents.
Être en colère.
Faire preuve d'énergie.

Serrer les fesses *pop.*
Avoir peur.

service

Être service-service.
Agir de façon très stricte.

Hors service.
Hors d'usage.

Rendre service.
Être utile.

Rendre un mauvais service.
Nuire.

Un service en vaut un autre.
Se dit à une personne qui vous est redevable.

serviette

Il ne faut pas mélanger les torchons avec les serviettes *fam.*
Il ne faut pas mettre sur le même plan des gens ou des choses de valeur différente.

servir

Être bien servi *fam.*
Rencontrer de nombreuses difficultés.
On n'est jamais si bien servi que par soi-même.
On ne doit jamais compter que sur soi-même.
On ne peut servir deux maîtres à la fois.
Il est vain de vouloir trop entreprendre.

sésame

Sésame, ouvre-toi!
Formule (magique) qui permet d'obtenir quelque chose.

seul

Aller tout seul.
Ne présenter aucune difficulté.
Seul à seul.
Sans témoin.

short

Tailler un short à quelqu'un *pop.*
Lui nuire.

si

Avec des si on mettrait Paris en bouteille.
En imagination tout est possible.
Des si et des mais.
Des critiques.

siècle

De siècle en siècle.
Sans discontinuité.
Du siècle.
Unique en son genre.
Enfant du siècle.
Personne qui rejette les valeurs morales et spirituelles.
Être son siècle.
Être de son temps.
Fin de siècle.
Décadent.

Il y a des siècles que *fam.*
Il y a longtemps que.
La consommation des siècles.
La fin des temps.
Les siècles des siècles.
L'éternité.

siège

Avoir son siège fait.
Avoir pris sa décision.
Faire le siège de quelqu'un *fam.*
L'importuner.
Lever le siège.
Partir.

sien

Faire des siennes *fam.*
Faire des bêtises.
On n'est jamais trahi que par les siens.
Ce sont toujours ceux à qui on a fait confiance qui trahissent.
Y mettre du sien.
Payer de sa personne.
Faire preuve de bonne volonté.

sifflet

Couper le sifflet à quelqu'un *fam.*
Le faire taire.
Pendre au nez de quelqu'un comme un sifflet de deux sous *pop.*
Être imminent.
Menacer.

signal

Donner le signal de.
Déclencher.

signe

Donner signe de vie.
Donner de ses nouvelles.
Signe des temps.
Événement significatif.
Sous le signe de.
Sous l'influence de.

silence

La parole est d'argent et le silence est d'or.
Il vaut mieux dans certaines occasions se taire que parler.
Loi du silence.
Obligation de garder le secret.
Passer sous silence.
Taire.

Réduire au silence.
Contraindre à se taire.

sillage
Dans le sillage de.
À la suite de.

simple
Pur et simple.
Sans aucune restriction.
Simple comme bonjour *fam.*
Facile à faire.

sinécure
Ce n'est pas une sinécure *fam.*
C'est un travail difficile.

singe
Faire le singe *fam.*
Se livrer à des pitreries.
Laid comme un singe *fam.*
Très laid.
Malin comme un singe *fam.*
Très malin.
On n'apprend pas à un vieux
singe à faire la grimace.
*Se dit d'une personne expéri-
mentée à laquelle il est inutile
d'apprendre de nouvelles façons
d'agir.*
Payer en monnaie de singe *fam.*
Ne pas s'acquitter d'une dette.

sire
Pauvre sire.
*Individu de peu de considéra-
tion.*
Triste sire.
Individu peu recommandable.

sirène
Écouter le chant des sirènes.
*Céder à des sollicitations sédui-
santes et dangereuses.*
Voix de sirène.
Voix attirante.

situation
En situation.
*Dans une situation proche du
réel.*
Être dans une situation intéres-
sante *fam.*
Être enceinte.

six
À la six-quatre-deux *fam.*
Très vite.

sixième
Être dans le sixième dessous *fam.*
*Être dans une situation très
malheureuse.*

sobre
Sobre comme un chameau *fam.*
Très sobre.

sœur
Et ta sœur? *pop.*
*Se dit pour mettre fin à des
propos importuns.*

soi
Aller de soi.
*Ne présenter aucune difficulté.
Être évident.*
Chacun pour soi et Dieu pour
tous.
*Chacun doit veiller à ses propres
intérêts.*
Prendre sur soi.
*S'imposer une décision désa-
gréable.*
Rentrer en soi.
*Se livrer à des réflexions plus
calmes.*
Revenir à soi.
Retrouver ses esprits.

soie
Péter dans la soie *pop.*
Vivre dans le luxe.

soif
Garder une poire pour la soif.
*Mettre quelque chose en réserve
pour un besoin futur.*
Jusqu'à plus soif *fam.*
À satiété.

soigner
Il faut te faire soigner *fam.*
Tu es fou.

soin
Aux bons soins de.
Par l'intermédiaire de.
Être aux petits soins pour quel-
qu'un *fam.*
L'entourer d'attentions.

soir

Le grand soir.
La révolution.

solde

Être à la solde de quelqu'un.
Être à son service.

Pour solde de tout compte.
Pour en terminer avec quelque chose.

soleil

Avoir du bien au soleil *fam.*
Posséder des biens immobiliers.

Fondre comme neige au soleil.
Disparaître rapidement.

Le soleil luit pour tout le monde.
Il existe des avantages dont tout le monde peut jouir.

Piquer un soleil *fam.*
Rougir.

Se faire une place au soleil.
Se créer une situation enviable.

Un déjeuner de soleil.
Une chose éphémère.

solide

Avoir les reins solides *fam.*
Avoir assez de ressources pour faire face à l'adversité.

Solide au poste.
Constant.

Solide comme le Pont-Neuf *fam.*
Très robuste.

sombre

Faire des coupes sombres.
Faire des suppressions importantes.

somme

En somme.
Somme toute.
Finalement.

somme

Ne faire qu'un somme *fam.*
Dormir d'un trait.

somme

Bête de somme.
Personne accablée de travail.

sommeil

Dormir du sommeil du juste.
Dormir très profondément.

Mettre en sommeil.
Mettre fin temporairement à une activité.

sommet

Au sommet.
Avec la participation des dirigeants les plus importants.

son

Faire l'âne pour avoir du son *fam.*
Faire des façons pour obtenir une faveur.

son

Écouter deux sons de cloches.
Écouter deux opinions différentes.

Qui n'entend qu'une cloche n'entend qu'un son.
Celui qui n'entend qu'un avis ne peut avoir qu'un aperçu limité des choses.

sonde

Donner un coup de sonde *fam.*
Faire une enquête rapide.

sonder

Sonder le terrain *fam.*
Enquêter discrètement.

sonner

On t'a pas sonné *fam.*
De quoi te mêles-tu?

Se faire sonner *pop.*
Se faire remettre en place.

Sonner creux.
N'avoir ni sens ni valeur.

Sonner faux.
Manquer de sincérité.

Sonner les cloches à quelqu'un *fam.*
Lui adresser de vifs reproches.

sorcier

Ce n'est pas sorcier *fam.*
Ce n'est pas difficile.

Chasse aux sorcières.
Épuration des opposants par un régime politique.

Il ne faut pas être sorcier pour *fam.*
Il ne faut pas être très intelligent pour.

sort

Coquin de sort! *fam.*
Expression marquant le dépit.
Faire un sort à quelque chose.
Le régler de manière défini-
tive.
L'utiliser à son profit.
Le sort en est jeté.
Il n'est pas possible de revenir
en arrière.
S'apitoyer sur le sort de quel-
qu'un.
Faire preuve de commisération
à son égard.

sorte

De la bonne sorte *fam.*
Durement.
De la sorte.
De cette manière.
En quelque sorte.
D'une certaine façon.

sortie

Être de sortie *fam.*
Être absent.
Faire une sortie.
S'emporter.
Par ici la sortie! *fam.*
Dehors!
Se ménager une porte de sortie.
Conserver un moyen d'échapper
à quelque embarras.

sortir

Ne pas sortir de là *fam.*
S'obstiner dans son opinion.
On n'est pas sortis de l'auberge
fam.
Le plus difficile reste à faire.
Se croire sorti de la cuisse de
Jupiter.
Manifester un orgueil excessif.
Sortir d'en prendre *fam.*
Avoir assez d'une chose.
Sortir de ses gonds *fam.*
Se mettre en colère.
Sortir par les trous de nez, les
yeux *pop.*
Dégoûter.

sot

Il n'y a pas de sot métier (, il n'y
a que de sottes gens) *fam.*
Tous les métiers sont respecta-
bles.

sou

De quatre sous *fam.*
Sans valeur.
Être près de ses sous *fam.*
Être avare.
Il lui manque toujours un sou
pour faire un franc.
Il n'a jamais suffisamment d'ar-
gent.
N'avoir pas le premier sou pour
fam.
N'avoir pas l'argent nécessaire
pour.
N'avoir pas un sou vaillant.
Être sans argent.
Ne pas valoir un sou.
N'avoir aucune valeur.
Pas un sou! *fam.*
Vous n'aurez rien!
Propre comme un sou neuf *fam.*
Très propre.
S'ennuyer à cent sous de l'heure
fam.
S'ennuyer très fortement.
Sou par sou.
Par petites sommes.
Progressivement.
Un sou est un sou.
Il ne faut pas gaspiller l'argent.
Valoir mille francs comme un sou
pop.
Valoir largement cette somme.

souche

De vieille souche.
D'une vieille famille.
Dormir comme une souche *fam.*
Dormir très profondément.
Faire souche.
Avoir des descendants.
Ne pas remuer plus qu'une
souche *fam.*
Être totalement immobile.

souci

Avoir souci de quelque chose.
S'en inquiéter.

C'est le cadet de mes soucis *fam.*
Cela m'est totalement indifférent.

soucier
S'en soucier comme de l'an quarante, comme de sa première chemise *fam.*
S'en désintéresser totalement.

soucoupe
Ouvrir des yeux comme des soucoupes *fam.*
Manifester un grand étonnement.

soudure
Faire la soudure *fam.*
Assurer la continuité entre deux choses.

souffle
À bout de souffle *fam.*
En mauvais état.
À couper le souffle *fam.*
Stupéfiant.
Ne pas manquer de souffle *fam.*
Avoir du culot.
Ne tenir qu'à un souffle.
Être fragile.
Reprendre son souffle.
Retrouver ses forces.

souffler
Ne pas souffler *fam.*
Ne pas s'arrêter.
Ne pas souffler mot.
Rester silencieux.
Regarder de quel côté souffle le vent.
Régler sa conduite selon les circonstances.
Souffler au poil de quelqu'un *vx.*
Le poursuivre de près.
Souffler comme un bœuf, comme un phoque *fam.*
Respirer bruyamment.
Souffler le chaud et le froid.
Avoir une attitude changeante.
Souffler quelque chose.
Le ravir.
Souffler quelque chose à l'oreille de quelqu'un.
Le lui dire à voix basse.

Souffler sur le feu.
Exciter.

souffrance
En souffrance
En attente.

souhait
À souhait.
Convenablement.
À vos souhaits ! *fam.*
Formule traditionnelle adressée à une personne qui éternue.
Je vous en souhaite *fam.*
Je vous souhaite bien du plaisir.
Attendez-vous à des désagréments.

soûl
Soûl comme un âne, une bourrique, un cochon, un Polonais *pop.*
Très ivre.

soulever
Soulever le cœur.
Dégoûter.

soulier
Être dans ses petits souliers *fam.*
Être dans l'embarras.
N'être pas digne de dénouer les cordons des souliers de quelqu'un *fam.*
Lui être inférieur.

soupçon
Au-dessus de tout soupçon.
D'une honnêteté irréprochable.

soupe
Cracher dans la soupe *fam.*
Se montrer ingrat.
Être soupe au lait *fam.*
Être très irritable.
Manger la soupe sur la tête de quelqu'un *fam.*
Lui être d'une taille très supérieure.
Servir la soupe à quelqu'un *fam.*
En parler de manière flatteuse.
Soupe à la grimace *fam.*
Mauvais accueil.
Trempé comme une soupe *fam.*
Très mouillé.

Venir comme un cheveu sur la soupe *fam.*
Arriver inopportunément.

souper

En avoir soupé de *fam.*
En être excédé.

soupir

Rendre le dernier soupir.
Mourir.
Tirer des soupirs de ses talons *fam.*
Soupirer profondément.

souple

Avoir l'échine souple.
Faire preuve de servilité.
Souple comme une anguille.
Très souple.

source

Couler de source.
Être évident.
Remonter à la source.
Chercher à retrouver l'origine d'une chose.
Tenir de bonne source.
Tenir ses renseignements de personnes autorisées.

sourcil

Froncer les sourcils.
Prendre un air mécontent.

sourd

Ce n'est pas tombé dans l'oreille d'un sourd *fam.*
L'information sera mise à profit.
Crier comme un sourd *fam.*
Protester furieusement.
Être sourd comme un pot *fam.*
Être totalement sourd.
Frapper comme un sourd *fam.*
Frapper très fort.
Il n'y a pire sourd que celui qui ne veut pas entendre.
Il est inutile de vouloir convaincre quelqu'un qui ne veut rien entendre.
Il vaut mieux entendre ça que d'être sourd *fam.*
Expression de réprobation devant des propos étonnants.

sourdine

Mettre une sourdine à quelque chose *fam.*
L'atténuer.

souricière

Tomber dans une souricière.
Être pris au piège.

souris

Jouer au chat et à la souris *fam.*
Feindre de laisser échapper quelqu'un pour mieux le surprendre.
La montagne a accouché d'une souris.
Se dit de résultats dérisoires malgré l'importance des moyens mis en œuvre.
On le ferait se cacher dans un trou de souris *fam.*
Se dit de quelqu'un de très craintif.
Quand le chat n'est pas là, les souris dansent.
L'absence de surveillance entraîne des abus.

spectacle

À grand spectacle.
Avec une mise en scène aux effets impressionnants.
Se donner en spectacle.
S'afficher.

sport

Il va y avoir du sport *fam.*
Les choses vont mal tourner.
Pour le sport *fam.*
Sans souci de son intérêt.

substance

En substance.
En gros.

sucer

Se sucer la pomme *pop.*
S'embrasser.
Sucer le lait de quelque chose.
En tirer les éléments les plus essentiels.
Sucer le sang de quelqu'un.
L'exploiter.

sucre

Casser du sucre sur le dos de quelqu'un *fam.*
Médire de lui.

Être tout sucre tout miel.
Être plein de douceur.

Ne pas être en sucre *fam.*
Être solide.

sucrée

Faire la sucrée *fam.*
Affecter une attitude douce-reuse.

sucrer

Sucrer les fraises *pop.*
Trembler.
Être atteint de gâtisme.

suer

En suer une *fam.*
Danser.

Faire suer le burnous *pop.*
Exploiter ses employés.

Se faire suer *fam.*
S'ennuyer fortement.

sueur

À la sueur de son front.
Péniblement.

Avoir des sueurs froides.
Manifester une grande angoisse.

suif

Chercher du suif *pop.*
Avoir une attitude provocante.

Suisse

Boire en Suisse *fam.*
Boire tout seul.

suite

À la suite de.
Après.

Avoir de la suite dans les idées.
Se montrer obstiné.

De suite.
L'un après l'autre.
Sans interruption.
Avec ordre.

Faire suite à quelque chose.
Lui succéder.

La suite au prochain numéro.
Cela suffit pour l'instant.

Tout de suite.
Immédiatement.

suivre

Les jours se suivent et ne se ressemblent pas *fam.*
La vie est un perpétuel change-ment.

Suivre le mouvement *fam.*
Se guider sur autrui.

Suivre les traces de quelqu'un.
Prendre exemple sur lui.

Qui m'aime me suive.
Que celui qui m'aime fasse ce que je ferai.

sujet

Être sujet à.
Être exposé à.

Être sujet à caution.
Être douteux.

Sans sujet.
Sans raison.

supplice

Être au supplice.
Être inquiet ou agacé.

Mettre au supplice.
Embarrasser.

Supplice de Tantale.
Désir impossible à satisfaire.

suppôt

Suppôt de Satan.
Individu très malfaisant.

sûr

À coup sûr.
Sans aucun doute.

De source sûre.
De façon certaine.

Être en lieu sûr.
N'avoir rien à craindre.

Être en mains sûres.
Être en sûreté.

Pour sûr.
Certainement.

sûreté

Prudence est mère de sûreté.
Une grande prudence évite tout risque de danger.

surface

Avoir de la surface *fam.*
Avoir une situation importante.

En boucher une surface *pop.*
Étonner.

Être tout en surface.
Manquer de qualités solides.
Refaire surface *fam.*
Reprendre connaissance.
Réapparaître.

surprise

Faire une surprise à quelqu'un.
*Lui causer une joie inatten-
due.*
Par surprise.
À l'improviste.

sursaut

En sursaut.
Brusquement.

suspendre

Se suspendre aux lèvres de
quelqu'un.
L'écouter attentivement.

suspens

En suspens.
En attente.

système

Système D *fam.*
*Art de se débrouiller en toutes
circonstances.*
Par système.
De parti pris.
Taper sur le système de quel-
qu'un *pop.*
L'exaspérer.

T

tabac
Coup de tabac *fam.*
Tempête.
Du même tabac *fam.*
Identique.
Faire un tabac *fam.*
Avoir beaucoup de succès.
Passer à tabac *fam.*
Frapper.
Pot à tabac *fam.*
Personne petite et ronde.

table
Faire table rase.
Rejeter toute idée ancienne.
Faire un tour de table.
Solliciter l'avis de chacun des participants.
Jouer cartes sur table.
Agir franchement.
Se mettre à table *pop.*
Avouer.
Sous la table *fam.*
Secrètement.
Taper du poing sur la table.
Se fâcher.
Tenir table ouverte.
Accueillir à sa table tous ceux qui se présentent.

tableau
Cela achève le tableau *fam.*
Cela ajoute aux ennuis.
Il y a une ombre au tableau.
Se dit d'un léger défaut dans un ensemble agréable.
Miser sur les deux tableaux.
Se ménager des avantages quelle que soit l'issue.
Vieux tableau *fam.*
Vieille femme, fardée outrageusement.
Voir d'ici le tableau *fam.*
Se représenter les choses à l'avance.

tablette
Inscrire sur ses tablettes.
Prendre note de quelque chose.

Rayer de ses tablettes.
Ne plus tenir compte de quelque chose.

tablier
Ça lui va comme un tablier à une vache *fam.*
Cela ne lui convient pas.

tac
Du tac au tac.
Avec vivacité.

tâche
Ne pas être à la tâche *fam.*
Ne pas être pressé.
Prendre à tâche.
S'efforcer de faire.

tache
Faire tache.
Ne pas convenir à la situation.
Faire tache d'huile.
S'étendre insensiblement.

taillable
Être taillable et corvéable à merci.
Subir toutes sortes de contraintes.

taille
À la taille de.
De même dimension que.
De taille.
Important.
Être de taille à.
Être assez fort pour.

tailler
Se tailler la part du lion *fam.*
Prendre le meilleur de quelque chose.
Se tailler un succès.
Être très remarqué.
Tailler la route *pop.*
Partir.
Tailler une bavette *fam.*
Bavarder.
Tailler une veste à quelqu'un *pop.*
Médire de lui.

taire

Il a encore perdu l'occasion de
se taire *fam.*
  Il aurait mieux fait de se taire.

talon

Avoir des ailes aux talons *vx.*
  S'enfuir rapidement.
Avoir l'estomac dans les talons
fam.
  Avoir très faim.
Marcher sur les talons de quel-
qu'un.
  Le suivre de près.
Montrer les talons.
  S'enfuir.
Talon d'Achille.
  Le point faible de quelqu'un.
Tourner les talons.
  Faire demi-tour.

tambouille

Faire la tambouille *fam.*
  Faire la cuisine.

tambour

Avoir le ventre tendu comme un
tambour *pop.*
  Avoir trop mangé.
Raisonner comme un tambour
fam.
  Raisonner sottement.
Sans tambour ni trompette *fam.*
  Discrètement.
Tambour battant.
  Rapidement.

tamponner

S'en tamponner (le coquillard)
pop.
  *Se désintéresser complètement
  de quelque chose.*

tangente

Prendre la tangente *fam.*
  Partir sans se faire remarquer.

tanner

Tanner le cuir à quelqu'un *pop.*
  L'importuner.
  Le battre.

taper

Ça tape *pop.*
  Se dit d'un soleil ardent.

S'en taper *pop.*
  S'en moquer.
Se taper la cloche *pop.*
  Manger plantureusement.
Se taper la tête contre les murs
fam.
  *Désespérer du résultat d'une en-
  treprise.*
Se taper le derrière par terre *pop.*
  Rire sans retenue.
Se taper quelque chose *fam.*
  Se l'offrir.
  Être obligé de le faire.
Taper à côté *fam.*
  Se tromper.
Taper dans l'œil *fam.*
  Impressionner quelqu'un.
Taper dans le mille *fam.*
  Choisir avec justesse.
  Réussir.
Taper le carton *pop.*
  Jouer aux cartes.
Taper sur le ventre de quelqu'un
fam.
  Le traiter avec familiarité.
Taper sur les nerfs.
  Exaspérer.

tapette

Avoir une bonne tapette *pop.*
  Être très bavard.

tapinois

En tapinois.
  En secret.

tapis

Aller au tapis.
  Échouer.
Amuser le tapis.
  Divertir les assistants.
  Donner le change.
Dérouler le tapis rouge.
  Accueillir somptueusement.
Être sur le tapis.
  Être le sujet de la conversation.
Mettre sur le tapis.
  Proposer à la discussion.
Rester au tapis.
  Être éliminé.

tapisserie

Faire tapisserie *fam.*
Assister à une réunion sans y prendre une part active.
Ne pas danser.

tard

Il n'est jamais trop tard pour bien faire.
Mieux vaut tard que jamais.
Il vaut mieux agir même tardivement que de ne rien faire.

tarte

C'est pas de la tarte *fam.*
Se dit d'une chose difficile.
Tarte à la crème *fam.*
Idée sans originalité.

tas

Dans le tas *pop.*
Au hasard.
Taper dans le tas *pop.*
S'emparer de quelque chose.
Frapper au hasard.

tasse

Boire la tasse *pop.*
Avaler de l'eau involontairement en se baignant.
Échouer dans une entreprise.
Ce n'est pas ma tasse de thé *fam.*
Cela n'est pas dans mes habitudes.

tâter

Tâter le pouls de quelqu'un.
Chercher à connaître ses intentions.
Tâter le terrain.
Agir avec circonspection.

taupe

Myope comme une taupe *fam.*
Très myope.
Vieille taupe *pop.*
Vieille femme désagréable, à l'esprit étroit.

taureau

Prendre le taureau par les cornes *fam.*
Agir avec détermination.

teigne

Méchant comme une teigne *fam.*
Très méchant.

teint

Bon teint *fam.*
Ferme.

téléphone

Téléphone arabe *fam.*
Transmission de bouche à oreille d'une nouvelle.

témoin

Prendre le ciel à témoin.
Affirmer avec force.

tempérament

Avoir du tempérament.
Être porté sur les plaisirs physiques.
S'abîmer, se crever, s'esquinter, se tuer le tempérament *fam.*
S'inquiéter pour une chose qui n'en vaut pas la peine.

température

Prendre la température *fam.*
Chercher à connaître l'état d'une situation.

tempête

Doubler le cap des tempêtes.
S'échapper d'une difficulté.
Qui sème le vent récolte la tempête.
Les violences finissent toujours par se retourner contre celui qui les a provoquées.
Une tempête dans un verre d'eau.
Beaucoup d'agitation pour peu de chose.
Une tempête sous un crâne *fam.*
Moment de grande hésitation.

templier

Boire comme un templier *fam.*
Boire avec excès.

temps

À temps.
Suffisamment tôt.
Après la pluie le beau temps.
Aux périodes défavorables succèdent des périodes favorables.
Avoir fait son temps.
Avoir terminé sa carrière.
Être dépassé.
Dans le temps.
Autrefois.

En deux temps (et trois mouvements) *fam.*
Rapidement.

En un rien de temps.
Très rapidement.

Entre-temps.
Dans l'intervalle.

Être de son temps.
Être dans le goût du jour.

Faire la pluie et le beau temps.
Être seul à décider.

Gagner du temps.
S'arranger pour retarder la suite des événements.

Il est grand temps.

Il n'est que temps.
C'est le moment de se dépêcher.

N'avoir qu'un temps.
Avoir une durée provisoire.

Ne pas avoir le temps de dire ouf *fam.*
Être surpris par un événement.

Par le temps qui court *fam.*
Étant donné les circonstances présentes.

Parler de la pluie et du beau temps.
Parler de choses insignifiantes.

Prendre le temps comme il vient.
Prendre la vie avec sérénité.

Prendre son temps.
Ne pas être pressé.

Temps de chien, de cochon *fam.*
Mauvais temps.

Trouver le temps long.
S'ennuyer.

Tuer le temps *fam.*
S'occuper à faire quelque chose pour éviter de s'ennuyer.

tendre

Tendre l'oreille.
Écouter avec attention.

Tendre la main.
Aider.

Tendre la perche à quelqu'un *fam.*
L'aider.

Tendre le poing.
Menacer.

Tendre un piège.
Chercher à tromper.

tendre

Ne pas être tendre.
Être très sévère.

tenir

En tenir.
Être dupé ou blessé.
Subir une perte.

En tenir pour
Être attaché à.

En tenir une *pop.*
Être ivre.

En tenir une couche *pop.*
Être idiot.

Mieux vaut tenir que courir, que quérir.
Il faut se garder de toutes espérances illusoires.

N'avoir qu'à bien se tenir.
Agir de façon à éviter tout ennui.

Ne pas pouvoir (y) tenir.
Ne pas pouvoir se dominer.

Ne tenir qu'à un fil.
Se dit de quelque chose susceptible d'être détruit au moindre incident.

Qu'à cela ne tienne.
Peu importe.

Savoir à quoi s'en tenir.
Être certain des conséquences d'une chose.

S'en tenir à.
Se borner à.

Se le tenir pour dit.
Ne pas insister.

Se tenir à carreau *fam.*
Être sur ses gardes.

Se tenir à quatre *fam.*
Faire de grands efforts pour se maîtriser.

Se tenir les côtes *fam.*
Rire avec force.

Tenir au courant.
Tenir informé.

Tenir en haleine.
Laisser dans l'expectative.

Tenir la jambe à quelqu'un *fam.*
L'importuner par ses discours.

Tenir la queue de la poêle *fam.*
Conduire une affaire.

Tenir la rampe *fam.*
Résister avec succès.

Tenir le bon bout *fam.*
Être sur le point de réussir.

Tenir le coup *fam.*
Résister.

Tenir le crachoir à quelqu'un *fam.*
L'écouter sans pouvoir placer un mot.

Tenir le haut du pavé.
Avoir une situation de premier ordre.

Tenir quelqu'un en laisse.
L'empêcher d'agir librement.

Tenir sa langue.
Se taire.

Tenir tête.
Résister à.

Tenir une bonne cuite *pop.*
Être totalement ivre.

Tiens donc! *fam.*

Tiens, tiens! *fam.*
Expressions qui marquent l'étonnement.

Un tiens vaut mieux que deux tu l'auras.
Il ne faut pas abandonner un bien réel pour une promesse illusoire.

Y tenir comme à la prunelle de ses yeux *fam.*
Y tenir beaucoup.

tente

Se retirer sous sa tente.
Cesser de participer à une chose par dépit.

terme

À terme.
Jusqu'au bout.

Être en bons termes avec quelqu'un.
Avoir de bonnes relations avec lui.

Mener à terme.
Terminer.

Mettre un terme.
Faire cesser.

terrain

Disputer le terrain.
Se défendre pied à pied.

Être sur son terrain.
Être à son avantage.

Gagner du terrain.
Avancer.

Se conduire comme en terrain conquis.
Agir brutalement.

Tâter le terrain.
Agir avec circonspection.

Terrain brûlant.
Sujet à éviter.

Terrain d'entente.
Ensemble de conditions permettant de définir un accord.

terre

Mettre quelqu'un plus bas que terre.
Le traiter avec un mépris extrême.

Remuer ciel et terre.
S'agiter en tous sens.
Utiliser tous les moyens possibles.

terrible

C'est pas terrible *fam.*
Cela ne vaut pas grand-chose.

tête

Agir de tête.
Agir avec résolution.

Avoir du plomb dans la tête *fam.*
Faire preuve de sagesse.

Avoir la grosse tête *fam.*
Éprouver une fierté excessive.

Avoir la tête chaude.
Avoir un tempérament coléreux.

Avoir la tête de l'emploi *fam.*
Avoir un aspect qui correspond à ce qu'on est.

Avoir la tête près du bonnet *fam.*
Être coléreux.

Avoir la tête sur les épaules *fam.*
Se dit d'une personne réfléchie.

Avoir un (petit) vélo dans la tête *fam.*
Avoir des idées fixes.

Avoir une sale tête *fam.*
Être antipathique.

Avoir une tête qui ne revient pas à quelqu'un *fam.*
Lui être antipathique.

Casser la tête à quelqu'un *fam.*
L'importuner.
Coup de tête.
Décision brusque.
De tête.
De mémoire.
En avoir par-dessus la tête *fam.*
Être exaspéré.
En tête à tête.
Seul à seul.
Être tombé sur la tête *fam.*
Avoir perdu la raison.
Faire la tête *fam.*
Manifester sa mauvaise humeur.
Faire tourner la tête.
Donner de l'émotion.
Faire une drôle de tête *fam.*
Manifester son embarras.
Faire une grosse tête, une tête au carré à quelqu'un *pop.*
Lui administrer une bonne correction.
Faire une tête d'enterrement *fam.*
Montrer un visage attristé.
Laver la tête à quelqu'un *fam.*
Le réprimander.
Mauvaise tête, mais bon cœur.
Se dit d'une personne de caractère difficile mais généreuse.
N'en faire qu'à sa tête.
Refuser tout conseil.
Ne pas savoir où donner de la tête.
Ne pas savoir comment faire face à ses diverses obligations.
Par tête de pipe *pop.*
Par personne.
Perdre la tête *fam.*
Devenir fou.
Piquer une tête.
Plonger.
Quand on n'a pas de tête, il faut avoir des jambes.
L'imprévoyance oblige à multiplier les efforts physiques.
Sans queue ni tête.
Sans signification.
Se casser la tête *fam.*
S'évertuer.

Se creuser la tête *fam.*
Réfléchir intensément.
Se jeter à la tête de quelqu'un.
Montrer beaucoup d'empressement à son égard.
Se mettre martel en tête *fam.*
Se faire du souci.
Se monter la tête.
Se faire des illusions.
Se payer la tête de quelqu'un *fam.*
Se moquer de lui.
Se taper la tête contre les murs *fam.*
Désespérer du résultat d'une entreprise.
Se trouver tête pour tête.
Se rencontrer inopinément.
Tenir tête.
Résister à.
Tête en l'air *fam.*
Tête sans cervelle *fam.*
Personne irréfléchie.

ticket

Avoir un ticket avec quelqu'un *pop.*
Lui plaire.

tiers

Se moquer du tiers comme du quart *fam.*
Se moquer de tout.

tigre

Jaloux comme un tigre *fam.*
Très jaloux.

tilt

Faire tilt *fam.*
Provoquer un éclair d'intelligence.

timbale

Décrocher la timbale *fam.*
Réussir.

tintin

Faire tintin *fam.*
Être privé de quelque chose.

tintouin

Avoir du tintouin *fam.*
Être inquiet.

tir

Corriger le tir *fam.*
Corriger une erreur d'appréciation.

tirage

Il y a du tirage *fam.*
Il y a des difficultés.

tire-

À tire-d'aile.
Rapidement.

À tire-larigot *fam.*
En quantité.

tirée

Cela fait une tirée *fam.*
La distance est longue.

tirer

Il n'y a plus qu'à tirer l'échelle *fam.*
Il n'y a plus rien à faire, ni à dire.

S'en tirer *fam.*
Échapper à un danger.

Se tirer des flûtes, des pattes *pop.*
Fuir.

Tirer au cul, au flanc *pop.*
Se soustraire aux corvées.

Tirer dans les pattes de quelqu'un *fam.*
Le contrecarrer.

Tirer des plans sur la comète *fam.*
Former des projets illusoires.

Tirer la couverture à soi *fam.*
Se réserver tous les avantages.

Tirer le bon numéro.
Avoir de la chance.

Tirer le diable par la queue *fam.*
Mener une vie difficile.

Tirer les ficelles.
Faire agir les autres en demeurant dans l'ombre.

Tirer les marrons du feu.
Se donner du mal pour le profit d'autrui.
Faire faire par un autre quelque chose de périlleux.

Tirer les oreilles à quelqu'un.
Le réprimander.

Tirer les vers du nez à quelqu'un *pop.*
Lui faire avouer son secret.

Tirer pied ou aile de quelqu'un *vx.*
En tirer quelque profit, si minime soit-il.

Tirer sa flemme *fam.*
Être paresseux.

Tirer son chapeau à quelqu'un.
Le féliciter.

Tirer son épingle du jeu.
Se dégager adroitement d'une situation dangereuse.

Tirer un trait sur quelque chose.
Y renoncer.

Tirer une épine du pied de quelqu'un *fam.*
Le sortir d'une situation difficile.

toast

Porter un toast à quelqu'un.
Boire à la santé de quelqu'un.

toc

C'est du toc *fam.*
Cela n'a aucune valeur.

tocsin

Sonner le tocsin *fam.*
Ameuter.

toile

Aller se mettre dans les toiles.
Aller se coucher.

Se faire, se payer une toile *pop.*
Dormir.
Aller au cinéma.

tomate

En rester comme une tomate *fam.*
Être très étonné.

Être rouge comme une tomate *fam.*
Être très rouge.

tombe

Avoir un pied dans la tombe.
Être près de mourir.

Creuser sa tombe avec ses dents *fam.*
Faire des excès de table.

Muet comme une tombe.
Très silencieux.

Tirer de la tombe.
Tirer de l'oubli.

tombeau

À tombeau ouvert *fam.*
Très rapidement.

tomber

Être tombé sur la tête *fam.*
Avoir perdu la raison.

Laisser tomber.
Délaisser.

Les bras m'en tombent *fam.*
Je suis très étonné.

Ne pas tomber dans l'oreille d'un sourd *fam.*
Être perçu avec beaucoup d'intérêt.

Tomber à l'eau *fam.*
Ne pas avoir d'aboutissement.

Tomber à pic *fam.*
Arriver au moment opportun.

Tomber à plat *fam.*
N'avoir aucun retentissement. Échouer.

Tomber dans le panneau *fam.*
Se laisser tromper.

Tomber dans les pommes *fam.*
S'évanouir.

Tomber de haut *fam.*
Tomber de son haut.
Être étonné.

Tomber des nues.
Arriver sans être attendu. Être étonné.

Tomber du ciel.
Arriver de manière imprévue.

Tomber en carafe *pop.*
S'arrêter.

Tomber en quenouille.
Être laissé à l'abandon.

Tomber la veste *fam.*
Enlever sa veste.

Tomber pile *fam.*
Arriver au bon moment.

Tomber sous le sens.
Être évident.

Tomber sur le paletot, sur le poil, sur le râble de quelqu'un *pop.*
L'attaquer.

Tomber sur un bec, sur un os *pop.*
Rencontrer un obstacle.

ton

Baisser d'un ton.
Parler de manière moins arrogante.

Changer de ton.
Changer de manières d'agir.

De bon ton.
Comme il faut, raffiné.

Dire sur tous les tons.
Répéter inlassablement.

Donner le ton.
Donner l'exemple.

Être dans le ton.
*Se comporter comme il faut.
Être en accord avec son entourage.*

Faire chanter sur un autre ton.
Faire changer quelqu'un de manière d'agir.

tonne

En faire des tonnes *fam.*
Agir d'une manière exagérée.

tonneau

Du même tonneau *fam.*
Semblable.

tonnerre

Coup de tonnerre.
Événement très brutal.

Du tonnerre (de Dieu) *pop.*
Extraordinaire.

torcher

S'en torcher le bec *pop.*
Ne pas pouvoir obtenir.

S'en torcher le derrière *pop.*
Mépriser.

torchon

Coup de torchon.
Élimination de ce qui est indésirable.

Le torchon brûle *fam.*
Se dit lorsque deux personnes se disputent.

Ne pas mélanger les torchons avec les serviettes *fam.*
Ne pas mettre sur le même plan des gens ou des choses de valeur différente.

tordre

Se tordre de rire *fam.*
Rire de manière exagérée.

tort

Se tordre les mains.
Manifester un violent désespoir.
Tordre le nez sur quelque chose
fam.
Marquer du dégoût à son égard.

tort

À tort.
Sans motif.
À tort et à travers.
De façon inconsidérée.
À tort ou à raison.
Avec ou sans droit.
Cela ne fait du tort à personne
fam.
*Se dit de quelque chose qui ne
porte pas à conséquence.*
Se mettre dans son tort.
Commettre une faute.

tortiller

Il y a pas à tortiller *pop.*
*Il n'y a pas moyen de faire
autrement.*

torture

Mettre quelqu'un à la torture.
*Le mettre dans un grand em-
barras.*

tôt

Ce n'est pas trop tôt! *fam.*
L'attente a été longue.
Le plus tôt sera le mieux.
*Moins on attendra, mieux cela
vaudra.*
Tôt ou tard.
Un jour ou l'autre.

touche

Être sur la touche *fam.*
Être tenu à l'écart.
Faire une touche *fam.*
Attirer l'attention de quelqu'un.

toucher

Faire toucher du doigt.
Rendre évident.
Faire toucher les épaules à quel-
qu'un.
Le vaincre.
Il n'en touche pas une *fam.*
Il n'a aucune aptitude à cela.
Ne pas avoir l'air d'y toucher.
*Cacher ses sentiments sous des
apparences anodines.*

Pas touche! *fam*
Ne touchez pas à cela.
Toucher à sa fin *fam.*
Se terminer.
Toucher au port.
Réussir.
Toucher deux mots à quelqu'un.
*Lui parler rapidement de quel-
que chose.*
Toucher la corde sensible *fam.*
Émouvoir.
Toucher quelqu'un au vif.
*Susciter chez lui un mouvement
de colère.*
Toucher sa bille *fam.*
*Se montrer compétent en quel-
que chose.*

toujours

C'est toujours ça de pris *fam.*
*Se dit d'un avantage peu im-
portant mais sûr.*
Tu peux toujours courir *fam.*
N'y compte pas.

toupet

Avoir du toupet *fam.*
Avoir beaucoup d'audace.

toupie

Tourner comme une toupie *fam.*
*Faire preuve de beaucoup de
versatilité.*

tour

À tour de rôle.
Chacun à son tour.
Au quart de tour *fam.*
Rapidement.
Avoir fait le tour de tout.
N'avoir plus d'intérêt pour rien.
Avoir plus d'un tour dans son
sac *fam.*
Être très habile.
C'est reparti pour un tour *fam.*
Cela recommence.
Donner un tour de vis *fam.*
*Faire preuve de davantage de
sévérité.*
En un tour de main.
Rapidement.
Faire le tour de quelque chose.
L'examiner de façon complète.

Faire le tour du cadran *fam.*
Dormir pendant douze heures.
Faire un tour.
Faire une courte promenade.
Jouer un tour à quelqu'un.
Le tromper.
Jouer un tour de cochon à quelqu'un *fam.*
Lui nuire gravement.
Le tour est joué.
La chose est faite.
Plus souvent qu'à son tour *fam.*
Très fréquemment.
Son sang n'a fait qu'un tour.
Sa réaction a été immédiate.
Tour à tour.
Alternativement.
Tour de main.
Habileté.

tour

Fait au tour *fam.*
Bien fait.

tour

Vivre dans une tour d'ivoire.
Vivre isolé en refusant tout engagement.

tournant

Attendre quelqu'un au tournant *fam.*
Se venger de lui à la première occasion.
Marquer un tournant.
Indiquer un changement profond.
Prendre un tournant.
Changer de ligne de conduite.

tourné

Avoir l'esprit mal tourné *fam.*
Prendre les choses de travers.
Avoir les sangs tournés *fam.*
Être violemment ému.
Être bien tourné *fam.*
Être bien fait.

tournée

Faire la tournée des grands-ducs *fam.*
Fréquenter tour à tour les établissements de nuit.
Offrir une tournée *fam.*
Offrir à boire.

Recevoir une tournée *pop.*
Recevoir une correction.

tourner

Faire tourner quelqu'un en bourrique *fam.*
L'exaspérer.
Mal tourner.
Évoluer de façon défavorable.
Ne plus savoir de quel côté se tourner.
Être dans l'embarras.
Se tourner du côté de quelqu'un.
Embrasser son parti.
Se tourner les pouces *fam.*
Ne rien faire.
Tourner autour d'une femme *fam.*
Lui faire la cour.
Tourner autour du pot *fam.*
Ne pas aller droit au fait.
Tourner bride, casaque, talon.
Changer d'avis.
Faire demi-tour.
Tourner comme une girouette.
Faire preuve d'inconstance.
Tourner court.
Se terminer brutalement.
Tourner de l'œil *fam.*
S'évanouir.
Tourner en rond *fam.*
Ne pas progresser.
Tourner la page.
Oublier le passé pour se tourner vers l'avenir.
Tourner la tête.
Étourdir.
Tourner le cœur.
Rendre malade.
Tourner le sang *fam.*
Émouvoir.
Tourner rond.
Aller bien.

tourniquet

Passer au tourniquet *fam.*
Être convoqué devant un conseil de guerre.

tournis

Avoir le tournis *fam.*
S'agiter en tous sens.
Donner le tournis *fam.*
Donner le vertige.

tournure

396

tournure
Prendre tournure.
Prendre forme.

tout
À tout casser *fam.*
Au maximum.
Sans retenue.
À tout venant.
À chacun.
Avoir réponse à tout.
Se dit de quelqu'un qui lève toutes les objections.
Avoir tout de *fam.*
Ressembler complètement à.
Comme tout.
Extrêmement.
Du tout au tout.
Complètement.
En tout et pour tout.
Seulement.
Être tout ouïe.
Être très attentif.
Pas du tout.
Absolument pas.
Risquer le tout pour le tout.
Prendre des risques extrêmes pour mieux réussir.
Somme toute.
Finalement.
Tout ce qu'il y a de plus *fam.*
Très.
Tout de même.
Cependant.
Tout est bien qui finit bien.
Se dit pour souligner une fin heureuse après des péripéties variées.
Tout le monde.
L'ensemble des gens.

toutim
Tout le toutim *pop.*
Et tout le reste.

trac
Tout à trac.
Brutalement.

trace
Être sur la trace de.
Être sur le point de découvrir.
Sans trace de.
Sans marque de la présence de.

Suivre à la trace.
Suivre en se guidant sur les indices laissés.
Suivre les traces de quelqu'un.
Prendre exemple sur lui.

Trafalgar
Coup de Trafalgar *fam.*
Événement imprévu et désastreux.

train
Être dans le train.
Être à la mode.
Faire un train d'enfer *fam.*
Faire beaucoup de bruit.
Le diable et son train *fam.*
Se dit pour clore une énumération.
Mener grand train.
Vivre luxueusement.

train
Être comme une vache qui regarde passer le train *fam.*
Avoir un air ahuri.
Un train peut en cacher un autre.
Un danger visible peut en cacher un autre moins apparent.

train
Aller à fond de train.
Aller très rapidement.
Aller bon train.
Aller vite.
Être en train de.
Être occupé à.
Être mal en train.
Se sentir malade.
Mettre en train quelqu'un.
Le mettre de bonne humeur.
Mettre en train quelque chose.
Le commencer.
Suivre son petit train *fam.*
Suivre son train.
Suivre son rythme normal.
Train de sénateur.
Allure lente et grave.
Train de vie.
Genre de vie.

train
Botter le train *pop.*
Donner un coup de pied dans le derrière de quelqu'un.

Filer le train à quelqu'un *pop.*
Le suivre.

Se magner le train *fam.*
Se dépêcher.

traîne
Être à la traîne.
Être en retard.

traînée
Se répandre comme une traînée de poudre.
Se propager très rapidement.

traîner
Cela ne va pas traîner *fam.*
Cela sera vite fait.

Faire traîner.
Retarder.

Traîner la patte *fam.*
Marcher avec difficulté.

Traîner les pieds *fam.*
Faire preuve de mauvaise volonté.

Traîner quelqu'un dans la boue.
Médire de lui.

Traîner ses bottes, ses guêtres *fam.*
Flâner.

Traîner son boulet, sa chaîne.
Supporter une obligation pénible.

trait
À grands traits.
Sommairement.

Avoir un trait de lumière.
Comprendre subitement quelque chose.

D'un trait.
En une seule fois.

D'un trait de plume.
Avec rapidité et brutalité.

Tirer un trait sur quelque chose.
Y renoncer.

trait
Avoir trait à.
Se rapporter à.

Filer comme un trait.
Aller très vite.

Trait d'esprit.
Expression spirituelle.

traite
D'une seule traite.
Sans arrêt.

tranchant
À double tranchant.
Qui peut avoir deux effets opposés.

tranche
S'en payer une tranche *fam.*
S'amuser beaucoup.

trancher
Tranchons là.
N'allons pas plus loin.

tranquille
Tranquille comme Baptiste *fam.*
Sans être en rien inquiet.

trappe
Passer à la trappe.
Être mis au rebut.

travail
Voyez un peu le travail ! *fam.*
C'est désastreux.

travailler
Travailler d'arrache-pied.
Travailler beaucoup.

Travailler du chapeau *pop.*
Être fou.

Travailler sans filet *fam.*
Se lancer dans une entreprise périlleuse sans aucune sauvegarde.

travers
À tort et à travers.
De façon inconsidérée.

Aller de travers.
Aller dans une direction autre que prévu.

Avoir l'esprit de travers.
Prendre à mal les intentions de quelqu'un.

Comprendre de travers.
Comprendre mal.

En long, en large et en travers *fam.*
En tous sens.

Passer au travers de.
Échapper à.

Prendre tout de travers.
Être très susceptible.

Regarder quelqu'un de travers.
Lui témoigner de l'hostilité.
Rester en travers de la gorge *fam.*
Être inacceptable.
Se mettre en travers de.
S'opposer à.

traversée
Traversée du désert.
Disparition temporaire, hors de toute vie publique, d'un homme politique.

traviole
De traviole *pop.*
De travers.

trébuchet
Prendre au trébuchet *fam.*
Prendre au piège.

treize
Treize à la douzaine.
Treize pour douze.
Beaucoup trop.

tremblement
Et tout le tremblement *fam.*
Et tout l'ensemble.

trembler
Trembler dans sa culotte *pop.*
Éprouver une peur intense.

trempe
Être d'une bonne trempe.
Être de bonne qualité.
Avoir une grande force d'âme.
Recevoir une trempe *pop.*
Recevoir une correction.

trente et un
Se mettre sur son trente et un *fam.*
Mettre ses plus beaux vêtements.

trente-six
En voir trente-six chandelles *fam.*
Être assommé.
Tous les trente-six du mois.
Très rarement.

trente-sixième
Être, tomber dans le trente-sixième dessous *fam.*
Être dans une situation très malheureuse.

trépas
Passer de vie à trépas *pop.*
Mourir.

tresser
Tresser des couronnes à quelqu'un.
Lui adresser de nombreux compliments.

trêve
Faire trêve à quelque chose.
L'interrompre momentanément.
Sans trêve.
Sans arrêt.
Trêve de...!
Assez de...!
Trêve des confiseurs *fam.*
Cessation de toute activité politique pendant les fêtes de fin d'année.

tricoter
Tricoter des gambettes, des jambes, des pincettes, des paturons *pop.*
S'enfuir.

trier
Trier sur le volet.
Choisir avec soin.

trimbaler
En trimbaler une *pop.*
Être très bête.

triomphe
Porter en triomphe.
Porter quelqu'un à bras d'hommes pour lui faire honneur.

tripe
Avoir la tripe républicaine.
Être profondément attaché aux valeurs républicaines.
Prendre aux tripes *fam.*
Remuer les tripes *fam.*
Émouvoir profondément.

tripette
Ne pas valoir tripette *fam.*
Être sans valeur.

tripotée
Une tripotée de *fam.*
Beaucoup de.

trique

Sec comme un coup de trique.
Très maigre.

triste

C'est pas triste *pop.*
C'est drôle.

Triste comme un bonnet de nuit, comme un lendemain de fête, comme la pluie *fam.*
Très triste.

trognon

Jusqu'au trognon *pop.*
Complètement.

trompe

À son de trompe.
À grand bruit.

tromper

C'est à s'y tromper.
Une telle ressemblance pourrait provoquer des erreurs.

Si je ne me trompe.
Sauf erreur de ma part.

trompette

Sans tambour ni trompette *fam.*
Discrètement.

Sans trompette *lit.*
Vivement.

tronc

Se casser le tronc *pop.*
S'évertuer.

trop

C'en est trop.
Cela est insupportable.

En faire trop.
Faire plus que ce qui est nécessaire.

N'être pas de trop.
Être indispensable.

trotte

Tout d'une trotte *fam.*
Sans s'arrêter.

trottoir

Faire le trottoir *pop.*
Se prostituer.

trou

Boire comme un trou.
Boire avec excès.

Boucher un trou *fam.*
Faire un remplacement.
Payer une dette.

Faire son trou *fam.*
Réussir professionnellement.

N'être jamais sorti de son trou *fam.*
Être ignorant des choses.

Ne pas avoir les yeux en face des trous *fam.*
Ne pas être bien réveillé.
Voir mal.

Rester dans son trou.
Rester à l'écart.

S'en mettre plein les trous de nez *pop.*
Manger et boire copieusement.

Sortir par les trous de nez *fam.*
Dégoûter.

Trou de balle *pop.*
Anus.

Trou de mémoire.
Oubli momentané.

Trou noir.
État dépressif.

Trou perdu *fam.*
Lieu isolé.

trouer

Trouer la peau à quelqu'un *pop.*
Le tuer.

trouille

Avoir la trouille *pop.*
Avoir peur.

trouillomètre

Avoir le trouillomètre à zéro *pop.*
Avoir très peur.

trousse

Avoir le diable à ses trousses *fam.*
Courir très rapidement.

Être aux trousses de quelqu'un *fam.*
Le poursuivre.

trouver

La trouver mauvaise, raide *fam.*
Être choqué de quelque chose.

La trouver saumâtre *fam.*
Trouver la situation insupportable.

Si tu me cherches, tu me trouves *fam.*
Se dit en manière d'avertissement à quelqu'un qui cherche à nuire.
Trouver chaussure à son pied *fam.*
Trouver ce qui convient parfaitement.

truc
C'est pas mon truc *pop.*
Cela ne m'intéresse pas!
Repiquer au truc *pop.*
Recommencer.

truie
Une truie n'y trouverait pas ses petits *fam.*
Se dit d'un très grand désordre.

tu
Être à tu et à toi avec quelqu'un *fam.*
Entretenir avec lui des liens d'amitié tels qu'on le tutoie et qu'on en est tutoyé.

tube
À pleins tubes *fam.*
Au maximum.

tuer
À tue-tête.
Très fort.
Être bon à tuer *fam.*
Être insupportable.
Tuer le temps *fam.*
S'occuper à faire quelque chose pour éviter de s'ennuyer.
Tuer le veau gras.
Organiser de grandes réjouis- sances pour fêter le retour de quelqu'un.

tuile
Quelle tuile! *fam.*
Se dit d'un accident fâcheux et imprévu.

tunnel
Voir le bout, la fin du tunnel.
Sortir d'une situation difficile.

turbin
Aller au turbin *pop.*
Aller au travail.

Turc
Fort comme un Turc *fam.*
Très fort.
Tête de Turc *fam.*
Personne qui est la cible de railleries constantes.
Travailler pour le Grand Turc *vx.*
Travailler gratuitement.
Traiter quelqu'un de Turc à Maure *vx.*
Le traiter avec brutalité.

tuyau
Dans le tuyau de l'oreille *fam.*
En secret.
Donner un tuyau *fam.*
Donner un renseignement, un conseil.
La famille tuyau de poêle *pop.*
Groupe de gens dont les relations sexuelles sont équivoques.

tympan
Bruit à briser le tympan.
Bruit très fort.

U

un/une

C'est tout un.
C'est pareil.
En donner d'une.
Tromper.
Être sans un *fam.*
N'avoir aucun argent.
Il était moins une *fam.*
Il s'en est fallu de peu.
L'un dans l'autre.
En définitive.
Ne faire ni une ni deux *fam.*
Ne pas hésiter.
Ne pas en louper, en rater une *fam.*
Être très maladroit.
Ne pas pouvoir en placer une *fam.*
Être obligé de se taire.

une

Être à la une des journaux.
Figurer en première page d'un journal.

union

L'union fait la force.
On a plus de chances de l'emporter à plusieurs que seul.

unisson

Être à l'unisson.
Être en accord parfait.

urgence

D'urgence.
Sans délai.

usage

À l'usage.
En cas d'utilisation.
À l'usage de.
Destiné à.
D'usage.
Habituel.
En usage.
Encore utilisé.
Faire de l'usage.
Durer longtemps.

usure

Avec usure.
En donnant plus qu'il a été reçu.
Avoir quelqu'un à l'usure *fam.*
En triompher par la patience.

V

vache

À chacun son métier, les vaches
seront bien gardées.
*Si chacun fait ce qu'il doit faire,
les choses iront bien.*

Ah ! la vache ! *pop.*
*Expression marquant l'admira-
tion ou le dépit.*

Aller comme un tablier à une
vache *fam.*
Ne pas convenir.

Coup de pied en vache *fam.*
Coup donné par traîtrise.

Être vache *fam.*
Être méchant.

Gros comme une vache *fam.*
Très gros.

La vache à Colas *vx.*
Le protestantisme.

Le plancher des vaches *fam.*
La terre ferme.

Manger de la vache enragée *fam.*
Avoir une existence très difficile.

Parler français comme une vache
espagnole *fam.*
Parler très mal le français.

Pleurer comme une vache *fam.*
Pleurer beaucoup.

Pleuvoir comme vache qui pisse
fam.
Pleuvoir abondamment.

Queue de vache.
Roux.

Un(e) vache de *fam.*
Sensationnel(le), extraordinaire.

Une époque de vaches grasses.
Une époque d'abondance.

Une époque de vaches maigres.
Une époque de disette.

Une peau de vache *fam.*
Personne très méchante.

Une vache n'y retrouverait pas
ses veaux.
Se dit d'un grand désordre.

Vache à lait *fam.*
Personne que l'on exploite.

vacherie

Dire des vacheries *fam.*
Dire des méchancetés.

Faire une vacherie *fam.*
Jouer un mauvais tour.

vadrouille

Être en vadrouille *fam.*
Se promener sans but défini.

vague

Avoir du vague à l'âme.
Être triste.

Rester dans le vague.
Être imprécis.

vague

Être au creux de la vague.
*Être dans une situation diffi-
cile.*

Faire des vagues.
Créer du désordre.

La nouvelle vague *fam.*
La nouvelle génération.

vaisseau

Brûler ses vaisseaux.
*Se lancer dans une entreprise
sans possibilité de repli.*

vaisselle

Casser la vaisselle *fam.*
Faire du scandale.

S'envoyer la vaisselle à la tête
fam.
Se disputer.

val

À val.
En bas.

Par monts et par vaux.
De tous côtés.

valet

Être comme le valet du diable.
*Faire preuve d'une complai-
sance excessive.*

Insolent comme un valet de trèfle
fam.
Très insolent.

valeur

Mettre en valeur.
Faire ressortir.
Faire fructifier.

valise
Se faire la valise *pop.*
S'en aller précipitamment.

valoir
Faire valoir.
Mettre en avant.
Ne pas valoir un clou, un pet de
lapin, tripette *fam.*
Ne pas valoir une épingle.
Être sans valeur.
Ne rien valoir pour quelqu'un.
Lui être contraire.
Vaille que vaille.
Tant bien que mal.
Valoir le coup.
Valoir le jus *fam.*
Valoir mille.
Avoir une grande valeur.
Valoir la peine.
Valoir son pesant d'or.
Être d'une très grande valeur.

valse
Valse-hésitation.
Comportement hésitant.

valser
Envoyer valser *fam.*
Renvoyer.
Faire valser *fam.*
Déplacer.
Dépenser sans compter.

vanité
Tirer vanité de.
Se glorifier de.

vanne
Ouvrir les vannes *fam.*
Parler abondamment.

vanne
Lancer des vannes *pop.*
Plaisanter.

vape
Être dans les vapes *fam.*
Ne pas avoir toute sa cons-
cience.
Tomber dans les vapes *fam.*
S'évanouir.

vapeur
À toute vapeur *fam.*
À toute vitesse.

Renverser la vapeur *fam.*
Changer de façon d'agir.

varice
Ficher des varices à quelqu'un
pop.
L'ennuyer fortement.

vase
En vase clos.
Sans contact extérieur.
La goutte d'eau qui fait déborder
le vase.
Le petit fait qui, après d'autres,
provoque la colère de quel-
qu'un.

va-tout
Jouer son va-tout.
Tenter sa dernière chance.

vauvert
Être au diable vauvert.
Être très loin.

veau
Adorer le veau d'or.
Avoir le culte de l'argent.
Brides à veau *vx.*
Histoire(s) invraisemblable(s).
Faire le pied de veau *fam.*
Montrer une complaisance ser-
vile.
Pleurer comme un veau *fam.*
Pleurer abondamment.
Tuer le veau gras.
Organiser de grandes réjouis-
sances pour fêter le retour de
quelqu'un.

vedette
Avoir la vedette.
Être au premier plan.
En vedette.
En tête de lettre, d'affiche.
Sur une seule ligne.
Jouer les vedettes *fam.*
Chercher à se faire remarquer.
Mettre en vedette.
Attirer l'attention sur.

veille
Ce n'est pas demain la veille *fam.*
Cela n'arrivera jamais.

veiller

Veiller au grain.
Prendre soin de ses intérêts.

veilleuse

La mettre en veilleuse *fam.*
Se taire.

Se mettre en veilleuse.
Réduire son activité.

veine

Avoir de la veine.
Avoir de la chance.

Avoir du sang dans les veines
fam.
Être énergique.

C'est bien ma veine *fam.*
C'est bien ma chance.

Être en veine.
Être dans des dispositions favorables à la création.

Se saigner aux quatre veines *fam.*
Faire de grands sacrifices d'argent.

Sentir le sang bouillir dans ses
veines.
Être plein d'ardeur.

Une veine de cocu, de pendu
pop.
Chance exceptionnelle.

velours

C'est du velours *fam.*
C'est facile.

Faire patte de velours.
Cacher de mauvaises intentions sous des apparences doucereuses.

Jouer sur le velours *fam.*
Agir sans risques.

vendre

Vendre la mèche *fam.*
Dévoiler une machination.

Vendre la peau de l'ours avant
de l'avoir tué.
Spéculer sur ce qu'on ne possède pas.

vengeance

La vengeance est un plat qui se
mange froid *fam.*
Il faut savoir attendre pour se venger de façon plus efficace.

venin

Cracher son venin.
Dire avec méchanceté tout ce qu'on pense de quelqu'un.

Morte la bête, mort le venin.
Le danger disparaît avec la disparition de l'ennemi.

venir

Tout vient à point à qui sait attendre.
Avec de la patience tout finit par arriver.

Venir comme un cheveu sur la
soupe *fam.*
Arriver inopportunément.

Viens-y !
Menace.

Voir venir quelqu'un (avec ses
gros sabots) *fam.*
Deviner ses intentions.

Y venir.
Se résoudre à.

vent

Autant en emporte le vent.
Se dit de propos sans effet.

Avoir du vent dans les voiles *fam.*
Être ivre.

Avoir le vent en poupe.
Être favorisé.

Avoir vent de.
Soupçonner l'existence de.

Bon vent !
Bonne chance !
Bon débarras !

C'est du vent *fam.*
Cela est sans valeur.

Contre vents et marées.
En dépit de tous les obstacles.

Du vent ! *pop.*
Partez !

En coup de vent.
Rapidement.

Être dans le vent.
Être à la mode.

Être vent dessus.
Être en pleine agitation.

Faire du vent *fam.*
S'agiter inutilement.

Faire le vent et la tempête.
Agir à sa fantaisie.

Jeter au vent.
Faire disparaître.
Le vent tourne.
Les choses changent.
Prendre le vent.
Observer le cours des événements.
Quel bon vent vous amène?
Qu'est-ce qui me vaut le plaisir de votre visite?
Qui sème le vent récolte la tempête.
Les violences finissent toujours par se retourner contre celui qui les a provoquées.
Vendre du vent.
Vendre des choses qui n'existent pas.

ventre

À plat ventre.
Allongé sur le ventre.
Avoir ça dans le ventre *fam.*
Posséder une aptitude particulière pour quelque chose.
Avoir du cœur au ventre.
Être courageux.
Avoir la rage au ventre.
Être dans une violente colère.
Avoir la reconnaissance du ventre *fam.*
Manifester de la gratitude à quelqu'un pour son aide.
Avoir le ventre creux *fam.*
Avoir faim.
Avoir les yeux plus grands que le ventre *fam.*
Avoir des désirs plus importants que ses possibilités.
Avoir quelque chose dans le ventre *fam.*
Être énergique.
Bouder contre son ventre *fam.*
Refuser par dépit nourriture ou plaisir.
Passer sur le ventre de quelqu'un *fam.*
Ne pas hésiter à lui nuire pour arriver à son but.
Prendre du ventre.
Avoir de l'embonpoint.

Se mettre à plat ventre devant quelqu'un *fam.*
Faire preuve de servilité à son égard.
Se serrer le ventre *fam.*
S'imposer des privations.
Taper sur le ventre de quelqu'un *fam.*
Le traiter avec familiarité.
Ventre à terre.
Rapidement.
Ventre affamé n'a pas d'oreilles *fam.*
On n'écoute rien quand on est pressé par la faim.

ver

Le ver est dans le fruit.
Se dit de ce qui porte en soi les causes de sa propre destruction.
N'être pas piqué des vers *fam.*
Être d'une grande qualité.
Présenter des difficultés.
Se tortiller comme un ver.
S'agiter de façon désordonnée.
Tirer les vers du nez à quelqu'un.
Lui faire avouer son secret.
Tuer le ver.
Boire un verre d'alcool au réveil à jeun.
Ver rongeur.
Vif remords.

verbe

Avoir le verbe haut.
Parler avec arrogance.
Parler très fort.

verge

Donner des verges pour se faire fouetter.
Donner des armes contre soi-même.

vérité

À chacun sa vérité.
Ce qui peut sembler vrai aux uns ne l'est pas forcément pour d'autres.
Dire à quelqu'un ses quatre vérités *fam.*
Lui dire sans ménagement ce qu'on pense de lui.

Dire des vérités premières.
Dire des choses banales.

En vérité.
Assurément.

Il n'y a que la vérité qui blesse.
Seuls les reproches justifiés blessent.

La vérité sort de la bouche des enfants.
Les enfants sont censés ne pas savoir mentir.

Minute de vérité.
Moment où tout se décide.

Toute vérité n'est pas bonne à dire.
Il faut éviter de dire certaines choses qui peuvent blesser.

Vérité de La Palice.
Évidence.

Vérité en deçà des Pyrénées, erreur au-delà.
Toute vérité est relative.

verni

Être verni *fam.*
Avoir de la chance.

vérole

S'abattre comme la vérole sur le bas clergé *fam.*
Arriver violemment et subitement.

verre

Avoir un verre dans le nez *fam.*
Être légèrement ivre.

Qui casse les verres les paie.
Chacun doit subir les conséquences de ses actes.

verrou

Être sous les verrous.
Être en prison.

verse

À verse.
Abondamment.

verser

Verser de l'huile sur le feu *fam.*
Envenimer une situation.

Verser des larmes de crocodile *fam.*
Affecter un chagrin que l'on n'éprouve pas réellement.

vert

Donner le feu vert *fam.*
Autoriser.

En dire des vertes et des pas mûres *fam.*
Tenir des propos grossiers.

En voir des vertes et des pas mûres *fam.*
Être dans une situation difficile.

Se mettre au vert *fam.*
Aller se reposer à la campagne.

vertu

En vertu de.
D'après.

Faire de nécessité vertu.
S'accommoder de bonne grâce d'une chose déplaisante.

Femme de petite vertu *fam.*
Femme de mœurs légères.

vessie

Prendre des vessies pour des lanternes *fam.*
Se tromper complètement.

veste

Prendre une veste *fam.*
Ramasser une veste *fam.*
Échouer.

Retourner sa veste *fam.*
Changer d'opinion.

Tomber la veste *fam.*
Enlever sa veste.

vice

Avoir du vice *fam.*
Être rusé.

L'oisiveté est mère de tous les vices.
La paresse mène au pire libertinage.

vicieux

Cercle vicieux.
Situation difficile dont on ne peut sortir.

victoire

Chanter, crier victoire *fam.*
Se vanter d'un succès.

vide

À vide.
Sans rien.

Avoir une case vide *fam.*
Être fou.

Faire le vide autour de quelqu'un.
Le laisser seul.

Faire le vide dans son esprit.
Éliminer toute idée extérieure.

Parler dans le vide.
Parler sans être écouté.

Passage à vide.
Moment de faiblesse.

Regarder dans le vide.
Regarder sans rien voir.

vider

Se faire vider *fam.*
Se faire renvoyer.

Vider les lieux, le plancher *fam.*
Partir.

Vider son sac *fam.*
Révéler ce qu'on gardait pour soi.

Vider l'abcès.
Donner une solution radicale à une situation dangereuse.
Faire éclater la vérité.

Vider un différend.
Mettre fin à une querelle en se battant.

vie

À la vie à la mort.
Pour toujours.

C'est la vie *fam.*
On ne peut rien contre cela.

Ce n'est pas une vie *fam.*
Cela est insupportable.

Faire la vie.
Être insupportable.

Faire la vie *fam.*
Mener une vie de débauche.

Gagner sa vie.
Gagner le nécessaire pour vivre.

Jamais de la vie.
Nullement.

La bourse ou la vie.
Expression prêtée traditionnellement aux voleurs de grand chemin.

La grande vie.
Vie agréable et confortable.

Mener la vie à grandes guides.
Faire de grandes dépenses pour vivre.

Raconter sa vie.
Parler longuement et inutilement.

Refaire sa vie.
Se remarier.

Rendre la vie dure à quelqu'un.
Le traiter avec rigueur.

Tant qu'il y a de la vie, il y a de l'espoir.
Quelles que soient les difficultés, il faut toujours garder espoir.

Une question de vie ou de mort.
Une affaire très grave.

Une vie de patachon *fam.*
Vie désordonnée.

Vie de château.
Vie luxueuse.

Vie de chien *fam.*
Existence très difficile.

Voir la vie en rose.
Ne voir que le bon côté des choses.

vieux

Ne pas faire de vieux os *fam.*
Ne pas durer longtemps.
Ne pas rester longtemps en un lieu.

Prendre un coup de vieux *fam.*
Vieillir brutalement.

Vieux de la vieille *fam.*
Personne expérimentée.

Vieux jeu *fam.*
Démodé.

vif

Entrer dans le vif du sujet.
Aller à l'essentiel.

Prendre sur le vif.
Imiter d'après nature.

Trancher dans le vif.
Prendre des mesures énergiques.
Renoncer à certaines choses.

vigne

Être dans les vignes du Seigneur *fam.*
Être ivre.

vilain

Faire du vilain *fam.*
Créer du scandale.

Il fait vilain.
Il fait mauvais.

Il n'est chère que de vilain *vx.*
Les avares sont capables de recevoir avec plus de profusion que les autres.

Jeu(x) de main, jeu(x) de vilain.
Les jeux brutaux, indignes des gens de bonne compagnie, s'achèvent généralement mal.

Ne pas être vilain *fam.*
Être assez joli.

village

Être de son village *fam.*
Faire preuve de beaucoup de naïveté.

vin

Avoir le vin gai ou triste.
Manifester de la gaieté ou de la tristesse après avoir bu.

Cuver son vin *fam.*
Dissiper son ivresse en dormant.

Être entre deux vins.
Être un peu ivre.

Mettre de l'eau dans son vin.
Se montrer conciliant.

Quand le vin est tiré, il faut le boire.
Quand une affaire est engagée, il faut la mener jusqu'au bout.

vinaigre

Faire vinaigre *pop.*
Accélérer.

Tourner au vinaigre *fam.*
Prendre une mauvaise tournure.

violence

Faire violence à quelqu'un.
Le contraindre par la force.

Se faire une douce violence.
Feindre de céder à quelque chose qu'on est tout disposé à faire.

Se faire violence.
Faire des efforts pour se contraindre.

violon

Accorder ses violons *fam.*
Se mettre d'accord.

Aller plus vite que les violons *fam.*
Aller trop vite.

Payer les violons du bal.
Payer pour quelque chose dont on ne profite pas.

Pisser dans un violon *pop.*
Ne servir à rien.

Sec comme un violon *fam.*
Très maigre.

Violon d'Ingres.
Activité qu'on exerce pour son plaisir.

vipère

Avoir une langue de vipère *fam.*
Tenir souvent des propos malveillants.

virage

Savoir prendre un virage *fam.*
Savoir s'adapter à une nouvelle situation.

virer

Virer de bord.
Changer totalement de direction.
Changer d'opinion.

virginité

Se refaire une virginité *fam.*
Recouvrer une réputation perdue.

virus

Avoir le virus de *fam.*
Montrer une tendance pour.

vis

Serrer la vis à quelqu'un *fam.*
Se montrer sévère à son égard.

visage

À visage découvert.
Ouvertement.

Changer de visage.
Être décontenancé.

Faire bon visage à quelqu'un.
Lui faire bon accueil.

Montrer son vrai visage.
Révéler sa vraie nature.

visé

Se sentir visé.
Se croire concerné par quelque chose.

visée

Avoir des visées sur.
Avoir des prétentions sur.
Mettre sa visée sur quelqu'un *fam.*
Jeter son dévolu sur lui.

visière

Donner dans la visière à quelqu'un *lit.*
L'étonner.
Rompre en visière avec quelqu'un.
Lui dire en face des choses désobligeantes.

vision

Avoir des visions *fam.*
Se tromper soi-même.

vite

À la va-vite *fam.*
En hâte.
Aller plus vite que la musique, que les violons *fam.*
Aller trop vite.
Aller vite en besogne.
Conclure trop rapidement.
Et plus vite que ça! *fam.*
Formule servant à renforcer un ordre.
Vite fait sur le gaz *pop.*
Rapidement.

vitesse

À deux vitesses.
Qui comporte deux applications différentes.
À la vitesse grand V *fam.*
Très vite.
À toute vitesse.
Très vite.
En perte de vitesse.
Se dit d'une situation qui se dégrade.
En quatrième vitesse *fam.*
Très vite.
Gagner, prendre quelqu'un de vitesse.
Venir, agir avant lui.

vitre

Ça ne casse pas les vitres *fam.*
Cela ne vaut rien.
Casser les vitres *fam.*
Faire un esclandre.

vitrier

Ton père n'est pas vitrier *fam.*
Se dit à quelqu'un qui gêne la vue.

vitrine

Lécher les vitrines *fam.*
Flâner en regardant avec complaisance les vitrines des magasins.

vitriol

Au vitriol.
De façon acide.

vivre

Apprendre à vivre à quelqu'un *fam.*
Le châtier sévèrement.
Qui vivra verra.
Seul l'avenir permettra de juger.
Se laisser vivre *fam.*
Être insouciant.
Vivre d'amour et d'eau fraîche.
Mépriser les contingences matérielles.
Vivre de l'air du temps.
Être insouciant.

vivre

Couper les vivres à quelqu'un.
Cesser de subvenir à ses besoins.

vœu

Faire vœu de.
S'engager à.
N'avoir pas fait vœu de *fam.*
Être libre de tout engagement.

vogue

Être en vogue.
Être à la mode.

voguer

Vogue la galère!
Arrive ce qui pourra.

voie

En bonne voie.
Qui évolue favorablement.
En voie de.
En train de.

Être dans la bonne voie.
Être sur le point de réussir.
Mettre sur la voie.
Donner des indications.
Ouvrir la voie à quelque chose.
Préparer sa réalisation.
Par voie de conséquence.
Par suite logique.
Trouver sa voie.
Trouver ce que l'on veut faire.
Voie de garage *fam.*
Mise à l'écart.
Disgrâce.
Voie royale.
Moyen le meilleur pour par-venir.

voilà

En veux-tu, en voilà *fam.*
Abondamment.

voile

À voile et à vapeur *fam.*
Bisexuel.
Avoir du vent dans les voiles *fam.*
Être ivre.
Avoir le vent dans les voiles.
Réussir.
Mettre les voiles *fam.*
S'en aller.
Mettre toutes voiles dehors.
User de tous les moyens possi-bles.

voile

Soulever un coin du voile.
Faire apparaître quelque chose.
Sous le voile de.
Sous l'apparence de.

voiler

Se voiler la face.
Refuser de voir.
Manifester de la honte, de l'hor-reur.

voir

Allez voir là-bas si j'y suis *pop.*
Laissez-moi tranquille.
C'est tout vu *fam.*
La décision est prise.
Ça n'a rien à voir *fam.*
Cela n'a pas de rapport.

En voir de toutes les couleurs *fam.*
Subir toutes sortes d'ennuis, d'affronts.
Faire voir du pays à quelqu'un.
Lui causer beaucoup d'ennuis.
Je vois! *fam.*
Je peux imaginer.
Je voudrais bien voir ça! *fam.*
Il n'en est pas question.
N'avoir rien vu.
Ne rien connaître.
N'y voir que du feu.
Ne rien comprendre à quelque chose.
Ne pas voir plus loin que le bout de son nez.
Manquer de discernement.
Ni vu ni connu!
La chose restera secrète.
Pour voir.
Pour en faire l'expérience.
Va te faire voir (ailleurs)! *pop.*
Se dit à quelqu'un par impa-tience.
Voir petit.
Manquer d'ambition.
Voir venir quelqu'un (avec ses gros sabots) *fam.*
Deviner ses intentions.
Voyez-vous cela! *fam.*
Expression ironique marquant la surprise.

voiture

À pied, à cheval et en voiture *fam.*
Totalement.
Mener en voiture *fam.*
Tromper.
Se ranger des voitures *pop.*
Adopter une conduite moins ris-quée.

voix

Avoir des larmes dans la voix.
Avoir la voix étranglée par l'émotion.
Avoir voix au chapitre.
Pouvoir donner son avis.
Entendre des voix.
Avoir des hallucinations.

Faire la grosse voix.
Prendre un ton menaçant.
Rester sans voix.
Être étonné.
Voix flûtée.
Voix douce.

vol

À vol d'oiseau.
En ligne directe.
De haut vol.
De grande envergure.
De plein vol.
Directement.
Prendre son vol.
Partir.

volcan

Danser, dormir sur un volcan.
Être inconscient d'une situation dangereuse, voire explosive.

volée

À la volée.
Rapidement.
À toute volée.
Très violemment.
À volée de bonnet.
Sans délibérer.
De haute volée.
De grand talent.
Prendre sa volée.
S'en aller.
Recevoir une volée *fam.*
Être violemment battu.
Tant de bond que de volée *vx.*
En saisissant l'occasion favorable.
Volée de bois vert *fam.*
Critiques violentes.

voler

Ne pas l'avoir volé *fam.*
Bien mériter ce qui arrive.

voler

Ne pas voler très haut *fam.*
Être sans grande valeur.
On entendrait une mouche voler.
Se dit à propos d'un silence très profond.
Voler au secours de la victoire.
N'agir que lorsque le succès est acquis.

Voler dans les plumes à (de) quelqu'un *fam.*
L'attaquer.
Voler de ses propres ailes.
Agir sans l'aide d'autrui.

volet

Trier sur le volet.
Choisir avec soin.

voleur

Se sauver comme un voleur *fam.*
Partir rapidement sans se faire remarquer.

volonté

À volonté.
Autant qu'on le désire.
En grande quantité.
Faire les quatre volontés de quelqu'un.
Obéir à tous ses caprices.
N'en faire qu'à sa volonté.
N'en faire qu'à sa tête.

volte-face

Faire volte-face.
Changer d'opinion ou de conduite.

volume

Faire du volume *fam.*
Faire l'important.

vôtre

À la vôtre *fam.*
À votre santé.

vouer

Ne plus savoir à quel saint se vouer *fam.*
Hésiter sur les moyens à utiliser pour se tirer d'une difficulté.
Vouer aux gémonies.
Vilipender.

vouloir

Ce que femme veut, Dieu le veut.
Il est impossible de rien refuser à une femme.
En vouloir *fam.*
Faire preuve de beaucoup d'énergie pour réussir.
En vouloir à quelqu'un.
Avoir de la rancune à son égard.

S'en vouloir.
Se reprocher quelque chose.

voyage
Emmener quelqu'un en voyage *fam.*
Le tromper.
Faire le dernier, le grand voyage.
Mourir.

vrai
Au vrai.
Pour être plus précis.
C'est pas vrai ! *fam.*
C'est étonnant.
Être dans le vrai.
Avoir raison.
Plaider le faux pour savoir le vrai.
Avancer de fausses raisons pour inciter les autres à se confier.
Pour de vrai *fam.*
Vraiment.
Un vrai de vrai *pop.*
Un homme véritable.
Vrai de vrai *fam.*
Assurément.
Véritable.

vu
Sur le vu de.
Après examen de.

vue
À vue de nez *fam.*
Approximativement.
À vue d'œil *fam.*
Approximativement.
De façon aisément perceptible.
Avoir des vues sur quelque chose.
Souhaiter l'obtenir.
Avoir la vue basse, courte *fam.*
Être imprévoyant.
Être borné.
En mettre plein la vue à quelqu'un *fam.*
L'étonner.
En perdre la vue *fam.*
Être choqué.
Être à courtes vues.
Manquer d'intelligence.
Mettre dans la vue.
L'emporter sur.
Perdre quelqu'un de vue.
Cesser toutes relations avec lui.

W-X-Y

wagon

Accrocher le wagon de tête.
Rejoindre la tête d'une file de voitures.

Accrochez les wagons! *pop.*
Expression saluant une éructation.

x

Films X.
Films pornographiques.

Les jambes en x.
Jambes dont les genoux se touchent.

y

Vous y êtes.
Vous avez deviné.

yoyoter

Yoyoter (de la touffe) *pop.*
Être fou.

Z

z
De A à Z.
Complètement.
Fait comme un Z *fam.*
Bossu.

zan
Bout de zan *fam.*
Petit.

zèbre
Courir, filer comme un zèbre *fam.*
Courir très rapidement.

zef
Il y a du zef *pop.*
Il y a du vent.

zèle
Faire du zèle.
Montrer un empressement excessif.
Pas de zèle!
Ne vous pressez pas.

zénith
Être au zénith.
Être au plus haut.

zéro
Avoir la boule à zéro *pop.*
Avoir les cheveux coupés ras.
Avoir le moral à zéro *fam.*
Être à zéro *fam.*
Être très découragé.
Partir de zéro.
Commencer quelque chose en partant de rien.
Être un zéro *fam.*
N'avoir aucune qualité.
Repartir à zéro *fam.*
Recommencer tout après un échec.

zest
Être entre le zist et le zest *fam.*
N'être ni bon ni mauvais.

zeste
Ne pas valoir un zeste *fam.*
N'avoir aucune valeur.

zigomar
Faire le zigomar *pop.*
Faire des bêtises.

zigoto
Faire le zigoto *pop.*
Faire l'imbécile.

zigue
Être bon zigue *pop.*
Se montrer gentil.

zigzag
En zigzag.
D'une façon non rectiligne.
Faire des zigzags.
Changer souvent de direction, d'avis.

zinzin
Être complètement zinzin *pop.*
Être totalement fou.

zizanie
Semer la zizanie *fam.*
Semer la discorde.

zob
Mon zob! *pop.*
Se dit en manière de refus.

zone
De seconde zone.
De second ordre.

zouave
Faire le zouave *fam.*
Se livrer à des pitreries.

zozo
Faire le zozo *fam.*
Faire l'imbécile.

zut
Dire zut *fam.*
Refuser.

Composition réalisée par COMPOFAC - PARIS

Achevé d'imprimer en janvier 2010, en France sur Presse Offset par
Maury-Imprimeur - 45330 Malesherbes
N° d'imprimeur : 152406
Dépôt légal 1re publication : août 1999
Édition 06 - janvier 2010
LIBRAIRIE GÉNÉRALE FRANÇAISE - 31, rue de Fleurus - 75278 Paris Cedex 06

31/6003/3